Claudia Beinert & Nadja Beinert

Marilyn und die Sterne von Hollywood

atb aufbau taschenbuch

Claudia & Nadja Beinert

Marilyn

und die Sterne von Hollywood

Roman

atb aufbau taschenbuch

Die Arbeit am vorliegenden Roman wurde mit Mitteln
aus dem Bundesprogramm NEUSTART KULTUR unterstützt.

NEU START KULTUR

Die Beauftragte der Bundesregierung
für Kultur und Medien

VG WORT

MIX
Papier aus verantwortungsvollen Quellen
FSC www.fsc.org FSC® C083411

ISBN 978-3-7466-3916-1

Aufbau Taschenbuch ist eine Marke
der Aufbau Verlage GmbH & Co. KG

1. Auflage 2022

Dieses Werk wurde vermittelt durch
die Literarische Agentur Thomas Schlück GmbH, 30161 Hannover.
Satz Greiner & Reichel, Köln
Druck und Binden CPI books GmbH, Leck, Germany
Printed in Germany

www.aufbau-verlage.de

*»Die Wahrheit ist, ich habe nie jemanden getäuscht.
Ich habe die Leute sich selbst täuschen lassen.
Sie haben sich nicht die Mühe gemacht, herauszufinden,
wer und was ich bin.«*

Marilyn Monroe

PROLOG
August 1934

Norma stand auf dem Hollywood Boulevard und schaute fasziniert zum *Grauman's Chinese Theatre* hinüber. Den Eingang des tempelartigen Baus bildete eine in den Himmel ragende Pagode, deren Dach von furchteinflößenden Drachen gestützt wurde. Es war ein Gebäude wie aus einem Märchen, verzaubernd schön und einschüchternd zugleich. Etwas Beeindruckenderes als dieses Kino hatte sie in ihren acht Lebensjahren noch nicht gesehen. Sie war hin- und hergerissen, ob sie sich dem Gebäude weiter nähern durfte. In ihrer Erinnerung erklang die Stimme ihrer früheren Pflegemutter so real, als würde Ida Bolender direkt neben ihr stehen. »Wenn die Welt untergeht, und du sitzt in einem Kino, weißt du, was dann passiert?«, hatte Ida mit bebender Stimme gefragt. »Du verbrennst zusammen mit all den anderen bösen Menschen. Der Mensch soll in die Kirche gehen, nicht ins Kino! Nur dort ist er in Gottes Hand und wird beschützt.« Inzwischen lag es mehr als ein Jahr zurück, dass ihre einstige Pflegefamilie sie fortgeschickt hatte. Sie war ihnen zu schwierig geworden.

Als Norma jetzt ihre Hand tiefer in die ihrer Begleiterin schob, murmelte sie zur Sicherheit ein Gebet. Grace hatte sie an diesem heißen Sommertag ins Kino eingeladen und angekündigt, dass sie etwas Wichtiges mit ihr besprechen wolle. Wenn Erwachsene dies sagten, gab es meistens schlechte Nachrichten oder Strafaufgaben oder noch schlimmer: Sie musste nun wirklich ins Waisenhaus, die Drohung wurde wahrgemacht.

Eingeschüchtert schaute Norma an Grace hinauf. Grace McKee

war die immer gut gelaunte Freundin ihrer leiblichen Mutter, die selbst keine Kinder hatte. Norma wohnte übergangsweise bei ihr, bis jemand sie wieder als Pflegekind aufnahm. Sie zuckte zusammen, wenn sie daran dachte, dass die meisten Pflegeeltern Babys oder Kleinkinder bevorzugten. Je jünger das Pflegekind, desto mehr Geld zahlte der Staat. Nur mit Mühe konnte Norma Tränen zurückhalten.

Grace drückte Normas Hand und lächelte liebevoll. »Bevor wir beide uns ernster miteinander unterhalten, sollst du endlich mal ein Kino von innen sehen. In einem Land, in dem es mehr Kinos als Kirchen gibt, ist das Teil unserer Kultur«, sagte sie und schwenkte ihren weißen Fächer erst vor ihrem und dann vor Normas Gesicht. »Das Leben darf auch unterhaltsam und fröhlich sein und nicht immer nur ernst und verbissen.«

Das klang zu unglaublich, zaghaft erwiderte Norma das Lächeln. Seit sie bei Grace wohnte, nahm die sich viel Zeit für sie und zeigte ihr Los Angeles. Und stets sah sie so hübsch aus. Heute trug sie ein fröhliches hellblaues Kleid mit weißen Punkten, das sogar ihre Fesseln freilegte. Ihr platinblondes Haar hatte sie sich in Wellen an den Kopf gelegt. So wirkte sie gar nicht wie eine Schnittmeisterin aus dem kleinen *Consolidated Filmstudio*, die in zwei Zimmern lebte, sondern ähnelte eher den Filmstars aus den bunten Magazinen, in denen Norma so gerne blätterte. Jeder mochte Grace, und niemals wurde sie übersehen, obwohl sie so klein und zierlich war. Wenn Norma Zeit mit ihr verbrachte, vergaß sie ihre traurige Vergangenheit. Grace meckerte nie, wenn Norma verzweifelt war und weinen musste, sondern tröstete sie liebevoll. Überhaupt zeigte Grace ihr häufig ihre Zuneigung, nahm sie in den Arm und kuschelte mit ihr. Noch nie hatte Norma so unbeschwerte und unterhaltsame Stunden verbracht wie mit Grace.

»Komm, Sweetheart«, sagte Grace und zog Norma an der Hand mit über den Hollywood Boulevard, der durch die kurzen Palmenschatten wie mit einer Bordüre verziert wirkte. Die kalifornische

Nachmittagssonne brutzelte den Straßenbelag wie ein Frühstücksomelette. Seit Wochen schon lähmte eine Dürre Los Angeles.

Norma klammerte sich an die Hand von Grace, während sie auf *Grauman's* zuging. Bei jedem Schritt drohte sie, mit ihren viel zu kleinen mexikanischen Sandalen am Asphalt der Fahrbahn kleben zu bleiben, während Grace mit wiegenden Hüften und auf Absätzen so hoch wie eine Fußbank neben ihr herschwebte.

»Ich möchte dir heute Jean Harlow vorstellen«, sagte Grace.

Zwar wusste Norma nicht, wer das war, aber es klang wie eine Verheißung. »Tante Grace, ich freue mich auf Jean Harlow«, sagte sie, obwohl sie zu gerne jetzt schon wissen wollte, was es später zu besprechen gab. Aber aus Angst, neugierig oder gar schwierig zu wirken, fragte sie nicht nach. Das Bild des Waisenhauses in Hollywoods El Centro Avenue stahl sich vor ihr inneres Auge.

»Jean ist die schönste und begabteste Schauspielerin, die wir in Hollywood jemals hatten«, schwärmte Grace. »Ihr neuer Film heißt *Millionäre bevorzugt* und hatte vor einer Woche Premiere. Du wirst sie mögen.«

Norma setzte gerade ihren ersten Schritt auf den Gehweg, als Grace mit ihrem Fächer auf die Betonplatten vor ihnen wies. »Hier haben sich Hollywood-Ikonen mit Hand- und Fußabdrücken verewigt.«

»Was ist eine Ikone?«, wollte Norma wissen und ging vorsichtig in die Hocke, um ihr einziges Sonntagskleid nicht zu beschmutzen.

»Eine Ikone ist eine sehr erfolgreiche Person, eine Schauspielerin, Sängerin oder Tänzerin, die für ihr Können von vielen verehrt wird, über Generationen hinweg«, erklärte Grace. »Das hier zum Beispiel sind die Abdrücke deiner Namenspatronin, der Schauspielerin Norma Talmadge, die deine Mutter für ihre Schönheit sehr bewunderte.«

Meine leibliche Mutter? Norma biss ihre Lippen fest aufeinander. Das Einzige, was ihr von der Frau geblieben war, war eine Fotografie, die ihren Vater zeigte: ein lächelnder Mann mit einem so schmalen Oberlippenbart, als wäre er mit einem Bleistift gezogen.

Vorsichtig zeichnete Norma den linken der beiden Handabdrücke im Beton mit ihrem Zeigefinger nach und wagte es sogar, ihre kleinen Hände hineinzulegen. »Ikone« murmelte sie ehrfürchtig vor sich hin.

»Du wirst langsam hineinwachsen«, sagte Grace und schenkte ihr ein Lächeln. Dann trat sie an das Kassenhäuschen und erstand die Eintrittskarten.

Norma zögerte kurz, ihre Karte an sich zu nehmen, griff dann aber doch zu. Wenn heute wirklich die Welt untergehen würde, verbrannte sie in einem Kino, von dem aus die nächste Kirche nicht einmal in Sichtweite lag. Aber wenigstens war sie bei Grace.

Normas Herz schlug schneller, als sie *Grauman's* betraten. Mit geöffnetem Mund glitt ihr Blick über die getäfelte Decke, über die Teppiche an den Wänden und den kostbaren Boden. Was für eine bunte, glänzende Welt! Das prachtvolle Kino erinnerte sie an einen der Paläste aus ihrem Märchenbuch, aus dem die Bolenders sich geweigert hatten, ihr vorzulesen, weil die Bibel stets Vorrang hatte. Rot, Bronze und Gold, wohin sie nur schaute: golddurchwirkte Vorhänge mit Kordeln groß wie Plüschtiere, Bronzetröge, die aussahen wie Waschbecken, Türen mit kunstvollen Emblemen und Beschlägen, viel zu schwer, als dass sie sie gedrückt bekäme. Dass die Welt so farbenfroh, prächtig und leuchtend sein konnte, hätte sie sich nie träumen lassen. Vor Begeisterung schlug ihr Herz immer schneller, so dass sie zur Sicherheit die Hand vor ihre Brust legte. Sollte es herausspringen, wollte sie es auffangen.

»Hollywood ist die Welthauptstadt der Versuchung«, verkündete Grace und schritt so sicher voran, als befände sie sich in ihrem Wohnzimmer.

Eingehüllt in den Duft von gepopptem Mais und geschmolzener

Butter, ging Norma an Graces Hand in den Kinosaal. Dort zeigte der Anweiser ihnen ihre Plätze in der fünften Reihe des nicht minder prächtigen Saales. Hier würden sämtliche Kinder ihrer Schule zweimal reinpassen, und nicht einmal die Kirchenräume der Pfingstgemeinde waren so angenehm kühl. Alles war wieder dicht mit Rot und Gold geschmückt. Der Fußboden war mit einem flauschigen Teppich ausgelegt, der Norma das Gefühl gab zu schweben. So ähnlich stellte sie sich den Weg ins Paradies vor.

Den Fächer schwenkend, schaute Grace sich in alle Richtungen um, als suche sie einen Bekannten unter den wenigen Anwesenden. Grace und ihre Freunde mussten reich sein, überlegte Norma, wenn sie in einer Zeit, in der die vielen Arbeitslosen für Brot und Maisbrei Schlange standen, die fünfzehn Cent für eine Eintrittskarte ins Kino übrig hatten.

Norma nahm auf dem Kinosessel neben Grace Platz. Sie war das einzige Kind im Saal und sank tief in den dunkelroten, gepolsterten Samtstuhl ein. Dabei heftete sie ihren Blick auf die Verzierungen an der Decke, die einem riesigen Strahlenkranz glichen und an den Rändern von wunderschönen Malereien umgeben waren.

Als der Gong den Beginn der Vorstellung ankündigte, hielt Norma vor Aufregung die Luft an und atmete erst wieder normal, als Jean Harlow auf der Leinwand erschien. *Millionäre bevorzugt* erzählte die Geschichte der aus armen Verhältnissen stammenden Eadie, die auf der Suche nach einem wohlhabenden Ehemann ist, dabei allerhand Tumulte verursacht und sogar des Diebstahls bezichtigt wird. Es war ein lustiger Film, obwohl der reiche Mr. Paige, einer der potenziellen Ehemänner für Eadie, undeutlich sprach und Norma nicht allen Dialogen folgen konnte.

Mehrmals schielte sie zur Seite und versicherte sich, dass Grace noch neben ihr saß, und bemerkte dabei, dass auch die sie immer wieder betrachtete. Die meiste Zeit aber war Norma auf die übergroß flimmernde Eadie auf der Leinwand konzentriert. Mit dem gleichen platinblonden Haar wie Grace und dem enganliegenden weißen Kleid wirkte Eadie übernatürlich schön – wie eine Göttin.

Beim Abspann des Filmes klatschten Grace und Norma begeistert Beifall. So also sah eine Ikone aus. Sie ist das ganze Gegenteil von mir!, durchzuckte es Norma. Eine Ikone wollte bestimmt jeder bei sich aufnehmen. Ikonen endeten nicht im Waisenhaus. Wie schön musste es sein, nicht von einer Pflegefamilie zur nächsten weitergereicht, nicht von Alpträumen über das Waisenhaus gequält zu werden und nachts nicht regelmäßig schweißgebadet aufzuwachen. Jean Harlow wurde bestimmt von allen Menschen geliebt, besaß eine richtige Familie und viele Freunde. Niemand hänselte sie.

Norma wollte noch nicht gehen. Der Film war einfach zu schön gewesen, und etwas von der besonderen Atmosphäre lag noch in der Luft. Die Handlung hatte sie so eingesogen, als würde Eadie wirklich existieren. Sie hatte Eadies Herzschlag gespürt, mit ihr gelacht und gelitten. Eadie hatte sich wie eine Vertraute für sie angefühlt. Ob sie den Film noch einmal spielen würden, wenn Grace und sie einfach sitzen blieben?

Leider erhob sich Grace schon im nächsten Augenblick elegant und führte Norma aus dem Kinosaal. Norma gab sich alle Mühe, sich etwas weniger ungelenk zu bewegen. Ein paar Schritte ging sie sogar auf Zehenspitzen und stellte sich vor, sie würde so hohe Schuhe wie Grace tragen.

»Jean Harlow besitzt ein besonderes Talent als Schauspielerin«, schwärmte Grace, während sie in ihrem Pünktchenkleid durch das Foyer schritt, die Handtasche in der Armbeuge. »Sie spielt anziehend und komödiantisch zugleich.«

»Sie ist so wunderschön«, hauchte Norma, deren Zehen wehtaten, obwohl sie schon wieder normal ging.

Grace nickte. »Jean ist perfekt.« Im nächsten Moment trat sie mit einem schwungvollen Schritt vor Norma. Inch für Inch beschaute sie Normas Gesicht, genauso wie während der Filmvorstellung. »Du bist auch perfekt, Sweetheart. Ein süßes Mädchen mit einem großen Herzen.« Sie tippte ihr auf die Nasenspitze.

Ungläubig senkte Norma den Blick. Wenn sie perfekt war, warum hatte sie dann keine Familie? Warum hatten erst ihre leibliche Mutter und dann auch die Bolenders sie fortgegeben?

Draußen auf dem Hollywood Boulevard nahm Grace Norma wieder bei der Hand. »Ich wollte ja noch etwas mit dir bereden«, sagte Grace nach einer Weile. Sie blickte den Hollywood Boulevard in Richtung Küste hinab.

Normas Kehle verengte sich, ihre Hände wurden feucht. Abrupt blieb Grace stehen. Normas Herz begann zu galoppieren. Sie konnte den Rauch glimmender Bäume von den Hügeln riechen.

»Ich beabsichtige«, begann Grace, »die Vormundschaft für dich zu beantragen und dich für immer zu mir zu holen.«

In Normas Ohren begann es zu rauschen, sie brachte erst kein Wort heraus. »D-, D-, Du wirst meine neue Mom?«, stotterte sie schließlich.

»Ich werde dann deine Mom, ja, und wir wären eine richtige Familie«, betonte Grace und senkte ihre Lider. Sogar ihre Wimpern waren platinblond gefärbt.

Würde dieser unmögliche Traum von einer lieben, fürsorglichen Frau, die sie »Mom« nennen durfte, doch noch wahr werden? Von einer Mutter, die immer für sie da sein und sie nie mehr weggeben würde, die sie so liebenswert fand, wie sie war? Norma spürte, wie es in ihrem Bauch vor Vorfreude zu kitzeln begann, sie konnte ihr Glück kaum fassen. »Das möchte ich so gerne!«, antwortete sie heftig atmend und begann sich auszumalen, wie schön es mit Grace werden könnte. Ein buntes Leben anstatt Einsamkeit in Schwarz-Weiß. Kinonachmittage anstatt strenger Gottesdienste, gemeinsame Mahlzeiten und morgens in einem warmen Bett aneinandergeschmiegt aufwachen. Am wichtigsten aber war ihr eine Schulter zum Anlehnen, der sie nicht zu schwierig war. Wenn dieser Traum sich nun erfüllte, würde sie für immer die beste Tochter sein, die man sich vorstellen konnte. Sie schwor es hier und jetzt hoch und heilig. Nie würde Grace über sie behaupten können, sie wäre zu schwierig.

Norma wollte Grace umarmen, als sich deren Gesichtsausdruck plötzlich veränderte. Sie schaute nun so ernst, wie Norma es nie zuvor erlebt hatte, und senkte die Stimme: »Um die Vormundschaft für dich zu bekommen, muss ich nachweisen, dass deine leibliche Mutter unzurechnungsfähig ist.«

Norma hielt inne. Sie kannte das Wort »unzurechnungsfähig« nicht. Aber so zögerlich, wie Grace es ausgesprochen hatte, bedeutete es nichts Gutes.

»Aber das ist noch die einfachere der beiden Bedingungen für die Vormundschaft«, fügte Grace bedrückt hinzu. Am Pünktchenkleid unter ihren Achseln zeichneten sich dunkle Schweißmonde ab.

»Und ... die zwei-, zwei-, zweite?«, fragte Norma nunmehr angsterfüllt.

Grace schaute bedeutungsschwer zu Boden und schloss kurz schmerzerfüllt die Augen, dann schaute sie langsam wieder auf. »Du musst mindestens sechs Monate in einem Waisenhaus verbracht haben.«

Reflexartig wich Norma einen Schritt zurück. In ein Waisenhaus? Und fort von Grace? Am liebsten wollte sie nicht eine Stunde mehr ohne sie sein. Ihr Herz zog sich schmerzhaft zusammen.

»Sechs Monate sind bestimmt schnell vorbei«, beeilte sich Grace zu sagen. »Wirst du das durchstehen, meine Kleine?« Sie streckte die Arme nach Norma aus. »Ich kann die Regeln des Bundesstaates Kalifornien nicht ändern, so gerne ich das auch tun würde.«

Norma zögerte. Es war unvorstellbar, dass sie die Ewigkeit von sechs Monaten in einem Waisenhaus überleben würde.

»Es gibt keinen anderen Weg, damit ich deine neue Mom werden kann«, versicherte Grace, »und ich verspreche dir, dass ich danach immer für dich da sein werde.«

»W-, w-, wirk-lich fü-, fü-, für immer?«, fragte Norma ungläubig.

Grace strich ihr liebevoll über die Haare und sagte in zärtlichem Ton: »Wirklich, für immer.«

Diese Vorstellung überwältigte Norma. Sie nickte schließlich und versuchte, so zuversichtlich zu lächeln wie Eadie im Film. Dann schmiegte sie sich in Graces Arme und blendete die bevorstehende Zeit im Waisenhaus wie eine Filmszene aus. Endlich würde sie eine Mom bekommen, die vermutlich beste der Welt. »Mom«, sprach sie vorsichtig vor sich hin, noch immer an Grace geschmiegt. Eine Freudenträne lief ihre Wange hinab. In sechs Monaten würde sie endlich eine Mutter haben, die ihr bedingungslos Liebe schenken und sie nie mehr verlassen würde. Ein bisschen hatte sie in den zurückliegenden Wochen schon erfahren, wie sich Mutterliebe anfühlte: warm, sicher und süß wie Donuts. Mutterliebe ließ das Herz zur Ruhe kommen und machte das Atmen leicht.

TEIL I

»Mit zwölf Jahren sah ich aus wie ein siebzehnjähriges Mädchen. Mein Körper war entwickelt und wohlgeformt. Aber das wusste niemand außer mir. Ich trug immer noch das blaue Kleid und die Bluse, die das Waisenhaus zur Verfügung stellte. Sie ließen mich wie einen übergroßen Trottel aussehen.«

Marilyn Monroe

1

März 1942

Norma musste sich am Flughafenzaun festkrallen, damit sie nicht beiseitegedrängt wurde. Seit Wochen war der Beginn der Dreharbeiten zu *Alle treffen sich bei Rick's* von Kinogängern und Presse in Los Angeles mit Spannung erwartet worden. Fasziniert beobachtete sie das emsige Treiben auf dem Rollfeld des *Metropolitan Airport*. Dort waren Kamerakräne aufgebaut, Tonangeln ragten in die Höhe, und jede Menge Lampen leuchteten das emsige Treiben aus. In den Wohnwagen, auf denen unübersehbar das Logo der *Warner Bros.* prangte, herrschte ein Kommen und Gehen. Auch Frauen, vermutlich Schauspielerinnen, waren zu sehen. Eine von ihnen ging besonders aufgeregt vor dem Wohnwagen auf und ab und presste sich Zettel vor die Brust. Ob sie dem *schwindelerregenden Augenblick* entgegenfieberte?

Von Grace wusste Norma, dass eine Schauspielerin den Zuschauer nur dann im Herzen zu berühren und mitzureißen vermochte, wenn sie und ihre Rolle eine Einheit bildeten, wenn sie ganz in der Rolle aufging und diese zur Illusion des wahren Lebens wurde. Das Gefühl dieser Einheit hatte Grace ihr als einen *schwindelerregenden Augenblick* beschrieben, in dem die Schauspielerin nicht mehr unterscheiden konnte, was eigenes Leben und was Rolle war.

Norma wollte solch einen Augenblick eines Tages selbst erleben. Sie stellte ihn sich vor wie hunderte Glücksmomente konzentriert in einem einzigen Moment. Seit sie das erste Mal im Kino gewesen war, konnte es gar nichts anderes für sie geben, als selbst Schauspielerin zu werden. Nachdem sie das Waisenhaus verlassen hatte und bei

Grace eingezogen war, versuchte sie immer wieder, Filmszenen in ihrem Zimmer nachzuspielen. Bei den gemeinsamen wöchentlichen Kinobesuchen durchlebte sie jedes Mal ein neues Leben: ein heldenhaftes, ein romantisches, selten ein tragisches, oft ein von Liebe erfülltes, und immer wurde am Ende alles gut für die Heldin oder den Helden auf der Leinwand.

»So ein Filmset wirkt wie ein Ameisenhaufen«, sagte sie mehr zu sich selbst als zu ihrer Stiefschwester neben sich. »Es sieht unglaublich chaotisch aus, aber in Wirklichkeit geht jeder seiner festgelegten Aufgabe nach.« Norma beobachtete einen Kameramann, der an einem beeindruckend großen wie blankpolierten Apparat hantierte, auf dem sich das Sonnenlicht bündelte. Wann würde die erste Klappe des Tages geschlagen werden? Die Geschichte von *Alle treffen sich bei Rick's* gefiel ihr wegen der einzigartigen Liebesgeschichte besonders gut. Im Mittelpunkt des Films stand Rick's Nachtclub in Casablanca, von dem aus Rick Europäern half, vor dem Naziterror ins sichere Amerika zu fliehen. Die Liebesgeschichte zwischen Rick und Ilsa war einfach zum Dahinschmelzen.

Norma hatte das Buch zum Theaterstück begeistert verschlungen. Man munkelte, dass die Autoren den unglaublichen Betrag von zwanzigtausend Dollar für den Verkauf der Filmrechte erhalten hätten. Der bekannteste unter den Schauspielern war Humphrey Bogart. Er spielte die Rolle des Rick und wurde heute am Set erwartet. Der Nachtclubbesitzer war seine erste romantische Rolle, bisher hatte er vor allem als Gangster geglänzt. Es war noch unklar, ob Ingrid Bergman, die die Rolle der Ilsa übernommen hatte, heute ebenfalls am Drehort auftauchen würde. Für sie interessierte sich Norma noch mehr, sie und ihre Stiefschwester vergötterten Mrs. Bergman. Wie die meisten Frauen, die es auf die große Leinwand geschafft hatten, strahlte sie eine Unverwundbarkeit aus, als könne das Leben ihr nichts anhaben. Außerdem war sie umwerfend schön.

Vor Aufregung schlug Normas Herz nun beinahe so schnell wie damals, als Grace sie nach der einsamen Zeit im Waisenhaus endlich zu sich geholt hatte. Seit sechs Jahren hatte Norma nun eine richtige Mutter und die beste Stiefschwester der Welt. Seit sechs Jahren fühlte sie sich nicht mehr ungeliebt und hatte ihr Für-Immer-Zuhause gefunden. Ihr Herz machte stets einen freudigen Hüpfer, wenn sie daran dachte, dass sich ihr sehnlichster Wunsch erfüllt hatte. Mit ihrer Stiefschwester zusammen tat sie das regelmäßig und schamlos. Schamlosigkeit war nämlich eine Eigenschaft, die eine gute Schauspielerin unbedingt brauchte. Nichts durfte ihr vor der Kamera peinlich sein, nicht einmal ein Kuss.

»Das dort muss er sein!«, rief die Frau hinter Norma und quetschte ihre Hand samt Fotografie an Norma vorbei durch den Flughafenzaun. »Der Mann mit dem grauen Trenchcoat und dem tief ins Gesicht gezogenen Hut!«

»Ja, das ist Bogie!«, bestätigte einer der Zeitungsredakteure von weiter hinten in der Menge, was die allgemeine Aufregung noch einmal steigerte. »Mr. Bogart, hätten Sie Zeit für ein kurzes Interview?«

Norma wurde unsanft gegen den Zaun gepresst. Sie konnte den Mann im grauen Trenchcoat nicht erkennen, denn sein aufgestellter Kragen verdeckte einen Teil seines Gesichts. »Was meinst du, ist er das wirklich, und wo bleibt Ingrid Bergman?«, fragte sie Bebe. Ihre Stiefschwester hieß eigentlich Eleanor. Sie war die älteste Tochter jenes Mannes, den Grace ein Jahr nach ihrem ersten gemeinsamen Kinobesuch geheiratet hatte und den Norma ihrer Mutter zuliebe ab und zu »Dad« nannte.

Ihre Stiefschwester reagierte nicht auf die Frage, ihr Blick verlor sich irgendwo im strahlend blauen Märzhimmel über dem Flughafen. Schon seit Tagen wirkte Bebe ungewöhnlich niedergeschlagen. »Was ist los mit dir?«, fragte Norma, während sie Stift und Tagebuch aus ihrer Strickjacke zog. Auf den letzten Seiten des kleinen Buchs sammelte sie Unterschriften von Hollywood-Stars. Die vorderen Seiten füllten ihre geheimsten Gedanken.

Als der Mann im grauen Trenchcoat auf den Zaun zukam, setzte Gekreische ein und Kamerablitze zischten. »Mr. Bogart, bitte, ein Autogramm!«, krakeelte eine hohe Stimme, eine andere Frau rief sehnsüchtig: »Sie sind mein Held, Bogie!«

Norma hatte jetzt nur noch Augen für ihre Stiefschwester. Sie hatte gehofft, dass der vormittägliche Ausflug Bebe aufmuntern würde. Es war ein wunderschöner Frühlingstag. Seit Kurzem war der betörende Duft der blühenden Eukalyptusbäume zu riechen, die sich in die Senken der Berge von Bel Air schmiegten. Aber von gelungener Aufmunterung konnte gerade nicht die Rede sein. Bebe stiegen sogar Tränen in die Augen, ihr Lippenstift war verwischt. »Es ist nichts«, winkte sie ab und war bemüht, Norma nicht anzuschauen.

Der Mann war inzwischen am Zaun angelangt. Es war wirklich Bogie! Norma war sich ganz sicher. Diesen Gangsterblick über dem hochgeschlagenen Kragen beherrschte niemand so wie er.

Nach einem letzten sehnsüchtigen Blick nahm Norma ihre Stiefschwester bei der Hand und drängelte sich mit ihr durch die Menge weg vom Zaun und vorbei an den Reportern. In ihren hellen Kleidern, die Bebe ihnen aus alten Vorhängen genäht hatte, mit demselben roten Lippenstift und den verschlissenen Strickjacken sahen sie beinahe wie Zwillinge aus. Es dauerte eine Weile, bis sie sich aus der hysterischen Menge rausgekämpft hatten.

»Wollen wir ins Baumhaus?«, fragte Norma.

Das Bretterhaus in der alten Eiche hinter dem Bungalow der Familie war ihr Zufluchtsort. Hoch oben und versteckt im Blättermeer hatte Norma ihrer Stiefschwester anvertraut, wie sie sich ihr Leben als Schauspielerin vorstellte und dass sie Angst davor hatte, keine

Einladung zu Probeaufnahmen bei den großen Filmstudios zu bekommen. Bebe ihrerseits hatte ihr vom ersten Kuss mit Joe Tyler von gegenüber und von ihrer schwierigen Kindheit erzählt. Ihre Stiefschwester war im gleichen Jahr wie sie geboren, aber noch mehr als durch ihr Alter fühlten sie sich durch ihre Vergangenheit verbunden. Genau wie sie hatte Bebe ebenfalls bei Pflegeeltern und im Waisenhaus gelebt. Auch ihre leibliche Mutter galt als geisteskrank. Umgeben von knarzenden Ästen und eingehüllt in den angenehm kühlen Schatten waren sie zu echten Schwestern geworden. Nur Grace stand Norma noch näher.

»Aber du wolltest doch Humphrey Bogart sehen«, warf Bebe kleinlaut ein.

»Nicht, wenn du dabei unglücklich bist!«, beharrte Norma und zog ihrer Stiefschwester die Strickjacke über die Schultern hoch, die im Gedrängel verrutscht war.

Bebe wischte sich ihre Tränen mit dem Handrücken fort, aber lange blieben ihre Wangen nicht trocken.

»Ich glaube nicht, dass der Mann im Trenchcoat wirklich Bogie ist«, flunkerte Norma und zwang sich, nicht zum Zaun zurückzuschauen. Zu gerne hätte sie ein Autogramm des berühmten Schauspielers in ihrem Tagebuch mit nach Hause genommen und vielleicht sogar mehr über Ingrid Bergman erfahren. »Er könnte ebenso gut Conrad Veidt sein, der die Rolle von Major Strasser spielt«, erklärte sie tapfer, legte den Arm um Bebes Schultern und schlug den Weg nach Hause ein. Hauptsache, ihrer Schwester ging es bald wieder besser. Dafür ließ sie auch mal Humphrey Bogart stehen. Von Anfang an hatte auch Bebe sie mit ihrer fürsorglichen Art ins Herz geschlossen. Bereitwillig hatte sie am Tag von Normas Einzug Platz in ihrem Zimmer gemacht, ihr sogar einen kleinen Strauß Wildblumen am Wegesrand gepflückt und auf das Kopfkissen gelegt. Auf dass Norma in ihrem Bett im neuen Zuhause immer gut schlafe und von schönen Dingen träume, wie von diesen Blumen. Norma hatte sie daraufhin spontan umarmt.

Wie der *Metropolitan Airport* lag der Bungalow der Familie im Stadtteil Van Nuys. Vor drei Jahrzehnten waren die ersten Farmer mit ihren Zelten in diese Gegend von Los Angeles gekommen, im Herzen des San Fernando Valley. Inzwischen verdienten viele Menschen ihr Geld in der Konservenindustrie. In manchen Straßen des Viertels standen die kleinen Häuser so dicht aneinandergedrängt, dass es nicht einmal Platz für einen schmalen Garten gab.

Während Bebe und Norma nach Hause schlenderten, plauderten sie über *Alle treffen sich bei Rick's*. Bebe hatte das Theaterstück noch vor Norma gelesen und war tief berührt von Ricks Liebe zu Ilsa. Norma wusste, dass ihre Stiefschwester schon etwas von der Liebe verstand, wegen Joe Tyler. Sie selbst konnte sich nicht vorstellen, einem Jungen etwas von der Liebe abzugeben, die sie für Grace und Bebe empfand. Und bei der Vorstellung, dass ein fremder Mann mit seinen Lippen auf ihre kam, lief ihr ein eiskalter Schauer den Rücken hinab.

Als sie in der Odessa Avenue ankamen, lächelte Bebe immerhin schon wieder etwas. Norma konnte trotzdem spüren, dass ihre Stiefschwester etwas Größeres beschäftigte. »Ich hole uns Wasser zur Erfrischung«, schlug sie vor. Am liebsten hätte sie zur Aufmunterung einen Käsetoast gemacht, aber weil das Geld gerade knapp war, gab es nicht mehr so oft Käse. Grace arbeitete nur noch zeitweise bei den *Consolidated Filmstudios*, und Ervin lag nach misslungenen Vorsprechen als Schauspieler tagelang auf dem Sofa herum, ohne einen Penny zu verdienen. Absehbar würde sich dies wohl auch nicht ändern, wusste Norma, denn Vorsprechen waren rar geworden. Seit die Vereinigten Staaten im vergangenen Dezember in den Krieg eingetreten waren, wurde weniger gedreht. Zellulose, das Material der Filme, wurde für Sprengstoff benötigt, und Harz, aus dem Flaschen gemacht waren, die man sich bei Prügeleien über den Kopf zog, war für die Rüstungsindustrie reserviert. So zumindest hatte es in *The Hollywood Reporter* gestanden, einer Zeitschrift, die Grace und Norma oft gemeinsam lasen.

»Klettere du schon mal hoch«, sagte Norma und wandte sich dem Bungalow zu. »Es müssten noch Kissen oben sein.«

Bebe nahm gerade die ersten Leitersprossen, als Grace aus dem Haus trat. Sie war schon für den Besuch bei *Grauman's* am Nachmittag zurechtgemacht. Sie trug einen Bleistiftrock, hohe Schuhe und ihre mintgrüne Lieblingsbluse mit den Ballonärmeln. Seit dem Kriegseintritt herrschte Stoffknappheit, weswegen Ballonblusen weder produziert noch getragen werden durften. Aber Grace ließ sich ihre Lieblingsbluse nicht verbieten.

»Mom«, rief Norma und bemerkte aus dem Augenwinkel, dass ihre Stiefschwester plötzlich wie versteinert auf der Leiter innehielt. »Wir hätten beinahe Humphrey Bogart und Ingrid Bergman gesehen. Kannst du dir das vorstellen?«

»Sehr schön, Sweetheart«, antwortete Grace mit fröhlicher Stimme. Von der sanften Frühlingssonne bestrahlt, wirkte ihre Haut beinahe alabasterfarben. »Bebe, hast du mit Norma *darüber* gesprochen?«, wollte sie wissen.

Norma sah, wie Bebe langsam die Leiter wieder hinabstieg und neben sie trat. »Ich habe es nicht übers Herz gebracht«, sagte Bebe und schaute beschämt auf den staubigen Boden vor sich.

Norma blickte zwischen ihrer Stiefschwester und ihrer Mutter hin und her. »Willst du *Grauman's* absagen?«, fragte sie leise, an Grace gewandt. »Bitte nicht!« Diese Woche wurde der neue Film mit Rita Hayworth gespielt, der sinnlichsten Tänzerin ganz Hollywoods. Norma spürte, wie Bebes Hand von hinten in die ihre kam und sie bestärkend drückte. Bebes Finger waren eiskalt.

»Lass uns ins Haus gehen«, sagte Grace und führte Norma mit

einer sanften Bewegung fort. Ihre Hand auf Normas Rücken zitterte.

»W, W, was ist pa-, passiert?«, fragte Norma. Wie so häufig, wenn sie aufgeregt war oder vor einer größeren Gruppe sprechen sollte, stotterte sie. Seit einiger Zeit erschienen dabei auch noch hässliche, dunkelrote Flecken auf ihren Wangen. Sie wischte sich den Lippenstift vom Mund, plötzlich erschien ihr das grelle Rot unpassend. Gab es etwa Nachrichten von ihrer leiblichen Mutter? War Pearl Baker ihrer Geisteskrankheit erlegen? Norma hatte immer wieder darüber nachgedacht und war jedes Mal unsicher, was sie für Pearl empfinden sollte. Seit Jahren hatten sie sich nicht mehr gesehen. Trotzdem überfiel sie Unbehagen, wenn sie an ihre Erzeugerin dachte. Vielleicht lag es daran, dass Geisteskrankheiten vererbbar waren? Vielleicht hatte sie deswegen früher als schwierig gegolten und wurde noch heute von manchem Nachbarn schief angeschaut?

Norma und Grace betraten das Haus, in dem jeder Raum in einem anderen Pastellton gestrichen und weißes Linoleum auf dem Boden verlegt war – der letzte Schrei vor Kriegsausbruch. Während sie gedankenversunken das Wohnzimmer durchschritten, mied Norma den Blick zum Sofa, wo ihr Stiefvater saß oder lag. Wenn er vom Sofa hochkam und sich unbeobachtet wähnte, übte er, so breitbeinig wie John Wayne zu gehen.

In dem kleinen Zimmer, das die Stiefschwestern sich teilten, nahm Norma auf dem Hocker am Schreibtisch Platz. Ihr Biologiebuch aus dem zweiten Highschool-Jahr lag aufgeschlagen vor ihr. Sie klappte es zu und schob ihr Tagebuch zurück in die Schreibtischschublade.

Grace ging ein paar Mal im Zimmer auf und ab. Erst nach längerem Zögern rückte sie mit der Sprache heraus: »Ervin hat ein vielversprechendes Jobangebot bekommen, das er nicht ablehnen kann und will.«

»Endlich eine große Rolle als Schauspieler?«, fragte Norma aufgeregt. Vielleicht durfte sie ihren Stiefvater mal am Set besuchen und einen Blick hinter die Kulissen werfen?

Grace schüttelte betrübt den Kopf, an dem sich ihr inzwischen lavendelfarbenes Haar keinen Inch bewegte. »Nicht als Schauspieler, sondern als Verkäufer.«

Norma war verwirrt. Ervin arbeitete doch auf seinen Durchbruch als Schauspieler hin. Andauernd sprach er von einem Studiovertrag bei *Metro-Goldwyn-Mayer* mit tausend Dollar Wochenlohn. Andererseits wusste sie auch, dass die Haushaltskasse bald komplett leer sein würde, sofern alles unverändert weiterlief. Ihr Stiefvater brauchte dringend Arbeit, also warum dann nicht im Verkauf?

»Er hat die Chance, den Vertrieb von *Adel Precision* in West Virginia zu übernehmen«, erklärte Grace weiter. »Er wird hydraulische Bauteile für Flugzeuge verkaufen.«

»In West Virginia?« Der Bundesstaat lag am anderen Ende der Vereinigten Staaten und war bekannt für eiskalte Winter. Norma wollte nicht aus Los Angeles weg, der Stadt, in der alles möglich schien, der Stadt, die sich von einem ausgedörrten, heißen Stück Land zum glamourösesten Ort der Welt entwickelt hatte. In West Virginia würde ihr Traum von einer Zukunft als bewunderte, geliebte Ikone niemals wahr werden. Warum konnte Ervin sich keinen Job in Los Angeles suchen? Hier saßen die großen Filmstudios. In West Virginia wurde kein einziger Film gedreht. Hier fühlte sie sich wohl, hier wäre sie fast Humphrey Bogart und Ingrid Bergman begegnet. Außerdem war sie für ihren Stiefvater am allerwenigsten bereit, etwas aufzugeben. Seine mürrische Art war an manchen Tagen kaum auszuhalten. Wenn Grace nicht anwesend war, behandelte er Norma wie eine unnütze Esserin, die gerade gut genug dafür war, ihm am Sofa ein Bier zu servieren.

»Steht es denn schon fest?«, fragte sie mit erstickter Stimme.

Graces Blick glitt zum Wohnzimmer. »Ervin hat bereits zugesagt«, antwortete sie leise, »ich konnte ihn leider nicht mehr umstimmen.« Ihre Augen wurden feucht, und auch Norma spürte, wie ihr die Tränen in die Augen stiegen. »Er ist ein begnadeter Verkäufer und will dringend Geld für uns verdienen. Wir brauchen doch etwas zu essen und müssen die Miete bezahlen, sonst sitzen wir bald auf der Straße«, flüsterte Grace.

»Ich werde mich anstrengen, nicht allzu viel Heimweh zu haben«, versprach Norma, um Grace aufzumuntern, und schmiegte sich an sie.

Grace nahm sie fest in den Arm, als wolle sie sie nie wieder loslassen und presste mit zitternder Stimme hervor: »Als Pflegekind darfst du den Bundesstaat Kalifornien leider nicht verlassen.«

Der Satz traf Norma wie ein Messerstich von hinten, vollkommen unvorbereitet. Sie erstarrte. Sie durfte nicht mit, weil sie »nur« ein Pflegekind war? Sie sollte sich von ihrer Familie, ihrer geliebten Mutter trennen?

»Ich habe alles versucht, aber das Wohlfahrtsamt besteht darauf, dass deine Ausreise illegal wäre«, versicherte Grace. Aus ihrem Gesicht war jeglicher Glanz gewichen. Sie schien einem Zusammenbruch nah und hielt sich an Norma fest, dabei wich Norma gerade selbst alle Kraft aus dem Körper.

»Es tut mir so leid«, murmelte Grace unter Schluchzen, ihre Fingernägel bohrten sich in Normas Arm. »Ich weiß nicht, was ich noch tun kann, damit wir nicht getrennt werden.« Tränen liefen ihre Wangen hinab. »Wenn alles gut geht, sind Ervin und ich in ein oder spätestens zwei Jahren wieder zurück und haben dann genug Geld, damit wir alle wieder zusammen in Los Angeles leben können.«

Norma spürte ein schmerzhaftes Verlangen zu schreien oder wenigstens wütend mit der Faust gegen die klapprige Bretterwand zu boxen, die das Kinderzimmer von der Küche trennte. Aber beim

Anblick ihrer Mom, die sie noch nie so kreidebleich gesehen hatte, brachte sie kein böses Wort heraus.

Ervin Goddard betrat das Zimmer. Breitbeinig und die Daumen hinter seine übergroße Gürtelschnalle gesteckt, baute er sich vor ihnen auf. Er stand so lässig da, als probe er für eine Rolle in einem Western. Norma verstand nicht, warum Grace immer noch von dem texanischen Hünen hingerissen war. Lag es daran, dass er zehn Jahre jünger als sie war?

»Hast du ihr endlich gesagt, dass wir ohne sie umziehen, Darling?«, fragte er. »Sie ist fast sechzehn, so etwas sollte sie aushalten können.«

Ungläubig schüttelte Norma den Kopf. Wie konnte er nur so kaltherzig sprechen! Kannte er sie denn gar nicht? Ganz sicher überlebte sie nicht einmal einen einzigen Monat ohne ihre geliebte Mom, ohne ihr Für-Immer-Zuhause. Sie ballte ihre Hände zu Fäusten. Fortan würde sie auf gemeinsame Mahlzeiten verzichten müssen, auf vertraute Gespräche, die so nur Frauen miteinander führen konnten, und darauf, auf der Couch mit ihrer Mom über den Matheaufgaben zu brüten. Und ein Kinobesuch ohne Grace war einfach nicht dasselbe. Wie hatte es nur so weit kommen können? Grace hatte sie doch nie mehr weggeben wollen! Norma spürte, wie sich ihr Magen zusammenkrampfte. Am liebsten hätte sie das alles rausgebrüllt.

Wie durch Watte nahm sie wahr, wie Ervin zufrieden feststellte: »Dann können wir jetzt also endlich offen über unsere Zukunftspläne in West Virginia reden!« und ihre Mom kaum sichtbar nickte.

Norma verstand nicht, warum die ansonsten starke Grace sich von Ervin derart unterbuttern ließ. In seinen Händen war sie wie Wachs. Wenigstens Bebe würde ihr bleiben. Ganz allein würde sie zu Grunde gehen. Dann wäre sie wieder das kleine Mädchen, das niemand haben wollte.

»Dann ist ja alles klar!«, sagte Ervin und wandte sich Norma zu. »Bebe kann dir ja schreiben.« Nach diesen Worten stapfte er breitbeinig davon.

»Bebe geht auch?«, hauchte Norma und glaubte plötzlich, kaum mehr Luft zu bekommen. Kraftlos sank sie in ihren Stuhl zurück.

»Für eine dritte Person ist gerade noch Platz im neuen Haus«, antwortete Ervin im Türrahmen, »aber nicht für eine vierte.«

Norma schaute ungläubig von Ervin zu Grace und spürte einen brennenden Schmerz in sich, als rühre jemand mit einem Messer in ihren Eingeweiden auf dem Weg zu ihrem Herzen. Mühsam erhob sie sich, wankte ans Fenster und schaute hinaus zum Baumhaus, wo Bebe verheult an der Leiter lehnte. Ihre Stiefschwester konnte nichts dafür, dass sie die Auserwählte war. Es war nachvollziehbar, dass ein Vater seine leibliche Tochter bevorzugte. Nicht nur in der Nachbarschaft, auch für Ervin war Norma bis heute der bemitleidenswerte Wohltätigkeitsfall geblieben. Aber mit Grace als Mom hatte sie sich gegen alle Anfeindungen gewappnet gefühlt. Es hatte ihr fast nicht mehr wehgetan. Mit Grace als Mom war sie in der Schule nicht mehr als »schüchterne Maus« verspottet worden.

Als Norma Ervins schwere Schritte auf der Treppe hörte, schloss sie die Zimmertür und trat ganz nah vor Grace. »Bebe und ich, wir teilen uns hier ein winziges Zimmer. Wir kö-, kö-, könnten doch auch in West Virginia zu zweit in einem Raum wohnen.« Sie war überzeugt davon, dass ihre Stiefschwester und sie sogar eingezwängt in ein Holzfass miteinander auskämen. »Bitte, erlaube es, Mom!«, flehte sie.

»Ich würde es ja erlauben, aber das Wohlfahrtsamt tut es nicht, Sweetheart«, antwortete Grace niedergeschlagen. »Du wirst sehen, dass ein oder zwei Jahre schnell vorbei sind.« Sie seufzte, was ihre Worte Lügen strafte.

Norma schluchzte. »Ein oder zwei Jahre sind eine Ewigkeit!« Verzweifelt sackte sie aus dem Stuhl auf den Linoleumboden vor Grace und begann zu weinen. Ihre leibliche Mutter hatte sie abgelegt, Ida Bolender hatte sie fortgegeben, und nun schickte Ervin Goddard, der die Gewalt über ihre Mom besaß, sie ebenfalls fort. Jetzt musste sie doch wieder zurück ins Waisenhaus, wo niemand für sie focht, wo niemand an sie glaubte. Lieber verkroch sie sich fortan im Baumhaus. Das blaue Kleid und die weiße Bluse aus dem Waisenhaus hatte sie schon vor zwei Jahren verbrannt. Da hatte sie gedacht, es wäre ein für alle Mal ausgestanden.

Norma weinte hemmungslos, obwohl Grace in die Hocke ging und sie tröstend in die Arme nahm. Es stach so sehr in ihr, dass sie sich die Hände auf die Brust legen musste. Aber das Stechen, das Ziehen und Brennen ließen einfach nicht nach.

»Ich sorge dafür, dass du nicht zurück ins Waisenhaus musst«, versprach Grace und tupfte sich und Norma mit einem Tüchlein Tränen fort. Ihre Wimperntusche war verschmiert.

»Wie soll das gehen?« Norma schaute Grace durch einen Tränenschleier hindurch an. »Wie willst du das anstellen?« Ihr hellbraunes Haar stand ihr struppig vom Kopf ab. Das rosa Band darin hatte sich gelöst.

»Kommst du, Darling?«, rief Ervin ungeduldig aus dem Wohnzimmer.

»Gleich«, antwortete Grace und band Norma die Haarschleife neu. »Im Juni wirst du sechzehn«, sagte sie zärtlich. »Das bedeutet, dass du nach kalifornischem Recht heiraten darfst.«

Norma riss die Augen auf. Heiraten? Sie fühlte sich noch als Kind, das beschützt werden musste. Und sollte man sich nicht erst verlieben, bevor man heiratete? So jedenfalls lief es in Filmen stets ab. Und sich zu verlieben, das hatte sie nicht vor!

»Du magst Jimmie doch, nicht wahr?«, fragte Grace vorsichtig. »Er wäre deine Rettung vor dem Waisenhaus.«

»Du meinst Jim Dougherty, den Nachbarn von früher, als wir noch in der Archwood Street wohnten?«, fragte Norma zurück, während das Wort »Waisenhaus« dumpf in ihrem Kopf nachhallte.

In der Archwood Street hatten sich Jims Mutter und Grace über den Gartenzaun hinweg angefreundet. Norma war schon ein paar Mal in Jims Auto mitgefahren, aber viel wusste sie nicht über ihn. Wohl hatte seine Familie während der Großen Depression in einem Zelt gehaust und sich ihr Abendessen in den kalifornischen Hügeln schießen müssen.

»Jimmie ist ein guter Mann«, sagte Grace. »Er war Präsident der Schülerschaft an der Highschool, immer sehr beliebt, und rate mal, was noch?« Sie versuchte sich an einem aufmunternden Lächeln.

Aber Norma bekam keinen Ton heraus. Sie wollte keinen Ehemann, sie wollte ihre Mom behalten. Warum wachte sie nicht endlich aus diesem Alptraum auf?

»Könnte ich nicht bei deiner Tante Ana wohnen?«, fragte sie panisch. Sie hatte schon mehrmals bei der Schwester von Graces Vater für ein paar Tage gewohnt. Unter anderem, als Grace und Ervin in Las Vegas geheiratet hatten. Norma mochte Ana Lower sehr, sie war eine liebevolle, ältere Frau.

Aber Grace schüttelte den Kopf. »Tante Ana geht es nicht gut. Sie war letzten Monat wegen Wasser in den Beinen im Krankenhaus. Es wäre zu viel verlangt, dass sie in diesem Zustand die Verantwortung für dich übernimmt. Jim ist der einzige Ausweg. Er war im Footballteam der Highschool und spielte sogar erfolgreich in der Theatergruppe«, zählte Grace weiter auf. »Er könnte dir zeigen, wie man Rollen einstudiert, und sobald ich wieder zurück bin, kümmern du und ich uns gemeinsam um Probeaufnahmen bei *Metro-Goldwyn-Mayer.*«

»Probeaufnahmen als Ehefrau?«, fragte Norma. Noch ein Traum, der an diesem Tag platzte. Als Ehefrau würde sie nie einen Studiovertrag bekommen. Schauspielerinnen wurden von den Filmstudios abgeschrieben, sobald sie verheiratet waren, weil das Risiko zu groß war, dass sie schwanger wurden. Alle Anstrengungen, Filmszenen wieder und wieder nachzuspielen, waren umsonst gewesen. Dabei beherrschte sie die Rolle der Dorothy aus dem *Zauberer von Oz* schon ziemlich textsicher.

»Warum denn nicht auch als Ehefrau?«, sagte Grace und nickte aufmunternd. »Wenn du besser als alle anderen bist, nehmen sie dich auch verheiratet.«

Sie – besser als alle anderen? Das war sie noch nie gewesen, und das würde sie auch nie sein. Der Weggang von Grace bewies ihr einmal mehr, dass sie weniger wert war als jedes andere Familienmitglied.

»Vielleicht ist diese ganze Sache ja ein Wink des Schicksals, der uns zeigt, wie sehr du nach Hollywood gehörst«, sprach Grace weiter.

»A-, a-, aber- …», begann Norma wieder zu stottern. Sie konnte spüren, wie die roten Flecken auf ihren Wangen brennend aufflammten. Sie wollte jetzt nicht an die Schauspielerei denken. Ohne Grace verlor dieser Zukunftstraum an Bedeutung. »Ich weiß gar nicht, was eine Ehefrau alles zu tun hat.«

Grace lächelte gewinnender als jeder Filmstar, auch wenn ihre Augen noch feucht waren. »Die Pflichten einer Ehefrau wirst du bestimmt schnell erlernen. Sag ja, damit ich weiß, dass du während meiner Abwesenheit versorgt bist.«

Norma dachte an Jean Harlows Worte in *Millionäre bevorzugt*. In der Rolle der Eadie war sie überzeugt gewesen, dass es nur eine einzige Sache für eine Frau zu tun gäbe, nämlich zu heiraten. Norma wollte noch nicht heiraten, aber noch weniger wollte sie ins Waisenhaus zurück. Im Waisenhaus war sie unendlich einsam gewesen. Den anderen Kindern dort hatte sie von ihren tollen Eltern erzählt, die sie bald abholen kommen würden. Jeden Tag aufs Neue.

Norma vergrub den Kopf an Graces zarter Schulter. »Ich schaffe das nicht. Ohne dich und Bebe bin ich verloren.« Ihre Stimme klang gebrochen, und ihre Kraft reichte nicht einmal mehr dafür aus, sich vom Boden hochzuhieven.

Grace wiegte die reglose Norma in den Armen. »Wir werden uns viele Briefe schreiben, und ruckzuck sind wir wieder vereint. Und wenn du weiter jede Woche ins Kino gehst, bleiben wir darüber in Gedanken verbunden.«

Wie versteinert schaute Norma auf und brachte kein Wort heraus. Ohne Grace würde sie nie wieder einen Fuß in ein Kino setzen. Alles würde sie dort an den Verlust ihrer Mom erinnern. Das Kino und Hollywood-Filme waren für immer untrennbar mit Grace verbunden. Und der heutige Tag bewies ihr, dass es doch ihre Bestimmung war, immer wieder verlassen zu werden. Immer wieder Dolchstiche ins Herz!

Nur Grace zuliebe nickte Norma. Sie wusste, dass nun wieder alle Farbe aus ihrem Leben weichen würde. Ihre Zukunft sah nur noch grau und regenverhangen aus, der Glitzer war fortgespült und die Liebe sowieso.

2

April 1942

Anfang April waren die Nächte noch kühl. Norma trug Wolldecken und Kissen ins Baumhaus. Bebe folgte ihr mit Verpflegung. Für die Abschiedsnacht hatten sie heimlich Root Beer besorgt, das sich die Familie schon eine Weile nicht mehr leisten konnte. Ihre Eltern waren vor einer Stunde zu Bett gegangen. Grace war todmüde vom Packen gewesen.

Nachdem Norma den Boden des Baumhauses mit den Kissen ausgelegt hatte, machten sie es sich mit dem Rücken gegen die Bretterwand bequem und zogen sich die Decken bis unter die Achseln. Als stünde die Zeit still, lauschten sie dem Zirpen der Grillen.

»Ich werde keinen einzigen Tag nicht an dich denken«, flüsterte Bebe nach einer Weile.

Norma bekam vor Zukunftsangst und Trostlosigkeit nur ein »Ich auch« heraus. Mit dem morgigen Tag würde sie nicht nur ihre Familie verlieren, sondern musste zusätzlich noch einen fremden Jungen heiraten und küssen, sich ihm ganz hingeben, wie Grace es genannt hatte. Bisher hatte sie noch nie einen Jungen berührt, ganz zu schweigen geküsst. Eigentlich war Jim Dougherty auch kein Junge mehr, sondern ein richtiger Mann. Noch schlimmer! Was geschah, wenn sie sich so ungeschickt anstellte, dass er sie doch nicht wollte? Dann müsste sie ins Waisenhaus, bis sie achtzehn war. Vielleicht sollte sie wenigstens das Küssen vorher auf ihrem Handrücken üben. Es schüttelte sie bei dem Gedanken, dass es später Jims Mund sein würde, der sich feucht ihrem Gesicht näherte. In Filmen sah das immer einfach und romantisch aus, ganz anders als in der Realität.

Norma verbannte das Bild von Jims Lippen aus ihrem Kopf und schaute durch die Ritzen des Bretterdachs. Die Sterne funkelten verheißungsvoll am Firmament über Los Angeles, als ob alles in Ordnung wäre.

Bebes Blick folgte dem ihren. »Ob der Himmel in West Virginia anders aussieht als hier in Los Angeles?«

Norma presste die Augenlider zu, damit sie nicht weinen musste. »Grauer und verregneter, denke ich.«

»Wenn du es gar nicht aushältst mit Jim, dann rufst du mich an, und ich hole dich nach, egal was das Wohlfahrtsamt dazu sagt«, flüsterte Bebe. »Ich werde mir in West Virginia eine Eiche suchen, die weder Dad noch Grace kennen, und dort schon mal anfangen, ein Baumhaus für uns zu bauen.« Sie reichte Norma eine Flasche Root Beer.

Eigentlich liebte Norma das süße, schäumende Getränk, das im Gegensatz zu echtem Bier keinen Alkohol enthielt und ursprünglich aus der Wurzelrinde des Sassafrasbaumes hergestellt worden war. Aber heute Nacht wollte es ihr einfach nicht schmecken. Sie holte ihr Abschiedsgeschenk für Bebe hinter ihrem Rücken hervor und hielt es ihrer Stiefschwester mit laschen Armen hin. »Damit du unsere gemeinsame Zeit nie vergisst.«

Bebes Stimme machte einen Satz. »Dein Tagebuch mit den Autogrammen?«

Norma nickte. »Damit wir weiter verbunden sind, möchte ich dir einen Teil meiner Gedanken mitgeben und natürlich die Autogramme.« Früher war ihr Tagebuch ihr Schatz gewesen, den sie streng gehütet hatte. Selbst vor ihrem Stiefvater hatte sie es vehement verteidigt. Als er einmal betrunken alles um sich geworfen hatte, war sie todesmutig vor ihn gesprungen und hatte ihm ihr geheimes Buch in letzter Sekunde entrissen. Und bevor sie den Text von Dorothy aus dem *Zauberer von Oz* gelernt hatte, hatte sie jedes

Mal die berühmten Unterschriften im Tagebuch betrachtet und sich gesagt, dass auch diese Persönlichkeiten hart für ihren Erfolg gearbeitet und Texte wieder und wieder hatten aufsagen müssen. Zuletzt hatte sie schon davon geträumt, eines Tages die eigenen Handabdrücke und ihre Unterschrift in eine der Platten vor *Grauman's* zu verewigen.

»Leider fehlt Ingrid Bergman noch«, fügte sie entschuldigend hinzu.

Bebe schlug das Büchlein ehrfürchtig auf und blätterte es so behutsam durch, als seien die Papierblätter in Wirklichkeit altes, brüchiges Pergament. »Die Unterschriften der Marx Brothers und von Hedy Lamarr sind unendlich wertvoll«, gab sie zu bedenken. »Willst du es nicht doch lieber behalten?«

Norma schüttelte so heftig den Kopf, dass ihr beinahe schwindelig wurde. Sie wollte mit der Schauspielerei nichts mehr zu tun haben! Genauso wie die Kinobesuche verband sie die Schauspielerei mit Grace. Sie hatte sie immer ermutigt, hatte ihr vom *schwindelerregenden Augenblick* erzählt und gemeinsam mit ihr im *Stanislawski* gelesen. Wenn sie den Traum, eine Schauspielerin zu werden, weiter träumte, würde sie ständig daran erinnert werden, dass sie sogar von Grace verlassen worden war, dem Menschen, dem sie aus tiefstem Herzen vertraut hatte, dem Menschen, der ihr versprochen hatte, sie niemals zu verlassen. Und mit diesem Schmerz würde sie nicht leben können.

Norma gab sich Mühe, etwas fröhlicher zu klingen. Sie musste sich räuspern, bevor sie sagte: »Schau mal auf die Seiten in der Mitte.«

Bebe lächelte versunken, während sie jene Zeilen vorlas, die Norma mit

Worauf man in eiskalten Bundesstaaten achten sollte

überschrieben hatte. Es begann mit Bekleidungsempfehlungen und endete mit der Bevorratung von Essen, falls man im Winter wochenlang einschneite. Norma kannte Schnee nur von den fernen Bergkuppen des Angeles National Forrest und aus Filmen.

Bebe lächelte gerührt. »Das ist so lieb von dir, dass du dich immer um mich sorgst. Das hat noch niemand so getan wie du.«

Bebe fiel Norma um den Hals und schluchzte. Als sie wieder besser Luft bekam, reichte sie Norma einen liebevoll genähten Brustbeutel aus braunem Kunstleder, kaum größer als eine Faust und mit einem Band zum Umhängen. Norma zog den Reißverschluss des Beutels Zahn für Zahn auf und holte einen Zehn-Dollar-Schein daraus hervor. Die Banknote zeigte mittig in einem ovalen Rahmen das Porträt von Gründungsvater Hamilton. So viel Geld hatte sie nie zuvor besessen, trotzdem zögerte sie. Es musste Bebes ganzes Erspartes sein. Norma selbst kam lediglich auf einen Viertel Dollar, der ihr gehörte.

»Das ist Geld für den Notfall«, sagte ihre Stiefschwester. »Damit du mich wirklich anrufen kannst, falls Jim kein guter Ehemann ist. Ferngespräche sind teuer.« Sie wies auf eine Zahlenreihe, die sie auf einem Zettel notiert und dem Geldschein beigelegt hatte. »Das ist die Telefonnummer des Postamtes von Huntington in West Virginia, wo du mir eine Nachricht hinterlassen kannst. Ich werde jeden Montag dort vorbeigehen und mich erkundigen, ob du angerufen hast.«

»Bestimmt werde ich anrufen.« Norma hängte sich den Brustbeutel um, strich verloren darüber und schmiegte sich an Bebe. »Und falls doch nicht, möchte ich dir die zehn Dollar zurückzahlen, sobald wir uns wiedersehen«, flüsterte sie.

Bebe überging den Vorschlag und hielt Norma ihre Flasche Root Beer hin. »Auf unser Wiedersehen.«

»Auf unser Wiedersehen!«, wiederholte Norma bemüht, obwohl

ihr nach wie vor zum Heulen zumute war. Und wieder schoss ihr Jims Bild ins Gedächtnis. Wie so oft musste sie Panik unterdrücken bei der Vorstellung, dass sie bald mit ihm leben würde. Ihr Zukünftiger war jüngst einundzwanzig geworden und wohnte noch bei seiner Mutter. Ab morgen würde Norma dort bis zur Eheschließung ebenfalls unterkommen. Sie wollte gerade ansetzen zu trinken, als es an der Leiter raschelte. Bebe und Norma schauten sich an und dachten wohl das Gleiche: ein Fuchs, der nach Essensresten suchte.

Im nächsten Moment glitt Norma beinahe das Root Beer aus der Hand, weil ein lavendelfarbener Haarschopf am Einstieg ins Baumhaus erschien.

»Habt ihr noch Platz für mich?« Grace schaute sich mit einem Buch unter dem Arm in dem Bretterverschlag um. Das tagsüber perfekt gelegte Haar war plattgelegen und struppig. Sie war nie zuvor hier hochgeklettert, weil es ihr zu staubig war, und sie ihre hochhackigen Schuhe dafür ausziehen musste.

Berührt von dieser ungewöhnlichen Abschiedsgeste, bemühte Norma sich um ein Lächeln und deutete auf die Kissen neben sich.

Grace setzte sich zu ihr und tat, als wäre es hier oben so richtig gemütlich und überhaupt nicht kühl. Über dem Nachthemd trug sie ihren Morgenmantel aus Satinimitat, und an ihren Fußsohlen klebte Dreck, aber sie kümmerte sich nicht darum. Bebe reichte ihr ein Root Beer, und Norma gab ihr etwas von ihrer Decke ab.

»Auf eine bessere Zukunft«, sagte Grace und hob ihre Flasche. Dann schaute sie nur Norma an und senkte ihre Stimme: »Auf Jimmie und dich und darauf, dass ihr beide glücklich miteinander werdet.«

Norma nickte, obwohl ihr nicht klar war, wie diese Heirat sie glücklich machen könnte. Als sie vor wenigen Tagen in der Highschool von ihrer anstehenden Ehe erzählt hatte, hatte ihre Lehrerin unumwunden geantwortet, dass sie mit einer so frühen Heirat ihr Leben ruinieren würde. Sie prosteten und tranken.

Nach dem ersten Schluck hielt Grace Norma das mitgebrachte Buch hin. Norma erkannte es trotz der Dunkelheit sofort. Der Name des Autors war nur mit STANISLAWSKI angegeben, ohne einen Vornamen.

Wie betäubt fuhr Norma mit der Kuppe ihres Zeigefingers jeden Buchstaben des Titels *Die Arbeit des Schauspielers an sich selbst* nach. Das Buch war Grace heiliger als die Bibel, sie hatte Norma schon ein paar Mal daraus vorgelesen. Der Autor war über seinen Tod hinaus der bekannteste und einflussreichste Schauspiellehrer überhaupt: Konstantin Stanislawski. Er hatte den *schwindelerregenden Augenblick* ersonnen.

»Ich möchte, dass du es bekommst«, sagte Grace und hielt es noch näher vor Normas Brust, weil die zögerte. »Wenn du den Inhalt verinnerlichst, wirst du eine gute Schauspielerin und hast auch als Ehefrau die Chance auf einen Studiovertrag.«

Norma brachte es nicht übers Herz, ihr zu sagen, dass sie die Schauspielerei für immer aus ihrem Leben verbannt hatte.

Es wurde eine lange Nacht zu dritt im Baumhaus, in der sie in beklommener Stimmung schon die Details für ihr Wiedersehen besprachen. Bebe berichtete, was sie über West Virginia gelesen hatte, und Grace gestand ihnen ihre Angst vor dem Leben in der Ferne und dass sie nicht einmal einen dicken Wintermantel besaß. Am Ende lagen sie aneinandergeschmiegt da und schliefen, begleitet vom Rauschen der Eichenblätter, ein.

Bevor Grace sich im Morgengrauen in den Bungalow zurückschlich, küsste sie Norma auf die Stirn und sagte ihr: »Du bist stärker, als du glaubst. Ich liebe dich, du bist mein Sweetheart.«

Eine Stunde später war Ervin Goddard abfahrbereit. Nicht einmal ein paar Eier wollte er noch frühstücken. Norma stand mit ihrem kleinen Koffer in der Hand und dem Brustbeutel um den Hals wie angewachsen vor dem leeren Haus. Sie würde zu Fuß zu den Doughertys gehen müssen.

Wie von hinter einer Glasscheibe her beobachtete sie das Treiben ihrer Familie vor dem Haus. Sobald die Koffer verstaut waren, schob ihr Stiefvater Grace und Bebe ins Auto, nickte Norma knapp zu und trat dann kräftig aufs Gas. Anstatt netter Abschiedsworte hörte sie nur noch das Quietschen der Reifen und schmeckte den aufwirbelnden Staub von der Straße. Sie hatte weder Bebe noch Grace noch einmal umarmen dürfen.

∞

Nur wenige Tage nach der Abreise der Goddards beschloss Jim Dougherty, für sich und Norma ein eigenes Heim zu suchen. Seine Wahl fiel auf ein winziges Haus in Sherman Oaks, weil er bei einer Mindestmietzeit von sechs Monaten eine Couch geschenkt bekommen sollte. Bei dem Haus handelte es sich um einen Ein-Zimmer-Bungalow, in dem man das Bett in den Wandschrank klappen musste, damit das Wohnzimmer überhaupt begehbar war.

»Es ist ein modernes Klappbett der Firma Murphy«, verkündete der Makler so begeistert, als wäre das Bettgestell mit Edelsteinen besetzt. Und auch den Rest des grauen Holzhauses mit den weißen Fensterrahmen pries er wie einen Palast an, was typisch für Los Angeles war.

Sherman Oaks grenzte südlich an Van Nuys, was immerhin bedeutete, dass Normas Baumhaus nach der Hochzeit nicht aus der Welt war. Dorthin hatte sie sich seit der Abreise ihrer Familie oft zurückgezogen, weil das Haus noch nicht wieder vermietet worden war.

Während der Makler weitere Vorzüge des Bungalows aufzählte,

hörte Norma nur mit einem Ohr hin. In Gedanken war sie schon bei ihrer Hochzeit. Die Zeremonie sollte am neunzehnten Juni im Haus einer Freundin von Grace in West Los Angeles stattfinden. Nur so ungefähr wusste sie, wie dieser angeblich wichtigste Tag im Leben ablaufen würde. Jim küssen, das wollte sie immer noch nicht, auch wenn er bisher freundlich und umgänglich gewesen war. Als Ehefrau würde sich ihr Wirkungsbereich vor allem auf das Haus beschränken. Besser, sie schaute es sich wenigstens an. Nur leider gab es nichts Hübsches zu sehen. In der winzigen Küche mit dem schmierigen Backofen zwang sie sich, die Augen zu schließen. Mit aller Kraft versuchte sie, sich ein gemütliches Sofa mit Rüschen an den Lehnen und ein Bad mit Badewanne vorzustellen. Grace hatte eine Vorliebe für teuren Badeschaum gehabt, der nach Vanille roch. Tränen drängten in ihre Augen, aber sie hielt sie mit aller Macht zurück. Wenn sie jetzt weinte, hätte ihr Zukünftiger schon genug von ihr, bevor sie überhaupt verheiratet waren.

Am Ende der Besichtigung entschied Jim, dass er den Bungalow ab Juni mieten würde, und sagte auch die Mindestmietzeit von sechs Monaten zu. Der Makler zeigte sich hocherfreut und zwinkerte Norma zu.

Nach der Besichtigung fuhr Jim mit Norma in seinem 1940er Ford Coupé durch Sherman Oaks, um die neue Nachbarschaft zu erkunden. Das Viertel bestand vor allem aus funktionalen Flachbauten, nur in Richtung des noblen Bel Air wurde es ansehnlicher. Er kurbelte seine Fensterscheibe runter und stützte den Arm beim Fahren auf die Tür. Norma kam sich sehr kindlich neben ihm vor.

Sie schwieg verlegen, weil sie nicht wusste, worüber sie sich mit ihm unterhalten sollte. Immer wieder tastete sie nach ihrem Brustbeutel. Das braune Kunsterledertäschchen war ihre Verbindung zu Bebe, ihr Rettungsanker.

»Es wäre besser, wenn wir mit dem Heiraten noch etwas warten würden«, brach Jim die Stille, während sie in Schrittgeschwindigkeit am *Oaks Diner* vorbeifuhren.

Wenn Norma an die Ehe dachte, sah sie zuerst Ervin auf dem Sofa liegen und hörte ihn mit seinem groben, texanischen Dialekt sprechen. Dann zwang sie sich sofort, an etwas Schöneres zu denken.

»Aber bei der ganzen Sache haben wir beide wohl nicht viel mitzureden«, fuhr Jim fort, strahlte aber trotzdem über das ganze Gesicht. Grace hatte ihn in der Abschiedsnacht im Baumhaus einen »Sonnyboy« genannt, auf den Norma stolz sein könne.

Norma überlegte, welchen Job sie als Schulabgängerin überhaupt bekommen würde. Es gab keine Alternative zum Heiraten, wenn sie nicht ins Waisenhaus wollte. Letzte Woche war sie wegen der anstehenden Hochzeit aus der Highschool genommen worden, obwohl sie im Fach Bürowesen die beste Schülerin gewesen war und leidenschaftlich gerne für die Schülerzeitung geschrieben hatte. Ihre Noten in Sprecherziehung hingegen waren lausig, weil sie immer wieder stotterte, wenn viele Zuhörer anwesend waren.

Um den Schulabgang besser zu verkraften, hatte Grace ihr vor ihrer Abreise davon berichtet, dass der große Louis B. Mayer, der Chef von *Metro-Goldwyn-Mayer*, es seinen Töchtern nicht erlaubte, aufs College zu gehen, weil sie dort moralisch verdorben würden. Also war ein Highschool-Abbruch auch keine Schande. Es sei doch viel spannender, sich dem echten Leben zu stellen!

Norma tröstete es mehr, dass Jean Harlow die Schule ebenfalls mit sechzehn abgebrochen hatte. Vermutlich endete sie als Bedienung im *Oaks Diner*, die tagein, tagaus mit der Kaffeekanne in der Hand umherlief und kostenlos nachschenkte.

Jim hielt mit laufendem Motor am Straßenrand an. »Eines Tages möchte ich ein Held werden«, verkündete er und stellte den Kragen seines Hemdes auf. Mehrmals hintereinander gab er Gas im Stand, wohl um seiner Aussage Nachdruck zu verleihen. Zwei Mädchen, die Norma aus der Highschool kannte, blieben stehen und zeigten kichernd auf ihn.

»Geht das denn als Arbeiter bei einem Flugzeugwerk wie *Lockheed?*«, fragte Norma vorsichtig.

»Nein, nicht im Flugzeugwerk. Ein Schulfreund von mir wird gerade Held der Nation, weil er unser Land im Krieg gegen die Japaner unterstützt.« Jim legte sich seine Hand auf die Brust, als stimme er im nächsten Moment *The Star-Spangled Banner* an. Dann wandte er sich in dem engen Auto zum ersten Mal Norma zu.

Sie rückte auf der Sitzbank nah an ihr Fenster und griff nach der Fensterkurbel. Seit Pearl Harbour von den Japanern angegriffen und die Vereinigten Staaten in den Zweiten Weltkrieg eingetreten waren, zog es viele Männer zu den Fahnen. Sogar einige von Hollywoods berühmtesten Schauspielern hatten sich freiwillig gemeldet. Ronald Reagan diente in höherer Position, James Stewart war einfacher Soldat, und Henry Fonda kämpfte als Matrose. Wenn Norma an die Nacht des Angriffs auf den auf Hawaii gelegenen Flottenstützpunkt dachte, bekam sie eine Gänsehaut, die sich anfühlte wie eine Eisschicht auf ihren Armen. Aber vielleicht lag ihre Unsicherheit gerade auch an Jims Blick, der ihre Lippen fixierte. Lieber dachte sie an den Krieg als an das, was er gleich mit ihr tun könnte, wenn er ihre Lippen weiter so anstarrte.

»Hey, du hast ja Tränen in den Augen«, bemerkte Jim. Er überlegte wohl, sie in den Arm zu nehmen, aber suchte dann doch nach einem Taschentuch in seiner Hose, wo keines war.

Als er sie wieder anschaute, hatte sie ihre Tränen selbst getrocknet.

»Du brauchst keine Angst zu haben. Als dein Ehemann passe ich gut auf dich auf.« Jim schnalzte mit der Zunge und gab ohne Ankündigung Vollgas aus dem Stand, sodass Norma mit Wucht gegen die Rückenlehne der Sitzbank gedrückt wurde und verzweifelt nach ihrem Brustbeutel griff.

3
Juni 1942

Die spiegelglatten Stufen der Wendeltreppe führten aus dem Brautzimmer hinab ins Wohnzimmer. Norma zitterte in dem geliehenen Brautkleid so sehr, dass sie sich kaum auf den Beinen halten konnte. Kurz dachte sie an ihren Vater, den sie nicht kannte, und dessen Aufgabe es eigentlich war, sie zum Altar zu führen. Dann kamen ihre Gedanken auf Grace und Bebe, deren Briefe aus West Virginia sie ganz unten in ihrem kleinen Koffer aufbewahrte und diese wieder und wieder las, bis ihr die Augen brannten.

Norma bemühte sich, möglichst aufrecht auf den improvisierten Altar zuzuschreiten. Jims Neffe war als Brautführer an ihrer Seite, vermutlich stellte sie sich trotzdem peinlich ungelenk an. Ihre Füße fühlten sich wachsweich in den Absatzschuhen an, und der Weg zum Altar schien nicht enden zu wollen. Norma hatte aus ihrem hellbraunen, krausen Haar weich fallende Locken geformt, wie sie es einmal von Grace gelernt hatte, und die Ponyhaare mit Klemmen aus dem Gesicht gesteckt. Das Kostbarste an ihr war die Perlenkette, die Grace ihr geschickt hatte. Wenn die Goddards sich schon wieder Schmuck leisten konnten, schien es gut für Ervin zu laufen. Dann wären sie schneller zurück.

Wie aus der Ferne vernahm Norma den Hochzeitsmarsch von der Platte und das Flüstern der Gäste. Zwei Dutzend waren zur Zeremonie erschienen, vor allem Jims Freunde und Familie. Dann noch die Bolenders und Tante Ana auf Krücken.

Früher hatte Norma sich ihre Hochzeit pompöser erträumt, außerdem viel später im Leben, aber dann mit hundert Gästen, mit einem roten Teppich vor zum Altar und mehrstufiger Torte. Vor allem jedoch mit einem Bräutigam, den sie liebte und von dem sie wusste, dass auch er ganz verrückt nach ihr war.

Jim hatte die Liebe noch mit keinem Wort erwähnt, und was *ihre* Gefühle für ihn anging: Er war nett und ihre Rettung vor dem Waisenhaus, aber verliebt war sie nicht, eher eingeschüchtert, weil er schon ein richtiger Mann war. Nach ihrer Besichtigung in Sherman Okas hatten sie sich kaum gesehen, weil er Überstunden gemacht hatte, um die Hochzeit zu bezahlen. Für Flitterwochen reichte sein Geld nicht. Das hatte er sie schon wissen lassen.

Vor dem Altar angekommen, wurde Norma von einem strahlenden Jim in Empfang genommen. Trotz der Absatzschuhe war sie mit ihren knapp fünfeinhalb Fuß Körpergröße immer noch einen halben Kopf kleiner als er. In dem weißen Anzug mit der schwarzen Fliege sah er wie ein Gentleman aus, zu gut für ein Mädchen wie sie.

Während der Geistliche die Zeremonie vollzog, flogen Normas Gedanken wie Vögel aus dem Raum. Sie spähten in das Baumhaus, in das sie sich in diesem Moment wünschte, und danach nach West Virginia in Bebes Zimmer, das zweitausend Meilen entfernt lag. Wie kurz vor dem Tod sah sie ihr bisheriges Leben vor sich ablaufen. Es war die Geschichte eines Mädchens, für das lange Zeit Geld gezahlt werden musste, damit man sich seiner annahm. Und auch Jim Dougherty hatte es nicht freiwillig geheiratet.

Norma fühlte sich unwert, obwohl sie eigentlich froh darüber sein sollte, dass es jemanden gab, der sie heiratete. Immerhin war sie nun weiterhin versorgt und Jim kein Grobian, der zuschlug, wenn ihm etwas nicht passte. In Summe gesehen war es ihrer leiblichen Mutter in dem gleichen Alter schlechter gegangen.

Jim musste Norma anstoßen, als ihr Ja-Wort anstand. Sie sagte es unsicher und leise, weil sie ahnte, dass sie mit dem heutigen Tag ihr eigenes Leben aufgab, um fortan nur für Jim da zu sein. Das hatte Ervin Goddard ihr schon Tage vor seiner Abreise ans Herz gelegt. Sie würde eine andere Norma werden. Die kaum noch hörbare Stimme ihres Herzens warnte sie davor, sich ganz aufzugeben.

Beim Ringtausch zitterte Normas Hand so sehr, dass sogar der Geistliche sie bemitleidend anschaute. Ihr Puls raste wie ein Trommelfeuer, als der Kuss anstand. Norma konnte spüren, dass fast alle Augen auf sie gerichtet waren. Einzig die frommen Bolenders fixierten demonstrativ den Kaminsims.

Bebe hatte ihr in ihrem letzten Brief noch ein paar Tipps für den ersten Kuss geschrieben. Gepflegte Lippen seien die Voraussetzung für ein schönes Gefühl, und ein Spritzer Parfüm aufs Dekolleté mache unwiderstehlich. Die Arme solle sie einfach so hängen lassen oder aber, wenn sie mutiger war, um seinen Hals legen. Außerdem sollten Jim und sie unbedingt aufpassen, nicht mit den Köpfen oder Zähnen zusammenzustoßen. Das alles klang wie eine äußerst komplizierte Angelegenheit.

Zögerlich legte Norma ihren Kopf schief und schloss die Augen, wie sie es von Jean Harlow kannte, wenn am Ende ihrer Filme die alles befreiende Zärtlichkeit kam.

Wider Erwarten trafen Jims Lippen unendlich zärtlich auf die ihren. Sie wagte nicht, seinen Kuss zu erwidern, sondern hielt einfach nur still. Ervin hatte Grace oft mit voller Wucht an sich herangezogen und sie heftig und feucht geküsst.

Jims und Normas Kuss endete mit dem begeisterten Johlen von Jims Familie. Als das verklungen war, sprach Norma ihren neuen Namen vor sich hin. Fortan würde sie mit »Mrs. Dougherty« angesprochen werden. Ihr alter Nachname Baker oder zeitweise auch Mortenson – je nachdem, wen ihre leibliche Mutter gerade für ihren Vater hielt – war ihr immer fremd geblieben.

Nach der Zeremonie legte Jim seinen Arm um ihre Hüften, was

Norma zusammenzucken ließ. Aber seine Finger ruhten friedlich auf ihr.

Norma begrüßte Tante Ana, die sie wie früher mit »mein kostbares Mädchen« ansprach und auf keinen Fall über ihre Krankheiten reden wollte. Danach stellte Norma Jim ihre früheren Pflegeeltern vor.

Ida Bolender war inzwischen grauhaarig und faltig geworden, aber ihr strenger, unnachsichtiger Blick hatte sich kein bisschen verändert. Ihr Ehemann Albert stand einen halben Schritt hinter ihr. Er nickte Norma vergnügt zu. »Du bist eine hübsche Braut, Norma.«

Ida kam weiterem Lob zuvor. »Eine Frau, die viel zu früh heiratet, kann vor Gott nicht hübsch sein. Du hättest auf jeden Fall noch deinen Highschool-Abschluss machen sollen!«

Verlegen befingerte Norma ihre Perlenkette. »Es ging nicht anders.«

»Ich wusste gleich, dass Grace McKee sich selbst am wichtigsten ist und keine Verantwortung für ein Kind übernehmen kann«, stellte Ida Bolender fest, während ihr Blick verachtend den konfessionsunabhängigen Geistlichen streifte.

»Das ist nicht die Schuld von Grace!«, widersprach Norma entschlossen. Außerdem hieß Grace schon lange nicht mehr wie ihr erster Ehemann McKee, sondern Goddard. »Das Wohlfahrtsamt hat Schuld«, stellte sie richtig, »ich durfte Kalifornien nicht verlassen. Ihr kennt doch die Regel, die den Umzug oder das Verreisen von Pflegekindern in andere Staaten verbieten.« Ervins Beitrag zu der Misere ließ sie unerwähnt, weil sie keinen weiteren Gedanken an ihren Stiefvater verschwenden wollte. »Und außerdem wird Mom in einem oder spätestens in zwei Jahren wieder zurück sein.« Zwei Monate waren wenigstens schon verstrichen.

»Sind wir heute nicht zusammengekommen, um uns zu freuen?«, mischte Jim sich ein und lächelte die Bolenders entwaffnend an.

Ida Bolender schien ihn erst jetzt zu registrieren. »Wenigstens in einer Kirche hätten Sie Norma heiraten können, junger Mann«, stellte sie unumwunden fest. »Komm, Albert, wir müssen los. Der Gottesdienst beginnt um sieben Uhr.«

Norma hatte gerade ansetzen wollen, sich bei Ida nach den anderen Pflegekindern zu erkundigen, aber sie kam nicht mehr dazu. Die Frau, die es ihr immer verboten hatte, sie »Mom« zu nennen, ließ sie nicht zu Wort kommen. »Trotz allem wünschen Albert und ich dir für deine Zukunft alles Gute, Norma. Wenn du niemals deinen Glauben verlierst, wird vielleicht doch noch alles gut.« Nach diesen Worten machte Ida Bolender auf ihren flachen Absätzen kehrt und ging davon. Ihr Ehemann folgte ihr.

Norma schaute ihnen hinterher und versank in Erinnerungen. Als sie noch bei den Bolenders gelebt hatte, war ihr einmal die Ehre übertragen geworden, mit fünfzig anderen Kindern in der Ostermesse der Pfingstgemeinde mitzuwirken. Alle Kinder trugen schwarze über weißen Roben und standen in Form eines Kreuzes aufgereiht. Auf ein Zeichen hin sollten sie die schwarzen Roben abwerfen und sich somit in ein reinweißes Kreuz verwandeln. Norma war so fasziniert von der zeremoniellen Stimmung gewesen und davon, dass so viele Menschen sie, das kleine sechsjährige Mädchen, bewundernd anschauten, dass sie ihren Einsatz vergaß und am Ende als einziges Kind noch in der schwarzen Robe dastand. Dass sie der schwarze Fleck im reinweißen Kreuz gewesen war, hatte Ida Bolender ihr lange nicht verziehen und sie viele Strafgebete aufsagen lassen. Grace hatte ihr nie etwas aufgezwungen. Mit ihrer Mom war sie den ganzen Tag voller Energie gewesen. Sie hatte immer wieder ein Kitzeln im Bauch verspürt, das sie grundlos lachen ließ. Sie war glücklich gewesen.

Norma kam erst wieder in die Realität zurück, als Jim sie aus dem Haus und in seinen Ford zog. Die eigentliche Hochzeitsfeier fand in dem Nachtclub *Florentine Gardens* in Hollywood statt.

Kurz nach ihrer Ankunft in dem Nachtclub führte Jim sie auf die Tanzfläche. Einer von seinen Brüdern stand mit einem Plattenspieler und einer großen Sammlung Platten bereit. Unsicher vertraute sich Norma der Führung ihres Ehemanns an. Eine Weile traten sie sich ein paar Mal gegenseitig auf die polierten Schuhe. Erst als die Hochzeitsgäste mitklatschten, lief es besser auf dem Parkett. Eigentlich war Norma eine gute Tänzerin, beherrschte Rumba, Mambo und Foxtrott ebenso wie ihren Lieblingstanz, den Swing, in den Elemente des Charleston und des Lindy Hop einflossen. Grace hatte ihr das Tanzen beigebracht und ihr gezeigt, wie man sich auch mal unkonventioneller auf einer Tanzfläche bewegte. Ein bisschen war Tanzen für sie, als würde sie in eine andere Rolle schlüpfen, die der mutigen, schon erwachsenen Norma.

Nach wenigen Liedern war ein rauschendes Fest im Gang. Norma gab sich der Musik hin und spürte, wie das Blut durch ihre Adern rauschte. Soeben hatte sich Jim *Only Forever* von Bing Crosby gewünscht. Abwechselnd schaute Norma zu ihrem Ehemann und den Tanzenden um sich herum, die sich nun ebenfalls langsamer bewegten. Sie freute sich schon auf das nächste schnellere Lied, genoss aber auch die sanften Geigentöne, die die tiefe Stimme von Bing Crosby begleiteten. In diesem Moment vergaß sie sogar ihre Angst vor der Ehe und die Sehnsucht nach ihrer Familie.

Gegen vier Uhr früh wurden Jim und Norma in den kleinen Bungalow nach Sherman Oaks gefahren. Vielleicht würde es doch erträglich mit Jim werden, so nett, wie er den ganzen Abend zu ihr gewesen war. Aber erst einmal musste sie die Hochzeitsnacht durchstehen. Sie hatte sich einem Mann noch nie nackt gezeigt, geschweige denn …

4

Juli 1942

Mit mechanischen Bewegungen wusch Norma das Geschirr ab. Dabei ließ sie den Briefkasten nicht aus den Augen. Ihr Herz machte einen Sprung, als sie den Postboten kommen sah. So früh am Nachmittag? Es war erst halb drei. Bisher war er nie vor drei, eher Viertel nach erschienen.

Jeden Tag schlich Norma um diese Uhrzeit am Fenster herum. Zwei Briefe hatte sie bereits von Bebe und Grace an ihre neue Adresse in Sherman Oaks erhalten und noch am selben Abend geantwortet.

Mit nassen Händen eilte Norma aus dem Haus und zum Briefkasten. Ihr Herz klopfte, als der Postbote in seine Jutetasche griff. Wie es aussah, brachte er heute gleich mehrere Schreiben. Sobald der Mann zum nächsten Haus weiterging, zerrte sie die verbeulte Klappe des Briefkastens auf und holte die Briefe heraus. Sie waren allesamt an ihren Ehemann adressiert.

Mit hängenden Schultern ging sie ins Haus zurück. Während sie das Geschirr in den Schrank räumte, versank sie in Gedanken an ihr früheres Leben, das viel farbenfroher gewesen war. Vor allem hatte sie einen Zukunftstraum gehabt. Norma seufzte. Die Schauspielerei kam ihr heute wie eine Illusion vor, und der *schwindelerregende Augenblick* wie eine Verheißung aus einer anderen, unerreichbaren Welt. Vor ihrem inneren Auge sah sie Jean Harlow, aber gleich darauf schob sich das Gesicht von Grace darüber. Ihr Herz zog sich heftig zusammen.

Ein stürmisches Klingeln riss Norma aus ihren Gedanken. Doch noch ein Brief aus West Virginia? Sie warf den Schwamm ins Spülwasser und lief durch das Wohnzimmer. In Erwartung des Postboten öffnete sie schwungvoll die Eingangstür. Anstatt des wettergegerbten Gesichts des Postboten schaute sie ein Teller mit riesigen Blaubeer-Muffins an, die mit einer rosa Zuckerperle getoppt waren. Sie rochen herrlich süß. Daneben schob sich das runde Gesicht der Nachbarin, die Norma schon aufgefallen war. Weil Jim nach der Arbeit so erschöpft war, hatten sie die Vorstellung bei den Nachbarn bereits zweimal verschoben.

»Ich bin Betty Lancaster und wohne gleich nebenan«, sagte die Frau in der rosa Bluse und deutete auf das Haus zu Normas Linken mit der gepflegten, kleinen Rasenfläche davor. »Willkommen in unserer Straße, Mrs. Dougherty. Ich war in den letzten Tagen sehr beschäftigt wegen meiner Kinder. Dafür begrüße ich Sie nun umso herzlicher.«

»Kommen Sie doch herein.« Norma eilte über jene Stelle im Wohnzimmer, wo in fünf Monaten die Couch stehen sollte. Es war ihr unangenehm, dass die Nachbarin den Stapel Dreckwäsche vor dem Kleiderschrank sah. »Es tut mir leid, dass es noch etwas unordentlich aussieht«, murmelte sie und holte nach einem kurzen Zögern zwei Teller für die Muffins herbei und stellte sie auf den Küchentisch.

»Ist schon gut, Sie sind ja gerade erst eingezogen. So schnell kann noch nicht alles perfekt sein. Ich wohne mit meinem Howard schon zwölf Jahre hier. Er ist Streifenpolizist, müssen Sie wissen«, erklärte Betty stolz. Sie biss als Erste genüsslich in eines ihrer Törtchen.

Betty erzählte ihr von der netten Nachbarschaft, in der sie sich sehr wohl fühle, und ausführlicher von ihrem Mann, dem Polizisten, der für ein friedliches Los Angeles sorgte. Dann klingelte es erneut.

»Guten Tag, Frau Nachbarin«, stellte sich Norma eine zweite Frau vor, die sie wegen ihres kupferroten Haares an die Schauspielerin Rita Hayworth erinnerte. Ihr Hals war beinahe so lang wie der eines

Schwanes. Sie wirkte nicht älter als Anfang zwanzig, vielleicht war sie sogar Jims Jahrgang.

Norma fühlte sich plötzlich schäbig mit dem ungelegten Haar und der altmodischen Blümchenschürze, ein Hochzeitsgeschenk ihrer Schwiegermutter. Zwar trug die Frau ebenfalls günstige Kleidung mit schlechten Nähten, aber ihre Ausstrahlung machte das wett. Norma konnte ihren Blick nicht von ihr losreißen.

»Ich bin Abigail Summer von gegenüber. Ich und mein Ehemann Bernie, der Bomberpilot bei den *United States Army Air Forces* ist, wohnen in dem Bungalow mit der englischen Kletterrose am Eingang und den drei Schlafzimmern.« Sie wies zum Haus auf der gegenüberliegenden Straßenseite. »Aber die letzten Wochen war ich mit den Kindern bei meinen Eltern in Ohio.«

Norma schaute zu der Rose mit den unzähligen dunkelroten Blüten hinüber, die am Haus hochrankte. »Kommen Sie herein, wir sind schon zu zweit«, sagte sie. Wie es wohl wäre, in einem Bungalow mit drei Schlafzimmern zu wohnen? Etwas mehr Platz zu haben, wäre schon praktisch, aber erst einmal genügte es ihr, einen Ein-Zimmer-Bungalow sauber zu halten. Wenn sie die Wahl hätte, würde sie lieber etwas anderes tun, als jeden Tag zu putzen. Aber sie hatte keine Wahl, und es ging bei der ganzen Sache nicht um ihre Wünsche. War sie zu egoistisch, dass sie trotzdem immer wieder darauf zurückkam?

»Nennen Sie mich Abi«, bot die Nachbarin an. »Wir pflegen einen vertraulichen Ton in diesem Straßenabschnitt.«

»Schön, dich kennenzulernen, Abi«, antwortete Norma schüchtern. Vielleicht würde sie in den beiden neue Vertraute finden? Jemanden, den sie um Rat fragen konnte, wenn etwas im Haushalt nicht hinhaute, oder mit dem sie einfach mal plaudern konnte? Die Böden schrubben, das Geschirr spülen und abtrocknen, die Wäsche nach Farben trennen und heiß oder kalt waschen, die Fenster putzen … das alles ging ihr nicht leicht von der Hand. Ihr kleiner Bungalow schien den Großstadtstaub magisch anzuziehen. Hinzu kam, dass sich so ein Putztag unendlich in die Länge zog, wenn man die ganze Zeit allein war. Sie vermisste das Durcheinander auf den Fluren der Highschool und den Austausch mit den Mitschülern. Sie vermisste es sogar zu lesen, obwohl sie nie die eifrigste Leserin gewesen war. Eigentlich hatten sie stets nur Romanvorlagen für Filme interessiert.

Norma holte noch einen Teller für Abigail herbei. Wieder musste sie sie länger anschauen. Die Nachbarin bewegte sich eleganter als die anderen Frauen aus dem Viertel, die Norma seit dem Einzug gesehen hatte, aber an Grace reichte sie nicht heran.

»Ihr habt so schöne große Fenster in eurem Bungalow«, sagte Abigail und machte sich ganz ungeniert an einem Muffin zu schaffen. Sie hob die rosa Zuckerperle ab, beschaute sie mit einem Lächeln und legte sie sich wie ein Bonbon auf die Zungenspitze. Dann biss sie in ihren Muffin und verkündete mit halbvollem Mund: »Betty ist die beste Bäckerin in Sherman Oaks.« Dann blickte sie sich ungeniert um.

Norma folgte ihrem Blick bis ins kahle Wohnzimmer. »Jim arbeitet sehr viel. Wir hatten noch keine Gelegenheit, uns wirklich einzurichten.« Der Wahrheit entsprach eher, dass ihnen das Geld für Vorhänge und Möbel fehlte. Jim verdiente bei *Lockheed* fünfzig Dollar die Woche. Bei seinem Riesenappetit blieb nicht viel Geld für andere Bedürfnisse übrig und schon gar nicht für Norma. Außerdem musste der 1940er Ford Coupé, der sein ganzer Stolz war, unterhalten werden.

»Wenn du es deinem Jim in eurem Zuhause richtig gemütlich machst, hat er lange Kraft genug, seine Arbeit gut zu verrichten«, sagte Betty, während sie Muffinkrümel mit der Fingerkuppe vom Teller tippte. »Ich begrüße meinen Howard nach der Arbeit stets mit einem kühlen Getränk und einem frischen Gebäckstück, das wirkt Wunder.«

Eine gute Idee! Mit einem kühlen Getränk in der Hand würde Jim vielleicht auch vergessen, wie unerfahren sie als Hausfrau war.

»Und wenn er durch einen hübschen Vorgarten heimkommt«, fügte Abigail an und strich sich die linke Seite ihrer Haare genauso auf den Rücken zurück, wie es Rita Hayworth tat, »dann kann er schon vor der Haustür entspannen. Und Fakt ist doch, wenn unsere Männer entspannt sind, sind wir und die Kinder es auch.«

Norma nickte. Seit Graces Weggang fühlte sie sich wie eine straff gespannte Gitarrensaite, aus Angst, etwas falsch zu machen. Aus Angst, wieder fortgeschickt zu werden. Früher wäre sie zur Entspannung ins Kino gegangen.

»Aller Anfang ist schwer, aber mit jedem Tag werden dir die Pflichten der Hausfrau leichter von der Hand gehen.« Abigail stieß sie freundschaftlich an. »Und wenn du Rat bei irgendetwas brauchst, zögere nicht, uns zu fragen.« Betty benickte das.

Norma lächelte von Herzen. »Das ist ein sehr nettes Angebot. Danke.« Vielleicht würde ihr Leben in Sherman Oaks doch etwas farbenfroher werden. Kupferrot und Rosa sah sie jedenfalls schon wieder.

»Hast du Mildred schon kennengelernt?« Betty deutete zu dem Bungalow rechter Hand. »Die Millers sind wirklich nette Leute.«

»Herr Miller hat mich neulich sehr freundlich gegrüßt«, erinnerte Norma sich, »aber dann rief ihn seine Frau wieder ins Haus zurück, so dass wir uns nicht unterhalten konnten.«

»Das wird schon noch. Ich muss jetzt wieder zu den Kindern rüber. Zu lange lasse ich die Großen noch nicht auf die Kleinen aufpassen«, sagte Betty, während sie die verbliebenen Muffins von ihrem Teller auf den Küchentisch stellte. »Wenn du Hilfe beim Backen brauchst, frag immer gerne, Norma.«

Auch Abigail verabschiedete sich und lud Norma lose zu sich in den Bungalow mit der englischen Kletterrose ein.

»Vielen Dank nochmal für die nette Begrüßung«, rief Norma ihnen hinterher.

Nachdem sie die Tür geschlossen hatte, verspürte sie Mut in sich aufsteigen. In ihrer neuen Bestimmung würde sie sich noch mehr Mühe geben müssen, auch wenn sie äußerlich nicht mit den Nachbarinnen mithalten konnte – Bettys rosafarbene Bluse war sogar gebügelt gewesen. Jim konnte sich nicht mal ungebügelte Blusen für sie leisten. Nach wie vor trug sie ihre alten, inzwischen viel zu engen Pullover. Die Nachbarinnen besaßen außerdem so hübsch gepflegte Vorgärten. Norma hatte dem kargen Streifen Natur vor ihrer Haustür bisher keine Beachtung geschenkt.

Zielstrebig trat sie vor das Wandregal über dem Küchentisch. Dort hatte sie den Ratgeber *Die perfekte Ehefrau* neben zwei andere Bücher gestellt. *Die perfekte Ehefrau* war ein Geschenk ihres Schwiegervaters. Edward Dougherty hatte es ihr auf der Hochzeitsfeier wortlos vor die Brust gedrückt.

Norma griff danach und schaute gleichzeitig zur Verandatür, die knarzte. Es war niemand zu sehen, vermutlich hatte ein Windstoß sie bewegt. Als sie das Buch in ihrer Hand genauer betrachtete, fühlte es sich an, als würde ihr Herzschlag aussetzen. Sie hatte sich vergriffen und hielt den *Stanislawski* in den Händen, die daraufhin angenehm warm wurden. Zärtlich fuhr sie mit den Fingern über die Buchstaben auf dem Buchdeckel. *Die Arbeit des Schauspielers an sich selbst.* Ob sie es aufschlagen sollte, um allerhöchstens die ersten Sätze des Vorwortes zu lesen? Wirklich nur die ersten Sätze!

Sie atmete ein paar Mal tief durch, aber ihre Aufregung verging nicht. Die Wörter »Arbeit … an sich selbst« brannten sich in ihre Netzhaut ein. Hatte sie nicht eben erst beschlossen, sich noch mehr Mühe als Hausfrau zu geben, sich voll und ganz auf ihre Pflichten zu konzentrieren? In ihrem neuen Leben hatten ihre Träume keinen Platz mehr. Sie wollte ihre Chance mit Jim auf keinen Fall verspielen.

Es dauerte trotzdem eine Weile, bis Norma sich wieder gesammelt hatte, den *Stanislawski* ins Bücherregal zurückstellte und *Die perfekte Ehefrau* stattdessen herausnahm und aufschlug. Sie war geschockt, dass das Inhaltsverzeichnis gleich mehrere Seiten lang war. Sie schlug eines der vorderen Kapitel auf: »Die wichtigste Tagesstunde der perfekten Ehefrau ist die Stunde der Heimkehr ihres Mannes von seiner harten, aufopferungsvollen Arbeit.« Wie es aussah, hatten die netten Nachbarinnen einen ähnlichen Ratgeber gelesen.

»Reduzieren Sie zum Zeitpunkt seiner Rückkunft alle Geräusche im Haus. Schalten Sie elektronische Geräte aus und ermahnen Sie Ihre Kinder zur Ruhe.« Mit jeder Seite, die sie las, hatte Norma das Gefühl, dass sie bisher als Ehefrau wenig richtig gemacht hatte.

Bald versank sie in dem Ratgeber und versuchte, sich die wichtigsten Punkte einzuprägen: warmes Lächeln, Aufmerksamkeit, Ruhe. So bemüht, wie es das Buch von der perfekten Ehefrau verlangte, war sie um Jim noch an keinem Tag ihrer Ehe gewesen. Normalerweise warf er sich nach Feierabend auf das Murphy-Klappbett und ruhte sich bis zum Dinner aus, während sie versuchte, das Essen zuzubereiten. Die Fleischberge, die er vertilgte, waren beängstigend. Sie aß lieber Gemüse, um so schlank zu bleiben wie Grace.

Als Norma von dem Ratgeber wieder aufschaute, stand Jim vor ihr und aß einen von Bettys Muffins. Über das Lesen musste sie die Zeit vergessen haben. Sie hatte ihn gar nicht kommen hören.

»Du liest?«, fragte er überrascht. Dann sah er sich um. »Mann, habe ich einen Knast …« Er roch nach Schmierfett, mit dem er bei *Lockheed* Flugzeugmuttern bestrich.

Norma sprang vom Küchentisch auf und holte sofort ein Glas aus dem Schrank und den Bourbon, der noch von den Hochzeitsgeschenken übriggeblieben war. Sie goss ein Limonadenglas randvoll damit. Mit einem bemüht warmen Lächeln reichte sie ihrem Ehemann das Getränk. »Zur Entspannung«, sagte sie und machte sich gleich daran, die dreckige Wäsche aus seinem Blickfeld zu räumen.

»Das ist nett von dir«, sagte Jim und schielte auf das Buch auf dem Küchentisch. Mit einem Schmunzeln prostete er ihr zu und trank noch im Stehen zwei Schlucke. Den Rest goss er in die Flasche zurück. »Das ist ein bisschen zu viel auf einmal«, sagte er und erklärte: »Bourbon serviert man nur in kleinen Portionen und mit Eiswürfeln oder wenigstens im Kühlschrank gekühlt.«

Norma nickte und folgte ihm zum Schrankbett. Eilfertig machte sie sich daran, das Bett herunterzuklappen, aber es hakte. Es war gar nicht so einfach, dabei noch willkommen heißend zu lächeln. Jim übernahm die Sache mit dem Bett, dann ließ er sich darauffallen.

Norma wollte ihm gerade von der netten Begrüßung der Nachbarinnen erzählen, hielt dann aber inne. Wie nochmal hatte es im Ratgeber geheißen? *Die perfekte Ehefrau mochte ihrem Ehemann vermutlich viel zu sagen haben, aber der Moment seiner Rückkunft war mitnichten der richtige Zeitpunkt dafür. Die perfekte Ehefrau ließ zuerst ihren Mann reden, weil seine Gedanken wichtiger als ihre waren.*

Eine Weile verharrte Norma stumm neben dem Bett, falls Jim doch noch reden wollte. Aber er schlief ein, mit einem zufriedenen Lächeln auf den Lippen. Er lächelte genauso wie in der Hochzeitsnacht, nachdem er sie entjungfert hatte. Sie selbst hatte den Rest dieser besonderen Nacht wach gelegen, um zu begreifen, dass es doch nicht so schlimm gewesen war, wie sie es sich ausgemalt hatte. Jim war sehr, sehr vorsichtig gewesen.

Norma machte sich daran, das Abendessen zu kochen. Sie schnitt Zwiebeln und legte zwei Steaks in die Pfanne. Dabei träumte sie sich zu jenen Tagen zurück, an denen sie nur eine Armlänge entfernt von Bebe aufgewacht war. Ihre letzte gemeinsame Nacht im Baumhaus würde sie nie vergessen. Als Nächstes schmeckte sie den Dreck aus der Odessa Avenue und verzog das Gesicht. Oder kam der Geruch von den Steaks? Erschrocken schaute sie in die Pfanne, aus der es heftig qualmte. Die Unterseite der Steaks war kohlrabenschwarz. Schnell wendete sie das Fleisch und briet es nur kurz weiter. Sie würde die Fleischstücke mit der schwarzen Seite nach unten auf Jims Teller legen. Dann kippte sie die Zwiebelringe in die Pfanne.

Erst als der Geruch gebratener Zwiebelringe durch die Wohnung waberte, stieg Jim aus dem Bett und kam in die Küche. Während Norma nur ein paar Ringe aß, vertilgte er seine doppelte Fleischportion mit einem Bärenhunger.

»Kochen wirst du schon noch lernen«, sagte er mit Blick auf die verbrannte Unterseite seines Steaks, bevor er den letzten Happen in den Mund schob. Innen war das Fleisch noch rot.

»Bestimmt«, entgegnete sie betont zuversichtlich.

»Ich möchte meiner Familie endlich meine junge Ehefrau im Alltag vorstellen.«

Seine Ehefrau im Alltag? Normas Blick wanderte unschlüssig zur Pfanne. Bestimmt brieten die Nachbarinnen perfekte Steaks.

»Bist du einverstanden, wenn ich die Dougherty-Bande im nächsten Monat zu uns einlade? Mom, Dad und meine zwei Brüder mit ihren Frauen, aber ohne Kinder. Meine Schwester will sich während ihrer Schwangerschaft schonen. Sie laden wir später mal ein.«

»Schon so bald?«, fragte Norma. In nächsten Monat war sie bestimmt noch keine perfekte Köchin.

»Grace sagte damals, als sie mit meiner Mutter unsere Ehe absprach, dass du schnell lernen würdest.«

Erneut verspürte sie die alte Sehnsucht. Grace hatte immer an sie geglaubt. Ohne dass sie es beeinflussen konnte, sprang Normas Blick zum *Stanislawski* auf dem Bücherregal über dem Küchentisch.

Dorothys Text aus *Der Zauberer von Oz* hatte sie fleißig gelernt. Aber wie komme ich wieder nach Kansas? Den alten Weg kann ich nicht zurück!, sprach sie nur in Gedanken Dorothys Worte vor sich hin.

»Dad würde sich riesig über einen Yankee Roast, medium rare, freuen«, sagte Jim und grinste bei den folgenden Worten schief, »auch wenn er Mühe hat, seine Begeisterung zu zeigen.«

Norma hörte Jim nur aus der Ferne und dachte versunken an Dorothys mutigen Weg. Zum Glück waren bald der Löwe, der Blechmann und die Vogelscheuche an ihrer Seite gewesen, um sie zum Zauberer von Oz zu begleiten, der den Weg zurück nach Kansas kannte. Wenn sie Dorothy war, wer war dann Jim in der Geschichte?

»Süße, hörst du mir überhaupt zu?«, unterbrach Jim ihre Gedanken.

Süße? So hatte er sie noch nie genannt. Es klang nett.

»Was ist jetzt mit dem Yankee Roast?«

Norma fuhr aus ihren Gedanken auf. »Gleich einen Yankee Roast für acht Personen?« Wo sollten sie hier überhaupt acht Leute unterbekommen?

»Du schaffst das schon, und ich bin sicher, dass du meine Familie nicht enttäuschen wirst. Und nun komm.« Nach diesen Worten zog Jim sie vom Tisch hoch und zum Klappbett hinüber.

»Am helllichten Tag?«, fragte Norma, während sie in Gedanken nach einem Bratentopf in der Küche suchte, in den ein Stück Fleisch für acht Personen hineinpasste.

Jim zog ihr den Brustbeutel, den sie wie ein Amulett unter ihrem Pullover trug, über den Kopf und warf ihn neben das Bett.

Norma schloss die Augen und ließ Jim gewähren. Bei der ehelichen Vereinigung, die er ungeniert »Sex« nannte, ging er genauso wie beim Küssen vor: sehr, sehr zärtlich.

∞

Der Termin des großen Familiendinners war immer wieder verschoben worden. Mal kränkelte Jims Vater, mal war einer der Brüder verhindert. Anfang September war es dann so weit. Bis auf die Worcestershiresauce hatte Norma am Vortag alle Zutaten für den Yankee Roast im Lebensmittelmarkt besorgt. Abigail hatte ihr erklärt, wie der Braten zubereitet wurde und ihr bei der Gelegenheit auch gleich ihre reizenden Kinder vorgestellt.

Norma hatte in der Nacht vor dem Essen mit Lockenwicklern im Haar geschlafen und davon geträumt, Jims Eltern und Geschwistern einen herrlich duftenden Braten zu servieren. Mit ihnen wollte sie genauso herzlich lachen, wie sie es so oft aus dem Lancaster-Bungalow mit den rosafarbenen Vorhängen hörte. Jeden Donnerstag trafen sich dort mehrere Nachbarinnen, deren amüsiertes Gelächter den Straßenabschnitt erfüllte.

Vielleicht würde es ihr heute Abend gelingen, einen Platz in den Herzen von Jims Familie zu ergattern. Liebe, Geborgenheit, Aufrichtigkeit und die Selbstverständlichkeit, auch in schwierigen Zeiten zusammenzuhalten, auf all das wollte sie kein ganzes Jahr verzichten. Sie musste sich einbringen, sich für ihre Schwiegerfamilie engagieren. Das war sie auch Jim schuldig, der auf sie zählte.

Die Stunden bis zur Ankunft der Doughertys vergingen wie im Flug. Gegen vier Uhr am Nachmittag, als Norma den Braten endlich in den Ofen schob, war sie schon so aufgeregt, dass sie Messer und Gabel beim Eindecken des Tisches verwechselte. Und war das gerade wirklich Salz und nicht Zucker gewesen, mit dem sie das Fleisch noch einmal gewürzt hatte? Nachdem der Brokkoli gewaschen, geschnitten und bereit für sein Bad in kochendem Salzwasser war, kam Jim zu ihr. »Du ziehst doch noch etwas Hübsches an, okay?« Er selbst stand stolz in jener Anzugjacke vor ihr, die er zur Hochzeit getragen hatte. Im nächsten Moment holte er ein Stoffbündel hinter seinem Rücken hervor und hielt es Norma vor die Brust.

Zögerlich entfaltete sie es. »Das Kleid ist sehr schön«, sagte sie, um Jim nicht zu enttäuschen. Es war ein knielanges Kleid in Mintgrün, mit hoher Taille. Mit den gepolsterten Schultern schuf es eine Silhouette ähnlich einer Sanduhr. »Vielen Dank. Das ist sehr nett von dir.« Sie fand es ein bisschen zu auffällig, aber es würde sie erwachsener wirken lassen. Eine Bluse wie die von Betty wäre ihr nützlicher gewesen. Die könnte sie im Alltag anstatt der engen, kurzärmeligen Pullis tragen.

»Ich möchte meiner Frau schließlich etwas bieten. Und das ist erst der Anfang«, sagte Jim mit stolzgeschwellter Brust. »Ab nächster Woche werde ich zur Nachtschicht bei *Lockheed* wechseln, dann verdiene ich endlich mehr Mäuse.«

Dann wirst du schlafen, wenn ich wach bin, und wach sein, wenn ich schlafe, dachte Norma, aber behielt ihre Bedenken für sich. Wie hieß es doch gleich im Ratgeber der perfekten Ehefrau? *Als Herr des Hauses wird der Ehemann seinen Willen stets fair ausüben.* Sie hatte kein Recht, seine Entscheidungen in Frage zu stellen.

Im Bad legte Norma die geblümte Kochschürze ab und entfernte ihre Lockenwickler. Für das Zurechtmachen blieb ihr genauso viel Zeit, wie der Brokkoli zum Garen benötigte. Langsam wurde sie unruhig, Jims Familie müsste jeden Moment eintreffen. Fahrig zog sie sich aus und das neue Kleid an. Sie passte mühelos hinein. Seit sie verheiratet war, aß sie appetitlos.

Norma holte ihren kleinen Koffer aus dem Schrank. Zwischen ihrer Unterwäsche verwahrte sie darin den roten Lippenstift, den ihr Grace mal vor einem Besuch bei *Grauman's* geschenkt hatte, und die Perlenkette von der Hochzeit. Sollte sie diesen Lippenstift auftragen? Sie umschloss ihn mit ihren Fingern, legte ihn dann doch wieder zurück. Heute Abend wollte sie ganz für die Menschen da sein, die ihre zweite Familie werden könnten. Mit dem Lippenstift würde sie doch nur an Grace denken müssen.

Als sie noch einmal in den Spiegel schaute und mit den Händen über den glatten Stoff des Kleides fuhr, hörte sie ein merkwürdiges Geräusch. »Da brennt etwas an!«, rief Jim.

Oh, nein! Norma stürzte in die Küche. Der Brokkoli war übergekocht, und das übergelaufene Wasser verteilte sich schäumend auf dem Gasherd. Im nächsten Moment klingelte es.

Norma zuckte regelrecht zusammen, es klang fordernd und ungeduldig. Auf wackeligen Beinen ging sie zur Haustür. Ähnlich wie bei der täglichen Ankunft ihres Ehemanns von *Lockheed* hatte sie warm lächeln, devot schweigen und Getränke servieren wollen, aber als ihre Schwiegereltern eintraten, meldete sich gleichzeitig der Ofenwecker. Norma wendete sich gerade in Richtung des Ofens, als sie noch mitbekam, wie ihre Schwiegermutter mit dem Finger über das Schuhregal bei der Haustür strich und den Staubbelag wie durch ein Mikroskop auf ihrer Kuppe inspizierte. Norma spürte Schweißtropfen ihren Rücken hinablaufen.

Jim führte die Familie erst durch den kleinen Bungalow, was schnell erledigt war, und dann an die provisorische Tafel. Sie hatten zwei Küchentische in der Mitte des Wohnzimmers platziert, wo sonst das Klappbett stand. Den zweiten Tisch hatten sie im Schuppen hinterm Haus gefunden. Er war klapprig und wackelte. Den Rost verbarg eine große Tischdecke.

Die Familie saß kaum, da fragte Jims Vater auch schon: »Wo bleiben denn die Getränke?«

Norma war noch mit der Soße für den Braten beschäftigt, und eigentlich müsste der Brokkoli auch längst aus dem lauwarmen Wasser raus. Anstatt sich um das Gemüse zu kümmern, brachte sie erst einmal ein paar Cola- und Bierflaschen an den Tisch und begrüßte die Familie aufgeregt: »Will-, willkommen … in, in unserem Heim.« Sie spürte, wie ihr Gesicht heiß wurde und jeden Moment rote Flecken ihre Wangen sprenkeln würden.

Jims Vater öffnete seine Flasche mit einem lauten Zischen. Jims Mutter wusch sich erst noch am Spülbecken die staubigen Finger, dann begrüßte sie Norma. Ethel Dougherty trug eine enge Dauerwelle, die sie mit streng riechendem Haarfestiger in Form hielt.

Marion war der Spaßmacher in der Familie und Jims zweitältester Bruder. Er war zusammen mit seiner Ehefrau gekommen. Trotz ihrer Anwesenheit lobte er Normas mintgrünes Kleid überschwänglich. Ganz anders der schüchterne Thomas, Jims ältester Bruder, der es kaum wagte, Norma beim »Hello« in die Augen zu sehen. Trotz der Hitze trug er ein viel zu weites, langärmeliges Hemd. Eigentlich war er gemeinsam mit seiner Ehefrau Mary eingeladen gewesen.

»Wir haben keine Kosten und Mühen gescheut«, verkündete Jim, während Norma mit wankendem Gang den schweren Yankee Roast an den Tisch trug.

Als Hausherr war es Jims Aufgabe, den Braten anzuschneiden, was er unter den Blicken der Gäste nun auch tat.

»Hmmmm, das duftet lecker.« Marion grinste Norma breit an. »Für eine so junge Ehefrau, mein Kompliment!«

Norma schenkte ihm ein dankbares Lächeln und hoffte insgeheim, dass der klapprige Tisch den schweren Braten tragen würde.

»Das Fleisch ist zäh wie Leder«, fand Jims Vater bald und schob seinen halbvollen Teller demonstrativ von sich weg. Seine am Schirm abgegriffene Baseballkappe glänzte speckig.

Für Norma fühlten sich seine harschen Worte wie ein Schlag ins Gesicht an. Mit seiner übellaunigen Art erinnerte Edward Dougherty sie an ihren Stiefvater. Einen Platz in Edwards Herzen zu erringen, war vermutlich ein Ding der Unmöglichkeit. Sie würde sich lieber auf den Rest der Familie konzentrieren.

»Dafür, dass es Normas erster Braten ist, finde ich ihn ganz gelungen.« Ethel übertönte damit die Anmerkungen ihres Mannes über den zerkochten Brokkoli.

Norma verstand nicht, warum der Braten im Inneren nicht mehr dunkelrosa war. Sie hatte ihn exakt so lange garen lassen, wie Abigail es empfohlen hatte. »Vielleicht ist etwas mit dem Ofen nicht in Ordnung?« Peinlich berührt schaute sie zur Küche.

»Der Ofen ist ja mindestens so alt wie du!«, warf Marions Ehefrau ein. »Kein Wunder, dass der Braten damit nicht auf den Punkt gegart ist.« Sie schüttelte den Kopf, als sei Hopfen und Malz verloren.

»Kinder, Kinder!«, warnte Ethel. »Wir werden uns an einem solch netten Tag doch nicht streiten. Norma und Jim haben sich viel Mühe gegeben. Wir sollten dankbarer sein.«

»Ich finde, der Braten schmeckt wirklich gut«, sagte Jim und hatte doch offensichtlich Mühe, sein Stück Fleisch mit dem stumpfen Messer durchzuschneiden. Zustimmungsheischend wandte er sich an seine Brüder.

Tom nickte wortlos, während Marion fröhlich bestätigte: »Norma, nur du bekommst es hin, dass ein Yankee Roast aus einem so alten Ofen noch so gut schmeckt.«

Norma war zurück am Tisch und hielt die Luft an, als Marion sich nach diesen Worten schwungvoll auf den klapprigen Tisch stützte. »Es tut mir leid«, sagte sie und blinzelte ihre Tränen weg. In Gedanken zählte sie die Wochen, bis Grace und Bebe nach Kalifornien heimkehren würden.

Eine Weile saßen alle nur schweigend da.

»Stimmt es, dass du Filme magst?«, erkundigte sich Marion dann bei Norma. »Die Goddards waren doch auch ganz verrückt danach.«

»Oh, ja!«, stimmte Ethel zu. »Und Grace hatte große Pläne mit dir, Norma. Sie wollte dich unbedingt bei *Metro-Goldwyn-Mayer* unterbringen.«

»Filme interessieren mich nicht mehr«, antwortete Norma mit rauer Stimme. »Und zu *Metro-Goldwyn-Mayer* will ich auch nicht mehr. Ich bin jetzt nur noch für Jim und den Haushalt da«, beeilte sie sich anzufügen. Je häufiger sie das sagte, umso besser fühlte es sich an. Den *Stanislawski* hatte sie am Morgen aus dem Wandregal in der Küche in den Kleiderschrank verbannt.

»Wusstest du, dass Jimmie in der Highschool für seine Schauspielerei ausgezeichnet wurde?«, fragte Marion feixend.

»Ist ja schon gut, das ist lange her.« Jim winkte ab. »Inzwischen habe ich andere Träume oder sagen wir besser: andere Ziele im Leben.«

»Träume zu haben ist gut«, merkte Tom leise an, was Norma aufhorchen ließ. Sie betrachtete ihren ältesten Schwager zum ersten Mal genauer. Er war schmal, blass und sein lockiges Haar war fettig.

»Was unsere Nation braucht, sind nicht Träumer, sondern Männer, die in der Realität leben und zupacken«, widersprach Jim.

Tom erwiderte nichts darauf, sondern ließ seinen leeren Blick zum Fenster gleiten.

»Träumer sind mutig«, sagte Tom nach einer Weile, ohne den Blick vom Fenster zu lösen, »denn sie riskieren zu scheitern.«

Norma hätte beinahe genickt, riss sich aber im letzten Moment zusammen. Träumen wollte sie fortan nur noch von Dingen, die sich in ihr neues Leben einfügen ließen und nicht wehtaten.

»Oder aber Träumer verschließen sich neuen Wegen, weil sie nichts anderes mehr sehen als ihren Traum«, widersprach Ethel.

»Das ist mir zu viel philosophisches Gerede. Wir gehen jetzt«, brummte Jims Vater und erhob sich träge.

»Jetzt schon, Edward?« Seine Frau sog scharf die Luft ein. »Bist du von allen guten Geistern verlassen? Wie kannst du das den Kindern antun?«

Norma war beeindruckt und geschockt zugleich, wie selbstsicher Ethel mit ihrem Ehemann sprach, ihn sogar zurechtwies. Jim schien aus einem anderen Grund überrascht zu sein. Vor Norma hatte er die Familiendinners als ausgelassene Veranstaltungen gerühmt, wovon heute Abend jedoch nichts zu spüren war. Sie wusste, dass es ihre Schuld war.

Edward zog sich seine Baseballkappe tiefer ins Gesicht. »Das Fleisch liegt mir wie ein Stein im Magen. Ich muss mal ordentlich aufs Klo und mich danach hinlegen. Sonst werde ich wieder krank.«

Norma musste sich erneut zusammenreißen, um nicht loszuweinen, als ihre Schwiegermutter sich verabschiedete. Ethel zog sie eng an ihren großen Busen und drückte sie fest. Edward schaute Norma während der Umarmung von unter seiner Baseballkappe an, als sei sie immer noch der bemitleidenswerte Wohltätigkeitsfall, von dem man nichts erwarten dürfe.

Als die beiden gegangen waren, zogen sich Jim und Marion auf eine Zigarette auf die Veranda hinters Haus zurück. Tom unterhielt sich mit Marions Ehefrau. Niemand achtete mehr auf Norma, die stocksteif bei der Haustür verharrte. Der Abend war gründlich danebengegangen. Sie hatte ihr Bestes gegeben, aber das war nicht genug. Sie wurde sauer auf sich selbst, wütend und verzweifelt. Am Morgen war sie noch voller Hoffnung darauf gewesen, ihre zweite Familie für sich einzunehmen. Nun fühlte sie sich wieder gering und nicht geschickt genug, ihre neue Rolle zu meistern.

Mit einem Mal meinte sie, im Bungalow keine Luft mehr zu bekommen. Sie musste fort hier! Wie eine Diebin schlich sie sich aus dem Bungalow. Es war schon dunkel draußen, irgendwo schrie ein Kauz und heulte ein Hund.

Sie tat ein paar unschlüssige Schritte vor dem Haus und atmete mehrmals tief durch, um ihren hämmernden Herzschlag zu beruhigen. Sie ließ ihre Hand über den Briefkasten gleiten und spürte ihr Herz dabei brennend pochen. Dann tastete sie nach ihrem Brustbeutel, aber der war nicht mehr da. Sie musste ihn beim Umziehen im Bad vergessen haben, als der Brokkoli übergekocht war. Gleich morgen würde sie Bebe anrufen und sie bitten, sie von hier fortzuholen!

Sie schaute sich um. In den meisten Häusern war das Licht um diese Zeit schon gelöscht. Am Ende der Straße blieb ihr Blick an einer flackernden Kerze im Fenster neben der Eingangstür hängen. Die Kerze flackerte genauso heftig, wie Normas Herz schlug.

Obwohl es verpönt war, als Frau allein im Dunkeln unterwegs zu sein, ging sie die Straße hinauf. Ihre Beine lenkten sie Richtung Südosten, wo Van Nuys lag. Auf dem Victory Boulevard schliefen die Armen unter Säcken, und einer warf eine Bierflasche nach ihr. Als sie den Los Angeles River überquerte, waren schwere Schritte hinter ihr zu hören. Sie wagte nicht, sich umzudrehen, sondern lief schneller, bog in die nächste Seitenstraße ein und ging einen Umweg.

Schweratmend und verschwitzt erreichte sie die Odessa Avenue. Sie hatte gerade noch Kraft genug, sich auf der Leiter in das Baumhaus hinaufzuretten. Am Einstieg riss sie sich den Saum des neuen Kleides auf. Sie war nicht nur eine schlechte Hausfrau, sondern auch noch verdammt ungeschickt. Sie zog sich die Knie vor die Brust und legte den Kopf darauf ab.

Auch wenn Jim vor seinen Eltern so getan hatte, als sei ihr Braten okay gewesen, wünschte er sich nach diesem Abend bestimmt eine fähigere Ehefrau. Wenn er nun auch noch das zerrissene Kleid sehen würde, wäre er sicher wütend. Für das Geld, das er dafür bezahlt hatte, hatte er hart arbeiten müssen. Tränen liefen über Normas Wangen und tropften ihr vom Kinn auf das Kleid.

Plötzlich waren da wieder die schweren Schritte von vorhin beim Los Angeles River. Sie hielt die Luft an, um nicht den kleinsten Ton von sich zu geben. Die Schritte näherten sich. Bald knarzten die Stufen der Baumhausleiter.

Norma war gefangen wie ein Tier im Käfig und begann, am ganzen Körper zu zittern. Sie atmete schnell und flach. »Bitte tun Sie mir nichts! Bitte tun Sie mir nichts.«

Das Baumhaus wankte, als der Mann, der kaum durch den schmalen Eingang passte, sich zu ihr drängte.

»Jim?« Ungläubig verfolgte Norma, wie er sein Jackett um ihre Schultern legte, sich neben sie setzte und sie in seine starken Arme nahm. Er roch nach Schmierfett, trotz des Rasierwassers.

»Es wird alles gut.« Seine Stimme klang sanft, als würde er spüren, wie zerbrechlich sie war und wie schrecklich verloren sie sich fühlte.

»Ich habe es so richtig vermasselt«, murmelte sie, den Mund in seinem Jackett vergraben.

Jim strich ihr beruhigend über die Schulter. »Für mich war es trotzdem ein schöner Abend. Du warst hinreißend.«

Norma schaute irritiert zu ihm auf. Sie las aus seinem Gesichtsausdruck, dass er es dieses Mal ernst meinte und sie nicht nur trösten wollte. Das Mondlicht, das durch die Bretterritzen ins Baumhaus fiel, spiegelte sich in seiner hellblauen Iris.

Jim lächelte zärtlich »Ich bin wirklich froh, dass ich dich geheiratet habe.«

Norma bekam wieder besser Luft. Zum ersten Mal klang er so, als würde er sie wirklich mögen, als wäre ihre Ehe nicht nur eine Notlösung, als habe man sie nicht nur an ihn weitergereicht, weil niemand anderes sie versorgen wollte. Er hatte sie eben sogar »hinreißend« genannt. Vielleicht könnte ihr neuer Traum von einer glücklichen, erfüllten Ehe handeln?

Norma küsste ihn, und dieses Mal wagte sie es sogar, liebevoll an seiner Unterlippe zu knabbern. Es schien Jim zu gefallen. Stöhnend wanderten seine Hände über ihre Taille und ihre Hüften hinab. Weil sie nickte, schob er sie behutsam unter sich, um sie zu lieben.

5
Oktober 1942

Zwei Monate waren vergangen, seitdem Norma den Zehn-Dollar-Schein aus ihrem Brustbeutel beinahe ausgegeben hätte. Am folgenden Tag hatte Nachbarin Betty sie etwas irritiert auf den nächtlichen Ausflug angesprochen. Mildred Miller, die mit ihrem pensionierten Ehemann rechter Hand von Norma und Jim wohnte, schien ihr seitdem aus dem Weg zu gehen.

Noch am Abend im Baumhaus hatte Norma Jim nach hitzigem Sex versichern müssen, nie wieder wegzulaufen. Die Tage darauf hatte sie sich wieder in den Ratgeber für die perfekte Ehefrau vertieft. Seitdem ging sie jeden zweiten Tag einkaufen, damit der Kühlschrank nie leer wurde. Es war ein neues, schönes Gefühl für sie, zu erleben, wie Jim und sie langsam zu einem richtigen Paar wurden, anstatt eine Notlösung füreinander zu sein.

Norma beschleunigte ihren Schritt mit den vollgepackten Einkaufstüten in den Händen. An der Kasse im Lebensmittelladen war die Schlange lang gewesen, und sie wollte zurück sein, bevor Jim aus der Nachtschicht kam. Nach der Nachtschicht war er noch erschöpfter als früher nach der Tagesschicht.

Als Norma gerade in ihre Straße einbog, machte es laut »Ritsch«. Beide Einkaufstüten rissen auf, und die Einkäufe fielen auf den Gehweg. Fleisch, Konserven, Salat und ein Milchkanister. Sie bückte sich und begann, alles zusammenzuklauben. Der Salatkopf rollte auf die Straße. Wie sollte sie die Sachen jetzt nach Hause bekommen? Die Papiertaschen waren am Boden durchgerissen.

»Nimm die hier«, hörte sie eine Stimme über sich sagen.

Norma schaute auf. Eine mexikanisch anmutende Frau mit bis zu den Hüften reichendem, glänzend schwarzem Haar hielt ihr einen bunten Korb hin. Aus der Ferne hatte sie sie schon mal gesehen. »Aber wo stecken Sie dann Ihre Einkäufe hin?«, fragte Norma, ohne nach dem hingehaltenen Korb zu greifen.

»Ich gehe dann eben später einkaufen«, antwortete die. »Knochen für die Hunde gibt es auch noch in zwei Stunden.« Sie holte Normas Salatkopf von der Straße und packte ihn in den bunten Korb. »Ich bin Inez Gonzáles und wohne hier.« Sie deutete auf das Eckhaus hinter sich. Durch seinen bunten Anstrich in Gelb, Terracotta und Hellblau hob es sich deutlich von den umgebenden Häusern ab, die einheitlich grau waren. Inez wohnte in dem Haus, in dem abends auf dem Fensterbrett immer eine Kerze brannte.

»Ich bin Norma, die Ehefrau von Jim Dougherty.« Sie zeigte auf den kleinen Bungalow fünf Häuser weiter. Da war Inez schon dabei, die Konservendosen vom Boden aufzulesen. Erst jetzt fiel Norma die Latzhose der Nachbarin auf, auf der die unterschiedlichsten Farben verschmiert waren. Sie kannte solche Hosen nur von Handwerkern. »Vielen Dank für Ihre Hilfe und sagen Sie ruhig Norma zu mir«, schlug Norma in Erinnerung an den vertrauten, nachbarschaftlichen Ton vor.

»Und ich bin einfach nur Inez.« Ihre dunklen Augen hatten etwas unglaublich Warmes und standen im Widerspruch zu ihrem rauen Äußeren.

»Du hast einen Hund, Inez?«, fragte Norma, weil die Nachbarin eben den Kauf von Hundeknochen erwähnt hatte.

»Komm, Norma«, sagte Inez daraufhin. »Ich zeige sie dir.«

Norma stellte den Milchkanister und den bunten Einkaufskorb an die Seite des Gehwegs, dann folgte sie Inez in deren Garten hinterm Haus.

Ihr Hund lag kraftlos im Schatten eines Strauches und sah gar nicht munter aus. Norma erkannte sofort, dass es sich um einen Collie handelte. Das längere Fellhaar des Tieres war typisch dreifarbig und zusätzlich um den Hals herum blaumarmoriert. Das verlieh ihm ein besonderes Aussehen. Collies galten als intelligente, sanftmütige Tiere.

»Die Hündin hat Darmkoliken«, erklärte Inez. »Sie ist uns erst gestern vom Tierheim wegen Überlastung übergeben worden. Sie haben dort mehrere Hunde mit Koliken.«

Norma streckte die Hand nach der Hündin aus. Das Tier erhob sich träge aus dem Schatten des Strauches und trottete vor Norma. Jeder Schritt schien sehr anstrengend zu sein. Norma streichelte sie vorsichtig. Das lange Fell der Hündin war weich, das Tier selbst aber erschreckend mager.

»Sie scheint dich zu mögen«, sagte Inez. »Hast du etwa auch einen Hund? Das könnte sie riechen.«

Norma schüttelte den Kopf und versank ganz darin, das Tier behutsam hinter den Ohren zu kraulen. Sie achtete darauf, es nicht anzustarren, weil Hunde das nicht mochten. Mit beruhigender Stimme sagte sie: »Du bist aber eine Schöne. Ich hoffe, dass du bald wieder gesund wirst.«

Im nächsten Moment kamen aus dem Haus zwei Mischlinge angelaufen. Drei Hunde waren nun um Norma herum, die allesamt nach einem kurzen Beschnüffeln nur noch gestreichelt werden wollten. »Sind das wirklich alles deine Hunde, Inez?«

»Es sind eigentlich herrenlose Tiere, die mein Mann Pedro und ich versorgen, bis wir einen neuen Besitzer für sie finden«, erklärte Inez. »Aber das dauert immer eine Weile.«

Dass sich jemand in der Straße herrenloser Hunde annahm, gefiel Norma sehr gut. Es zeigte, dass Inez ein Herz für die Schwächsten und Kranken hatte. Sie war anders als die anderen Nachbarinnen. Norma wusste, wie es sich anfühlte, anders zu sein und nicht dazuzugehören. Bisher hatte sie Inez nie bei Betty oder Abigail gesehen.

Die magere Collie-Hündin ging wankend zur Veranda, und Inez ermunterte Norma, ihr zu folgen. Auf der Veranda lagen mehrere Decken ausgebreitet. Auf der hinteren ganz im Eck ließ das Tier sich nieder.

Norma bekam ein kleines Stück rohes Fleisch von Inez gereichet. »Wir sind froh, wenn sie überhaupt etwas isst. Versuch es.«

Norma hielt es der Hündin hin. Die roch daran, aber machte erst Anstalten zu fressen, nachdem Norma sich zu ihr beugte und sie noch einmal unter dem Kinn kraulte. Kurz sprang ihr Blick dabei in das Wohnzimmer des bunten Hauses, in dem ein riesiges Gemälde an der Wand hing. Es zeigte eine karge, rotsandige Landschaft, vermutlich irgendwo in Mexiko. Das Flugzeug, das über diese Landschaft flog, erinnerte Norma daran, dass Jim jeden Moment von *Lockheed* zu Hause eintreffen müsste. Über die Hunde hatte sie die Zeit ganz vergessen.

Norma verabschiedete sich und versprach Inez, den Einkaufskorb so schnell wie möglich zurückzubringen. »Es war schön, dich kennengelernt zu haben«, sagte sie noch, dann ging sie.

»Ja, finde ich auch«, erwiderte Inez. »Du bist anders als die anderen Nachbarinnen.«

Einmal mehr dachte Norma das Gleiche von ihr. Inez wirkte selbstbewusst, kleidete sich anders als die Frauen der Nachbarschaft und war eine Hundeliebhaberin wie sie auch. Als Norma bei den Bolenders gewohnt hatte, war ihr bester Freund ein zugelaufener Hund gewesen, den sie aufgepäppelt hatte.

Im Haus zurück richtete sie alles für Jims Heimkunft vor.

Nachdem Jim seinen Feierabend-Whiskey getrunken hatte, ließ er sich nicht wie sonst auf das Bett fallen, sondern umarmte Norma und wirbelte sie herum: »Pack deine Tasche, wir verreisen!«

Norma wusste wenig über die Familienfinanzen, aber dass sie sich eine Reise leisten konnten, stand nicht zur Debatte. Urlaub war etwas für die bessere Gesellschaft, die fern von Sherman Oaks lebte.

»Sollten wir das Geld nicht lieber für eine englische Kletterrose für den Vorgarten sparen?«, fragte sie, obwohl sie gerne mehr Zeit mit Jim verbringen würde, »oder ein nettes Bild für die Wohnzimmerwand?« Sie musste an die eindrucksvolle Malerei in Inez' Wohnzimmer denken und an ihre nette Art. Ein einfacher Buntdruck würde ihr genügen.

Entschlossen schüttelte Jim den Kopf. »Es ist wichtiger, dass wir uns endlich mal frische Luft um die Nase wehen lassen!«

Norma nickte nun auch vorfreudig, denn seitdem er zur Nachtschicht gewechselt war, verbrachten sie noch weniger Zeit miteinander. Sie wollte ihn besser kennenlernen, Gedanken mit ihm austauschen, von seinem Leben vor ihrer Ehe erfahren. Sie stellte sich schon vor, wie sie an einem Lagerfeuer saßen und er sie die ganze Nacht in den Armen hielt.

»Was soll ich einpacken?«, fragte sie aufgeregt.

»Nimm was mit, das dreckig werden kann und bequeme Schuhe!«, sagte Jim und holte seine Angel aus dem Schrank. »Steck auch noch Dosenmais ein.« Mit Konserven waren sie immer gut ausgestattet.

Eine halbe Stunde später saßen sie im Ford und gaben noch schnell den Einkaufskorb bei Inez ab. Dann tankten sie voll und brausten Richtung Norden. Normas Haar wirbelte wild im warmen Fahrtwind, während sie immer wieder zu ihrem Ehemann schaute. Was für eine nette Idee, spontan zusammen wegzufahren. Das hätte sie ihm gar nicht zugetraut. Sie beschaute ihn länger von der Seite: sein freundliches Gesicht mit der hohen Dougherty-Stirn, die tief liegenden Augen und den breiten Mund, der zärtlich und stürmisch vorgehen konnte, je nach Laune.

Nach einer Stunde Fahrt tauchten die Hügel und Berge des Angeles National Forest vor ihnen auf, der einst von Goldsuchern durchwandert worden war. Auf der Little Tujunga Canyon Road, die sie immer tiefer in die Berge brachte, gab Jim noch einmal richtig Gas. Sie fuhren erst sanfte, dann spitze Kurven. Die Straße wurde immer enger. Es war Jahre her, dass Norma nur Grün um sich herum gesehen hatte, eine der schönsten Farben überhaupt.

Jim wies zum hohen Limerock Peak, der fast zum Greifen nah war, und lenkte den Wagen mit nur einer Hand durch eine Haarnadelkurve. Der Blick über die Berggipfel war atemberaubend. Etwas Schöneres hatte sie selten im Kino gesehen.

Irgendwann bog Jim von der Hauptstraße ab, und nun brausten sie über unwegsame Pfade. Die kargen, von Waldbränden zerstörten Bäume ließen sie hinter sich, und bald umgab sie gesunder Nadelwald.

Als Norma längst die Orientierung verloren hatte, stoppte Jim. Er half ihr aus dem Ford und führte sie an einen schmalen Fluss, ganz Gentleman wie am Tag ihrer Hochzeit. Norma tauchte die Fingerspitzen ins Wasser und tupfte sich auch etwas davon wie ein Parfüm auf die Unterarme. Es war herrlich erfrischend.

»Traust du dich?«, fragte er und deutete auf ihre Schuhe.

Etwas verlegen schaute sie sich um, ob auch wirklich niemand in der Nähe war. Dann zog sie ihre Schuhe aus und krempelte ihren Rock bis zu den Knien hoch. Sie musste sich bei jedem Schritt auf dem steinigen Flussboden konzentrieren, damit sie nicht ausrutschte. »Da ist eine Forelle!«, rief sie und schloss für einen Moment die Augen, um sich ganz auf ihre Umgebung zu konzentrieren. Sie hörte das Rauschen des Flusses und das Zwitschern einer Spottdrossel. Es fühlte sich an, als würde Mutter Natur ihre Arme um sie schlingen. Ob es hier oben auch Bären gab?

Jim führte sie durch den Wald. Er zeigte ihr Wildblumen, Kolibris und einen Wasserfall. Sein Wissen über die Flora und Fauna war beeindruckend – auch das hatte sie einem Sonnyboy wie ihm nicht zugetraut. Vermutlich wusste sie noch so einiges Beeindruckende nicht über ihn. Sie spürte, wie ihr Leben an seiner Seite lebendiger und bunter wurde, wenn sie sich nur nicht davor verschloss und der Sache eine echte Chance gab. Wenn sie immer mal wieder auch Norma sein durfte. Hier oben in den Bergen fühlte sie sich frei, als hätte sie im Haus in Sherman Oaks auch all ihre Pflichten und Erwartungen zurückgelassen. Die Luft war so rein, dass ihr fast schwindelig davon wurde.

Als sie wieder am Ford zurück waren, holte Jim sein Angelzeug aus dem Kofferraum. »Es wäre doch gelacht, wenn ich verlernt hätte, wie man sich sein Dinner selbst beschafft.«

Norma schaute gebannt zu, wie er die Angelleine in hohem Bogen auswarf. Es glitzerte am Ende der Leine, als hingen Ohrringe daran. Ein wenig erinnerte er sie in dieser athletischen Pose an den legendären Footballspieler George Gipp, der in dem Film *Knute Rockne* von Ronald Reagan verkörpert worden war: ein Baum von einem Mann und selbst beim Sterben wollte er noch gewinnen.

Als Jim bemerkte, wie sein Tun sie bannte, kam er hinter sie ins Wasser und legte ihre Hände um den Griff der Angel und seine darum herum. Sie waren warm. Norma fühlte sich geborgen und beschützt.

»Blinkern ist eigentlich ganz einfach«, erklärte er und warf die Angelschnur seitlich von ihnen aus. Sie flog vor eine Baumwurzel etwas flussabwärts. »Achte darauf, dass du die Schnur mit gleichbleibender Geschwindigkeit einholst.« Er führte ihre Hand an der Kurbel mit seiner. »Der durch das Wasser gleitende Blinker täuscht dem Raubfisch vor, dass es entweder einen anderen Fisch oder ein glänzendes Insekt zu fangen gibt.«

»Woher weiß ich, welche die richtige Geschwindigkeit ist?«, fragte Norma flüsternd zurück, um keinen Fisch zu verscheuchen.

Es war so ruhig hier oben, ganz anders als in der Stadt. Irgendetwas brummte, klingelte oder quietschte dort immer.

»Wenn der Köder beim Einholen aufblitzt und blinkert, dann weißt du, dass du es richtig machst«, flüsterte Jim. Zusammen wiederholten sie den Auswurf noch ein paar Mal.

Weil sie länger nichts fingen, änderte Jim seine Strategie. »Wir sollten es mal mit Mais probieren.«

Norma bedauerte, dass er ihre Hände dafür losließ. Er ging zum Kofferraum des Fords und kramte nach Dosenmais. Währenddessen warf Norma die Angel nur probeweise allein aus. Sie konzentrierte sich ganz auf das gleichmäßige Einholen der Leine. Der Blinker glitzerte im Wasser wie ein Fisch, der sich beim Schwimmen an der Oberfläche rotierend vom Bauch auf den Rücken dreht.

Kurz darauf zog es so kräftig an ihrer Leine, dass ihr beinahe die Angel aus der Hand sprang. Im letzten Moment umklammerte sie sie so fest, als wäre sie ihr einziger Besitz. »Jim, ich glaube, ich habe einen Fisch gefangen!«, rief sie aufgeregt.

Mit ungläubigem Blick trat Jim vom Auto ans Ufer. »Hol die Schnur weiter ein, und dann heb die Angel mit dem Fang übers Ufer.«

Norma musste all ihre Kraft aufwenden, um den Fang an der Angel aus dem Wasser zu hieven.

Jim sackte die Kinnlade runter. »Das ist ja … meine Fresse.« Der Anblick des Fisches zu seinen Füßen verschlug ihm die Sprache, was selten vorkam. Sie bewunderte ihn für seine Gesprächigkeit und den unbeschwerten Umgang mit anderen Menschen. Niemals errötete oder stotterte er, und selten war er um einen Spruch verlegen. Aber dass er ihr gegenüber auch verdutzt sein konnte, das gefiel ihr fast noch besser.

»Ja … was ist es?«, fragte sie ungeduldig.

Jim schaute zwischen ihr und dem Fisch hin und her. »Das ist eine Forelle. Noch dazu die größte, die ich je gesehen habe.«

»Meinst du wirklich?« Sie konnte es kaum fassen, tatsächlich einen Fisch gefangen zu haben. Sie hatte doch nur ein bisschen üben wollen.

»Aber ja! Auf diesen Fang kannst du echt stolz sein, Süße!«

Ein bisschen war sie das jetzt. Lächelnd watete sie aus dem Wasser und beobachtete sehr genau, wie Jim ihren Fang vom Haken löste und ihn in einen Kescher warf, der vom Ufer ins flache Wasser hing. »Wenn ich gewusst hätte, dass du so gut angelst, hätte ich dich schon öfters hier hoch und nicht in den Lebensmittelladen geschickt«, feixte er und lachte leichthin auf.

Norma fiel in sein Lachen mit ein. Sie würde gerne öfters herkommen. In dem alten leinenfarbenen Rock und dem geflickten Shirt fühlte sie sich wohler als in dem mintgrünen Kleid, umringt von zu vielen Menschen. Hier oben durfte sie so sein, wie sie war, einfach nur Norma, ziemlich unperfekt, und ohne die Regeln eines Ratgebers befolgen zu müssen. Hier oben tat sie, was ihr Intuition und Herz eingaben. Lächeln zum Beispiel oder Unbeschwert-Sein.

»Du bist wunderschön, wenn du lachst«, sagte Jim mit einem Mal. »Ich meine, wenn du es nicht so gequält tust, sondern dein Herz mitlacht.«

Norma bekam eine Gänsehaut von seinen Worten. Es war das erste Mal, dass jemand ihr sagte, dass ihm ihr Lächeln gefiel. Sie spürte, dass sie wie ein junges Mädchen errötete, das sich gerade zum ersten Mal verliebte. Bebe hatten bei ihrer Verliebtheit mit dem Nachbarsjungen sogar die Ohren geglüht. In Normas Magen prickelte es, als würden hunderte Bläschen platzen. In dem karierten Hemd und der löchrigen Hose sah Jim unwiderstehlich aus. Seine Fröhlichkeit wirkte unglaublich anziehend. Er war mehr als nur ein Sonnyboy. Sein muskulöser Körper war der eines erwachsenen Mannes, aber in seinen Augen hatte sie beim Angeln die Begeisterung eines kleinen Jungen zu erkennen geglaubt.

Er hob ihr Kinn mit dem Zeigerfinger an. »Bitte nicht aufhören, so wunderschön zu lächeln.« Und dann bekam sie den sanftesten Kuss ihres Lebens. Seine Lippen waren so weich und seine Zunge erkundete so vorsichtig ihren Mund, dass sie hoffte, dieser Moment würde nie aufhören. Ein leidenschaftlicher Seufzer entfuhr ihr, aber anstatt sich dafür zu schämen, legte sie ihre Arme um seinen Hals und schmiegte sich ihm entgegen. Er war so sanft, drängte sie zu nichts, hörte ihr zu, machte sie nicht klein, wenn etwas nicht perfekt war, entführte sie sogar in die Berge für eine Auszeit. Er war vielleicht doch der Richtige für sie. Normas Herz klopfte glücklich, und sie nahm sich vor, Grace in ihrem nächsten Brief für ihr gutes Gespür zu danken.

Sie mussten eine Ewigkeit vereint im Küssen dagestanden haben, bis Jim sich von ihr löste. Auch er wirkte wie trunken von der Intensität ihrer Zärtlichkeit und spritzte sich erst einmal kaltes Wasser ins Gesicht. Danach holte er ein Messer aus seiner Tasche und zeigte ihr, wie man einen Fisch entschuppte und mit Wildkräutern füllte. An diesem Abend übernahm er das Dinner. Er röstete den Fisch auf einem Ast über dem Feuer. Norma aß mit einem Appetit, den sie früher nur bei Graces berühmtem Käsetoast an den Tag gelegt hatte.

Die Nacht in den Bergen wurde kühl, aber das Lagerfeuer und Jim wärmten Norma. Es brannte vor sich hin und ließ sanfte Schatten über ihre Gesichter tanzen. Im Schein des Mondlichts schaute sie ihren Ehemann immer wieder von der Seite an. Sie konnte ihr Glück kaum fassen. Sie sah Jim nicht mehr als das ferne, hohe Wesen, das sie vor dem Waisenhaus gerettet hatte, dem sie dafür ewig dankbar sein musste. Sie sah Jim oder Jimmie, wie ihn seine Freunde nannten, den lebenslustigen Mann, der an diesem Abend so entspannt wirkte, wie sie ihn noch nicht erlebt hatte. Sie fühlte sich geborgen bei ihm, und dann war da noch das Prickeln in ihrem Magen, das partout nicht enden wollte.

Sie küsste Jim zärtlich und dann immer leidenschaftlicher, bis er sich erhob und sie zum Wagen führte, ihrer Unterkunft für die Nacht. Im Ford aneinandergekuschelt, redeten sie erst über das Angeln und das Leben. Kurz vor Mitternacht spielte Jim Gitarre, und sie sang mit ihrer leisen, hohen Stimme dazu, von der er nicht genug hören konnte.

Sie erfuhr, dass er genauso wie sie Ängste und Hoffnungen besaß und nicht immer so stark war, wie er vorgab. Niemand konnte jede Minute seines Lebens stark sein.

In dieser Nacht glitten Normas Gedanken nur kurz zu ihrer Familie in West Virginia. Die restliche Zeit liebten Jim und Norma sich, als würde der Akt wie ein Pakt sein, zukünftig verliebt durchs Leben zu gehen.

6

Ende Oktober 1942

Die Sonne brannte ungewöhnlich stark für einen Herbsttag, es war noch sommerlich heiß. Norma stand der Schweiß auf der Stirn. Hockend rupfte sie eine Distel nach der anderen aus ihrem Vorgarten. Ihre Hände waren von den krautigen Pflanzen schon ganz zerkratzt. Ob hier jemals so leuchtend grüner Rasen wie bei den Nachbarn wachsen würde? Betty hatte ihr schon gezeigt, wie man Rasen säte und bei dieser kleinen Lehrstunde auch gleich ein paar Donuts mit dickem Schokoladenüberzug mitgebracht. Aber bevor Norma säte, durfte kein Halm Unkraut mehr zu sehen sein. Sie sehnte sich in die kühlen Berge zurück.

Abigail kam mit ihren Kindern zu ihr herüber und bot Norma Gartenhandschuhe an. »Die schonen deine Haut, die doch weich bleiben muss, wenn du Jim damit berührst. Gib sie mir einfach zurück, wenn du mit dem Jäten fertig bist«, sagte die Nachbarin, während sie Mildred am Fenster des Nachbarhauses zuwinkte.

Dankend nahm Norma die Handschuhe entgegen und zog sie sich gleich über. Damit kam sie besser voran.

Abigail stand noch eine Weile da. Der kleine Mike auf ihrem Arm strampelte fröhlich mit den Beinen. Donna, seine vierjährige Schwester, bewunderte die schlaffen, herausgezupften Disteln. Sie nahm sie aus Normas Unkrautschüssel heraus und sortierte sie auf dem Gehweg der Größe nach nebeneinander.

Mit ihrem Sohn auf der Hüfte ging Abigail in die Hocke und zupfte eine Wicke aus dem Boden. Ihr kupferrotes Haar war tadellos gelegt, als könne kein Wetter ihrer Frisur etwas anhaben. »Wie wäre es mit einem kühlen Getränk bei mir, wenn du hier fertig bist?«

»Ich habe auch Durst, Mommy«, meldete sich Donna und zog am Rock ihrer Mutter, bevor Norma antworten konnte.

Norma holte Donna ein Glas Wasser und schenkte ihr eine Blüte der Schafgarbe, die am Briefkasten wuchs. »Ich komme gerne«, sagte sie Abigail.

Eine Stunde später stand sie im Bungalow der Familie Summer mit einem kühlen Ginger-Ale in der Hand. Abigail zeigte ihr die Räume, in denen der Stolz auf den Hausherrn nicht zu übersehen war. Eine Wimpelkette mit der amerikanischen Flagge schmückte das Kinderzimmer, und im Wohnzimmer hingen gleich mehrere Fotografien neben dem Bild von Präsident Roosevelt, die Bernie Summer in Uniform zeigten. Norma half Abigail, die Kinder zum Mittagsschlaf hinzulegen. Donna nahm die Blüte der Schafgarbe mit ins Bett.

Nachdem die Kinder eingeschlafen waren, führte Abigail Norma auf die Veranda an der Rückseite des Hauses. »Ich wollte dich fragen, ob du nicht Lust hättest, hin und wieder auf die Kinder aufzupassen. Meine Schwester ist schlimm krank geworden, sodass ich wöchentlich nach ihr sehen muss. Sie wohnt draußen in Calabasas. Ich dachte, weil du und Jim noch keine Kinder habt und du nur das kleine Haus reinhalten musst, hast du vielleicht etwas Zeit übrig.«

Norma lächelte. Abigail vertraute ihr inzwischen so sehr, dass sie ihr sogar ihr Teuerstes, ihre Kinder, überließ? Das war ein bestärkendes Kompliment. Sie wollte gerne helfen. Inzwischen hatte sie ihren Haushalt gut im Griff, und die Steaks brannten ihr nicht mehr an. Außerdem fand sie Nachbarschaftshilfe wichtig, und das nicht nur, weil ihr selbst schon öfters geholfen worden war. Der Gedanke daran, dass Jim und sie das einzige Ehepaar in der Straße ohne Nachwuchs waren, ließ sie jedoch innehalten. Sie liebte Kinder. Die

Kleinen besaßen beim Spielen eine unerreichte Fantasie. Der große Schauspiellehrer Stanislawski war davon überzeugt, dass Kinder die Illusion des echten Lebens, wie sie für die Bühnenarbeit so wichtig war, besser als die meisten Erwachsenen meisterten. Nur wenn ein Schauspieler diese kindliche Wahrhaftigkeit beim Spielen erreichte, konnte er es weit bringen. Norma ertappte sich zu spät bei dieser Träumerei, die preisgab, dass sie ihr teuerstes Buch, den *Stanislawski*, doch noch nicht aus ihren Gedanken verbannt hatte.

»Ich würde dir gerne helfen. Donna und Mike sind so liebe Kinder.« Norma schaute in den Garten, in dem Rosenstöcke ihre Blüten dem blauen Himmel entgegenreckten. Bei deren Anblick konnte man leicht vergessen, dass sie im ärmlichen Sherman Oaks lebten. Sie bewunderte die Nachbarin, wie die alles während der Abwesenheit ihres Ehemanns allein meisterte. »Abi, ist es nicht schrecklich einsam, die ganze Zeit ohne deinen Ehemann?« Norma spürte, dass sie der Nachbarin diese Frage stellen durfte. Sie dachte an Jim und fragte sich, wie es ihm gerade in der Nachtschicht erging. Ob er beim Arbeiten genauso an sie dachte wie sie an ihn?

Abigail ruckte mit ihrem Stuhl näher an Norma heran. »An manchen Tagen komme ich gar nicht dazu, Bernie überhaupt zu vermissen. An anderen bin ich vor allem stolz auf ihn und darauf, was er für sein Land tut.« Kurz wandte sie sich zum Kinderzimmer um. »Als Bomberpilot ist er ganz vorne dabei. Es ist eher so, dass an den meisten Tagen meine Sorge überwiegt. Nur selten zwickt es im Herz.«

Zum ersten Mal erlebte Norma die Nachbarin nachdenklich. Trotz allem verlor Abigail selbst in diesem nachdenklichen Moment nicht die Haltung und strahlte weiter eine beeindruckende Selbstsicherheit aus. »Und du und dein Jim? Seid ihr ein glückliches Paar?«, fragte die Nachbarin vorsichtig.

Norma überlegte, wie schnell sie Jim vermissen würde. Inzwischen freute sie sich jeden Tag auf den Moment, wenn er von der

Arbeit nach Hause kam. »Er ist liebevoll und hat viel Geduld mit mir.«

Abigail lächelte. »Ihr seid ein hübsches Paar und noch so jung. Wenn ich nochmal sechzehn wäre …«

»Ja, was würdest du dann tun?«, fragte Norma neugierig.

Abigail flüsterte nur noch: »Ich würde die Highschool nicht abbrechen, sondern meinen Abschluss machen. Das war früher mein Traum gewesen.«

»Du hast auch abgebrochen?«, rutschte es Norma heraus.

»Weil ich schwanger von Bernie war, und das, obwohl wir uns bisher nur heimlich getroffen hatten«, gestand Abigail hinter vorgehaltener Hand, obwohl sie allein waren. »Niemand sonst weiß das hier in der Straße.«

In Van Nuys hatte Norma gleich zwei Frauen gekannt, die unverheiratet schwanger geworden waren. Solche Schwangerschaften wurden oft *Lohn der Sünde* genannt und als Strafe für unzüchtiges Verhalten betrachtet. Dennoch waren zwei wunderbare Kinder dabei entstanden. Insgeheim hatte Norma die Frauen dafür bewundert, die harte Situation allein gemeistert zu haben. Wenn sie sich Monate vor ihrer Hochzeit in Jim verliebt hätte, wäre es ihr aus heutiger Sicht schwergefallen, ihn nicht zu küssen, wirklich ganz die Finger von ihm zu lassen. Sex konnte schwindelerregend sein, wenn es keine Scheu voreinander gab und man sich grenzenlos vertraute.

»Bist du etwa auch eine Abbrecherin?«, fragte Abigail zurück.

Norma nickte mit heißen Wangen, weil sie an letzte Nacht gedacht hatte. Jim und sie hatten gegen das Gesetz verstoßen, weil sie Jim mit dem Mund … na ja … haltlose Freuden bereit hatte. Ob die Millers sie gehört hatten?

Norma konzentrierte sich wieder auf Abigail. »Ich musste die Schule abbrechen, weil meine Mom meinem Stiefvater wegen eines Jobs ans Ende der Vereinigten Staaten gefolgt ist und ich nicht mitkonnte, aber versorgt sein musste.« Es tat gut, sich mit jemandem zu unterhalten, dessen Vergangenheit ebenso wenig makellos war. Es bewegte Norma, dass Abigail ihr ein Geheimnis anvertraut hatte. Konnte sie ihr nicht auch ihres preisgeben? »Lange vor meiner Ehe lebte ich bei Pflegeeltern und auch mal im Waisenhaus.«

Abigail nahm sie in den Arm und sagte ganz leise, mitfühlend: »Das tut mir sehr leid. Da haben wir beide wohl schon so einiges durchgemacht.«

»Seit einiger Zeit habe ich das Gefühl, dass es wieder bergauf geht. Und von Jim geliebt zu werden, tut unendlich gut.« Die letzten Worte flüsterte Norma nur, zu unwirklich klang es noch.

Abigail löste die Umarmung und griff nach ihrem Ginger-Ale. »Was hältst du davon, wenn wir bei Bernies nächstem Heimaturlaub ein Barbecue machen? Dann könnten sich auch unsere Männer besser kennenlernen.« Sie prostete Norma zu.

»Sehr gerne.« Norma prostete nun wieder fröhlicher zurück. Endlich fühlte sie sich in Sherman Oaks angekommen.

∞

Samstagvormittags war es immer rappelvoll bei *Alexander's*, dem beliebtesten Lebensmittelladen im Viertel. Norma hatte alle Mühe, mit ihrem Einkaufskorb überhaupt durch die Gänge zu kommen. Überall wurden Regale eingeräumt, und Hausfrauen standen mit quengelnden Kindern an der Hand herum, in Gespräche vertieft.

Norma war froh, die letzten beiden Dosen Erbsen zu ergattern, die Jim so gerne zum Steak aß. In ihrer Vorstellung sah sie seinen zufriedenen Gesichtsausdruck und wie er jeden Bissen genüsslich kaute. Neulich hatte er sie nach dem Steak auf seinen Schoß gezogen und begonnen, ihren Hals zu küssen.

Als Norma vor den Hygieneartikeln ankam, hörte sie von der anderen Seite des Regals eine ihr bekannte Stimme. »Stell dir vor, unsere Inez Gonzáles hat den Postboten zu sich ins Haus gelockt, und er kam geschlagene dreißig Minuten nicht mehr heraus!« Das war die kratzige Stimme von Mildred Miller. Wenigstens Mildreds Ehemann hatte Norma vorgestern zugelächelt und gar nicht mehr wegsehen wollen.

»So etwas macht keine ehrbare Frau«, hörte sie eine andere Stimme.

Norma war verwirrt. Musste es gleich Unzucht sein, wenn Inez den Postboten ins Haus ließ? Vielleicht gab es dafür eine einfache Erklärung. Was Mildred Miller wohl über sie erzählte? Noch immer lief sie dem Postboten erwartungsvoll entgegen, vor allem, weil seit zwei Wochen kein neuer Brief mehr aus West Virginia eingetroffen war. Galt sie deswegen als leichtes Mädchen?

Gedankenversunken ging Norma weiter und vorbei an dem Regal mit dem Toilettenpapier. Ob es ihrer Familie auf der anderen Seite der Vereinigten Staaten wirklich noch gut ging? Seit einigen Tagen durchforstete sie die Zeitung nach den nationalen Wetternachrichten am Zeitungsregal bei *Alexander's*, wie auch heute gleich nach dem Betreten des Ladens. Normalerweise mied sie volle Geschäfte, weil sie dann an der Kasse so aufgeregt war. Die Hausfrauen in der Schlange hinter ihr schienen dann jede ihrer Bewegungen genau zu registrieren.

Heute war sie beim Bezahlen so abwesend, dass die Frau hinter ihr sie unhöflich anstieß. Mildred Miller hatte bitterböse geklungen. Bei nächster Gelegenheit würde sie mit der Nachbarin reden und sie davon überzeugen, dass Inez ein großes Herz besaß und eine wirklich nette Frau war.

7

November 1942

Natürlichere Frauen und ungekünstelte Weiblichkeit brauchte die Leinwand, davon war Darryl überzeugt, Frauen, die sich nicht versteckten und auch mal den Mund aufmachten. Schon seit Wochen konnte er an kaum etwas anderes als an Frauen denken, vor allem an Brünette. Darryl fuhr auf das Firmengelände am Pico Boulevard in Centure City, dem Geschäftsviertel von Los Angeles. Er gab noch einmal richtig Gas, damit der Motor seines Cadillacs weithin hörbar aufheulte, bevor er in seine Parklücke einbog. Hoffentlich war der Streit am Morgen kein böses Omen für den heutigen Tag – seinem ersten Arbeitstag, seitdem er aus dem Krieg zurück war. Erst gestern früh war er von der anderen Seite der Weltkugel heimgekehrt. Als Colonel hatte er die Dreharbeiten von Trainingsfilmen in London koordiniert und war dann in den Kongo und nach Marokko geschickt worden. Sie hatten ihn den »Hollywood Colonel« genannt, obwohl er sich nie Sonderrechte erbeten und selbst an Kampfhandlungen teilgenommen hatte.

Noch bevor er den Zündschlüssel abzog, zündete er sich eine Zigarre an und zog gleich ein paar Mal daran. Sein Blick glitt über das Firmengelände, auf dem es vor Angestellten wimmelte. Darryl sprang sportlich aus dem Wagen und warf dem Garagenjungen leichthin den Autoschlüssel zu. Einige der Leute verlangsamten ihren Schritt und schauten neugierig zu ihm hinüber. Es wirkte, als wären sie unsicher darüber, ob ihr Chef nach seiner Rückkehr aus dem Krieg wirklich noch der gleiche Darryl Francis Zanuck von früher war.

Für ihn war es bereits der zweite Krieg, in dem er für sein Heimatland gekämpft hatte. Mit fünfzehn war er vor seinem spielsüchtigen Vater und der tuberkulösen Mutter in den Ersten Weltkrieg geflüchtet. Damals bei der Aufnahme in die *Army* hatte er über sein Alter gelogen und das Mindestgewicht nur erreicht, weil er vorher literweise Wasser in sich hineingeschüttet hatte.

Darryl lief im gleichen Tempo in das Haupthaus, wie er vorhin sein Strandhaus in Santa Monica verlassen hatte. Sein Terminkalender war rappelvoll. Für elf Uhr, also in fünf Minuten, hatte er das erste Meeting angesetzt, das Potenzial besaß, in die Geschichte der Filmindustrie einzugehen. Um ein Uhr war er zum Lunch mit Joseph Kennedy verabredet, und danach standen diverse Story-Konferenzen an – bis ungefähr drei. Nach einer Ruhestunde, in der er sich massieren ließ, begann dann die zweite Hälfte seines Arbeitstages. Ob er heute lieber im Büro übernachten sollte? Er dachte an den Streit mit seiner Frau am Morgen und hoffte, dass die Kinder davon nichts mitbekommen hatten. Er würde es sich nie verzeihen, wenn Darrylin, Susan und Richard wegen ihm weinten.

Darryls Büroräume befanden sich im ersten Obergeschoss des Haupthauses. Im Vorzimmer, wo seine Sekretärinnen saßen, erwartete man ihn schon. Auf dem Weg zum Schreibtisch standen seine Produzenten und Autoren Spalier für ihn. Der Vorsitzende des Aufsichtsrates breitete seine Arme für Darryl neben dem Schreibtisch aus. Wer den kahlköpfigen Joseph Schenck nicht kannte, hielt ihn vermutlich für den hässlichsten Typen in ganz Kalifornien. Sobald man jedoch ein Gespräch mit ihm begann, entpuppte er sich als charmanter Mann, mit dem man stundenlang Zeit verbringen wollte. Er war mit vierzehn mittellos aus Russland nach Amerika gekommen. Das verband ihn und Darryl auf eine besondere Weise: Auch Darryl hatte sich von ganz unten hochgearbeitet. Sein erstes fiktives Stück am Beginn seiner Karriere als Autor war zwischen Werbeanzeigen für Dachstühle, Hanteln und Nahrungsmitteln erschienen. Vom kleinen Autor ohne Vorschuss hatte er es zum Filmproduzenten geschafft und sich bis an die Spitze hochgearbeitet. Seit nunmehr sieben Jahren war er der Studioboss der *Twentieth Century-Fox-Film Corporation*, dem sämtliche operative Entscheidungen oblagen. Auch in den großen anderen Studios hielt sich der Präsident der Firma oft im Hintergrund, und der Studioboss stand im Rampenlicht. Der Firmenpräsident war dieser Tage noch auf Safari in Südafrika.

Molly, seine beste Stenotypistin, überreichte Darryl knicksend einen Blumenstrauß, während Joseph Schenck ihn mit den Worten begrüßte: »Willkommen zu Hause, Darryl! Gut, dass der Postkartenmaler Schicklgruber dich heile gelassen hat.« Dann deutete er eine Umarmung an, natürlich ohne Darryl zu berühren. »Postkartenmaler Schicklgruber« war der amerikanische Spitzname für Adolf Hitler, dessen Geburtsname Schicklgruber war und der einst erfolglos Postkarten gezeichnet hatte, bevor er Antisemit wurde. Die amerikanische Presse wurde nicht müde, sich über Schicklgrubers albernen Schnurrbart lustig zu machen.

Darryl lachte, sodass der Zigarrenqualm stoßweise aus seinem Mund flog. »Schön, euch alle wiederzusehen«, verkündete er und legte die Blumen auf dem Schreibtisch ab.

Joseph Schenck ließ sich in Darryls Sessel sinken. Die anderen nahmen auf den Stühlen Platz, die vor den Wänden des schmalen, langen Raums standen.

»Ich habe euch alle zusammengerufen, weil ich mit euch meine neue Version der *Twentieth Century-Fox* besprechen möchte«, begann Darryl. Während seiner Abwesenheit hatte er genug Zeit gehabt, über die Sehgewohnheiten des amerikanischen Publikums nachzudenken, und eine wahre Erleuchtung gehabt, um noch erfolgreicher Filme zu produzieren. Dabei kamen auch die Frauen ins Spiel.

Darryl ging vor seinen Mitarbeitern auf und ab. »Seitdem es Hollywoods Filmindustrie gibt, wird Imitation in unserem Business großgeschrieben. Kommt eine von zehn Storys gut an, dann imitieren sie alle, der Markt wird geradezu überflutet mit Imitationen. Zuletzt waren es Unterhaltungsfilme und Musicals gewesen, die vom Krieg ablenken sollten.«

Alle nickten einvernehmlich. Es war kein Geheimnis, dass sogar die großen Filmstudios vom Nachahmen lebten.

»Ich bin überzeugt davon, dass der Krieg den Geschmack des Publikums verändern wird. Und wir werden das erste Studio sein, das dies aufgreift und endlich wieder mehr Geld verdient.« Seit dem Ausbruch des Krieges war für Hollywood der gesamte europäische Filmmarkt weggebrochen. Eigentlich ließ sich nirgendwo sonst als in Hollywood mit Kriegen, menschlichen Tragödien und Konflikten so leicht Geld verdienen. Krieg gebar massig Filmmaterial. Beim Angriff auf Pearl Harbour hatten die Filmstudios nicht sofort verdunkelt, sondern sich erst noch schnell diverse Filmtitel für Pearl-Harbour-Filme eintragen lassen.

Produzent Jack, der sich einst vehement gegen den Einkauf der Verfilmungsrechte von *Vom Winde verweht* ausgesprochen hatte, wandte offen ein: »Aber die Probevorführungen zuletzt draußen in San Bernadino liefern ein anderes Bild. Die Menschen wollen weiter seichte Ablenkung von den Übeln der Welt.«

Darryl nickte dankbar für den Einwand, weil er es schätzte, wenn man ihm widersprach. Kritik und Diskussionen brachten eine Sache voran, auch wenn es manchmal hitzig wurde. Diamanten entstanden unter Druck. »Da ist noch so ein Punkt, den ich zu verändern gedenke«, antwortete er, »ich wünsche keine Probevorführungen mehr für unsere Filme. Ein paar Kinogänger aus den Vororten sind kein guter Maßstab für den Geschmack des gesamten Landes!«

Jetzt schaute sogar Joseph Schenck von hinter dem mächtigen Schreibtisch auf. »Bist du dir sicher, Darryl?«

Während *Metro-Goldwyn-Mayer* immer neue Versuche von romantisch-historischen Filmen als Kopie von *Vom Winde verweht* drehte, hatte Darryl sich zuletzt auf Biografien gestürzt. Aber auch er hatte kopiert und es zusätzlich mit Literaturverfilmungen versucht. »Aber ja doch, Joe, ich bin mir ganz sicher. Keine Probevorstellungen mehr!«, rief Darryl begeistert aus, was er sogar mit der Zigarre im Mund beherrschte. »Ich will neuartige Filme produzieren, die noch niemand zuvor gemacht hat, Filme mit Bedeutung!«, rief er seinen Mitarbeitern zu, bevor sein Blick wieder auf seinen alten Kumpel Schenck kam. »Ich verwette meinen Arsch darauf, dass das Publikum sich mit Fragen über die Zukunft der Gesellschaft beschäftigt, mit Auswegen aus dem Krieg, mit der Suche nach Frieden und starken Menschen, die dies gestalten können. Im Kleinen wie im Großen.« Seine Zuhörer lauschten gebannt.

Darryl dachte an seine Ehefrau Virginia und dass sie sich während seiner Abwesenheit verändert hatte. Sie war selbstbewusster geworden, was er eigentlich ganz spannend fand, auch auf intimer Ebene. Aber dass sie ausgerechnet heute früh einen Streit vom Zaun brechen musste, passte ihm gar nicht! Grund dafür war ein winziges, fremdes Satinhöschen gewesen, das sie in seinem Reisekoffer gefunden hatte.

»Ich spreche von Filmen, die nicht nur unterhalten, sondern auch zum Nachdenken anregen sollen«, führte Darryl aus.

Joseph Schenck nickte bereits, als die Produzenten noch sprachlos waren. Molly schrieb in reizend konzentrierter Haltung auf ihrem Memoblock mit.

»Der Krieg liefert uns die Chance, *Metro-Goldwyn-Mayer* endlich vom Thron zu stoßen«, fuhr Darryl fort, und da bestand ja auch noch sein privater, kleiner Wettbewerb mit Sidney Franklin von *Metro-Goldwyn-Mayer*, dessen neuer Film *Misses Miniver* als Favorit für die nächste Oscar-Verleihung gehandelt wurde. Bis vor dem Krieg hatte *Metro-Goldwyn-Mayer* jede Oscar-Verleihung dominiert und war seit Jahren die erfolgreichste Filmproduktionsgesellschaft, die immer neue Stars hervorbrachte. Seit Darryl den Kinderstar Shirley Temple entdeckt hatte, die nun allerdings zur jungen Dame reifte, hatte die *Fox* kaum mehr große Namen unter Vertrag und musste die Stars von anderen Studios filmweise mieten. Er konnte sein Zugpferd Betty Grable ja nicht in jedem Film einsetzen. Außerdem war sie blond, was nicht seinem persönlichen Geschmack entsprach.

Darryl war noch nicht fertig mit seiner Ansprache. Das eigentliche Wagnis auf dem Weg zum Hollywood-Thron hatte er sich bis zum Schluss aufgehoben. »Es gibt da so eine Idee, die die wichtigste Stellschraube meiner Vision sein könnte.«

Eine erwartungsvolle Stille erfasste den Raum. Alle Augen waren auf Darryl gerichtet.

»Zukünftig möchte ich neue, modernere Frauen in den Mittelpunkt stellen. Frauen, die sagen, was sie denken, und eigene Träume haben«, erklärte er. »Gleichzeitig sollen sie natürlicher und geheimnisvoller als bisher sein, pure ungekünstelte Weiblichkeit!«

Die kleine Molly ließ den Stift sinken und hing wie eine Jüngerin an seinen Lippen. Joseph Schenck schmunzelte, wohl weil er Darryls Schwäche für das weibliche Geschlecht kannte. Es war schon länger her, dass sie übereingekommen waren, Schauspielerinnen, mit denen sie Affären hatten, bei Besetzungen nicht zu bevorzugen.

»Ich könnte mir vorstellen«, sprach Darryl weiter, »dass dieser neue Frauentyp das Publikum begeistert.«

»Was soll das denn für eine moderne Frau sein?«, fragte wieder Jack.

»Wir könnten unsere Schauspielerinnen in einer Art Dokumentation filmen und zeigen, wie leidenschaftlich sie amerikanische Kriegsanleihen im ganzen Land verkaufen. Ein Kuss pro tausend Dollar gezeichneter Anleihen. Das wäre doch was«, schlug Mike vor, einer seiner besten Drehbuchschreiber. »Es heißt, Hedy Lamarr habe auf diese Weise schon eine Million Dollar eingeworben.«

Darryl zog an seiner Zigarre. »Ich dachte eher an Frauen, die zielstrebig sind und die Dinge allein in die Hand nehmen.« Wie Virginia.

»Womöglich noch Frauen, die Unternehmen führen?« Joseph Schenck lachte laut, dabei hatte Darryl nicht den Hauch eines Witzes gemacht.

»Solche Frauen interessiert das Kinopublikum genauso wenig wie Männer, die …«, sagte der junge Mann, der während Darryls Abwesenheit eingestellt worden war und dessen Namen er noch nicht kannte. Mit »Männer, die …« meinte er Homosexuelle, das am meisten gemiedene Wort in Hollywood, das es sogar guten Freunden wie Joe und Darryl verbot, sich kumpelhaft zu umarmen.

»Meinen Segen hast du trotzdem«, unterbrach ihn Joseph Schenck. »Nur zu gerne würde ich uns mit der *Twentieth Century-Fox* ganz oben wissen. Vielleicht nicht im nächsten, aber spätestens in zwei oder drei Jahren möchte ich mehr Oscars hier aufgereiht sehen, als *Metro-Goldwyn-Mayer* heimbringt.«

»Ich danke dir, Joe«, beeilte sich Darryl zu sagen. »Spätestens bei der siebzehnten Oscar-Verleihung werden wir sie übertrumpfen, versprochen!« Das war also geschafft. Nicht so einfach würde es werden, seine Ehefrau Virginia von einer Versöhnung zu überzeugen. Der Vorfall mit dem Satinhöschen war in den achtzehn Jahren ihrer Ehe nicht der einzige dieser Art. Gerade deswegen verstand Darryl nicht, warum sie heute früh so viel Aufhebens darum gemacht hatte. So wütend hatte er sie lange nicht erlebt. Trotzdem liebte er Virginia mit jedem Jahr noch mehr. Aber dieses Mal könnte sie wirklich ernst machen und mit den Kindern zu ihren Eltern ziehen. Er musste sich etwas für sie einfallen lassen. Mit einem teuren Blumenstrauß war es dieses Mal leider nicht getan.

8
Januar 1943

»Norma, es ist mir eine besondere Freude, dass wir dich endlich in unserer Donnerstagsrunde dabeihaben«, rief Betty freudestrahlend aus der Küche.

Norma saß mittig auf einer rosafarbenen Couch, umringt von sechs Nachbarinnen, die den Blick auf die Hausherrin richteten. Die holte gerade ihre neueste Kreation aus dem Ofen. Es duftete verführerisch nach Süßem und Erdnussbutter. Ans Backen hatte Norma sich noch nicht gewagt, weil der alte Ofen immer öfter streikte. Seitdem sie regelmäßig in die Berge fuhren und Jim ihr eine eigene Angel zu Weihnachten spendiert hatte, war an einen neuen Ofen nicht mehr zu denken. Aber die Angel war ihr wichtiger als Blusen für den Alltag und Röcke, die ihr nicht mehr zu eng waren. Sie verband ihr gemeinsames Hobby mit den innigsten Stunden ihrer Ehe und dem Gefühl von Freiheit und Zwanglosigkeit, das sie nur in der Natur verspürte.

Norma und die Nachbarinnen fielen in Abigails Applaus für die Bäckerin mit der gerüschten Schürze ein. Die pummelige Betty kam so stolz mit dem Muffinblech vor der Brust ins Wohnzimmer, als würde sie die Kronjuwelen vor sich hertragen. Sie schien so stolz auf ihr Backwerk wie Norma zuletzt auf die Brasse, die sie geangelt und mit Rosmarin ausgestopft über dem Feuer gebraten hatte. Jim und sie hatten nicht mal Besteck zum Essen verwendet und Männerhemden getragen.

»Heute präsentiere ich euch Muffins mit Bananen-Erdnussbuttercreme und Aprikosenstücken. Süß und etwas säuerlich zugleich«, verkündete Betty und setzte auf jeden Teller einen riesigen Muffin, auf dem eine rosa Zuckerperle thronte, ihr Markenzeichen unter den Muffinbäckerinnen in Sherman Oaks. Sie nahm an kommunalen Backwettbewerben teil, aber eine Medaille hatte sie noch nicht gewonnen.

Mildred Miller schenkte allen Kaffee ein. Nach wie vor mied sie es, mit Norma zu sprechen. Mildred war die Älteste in der Runde, die Einzige, die schon komplett ergraut war und nicht färbte. Sie trug eine Kette um den Hals, an der der perlmuttfarbene Überzug schon von den Plastikperlen abblätterte.

Norma dankte der undurchschaubaren Nachbarin mit einem netten Lächeln für den Kaffee und fragte sich mit Blick auf Abigail und Betty, ob Bebe inzwischen auch so nett in Huntington aufgenommen worden war. Ihre Stiefschwester hatte in ihren Briefen noch keine neuen Freundinnen erwähnt.

Norma war sehr erleichtert gewesen, als vor zwei Tagen wieder Post aus West Virginia eingetroffen war. Bebe hatte sich aufgrund eines inzwischen kurierten Schlangenbisses eine Weile nicht melden können, hatte trotz Medikamenten gefiebert und war tagelang kaum ansprechbar gewesen. Aber das war zum Glück überstanden. Seit November trafen wieder wöchentlich Briefe von ihr ein. Nur Grace schien in den Wintermonaten sehr beschäftigt zu sein und schrieb seltener. Im nächsten Brief wollte Norma vorsichtig nach den Rückkehrplänen der Goddards fragen. Inzwischen wohnten sie schon ein Dreivierteljahr am anderen Ende der Staaten.

Abigail holte Norma aus ihren Gedanken zurück, indem sie ihr den Teller mit einem duftenden Muffin unter die Nase hielt. Das kupferrote Haar fiel ihr in weichen Wellen über die Schultern.

»Guten Appetit, Norma. Du musst uns unbedingt von eurem letzten Trip in die Berge erzählen«, sagte Abigail und warf kurz einen prüfenden Blick in den kleinen Garten hinterm Haus. Die Kinder spielten dort miteinander, auch Donna war unter ihnen. Die Allerkleinsten beaufsichtigte Abigails Schwester drüben. Abigail setzte sich auf den Ehemann-Sessel, vor dem die Hausschuhe des Hausherrn ordentlich nebeneinander wie für ein Stillleben drapiert standen, wobei sie darauf achtete, das Ensemble nur ja nicht zu zerstören.

»Hast du keine Angst vor Bären, Norma?«, wollte Violet wissen, die vor vier Jahren aus Oklahoma nach Los Angeles gekommen war. Weil ihr Mann bei der *Navy* war, kümmerte sie sich allein um ihre drei Kinder. Sie bewohnte einen Bungalow mit zwei Schlafzimmern.

»Jimmie würde mich bestimmt vor einem Bären beschützen!« Norma berichtete von ihrem letzten Trip in die Berge und schwärmte von der Schönheit der rauen Natur. Dann biss sie endlich in ihren Muffin, während sie ein Aprikosenstück mit der Zunge im Mund umherschob, dachte sie an ihren Liebsten und daran, dass sie Jim seit ihrem letzten Ausflug in die Berge bei seinem Spitznamen »Jimmie« nannte. Die gemeinsame Zeit mit ihm wurde immer schöner, immer vertrauter. Zuletzt hatte er ihr gestanden, dass er die Arbeit in der Nachtschicht bei *Lockheed* eigentlich hasste und dass er es aufregend fand, wenn sie im Bett auch mal den Ton angab. Eigentlich war das verpönt, sie würde es dennoch wagen, auch wenn sie sich damit strafbar machte. Sie verstand ohnehin nicht, warum eine Nation, die sich *Land of the Free* nannte, beim Sex so viele Verbote zuließ. Außerehelich konnte sie das nachvollziehen. Die Angst vor der Ansteckung mit der schlimmsten aller Lustseuchen, der Syphilis, war riesig, aber innerhalb einer Ehe, wenn man sich grenzenlos vertraute, sollte einzig das Ehepaar die Grenzen ihrer Lust setzen dürfen.

»Und wann werdet ihr Eltern werden?«, fragte Betty und deutete zum Garten, aus dem fröhliches Kinderlachen zu ihnen drang.

Norma spürte nun alle Aufmerksamkeit auf sich, die Röte stieg ihr in die Wangen. Diese Frage hatte sie sich zuletzt auch öfters gestellt, bisher aber noch nie gewagt, sie laut auszusprechen.

»Kinder machen das Glück erst perfekt«, schwärmte Violet. »Mein Ryan will später mal ein großer Baseballspieler werden. Dann würde unsere Straße endlich berühmt werden.«

Noch bevor Norma antworten musste, kam eines der Kinder mit einer blutenden Nase ins Haus gelaufen. Betty nahm ihren Jüngsten in den Arm und sagte: »Nichts ist schöner, als jemanden versorgen zu dürfen.« Sie schnappte sich noch einen Muffin vom Tablett, dann verschwand sie mit dem weinenden Jungen im Bad.

»Aber es braucht auch ein gewisses Alter und eine gewisse Reife, um die Verantwortung für einen anderen Menschen zu übernehmen«, merkte Mildred mit ihrer kratzigen Stimme an und befingerte dabei ihre Perlenkette. Die Kinder der Millers waren längst aus dem Haus.

Norma lächelte unschuldig, dachte aber, dass sie zwar mit Abstand die Jüngste hier war, aber ihr Kind mit aller Liebe übergießen würde, die sie selbst von ihrer leiblichen Mutter nie bekommen hatte. Sie würde ihr Kind niemals verlassen, komme, was wolle.

»Bald, vielleicht«, murmelte sie, mehr zu sich selbst, und biss in ihren Muffin. Nichts davon hatte sie mit Jim besprochen. Aber die Vorstellung war einfach zu schön, wie ihre Kinder mit den Nachbarskindern spielten und sie sich mit Abigail und Betty über die Kindererziehung austauschte. Dann wäre sie genauso wie sie und würde zum allerengsten Kreis dazugehören.

Während Norma ihren Muffin aufaß und Kaffee trank, berichtete Abigail von ihrem letzten Kinobesuch. »Bogie in seiner besten Rolle!«, sagte sie begeistert, nachdem sie die Handlung kurz skizziert und die Filmmusik gesummt hatte. »*Casablanca* müsst ihr euch unbedingt anschauen.«

Norma dachte an jenen Tag im März zurück, an dem sie beinahe ein Autogramm des berühmten Schauspielers ergattert hatte. Kurz vor Erscheinen war der Film *Alle treffen sich bei Rick's* in *Casablanca* umbenannt worden. Die ungewöhnliche Liebe von Ilsa und Rick war seit Wochen in aller Munde, jeder wollte den Film sehen. Sie selbst hatte seit Graces Weggang kein Kino mehr betreten. Einmal war sie kurz davor gewesen, aber dann war sie doch wieder umgekehrt, solchen Luxus konnten sie sich im Moment nicht leisten. Auf einen Kinofilm hätte sie schon mal wieder Lust. Vielleicht gemeinsam mit Jim, wenn er nach der Arbeit mal nicht so müde war? Dann könnte sie seine Hand ergreifen, wenn die Erinnerung an früher sehr wehtat.

Während die einen sich noch über die Gangsterwelt in *Casablanca* austauschten, kam Betty auf Inez Gonzáles zu sprechen.

Norma horchte auf. Jetzt bot sich ihr endlich die Gelegenheit, die anderen Frauen für die nette Nachbarin einzunehmen. Bevor sie jedoch etwas sagen konnte, beklagte sich Betty über das Jaulen der mexikanischen Hunde, wie sie es nannte. Die anderen stimmten mit ein, jeder wollte diese störenden Geräusche schon gehört haben. Nur Norma zuckte mit den Schultern, ihr war nichts dergleichen aufgefallen.

»Lasst uns mit ihr reden und sie um Ruhe bitten«, schlug Abigail vor. »Das versteht sie doch sicherlich. Eigentlich haben wir die Regel, dass in der Mittagspause und nach acht Uhr abends Ruhe in unserer Straße zu herrschen hat.«

»Dass die Mexikaner sich nicht an Regeln halten, liegt daran, dass sie von Natur aus kriminell sind«, giftete Mildred Miller.

Was fällt Mildred ein! Norma sprang von der Couch auf. Wie konnte die Nachbarin alle mexikanisch-stämmigen Amerikaner über einen Kamm scheren? Angeborene Kriminalität? Davon hatte sie noch nie etwas gehört! Sie bedauerte, dass sie wie Menschen zweiter Klasse behandelt wurden. In Van Nuys hatten Menschen mit Inez' Hautfarbe freitags immer nur ins öffentliche Schwimmbad gehen dürfen, kurz bevor das Wasser im Becken ausgewechselt wurde. Schwarzen war der Zutritt in Schwimmbäder gänzlich verboten. Norma ballte die Hände zu Fäusten, aber niemand beachtete sie weiter.

»Und sie haben diesen angeborenen Drang, bei den kleinsten Problemen gleich ein Messer zu ziehen«, ergänzte Violet so überzeugt, als wäre sie schon mehrfach in eine Messerstecherei hineingeraten.

Norma hob an, um zu widersprechen, aber dieses Mal kam Abigail ihr zuvor: »Lasst uns gleich jetzt mir ihr reden, dann ist bald wieder Ruhe. Schon seit Tagen schlafen meine Kinder unruhig.« Sie stand auf.

Verwundert schaute Norma Abigail an. Für den schlechten Schlaf von Kindern konnte es vielerlei Gründe geben. Woher wollte ihre Freundin so genau wissen, dass es wirklich die Hunde waren? Aber eine erfahrene Mutter wegen ihrer Kinder zu korrigieren, das wagte Norma als kinderlose Sechzehnjährige dann doch nicht. Sie wollte Abigail nicht vor den Kopf stoßen.

Abigail schaute jeder Frau tief in die Augen, ein wahrer Rita-Hayworth-Blick. Norma konnte sich dem nicht entziehen, obwohl sie längst ein unwohles Gefühl beschlichen hatte. Sie fühlte sich den Frauen verbunden, die sie so freundlich in ihren Kreis aufgenommen hatten und sie mit Rat und Tat im Alltag unterstützten. Besonders Abigail lag ihr am Herzen. Sie war ihr inzwischen zu einer engen Freundin geworden. Zu schön waren die vertrauten Gespräche mit ihr, zuletzt erst vor drei Tagen auf der Veranda mit einem kühlen Ginger-Ale in der Hand. Norma hatte Abigail sogar von ihrer geisteskranken leiblichen Mutter erzählt. Es konnte sich doch nur um ein Missverständnis handeln, dass sich Abigail plötzlich so feindselig zeigte.

Noch bevor Norma sie danach fragen konnte, wurde sie von den anderen mit nach draußen gezogen. »Vielleicht wäre es besser, wenn nur eine von uns mit Inez redet?«, schlug sie vor. »Sie wird es sicher verstehen, wenn ...«

Keine der Frauen hörte ihr zu. Entschlossenen Schrittes, den Blick starr auf das bunte Eckhaus gerichtet, gingen die Nachbarinnen voran. Norma konnte kaum Schritt mit ihnen halten. Ungehalten betätigte Betty die Türklingel.

Norma trat dicht hinter sie und fasste sie am Arm. Vielleicht wäre es hilfreich, wenn sie selbst mit Inez reden würde? So aufgeregt, wie die anderen Frauen waren, könnte das Gespräch leicht aus dem Ruder laufen. Als Norma forsch vor die bunte Haustür trat, öffnete Inez gerade und begrüßte sie mit einem schwungvollen: »Hey, Norma. Schön, dich wiederzusehen.«

»Hey Inez«, brachte Norma noch halbwegs normal hervor.

»Willst du dich nach der Hündin erkundigen?«, fragte Inez, ohne die anderen Frauen weiter zu beachten. Sie trug wieder ihre farbbesudelte Latzhose. Das schwarze, glatte Haar hing ihr bis zu den Hüften.

»Norma, sag's ihr!«, forderte Betty.

»Die Frauen, also wir ... wäre es möglich, dass deine Hunde etwas leiser sind?«, trug Norma unsicher vor und hoffte, ihre Worte fanden nicht bis zu Inez.

Abigail sprang ihr ungebeten zur Seite. »Unsere Kinder brauchen mehr Ruhe, damit sie genug Schlaf bekommen.«

»Eine meiner Hündinnen hat Darmkoliken und jault deswegen«, erklärte Inez freundlich. »Wenn sie wieder gesund ist, wird es bestimmt wieder ruhiger werden.«

Norma erinnerte sich noch genau an die hübsche, aber magere Hündin, die trotz ihrer Schmerzen auf sie zugekommen war.

»Und was ist mit der lauten Gitarrenmusik? Und dann dieser schreiende Gesang dazu?!«, zeterte Mildred los.

Wie konnte sie nur so garstig reden? Norma schämte sich für die harsche Art der Nachbarin.

Inez schaut verwundert drein. »Die Vihuela spielen wir nur tagsüber, und dann auch nicht während der Mittagsruhe.«

»Das Geplärre kann man sich zu keiner Tageszeit anhören!«, gab Mildred bissig zurück.

Norma schüttelte den Kopf. »Aber Mildred, wenn Inez verspricht …«

Betty unterbrach sie, ohne den Blick von Inez zu nehmen. »Du solltest lieber etwas mehr auf deinen Vorgarten achten. Der Anblick unserer hübschen Straße darf nicht verschandelt werden.«

Inez' Miene war ernst geworden: »Sucht ihr nicht nur nach einem Vorwand, um …«

»Was erlaubst du dir, uns so etwas zu unterstellen!«, regte Betty sich auf. Ihre Pausbacken liefen rot an und sie schnappte nach Luft. »Kommst aus dem bitterarmen Mexiko in unser schönes Land und bist vorlaut?«

Norma hob beschwichtigend die Hand und trat neben Inez. »Wir sollten mehr Verständnis füreinander haben, wir sind doch *eine* Nachbarschaft. Vielleicht wäre es besser, wenn wir uns erst einmal beruhigen und morgen weiterreden.«

»Das Jaulen wird noch eine Weile anhalten. Ich kann die Hunde schließlich nicht gesund zaubern«, sagte Inez an Betty und Abigail gewandt. »Und jetzt entschuldigt mich, meine Arbeit ruft.« Nach einem ernsten »Adiós« schloss sie die Tür wieder.

»Habt ihr das gehört?«, fragte Mildred in die Runde und stemmte ihre Hände in die Hüften. »Was ist das für ein Ehemann, der so wenig Geld nach Hause bringt, dass seine Frau arbeiten muss?«

»Was ist das nur für eine Frau, die die Schlafprobleme unserer Kinder kaltlässt?«, erboste sich Abigail und entfernte sich aufgeregten Schrittes vom bunten Eckhaus. Betty trippelte hinter ihr her. »Es sieht ganz so aus, als ob wir stärkere Geschütze auffahren müssen«, hörte Norma sie sagen und folgte ihnen nur langsam.

Geschütze? Hier in Sherman Oaks herrschte doch kein Krieg! Sie wandte sich noch einmal zu dem bunten Haus um. Sie war einst selbst eine Außenseiterin gewesen und nun dabei, eine andere Frau auszugrenzen? Sie wusste, wie schrecklich es sich anfühlte, einen Stempel aufgedrückt zu bekommen und ständig schief angeschaut zu werden, als wäre man deswegen weniger wert. Inzwischen wusste sie, dass das nicht stimmte, weil früher Grace und zuletzt Jim es ihr versichert hatten. Normas Magen krampfte, als würde er spüren, dass etwas in dieser Nachbarschaft gehörig schiefzulaufen drohte.

∞

Norma drehte sich im Klappbett von einer Seite auf die andere. Es musste längst Mitternacht sein. Der Vorfall mit Inez und den Nachbarinnen ging ihr nicht aus dem Kopf. Außerdem dachte sie darüber nach, wie sie sich fortan verhalten sollte. Es war eine verfahrene Situation für sie und würde wohl darauf hinauslaufen, sich für eine Seite zu entscheiden. Entweder die Nachbarinnen oder Inez. Es sei denn, es würde ihr gelingen, Inez und die Frauen zu versöhnen. Das allerdings schien ihr gerade wie eine Mammutaufgabe, für die sie zu klein war. Ob sie sich als Mutter ähnlich heftig, ja rücksichtslos für das Wohl ihrer Kinder einsetzen würde? Machte das vielleicht Mutterliebe mit einem?

Auch heute war Norma wieder einmal versucht gewesen, Jim auf eigene Kinder anzusprechen, aber kein Moment hatte wirklich gepasst. Sanft strich sie über die Schulter des schlafenden Jim neben sich, dann stieg sie aus dem Bett und ging mit ihrer Decke zur Couch, die ihnen der Makler endlich geliefert hatte. Nicht, dass sie Jim mit ihrer Unruhe noch aufweckte.

Sie legte sich hin und heftete ihren Blick an die Wohnzimmerdecke. Ob sie wirklich eine gute Mutter wäre? Eine bessere, als es ihre leibliche war? Nur wenige schöne Momente hatte sie mit Pearl erlebt. Einer davon war ein strahlend schöner Tag gewesen. Sie waren mit dem Bus nach Venice gefahren, dem Venedig Amerikas, wo Wasser durch Kanäle floss. Zu der Zeit hatte Pearl noch nicht monatelang in der Irrenanstalt gelebt und Norma an Geburtstagen bei den Bolenders besucht. Norma erinnerte sich vor allem an die lange Strandpromenade, das Rauschen der Wellen und an die bunten Fahrgeschäfte in Venice. Sie sah es in diesem Moment so genau vor sich, als wäre es erst gestern passiert. An diesem Tag war ihre Mutter bester Laune gewesen, hatte aber Normas Hand so festgehalten, dass es wehtat. Ja, Pearls ganzer Körper hatte gewirkt, als stünde sie unter Strom. Beim Abschied hatte sie Norma fest in den Arm genommen, sodass sie hoffte, ihre Mutter würde nächstes Wochenende wiederkommen. Aber das geschah nicht. Einen Monat später dachte sie kaum noch an den Spaziergang mit Pearl. Ihre Pflegemutter Ida Bolender meinte damals, dass nicht jede Frau für die Mutterrolle gemacht sei und dass kranke Menschen die Verantwortung für Kinder besser abgaben. Wieder und wieder hallten diese Worte jetzt in ihrem Kopf.

Jim saß im Bett auf. »Hey Süße, ist alles okay?« Er klang verschlafen und rieb sich die Augen.

Norma drückte sich tiefer in die Couch. »Meinst du, ich wäre eine gute Mutter?«, fragte sie, nachdem sie allen Mut zusammengenommen hatte.

Jim ging zum Kühlschrank, und kurz darauf hörte Norma das Zischen einer Sodaflasche, die geöffnet wurde. Er setzte sich zu ihr auf die Couch. »Wie kommst du darauf?«

»Meine leibliche Mutter …«, begann sie zögerlich. Sie hatte noch nicht mit ihm darüber gesprochen. Niemand wollte eine Irre in seiner Familie haben.

»Ich weiß von deiner Mutter, die immer mal wieder ins Irrenhaus muss«, kam er ihr zuvor.

Norma setzte sich auf der harten Couch auf. »Du weißt es?«

»Jeder in der Odessa Avenue wusste es«, sagte Jim schulterzuckend, dann trank er die Sodaflasche in einem Zug leer und wischte sich mit dem Handrücken über den Mund.

»Und du hast mich trotzdem geheiratet?«, fragte sie ungläubig. Kaum hörbar fügte sie noch an: »Es könnte ja auch sein, dass ich den Irrsinn geerbt habe. Davor habe ich schreckliche Angst.«

»Erstens glaube ich nicht, dass du irre bist. Seitdem wir uns kennen, verhältst du dich wie eine gesunde, normale junge Frau. Und zweitens habe ich dich geheiratet, weil du die schönsten grün-blauen Augen von ganz Los Angeles hast«, behauptete er, und Norma wollte schon zu einem gerührten Lächeln ansetzen, als Jim noch hinzufügte: »und weil mich meine Mutter darum bat.«

Norma ließ ihren Oberkörper zurück auf die Couch fallen.

»Ich habe es keinen Tag bereut«, sagte Jim nun in zärtlichem Ton. »Und jetzt komm wieder ins Bett. Eine Ehefrau gehört in der Nacht neben ihren Ehemann und nicht auf die Couch des Maklers. Ich meine natürlich … *auf* ihren Ehemann.«

Norma ließ sich zurück ins Klappbett führen. Aber bevor Jim die Erfüllung ihrer ehelichen Pflichten einfordern konnte, schlief er ein.

9

31. Mai 1943

»Mrs. Dougherty, hier ist ein Paket für Sie!«, rief der Postbote. Norma hörte ihn kaum, so sehr war sie in Gedanken versunken.

Was für schreckliche Neuigkeiten einen Tag vor ihrem siebzehnten Geburtstag! Aufgewühlt zupfte Norma Disteln aus dem Rasenstreifen im Vorgarten. Wenn Grace doch nur nie Ervin Goddard kennengelernt hätte! Ihre Mom hatte ihr pünktlich zwei Tage vor ihrem Geburtstag geschrieben, dass Ervin gerade vor einer Beförderung stünde und sie deswegen noch ein weiteres Jahr in West Virginia bleiben würden. Grace versprach, dass sie aber auf jeden Fall Normas achtzehnten Geburtstag gemeinsam feiern würden, und fragte auch, wie es mit dem Studium des *Stanislawski* voranging.

Norma zerrte eine Distel samt Wurzel aus dem kargen Boden, die so lange Stacheln hatte, dass sie sogar durch die Gartenhandschuhe hindurch pikten. Sie hatte sich schon ausgemalt, wie sie und Jim zur Rückkunft der Goddards ein Fest geben würden, für das sie sich erneut an einen Yankee Roast gewagt hätte.

»Mrs. Dougherty!«, rief der Postbote lauter.

Erst jetzt wandte Norma sich um.

»Bitte befreien Sie mich endlich von Ihrem Paket«, sagte der Mann von hinter einem Stapel Lieferungen auf den Armen.

Norma presste sich den Zeigefinger vor die Lippen und machte: »Psst.« Drinnen erholte sich Jim von seiner Nachtschicht. Seit einiger Zeit schlief er sehr unruhig. Irgendetwas schien ihn besonders zu beschäftigen. Wenn sie ihn jedoch darauf ansprach, wich er aus oder tat so, als wäre er beschäftigt.

Bevor Norma auf den Absender des Pakets schauen konnte, lud der Postman ihr gleich noch ein zweites Paket auf. »Würden Sie das für eine Nachbarin entgegennehmen?«

Norma sank unter der Last der Ladung beinahe zusammen. »Natürlich.«

»Das ist sehr nett von Ihnen. Die anderen Nachbarinnen haben sich nämlich geweigert«, sagte der Postbote und saß auf seinem Fahrrad mit dem Paketanhänger auf.

Irritiert schaute Norma auf den Adressaten des Pakets, während der Postbote schon weiterfuhr. In breiten Buchstaben stand PEDRO & INEZ GONZÁLES geschrieben. Der Absender war die Tierschutzvereinigung von Los Angeles. Das bunte Eckhaus war auf dem letzten Donnerstagstreffen als verbotene Zone erklärt worden, weil das Jaulen der Hunde noch lauter geworden war. Norma hatte Betty, die die Rädelsführerin in diesem Gespräch gewesen war, nicht umstimmen können. Sie saß zwischen den Stühlen und war noch unschlüssig, auf welche andere Art – außer mit weiteren Gesprächsversuchen – sie die Situation entschärfen könnte. In den letzten Monaten hatte es viel Streit mit den Gonzáles gegeben. Zweimal war Bettys Ehemann mit dem Streifenwagen vorgefahren, dabei hatten die Gonzáles nur in normaler Lautstärke auf ihrer Vihuela gespielt und mit Freunden gefeiert. Das zumindest war Normas Eindruck gewesen. Beim Barbecue, bei dem sie und Jim endlich Abigails Ehemann kennengelernt hatten, war es wesentlich lauter zugegangen. Sollte es eine dritte Beschwerde geben, so hatte es der Polizeichef von Sherman Oaks verlauten lassen, würden die Gonzáles nicht mehr mit einer Verwarnung davonkommen.

Als die Tür im Nachbarhaus aufging und Mr. Miller hinausschaute, beeilte sich Norma, ins Haus zu kommen. Hoffentlich kam Mildreds Mann ihr nicht nach, denn schon länger tauchte er ohne Einladung immer wieder vor ihrer Veranda auf. Mit Vorliebe dann, wenn Norma allein war und sich in ihrem viel zu engen Zweiteiler für den Strand sonnte. Der Nachbar blieb umso länger, je weniger sie anhatte. Zuletzt hatte sie ihn bei dieser Gelegenheit nach der angeblichen Lärmbelästigung durch die Gonzáles gefragt, aber Mr. Miller hatte nur auf seine Frau verwiesen, die angeblich das bessere Gehör hätte. Da war Norma von ihrem Sonnenstuhl aufgestanden und hatte sich etwas übergezogen.

Nun horchte sie nach draußen, ob sich Mr. Millers Schritte näherten. Zum Glück blieb es still. Sie hievte die Pakete in die Küche und zog sich die Gartenhandschuhe aus. Jim warf sich unruhig im Bett hin und her und raunte etwas, das sie nicht verstand.

Sie öffnete ihr Paket und entfaltete neugierig den beigelegten Brief. Bebe schrieb:

Geliebte Schwester,
es tut mir unendlich leid, dass sich unser Wiedersehen noch weiter hinauszögert. Weil Dad und Grace noch länger hierbleiben wollen, habe ich mich mit ihnen verstritten. Meine Gedanken sind jeden Tag bei dir. Ich habe sie in deinem Tagebuch festgehalten, das ich hiermit wieder in deine Hände lege.

Norma betrachtete ihr geheimes Büchlein von einst genauer. Bebe hatte eine Lederschlaufe und ein Schloss daran angebracht. Ein kleiner Schlüssel hing an einem Kettchen daran.

Führe es weiter und verschließe deine geheimsten Gedanken darin genauso, wie ich es nach unserem Umzug tat. Wenn du möchtest, schicken wir uns das Büchlein hin und her, bis wir uns wiedersehen. Das ist viel schöner als Briefe, die jeder lesen kann.

Grübelnd schaute Norma auf. Sie dachte an ihren Stiefvater und schmeckte Staub von der Einfahrt in Van Nuys. Ervin traute sie es zu, dass er heimlich in der Post seiner Tochter wühlte. Das war es doch, was Bebe ihr damit sagen wollte?

Außerdem habe ich dir einen selbst genähten Rock als Geburtstagsgeschenk und eine Fotografie beigelegt. Niemand außer dir und meiner Nachbarin, die einmal Fotografin werden will, wissen von dem geheimen Ort auf dem Bild.

Norma griff nach der Fotografie und freute sich für Bebe, dass die sich Dinge wie kolorierte Abzüge leisten konnte. Auf dem Bild trug ihre Stiefschwester einen genauso sonnengelben Rock, wie sie ihn für Norma ins Paket gelegt hatte. Bebe stand vor einer Eiche, die in ihrer Krone ein Baumhaus trug. Es war aus krummen Ästen und versilberten Brettern zusammengebaut. Bebe hatte es wirklich getan: im fernen West Virginia ein Baumhaus gebaut, von dem die Erwachsenen nichts wussten. Das war unglaublich!

Norma schloss ihre Augen. Während sie über die Fotografie strich, konnte sie ihre Stiefschwester und sich schon in dem Baumhaus sitzen und Root Beer trinken sehen. Es schmeckte herrlich.

Jim war inzwischen aufgewacht und wanderte aus dem Bett direkt auf die Couch.

Als Nächstes probierte Norma den sonnengelben Rock an. Bebes Geburtstagsgeschenk passte wie angegossen. Sie tat ein paar Schritte im Wohnzimmer und drehte sich, so dass der Rock luftig aufflog. Dann fiel ihr Blick wieder auf das Paket für Inez, und sie entschied, später auf jeden Fall zu den Gonzáles zu gehen. Sie würde sich den Kontakt zu der netten Familie nicht verbieten lassen.

In ihrem neuen Rock setzte sie sich mit dem Tagebuch auf die Couch neben Jim, der sich kaum bewegte und die Augen noch nicht lange aufhalten konnte. Norma indes war hellwach und meinte, mit dem kleinen Schlüssel eine Schatzkiste aufzuschließen. Einen unerlaubten Moment blieb ihr Blick an den Autogrammen auf den hinteren Seiten des Tagebuchs hängen. Hedy Lamarrs Unterschrift wirkte schwungvoll und energiegeladen. Das Ypsilon im Vornamen sah mit dem ungewöhnlich gebogenen Kringel wie eine Blume aus. Dann sogen Bebes Gedanken sie mit Haut und Haaren ein. Ihre Stiefschwester schrieb von ihrem Traum, eines Tages aufs College zu gehen und Modejournalistin zu werden. Bebe besaß tatsächlich eine besondere Begabung für den Umgang mit Sprache und war schon immer eine echte Leseratte gewesen. Außerdem konnte sie hübsche Bekleidung schneidern. Norma erfuhr auch, dass ihre Stiefschwester sich heimlich in ihren Mathelehrer verliebt hatte. Das war vielleicht aufregend! Bebes vertrauliche Gedanken lasen sich spannender als jeder Roman. Als Norma an der Stelle angelangte, wo Bebe den Kuss mit ihrem Mathelehrer beschrieb, verlangte Jim nach Essen und setzte sich demonstrativ an den Küchentisch.

Zögerlich schloss sie das Tagebuch und verstaute den kleinen Schlüssel in ihrem Brustbeutel unter dem Pulli. Sie fand, dass ihre Stiefschwester ungeheuer mutig klang. So mutig wollte sie auch sein. War ihr Geburtstag nicht der perfekte Zeitpunkt, sich vorzunehmen, ihre Wünsche für die Zukunft nicht aus den Augen zu verlieren? An die erste Stelle war ihr Kinderwunsch gerückt.

Norma musste sich zwingen, im Überschwang der Hochgefühle nicht gleich mit der Tür ins Haus zu fallen. »Abigail sagt, dass ihre Kinder mit niemandem aus der Nachbarschaft so herzlich lachen würden wie mit mir«, begann sie bemüht beiläufig. Sie nahm Jim gegenüber am Küchentisch Platz, aber ohne Essen zu machen.

Jim öffnete den Mund, aber schloss ihn auch gleich wieder. Als wollte er ihr etwas sagen, aber tat es dann doch nicht. Er roch noch nach altem Schmieröl.

»Die beiden Kleinen sind aber auch süß«, sprach Norma weiter. »Mike liebt es, sich auf allen vieren durch das Haus zu schieben, weil er noch nicht gehen will, und Donna wünscht sich einen Papagei. Neulich weinte sie und lief puterrot an, als ich gehen musste.«

Jim schleppte sich zum Kühlschrank, holte sich einen Fleischrest vom Vortag heraus und begann, ihn zu vertilgen. Norma schaute ihn erwartungsvoll an, bis er sich wenigstens wieder an den Tisch zu ihr setzte.

»Die Kinder mögen dich, das ist gut«, sagte er kauend. Immerhin hielt er seine Augen schon länger auf. »Eine freundschaftliche Beziehung zu den Nachbarn und gegenseitige Hilfe, das kann einem in schwierigen Zeiten den Hals retten. Aber pass auf, dass das Ganze nicht in Arbeit ausartet. Meine Frau hat es nicht nötig zu arbeiten.«

Sie konnte spüren, wie sein linkes Knie unter dem Küchentisch nervös auf und ab wippte. Er schien zu ahnen, worauf ihre Einleitung mit den Nachbarskindern hinauslief.

»Könntest du dir vorstellen, dass auch wir bald …?«, fragte sie, nahm seine Hand vom Essen und küsste sie zärtlich. Mit einem Unschuldsblick schaute sie über seinen Handrücken zu ihm auf.

Erst drohte er, sich in ihren blau-grünen Augen zu verlieren, aber dann fragte er: »Wann hast du deine echte Mom eigentlich das letzte Mal gesehen?«

Die Frage traf Norma unvorbereitet. Ein Ablenkungsmanöver von ihrem Kinderwunsch? »Ich habe nur eine einzige echte Mom und die heißt Grace!«, antwortete sie in scharfem Ton, wie sie normalerweise nicht mit ihrem Ehemann sprach.

Jim schnupperte an seinem Firmenshirt und verzog das Gesicht, bevor er antwortete: »Du weißt, was ich meine.«

»Einmal besuchte sie mich, als ich wegen der Übertragung der Vormundschaft auf Grace im Waisenhaus lebte«, sagte Norma seufzend. »Das liegt inzwischen sieben Jahre zurück.« Pearl war ohne Ankündigung erschienen und hatte ihr nichts zu sagen gehabt, so sehr war sie in ihre Traurigkeit versunken gewesen. Bis heute wusste Norma nicht, ob Pearl sich damals überhaupt aus dem Norwalk State Hospital hatte entfernen dürfen.

»Das ist eine lange Zeit, in der ihr euch nicht gesehen habt«, sagte Jim. »Vielleicht geht es deiner Erzeugerin inzwischen besser? Wenn du das wüsstest, hättest du nicht mehr so viel Angst davor, selbst geisteskrank zu werden.«

In jenem nächtlichen Gespräch, in dem sie erfahren hatte, dass Jim über Pearl Bescheid wusste, hatte sie ihm diese Angst anzuvertrauen gewagt. Sie war sich sicher genug gewesen, dass er sich nicht darüber lustig machen oder gehässig reagieren würde. Und jetzt schlug er vor, dass sie so einfach nach Norwalk fahren sollte? Sie war noch nie in einer Irrenanstalt gewesen. Wo war Norwalk überhaupt, und wie verhielt man sich dort?

»Von Grace weiß ich, dass Pearl auch immer mal wieder entlassen wird und versucht, ein halbwegs normales Leben zu führen. Zuletzt wollte sie sogar wieder heiraten. Aber seit einiger Zeit ist sie wohl wieder in Norwalk. Ich denke nicht, dass es ihr besser geht.«

»Wenn du sie nicht besuchst, wirst du es nie erfahren. Und vergiss nicht, dass wir im Land der unbegrenzten Möglichkeiten leben. Hier können sogar Geisteskranke wieder gesund werden.« Er küsste sie auf die Stirn. »Ich muss jetzt los.« Er nahm sich ein Sandwich aus dem Kühlschrank und den Autoschlüssel vom Schuhschrank, dann verließ er den Bungalow.

Norma war verzweifelt. Wieder hatten sie nicht über Nachwuchs gesprochen. Stattdessen über Norwalk. Gemeinsam mit Bebe oder Jim würde sie den Mut für einen Besuch in der Psychiatrie aufbringen, aber allein?

Um sich von den aufwühlenden Gedanken über Pearl abzulenken, überlegte sie, wie und wann sie das Postpaket am besten bei Familie Gonzáles vorbeibringen könnte.

Eine Stunde nach Einbruch der Dunkelheit lud sie sich das Paket schließlich auf und ging einen Umweg zu Inez und Pedro, damit sie nicht an den Häusern der anderen Nachbarinnen vorbeimusste. Normas Ziel war der Seiteneingang zum Grundstück der Gonzáles, der von der Straße schwer einsehbar war. Sie klopfte vorsichtig.

Pedro Gonzáles öffnete die Gartentür. Sie sah ihn das erste Mal aus der Nähe. »Buenas noches«, begrüßte er sie ungezwungen. »Du bist doch Norma Dougherty, richtig?«

Norma nickte und übergab ihm das Paket. Pedro Gonzáles war ein kleiner, untersetzter Mann mit breitem Schnauzbart und kaum größer als sie selbst, kleiner als seine Frau. Und er war barfuß.

Er stellte das Paket auf der Veranda ab. »Gracias, dass du die Lieferung angenommen hast. Das sind sicher die neuen Futterspenden.«

»Gute Nacht, Mr. Gonzáles, und richten Sie Inez Grüße von mir aus«, sagte Norma und wandte sich gerade zum Gehen, als ein Winseln sie innehalten ließ. Von der Veranda aus schaute die Collie-Hündin sie an. Es war zwar dunkel, aber das Kerzenlicht erhellte das Tier etwas. Es schaute sie aus schmalen Augen an und wedelte mit dem Schwanz.

»Sie spürt, dass du ein Herz für Hunde hast«, sagte Pedro.

Norma lächelte, nickte ihm noch einmal zu und verließ das Grundstück wieder. Sie wollte kein zu großes Risiko eingehen, hier doch noch von den Nachbarinnen erwischt zu werden. Die Millers unternahmen in letzter Zeit immer mal wieder abendliche Spaziergänge. Einmal mehr zog es sie herunter, dass die Gonzáles ausgegrenzt wurden, obwohl sie so umgänglich und offen waren. Die beiden hatten sich noch nie über den Lärm der anderen beschwert.

Nachdenklich nahm Norma den Umweg zu ihrem Bungalow zurück. Wie, zum Kuckuck nochmal, könnte sie die Nachbarinnen dazu bringen, sich in die Lage von Inez und Pedro hineinzuversetzen, damit sie endlich mehr Verständnis für deren Situation aufbrachten? Es schien ganz so, dass Betty und Mildred und vielleicht sogar Abigail noch nie erlebt hatten, wie grässlich es sich anfühlte, als Außenseiter abgetan zu werden. Wenn sie das nachempfinden könnten, hätten sie vielleicht mehr Verständnis für den Lärm.

Norma kam eine Idee, sie ging gleich schneller. Eigentlich hatte sie das Buch für den Rest ihres Lebens ignorieren wollen, aber jetzt schien es die einzige Lösung, um die Nachbarschaft wieder auszusöhnen: ihr *Stanislawski*.

Zurück im Bungalow holte sie das Buch aus der hintersten Ecke des Kleiderschranks hervor. Sie würde aus dem Kapitel vorlesen, das angehenden Schauspielern erläuterte, wie man sich in andere hineinversetzte. Auch könnte sie den Nachbarinnen etwas über Hollywood erzählen und wie es an Filmsets zuging. Als Hinleitung könnte sie ihre Autogramme präsentieren, damit man ihr überhaupt zuhörte. Ja, sie würde eine Hollywood-Party organisieren. Unter dem Deckmantel der Unterhaltung würde es ihr hoffentlich gelingen, dass die Frauen Inez danach nicht mehr ausgrenzten und man wieder friedlicher miteinander sprach.

An diesem Abend zündete Norma eine Kerze an, die sie in ihr Fenster stellte, wie Inez es auch tat. Das elektrische Licht ließ sie aus. Sie zog sich einen Stuhl an die Kerze und schlug im Schein des gelben Lichts ehrfürchtig den *Stanislawski* auf. Das Buch hatte den etwas muffigen Geruch des Kleiderschranks angenommen, aber das machte es nur noch geheimnisvoller. Sie blätterte ein paar Seiten durch, aber kam nicht weit, weil sie sogleich in den Text eingesogen wurde. Konstantin Stanislawski war ein echter Poet!

Norma las laut vor, als stünde sie auf einer Bühne: »Die Schauspielerei ist eine schöpferische Arbeit, die ein neues Lebewesen, eine künstlerische Bühnengestalt erzeugt und austrägt, beinahe wie die

Geburt eines Menschen.« Bei dem nächsten Satz schloss sie die Augen, weil sie ihn noch auswendig konnte, so häufig hatte Grace ihn ihr und Ervin vorgelesen. »Der Mann ist der Autor. Die Frau ist die Schauspielerin, die vom Samen des Mannes, seines Werkes, schwanger wird. Das Kind, das sie gebärt, ist die Rolle.«

Etwas erschöpft, weil sie viel Kraft in die erhabenen Worte gelegt hatte, drückte Norma sich das Buch vor die Brust. Sie lächelte, weil es sich so gut anfühlte, wieder in Stanislawskis Welt einzutauchen. Sie musste sich zwingen, nicht gleich an dieser Stelle weiterzulesen, sondern zum Kapitel über die Identifikation mit der Rolle zu blättern.

Norma verstand schnell, dass es darauf ankam, sich mit Herz und Hirn hinzugeben und eigene Emotionen aus identischen Erlebnissen, die die Rolle durchlitt, abzurufen und so deren Gefühle nachzuempfinden. Manche Geschehnisse, die einer Person in einem Drehbuch passierten, mochten fern des eigenen Erlebens sein, aber der Großteil war doch identisch. Alle Menschen liebten, hassten, litten ... über die eigens verspürten Emotionen vermochte sich der Schauspieler auch den verrücktesten Rollen anzunähern. Um das Hineinversetzen auf die Spitze zu treiben, stellte Stanislawski seinen Schülern im Buch die Aufgabe, sich in einen Baum hineinzuversetzen.

Norma schlug das Schauspiel-Lehrbuch zu, schloss die Augen wieder und konnte die anderen Kastanien schon um sich herum rauschen hören, am Himmel über ihr blitzte es. Ihre Zehen fühlten sich wie Wurzeln an, durch die sie Wasser aus dem Boden aufnahm und ihren Durst stillte. Die Früchte der Kastanien waren wie Schmuck an ihr. Sie verspürte Schmerz, als sie einen Ast abgeschnitten bekam, und Freude bei einem Regenguss. Sie ging in die Küche und bespritzte sich mit Wasser, breitete ihre Arme aus und ließ sich von den Strahlen der Sonne in ihrer Fantasie mit Energie aufladen. Sie atmete frei und ruhig und glitt entspannt auf die Couch. Die Sorge um die Nachbarschaft rückte in die Ferne.

Mit dem *Stanislawski* neben sich schlief sie ein und träumte von der Hündin, die hoffentlich bald gesund werden würde, und von einem Wald, in dem sich die Bäume mit ihren Ästen wie mit Händen festhielten, als seien sie eine große Familie.

Norma wachte erst wieder auf, als es vor dem Haus rumste. Sie sprang zum Fenster. Jim war gegen den Bordstein gefahren. Hastig zog sie sich ihren Morgenmantel über und lief ihm bis auf die Höhe des Briefkastens entgegen. »Bist du verletzt, Jimmie?«

Jim sah zum ersten Mal nicht mehr müde und niedergeschlagen aus, sondern frisch und stark, als könne er Bäume ausreißen. »Ich war wohl etwas zu stürmisch«, sagte er und lachte auf. Er sorgte sich heute nicht mal um die Schramme an der Stoßstange seines geliebten Ford Coupé.

Es war schön, ihn wieder fröhlicher zu sehen. Endlich ging es wieder bergauf mit ihm. Norma war glücklicher, wenn er es auch war.

Jim parkte den Ford noch korrekt, dann nahm er einen riesigen Blumenstrauß vom Beifahrersitz. Mit den Worten: »Für meine atemberaubende Ehefrau«, reichte er ihn ihr. »Happy Birthday, Süße!«

Sein strahlendes Gesicht verschwand hinter einem riesigen Strauß kalifornischer Mohnblumen. Deren orangenfarbene Blüten leuchteten in der Morgensonne wie Kindergesichter. Auch er gefiel ihr besser, wenn sein Lachen nicht erzwungen war, sondern bis hinauf zu den Augen reichte. Dann fand sie ihn unwiderstehlich, dann wollte sie sich mit Freuden strafbar machen.

Norma nahm den Strauß entgegen und fiel Jim um den Hals. Sie musste Freudentränen zurückhalten, so erleichtert war sie darüber, dass er endlich wieder bessere Laune hatte.

Jim wollte sie schon leidenschaftlich küssen, aber nahm sich im letzten Moment doch noch zurück. »Lass uns ins Haus gehen. Ich habe noch etwas ganz Besonderes für meine Geburtstagsehefrau.«

Drinnen holte Jim die Gitarre aus dem Schrank, warf sich in Sitzposition auf die Couch und spielte ein paar fröhliche Takte, die entfernt wie ein Geburtstagslied klangen. »Dein Geburtstag ist der beste Tag im Jahr, um dir zu verkünden, dass dein Ehemann endlich ein Held werden wird«, sagte er.

»Wurdest du bei *Lockheed* befördert?«, fragte sie und konnte den Blick nicht von den hübschen Mohnblüten nehmen. Jim hatte einmal gesagt, wenn er Aufseher bei der Produktion werden könnte, würden sie in ein größeres Haus ziehen. Wenn sie nur ein Zimmer mehr hätten, stünde ihrer Elternschaft nichts mehr im Weg, hatte Norma dabei gedacht. Also würden sie endlich eine richtige Familie werden. Jim wäre ein großartiger Vater und ganz sicher für sein Kind da.

»So kann man es auch sagen! Ich wurde befördert zum amerikanischen Helden«, entgegnete er in überschwänglichem Ton und legte die Gitarre neben sich. Ein bisschen ähnelte er in diesem Überschwang seinem Bruder Marion.

Er zog einen Umschlag aus seiner Hosentasche und zerrte ein Schreiben daraus hervor. »Ich werde ab Herbst meinen Dienst für das Vaterland ableisten. Die *Maritime Services* wollen mich haben! Heute ist die Zusage auf Arbeit eingetroffen.«

Norma schaute von dem Mohnstrauß auf und erbleichte vor Schreck, doch Jim schien das nicht wahrzunehmen.

»Ich hasse es, bei *Lockheed zu arbeiten*, das weißt du ja. Und so viele meiner Freunde sind schon längst beim Militär.«

»Militär?« Mehr bekam Norma nicht heraus. Sofort musste sie an die Nacht des Angriffs auf Pearl Harbor denken. In einem dunklen Haus in einer abgedunkelten Stadt zu hocken, und nicht zu wissen, ob man selbst und die Lieben überleben werden, war die Hölle gewesen. Sie wollte nicht wieder so bangen müssen. Und jetzt drängte es Jim, in diesen Krieg zu ziehen?

»Ich kann eine fünfwöchige Grundausbildung bei den *United States Maritime Services* machen«, schwärmte Jim. »Ich will etwas bewirken in meinen Leben, für mein Land, für meine Familie, für dich!«

Normas verhasstes Stottern setzte wieder ein. Am Vorabend beim Rezitieren aus dem *Stanislawski* hatte es nicht ein einziges Mal gehakt. »Hei-, heißt das, dass du fort-, fortgehst?« Ihre Wangen wurden heiß und fleckig. Sie konnte nur noch flach atmen. »Fortgehen aus Los Angeles, wie Grace auch schon?«, murmelte sie wie weggetreten. Ihre Brust wurde ihr schrecklich eng, und sie spürte, wie ihr Herz sich verkrampfte, ihr Puls raste. Der Mohnstrauß rutschte ihr aus den Händen. Eben hatte sie noch gehofft, sie würden bald eine echte Familie werden.

Jim redete wie im Rausch: »Die *Maritime Services* sind verantwortlich für die Ausbildung der Leute von der Handelsmarine. Und zur Handelsmarine will ich ja eigentlich. Die beschützen in Kriegszeiten die amerikanischen Grenzen auf dem Wasser. Endlich nicht mehr bei *Lockheed* in der Nachtschicht versauern und den ganzen Tag nach Schmiere stinken!« Er roch an seinem Hemd, in das sein Name auf Brusthöhe eingestickt war, und verzog angewidert das Gesicht. »Und ja, ich werde aus Sherman Oaks fortgehen.«

Norma schüttelte den Kopf, immer wieder, ohne Pause. Er ließ sie allein zurück, ging tausende Meilen weit weg. Das konnte nur ein Alptraum sein. *Die amerikanischen Grenzen auf dem Wasser beschützen* – das klang nach sehr weit weg. Noch weiter als West Virginia. Dabei schien ihr Huntington schon unerreichbar. War sie doch so wenig wert, dass man sie immer wieder ablegte wie ein löchriges, abgetragenes Kleidungsstück? Jim war es doch gewesen, der sie vom

Gegenteil hatte überzeugen wollen. Warum tat er ihr das jetzt an? Da war es wieder, dieses Messer, das in ihren Eingeweiden rührte wie damals, als Grace ihr den Umzug nach West Virginia gebeichtet hatte.

»Meine Grundausbildung ist erstmal auf Santa Catalina Island, das ist in der Nähe von Los Angeles«, sagte er und nahm sie in den Arm. »Und es sind ja nur fünf Wochen.«

»Ich fühle mich bereit, Mutter zu werden, und du gehst weg und lässt mich allein? Das ist unfair«, schleuderte sie ihm entgegen, ohne seine Umarmung zu erwidern. Ihre Stimme zitterte, als sie sagte: »Abigail ist auch mit sechzehn schwanger geworden. Ich bin bestimmt nicht zu jung für Kinder!« Und außerdem: Was würde nach den fünf Wochen kommen? Der Krieg fand nicht auf kalifornischem oder überhaupt auf amerikanischem Boden statt.

»Wir werden bestimmt Eltern, wenn ich aus dem Krieg zurück bin«, versuchte Jim sie zu beruhigen und drückte sie an sich. »Auf die wenigen Wochen kommt es dabei doch nicht an. Okay?«

Sie schob Jim von sich fort. »Nichts ist okay!« Sie machte sich nicht die Mühe, ihre Tränen fortzuwischen, und antwortete mit einer Gegenfrage: »Warum hast du mir nicht früher von deiner Bewerbung erzählt?« Das Messer in ihr rührte und rührte, ihr wurde speiübel.

»Es reicht doch, wenn sich einer von uns tagelang den Kopf darüber zerbricht, was werden wird«, sagte Jim. »Außerdem ist das Militär Männersache!«

»Männersache? Es betrifft doch uns beide!« Sie tastete unter ihrem Pullover nach dem Brustbeutel. Ihre leibliche Mutter hatte sie verlassen, die Bolenders hatten sie fortgeschickt, und die Goddards hatten sie ebenfalls nicht mit in ihr neues Leben genommen. Und nun auch noch ihr Ehemann? Sie rannte in die Küche und drehte ihm den Rücken zu.

Jim kam ihr nach. »Ich verlasse dich nicht. Niemals würde ich das tun«, beteuerte er. »Ich liebe dich.«

Verweint schaute Norma zu ihm auf. »Du liebst mich?« Den gleichen Satz hatte Grace ihr gesagt und war dann aus ihrem Leben verschwunden. Diese berühmten drei Worte waren Himmel und Hölle zugleich.

»Ein Held zu werden ist schon so lange mein Traum. Ich hatte dir nach der Besichtigung des Bungalows doch davon erzählt, erinnerst du dich? Wenn du mich auch liebst, lässt du mich diesen Traum leben, ja?«, bat Jim. Immerhin bat er darum und verlangte es nicht einfach.

Norma schaute an Jim vorbei zu den Mohnblumen auf dem Wohnzimmerboden. Sie sah sie nur verschwommen durch ihrem Tränenschleier. Zählten ihre Träume und Ängste gar nicht? Sie beugte sich vor, würgte und spürte, wie Saures ihre Kehle hinaufstieg. Alles wiederholte sich.

TEIL II

»Ein starker Mann muss gegenüber einer Frau nicht dominant sein. Er misst seine Stärke nicht mit einer Frau, die vor Liebe zu ihm schwach ist. Er misst sie mit der Welt.«

Marilyn Monroe

10

1. Oktober 1943

Es war ein warmer Herbstmorgen, als Jim und Norma mit der Bahn nach Wilmington fuhren. Das Industrieviertel lag im Hafengebiet von Los Angeles, wo das Schiff nach Santa Catalina Island ablegte. Norma klammerte sich an Jim, als würde sie ihn für immer hergeben müssen. Insgeheim hoffte sie, dass die Fähre, die gerade anlegte, wenigstens einen Motorschaden hatte. Dann würde sich ihr Abschied doch noch verschieben. Jede Stunde zählte. Es schmerzte so unerträglich, wieder verlassen zu werden. Wieder war sie allein auf sich gestellt, dabei hatte sie bei Jim geglaubt, endlich angekommen zu sein. Gar mit ihm eine Familie zu gründen und damit das ganz normale Leben eines Durchschnittsamerikaners zu führen, endlich keine Außenseiterin mehr! Was hatte sie nur falsch gemacht, dass sie immer wieder in ihr altes, verhasstes Leben zurückgeworfen wurde? Die Einsamkeit und das unwerte Gefühl waren wie Brandzeichen, die niemals verwachsen würden.

Norma fröstelte und zog sich ihr Jäckchen enger um die Schultern. Darunter trug sie das mintgrüne Kleid, das Jim so sehr an ihr mochte. Wie zu ihrer Hochzeit hatte sie sich das Haar in große Locken gelegt. Wenigstens sollte er sie hübsch in Erinnerung behalten. Die ersten Reisenden gingen auf die Fähre.

»Ich werde schneller zurück sein, als du ›Vereinigte Staaten von Amerika‹ sagen kannst«, frotzelte er und strahlte über das ganze Gesicht, das noch etwas müde wirkte. Die feuchtfröhliche Abschiedsparty am Vorabend hatte bis in die frühen Morgenstunden gedauert. Jim hatte zahlreiche Nachbarn und die Familie eingeladen. Alle sollten davon erfahren, dass er seinem Land nun endlich im Krieg dienen würde, während Norma gedankenversunken an der Seite gestanden hatte und ihr Herz von Schmerzschrot durchlöchert wurde. Die Gäste hatten auf der Veranda und im Garten getanzt und getrunken, es war ziemlich laut geworden. Sogar die steife Mildred hatte sich zu Glenn Millers *A String of Pearls* zu etwas Lockerung anregen lassen. Der Hingucker des Abends war Abigail gewesen. Ihre rhythmischen Bewegungen waren so sanft und gleitend wie die einer Schlange und so betörend wie Rita Hayworth.

Besäße Norma das Selbstbewusstsein ihrer Freundin und dazu noch den Mut, ihre Reize derart zur Schau zu stellen, wäre der Abend sicherlich besser für sie gelaufen. Vielleicht hätte sie Jim sogar überzeugen können, sie nicht zu verlassen? Sie liebte es zu tanzen und die Welt um sich herum im Takt von Swing und Blues zu vergessen. Aber anstatt sich zu amüsieren und Jim zur Umkehr zu bewegen, hatte sie stocksteif vor Trennungsschmerz keinen Fuß auf die Tanzfläche gesetzt. Die meiste Zeit hatte sie sich um die Getränke gekümmert und war Mr. Millers begehrlichen Blicken ausgewichen.

Insgeheim konnte sie Jims Fortgang wenig Gutes abgewinnen, aber das sagte sie ihm nicht. Die Ausbildung war sein Traum, dem wollte sie nicht im Weg stehen. Wenn er sich jetzt seinen Traum erfüllte, wäre er eines Tages vielleicht bereit dafür, sie bei ihrem zu unterstützen. Ein gemeinsames Kind wäre ein guter Anfang, gerade wünschte sie sich nichts sehnlicher. Das Lachen der kleinen Donna erfüllte Normas Erinnerung. Und Jim wäre ein so liebevoller Vater.

Norma seufzte, als der tiefe Ton des Schiffshorns ertönte, um die letzten Passagiere an Bord zu rufen. Das gemeinsame Leben, das Jim und sie sich aufgebaut hatten, schipperte in wenigen Minuten auf unbestimmte Zeit davon. Der Amerikanische Bürgerkrieg hatte acht Jahre gedauert, acht lange Jahre! Der Zweite Weltkrieg kam gerade einmal in sein fünftes Jahr. Sie hatte furchtbare Angst davor, was sie in den nächsten Wochen im leeren Haus erwarten würde. Kein Jim, der sonntagmorgens neben ihr im Bett aufwachte und fürsorglich seinen Arm um sie legte. Kein Frühstück mehr, an dem sie ihm gebratene Eier auftat und er sie zum Dank auf seinen Schoß zog und schelmisch durchkitzelte oder zärtlich liebte – je nach Hungergefühl. Keine Liebe mehr, die ihr tief unter die Haut ging, und keine Liebe, die sie geben durfte.

»Wir werden regelmäßig telefonieren«, versicherte Jim. »Ich habe mit Howard Lancaster bereits alles besprochen, und die Telefonate schon im Voraus bezahlt. Sobald ich weiß, wann ich frei habe und an einen Apparat komme, klingele ich bei den Nachbarn durch, und Betty wird dich an den Hörer holen.«

Norma nickte beklommen. Jims Stimme zu hören, während sie ihm nicht in die Augen schauen konnte, war nur ein schwacher Trost. Außerdem wollte sie am Telefon in einem fremden Wohnzimmer nichts Privates sagen. Die Stimmung auf den Donnerstagstreffen bei Betty hatte sich verändert, sie war angespannter und übellauniger geworden.

Norma hielt Jims starke, große Hand noch fester. »Bitte komm so schnell wie möglich wieder nach Hause!«

Jim nickte. »Meine Brüder haben versprochen, regelmäßig nach dir zu sehen«, sagte er und schaute nun doch etwas nervös zur Fähre. »Und du versprichst mir, dass du gut auf dich aufpasst und keinen der gefährlichen Plätze oder Viertel aufsuchst. Ja?«

Als Norma nickte, küsste Jim sie leidenschaftlich. Sie erwiderte seine Zärtlichkeit nur halbherzig, weil sie damit beschäftigt war festzustellen, dass sie nicht einmal ein Kind von ihm besäße, sollte er im Krieg sterben.

Jim nahm seinen Seesack und betrat als einer der Letzten die Fähre. Mit jedem Schritt, den er sich von Norma entfernte, wurde ihr übler, und sie fühlte sich wieder wie das Kind, das niemand haben wollte. Trotzdem konnte sie den Blick nicht von ihm nehmen. Sie schaute ihm nach, bis er im Inneren des Schiffs verschwunden war, und blieb so lange stehen, bis die Fähre vom Horizont verschluckt wurde. Nicht einmal der einsetzende Regen verscheuchte sie. Seit dem Umzug ihrer Familie nach West Virginia hatte sie sich nicht mehr so einsam gefüllt.

Irgendwann ging sie zur Bahnstation zurück. Ihr Strickjäckchen klebte an ihren Oberarmen und schmiegte sich um ihre Brüste. Am liebsten wollte sie nie wieder in das leere Haus nach Sherman Oaks zurückkehren. Alles dort erinnerte sie an Jim. Seine Hausschuhe am Eingang, das Hemd von *Lockheed* mit seinem Namen drauf. Der Geruch nach Ölschmiere und Rasierwasser hing noch im Bungalow.

Normas verschwommener Blick glitt über die Anzeigetafel auf dem Bahnsteig. Am liebsten würde sie jetzt nach West Virginia fahren und erst zurückkommen, wenn Jim auch wieder da war. Aber für eine Reise ans andere Ende der Staaten reichte das Haushaltsgeld nicht. Die Anzeigetafel listete die nächsten Zielorte mit Abfahrtzeiten auf. An oberster Stelle prangte Norwalk, gefolgt von Pasadena und Long Beach. Das erkannte sie trotz des Tränenschleiers vor ihren Augen. Sie starrte die weißen Buchstaben des Wortes »Norwalk« länger an und spürte, wie ihre Hände ganz feucht und ihre Kehle trocken wurden, als wäre sie am Verdursten. Der Zug in den südöstlich von Los Angeles gelegenen Vorort fuhr in zwei Minuten ab.

Norma tastete nach ihrem Brustbeutel, in dem sie neben dem Zehn-Dollar-Schein und dem Zettel mit der Telefonnummer des Postamts von Huntington auch den Schlüssel für ihr Tagebuch verwahrte. Bis vor Kurzem hätte sie sich niemals allein nach Norwalk gewagt, aber heute dachte sie, dass sie nichts mehr zu verlieren hatte. Und letztendlich war Pearl das Einzige, war ihr noch geblieben war. Was für eine verrückte Welt! Die Mutter, die nichts von ihr wissen wollte, sollte nun ein Rettungsanker sein? Hoffentlich ging es Pearl nach all den Jahren etwas besser. Vielleicht bereute sie ihr Verhalten sogar und hatte ein paar tröstende Worte für ihre todtraurige Tochter übrig.

Mit mulmigem Gefühl bestieg Norma die Bahn nach Norwalk. Kurz darauf ertönte die Pfeife des Schaffners, und der Zug fuhr an. Sie lehnte sich zurück und schloss die Augen. Sie sah Jim ausgelassen tanzen, auf der Gitarre spielen und mit ihr in den Bergen eine Forelle ausnehmen. Dort oben im Angeles National Forest hatte er sich immer tiefer in ihr Herz geschlichen. Mit jeder Meile, die der Zug zurücklegte, schob sich das Bild von Pearl über Jims fröhliches Lächeln.

Als der Zug in Norwalk einfuhr, konnte Norma nicht sagen, wie lange sie unterwegs gewesen war. Sie hatte ihr Zeitgefühl komplett verloren. In der Bahnhofsstation fiel ihr auf, dass viele Menschen in Norwalk lateinamerikanischer Abstammung waren. Als gefährliche Plätze und Viertel, vor denen Jim sie gewarnt hatte, galten vor allem Stadtteile, in denen die nichtweiße Bevölkerung überwog. Um das Versprechen an ihn nicht zu brechen, entschied sie sich, den Bus zu nehmen, den konnten sich die wenigsten leisten. Die meisten waren im Stadtverkehr auf die billigere Tram angewiesen.

Es dauerte eine Weile, bis Norma herausbekam, welcher Bus zum Norwalk State Hospital fuhr. Es war ihr sehr unangenehm, verschiedene Busfahrer danach fragen zu müssen. »Zu den Irren?«, blaffte einer zurück. Norma wartete seine Antwort gar nicht erst ab und ging weiter.

Es war früher Nachmittag, als sie vor dem Krankenhaus stand, das auf die Behandlung chronischer Fälle von Geisteskrankheiten und Suchtpatienten spezialisiert war. Es war ein zweistöckiger Bau mit Mansardengeschoss, der beinahe ganz hinter einem Zaun zu verschwinden drohte. Höher eingezäunt waren nur noch die Villen in Bel Air und Beverly Hills.

Norma stellte sich vor, wie sie später in ihrem Tagebuch Bebe von ihrem Besuch berichten würde und eine Weile damit nicht an Jim denken müsste. Dieser hoffnungsvolle Gedanke brachte sie immerhin bis zum Anmeldetresen des Krankenhauses. Dort saß eine Frau in reinweißer Schwesternuniform, die Norma an Hattie McDaniel aus *Vom Winde verweht* erinnerte. Die Frau lächelte freundlich, ja einladend. Trotzdem spürte Norma, wie ihre Hände zitterten, und ihre Kehle fühlte sich immer noch schrecklich trocken an.

»Ich möchte zu Gladys Pearl Baker«, sagte sie mit kratzender Stimme. Es war das erste Mal seit Jahren, dass sie den ganzen Namen ihrer Mutter aussprach. Grace hatte sie stets nur »Pearl« gerufen.

»Bei uns gibt es nur eine Gladys Pearl Eley. Sind Sie eine nahe Verwandte?«, fragte die Schwester und hievte sich hoch, um an den Aktenschrank hinter den Tresen zu kommen.

Erst mit einiger Verzögerung begriff Norma, dass ihre leibliche Mutter tatsächlich wieder geheiratet hatte. Sie schöpfte Hoffnung. Vielleicht ging es ihr wirklich besser?

Vorsichtig schaute Norma sich um. An einigen Stellen blätterte die weiße Farbe von den Wänden. Sie spähte zur Tür mit dem Glaseinsatz und davor dem Eisengitter, hinter der ein langer Flur verlief. Vermutlich waren dort die Patienten untergebracht.

Die Schwester schlug die Akte auf. »Hier habe ich als nahe Verwandte und zulässige Besucher nur ihren Ehemann John Stewart Eley und ihre Tochter vermerkt. Es tut mir sehr leid, Mrs.«

»Ich … bin die …«, setzte Norma an, wurde dann jedoch von einem Arzt unterbrochen, der herrisch nach einer Patientenakte verlangte.

Während die Schwester die Akten heraussuchte, schaute Norma in Richtung des Patiententraktes, aus dem der Arzt gekommen war. Sie sah eine junge Frau, kaum älter als sie selbst, die über den Flur schlürfte, als hingen Gewichte an ihrem Leib. Eine andere presste sich gegen die Wand im Flur, die Augen weit aufgerissen. Norma hatte ihre leibliche Mutter als gutaussehende Frau in Erinnerung, zierlich, mit symmetrischen Zügen und großen, blau-grünen Augen. Das hellbraune, krause Haar hatte Pearl früher stets modisch frisiert und gerne mal Graces Haarfarbe nachgefärbt – als die beiden noch Freundinnen gewesen waren. Erst rot, dann platinblond. Aber das war lange her. Wie sie jetzt wohl aussah?

Als der Arzt gegangen war, wandte Norma sich wieder der Schwester am Tresen zu. »Ich bin die Tochter von Pearl.« Sie knetete ihre feuchten Hände und spürte, wie feine Schweißtropfen ihren Rücken hinabperlten.

»Dann sind Sie Norma, die einmal eine berühmte Hollywood-Schauspielerin bei *Metro-Goldwyn-Mayer* sein wird?«, fragte die Schwester verblüfft.

Norma schüttelte den Kopf. Dieser Traum gehörte zu ihrem vorherigen Leben. So berühmt und hübsch wie Jean Harlow zu werden, das kam ihr heute seltsam weltfremd vor. Sie wollte doch nur eine liebe Familie. Sie wollte an Jims Seite alt und runzelig werden. Mit vielen Kindern und Enkelkindern um sich herum.

Die Empfangsschwester schien verwirrt. »Sie sind also nicht Norma?«

»Doch, ich bin Norma Jeane Dougherty. Aber woher wissen Sie das mit *Metro-Goldwyn-Mayer* über mich?«

»Pearl erwähnt Sie regelmäßig«, erklärte die Schwester.

»Mich?«, glitt es Norma über die Lippen.

Die Schwester nickte und kam hinter dem Tresen hervor. Sie senkte die Stimme. »Es ist sehr nett, dass Sie vorbeischauen, Mrs. Dougherty. Pearl wird sich bestimmt freuen. Mr. Eley war schon länger nicht mehr hier.« Sie führte Norma zur vergitterten Tür, schloss auf und ging voran.

Auch im Patientenbereich war der kalkweiße Wandanstrich in die Jahre gekommen. Norma wurde mit jedem Schritt kühler in ihrem klammen Jäckchen. Ihre Arme waren von einer Gänsehaut überzogen, wie eingefroren in einem Mantel aus Eis. Zur Beruhigung rieb sie sich die Arme.

»Bevor ich es vergesse: Pearl wird in zwei Tagen nach Santa Clara verlegt, und dort haben sie nicht so viel Platz. Würden Sie einige Dinge für Ihre Mutter aufbewahren?«, fragte die Schwester.

Norma nickte, obwohl sie kaum hingehört hatte. Sie war wie gefesselt vom Blick in eines der Krankenzimmer. Daraus winkte ihr eine Frau mit kleinkindlicher Geste zu und zertrat währenddessen eine Plastikschüssel.

Norma wagte keine Regung, als die Empfangsschwester in einen Lagerraum verschwand. Schließlich bekam sie einen gut gefüllten Stoffbeutel gereicht. »Pearl ist um diese Zeit immer im Garten. Dort können Sie mit ihr reden.« Die Schwester wies ans Ende des Flures. »Und wenn Sie fertig sind, klopfen Sie vorne wieder, dann lasse ich Sie raus.« Die Empfangsschwester legte ihre weiche Hand auf Normas zarte, schlanke Finger. »Nur Mut, Mrs. Dougherty!«

Normas Herz schlug schneller, nachdem die Schwester die Tür zum Empfang wieder verschlossen hatte und sie der Situation nun ganz allein ausgeliefert war.

Langsamen Schrittes ging sie über den Flur bis ans Ende, zur Tür in den Garten. Bevor sie hinaustrat, öffnete sie die schwere Eisentür nur einen winzigen Spaltbreit und lugte nach draußen. Mehrere Frauen waren mit Gartenarbeit beschäftigt. Obwohl alle gleich abwesend wirkten, erkannte Norma ihre leibliche Mutter sofort. Es war die Art, wie Pearl die Pflanzschaufel hielt. Genauso steif und elektrisiert, wie sie einst mit Norma in Venice spazieren gegangen war. Ansonsten war sie schmal und wirkte unglücklich, Augen- und Mundwinkel hingen traurig runter. Ihr Haar trug sie am Hinterkopf zusammengenommen. Es schien ihr kein bisschen besser zu gehen, aber immerhin verwahrloste sie nicht. Panik stieg in Norma auf. Was wäre, wenn Pearl sich nicht unter Kontrolle hatte und sie gleich anschrie oder ebenfalls Plastikschüsseln zertrat, sobald sie sie erblickte?

Im nächsten Moment kam eine der Schwestern aus dem Garten. Norma trat beiseite und grüßte höflich. Ihr Herz schlug ihr bis zum Hals. Sie mahnte sich, stark zu bleiben und ihrer Mutter trotz allem gegenüberzutreten. Immerhin hatte sie es schon bis hierher geschafft. Pearl war die Einzige, die ihr geblieben war.

Norma wollte die Tür ganz aufschieben und ins Sonnenlicht treten, aber ihre Beine bewegten sich nicht. Sie fühlten sich steif wie Holzklötze an, die an den Zehen auf den Boden genagelt waren. Ihr Blick fiel auf den Beutel mit einigen Habseligkeiten von Pearl, in dem zuoberst ein Album mit abgestoßenen Kanten lag. Damit sie noch etwas Zeit gewann, schlug sie es auf.

Auf der ersten Fotografie lag der Totenschein ihrer Großmutter. Ihr Vorname war Della Mae, und sie war am dreiundzwanzigsten August im Jahr 1927 hier im Norwalk State Hospital verstorben. Hier im Irrenhaus? Das hatte Norma nicht gewusst. Als Todesursache ihrer Großmutter, der Mutter von Pearl, war eine Myokarditis angegeben – eine Krankheit, von der Norma noch nicht gehört hatte. Dann bohrten ihre Augen sich in den Nebensatz, der noch an der Myokarditis hing: *erschwert durch eine manisch-depressive Psychose.* Ihre Großmutter war also auch verrückt gewesen. Della Mae hatte es Pearl vererbt, und es war ein Leichtes, diese Reihe fortzuführen.

Norma knallte das Fotoalbum zu und trat von dem Beutel zurück, als enthielte er giftiges Zeug. Ihr Herz klopfte nun noch heftiger als eben beim Anblick ihrer traurigen Mutter. Sie hatte gehofft, mit dem Besuch hier Trost zu finden, aber es hatte ihre Ängste nur noch verschlimmert. Normas Hände zitterten, und rasch ging die

Unruhe auf ihre Beine über. Es konnte also nur eine Frage der Zeit sein, wann der Wahn bei ihr ausbrechen und sie ihr Leben in einem Krankenhaus für Geisteskranke fristen würde.

Panisch stürzte Norma den Flur hinab zum Ausgang. Aufgeregt hämmerte sie gegen die Tür. »Bitte öffnen Sie!«

Die Empfangsschwester schloss auf und wollte schon ansetzen, sie zu beruhigen, aber Norma lief an ihr vorbei, aus dem Haus und auf die Straße. Sie bekam kaum noch Luft. Schweiß schoss ihr aus allen Poren, das mintgrüne Kleid klebte ihr am Bauch, das Haar am Hals.

Sie hatte bereits die ersten Schritte in Richtung der Bushaltestelle getan, als ihr die Empfangsschwester schweratmend hinterherlief. »Sie haben Ihren Beutel vergessen, Mrs. Dougherty«, keuchte sie, vor Norma angekommen, hielt aber im nächsten Moment bei genauerem Hinschauen inne und senkte die Stimme: »Sie sehen gar nicht gut aus. Wollen Sie ein Glas Wasser, oder kann ich etwas anderes für Sie tun?«

Norma schüttelte den Kopf, obwohl sie schrecklichen Durst hatte. Sie wollte nur weg hier. »Danke, trotzdem.« Sie griff nach dem Beutel und rannte mit brennendem Herzen zum Bus.

∞

Norma ließ sich Zeit, nach Sherman Oaks zurückzukehren. Sie nahm den Bus und dann die Bahn, die letzte Station ging sie zu Fuß. Ihr Herz schlug immer noch viel zu schnell. Sie konnte sich einfach nicht beruhigen. Der Totenschein ihrer Großmutter ging ihr nicht aus dem Kopf. Della Mae Monroe war in Norwalk gestorben, als Norma ein Jahr alt gewesen war. Sie war ebenfalls geisteskrank gewesen und hatte es an ihre Tochter und die womöglich an ihre Tochter, an Norma, weitergegeben. Mit der Geisteskrankheit würde sie niemals eine glückliche Familie haben. Pearl war das beste Beispiel dafür. Die eigene Tochter hatte sie abgegeben, kein Mann war bei ihr geblieben, und sie fristete ein einsames Leben hinter einer vergitterten Tür. Wieder sah sie diesen Nebensatz vor sich, der sie derart aus der Fassung gebracht hatte: ... *erschwert durch eine manisch-depressive Psychose.*

»Monroe«, sprach sie lauter vor sich hin. Ein Nachname, der fremd für sie klang. Sie hatte ihn auf dem Totenschein das erste Mal gelesen und kannte auch sonst niemanden, der so hieß.

Als Norma in der Straße mit den grauen Bungalows ankam, beschleunigte sie ihren Schritt. Das Blaulicht mehrerer Streifenwagen des *Los Angeles County Police Department* flackerte über die Häuserfassaden. Um die Autos herum waren viele Menschen versammelt, die sich aufgeregt unterhielten. Aus deren Mitte stach Abigails kupferroter Schopf hervor.

Normas Blick sprang von einer Nachbarin zur anderen. Wenn sie es richtig sah, waren die Frauen der Nachbarschaft vollständig versammelt. Ob wieder eingebrochen worden war? Sie wandte sich zu ihrem Bungalow, aber da schienen alle Fenster und Türen geschlossen. Was sollte man bei ihnen auch stehlen? Das Wertvollste war die harte Couch des Maklers.

Mit dem Beutel aus Norwalk in der Hand näherte Norma sich der Menschenmenge. Die Lichter des Polizeiwagens zuckten wie Blitze über die Gesichter. Sie erkannte, dass sich die Aufregung auf das Haus von Familie Gonzáles konzentrierte. Die versammelte Nachbarschaft starrte den bunten Bungalow wie eine Kinoleinwand an. Jeder Raum des Hauses war hell erleuchtet. Hinter dem Wohnzimmerfenster fiel ihr zuerst Bettys Ehemann auf, der eine Lampe mit einem bunt gestreiften Schirm durch den Raum schleuderte. Sie konnte nicht sagen, ob er den Raum durchsuchte oder verwüstete. Zu ihrem Entsetzen trugen die Polizisten vor dem Haus Nunchakus, zwei über einen Lederriemen miteinander verbundene Holzstöcke, auch Würgehölzer genannt. Einer von ihnen schwang diese Waffe leicht wie ein Spielzeug durch die Luft. Normas Blick sprang von dem Polizisten mit dem Nunchaku zur Haustür der Gonzáles. Durch die trat gerade ein Officer.

Norma war bei der Menschenmenge angekommen und erkannte unter dem Arm des Officers einige *Zoot Suits*. Das waren jene ungewöhnlichen Anzüge mit den ungeheuer langen Jacken und an den Knöcheln gebundenen Hosenbeinen, die in letzter Zeit zum Markenzeichen aufrührerischer mexikanisch-stämmiger Amerikaner geworden waren. Soweit Norma das in der Zeitung korrekt mitverfolgt hatte, stand das Tragen dieser *Zoot Suits* inzwischen unter Strafe.

Norma hörte Violet aufgeregt zu Protokoll geben, dass es mit einer Ruhestörung durch die Familie Gonzáles angefangen hätte und es inzwischen nicht mehr auszuhalten wäre. »Und Sie haben ja selbst gesehen, um was für eine aufrührerische Versammlung es sich da handelt! Ganz bestimmt ist das nicht die erste!« Mehrmals wies sie anklagend zum bunten Eckhaus.

Dem Officer mit den *Zoot Suits* folgte mit etwas Abstand Pedro Gonzáles. Die Hände auf dem Rücken fixiert, trieb ihn ein weiterer Uniformierter mit einem Knüppel vor sich her. Pedro trug wie immer einfache Kleidung und war barfuß. Sein linkes Auge war zugeschwollen wie nach einem Boxkampf, außerdem hinkte er. Sein Anblick beschämte Norma und war schwer auszuhalten. Am liebsten wollte sie fort von hier, um Pedro so nicht länger sehen zu müssen, aber ihr Bauchgefühl hielt sie an Ort und Stelle. Sie musste den Gonzáles irgendwie helfen! Sie schaute zu Inez. Die redete erst Spanisch mit den Polizisten, besann sich bald aber aufs Englische: »Bitte nehmen Sie meinen Mann nicht mit!«, flehte sie. Die Verzweiflung war aus ihrer Stimme deutlich herauszuhören, und sie tat Norma unendlich leid.

Würde Jim so brutal aus dem Haus getrieben werden, Norma würde nicht so freundlich bleiben.

»Hören Sie mir doch zu«, drängte Inez. »Das hier ist keine aufrührerische Versammlung!«

Da drehte sich einer der Polizisten um, holte aus und schlug Inez hart ins Gesicht.

Norma brannte die Wange allein vom Hinsehen. Sie schluckte und spürte bittere Galle aufsteigen. Die Polizei schlug wehrlose Frauen?

»Lassen Sie meine Frau in Ruhe, sie hat Ihnen nichts getan!«, rief Pedro mit schmerzverzerrter Stimme. »Und ich auch nicht! Die Anzüge lagen ungetragen im Kleiderschrank, seit es unter Strafe steht!« Die Fotografen drängelten sich vor ihn und drückten auf die Auslöser. Nur für diesen Moment ließen die Polizisten ihre Nunchakus verschwinden.

Inez wankte zwar, aber sie ging nicht zu Boden und folgte den Polizisten. »Ist es neuerdings verboten, die Geschwister zum Taco-Essen einzuladen? Nichts anderes war unsere Zusammenkunft!« Ihre Nase und ihre aufgeplatzte Lippe waren blutverschmiert. Die Geschwister wurden im hell erleuchteten Wohnzimmer festgehalten, das war von der Straße gut einsehbar.

Der Mann von Mildred Miller, der sich neben Norma geschmuggelt hatte, spie angeekelt aus: »Fort mit dem kriminellen Gesindel, zurück nach Mexiko!« Dabei streifte er wie zufällig Normas Arm.

Norma zog es das Herz zusammen. Wie konnte Mr. Miller nur so respektlos daherreden? Hatte er die amerikanische Unabhängigkeitserklärung nicht gelesen? Nach der waren alle Menschen gleich geschaffen; von ihrem Schöpfer mit unveräußerlichen Rechten ausgestattet; zu denen Leben, Freiheit und das Streben nach Glück gehörten. Und was im Haus der Gonzáles wirklich vor sich gegangen war, konnte sie als Zuschauer doch gar nicht wissen.

Norma rückte von Mr. Miller ab und schaute zu Abigail, die das Geschehen aufmerksam verfolgte. Ein ohrenbetäubendes Hundejaulen zog Normas Aufmerksamkeit in den Garten. Ihr glitt der Beutel aus der Hand. Misshandelten die Polizisten auch noch die Hunde?

»Bitte glauben Sie uns doch!«, flehte Inez wiederholt. Für den Bruchteil einer Sekunde spürte Norma wieder die eigene Verzweiflung, als sie Grace angefleht hatte, sie nicht allein zu lassen. Es fühlte sich schrecklich an, wie einer dieser Träume, in denen man laut redet und dann schreit, aber doch von niemandem gehört wird.

Ein Nunchaku traf Inez hart an der Schulter und holte sie von den Füßen. Vor Schmerzen wandte sie sich auf dem Boden. Sofort heulte Pedro auf und wollte seiner Frau zu Hilfe laufen, aber die Polizisten packten ihn nur noch brutaler an und steckten ihn in den Streifenwagen wie in eine Gefängniszelle.

Ohne nachzudenken, rannte Norma in ihr Haus und riss den Verbandskasten aus dem Küchenschrank. Auf dem Weg zurück öffnete sie ihn noch im Gehen. Zielstrebig lief sie an Nachbarn und Gaffern vorbei. Bevor sie jedoch die blutende Inez erreicht hatte, stellte sich ihr Betty wie ein unverrückbarer Kleiderschrank in den Weg, die Arme in die Hüften gestemmt. Dadurch wirkte sie gleich noch breiter und kräftiger. »Was hast du vor, Norma?« Bettys Stimme überschlug sich vor Empörung.

»Wir müssen Inez helfen! Sie ist verletzt, und die Polizei kümmert sich nicht um sie!« Auffordernd hielt Norma der Nachbarin Mull und Pflaster hin.

»Bist du verrückt?« Betty riss ihr das Verbandszeug aus den Händen. »Das sind Verbrecher, die Aufstände anzetteln. Oder was meinst du, warum sie diese Anzüge im Haus gehortet haben?«

Wie konnte Betty nur so kaltherzig reden! Die Schuld der Gonzáles war längst nicht bewiesen, man ging ja nicht einmal auf Inez'

Erklärungen ein. Und predigte die Kirche nicht unermüdlich Mitgefühl, Nächstenliebe und Hilfe in der Not? »Nein, ich werde ihr helfen …«, sagte Norma entschlossen, als Abigail zu ihnen trat. Endlich Verstärkung!, hoffte Norma. Sie schaute ihre Freundin mit flehendem Blick an. »Wir müssen zu Inez!« Sie zitterte vor Aufregung am ganzen Körper.

Abigail legte ihre Hände zur Beruhigung auf Normas Schultern. »Begreif doch«, sagte sie in ernstem Ton. »Die Gonzáles sind kriminell. So jemand hat keine Hilfe verdient. Sie werden sich nie in unsere amerikanische Kultur einfügen.« Ihre Stimme klang angenehm vertraut, nur sagte sie das Falsche: »Schau einfach nicht mehr hin. Dann lässt es sich leichter ertragen. Manchmal muss eine ehrenhafte Frau wegsehen können.«

Norma machte sich aus Abigails Händen frei. Jemand Verwundetem musste geholfen werden, auch wenn er *Zoot Suits* hortete. Zu Betty und Abigail kam nun auch noch Mildred hinzu. Gemeinsam bauten sie sich zu einer noch breiteren Mauer vor Norma auf.

In diesem Moment schalteten die Streifenwagen ihre Sirenen ein und fuhren an ihnen vorbei. Norma starrte Pedro an, der im mittleren Wagen saß und sein geschwollenes Gesicht an die Scheibe presste, um Inez noch einmal zu sehen.

Norma zog es das Herz zusammen. Wie schlimm musste es sich anfühlen, wenn der geliebte Ehemann gedemütigt und festgenommen wurde? Ihr Blick glitt zur geschundenen Inez, die im Begriff war, sich zur Eingangstür ihres verwüsteten Hauses zu schleppen.

»Als echte Amerikaner müssen wir zusammenhalten!«, hörte Norma Violet wie aus der Ferne sagen.

Was sind denn *echte* Amerikaner?!, dachte Norma empört. Sie fand, dass unrechte Amerikaner die waren, die die Unabhängigkeitserklärung mit den Füßen traten, die andere vorverurteilten und in der Not wegschauten.

»Norma, du bist gerade emotional sehr angegriffen, weil heute Jims Abreise war«, sprach Abigail auf sie ein. »Ich verstehe dich.« Fürsorglich legte die Freundin den Arm um Normas Hüfte. »Komm, ich kümmere mich um dich.«

Norma trat von ihr weg und nahm sich ihren Beutel aus Norwalk vor die Brust. Sie wollte sich nicht so einfach stumm schalten lassen wie ein Radio. Nur schien gerade nicht der richtige Moment für ein klärendes Gespräch zu sein. Es wäre besser, weiter darüber zu reden, wenn sich die Gemüter beruhigt hatten. Aber eines konnte sie jetzt schon sagen: Es war Unrecht, Menschen in Not nicht zu helfen.

11
Mitte Oktober 1943

Seit der Nacht des Polizeieinsatzes plagten Norma schreckliche Kopfschmerzen, und sie fühlte sich innerlich angespannt. Diese Gefühlskombination hatte sie jahrelang nicht mehr verspürt. Aber sie wusste immer noch sehr genau, was es bedeutete, wenn sich ihr Leib im Inneren so eng anfühlte, wie zu heiß gewaschene Wäsche, und es in ihrem Kopf wie Nadeln stach. Beides wurde von ihren Schuldgefühlen verursacht.

Die zurückliegenden zwei Wochen hatte sie im Schutz des Murphy-Klappbettes verbracht und Bebes neueste Eintragungen im Tagebuch wieder und wieder gelesen. Dann musste sie wenigstens nicht an die schreckliche Verhaftung und ihr Zögern denken. Warum hatte sie sich nicht durchsetzen können? Die Bilder des geschundenen Pedro hinter der Autoscheibe und der verwundeten Inez hatten sich fest in ihr Gedächtnis eingeprägt. Sie erschienen ihr wie Blitze in der Erinnerung und trieben ihren Kopfschmerz zeitweise auf die Spitze. Dann quälte sie jedes Geräusch.

Unter diesen Umständen hatte sie noch nicht die Kraft dafür gefunden, mit den Nachbarinnen über den brutalen Polizeieinsatz zu reden. Nur zum Einkaufen oder um den Briefkasten zu leeren, verließ sie ihr Bett und schaute dann jedes Mal wie ein geschlagener Hund zum bunten Haus der Gonzáles hinüber. Vor einer Woche war es mit Dreck verschandelt worden, seit gestern stand es leer. Keine Kerze leuchtete mehr im Fenster. Inez war ausgezogen, und die kranke Collie-Hündin hatte den schrecklichen Abend vermutlich gar nicht überlebt. Norma war immer noch erschüttert von der Gewalt der Polizisten und vom menschenverachtenden Verhalten der Nachbarinnen. Am meisten haderte sie aber mit sich selbst. Wäre sie nur so mutig wie Dorothy im *Zauberer von Oz* gewesen und hätte die Nachbarinnen irgendwie auf ihre Seite bekommen, wäre der Abend der Verhaftung anders verlaufen. Gemeinsam hätten sie gegen die Verwüstung des Hauses und das brutale Vorgehen angehen können, oder es wäre gar nicht erst zu einem Polizeieinsatz gekommen.

Aber das echte Leben war kein Film, das wurde ihr nie bewusster als in diesen Tagen. Obwohl: Recht hatte der große Zauberer sicherlich, als er dem ängstlichen Löwen sagte: *Kein Lebewesen ist frei von Angst, wenn es sich einer Gefahr ausgesetzt sieht. Wahrer Mut besteht darin, sich der Gefahr zu stellen, obwohl man Angst hat.* Norma sah die Seite des Textbuchs klar vor ihrem inneren Auge. Damals, als sie noch Schauspielerin werden wollte, als Grace und Bebe noch bei ihr lebten, war ihr Leben ruhiger verlaufen, ohne Kopfschmerzen und innere Anspannung. Sie trank einen großen Schluck heißer Schokolade. Ihre Mom hatte ihr früher immer mal wieder eine heiße Schokolade gekocht, wenn sie niedergeschlagen war.

Seit Tagen plagten sie Alpträume über brutale Polizisten. Am liebsten würde sie mit Jim darüber reden, aber drüben bei Betty? Heute war wieder der Tag in der Woche, an dem das Telefon für sie klingeln sollte. Die vorangegangenen Male hatte Jim gegen acht Uhr bei den Lancasters angerufen. Es war gerade erst sechs, aber Norma begann schon, die verbleibenden Minuten zu zählen. Um mit Jim zu sprechen, musste sie ihren Groll auf Betty wenigstens für ein paar Minuten vergessen!

Als es endlich so weit war und sie neben dem eingestaubten Schuhschrank bereitstand, um zur Nachbarin zu gehen, zögerte sie doch wieder. Beim Telefonat letzte Woche war Betty zwar verstockt gewesen, hatte aber kein Wort über die Nacht mit dem Polizeieinsatz verloren. Anders Abigail. Die war am Folgetag vor ihrer Tür erschienen und hatte sie eindringlich darum gebeten, den Vorfall zu vergessen, um die eigenen und die Nerven der Nachbarn zu schonen. Es sei wichtiger, dass sie weiterhin zusammenhielten. Nur dann würde die Nachbarschaft »sauber bleiben«. Das war ein genauso seltsamer Ausdruck wie »echte Amerikaner«, hatte Norma gedacht und Abigail fortgeschickt.

Die Nachbarinnen und sie waren doch unterschiedlicher, als sie anfangs angenommen hatte. Perfekte Hausfrauen waren die Frauen bestimmt, aber wo blieb ihre Menschlichkeit? Von Abigail war Norma besonders enttäuscht. Kurz nach deren Worten über die »saubere« Nachbarschaft hatte Norma sich bei den jüngsten Donnerstagstreffen wegen Periodenschmerzen abgemeldet, obwohl es dieses Mal gar nicht so sehr zog.

Jetzt stand sie immer noch an ihrer Bungalowtür, hin- und hergerissen, Betty gleich gegenüberzutreten und sich wohl anhören zu müssen, dass sie sich widerspruchslos in die Nachbarschaft einschmiegen solle, anstatt ihnen Nächstenliebe zu predigen. Wenn Norma jetzt nicht rüberging, würde sie Jim aber nur noch mehr vermissen. Leider war Betty die einzige Nachbarin, deren Mann sich ein Telefon leisten konnte. Alle anderen Möglichkeiten waren teurer und umständlicher. Sie hatte keine Wahl. Norma drehte den Türknauf auf und trat aus dem Haus.

Betty erwartete sie schon. »Jim wartet am Telefon auf dich, beeil dich, Norma.« Sie klang wie früher, nett und zuvorkommend, als sei nichts geschehen.

Norma betrat das perfekt geputzte Wohnzimmer, nahm den Hörer des Telefonapparates entgegen und versuchte, fröhlich zu klingen. »Jimmie, wie geht es dir?«

Die Frage nach seinem Befinden lieferte Jim auch dieses Mal das Stichwort dafür, um ihr von den Übungen und Märschen im gebirgigen Gelände der Insel vorzuschwärmen. Auch lobte er seinen Ausbilder, dem er bis zur Erschöpfung nacheiferte. Wie er es öfters tat, wechselte er abrupt das Thema. »Betty meinte eben, dass du dich von den Nachbarn zurückziehst und den ganzen Tag die Vorhänge zuhast. Süße, was ist los mit dir?«

Norma fixierte den Läufer unter ihren Füßen, dessen Fransenkante wie mit der Gabel gekämmt wirkte. Sie spürte den Blick der Nachbarin auf sich, auch wenn Betty so tat, als wäre sie mit den Kindern beschäftigt. »Ich weiß auch nicht«, wich sie aus. Sie wusste es ganz genau.

»Du kannst schlecht reden, stimmt's?«, fragte Jim zurück.

»Ja.«

»Dreh dich mit dem Rücken zu Betty, tu entspannt, und dann flüstere deine Antwort in die Hörermuschel«, sagte Jim.

Norma drehte sich von der Nachbarin und den Kindern weg und tat so, als wäre ihr Blick nach draußen zur Morgensonne der Grund dafür. Scheinbar genüsslich reckte sie ihren Kopf den Strahlen entgegen. Um gelassen zu wirken und Betty keinen Grund zu geben, neugierige Fragen zu stellen, stellte sie sich vor, dass Jim neben ihr säße und sie gemeinsam auf der Veranda einen Ginger-Ale trinken würden. Diese Erinnerung zauberte immerhin ein halbwegs entspanntes Lächeln auf ihr Gesicht. Sie gestand ihm: »Ich vermisse dich gerade besonders.« Gegen den Trennungsschmerz und das Alleinsein in dieser verfahrenen Situation halfen die vielen Tassen heiße Schokolade kaum, aber wenigstens bekam sie dann etwas in den Magen. Hunger verstärkte ihren Kopfschmerz nur.

»Ich vermisse dich auch sehr«, bestätigte Jim und fügte im selben Atemzug noch an: »Neulich habe ich von den anderen Jungs Fotos von deren Ehefrauen und Mädchen gesehen und bin nun ganz sicher, dass ich die Schönste von allen habe.«

Norma lächelte beklommen. Es war nicht das erste Mal, dass Jim dies behauptete. Sie fand, dass sie weder diese besondere Anziehung einer Abigail besaß oder die Wärme in den Augen von Inez, und schon gar nicht ähnelte sie der platinblonden Jean Harlow. Sie war einfach nur Norma Jeane, die an der Kasse bei *Alexander's* vor Aufregung immer noch rote Flecken auf den Wangen bekam. Aber sie hatte ja Jim, der sie liebte. Das war trotz der Entfernung ein gutes Gefühl. Und sie konnte nicht leugnen, dass sie es gern hörte, wenn er sie als schön bezeichnete. Auch wenn sie sich selbst anders sah. Sie genügte ihm um ihrer selbst willen. Das hatte sie in den vergangenen siebzehn Jahren nicht allzu oft erlebt. Seine Stimme zu hören tat ihr so gut.

Als ein Polizist vor Bettys Haus entlangging, schaute Norma gleich wieder ernster. Seit zwei Wochen patrouillierten die Ordnungshüter häufiger in diesem Straßenabschnitt. Norma fiel sofort das Nunchaku am Gürtel des Polizisten auf. In ihren Alpträumen waren die Würgehölzer immer wieder zum Einsatz gekommen.

»Norma, bist du noch dran?«, rief Jim in den Hörer.

Sie räusperte sich, Bettys Blick streifte sie. »Ich bin noch da. Natürlich.«

»Süße, bring die Nachbarn nicht gegen dich auf, sonst könnte das Leben in Sherman Okas sehr ungemütlich werden«, riet Jim ihr. Er hatte sich immer gut mit allen in der Straße verstanden. Bernie Summer und er waren in den wenigen Tagen Heimaturlaub gute Freunde geworden. »Zieh wenigstens morgens die Vorhänge auf.«

»Ja, das werde ich tun«, versprach sie und war zugleich ein wenig enttäuscht darüber, dass ihm der Frieden in der Nachbarschaft wichtiger war als ihre Sorgen. Sie fand ihren Versuch, ihm eine halbwegs gute Laune vorzuspielen, wenig erfolgreich und wünschte, er würde auf ihren Kummer eingehen, die kleinen Zwischentöne in der Melodie ihres Lebens wahrnehmen. Grace war darin eine Meisterin gewesen.

»Geh doch ins Kino, um dich abzulenken. Ich könnte versuchen, dir noch ein paar Dollar mehr zu schicken. Ausnahmsweise.«

Norma wollte nicht ins Kino. Lieber wollte sie die Nachbarinnen zur Besinnung bringen. Sie hörte sich selbst kaum mehr, als sie in den Hörer fragte: »Weißt du eigentlich, was Myokarditis ist?«

»Myo-was?«, fragte Jim zurück.

»Daran ist Großmutter Della Mae gestorben.« Die begleitende Psychose behielt Norma mit Betty im Rücken lieber für sich.

»Ich habe keine Ahnung, was das ist, aber nach einer Hirnkrankheit klingt das nicht«, sagte er, weil er wohl ahnte, worauf sie hinauswollte. »Das wäre der Beweis dafür, dass nur deine Mutter irre ist und niemand sonst in deiner Familie.«

Das stimmte nicht. Außerdem mochte Norma das Wort »irre« nicht. »Geisteskrank« klang weniger verachtend, aber sie wollte sich nicht auch noch mit Jim streiten.

»Süße, versprich mir, dass du zur Aufmunterung wenigstens mal ins Kino gehst. Ich kann dir das Musical *Ein Häuschen im Himmel* empfehlen, das läuft hier gerade. Der Moonwalk, den Bill Bailey in dem Film vollführt, ist unglaublich!«

»Ein Moonwalk?«, fragte sie halbherzig.

»Er tanzt dabei so«, berichtete Jim begeistert, »dass es aussieht, als gehe er vorwärts, aber in Wirklichkeit bewegt er sich rückwärts.«

»Ich versuche es«, sagte Norma, damit Jim sie nicht weiter bedrängte. Sie wüsste schon ein paar Filme, die sie gerne sehen würde. »Weißt du inzwischen schon, wie es nach deiner Ausbildung für dich weitergehen wird?« Das war ihr viel wichtiger als Vorwärts- oder Rückwärtsgehen.

»Nein, noch nicht. Aber ich versuche alles, damit wir Weihnachten zusammen feiern können«, versprach er.

»Das wäre schön«, sagte sie, obwohl sie nicht wollte, dass er ihr etwas in Aussicht stellte, das womöglich nicht eintraf.

»Ich muss jetzt zum Appell. Wir sprechen uns nächsten Montag wieder, ja? Und vergiss nicht, die Vorhänge aufzuziehen«, erinnerte Jim noch einmal.

»Ja, ich versuch es«, versprach sie. Nach einem gehauchten Kuss legten sie beide auf.

Norma stand noch eine Weile am Telefontisch. Ihr Blick verlor sich irgendwo vor dem Wohnzimmerfenster zur Straße hinaus. Erst das Weinen von Bettys Tochter holte sie aus ihrer Versunkenheit zurück. »Danke«, sagte sie der Nachbarin, »dass ich euer Telefon wieder benutzen durfte.«

»Ach, übrigens«, erwähnte Betty mit dem Staubwedel in der Hand, »ich hatte mal einen Onkel mit Myokarditis. Das ist der Fachbegriff für eine Herzmuskelentzündung.«

Eigentlich hatte Norma das Wort »Myokarditis« nur in den Hörer geflüstert. Sie zwang sich ein Lächeln ins Gesicht, als sie sich Betty noch einmal zuwandte. »Gut. Dann weiß ich jetzt Bescheid.« Sie lächelte, weil sie sich die Versöhnung mit den Nachbarinnen offenhalten wollte.

Norma hatte gerade zwei Schritte aus dem Haus der Lancasters getan, da sah sie Jims Eltern an seinem Ford stehen. Jim hatte Ethel und Edward das Auto während seiner Abwesenheit überlassen. Norma ging zu ihnen.

»Da bist du ja«, begrüßte Ethel sie. Sie roch wieder nach Haarfestiger der aufdringlichen Sorte. »Schön, dich zu sehen.« Sie drückte Norma fest vor ihren großen Busen.

Norma überlegte, ob sie ihre Kopfschmerzen erwähnen sollte, um allein zu bleiben, aber Ethel würde das vermutlich nicht als Entschuldigung gelten lassen.

»Wir warten hier schon eine geschlagene Viertelstunde«, murrte Edward. Sie mussten angekommen sein, kurz nachdem Norma zum Telefonieren zu Betty gegangen war. Sicher war Ethel gefahren.

»Ich habe gerade mit Jim telefoniert«, berichtete sie und wies zum Haus der Lancasters.

»Wie macht sich der Junge bei der Armee?«, fragte Edward. Er schob sich seine abgegriffene Baseballkappe die Stirn hinauf. Erst jetzt sah Norma seine tiefliegenden Augen, Jims Augen.

»Es gefällt Jim sehr gut auf Catalina. Er liebt die Übungsmärsche.« Sie ging voran ins Haus. Zuerst zog sie die Vorhänge auf. »Ich koche uns Kaffee, ja?«

Ethel nickte und richtete ihre geblümte Handtasche in der Armbeuge. Jims Vater wollte es genauer wissen. »Ich hoffe, sie nehmen die Jungs dort richtig hart ran.«

Hoffentlich nicht!, widersprach Norma in Gedanken und fand zum Glück noch eine Tüte Kekse, die sie anbieten konnte. Während der Kaffee durch den Filter tropfte, klappte sie das Bett ein und schob die Couch in die Mitte des Raumes. »Bitte nehmt doch Platz. Was führt euch her?«

»Wir haben von dem Polizeieinsatz hier in der Straße gelesen und wollten uns davon überzeugen, dass es unserer Schwiegertochter gut geht. Vor allem jetzt, wo Jim nicht hier ist. Du könntest bei uns wohnen, wenn es dir zu einsam ist«, bot Ethel an. »Und dann die anderen Männer in der Straße hier … dieser Nachbar dort«, sie zeigte zum Haus der Millers, »hast du gesehen, wie er dich eben angestarrt hat, als wir ins Haus rein sind? Dass Jim dir immer noch keine passenden Sachen gekauft hat!« Ethels aufmerksamer Blick blieb an Normas engem Pullover hängen, unter dem sich ihre Brüste deutlich abzeichneten. »Edward, sag doch auch mal was dazu!«

Aber Edward hatte den Mund voll mit Keksen. Er schaute nicht mal auf.

Norma verschränkte die Arme vor ihren Brüsten. Eigentlich fühlte sie sich wohl in ihren alten Sachen, sie waren ihr vertraut. Die meisten Pullis hatte Grace ihr gekauft, als sie langsam zur Frau gereift war. »Vielen Dank für dein … ich meine euer nettes Angebot, aber das hier ist mein Zuhause.« Hier roch sie wenigstens noch Jims Rasierwasser, hier hatte er seine Spuren hinterlassen. Und kampflos aufgeben und vor dem Problem mit den Nachbarn davonlaufen, das wollte sie nicht. Wie sagte es doch gleich der Zauberer von Oz? *Kein Lebewesen ist frei von Angst, wenn es sich einer Gefahr ausgesetzt sieht. Wahrer Mut besteht darin, sich der Gefahr zu stellen, obwohl man Angst hat.*

»Überleg es dir nochmal!«, verlangte Ethel. »Hier in der Gegend scheint es nicht ganz ungefährlich zu sein. Wenn ich gewusst hätte, dass ein Verbrecher in eurer Straße wohnt, hätte ich Jim davon abgeraten, diesen Bungalow zu mieten.«

Norma ahnte, worauf ihre Schwiegermutter anspielte. »Ich habe nicht gehört, dass Pedro Gonzáles verurteilt wurde«, widersprach sie, womit Ethel nicht gerechnet hatte, so verdutzt, wie sie nun schaute. »Heißt es nicht, dass jemand so lange unschuldig ist, bis seine Tat zweifelsfrei bewiesen wurde?«, insistierte Norma. So hatte es mal in einem Film geheißen.

»Hast du etwas mitbekommen von dem Vorfall damals?«, fragte Ethel neugierig.

»Ich habe schon geschlafen, als es passierte«, log Norma, was ihr eigentlich zuwider war. Aber noch mehr ging ihr es gegen den Strich, wenn sich Menschen am Unglück anderer weideten.

»Du hast wirklich nichts gehört?«, wollte nun auch Edward wissen. Auf seinem Hemd hingen Kekskrümel. »In der Zeitung stand, dass es ein Heidenlärm gewesen sein muss.«

»Ich war sehr erschöpft an dem Tag und habe tief geschlafen«, sagte Norma mit fester Stimme. Hoffentlich errötete sie jetzt nicht. Sie war eine lausige Lügnerin.

Als ihr Schwiegervater es sich auf der Couch gemütlich machen wollte, beeilte Norma sich, die halbleeren Kaffeetassen wieder in die Küche zu bringen. »Es tut mir leid, dass ich heute wenig Zeit für euch habe. Aber ich würde mich gerne hinlegen«, sagte sie. »Ich habe Kopfschmerzen und Frauenbeschwerden.« Sie legte sich die Hand auf den Bauch.

»Dürfen wir etwa auf ein Enkelkind hoffen?«, fragte Ethel hoffnungsvoll. Die Kopfschmerzen interessierten sie weniger.

Norma wurde gleich noch schwerer ums Herz. »Bevor Jim Vater wird, möchte er erst seinen Kriegsdienst leisten.«

»Das ist vernünftig«, fand Edward, »was sollst du auch allein mit einem Kind, wenn er im Krieg stirbt.«

Norma erblasste. Auch Ethel schaute ihren Ehemann irritiert an. »Er wird nicht sterben!«, stellte Norma noch vor ihrer Schwiegermutter klar.

Edward Dougherty winkte ab und zog sich seine Baseballkappe tiefer ins Gesicht. »Ja, ja, ist schon gut. Dass ihr Frauen immer gleich hysterisch werden müsst.«

»Was du nicht sagst!«, gab Ethel spitz zurück. »Und ihr Männer malt immer gleich den Teufel an die Wand! Genau wie damals bei deinem ältesten Sohn, als er betrunken … ach lassen wir das!«

Norma war froh, als sie ihre Schwiegereltern endlich zur Tür hinausbegleitete. Dabei fiel ihr der schmale staubfreie Streifen auf dem Schuhrank auf, der ungefähr der Breite eines Fingers entsprach. Erleichtert winkte sie Ethel und Edward nach, als die in Jims Ford davonfuhren.

Norma wollte gerade die Tür schließen, da blieb ihr Blick an Abigails Haus mit der englischen Kletterrose hängen. Durch die Fenster und anhand der Laustärke erkannte sie, dass eine Feier im Gange sein musste. Sie sah die Millers und die Lancasters mit Schnapsgläsern in der Hand und mehrere Nachbarn, die die Straße weiter runter wohnten. Anscheinend war Bernie auf Heimaturlaub zurück in Los Angeles. Eine Feier mitten am Vormittag? Eine Lunchparty?

Womöglich wäre das ein guter Moment, ihnen ins Gewissen zu reden, überlegte Norma, sie zu bitten, sich in Inez' und Pedros Lage zu versetzen. Es war genauso wahrscheinlich wie unwahrscheinlich, dass Pedro Gonzáles zu Unrecht festgenommen worden war. Warum verhielten sich die Nachbarinnen, als wäre er längst verurteilt? Sie musste endlich etwas unternehmen und aus ihrer Lethargie zu sich kommen!

Kurzentschlossen trat Norma vor ihren Kleiderschrank und holte den *Stanislawski* heraus. Das Buch vor die Brust gepresst lief sie zu Abigail hinüber. Die Freundin würde sie als Erste darauf ansprechen. Sie waren einst sehr vertraut gewesen, von ihr erhoffte sie sich am ehesten die Bereitschaft einzulenken. Sie betätigte die Türklingel und merkte, wie ihre Hand dabei zitterte.

Zum Glück war es Abigail, die ihr öffnete.

»Schön, dich zu sehen«, begann Norma versöhnlich.

»Norma?« Abigail schien verwundert. »Wie kann ich dir helfen?«

»Ich wollte mit dir, mit euch gerne noch einmal über neulich Nacht und Pedro und Inez reden«, trug Norma vor, während das Gelächter der anderen Feierlaunigen zu ihr drang. Es war nicht wichtig, dass Inez inzwischen nicht mehr hier wohnte. Es ging ums Prinzip. So etwas Brutales wie neulich Nacht durfte sich nicht wiederholen. Es gab noch viele Inez' und Pedros auf der Welt.

»Über die Gangsterbraut und den Revolutionär?«, entgegnete Abigail herablassend.

»Die nette Frau vom Ende der Straße und ihren Ehemann, deren Schuld noch nicht bewiesen ist«, korrigierte Norma.

»Abi, kommst du? Die Getränke werden sonst warm!« Das war Bernies Stimme.

Nervös blätterte Norma in ihrem *Stanislawski.* »Konstantin Stanislawski ist der bekannteste und einflussreichste Schauspiellehrer überhaupt«, erklärte sie hastig. »Er hat den *schwindelerregenden*

Augenblick ersonnen.« Trotz ihrer Anspannung musste sie kurz lächeln. Sie hatte den vermutlich erfüllendsten aller Augenblicke beinahe vergessen.

»Norma, Sherman Oaks ist keine Bühne! Das ist hier ist das wahre Leben! Mach endlich die Augen auf und freu dich wenigstens ein bisschen darüber, dass unser Straßenabschnitt jetzt von kriminellen Elementen gesäubert ist«, verlangte Abigail.

Norma redete unbeirrt weiter: »Du kannst dich in die Situation von Pedro und Inez hineinversetzen, indem du Emotionen aus identischen Erlebnissen-«

»Im wahren Leben gibt es nicht immer ein Happy End! Das müsstest du doch am besten wissen!« Abigail funkelte Norma vielwissend an.

Betty kam mit einem Sektglas in der Hand dazu. »Norma, schön, dass du dich endlich besonnen hast und mit uns die Säuberung feierst.«

»Hey, Betty«, sagte Norma höflich, ohne die Nachbarin zu korrigieren. »Stellt euch vor, ihr wärt ein Baum oder eine Kletterrose.« Ja, das Bild gefiel ihnen vermutlich besser als Stanislawskis Baum. Und mit den vielen Stacheln passte es ausgezeichnet.

Betty lachte laut los. »Eine Kletterrose oder ein Baum? Das ist ja lächerlich!«

Norma wandte sich an Abigail, die sie noch nicht aus den Augen gelassen hatte. »Wenn es dir gelingt, dich in jeden beliebigen Gegenstand hinzuversetzen, wird es dir leichter fallen, mehr Verständnis für andere Menschen aufzubringen, für deren Argumente.« Hoffnungsvoll schaute sie der Nachbarin tief in die Augen. Die begann nun jedoch, genauso überzogen zu lachen wie Betty. Höchst amüsiert prosteten sich die Nachbarinnen zu.

»Steigt hier eine zweite Party?«, rief Abigails Ehemann und trat zu ihnen.

»Hello, Bernie«, murmelte Norma noch fassungslos. So herablassend hatte sie die Nachbarinnen noch nie erlebt, am allerwenigsten Abigail. Eigentlich hatte die immer ein verständnisvolles Wort auf den Lippen gehabt.

Die kleine Donna kam angelaufen und wollte Norma umarmen, aber Abigail hielt ihre Tochter zurück, als litte Norma an einer ansteckenden Krankheit.

»Du warst lange nicht bei uns. Wann kommst du mal wieder zum Spielen?«, wollte das kleine Mädchen dennoch wissen.

»Ich weiß es noch nicht«, sagte Norma traurig, obwohl sie die Antwort bereits kannte. Sie hoffte nur, dass Abigails Verschlagenheit nicht eines Tages auf ihre Tochter übergehen würde. Das hatte Donna nicht verdient.

»Norma, bleib doch auf ein Glas Ginger-Ale«, sagte Bernie versöhnlich und zeigte auf ihr Buch. »Zu viele Bücher sind sowieso nichts für gute Hausfrauen. Feiere lieber, anstatt zu lesen.«

Norma knallte ihren *Stanislawski* in dem Moment zu, als Abigail und Betty noch sagten: »Komm erst wieder, wenn du klarer siehst und dir diesen Unsinn aus dem Kopf geschlagen hast! Die Sache mit den kriminellen Mexikanern ist glasklar!« Die Nachbarinnen prosteten sich erneut fröhlich zu und zogen sich dann zurück zur Feier.

»Ich habe keinen Durst, verzeih, Bernie«, entgegnete Norma. »Und um ehrlich zu sein: Mir wird gerade kotzübel!« Nach diesen Worten machte sie auf dem Absatz kehrt und hielt auf ihren Bungalow zu, ohne sich noch einmal umzudrehen.

Ganz wie in Norwalk die Schwestern und Ärzte drehte sie den Schlüssel gleich zwei Mal im Schloss ihrer Haustür herum. Das war gründlich in die Hose gegangen!

Norma schob die Couch zurück vor die Wand, klappte das Murphy-Bett wieder aus und vergrub sich unter ihrer Decke. Stundenlang lag sie reglos da, nicht einmal eine heiße Schokolade bekam sie herunter. Mit knurrendem Magen schlief sie irgendwann ein.

Mitten in der Nacht wachte sie auf, weil es laut an der Verandatür kratzte. Auf Zehenspitzen ging sie nachsehen. Als sie sich der Tür bis auf wenige Schritte genähert hatte, verstummte das Kratzen wieder. Hatte sie das Geräusch doch nur geträumt, oder kam das von ihren Kopfschmerzen?

Norma trottete zurück ins Bett, aber da war es plötzlich wieder. Erneut ging sie in die Küche und öffnete die Verandatür.

»Du lebst doch noch?«, stieß sie beim Anblick der nächtlichen Besucherin aus. Sie erkannte die Hündin von Inez sofort wieder, selbst bei Dunkelheit mitten in der Nacht. Ihr blaumarmoriertes Fell um den Hals war einzigartig.

»Was für ein kluger Hund du doch bist, an der Hintertür auf dich aufmerksam zu machen«, flüsterte Norma. Das Kratzen hatten die Nachbarinnen sicher nicht gehört.

Norma tat ein paar Schritte auf der Veranda und schaute zum Haus der Millers linker Hand, dann nach rechts hinüber zu Betty. Kein Licht brannte mehr, und nicht eine Gardinenfalte zuckte. Irgendwo schrie ein Kauz, ansonsten war es still.

Norma kniete sich vor die Hündin und kraulte sie hinter den Ohren. »Du lebst wirklich noch«, wiederholte sie ungläubig. Als Nächstes fiel ihr ein Paket auf der Verandatreppe auf.

Erst führte sie die Collie-Hündin ins Haus, dann holte sie die seltsame Lieferung nach. Sie zögerte nicht, sie zu öffnen. Darin befanden sich Beutel mit getrocknetem Futter und eine Hundeleine samt Halsband, dazwischen lag ein Zettel. Er wirkte wie eilig aus einem Skizzenblock gerissen. Norma las:

Ich kann mich nicht mehr um die Hunde kümmern.
Ich muss für Gerechtigkeit für meinen Mann sorgen.
Ich habe gesehen, dass die Hündin dich mochte.
Ihre Darmkoliken sind geheilt.
Für die beiden Mischlinge habe ich woanders eine Unterkunft gefunden.
Ich wusste doch, dass du anders bist, Norma.

Obwohl die Nachricht nicht unterschrieben war, war Norma sofort klar, von wem sie stammte. Sie zog sich in ihren Bungalow zurück, holte eine Cornflakes-Schüssel aus der Küche und goss Wasser hinein.

Die Hündin trank durstig, während Norma vor dem Klappbett auf- und abging. Sich um den Hund von Inez zu kümmern, das wäre ein weiterer Affront gegen die Nachbarschaft. Was hatte Jim zu ihr am Telefon gesagt? Dass sie die Nachbarn nicht gegen sich aufbringen solle, sonst könne das Leben in Sherman Okas sehr ungemütlich werden? Das war es längst, auch ohne die Hündin!

Norma stoppte vor der Couch. Und könnte es nicht auch sein, dass die Nachbarinnen gar nicht wussten, dass der Hund den Gonzáles gehörte? Der Collie hatte bei Inez fast immer auf seiner Decke auf der Veranda gelegen, die von der Straße aus nicht einsehbar war. Abigail und Co. hatten das bunte Eckhaus sowieso gemieden, eigentlich schon lange bevor es zur Kontaktverbotszne deklariert worden war.

Norma ließ sich rücklings aufs Bett fallen. Die Hündin in ein überfülltes Tierheim zu bringen, wo sie ohne Liebe und in einem Käfig leben würde, das brachte sie niemals übers Herz. Dieser schlimme Ort war das Gleiche wie das Waisenhaus für elternlose Kinder. Dann sollten die Nachbarn eben Sturm klingeln!

Plötzlich kitzelte es an Normas Fesseln und fühlte sich feucht an.

Sie kam im Bett hoch, aber ohne ihre Beine zu bewegen. Sie sah, dass die Hündin zu ihren Füßen lag und ihr die Waden leckte. Bald kitzelte es so sehr, das Norma kichern musste.

Sie setzte sich neben das Bett auf den Boden, damit sie auf Augenhöhe mit dem Tier war. »Ich finde, wir beide sollten es miteinander wagen, was meinst du?« Sie schmiegte sich an die Hündin, die so angenehm weich und warm war. Mit einem Wort, die Hündin fühlte sich so richtig *muggy* an. »Hoffentlich hat Jim nichts dagegen, dass du bei mir bleibst.«

Als Antwort schleckte die Hündin ihr das Gesicht ab, als würden sie sich schon länger kennen. »Und ich habe auch schon einen Namen für dich. Du sollst Muggsie heißen.« So eng bei Muggsie war Norma sich sicher, dass sie es auf jeden Fall mit den Nachbarinnen auf einen Streit ankommen lassen würde, sollten die ihr Muggsie ausreden wollen. Sie hatte sich schon genug ausreden lassen! Sie war nicht mehr das devote Mädchen, das sich von anderen sagen ließ, wie sie ihr Leben zu gestalten hatte.

Am Anfang hatte sie bei den Nachbarinnen vor allem die Gemeinsamkeiten gesehen, aber mit jeder Begegnung traten mehr und mehr Unterschiede zwischen ihnen zu Tage. Die Frauen gingen voll und ganz im Hausfrauendasein auf, für Norma war der Haushalt eher eine lästige Pflicht. Außerdem gaben sie sich nur dann menschlich und vertrauensvoll, wenn ihr Gegenüber ihren Erwartungen entsprach und nach ihrer Pfeife tanzte, ihre Ansichten teilte. Wenn nicht, wurden sie böse und herablassend. Dann ließen sie verwundete Menschen auf offener Straße liegen. Ob ihre Engstirnigkeit auch daher stammte, dass sie in ihrem Leben bisher selbst zu wenig hatten durchmachen müssen und noch nie auf die Toleranz anderer angewiesen waren?

In dieser Nacht auf dem Boden vor dem Klappbett hatte Norma ausnahmsweise keinen Alptraum von brutalen Polizisten.

Sie träumte von ihrem ersten Hund Tippy, der ihr jeden Tag bis zur Schule gefolgt war. Sie hatte die Mischlingshündin innig geliebt und ihr die geheimsten Geheimnisse anvertraut. Mit seiner fröhlichen und lebhaften Art hatte das Tier sie oft über Enttäuschungen hinweggetröstet. Wenn Tippy an ihrer Seite gewesen war, hatte Norma sich nicht so einsam gefühlt, damals bei den Bolenders.

∞

Am nächsten Morgen suchte Norma aus Jims Unterlagen der *Maritime Services* eine Telefonnummer heraus, unter der sie ihn erreichen konnte. Sobald die ersten Kinderstimmen aus dem Bungalow der Lancasters zu hören waren, lief sie hinüber. Es war ein sonniger, kalifornischer Herbstmorgen, an dem sich aus den Senken der Santa Monica Mountains Dunst erhob.

Norma musste ungewöhnlich lange warten, bis Betty öffnete. Die Nachbarin sah verkatert aus – mit grauem Gesicht und verschmierter Mascara um die Augen herum wie in einem Schwarz-Weiß-Horrorfilm.

»Bitte entschuldige die frühe Störung«, sagte Norma höflich. »Ich müsste dringend mit Jim telefonieren.« Sie schaute an Betty vorbei zum Telefon, das blank gewienert dastand. »Es ist ein Notfall!«

Betty verstellte Norma den Blick. »Das tut mir leid, aber unser Telefon ist kaputt.«

»Es sieht gar nicht kaputt aus«, befand Norma.

»Der Handwerker gestern sagte, dass es ein Defekt in der Leitung ist. Den sieht man äußerlich nicht. Die Reparatur wird noch etwas dauern. Und jetzt entschuldige mich, die Kinder wollen ihr Frühstück.« Nach einem Blick zu Abigails Haus hinüber zog Betty sich in ihr Heim zurück.

Norma hätte wissen müssen, dass nach ihrem gestrigen Auftritt nichts wie früher sein würde. Sie wurde nervös. Wie kam sie jetzt an ein Telefon? Das Telefonieren auf dem Postamt und in Telefonzellen war teurer als die Benutzung eines privaten Apparates, aber sie musste unbedingt mit Jim sprechen. Sie lief ins Haus zurück, nahm sich einige Münzen aus der Haushaltskasse und legte Muggsie die Leine an.

Als sie mit der Hündin auf dem Postamt von Sherman Oaks eintraf, fragte sie sich, ob sich jetzt alle gegen sie verschworen hatten. Bei der Schlange vor dem Fernsprecher würde sie Jim nicht vor dem Abend sprechen. Sie machte sich auf, nach Telefonzellen in der Gegend zu suchen. Auf dem Weg zum Postamt war ihr keine aufgefallen. Sie eilte los, Muggsie ging mit wedelndem Schwanz an ihrer Seite.

Norma durchstreifte Straßen, die sogar jemandem wie ihr, die sich nachts allein nach Van Nuys traute, nicht geheuer waren. Es roch nach Urin, auf den Gehwegen lag Müll herum, und es war schrecklich laut. An einer Straßenecke quietschte es wie in einer Fabrik, eine Gruppe junger Männer stritt sich, und gleich mehrere Streifenwagen fuhren mit ohrenbetäubendem Sirenengeheul an ihr vorüber.

Die Telefonzelle an der Whitsett Avenue in Garnsey war Normas Rettung. Sie flüchtete sich mit Muggsie hinein, bevor ihr jemand zuvorkam. Hastig drückte sie einen Vierteldollar in den Geldschlitz des Fernsprechers und wählte die Nummer der Vermittlung, um dann die Telefonnummer aus Jims Unterlagen anzugeben. Kurz darauf war Jims Ausbilder am Hörer. Sie bat darum, Jim Dougherty sprechen zu dürfen. Jim hatte den Namen von Colonel Mustard mehrmals erwähnt.

»Wenn hier aufgeregte Frauen jeden Morgen nach ihren Männern verlangen würden«, brüllte der Colonel in den Hörer wie bei einem Appell, »hätte hier niemand mehr Zeit für die Ausbildung! Ist Ihnen das klar, Mam?«

Norma nahm automatisch Haltung an. »Ja, Sir.« Aber knick jetzt bloß nicht ein, bleib standhaft für Muggsie!, sprach sie sich in Gedanken Mut zu.

Durch den Hörer kam es wie aus einer Maschinenpistole zurückgeschossen: »Es muss richtig heißen: Sir, ja, Sir!«

Und diesen Colonel bewunderte Jim? Den ganzen Tag solches Geschrei? Für Muggsie!, wiederholte Norma in Gedanken und änderte ihre Strategie. Statt nun ebenfalls lauter zu sprechen, legte sie alle Sanftheit in ihre Stimme, die sie aufzubringen vermochte. Sie erkannte sich selbst kaum wieder. In diesem neuen Ton erklärte sie Jims Vorgesetztem, dass ihr Anruf ganz sicher eine Ausnahme bleiben würde und sie dem Colonel sehr verbunden wäre, wenn er Jim holen ließe. Sie sei in einer wichtigen Angelegenheit auf die Zustimmung ihres Ehemanns angewiesen. Sie beendete ihre Bitte mit dem Harlow-typischen Summlaut: »Mhhhh?«, den sie sehnsüchtig aushauchte.

Als Antwort blieb es eine Weile still. Norma bemerkte zwei Männer vor der Telefonzelle, die sie wie eine Berühmtheit anstarrten. Sie musste beim Sprechen eine verführerische Körperhaltung eingenommen haben. Muggsie knurrte die Typen böse an, aber Norma wandte sich nur ab, weil plötzlich Jims Stimme zu hören war. »Jim«, rief sie in den Hörer, »verzeih die Störung. Aber hinter unserem Haus saß gestern die hübsche Collie-Hündin von Inez.«

»Deswegen lässt du mich ans Telefon holen?«

»Das ist ein Notfall. Wenn ich mich jetzt nicht um Muggsie kümmere, muss sie in ein überfülltes Tierheim zurück. Das wäre ihr Ende!«

Die Männer klopften an die Tür der Telefonzelle und grinsten frivol.

»Was ist denn das für ein Lärm bei dir?«, wollte Jim wissen.

»Bettys Telefon ist kaputt. Deswegen bin ich in einer Telefonzelle in Garnsey gelandet«, gestand sie und fügte schnell noch an: »Aber ich habe die Hündin als Beschützerin dabei. Sie kann knurren, dass einem angst und bange wird. Mach dir keine Sorgen.«

»Garnsey?«, wiederholte Jim nur.

»Bitte erlaube es! Ich werde mich allein um die Hündin kümmern. Ich werde mit ihr spazieren gehen, sie füttern und ihr Haar kämmen. Ich glaube, sie ist ein sehr kluger Hund, Jim. Sie ist so herrlich muggy!«

»Geht es dir dann endlich wieder besser?«, fragte er ungeduldig.

»Ja, ganz bestimmt!«, beteuerte sie. Hoffentlich. Aufgeregt steckte sie den nächsten Vierteldollar in den Geldschlitz.

»Okay, dann darfst du ihn behalten«, sagte er.

Erleichtert atmete Norma auf. »Er ist eine Sie, wir haben eine Hündin, Jimmie«, korrigierte sie überschwänglich. »Unsere kleine Familie ist nun zu dritt.« Sie würdigte die Kerle vor der Telefonzelle keines Blickes mehr, so erleichtert war sie. Die verloren bald das Interesse und gingen davon.

»Eine Sache musst du mir aber noch versprechen«, forderte Jim, »dass du nie wieder allein nach Garnsey gehst. Ein Hund zählt nicht als Beschützer, nur Männer! Mit dem nächsten Telefonat müssen wir dann wohl oder übel warten, bis Bettys Telefon wieder repariert wurde.«

Norma wollte schon widersprechen und das Postamt in Sherman Oaks als Alternative anbieten, aber sie hatte Jim in diesem Telefonat schon genug abgerungen. »Ja, Jim«, sagte sie, um ihn nicht weiter zu beunruhigen. »Nie wieder Garnsey!« Sie musste eine andere Lösung finden, denn es stand außer Frage, dass Betty sie niemals wieder an ihr Telefon lassen würde.

∞

Innerhalb weniger Tage wuchs Norma die Hündin sehr ans Herz. Muggsie liebte es, nach versteckten Gegenständen zu suchen, und trank viel lieber Milch als Wasser. Am liebsten aber lag sie an Norma geschmiegt auf der Couch.

Mit Muggsie an ihrer Seite fühlte Norma sich stärker, nicht mehr so einsam und ertrug die Trennung von Jim mit jedem Tag besser. Sogar ihr Kopfschmerz und die innere Anspannung ließen etwas nach. Wenn die Hündin schwanzwedelnd auf sie zukam, ihr auf dem Rücken liegend den Bauch zum Kraulen anbot oder auf der Decke im Wohnzimmer seelenruhig schlief, wurde Norma leichter ums Herz, und sie vergaß sogar für einige Stunden die miese Stimmung in der Straße. Mit Muggsies Einzug hatten sich zwei Ausgestoßene gefunden.

Die Hündin war gerade zwei Wochen bei ihr, als es am Vormittag stürmisch an der Haustür klingelte. Norma war gerade beim Staubwischen. Sie kümmerte sich wieder mehr um Ordnung im Bungalow. Muggsie sollte ein sauberes Zuhause haben.

»Guten Tag, Norma«, grüßte Betty sie, ohne eine Miene zu verziehen. Sie führte die Riege der Nachbarinnen an. Abigail, Mildred und Violet standen hinter ihr und dahinter noch weitere Frauen.

»Guten Tag, wir haben uns lange nicht gesehen«, entgegnete Norma kühl. Ihr Blick blieb an Abigail hängen, deren Gesicht wie versteinert wirkte. Sie spürte sofort, dass ihr etwas Unangenehmes bevorstand. Wenn die Nachbarinnen im Rudel auftraten, ging es selten gut aus.

»Ich möchte dich im Namen der gesamten Nachbarschaft bitten, das Bellen deines Hundes abzustellen. Es hält unsere Kinder bis spät in die Nacht wach.« Sie klang wie eine Oberlehrerin.

»Muggsie bellt doch gar nicht!« Norma schaute entgeistert zur Wohnzimmerecke, in der die Hündin sich nun aufsetzte und die

Ohren aufstellte. Muggsie war der ruhigste Hund, der ihr jemals begegnet war.

Mit eleganter Geste wies Abigail die Straße hinab. »Wir haben genug Zeugen für unsere Behauptung. Auch weiter unten in der Straße ist das grausame Gebell zu hören.« Die anderen Frauen nickten.

»Dieser Hund ist ein Störfaktor in unserem schönen Straßenabschnitt«, keifte Mildred im gleichen Ton, wie sie einst mit Inez gesprochen hatte.

»Muggsie bellt so gut wie nie!«, gab Norma zurück, nachdem ihr die Dreistigkeit, mit der die Nachbarinnen logen, kurz die Sprache verschlagen hatte. Im nächsten Moment war Muggsie auch schon neben ihr und knurrte die Nachbarinnen böse an.

»Bring das Viech ins Tierheim!«, forderte Violet und stolperte vor dem Hund zurück. »Oder ertränk sie gleich.«

Muggsie bellte nun, wie Norma es noch nie zuvor von ihr gehört hatte. Es klang beängstigend und hungrig wie ein Wolf.

»Wussten wir es doch!«, rief Betty und wollte schon nach dem Tier treten.

Norma stellte sich sofort dazwischen, und Muggsie beruhigte sich wieder. »Ich werde sie ganz sicher nicht weggeben!«

Betty und Violet schauten sich entrüstet an. Abigail griff irritiert in ihre kupferroten Haare, und Mildred befingerte nervös ihre abgegriffene Perlenkette. Mit so heftigem Widerstand hatten sie wohl nicht gerechnet. Jetzt waren es die Nachbarinnen, die um Worte rangen.

»Wenn du den Hund behältst, wollen wir dich nie mehr in unseren Häusern sehen! Du bist unerwünscht«, sagte Betty schließlich und straffte sich in ihrer rosa Bluse.

Norma lachte höhnisch auf. War sie nicht schon längst unerwünscht? Auf solche Freundinnen konnte sie verzichten. Dafür wusste sie nun, wie sich Inez damals gefühlt hatte, als sie vor ihrer

Haustür von derselben Horde beschimpft worden war. Einmal mehr bereute Norma, ihr nicht geholfen zu haben.

»Ich ertrage den Anblick dieses gemeingefährlichen Hundes nicht länger«, sagte Violet in Normas Gedanken hinein. »So wie der gerade gekläfft hat, geht der bestimmt auch unsere Kinder an.«

»Das würde sie niemals tun!«, entgegnete Norma aufgeregt, aber die Nachbarinnen wandten sich schon von ihr ab.

»Kommt, lass uns gehen«, sagte Abigail, »vielleicht verhält sie sich so irre, weil sie es von ihrer Mutter geerbt hat.«

Norma erstarrte über so viel Bosheit. Das war das Letzte! Sie bereute es bitter, dass sie Abigail jemals ein Geheimnis anvertraut hatte. Das Vertrauen eines Menschen war ein kostbares Geschenk, das sie selbst noch nie missbraucht hatte und es auch nie tun würde, nicht einmal im Streit. Weder von Abigail noch von Bebe oder Grace. Nicht einmal von Ervin, den sie nicht mochte!

Unter diesen Bedingungen wusste sie nicht, wie sie es noch länger hier aushalten sollte. In dieser Straße würde sie keinen Frieden mehr finden.

12

Anfang November 1943

Seit dem erneuten Streit mit den Nachbarinnen war Norma noch mehr um Muggsies Wohl bemüht. Um ihr eine Freude zu machen, versteckte sie Futterstücke im Wohnzimmer, und auf Kommando schnüffelte die Hündin danach. Während Muggsie suchte, packte Norma ein paar Sachen für den anstehenden Ausflug mit ihren Schwägern in die Berge ein, zu dem die sie letzte Woche eingeladen hatten. Sie hatte ihre Angel bereitgelegt und eines von Jims *Lockheed*-Shirts. Trotz unzähliger Wäschen war immer noch Flugzeugschmiere darauf.

Norma kam nur langsam mit dem Packen voran, weil ihre Gedanken sie immer wieder innehalten ließen. Seitdem die Nachbarinnen demonstrativ die Straßenseite wechselten, wenn sie mit ihren Kindern den Dougherty-Bungalow passierten, war das Wohnen hier noch unangenehmer geworden. Die einzige Person aus der Straße, die Norma noch anschaute, war der Mann von Mildred Miller. Ein Blick, bei dem es sie jedes Mal schüttelte, so frivol war er.

Als sie die letzten Dinge zusammensuchen wollte, fiel ihr Blick auf den Beutel aus Norwalk, den sie schon fast vergessen hatte. Bisher hatte sie andere Sorgen gehabt, als sich mit dem Besitz ihrer leiblichen Mutter zu beschäftigen. Jetzt tat sie es. Am besten überlegte sie dabei, wie sie Jim davon überzeugen könnte, aus Sherman Oaks wegzuziehen. Zurück nach Van Nuys, das würde ihr gefallen.

Norma zog das Fotoalbum mit den abgestoßenen Ecken aus dem Beutel. Darunter kamen ein Buch und ein eingerolltes Leinen zum Vorschein. Der Titel des Buches lautete *Filmschnitt für*

Fortgeschrittene. Auf dem Cover war ein Schneidetisch abgebildet und jede Menge Zelluloidmaterial. Das Buch musste aus der Zeit stammen, als ihre leibliche Mutter mit Grace als Cutterin bei den *Consolidated Filmstudios* gearbeitet hatte. Ob Grace Verwendung für das Buch hatte?

Norma legte es erst einmal in den Beutel zurück, dann entrollte sie das Leinen. Es war recht steif und musste behutsam bewegt werden. Sie breitete es mit der Innenseite nach oben auf dem Boden aus. Es könnte ein Aquarellbild sein, aber um dies sicher zu sagen, dafür wusste sie zu wenig über Kunst.

Muggsie schnüffelte neugierig an dem Leinen. Norma betrachtete das Kunstwerk zu ihren Füßen aufmerksam. Die Pinselstriche des Malers waren noch deutlich zu erkennen. Es war in gedeckten, erdigen Tönen gemalt: Dunkelgelb, Dunkelgrün und viele Braun- und Grautöne. Insgesamt waren es aber nur wenige Farben. Sie hätte es niemals als bunt oder gar fröhlich bezeichnet. Den etwas helleren Mittelpunkt stellte eine junge Frau dar, vielleicht in ihrem Alter. Sie war nackt und kniete auf allen vieren auf einem Bett, sodass der Betrachter ihren runden Po, ihre linke Brust und ihre geschwungene Seitenlinie sehen konnte.

»Sie sieht aus wie ich«, hauchte Norma. Das Haar der Frau war hellbraun, aber vor allem war es der weibliche Körper, der Norma an den eigenen erinnerte. Sie zog ihren Rock, den Pullover und ihren Büstenhalter aus und ging mit dem Bild vor den Spiegel im Bad, um sich zu vergleichen. Sie trug nur noch ihren Baumwollslip.

Jim und sie waren sich bis zu seiner Abreise so nah gekommen, dass sie sich ungeniert nackt voreinander gezeigt und in heißen Nächten unbekleidet geschlafen hatten. Norma hatte keine Probleme, sich schamlos im Spiegel zu betrachten. Ihr Blick glitt über ihren Hals hinab zu ihren festen, rundgeformten Brüsten. Kaum merklich streifte ihr Finger über ihre hellen Brustwarzen, die leicht aufragten. Ihr Bauch war flach und – anders als bei der Frau auf dem Leinen – gebräunt. Ihr Bauchnabel war so klein, dass gerade einmal die Kuppe ihres kleinen Fingers hineinpasste. Jim liebte es, ihn mit der Zunge zu umrunden und dann küssend hinab zu ihrem Schoß zu wandern. Noch so eine Straftat.

Norma versank in der Betrachtung der gemalten Frau im Spiegel. Die schien auf einen Mann zu warten. Das deutete ihre sinnliche Pose an. Auf Norma wirkte sie wie eine geduldige Verführerin, sie war betörend. So etwas hatte sie noch nie gesehen.

Norma ging nur mit einem Slip bekleidet zurück ins Wohnzimmer und legte das Bild wieder auf den Boden. In der unteren, rechten Bildecke standen die Initialen OEM und die Zahl 1899. Vornamen mit dem Buchstaben O gab es zuhauf. Ozzy, Oscar, Olyver … Auf ihrer Highschool hatte es gleich zwei Owen gegeben.

Sie schlug das Fotoalbum auf, aber überblätterte die erste Seite, in der die Todesanzeige der psychotischen Della Mae klemmte. Muggsie ließ sich neben ihr auf den Boden sinken.

Schon nach wenigen Seiten besaß Norma die Gewissheit darüber, dass das Album das Leben ihrer leiblichen Großeltern porträtierte. Eine Fotografie aus dem Jahr 1895 zeigte einen hochgewachsenen Mann mit Vollbart, ihr Großvater in jüngeren Jahren. Seine aufrechte Haltung strahlte Selbstsicherheit aus und mutete eher bürgerlich als proletarisch an. Ärmere Menschen trugen ihr Unglück oft mit zum Fotografen, der es dann in ihren Zügen und ihrer Haltung einfing. Der Mann auf der Fotografie hatte gar nichts Trauriges an sich. Er war hellhäutig, ja blass, soweit sich dies von der in die Jahre gekommenen Schwarz-Weiß-Fotografie beurteilen ließ. Sein Haar musste mittel- oder rotblond gewesen sein. Vielleicht besaß er schottische Wurzeln? Die Narbe auf seiner linken Wange verlieh ihm etwas Verwegenes. Unter dem Bild stand mit Kreidestift *Otis* geschrieben.

Zwei Seiten weiter im Fotoalbum fand Norma eine Heiratsurkunde eingeklebt, die Otis' vollen Namen wiedergab: Otis Elmer Monroe. Das also war Della Maes Ehemann gewesen, Normas Großvater. Er also hatte den ungewöhnlichen Namen »Monroe« in die Familie eingebracht. Er war OEM, der Maler des Bildes.

»Monroe«, wiederholte Norma. »Dougherty« kam ihr leichter über die Lippen. Es war seltsam, dass Otis solch ein kunstvolles Bild gemalt hatte, sein Beruf in der Heiratsurkunde aber mit »Anstreicher« angegeben war. Er war ein Rätsel und faszinierend zugleich. Er stammte aus armen Verhältnissen, aber hatte sich für Kunst begeistert, sogar selbst gemalt. Er hatte nach den Sternen gegriffen, indem er sich aus den Fesseln seiner Geburt und Herkunft hatte befreien wollen.

Norma grübelte über ihn und schaute immer wieder die Fotografie an, bis sie durch ein Klingeln aus ihren Gedanken gerissen wurde. Seitdem die Nachbarinnen als Horde bei ihr erschienen waren, zuckte sie bei jedem Klingeln zusammen. Sie hielt die Luft an und atmete erst wieder aus, als das Hupen von Marions Dodge zu hören war. Sie freute sich auf die Berge, aber über Otis Monroe hatte sie beinahe vergessen, fertig zu packen. War es tatsächlich schon elf Uhr?

Sie schlug das Album zu, rollte das eindrucksvolle Leinen wieder zusammen und zog sich ihre Kleidung an. »Muggsie, es ist so weit. Bist du bereit?«, fragte sie, noch in Gedanken bei OEM. Sie kannte kein sinnlicheres Bild als das aus dem Pinsel von Großvater Otis. Er hatte eine ungewöhnliche Leidenschaft gehabt.

Draußen hupte es ungeduldiger. Die Hündin stand auf und wedelte schon vorfreudig mit dem Schwanz. Norma packte schnell noch fertig, dann eilte sie zur Tür und legte Muggsie die Leine an. Es waren zwar nur wenige Schritte zum Auto, aber es sollte nicht heißen, dass ihre Hündin unbewacht durchs Viertel laufen würde.

Am Auto bei ihren Schwägern angekommen, sagte sie: »Darf ich euch Muggsie vorstellen?«

»Hey Muggsie«, sagte Tom, der wieder ein viel zu weites Hemd trug und weite Hosen. Er nahm Norma den Reisekoffer und die Angel ab, Marion winkte ihr vom Fahrersitz aus zu.

Sie wusste, dass Jim seine Brüder um diesen Ausflug gebeten hatte. Sie sollten Norma die San Gabriel Mountains zeigen, die zum Angeles National Forest gehörten. Mit seinem Reichtum an Sonnenbarschen, Forellen, Karpfen und Langnasengarnelen zog der San Gabriel River auch Angler aus anderen Bundesstaaten an. Es würde ihr erster gemeinsamer Ausflug werden. Die Frauen und Kinder von Tom und Marion sollten am nächsten Tag nachkommen, Gleiches galt für Jims Schwester.

»Norma, wir haben noch eine Überraschung für dich!, verkündete Marion, als sie Sherman Oaks knatternd Richtung Norden verließen.

Sie saß auf der Rückbank und hielt Muggsie fest. Obwohl es recht kühl war, hatte Marion das Fenster geöffnet, um zu rauchen. »Ich würde dich gerne ins Kino einladen«, sagte er zwischen zwei Zügen. »Ich kenne den Ticketverkäufer im *Magnolia Theatre*. Das Kino liegt praktisch auf dem Weg in die Berge.«

»Ins Kino? Wollen wir nicht gleich in die Berge?«, fragte Norma. Am liebsten würde sie schon im Auto ihre Forellenköder sortieren. Endlich raus aus dem engen Sherman Oaks. Endlich die Bedrückung abschütteln und den Kopf frei bekommen.

»Ich könnte mir vorstellen, dass du als frisch gebackene Hundebesitzerin die Berge für *Lassies Heimweh* eine Stunde warten lassen würdest«, sagte Marion und lachte auf. »*Metro-Goldwyn-Mayer* verspricht mit diesem Technicolor Film, dass die Bilder noch realer wirken. In anderen Kinos waren die Karten zuletzt restlos ausverkauft.«

»Ich dachte, wir schauen uns *Ritt zum Ox-Bow* an«, warf Tom leise ein.

Marion stieß seinen Bruder an. »So 'nen traurigen Schwarz-Weiß-Schinken? Wer will denn sowas noch sehen?« Er blies seinem Bruder Rauch ins Gesicht.

Tom hustete nicht einmal. »Er soll lange nachwirken«, sagte er gedankenversunken. »Angeblich haben sie Henry Fonda für die Zeit der Dreharbeiten vom Armeedienst befreit. Der Chef von *Twentieth Century-Fox*, dieser Zanuck, wollte den Stoff unbedingt machen.«

»Was du alles weißt, Brüderchen«, feixte Marion. »Ich finde die Filme von *Metro-Goldwyn-Mayer* viel unterhaltsamer!«

Norma sah vom Rücksitz, dass Tom verträumt aus dem Fenster schaute und dann sagte: »Muss es denn immer nur unterhaltsam sein?«

Marion bremste scharf. »Norma, was meinst du dazu?« Er drehte sich zu ihr um und kraulte Muggsie das Kinn. Tom schaute sie im Rückspiegel an. »Hundefilm mit wahnsinnig echten Bildern von *Metro-Goldwyn-Mayer* oder was für unseren großen Denker Thomas in traurig grauen Farben von *Twentieth Century-Fox?*«

»Lasst uns den nachdenklichen Film nehmen«, entschied Norma, weil Tom ihr leidtat. Wann immer sie ihm bisher begegnet war, hatte er niedergeschlagen gewirkt. Und erinnerte sie sich richtig, dass Ethel bei ihrem Besuch neulich Toms Trunkenheit erwähnt hatte? Er war wie ein stilles, tiefes Wasser.

Bald bog Marion auf den Parkplatz des *Magnolia Theatres* in Burbank ein. Das Kino war in einem modernen, kastenförmigen Bau untergebracht, der wie eine uneinnehmbare Festung wirkte. Die riesige Anzeigetafel war genauso wenig zu übersehen wie die Schlange am Ticketschalter darunter.

Während sie aus dem Auto stiegen, streckte Muggsie sich auf der Rückbank aus. Sie genoss es sichtlich, den ganzen Platz nun für sich allein zu haben, und schloss die Augen. Für etwas Frischluft hatte Norma die Fensterscheibe ein wenig geöffnet. Sie folgte ihren Schwägern zur Kinofestung.

Marion sprach den Ticketverkäufer von der Seite an und reichte ihm eine Schachtel Zigaretten im Tausch für die Tickets. Der junge Mann versicherte sich zweimal, ob sie wirklich *Ritt zum Ox-Bow* und nicht *Lassies Heimweh* sehen wollten. Nach einem theatralischen Seufzer beharrte Marion auf dem Schwarz-Weiß-Film.

Vorsichtig, als sei der Boden aus Glas, betrat Norma den Eingangsbereich des Filmpalastes und schaute sich ehrfürchtig um. Sie spürte, wie sich ihr Herzschlag beim Anblick der vielen Filmplakate beschleunigte. Sie hingen so ordentlich nebeneinander wie in einem Museum. Da war sie wieder, die bunte, glänzende Filmwelt. Der Besuch im *Magnolia* war ihr erster Kinobesuch seit nunmehr zwei Jahren. Sie musste an Grace denken, mit der sie als Letztes den Kriminalfilm *Die Spur des Falken* mit Humphrey Bogart gesehen hatte. Es pikte kurz in ihrer Brust, dann aber war sie doch wieder dem Erlebnis Kinotheater verfallen. Die Filmwelt empfing sie mit offenen Armen zurück. Das Abenteuer begann mit dem verführerischen Geruch von Popcorn und geschmolzener Butter.

Tom erstand großzügig drei Portionen davon. Norma griff noch auf dem Flur in ihre Tüte, vorfreudig, gleich in das Leben eines Cowboys einzutauchen. Mit ihm zu reiten, zu lachen, zu bangen. Zu riechen, was er riecht, zu fühlen, was er fühlt, und sogar seinen Herzschlag zu spüren.

Als Norma den Kinosaal betrat, spürte sie, wie sie in kuschelweichen Teppich einsank. Es war eine gute Idee ihrer Schwäger gewesen, mal wieder ins Kino zu gehen. Und auch sonst fühlte sie sich wohl in der Gegenwart von Jims Brüdern. Anders als bei *Grauman's* war der Kinosaal im *Magnolia* innen genauso schnörkellos wie außen. Und dennoch herrschte auch hier diese besondere

Atmosphäre. Eine Mischung aus gebannter Erwartung des Films und entspannter Vorfreude darauf, sich bequem zurücklehnen zu können. Diese Stimmung war sogar in einem wenig besetzten Saal spürbar. In vollen Kinosälen hatte Norma die Vorführungen immer besonders genossen, weil dann die unterschiedlichsten sozialen Gruppen aufeinandertrafen: Rowdys, Besserverdienende und Künstler. Bis auf die Farbigen, für die es gesonderte Vorstellungen gab, versammelte sich im Kinosaal eine illustre Mischung aus Menschen, die in Los Angeles ihr Glück suchten. Durch das zeitgleiche Erleben des Films, durch gemeinsame Freude, Fröhlichkeit und Bestürzung hatte sie sich immer schnell mit ihnen verbunden gefühlt. Sie hatte sich nie geschämt, im Kino neben fremden Menschen zu weinen.

Marion führte sie zu ihren Plätzen. Als die typische Fanfarenmelodie der *Twentieth Century-Fox* aus den Lautsprechern dröhnte, dachte Norma wieder an Otis Monroe, der sich als Anstreicher echter Kunst gewidmet hatte. Aber bald darauf vergaß sie alles um sich herum und hing an den Lippen der Schauspieler Henry Fonda, Anthony Quinn und Harry Morgan. Am liebsten hätte sie sich in die erste Reihe gesetzt, um noch näher bei ihnen zu sein. Aber das taten nur junge Mädchen, wie sie keines mehr war.

Der *Ritt zum Ox-Bow* spielte im Jahr 1885 im Bundesstaat Nevada. Die Kamera begleitete eine Gruppe Männer, die Jagd auf drei Fremde machten, welche sie für die Mörder des Ranchers Kinkaid hielten und dessen Vieh sie angeblich gestohlen haben sollen. Der Anführer des gesetzeswidrigen Suchtrupps zwang auch Gil und Art dazu, bei der Menschenjagd mitzumachen. Obwohl Gil, die Hauptperson im Film, erkannte, dass hier Fanatiker am Werk waren, lehnte er sich nicht genug gegen das unrechtmäßige Verfahren auf und verhinderte es auch nicht. So kam es zu einem fragwürdigen Verhör am Ox-bow, einer hügeligen Landschaft. Obwohl die Beschuldigten ihre

Unschuld beteuerten, wurden sie dennoch ohne richterliches Urteil für schuldig befunden und aufgehängt.

Norma klammerte sich vor Bedrückung an ihren Sitz, während sie die aufgebrachten Männer richten hörte und Gil es nicht verhinderte. Es war erschreckend, wie schnell das Leben eines Menschen von anderen beendet werden konnte. Einer der drei Toten, den Anthony Quinn spielte, war ein Mexikaner. Kurz glitten ihre beklemmenden Gedanken zu Inez, und sie fragte sich, ob es ihr gut ging. Von Pedro hatte sie in der Zeitung noch keine Neuigkeiten gelesen, vermutlich war er noch in Haft. Ihre Gefühle und ihre Verwirrung vom Abend der Festnahme waren ihr plötzlich wieder ganz nah, als sei es erst gestern passiert. Ihr Kopfschmerz war stechend zurück!

Normas Bedrückung wurde noch stärker, als sie auf der Leinwand verfolgte, wie der Suchtrupp auf dem Heimweg auf den Sheriff traf und dieser berichtete, dass der Rancher Kinkaid noch leben würde und die wirklichen Viehdiebe bereits hinter Gitter seien.

Als der Film vorüber war, war ihre Popcorntüte noch voll. Auch Tom hatte der Film auf den Magen geschlagen, nur Marions Lippen glänzten buttrig. Nachdenklich blieb Norma in ihrem Kinosessel hocken, als könnte sie das Urteil rückgängig machen, wenn sie nur lange genug auf den Abspann starrte. Wieso hatte Gil es zugelassen, dass ein wütender Mob Lynchmorde beging? Gil hatte zwar in vielen Szenen mit sich gerungen, aber dann doch nichts gewagt. Sie hatte es förmlich gespürt, wie ihm der Schweiß auf die Stirn getreten war. Als das Urteil dann vollstreckt und die Angeklagten gehängt wurden, hatte sich ihr Inneres wieder zusammengezogen vor Schuldgefühlen. Mit Sicherheit war es Gil ähnlich ergangen.

Einen Film, der sie so betrübt zurückließ, hatte Norma noch nie gesehen, dabei kannte sie hunderte. Die Cowboys Gil und Art waren sehr unglückliche Westernhelden gewesen. Normalerweise strahlten die Protagonisten am Schluss eines jeden Westerns. Im wahren

Leben gibt es nicht immer ein Happy End!, hörte sie Abigail in ihrer Erinnerung sagen. In Gedanken fügte Norma an: Und im Film nun auch nicht mehr. Welche Welt war dann noch die bessere?

Die Weiterreise in die Berge verlief bedrückt. Zwar versuchte Marion Norma und Tom mit flotten Sprüchen aufzumuntern, aber er kam gegen die Niedergeschlagenheit, die der Film in ihnen ausgelöst hatte, nicht an. Norma hatte kaum einen Blick für die vorbeiziehende Natur, so sehr arbeitete der *Ox-Bow* noch in ihr nach. Was für eine große Gabe es doch war, solch mitreißende Filme zu machen. Den Schauspielern war es gelungen, durch ihr wahrhaftiges Spiel, wie Stanislawski es nannte, zu einer Einheit mit ihrer Rolle zu werden. Sie hatten eine perfekte Illusion des wahren Lebens abgeliefert. Ob sie den berühmten *schwindelerregenden Augenblick* dabei erlebt hatten? Bei diesem Gedanken wurden Normas Hände warm, auch wenn es in ihrem Kopf vor Schuldgefühlen stach.

Am Nachmittag traf sie mit ihren Schwägern in den San Gabriel Mountains ein. Sie suchten sich ein ruhiges Fleckchen Natur am westlichen Ausläufer des San Gabriel River. Muggsie hüpfte als Erste aus dem Auto und lief gleich zum Wasser. Norma folgte ihr, aber nicht ohne Tom und Marion nochmal zu versichern, wie dankbar sie ihnen dafür war, dass sie sie mitgenommen hatten.

Als Norma dann endlich ihre Angelroute im Schatten von Weißerlen und Weidenbäumen auswarf und die Männer die Zelte aufbauten, war sie in Gedanken wieder bei den unfassbaren Lynchmorden am Ox-bow. Erst nach einer Weile merkte sie, dass sie gar keinen Köder angehängt hatte.

13

Anfang November 1943

Als Darryl angefangen hatte, den Stapel an Manuskripten durchzusehen, war die Sonne gerade untergegangen, und nun wurde es schon wieder hell. Die ersten Strahlen funkelten auf der Oberfläche des Flusses. Hinter ihm sang eine Lerche.

»Der Stoff ist Gold wert«, murmelte er vor sich hin, um seinen Sohn, der hinter ihm im Zelt schlief, nicht aufzuwecken. Filme von Bedeutung, wie er sie machen wollte, dafür war die Biografie des ehemaligen Präsidenten Wilson wie geschaffen! Den Stoff würde er für beinahe jeden Preis kaufen. Jetzt fehlten ihm nur noch Geschichten mit einzigartigen Frauencharakteren.

Ruhelos sprang er von seinem Falthocker auf, sodass der Papierstapel von seinem Schoß ins Gras stürzte. Er lief ein paar Schritte am Flussufer entlang, seine Zigarre fest im Mund. Die *Twentieth Century-Fox* brauchte endlich wieder mehr Knaller, wegen der er sich mit Joseph Schenck ein ganzes Wochenende lang in Palm Springs besaufen und alte Geschichten aufwärmen würde. Darryl hatte einen Film nötig, der die Kasse im Box Office so richtig klingeln ließ und gleichzeitig auch würdig war, in die Filmgeschichte einzugehen. So wie es bei *Schlagende Wetter* gewesen war. Der war gleichzeitig Kritiker-, Oscar- und Zuschauerliebling geworden. Aus elf Nominierungen bei den Oscars hatten fünf Trophäen resultiert. Aber dieser Erfolg lag inzwischen fast zwei Jahre zurück. Bei einer Drehzeit von durchschnittlich einem Monat pro Film war das eine lange Zeit für ein großes Studio wie seines. Eine viel zu lange Zeit, wenn man *Metro-Goldwyn-Mayer* übertrumpfen wollte. Was würde aus ihm, dem einstigen Wunderkind werden, wenn ihm der Sprung auf den Filmthron nicht gelang? Vielleicht steckte dieses besondere Potenzial in der Verfilmung von Woodrow Wilsons Lebensgeschichte. Die Academy-Mitglieder liebten Biografiefilme und nominierten diese überdurchschnittlich oft für eine Oscar-Trophäe.

»Beiß mich nicht! Bitte!«, kam es aus dem Zelt hinter ihm, gefolgt von einem Quieken.

Darryl sprang zum Zelt, legte sein Zigarre auf dem Blechteller davor ab und seinen Tropenhut aus Afrika daneben. Als er in das Zelt hineinschaute, hatte Dicky sich gerade tief in seinen Schlafsack verkrochen. Darryl schaltete die Taschenlampe an der Zeltdecke an und schaute sich um. Er sah kein Tier, das seinem Sohn gefährlich werden könnte, dabei durchsuchte er jeden Inch ums Bett herum, schielte unter die Schlafsäcke und wühlte durch das Gepäck am Fußende.

»Da war eine Schlange, die uns fressen wollte, Daddy! Die hatte Zähne so spitz wie Küchenmesser!«, keuchte der Neunjährige und klammerte sich an seinen Vater.

»Hier drin ist alles in Ordnung, Dicky«, versicherte Darryl und legte sich neben seinen Sohn auf das breite Luftbett. »Das war nur ein Traum, hab keine Angst«, beruhigte er mit sanfter Stimme, wohl wissend, dass es in dieser Gegend durchaus Schlangen und Bären gab. Er hielt seinem Sohn die kleine Hand und streichelte ihm den Kopf mit dem verschwitzten Haar. Langsam entspannte sich Richard.

»Daddy?«, fragte der Junge nach einer Weile, in der nur das Rauschen des Flusses zu hören war. Das Geräusch erinnerte Darryl an den Grund, warum sie seit Jahren hier hochkamen. Wegen der Ruhe und dem Abstand zur Arbeit. Vermutlich wäre es besser gewesen, er hätte die Drehbücher in Santa Monica gelassen.

»Ja, Dicky?«, fragte er zurück.

»Was machen wir, wenn sich wirklich ein böses Tier zu uns ins Zelt verirrt?«, fragte er und setzte sich auf.

»Dann hole ich natürlich ganz flink mein Gewehr«, antwortete Darryl, »du weißt doch, dass dein Daddy ein guter Schütze ist, nicht wahr?« Er war ein guter Gänse- und Coyotenjäger und ein leidenschaftlicher Reiter. Nur fand er viel zu selten Zeit dafür.

»Ja, Daddy, das weiß ich«, antwortete der Junge, suchte aber erneut die Hand seines Vaters.

»Es gibt also keinen Grund, Angst zu haben. Da, wo ich bin, wird dir niemals etwas passieren«, versprach Darryl und schaute seinen kleinen blonden Engel mit der hohen Stirn, seiner Stirn, liebevoll an. »Außerdem greifen Tiere nur an, wenn sie sich bedroht fühlen, und wir beide bedrohen hier niemanden.«

Richard verkroch sich wieder in seinen Schlafsack und schwieg, was untypisch für ihn war.

»Na sag schon, was ist noch?«, bohrte Darryl nach und schaltete die Taschenlampe wieder aus.

Richard vergrub seinen Mund im Schlafsack, während er sprach: »Ich wünschte, Mom und meine Schwestern wären auch mit in die Berge gekommen. Es ist viel lustiger, wenn wir alle zusammen sind.«

»Ich dachte, es gefällt dir, wenn nur wir Männer etwas unternehmen?« Darryl tippte sich betont locker an seinen imaginären Cowboyhut. Eine vertraute Geste des Zusammenhalts zwischen ihm und seinem Sohn.

»Mit dir ist es auch schön, aber …«, sagte Richard und lächelte über die Geste seines Vaters. Für dieses Lächeln ließ Darryl jede Konferenz sausen.

»Ich weiß, was du meinst, kleiner Mann. Ich vermisse sie auch.« Er starrte den Kinderkoffer am Fußende der Luftmatratze an, in dem sie Spielzeug mitgenommen hatten.

Seitdem das fremde Höschen in Darryls eigenem Koffer für

Aufruhr gesorgt hatte, war seine Ehefrau zwar nicht zu ihren Eltern gezogen, aber sie waren nicht mehr so eng wie früher. Nur nach außen hin wirkten sie noch wie das perfekte Hollywood-Paar. Sie hatten früh geheiratet und waren gemeinsam in seine Karriere und in die goldene Zeit der Filmindustrie hineingewachsen. Sie verstanden sich blind und vermochten, jede Reaktion des anderen vorwegzunehmen. Ihre Leidenschaft hatte ihn erst so richtig befeuert und bald zum Produzenten aufsteigen lassen. Ob ihm dies ohne Virginia auch gelungen wäre? Er konnte es nicht sagen, sosehr er an sein Talent glaubte. Inzwischen wusste Darryl nicht mehr, wie sie jemals wieder zusammenfinden könnten. Kein noch so teures Geschenk beschwichtigte sie in ihrer Wut auf seine Affären. Schon seit Monaten besprachen sie nur noch organisatorische Dinge miteinander. Schon länger begehrte Virginia ihn nicht mehr sexuell, was die junge Marokkanerin, die Besitzerin des Höschens, sehr wohl getan hatte. Und die kleine Lydia vergangene Woche auch. Hatte er dann nicht ein Recht darauf, seinen Hunger anderswo zu stillen? Eigentlich hatte ihre Ehekrise schon vor dem Höschenfund begonnen.

Als Darryl sich erneut seinem Sohn zuwandte, hatte der seine Augen wieder geschlossen und atmete ruhig. Er blieb noch eine Weile liegen und betrachtete Richard. Neben seinen beiden Töchtern war sein Sohn ihm das Wichtigste auf der Welt. Er wollte ihm alles geben, wonach er verlangte, weil er selbst als Kind auf so vieles hatte verzichten müssen.

Nachdem Richard wieder eingeschlafen war, krabbelte Darryl aus dem Zelt. Vielleicht würde der Junge die andere Hälfte der Familie weniger vermissen, wenn er ihm einige beeindruckende Spinnen zum Frühstück präsentierte? Sein Sohn liebte Spinnen, die er in Gläsern sammelte und stundenlang betrachten konnte. Die Berge waren voller Insekten und Getier, sogar einer der gefährlichen braunen Einsiedlerspinnen waren sie hier oben schon begegnet.

Vor dem Zelt zündete Darryl seine Zigarre vom Blechteller neu an und zog ein paar Mal daran. Dann sammelte er den Papierwust vor dem Falthocker wieder auf, wobei ihm das *Collier's-Magazin* auffiel. Einer seiner Autoren hatte einen Vermerk darauf geklebt, der auf eine Kurzgeschichte mit dem Titel *Für Laura zweimal klingeln* in dem Heft verwies.

Darryl las die gesamte Geschichte im Stehen, so sehr fesselte sie ihn. Das war sie, seine neue, moderne Frauenfigur: Laura! Die Filmrechte musste er sich unbedingt sichern. Laura war erfolgreich, handelte selbstbestimmt und konnte dem lebenserfahrensten Zyniker Kontra geben.

Darryl verstaute seine Papiere gut gelaunt im Cadillac, den er hinter dichtem Gebüsch geparkt hatte. Aus dem Kofferraum holte er die Gläser heraus. Bevor er sich aber auf Spinnensuche begab, bestückte er seine Angel noch mit einem Maiskorn, warf sie aus und stellte sie in die Halterung. Es war gerade erst sieben Uhr durch, als er sich seinen Tropenhut für die Spinnenexkursion aufsetzte. Das Frühstück musste noch warten.

Darryl kniete schon eine Weile in der ledernen Pionierhose seines Großvaters auf dem Boden und war in Gedanken schon bei der Besetzung von *Laura*, als er vom Fluss her eine Stimme vernahm: »Hello, ist der Besitzer der roten Angel in der Nähe?«

Darryl schaute zwischen Grashalmen hindurch zum Wasser und presste sich den Finger auf den Mund. »Psstt!« Er deutete zum Zelt. »Bitte wecken Sie meinen Sohn nicht auf.«

Das Mädchen mit der Fliegenroute sah erschrocken auf. »Es tut mir leid«, flüsterte sie zurück, »aber meine Schwimmschnur hat sich in Ihrer Angelleine verheddert. Darf ich sie entwirren?«

Darryl betrachtete das Mädchen im Fluss misstrauisch. Es kam nicht selten vor, dass ihn Schauspielerinnen auf Rollensuche verfolgten und so taten, als würden sie ihm rein zufällig begegnen. Aber in einem solch abgetragenen Shirt mit Schmiere und in Wathose, wie das Mädchen im Fluss sie trug, würde das keine wagen.

Nur zur Sicherheit zog er sich seinen Tropenhut tiefer ins Gesicht, dann kam er hoch. »Ja, versuchen Sie es ruhig«, sagte er. Er ging ihr bis ans Ufer entgegen, weg vom Zelt. Es gefiel ihm, dass sie ihn kaum beachtete und ganz auf ihre Schwimmschnur konzentriert war. Eigentlich war Fliegenfischen eine Männerdomäne. Für Frauen und Kinder boten sich eher Gründler wie Karpfen und Schleie an, die einfacher zu fangen waren. Ein Maiskorn und etwas Geduld genügten. Er selbst angelte nur deshalb auf Karpfen, weil er es seinem Sohn beibringen wollte.

»Ich bin die ganze Nacht schon so unkonzentriert beim Werfen meiner Schnur«, sagte sie, nachdem sie die Angelleinen entwirrt hatte. Sie wandte sich von ihm ab und warf die Schwimmschnur mit dem fürs Fliegenfischen typischen Rückschwung aus.

Einen besseren Rückschwung hatte Darryl nie gesehen. Ihre Technik war ausgezeichnet. »Ich konnte mich letzte Nacht auch nicht gut konzentrieren«, sagte er.

»Haben Sie etwa auch einen so aufwühlenden Film gesehen?«, fragte sie und schaute ihn aus ihren beeindruckend blau-grünen Augen an.

Darryl senkte seine Stimme erneut, damit Richard ihn auf keinen Fall hören konnte. »Mich sorgt meine Ehe«, gestand er und war selbst überrascht, dass er dies einer fremden Person anvertraute. Vielleicht lag dies an der Ehrlichkeit, die das Mädchen ausstrahlte. Es war kein bisschen verstellt, einfach nur da in diesem Moment. Genau wie er sich *Laura* vorstellte.

»Welchen aufwühlenden Film haben Sie denn gesehen?«, fragte er und setzte sich ans Ufer. Ihm fiel auf, dass sie einen Ehering trug, aber das hatte ihn noch nie von einem Gespräch abgehalten.

Sie stand noch immer mit ihrer Fliegenroute im Wasser. »*Ritt zum*

Ox-Bow«, sagte sie in einem Ton, als wäre allein die Nennung des Titels schmerzhaft. »Kennen Sie ihn?«

»Ja«, antwortete er knapp. Sehr gut sogar. Er hatte die Filmrechte dafür gekauft und den Film bis in die Nebenrollen hochkarätig besetzen lassen. *Ritt zum Ox-Bow* war sein Versuch, eine komplett andere Art von Western zu erfinden. Ein Western, der am Ende ohne glückliche Helden auskam. Es waren turbulente Dreharbeiten mit geringem Budget gewesen. Eine Darstellerin hatte sich beim Sturz vom Pferd die Knochen gebrochen, und die meisten Nachtaufnahmen hatten sie im Atelier gedreht, weswegen alles etwas kulissenhaft wirkte. Der Film lief schon ein ganzes Jahr in den Kinos, und es sah nicht so aus, als würde er die Produktionssumme jemals wieder einspielen. Mit einem ernsten Film zum Thema Lynchmord ließ sich in Amerika kein Geld verdienen, das hatte Darryl daraus gelernt.

Er zündete sich eine neue Zigarre an und zog ein paar Mal daran. »Warum hat der Film Sie denn so beschäftigt, wenn ich fragen darf?« Neugierig schob er seinen Tropenhut die Stirn hinauf.

Sie schaute auf den Fluss, während sie antwortete: »Am Ende war jede Person gescheitert, egal ob sie für oder gegen die Lynchmorde war. Das ist doch schrecklich«, sagte sie, und ihre Stimme wurde noch zarter, als sie hinzufügte: »Ich hatte eine Gänsehaut, als die Abstimmung darüber stattfand, ob die drei Beschuldigten gehängt werden sollen. In diesem Film habe ich so viel Ungerechtigkeit und Hass gespürt.« Sie war kaum noch zu verstehen, als sie flüsterte. »Eigentlich wie sonst nur im realen Leben.«

Darryl lächelte. Er hatte seinen Regisseur gebeten, die Abstimmungsszene ohne Hast zu erzählen und nicht mit der Eile, mit der *Metro-Goldwyn-Mayer* in seinen Filmen Spannung erzeugte.

»Sie lachen mich aus?«, fragte sie ernster. Sie schaute ihn nun zum ersten Mal richtig an. In Gedanken ging er schon auf die Suche nach einer Hauptdarstellerin für Laura. Betty Grable passte nicht. Laura sollte unbedingt brünett sein, wie das Mädchen im Fluss.

»Ich würde niemals jemanden auslachen, der mir seine Gefühle anvertraut. Mir ging es ähnlich wie Ihnen, als ich den Film das erste Mal in Gänze sah«, gestand er und dachte an die erste Vorführung im Schnittraum. »Ich war sehr betroffen von dem viel zu späten Mut, den Gil aufbrachte, der nichts mehr bewirken konnte außer Reue. Mitläufertum ist gefährlich, war es schon immer.«

Das Gesicht des Mädchens verdunkelte sich, als würde sie Gil gerade vor sich sehen. Kinozuschauer wie sie wünschte er sich mehr. Menschen, die nicht nur Unterhaltung, sondern auch Anregung suchten, die bedeutungsvolle Filme als solche auch erkannten und zu schätzen wussten. Echte Filmkunst eben.

»Unsere Mörder sind diejenigen, die mir leidtun«, zitierte er aus dem Abschiedsbrief eines der Getöteten. »Denn für mich ist es bald vorbei, aber die Mörder werden sich für den Rest ihres Lebens daran erinnern müssen.«

Das Mädchen nickte gedankenversunken und ging in der Wathose in die Richtung zurück, aus der es gekommen war. »Ich muss zurück, bin sowieso zu weit von unserer Campingstelle fort. Muggsie vermisst mich sicher schon.«

Darryl erhob sich am Ufer und rief ihr nach, obwohl Richard im Zelt schlief: »Vielleicht würde Gil, bekäme er eine zweite Chance, mutiger für seine Überzeugungen eintreten und etwas bewirken.« Diese Botschaft des Films war ihm wichtig.

Sie wandte sich noch einmal um. »Eine zweite Chance? Sie meinen, eine Art Wiedergutmachung?«

»Oft sieht man sich zweimal im Leben«, sagte Darryl und schaute ihr nach, wie sie nun einen meisterlichen Überkopfwurf nach dem anderen vollführte. Wenn er es nicht selbst erlebt hätte, er würde diese ungewöhnliche Begegnung für eine Erfindung seiner Autoren halten.

14

Mitte November 1943

Norma stand in der Telefonkabine des Postamtes von Sherman Oaks. »Ist das wirklich wahr?«, rief sie wiederholt in den Hörer. Die Frauen in der Schlange vor der Kabine starrten sie böse an, weil sie schon so lange sprach. Aber böse Blicke war sie mittlerweile aus der Nachbarschaft gewohnt, die prallten an ihr ab. Zuletzt hatte Mildred Miller sogar von ihr verlangt, dass sie endlich ihre kindlichen, viel zu engen Pullis gegen gesittete Blusen eintauschen solle. Aber Norma trug weiterhin, was ihr gefiel, ihr war es inzwischen egal, was die anderen dachten, ein befreiendes Gefühl.

»Süße, soll ich es *noch einmal* für dich wiederholen?«, fragte Jim in den Hörer. »Dann also zum dritten Mal.« Er seufzte so theatralisch, wie es ein Highschool-Schauspieler eben vermochte.

Norma zitterte vor Aufregung am ganzen Körper. »Ja, bitte. Nur noch ein einziges Mal.« Ihre Unzufriedenheit darüber, dass er nur sich sah, dass er sie überhaupt erst allein gelassen hatte, war vergessen. Wichtiger war, dass bald alles gut werden würde.

Jim holte tief Luft, das war deutlich durch das Telefon zu hören, obwohl es rauschte und knisterte. »Ich werde nach Abschluss meiner Ausbildung auf Catalina bleiben«, sagte er. »Ich soll den Sportunterricht für die neuen Rekruten der Handelsmarine übernehmen. Übersee muss also noch ein bisschen auf mich warten.«

»Und was noch?« Norma bekam kaum Luft vor Freude. Das Schreckgespenst Übersee war vorerst vertrieben und Sherman Oaks auch. Sie würde nicht länger dort wohnen müssen. Was für eine erleichternde Vorstellung! Das Leben begann wieder neu.

»Sie sagen, dass du als meine Ehefrau herkommen und während meiner Zeit als Ausbilder hier mit mir leben darfst«, sprach Jim weiter.

»Ich möchte, so schnell es geht, auf die Insel kommen!«, bestätigte sie einmal mehr. Lange hatte es sich angefühlt, als würden sie sich erst in einer Ewigkeit wiedersehen. Am Vortag hatte sie sich schon die ersten Telefonnummern von Maklern notiert, die in Van Nuys Bungalows vermieteten. Auf den Spaziergängen mit Muggsie kam sie an vielen Schildern mit der Aufschrift *To Rent* vorbei.

»Ich habe uns schon ein Apartment in Avalon gemietet, den Bungalow in Sherman Oaks kündigen wir so schnell wie möglich«, sagte er. »Ich dachte, dass du froh wärst, wenn wir endlich in eine entspanntere Nachbarschaft kommen. Du hast mir beim letzten Telefonat doch erzählt, dass die Frauen den Hund nicht mögen. Hier auf Catalina können wir bestimmt auch mal den ganzen Tag die Vorhänge zulassen und … na du weißt schon, was tun.«

Norma lächelte selig. Tatsächlich war der Alltag in der Straße mittlerweile unerträglich geworden. Damit Jim sich nicht zu viel um sie sorgte, hatte sie ihm im Telefonat vergangene Woche lediglich von Unstimmigkeiten mit den Nachbarinnen wegen des Hundes berichtet und dass Bettys Telefon länger kaputt sei. Mit allem anderen wollte sie ihre ohnehin schon kurzen Telefonate nicht belasten.

»Catalina ist traumhaft«, schwärmte Jim. »Weiße Sandstrände, türkisblaues Meer und Sonnenuntergänge vom Feinsten.«

»Das klingt, als würden wir dort unsere Flitterwochen nachholen«, seufzte Norma.

»Ich sage dem Vermieter, dass wir den Bungalow kündigen. Du packst deine Koffer und kommst mit der Sonntagsfähre her. Ein Erlaubnisschreiben der *Maritime Services* sollte dich spätestens morgen erreichen. Ich habe noch ein paar Dollar für die Überfahrt beigelegt. Meine Brüder können dann das Haus ausräumen und alles weitere in Sherman Oaks regeln. Tom werde ich bitten, dich Sonntag zum Fähranleger nach Wilmington zu fahren.«

»Ahoi!«, rief sie, obwohl sie schnell seekrank wurde. »Ich bin so froh, dass wir uns endlich wiedersehen!« Schon in zwei Tagen würde es so weit sein.

»Ich freue mich auch, Süße. Ganz schön einsam hier ohne dich. Nur Männer in Uniform um mich herum.« Jim hatte es nun eilig. »Jetzt muss ich aber zum Appell. Bis Sonntagnachmittag, drei Uhr im Hafen von Avalon.«

»Bis Sonntag!« Sie legten auf, und Norma verließ die Telefonkabine.

Vor dem Postamt drehte sie sich vor Glück auf den Zehenspitzen, sodass ihr Rock luftig aufflog. Dann band sie Muggsie vom Baum los. Sie mussten nach Hause, um die Reise vorzubereiten.

Als sie vor ihrem Bungalow eintraf, begann Muggsie gleich, im Vorgarten herumzuschnüffeln. Die Nase dicht über dem trockenen Boden nahm sie Fährte auf. Beim Briefkasten schien es besonders gut zu riechen. Muggsie wurde fündig und begann, etwas genüsslich zu kauen. Aber schon im nächsten Moment jaulte sie schrecklich auf.

Norma war sofort bei ihr und riss ihr die Schnauze auf. Auf der Zunge fand sie ein halb zerkautes Stück Wurst, das mit Nägeln gespickt war. Panisch zog sie es heraus. Beim Übergang von der Zunge in den Rachen lag ein rostiger Nagel, der beim nächsten Schlucken hinab in den Schlund gerutscht wäre. Auch den entfernte sie. Ihr Blick glitt zu Bettys Haus, dann über die Straße zu Abigails vornehmem Rosenstock und schlussendlich zu Mildred Miller, wo die Gardine zuckte.

Nach Pedros Verhaftung und nach den letzten Begegnungen hätte sie eigentlich ahnen müssen, zu welch hinterhältigen Taten die Nachbarinnen fähig waren. Und die Sache mit Pedro Gonzáles war lange noch nicht ausgestanden. In gleich zwei Zeitungen war vorgestern geschrieben worden, dass das Gerichtsverfahren gegen ihn in wenigen Tagen beginnen würde. Er wurde *unamerikanischer Umtriebe* angeklagt, für deren Verfolgung es in der Regierung eine eigene Abteilung gab. Auch hieß es in einem Zeitungsartikel, dass Inez täglich vor dem Arresthaus der Polizei die Freilassung ihres Ehemanns fordere und in der mexikanischen Gemeinde von Los Angeles Geld sammeln würde, um einen guten Anwalt zu bezahlen.

Die Stimmung im Fall Gonzáles heizte sich weiter auf, und auch in anderen Stadtteilen von Los Angeles war es längst unruhiger geworden. Die Zeitungen waren voll mit Berichten über brutale Schlägereien, über Tote und Dutzende blutig geschlagener Menschen unterschiedlichster Hautfarben.

Eine unbändige Wut stieg in Norma auf. Vermutlich waren um ihren Bungalow herum weitere totbringende Wurststücke versteckt. Die Nachbarinnen nahmen tatsächlich in Kauf, dass ein unschuldiges Tier starb? Die Hände zu Fäusten geballt und mit Muggsie an der Leine, steuerte sie auf Abigails Haus zu. Mitten auf der Straße verlangsamte sie ihren Schritt jedoch wieder und blieb schließlich stehen. Sie musste jetzt unbedingt ihren Verstand benutzen und ihre Gefühle unter Kontrolle halten. Konnte sie denn wirklich sicher sein, dass das Fleisch mit den Nägeln von den Nachbarinnen stammte? Wenn es doch nur ein Zufall war?

Norma musste an den *Ritt zum Ox-Bow* denken, in dem vorschnell geurteilt worden war. Diesen Fehler durfte sie nicht begehen. Sie musste Abigail erst befragen, bevor sie sie vorschnell verurteilte. In diesem Zusammenhang fiel ihr der zierliche, kleine Mann mit den Hasenzähnen ein, mit dem sie in den Bergen über den ungewöhnlichen Film gesprochen hatte. Mit seiner Westernhose und dem Tropenhut hatte er wie ein verrückter Lebenskünstler ausgesehen. Als sie sich am Ende ihres Gesprächs noch einmal zu ihm umgedreht hatte, war ihr der kleine Junge aufgefallen, der seinen Kopf aus dem Zelt gesteckt hatte, ein süßer Schopf.

Um ihre Wut auf die Nachbarinnen verrauchen zu lassen, brachte sie Muggsie in den Bungalow zurück und untersuchte deren Maul, zum Glück erfolglos, auf Blutspuren. Sie tat etwas Mundwasser von Jim in Muggsies Wassernapf, das wegen seines Alkoholgehalts etwaige Verletzungen desinfizieren sollte. Dann schloss sie zur Sicherheit die Haustür von außen doppelt zu und ging ganz gesittet und beherrscht zu Familie Summer hinüber. Sie schaute auch zum Haus der Gonzáles. Das früher bunte Haus war grau und die Fensterrahmen weiß gestrichen, wie es sich angeblich für *echte* Amerikaner gehörte. Im nächsten Moment fuhr ein Umzugswagen vor, und eine Familie mit zwei Kindern stieg aus.

Sie wollte die Sache mit Abigail schnell hinter sich bringen. Während sie die Klingel betätigte, trat sie nervös von einem Bein aufs andere. Niemand öffnete.

Beim zweiten Mal klingelte sie länger. Eigentlich war Abigail um die Mittagszeit zu Hause und belegte Sandwiches zum Lunch und stampfte Gemüse für Mike.

»Abigail?«, rief Norma in den Garten, aber es blieb still.

Als Norma es ein letztes Mal an der Haustür versuchte, öffnete Abigail, sagte aber nur »Ich habe keine Zeit für dich!« und schlug die Tür so heftig zu, dass Normas Haar aufflog.

Norma wandte sich Bettys Haus zu. Dann würde sie es eben bei ihr probieren. Aber Betty öffnete nicht einmal, sondern ließ Norma bei geschlossener Tür wissen, dass sie keine Zeit habe. Bei Mildred versuchte Norma es gar nicht erst. Sie ging zurück in ihren Bungalow und schaute nach Muggsie. Die Hündin lag verängstigt vor der Couch. Sie streichelte sie, bis sie eingeschlafen war.

Norma beschloss, sie erst wieder vor die Tür zu lassen, wenn sie das Grundstück genauestens nach gefährlichen Wurststücken abgesucht hatte. Im Garten fand sie tatsächlich noch weitere, die auch mit Nägeln gespickt waren. Sogar die Ritzen auf dem Boden der Veranda überprüfte sie, darüber wurde es Abend.

Erschöpft ließ sie sich schließlich auf das Murphy-Klappbett fallen. Beim Blick auf Jims Hausschuhe fiel ihr ein, dass der Tag mit dem Telefonat auf dem Postamt so vielversprechend begonnen hatte. Sie durfte zu Jim, endlich kam sie weg von hier!

Anstatt sich auszuruhen, schrieb sie Grace und Bebe einen Brief. Wie hatte sie einst nur glauben können, dass Abigail eine genauso enge Vertraute wie Bebe werden könnte? Sie war verdammt blauäugig gewesen. Sie versprach Grace und ihrer Stiefschwester, ihnen die neue Adresse in Avalon mitzuteilen, sobald sie diese wusste. Am liebsten wollte sie keine einzige Nacht mehr in Sherman Oaks verbringen.

Anschließend legte Norma die Sachen bereit, die sie auf die Insel mitnehmen wollte, damit sie dieses Mal pünktlich am Abreisetag war. Darunter waren drei Pullis, zwei Röcke, ein Kleid, ihr Brustbeutel und ihr weißer Zweiteiler für den Strand. Den trug sie, seitdem sie zwölf war. Alles andere würden Jims Brüder in Kisten verstauen und bei seinen Eltern unterstellen. Sie stellte sich vor, wie Jim und sie in türkisblauem Wasser in den Sonnenuntergang schwammen, und meinte schon, samtweichen Sand zwischen ihren Zehen zu spüren. Nur was sollte mit dem Beutel aus Norwalk geschehen?

Norma setzte sich mit dem Fotoalbum ihrer Großeltern neben die schlafende Muggsie vor die Couch. Erst blätterte sie etwas ziellos durch das Album, bis ihr Blick an einem Foto hängenblieb. Der Bildunterschrift nach war es in Mexiko aufgenommen worden. Großvater Otis stand vor einem Schild mit der Aufschrift *Staatliche Mexikanische Eisenbahn*. Er musste seinen Job als Anstreicher aufgegeben haben, um bei der Eisenbahn-Gesellschaft als Ingenieur zu arbeiten. Dann wäre er der erste studierte Mann unter ihren Vorfahren. Was Otis wohl zu einer Enkelin ohne Highschool-Abschluss gesagt hätte?

Mehrmals blätterte Norma zu der Fotografie aus dem Jahr 1895 zurück. Die hatte sie schon beim allerersten Betrachten fasziniert. Otis' Blick wirkte kraftvoll, als könne ihn nichts aus der Bahn werfen. Auf einer der letzten Seiten klemmte unter einem Foto ein zusammengefalteter, vergilbter Zeitungsartikel, der ihr bisher nicht aufgefallen war. Er beschrieb die Arbeit von Otis in der Gemeinde und zeigte ihren Großvater als Anstreicher vor einem Haus und auf einem zweiten Bild in einer kleinen, engen Dachkammer. Norma hielt sich den Artikel ganz nah vor die Augen. Otis mochte auf beiden Bildern um die vierzig sein. Es war schwer zu erkennen, aber er hielt einen Pinsel in der Hand und stand vor einer Wand, die voll von großformatigen sinnlichen Frauenakten war, die jenem ähnelten, den Norma für ihre leibliche Mutter verwahrte. Sie war erleichtert, dass es in ihrer Familie mütterlicherseits nicht nur Geisteskrankheit gab, sondern auch Kreativität. Gleichzeitig bedauerte sie, dass Großvater Otis nicht sehr alt geworden war. 1909 war er mit nur dreiundvierzig Jahren beerdigt worden, die Todesursache war nicht vermerkt. Norma schlug das Fotoalbum zu und packte es zu den Dingen, die sie nach Catalina mitnehmen würde.

∞

Es war erst fünf Uhr früh, als Norma die Augen öffnete und ihr Blick auf den Wecker fiel. Endlich Abreisetag! Sie fuhr der schlafenden Muggsie durchs Bauchfell. Die Hündin hatte sich über Nacht auf dem Rücken liegend im Bett ausgebreitet, so dass Norma kaum mehr als ein schmaler Streifen an der Bettkante geblieben war.

Ein letztes Mal öffnete sie die Vorhänge, um die blasse Morgensonne in den Bungalow zu lassen. Auf der Veranda verfolgte sie den letzten Sonnenaufgang in Sherman Oaks. Die Luft war kalt, bestimmt nicht mehr als sechzig Fahrenheit, schon winterlich.

Gegen sieben Uhr stellte sie ihren kleinen Koffer an die Tür, daneben kamen ihre Schuhe und die Hundeleine. Heute wollte sie keine Minute zu spät sein. Die Zeit, bis Tom gegen zehn Uhr angefahren kam, verging unendlich langsam. Bevor sie es vergaß, verstaute sie noch den *Stanislawski* in ihrem Koffer. Das Buch war ihrer Mutter heilig, nicht, dass es beim Umzug beschädigt wurde.

Punkt neun Uhr stand Norma reisefertig im Wohnzimmer. Sie hatte sich die Haare in Wellen gelegt und Lippenstift aufgetragen, um schön für Jim zu sein. Muggsie hatte sie schon zwei Mal das Fell gebürstet. Es könnte nicht mehr glänzen.

Mit ihrem Koffer in der einen und Muggsies Leine in der anderen Hand trat Norma vor die Haustür. Vielleicht kam Tom früher.

Normas Blick glitt ein letztes Mal über die grauen Häuser in der Straße. Mit herrlich duftenden Muffins hatte die Nachbarschaft sie einst herzlich aufgenommen, jetzt war sie unendlich froh, hier wegzukommen. Der Hass und die Verbohrtheit der Nachbarinnen mit ihrem »Säuberungszwang«, die Nachbarschaft betreffend, nahmen ihr die Luft zum Atmen. Vielleicht aus Mitleid für die Nachmieter zupfte sie ein letztes Mal eine Distel aus dem Streifen Erde neben dem Postkasten. Sie hoffte eindringlich, dass sie die vermeintlich perfekten Hausfrauen aus Sherman Oaks nie wiedersehen würde.

∞

»Danke fürs Fahren, Tom«, sagte Norma und drückte ihrem Schwager die Hand. Sie waren eben aus Jims Ford ausgestiegen, und nun standen sie mit Muggsie an der Hafenmauer von Wilmington. Auf der Fahrt hatte sie bestimmt fünf Mal überprüft, ob sie das Erlaubnisschreiben der *Maritime Services* auch wirklich bei sich trug. Nicht jeder durfte Catalina betreten. Jetzt kramte sie zum sechsten Mal danach in ihrer Tasche.

»Pass gut auf dich auf, du bist etwas ganz Besonderes«, sagte Tom, was Norma aufschauen ließ. »Ich bin froh, dass du Teil unserer Familie geworden bist. Apropos … Familie.« Er holte ein Päckchen aus seinem Beutel, das in geblümtes Wachstuch eingepackt war. »Das lässt dir Ethel für die Reise mitgeben. Kalter Braten, medium rare.« Er lächelte verlegen.

Norma nahm das Lunchpaket mit einem Schmunzeln entgegen. »Sag ihr ›Danke‹ von mir. Und grüß auch deinen Vater.« Sie zupfte ihr weißes Kopftuch zurecht, das sie sich zum Schutz ihrer Frisur vor dem Wind auf dem Meer umgebunden hatte.

»Pass gut auf dich auf, und drücke auch Marion von mir«, sagte sie mit Melancholie in der Stimme. Das Wochenende in den Bergen war sehr nett gewesen. Damals hatte sie sich noch länger mit Tom über den *Ritt zum Ox-Bow* unterhalten. Leider hatte seine Ehefrau das Gespräch nicht interessiert. Norma hätte sich gerne auch mit Mary unterhalten. Sie war eine sehr schweigsame Person.

»Beides mach ich.« Tom scharrte mit seinen ausgelatschten Schuhen auf dem Boden. »Jim ist ein Glückspilz, weißt du das?« Er schaute erst am Satzende auf.

»Und ich auch«, erwiderte sie, damit die Situation nicht unangenehm wurde. »Ich habe so nette Schwäger und eine Schwiegermutter, die darauf aufpasst, dass ich nicht verhungere.« Sie lächelte und hauchte ihm einen freundschaftlichen Kuss auf die Wange. »Mach's gut, Tom.« Sie nahm ihren Koffer in die eine Hand, Muggsies Leine in die andere und ging in dem einzigen Paar Absatzschuhe, das sie besaß, zur Fähre.

Die Überfahrt nach Catalina, das kaum vierzig Kilometer vor der kalifornischen Küste lag, verging wie im Flug. Und zum Glück wurde Norma kaum übel. Sie nahm dies als Zeichen, dass ihre Reise unter einem guten Stern stand.

Catalina war die drittgrößte der acht Kanalinseln, die sich bis auf die Höhe von Santa Barbara vor der Küste verteilten. Als Einzige der acht war Catalina nicht überwiegend militärisches Sperrgebiet und außerdem ständig bewohnt.

Während der Überfahrt suchte Norma immer wieder den kleinen Toilettenraum auf. Vor dem Spiegel zupfte sie sich ihr Kopftuch zurecht und zog ihren roten Lippenstift nach. Muggsie saß geduldig neben ihr.

Ihre hohen Absätze stellten auf einer Fähre mit ihren Ritzen, Rillen und glatten Böden eine echte Herausforderung dar. Einmal stolperte sie beinahe und drohte, sich der Länge nach auf den Bauch zu legen. Aber ein junger Mann mit strohblondem Haar, bravem Seitenscheitel und leuchtend blauen Augen fing sie im letzten Moment auf und stellte sich ihr bei dieser Gelegenheit auch gleich vor.

Norma bedankte sich höflich, die Hundeleine fest in der Hand, während sein Blick von ihren Augen zu ihren Beinen, ihren Hüften und zurück ins Gesicht auf ihre roten Lippen sprang. Es fühlte sich gut an, mal nicht frivol wie von Mr. Miller angestarrt, sondern bewundernd angeschaut zu werden. Der junge Mann konnte den Blick nicht von ihr nehmen und stand lange einfach nur sprachlos da. Als würde es ihm genügen, sie anschauen zu dürfen. Norma lächelte vergnügt und ging mit wankenden Hüften davon. Ihr neues Leben, das spürte sie, begann in diesem Moment.

Als die Fähre im Inselhafen von Avalon einlief, gehörten Norma und Muggsie zu den Ersten, die schon Richtung Ausgang drängten, obwohl das Schiff noch nicht einmal vertäut war. Ihnen leuchteten pastellfarbene Häuser von den Hängen entgegen, auf denen sich das

Sonnenlicht spiegelte. Die alten Boote im Hafen wirkten malerisch, und es roch kein bisschen nach Abwässern wie in Los Angeles, wenn es heiß war.

Norma und Muggsie stürmten von der Fähre. Und da lehnte er lässig an einem Militärjeep und winkte ihr zu: ihr Jim. Norma schnappte nach Luft, gleich würde sie endlich wieder in seinen starken Armen liegen, seine Nähe spüren, ihn riechen, ihn einfach bei sich haben. Ihre früheren Streits spielten keine Rolle mehr. In den Wochen, in denen sie getrennt gewesen waren, war ihr sein Bild immer wieder vor dem inneren Auge erschienen, und jedes Mal sah er ein bisschen anders aus. Am Ende hatte sie sogar befürchtet, die Details seines Gesichts vergessen zu haben. Seine hohe Dougherty-Stirn und die tief liegenden Augen, seine fröhliche Ausdruckskraft im ganzen Gesicht, die ansteckend und anziehend zugleich war.

»Jimmie?«, rief sie. Es fühlte sich an, als wäre ihr kleiner Koffer mit Steinen beladen.

Jim war noch mehr zum Sonnyboy geworden. Gebräunt trotz Winter und muskulöser auch im Gesicht – es wirkte etwas breiter an den Wangen. In der Uniform der Handelsmarine mit dem langen Halstuch und der weißen Seemannsmütze mit der aufrechten Krempe sah er zudem noch beeindruckend stattlich aus.

Jim kam ihr entgegen, nahm ihr den Koffer ab und stellte ihn so leichthin ins Auto, als wäre er aus Watte. »Endlich!«, sagte er und beschaute sie, als würde er sie zum ersten Mal sehen.

Sie konnte nicht länger an sich halten und küsste ihn leidenschaftlich, obwohl sich das in der Öffentlichkeit nicht gehörte. Eine Gruppe Rekruten pfiff amüsiert.

»Warte nur, bis ich euch nächste Woche zum Laufen ins Hinterland scheuche«, rief Jim den jungen Männern nicht minder amüsiert zu.

Norma beachtete die Menschen um sich herum nicht, sie hatte

nur Augen für Jim. Sie wollte ihm so viel sagen, ihm berichten, was genau sich in Sherman Oaks zugetragen hatte, aber stattdessen küsste sie ihn erneut. Und auch er konnte nicht an sich halten. Beim Durchwühlen ihrer sorgsam gelegten Haare rutschte ihr das Kopftuch auf den Rücken.

»Du bist stürmisch geworden«, stellte er fest.

»Vielleicht.« Sie wollte nicht aufdringlich sein, sehnte sich aber so schrecklich nach seinen Berührungen. Jims warme Hände auf ihrem Körper, die Schwere seiner muskulösen Armen, die sie an ihn drückten. Und egal wie aufgeregt oder aufgebracht sie war, seine Anwesenheit beruhigte sie. Es fühlte sich befreiend an, die Kämpfe des Lebens endlich nicht mehr allein bestreiten zu müssen.

Sie lächelte ihn aus tiefstem Herzen an. »Das ist Muggsie«, sagte sie dann, zeigte auf die Collie-Hündin und zurück auf Jim. »Und Muggsie, das ist Jim. Ich hoffe, ihr werdet gute Freunde.«

Jim und Muggsie beäugten sich misstrauisch. Die Hündin schnüffelte vorsichtig an Jims Schuhen. Sie stellte ihre Rute auf.

»Muggsie, was ist denn? Das ist doch Jim«, wunderte sich Norma, strich der Hündin zur Beruhigung über den Rücken und schaute zu Jim. »Gib ihr etwas Zeit, sich an dich zu gewöhnen. Vielleicht ist sie eifersüchtig.«

Jim sprang zur Beifahrertür des Jeeps und öffnete sie. »Komm, ich zeige dir erstmal die Insel und dann unser neues Zuhause.«

Norma trat um das Auto herum und bemerkte, dass Jim ihren Gang in den hohen Schuhen mit geöffnetem Mund verfolgte. Er schaute ähnlich wie der junge Mann vorhin auf der Fähre in einer zärtlichen Mischung aus Faszination und Irritation. »Dein Gang hat sich verändert«, bemerkte er, als sie nebeneinander im Auto saßen.

Sie fand, dass sie sich nicht viel anders als sonst bewegte. Vielleicht befreiter und ohne Kopfschmerzen, weil die Luft hier draußen so klar war.

Sie fühlte sich wie eine Dame, als sie auf steilen, kurvenreichen Straßen die Hügel von Avalon hinauf und Richtung Hinterland gefahren wurde. Der Fahrtwind zerrte an ihrem Kopftuch, sodass sie es bald ganz ablegte und ihr Haar zerzausen ließ. Jim gab ordentlich Gas. Er liebte es immer noch, die gefährlichsten Kurven mit nur einer Hand am Lenkrad zu nehmen.

Sie lachten viel und fassten sich zwischendurch immer wieder an den Händen. Von der ersten Stunde an verliebte Norma sich in die Insel. Catalina war ein wildes Stück Kalifornien mit grasüberzogenen Hügeln, windgestressten Bergkuppen und frei umherlaufenden Schafen und Ziegen. Eine Insel der Gegensätze, denn was die Hügel und Berge wild waren, waren die Strände gezähmt. Dort wuchsen Palmen und Agaven. Jim erzählte, dass es hier Büffel gab, die einst für einen Westerndreh auf die Insel gebracht worden waren. Es roch betörend nach Eukalyptus. Norma fragte sich, ob es zu Zeiten von Großvater Otis Monroe in Los Angeles auch so ursprünglich ausgesehen hatte.

Das kleine Apartment, das Jim für sie gemietet hatte, befand sich in einem Gebäude, das an einen Hang gebaut war, und bot einen beeindruckenden Blick aufs Meer, auf die Berge und auf die Bucht von Avalon. Es war kaum größer als der Bungalow in Sherman Oaks, aber es gefiel Norma auf Anhieb. Die Möbel waren hell und freundlich, und der Ofen voll funktionsfähig, wie Jim stolz verkündete.

»Es hat sogar eine kleine Veranda!«, staunte Norma. »Hier kannst du abends sitzen, und ich bringe dir einen Whiskey auf Eis und mir ein kühles Ginger-Ale.« Sie pfiff auf ihren Ratgeber, nach dem die perfekte Ehefrau in diesem Entspannungsritual nur die Bedienstete gab, die sich dann schweigend zurückzog. Sie hatte schließlich auch ihre Bedürfnisse.

Norma schmiegte sich an Jim, und gemeinsam schauten sie in die

Ferne, während Muggsie sich in die hinterste Ecke der Veranda verkroch. »Du hattest recht, die Insel ist ein Traum«, sagte sie.

»Unser gemeinsamer Traum«, erwiderte Jim.

In dieser Nacht liebten sie sich stürmisch – der Flitterwochen würdig. So ungezügelt hatte sie Jim und sich selbst im Liebesspiel miteinander noch nie erlebt. Diese geheime Welt ohne Tabus zog sie magisch an.

∞

Norma lebte sich schnell auf der Insel ein und fühlte sich bald angekommen. Der Haushalt ging ihr leichter von der Hand als in Sherman Oaks, und kein Nachbar sprach sie auf ihren Vorgarten an. Man grüßte sich höflich und tauschte sich auch mal über die Wettervorhersage aus, aber dann ging jeder friedlich seines Weges.

Auf Catalina wurde Norma wieder aufgeregt, wenn Jim von der Arbeit nach Hause kam. Das lag auch daran, dass sich zwischen ihnen etwas verändert hatte. Für sie fühlte es sich an, als würde Jim in ihr nicht mehr die kleine, devote Hausfrau sehen. Er fragte sie öfters nach ihrer Meinung, wollte auch wissen, wie es ihr ging und bezog sie in die Abend- und Wochenendplanung mit ein. Sie genoss die Aufmerksamkeit, und es war schön, wenn sie gemeinsam auf der Veranda ein Getränk schlürften. Der Höhepunkt ihrer Zweisamkeit war es, wenn sie gemeinsam die Sonne über dem Meer untergehen sahen. Norma liebte es außerdem, wenn Jim mit ihr im Hafen spazieren ging oder nach Hummern tauchte, die sie noch am Strand grillten und aßen. Oft saßen sie bis Mitternacht im feinweißen Sand. Jim spielte dann Gitarre und Norma sang dazu mit hoher, zarter Stimme: *Taking a Chance on Love*. Das Lied handelte davon, dass es sich lohne, das Risiko der Liebe einzugehen, von Dingen, die sich besserten und dass man alles für die Liebe geben sollte.

Manchmal gesellten sich Inselbewohner oder Rekruten zu ihnen und stimmten, um das Feuer versammelt, mit in den Gesang ein. Die meisten Menschen auf Catalina waren uniformierte Männer. Es gab nur wenige Frauen, und die waren entweder greise Eingeborene oder ältere Frauen von Offizieren oder Colonels. Norma hatte noch keine Frau in ihrem Alter gesehen. Aber an eine neue Freundin wollte sie sowieso erst einmal nicht denken.

Das Wetter auf der Insel war stets sonnig, aber kühler und windiger als auf dem Festland. Jim wanderte mit Norma in das Hinterland, wo sie sich wie in der Prärie im mittleren Westen fühlte. Ein anderes Mal besuchten sie einen Park voller exotischer Vögel, die so unverschämt bunt waren, dass die pastellfarbenen Häuser an den Hängen der Insel wie ausgewaschen wirkten.

Nur wenige Wochen nach ihrer Ankunft bedauerte Norma, wie schnell die Zeit verging. In Sherman Oaks hatten sich die Stunden zuletzt wie Tage angefühlt. Sie versuchte zu verdrängen, dass ihre Anwesenheit auf der Insel zeitlich begrenzt war. Jim würde nicht ewig auf Catalina arbeiten können. Wenn ihre Gedanken zu der Zeit danach springen wollten, lenkte sie sich mit *Taking a Chance on Love* ab. Sie sang es wieder und wieder.

Bei aller neuen Zufriedenheit mit Jim wollte Norma ihre Hündin auf keinen Fall vernachlässigen. Vom ersten Inseltag an spürte sie, dass Muggsie sich nicht wohl fühlte. Die meiste Zeit zog sie sich in ihre Ecke auf der Veranda zurück. Norma kraulte sie deswegen noch ausgiebiger als früher, bürstete ihr weiter täglich das Fell und unternahm ausgedehnte Spaziergänge mit ihr. Auf der Insel musste sie nicht auf todbringende Wurststücke achtgeben und kam ungezwungen mit Einheimischen ins Gespräch, die ihr vom Fischreichtum vorschwärmten. Oft wurde sie von jungen Seeleuten oder Rekruten nach Muggsies Abstammungslinie befragt, weil ihr blaumarmorierter Fellkranz um den Hals auffiel. Wohl gehörte es auf der Insel auch zum guten Ton, einer fremden Frau ungeniert Komplimente zu machen. Auf jeden Fall verhalf Muggsie Norma zu netten Gesprächen und minderte ihre Schüchternheit fremden Menschen gegenüber – vor allem Männern.

∞

Weihnachten waren Jim und Norma bei Jims Vorgesetztem, Colonel Mustard, eingeladen. Norma kannte den robusten Mann nur vom Telefon. *Wenn hier aufgeregte Frauen jeden Morgen nach ihren Männern verlangen würden, hätte hier niemand mehr Zeit für die Ausbildung! Ist Ihnen das klar, Mam?*

Als Colonel Mustard am Heiligen Abend in seinem Haus auf militärischem Sperrgelände vor ihr stand, sah er ganz anders aus, als Norma ihn sich aufgrund seiner einschüchternden Stimme am Telefon vorgestellt hatte. Er war kaum größer als sie, aber dafür derart mit Muskeln bepackt, dass er seine Oberarme kaum an den Oberkörper heranbekam. Mustards Ehefrau war Ende vierzig und damit ein gutes Stück älter als ihr Mann. Sie stand und bewegte sich ähnlich stramm wie er, weswegen sich Norma bald fragte, ob sich im Laufe einer Ehe die Frau dem Mann immer mehr anglich. Oder andersherum? Sie musste Lächeln über das »andersherum«.

Zur Sicherheit fügte sie ihren anfänglichen Wortbeiträgen an der Dinnertafel ein respektvolles »Sir, yes, Sir« an und saß so haltungsvoll wie möglich vor ihrem Porzellanteller und dem verschnörkelten Silberbesteck. Die Ehefrau des Colonels servierte einen mit Maronen und Speck gefüllten Truthahn, ein wahres Festessen.

Norma gab sich an diesem Abend Mühe, ein gutes Bild als Ehefrau abzugeben, aber sie blieb sie selbst, ohne sich zu verbiegen oder zu lügen oder intolerant zu sein. Diesen Fehler würde sie nie wieder machen. So wie der Colonel sich äußerte, hielt er große Stücke auf

Jim, und er bot ihnen an, ihn zu privaten Treffen wie heute einfach nur »James« zu nennen.

Die Atmosphäre wurde immer entspannter, erst als das Gespräch auf die Politik kam, verging Norma der Appetit. James Mustard erwähnte eine der Proklamationen von Präsident Roosevelt, nach der Amerikaner zu Feinden erklärt wurden, nur weil sie deutscher oder italienischer Abstammung waren. Das war sicher bei vielen Amerikanern der Fall, dachte Norma, denn Amerikas Bevölkerung setzte sich doch vor allem aus Einwanderern zusammen. Anscheinend hatte die Regierung große Angst davor, dass sie sogar von Menschen ausspioniert wurde, die die amerikanische Staatsbürgerschaft besaßen. Wieder einmal wurden Menschen aufgrund ihrer Herkunft ausgegrenzt. War dieser Abend gerade die zweite Chance, von der der kleine Mann oben in den Bergen gesprochen hatte? Gil, der Cowboy aus *Ritt zum Ox-Bow*, hatte keine Chance auf Wiedergutmachung bekommen und musste wohl bis ans Ende seines Lebens mit dem schlechten Gewissen leben. Das wollte Norma auf keinen Fall.

Sie betrachtete den Colonel genauer, ihr Mund bewegte sich bald wie von selbst: »Ist es nicht etwas vorschnell, Menschen aufgrund ihrer Abstammung vorzuverurteilen?« Sie spürte, wie die roten Flecken ihre Wangen sprenkelten, weil alle Augen nun auf sie gerichtet waren.

Jim schaute sie irritiert an. Er sah das wohl anders.

Als Ehepaar musste man nicht immer einer Meinung sein, oder?

James Mustard antwortete mit kühler Militärstimme und sprach über die Ausweisungen als dringend notwendige Vorsichtsmaßnahmen zum Wohle des amerikanischen Volkes. Mitgefühl und ein Auge für das Schicksal des Einzelnen schien ihm fremd zu sein.

Norma wollte etwas erwidern, doch Jim wechselte so nachdrücklich das Thema und kam auf seine Rekruten zu sprechen, dass sie sich von der Tafel entschuldigte, damit sie ihm gegenüber nicht noch aufmüpfig wurde. Mrs. Mustard führte sie zum Badezimmer.

Norma überpuderte sich die fleckigen Wangen und zog ihren Lippenstift nach. Auf einem Hocker neben der Toilette lag eine *Los Angeles Times*. Es kam ihr gelegen, nicht gleich wieder rüberzumüssen. So konnte sie sich sammeln und neue Argumente suchen. Die Zeitung auf dem Hocker war ihre erste Verbindung in die alte Heimat, seitdem sie auf Catalina lebte. Die Seiten mit den Heldentaten der *U.S. Army* überblätterte sie und las nur die lokalen Geschehnisse in Los Angeles. Ihr Blick blieb länger an der Überschrift:

Verurteilung eines mexikanischen Revolutionärs

hängen. Ihr Herz schlug sofort schneller, und ihr Kopf stach wie auf Befehl. In dem Artikel hieß es, dass Pedro Gonzáles zu sechzehn Monaten Haft verurteilt worden war. Das Verfahren wurde ausführlich beschrieben, und auch die *Zoot Suits* blieben nicht unerwähnt. Norma wollte es nicht wahrhaben, dass Pedro tatsächlich für schuldig befunden worden war. Die dritte Spalte des Artikels widmete sich vor allem Pedros Ehefrau am Tag der Urteilsverkündung. Norma wurde heiß und kalt, als sie las, dass Inez die Nachbarschaft in Sherman Oaks beschuldigte, dieses Komplott gegen ihren Mann angezettelt zu haben. Sie beharrte nach wie vor auf seiner Unschuld und darauf, dass die *Zoot Suits* schon länger ungetragen im Schrank gelegen hätten.

»Süße, ist alles in Ordnung?«, ertönte Jims Stimme von der anderen Seite der Badtür.

Norma schlug die Zeitung zu. »Ja«, antwortete sie und überlegte, was sie ihm sagen sollte. »Mein Lippenstift wollte nur nicht so wie ich.« Sie öffnete die Tür und trat vor Jim. »Sieht es ordentlich so aus?« Sie schürzte ihre Lippen. In Gedanken war sie noch bei Inez, die so mutig war, in aller Öffentlichkeit gegen die Nachbarinnen und die Polizei aufzubegehren. Inez hatte sogar zu behaupten gewagt, dass der hellhäutige Richter parteiisch gewesen wäre.

Jim küsste Norma als Antwort, dann führte er sie zur Dinnertafel zurück. Das Dessert war gerade aufgetragen worden. Norma setzte sich und richtete ihren Blick auf James Mustard. Ihre Hände lagen unruhig neben der Dessertschale, auf der ein Stück Pecan Pie thronte. »Ich hätte noch eine Frage an Sie, Colonel.«

Der Colonel ließ die Dessertgabel sinken und nickte ihr zu. Unter dem Tisch stieß Jim sie mit dem Fuß an, aber Norma ignorierte das. »Wäre es nicht besser, wenn alle Menschen gleichbehandelt würden, egal woher sie kommen?«, fragte sie den Colonel. Wenn Inez nämlich recht hatte, war die kalifornische Rechtsprechung von Rassismus durchdrungen.

»Aber die Menschen sind nicht gleich. Sie entstammen den unterschiedlichsten Kulturen und haben eine andere Geschichte. Auch deswegen wäre es falsch, alle gleichzubehandeln. Wir übergingen ihre Wurzeln, das, was sie ausmacht.«

»Und Schwarze sind einfach nicht wie wir«, sagte Mrs. Mustard. Das war ihre erste Wortmeldung an diesem Abend. »Ich finde es gut, dass sie ihre eigenen Geschäfte und Restaurants, ihre eigenen Viertel haben. So können wir unsere Sache machen und sie ihre.«

»Ganz genau!«, bestätigte Colonel Mustard.

Das sah Norma anders. Sie wollte am liebsten vom Stuhl hochspringen und den Gastgebern empört von den Geschehnissen in ihrer alten Nachbarschaft berichten. Sie wollte ihnen beschreiben, wie Inez und Pedro misshandelt worden waren und ihr Haus verwüstet worden war. Ihr Puls hämmerte vor Wut und Aufregung, sie konnte ihn am Hals deutlich spüren. Aber gegen den Colonel kam sie mit Empörung bestimmt nicht an.

Norma verlegte sich auf die sanftere, die weiblichere Tour: »Wäre es nicht netter, wir suchten Gemeinsamkeiten, anstatt uns voneinander abzugrenzen?«, fragte sie leise, ganz vorsichtig, woraufhin sie die volle Aufmerksamkeit des Colonels erhielt. »Dann würden wir schneller mehr Verständnis füreinander aufbringen.«

»Das mag sein«, murmelte Jim. Danach schwieg die Runde verlegen.

»Wollen wir nicht den Eggnog trinken, bevor er kalt wird?«, schlug Colonel Mustard vor. »Lasst uns ein anderes Mal über so schwierige Themen weiterreden.«

Norma war die Einzige, die das Glas mit dem warmen Eierpunsch nicht zum Prosten erhob.

»Cheers!«, rief James Mustard wie einen Befehl.

»Cheers!«, antwortete Jim pflichtbewusst.

Norma griff nur nach ihrem Glas, weil sie Jim nicht den Abend verderben wollte. Er wirkte so glücklich am Tisch des steifen, kleinen Colonels. Und immerhin war er in diesem Punkt – wenn auch kaum hörbar – nicht feige gewesen. Es kostete Mut, sich der gefestigten Meinung einer Gruppe entgegenzustellen. Das wusste sie selbst am besten.

Als sie nach Hause fuhren, hatte Norma keinen Blick mehr für die Schönheit der Insel. Sie dachte über die vielen von der neuen Proklamation betroffenen Menschen nach. Aber vor allem bekam sie Inez und ihre Vorwürfe nicht aus dem Kopf. Wenn es damals wirklich ein vorsätzliches Komplott der Nachbarschaft war, war Mr. Miller ein Lügner. Denn er hatte einst ausgesagt, Pedro wenige Tage vor dessen Verhaftung in einem der beschlagnahmten Anzüge gesehen zu haben.

Zurück im Apartment war es nach Mitternacht. Norma setzte sich in den Schaukelstuhl auf der Veranda und schaute auf den Hafen und das Meer. Eine frische Brise umwehte sie. Die Santa-Ana-Winde fegten durch die Straße und sorgten für eine kühle Nacht.

Der Wind trug das Klappern der Fallen von den Segelbooten bis zu ihr herauf. Trotz der romantischen Stimmung kam sie nicht zur Ruhe. Muggsie war in ihrer Ecke eingeschlafen.

Norma fragte sich, ob das Komplott gegen die Gonzáles über den Mann von Betty, den Polizisten, eingefädelt worden sein könnte.

In dieser Nacht servierte Jim die Getränke, es gab ein Ginger-Ale für jeden. Er legte fürsorglich eine Decke auf Normas Schoß. »Denk an etwas Schöneres als zu diese Proklamation«, sagte er. »Du bist viel hübscher, wenn deine Stirn nicht so zerknittert ist.« Jim stellte seine Flasche auf dem Geländer ab und hockte sich vor sie. »Überlass die Politik den Männern. Frauen sollten sich mit anderen Dingen beschäftigen. Wie wäre es, wenn du gleich morgen mal den Ofen ausprobierst?« Seine Hand fuhr über ihr mintgrünes Kleid an der Stelle am Saum, wo es geflickt war.

Den Ofen?, dachte sie gereizt. Das war es, womit sie Freude haben sollte? War ihm eine Frau lieber, die, anstatt sich tiefere Gedanken zu machen, Muffins backte und sich immer der herrschenden Meinung anschloss? Ein erfülltes Leben wäre das für sie nie. Einst hatte sie eine gute Hausfrau sein wollen, um bleiben zu dürfen. Zuvor ein braves Pflegekind. Aber diesem Zwang war sie entwachsen.

Jim kam aus der Hocke hoch. »Was hältst du davon, wenn wir uns unsere Weihnachtsgeschenke heute Abend schon überreichen, anstatt erst morgen früh? Wir sind inzwischen doch beide in einem Alter«, er zwinkerte ihr zu, »in dem wir wissen, dass Santa nicht über Nacht durch den Schornstein kommt.«

»Tut er es nicht?« Es kostete sie Mühe zu lächeln. Sie öffnete ihre Sodaflasche, aus der es ihr entgegenspritzte, sodass sie nun doch lachen musste. Zärtlich küsste er ihr das Ginger-Ale von den Wangen. Auf Avalon war er bemühter um sie, das tat gut.

Widerstrebend ließ sie sich schließlich doch noch von den Weihnachtsgeschenken auf andere Gedanken bringen. Sie mochte es, zu schenken und anderen dadurch ein kleines Lächeln ins Gesicht zu zaubern. Die letzten zwei Wochen hatte sie täglich etwas vom Haushaltsgeld abgezweigt und so in letzter Minute Jims Geschenk erstehen können.

Mit einem liebevollen Lächeln überreichte sie ihm jenen Speer, den sie von einer alten Insulanerin gekauft hatte. Fortan würde Jim die Hummer zum Dinner nicht mehr mit einem Haken aus dem Meer holen müssen.

Während er die Waffe bestaunte, sang sie *I'll be home for Christmas*. Das Lied galt den in Übersee kämpfenden Soldaten, die hoffentlich zu Weihnachten für ein paar Tage bei ihren Familien sein konnten. Bing Crosby war damit gerade in den Top Ten, die im Radio im Diner unten im Hafen hoch- und runtergespielt wurden.

Als Jim mit dem Geschenk für sie vor sie trat, stand Norma aus dem Schaukelstuhl auf. Sie schlug das hauchdünne Seidenpapier so behutsam auf, als könnte es zerbrechen. Zum Vorschein kam ein atemberaubendes Kleid, das Jean Harlow zur Ehre gereichte. Es war weiß, mit langen Ärmeln, knielang und figurbetont.

»Ich dachte, dass du den Ball am President's Day nicht in dem geflickten grünen Kleid besuchen solltest«, sagte er.

»Ein Ball?« Sie hielt sich das weiße Kleid vor den Körper. Es war eine Konfektionsgröße zu klein für sie. Da hätte sie mit elf besser reingepasst.

»Der Ball wird im großen Ballsaal des Casinos stattfinden«, sagte Jim. »Stell dir vor, dass die berühmte *Stan-Kenton-Band* spielen wird. Außerdem werden ranghohe Militärs anwesend sein.«

Norma sah vom Kleid auf. »Der Stan Kenton, dessen Big Band die Größe eines Orchesters hat? Die sind landesweit Stars!« Sie hatte noch nie einen ganzen Abend in der Nähe eines Stars verbracht.

»Genau *diese* Band! Und Colonel Mustard … ich meine James«, korrigierte Jim sich voller Stolz, »hat zugesagt, mich einigen wichtigen Offizieren und Kommandanten der Handelsmarine vorzustellen.«

»Das klingt wundervoll.« Norma sprach von der Band.

»Vielleicht lege ich noch eine richtig steile Karriere hin, Süße! James sagt, dass alles eine Frage von Beziehungen ist. Sieh dort, Norma.« Jim zog sie ans Geländer der Veranda, neben den Pflanztopf mit der Staudenwicke. »Siehst du die alte Villa?« Er zeigte auf einen Palast zwischen ihnen und dem Meer. »Die gehört dem Kaugummimagnaten William Wrigley, wie auch der Großteil der Insel. Er war es auch, der das Casino mit dem Ballsaal erbauen ließ.«

Norma konnte sich kaum vorstellen, wie viele Bündel Dollars man besitzen musste, damit man sich eine Insel kaufen konnte. Sie konnten sich nicht einmal ein Radio leisten.

»Wir leben in Amerika«, schwärmte Jim. »Hier kann es jeder weit bringen. Vom Tellerwäscher zum Millionär!«

Vom Tellerwäscher zum Millionär!, hallte es in Norma nach. Sie hatte immer einen ähnlichen Traum gehabt: vom Waisenkind zur geliebten Schauspielerin. Da würden die Nachbarinnen aus Sherman Oaks Augen machen! Als Schauspielerin würden die Kinogänger sie mögen und bewundern, wie es bei Jean Harlow der Fall war.

Norma wischte ihre Gedanken an den alten Traum fort und lenkte ihre Aufmerksamkeit auf Jim zurück. Fürs Erste würde es ihr schon genügen, wenn sie mit ihm und Muggsie für immer auf Catalina leben durfte und sie bald Eltern werden würden.

»Stell dir vor«, fuhr Jim wie im Rausch fort, »wenn ich mich im Krieg verdient mache und schnell befördert werde, könnte ich viel mehr Geld verdienen. Vor allem nach dem Krieg bieten sie Offizieren in der Wirtschaft oder in der Politik sehr gute Jobs an. Vielleicht kann ich dir eines Tages alles kaufen, was du dir wünschst. Stell dir vor, dass wir in ein ähnlich großes Haus wie dieses dort ziehen würden!« Er wies bescheiden zur Wrigley-Villa.

Ein großes Haus? Das war nicht ihr Traum. Sie wollte eine Familie mit Jim. Jetzt, wo sie wieder bei ihm war, trat dieser Wunsch noch stärker hervor. Plötzlich hielt sie inne. Oder könnte sie vielleicht doch noch Schauspielerin werden? So bewundernd, wie sie hier auf Catalina und schon damals auf der Fährüberfahrt angeschaut wurde, standen ihre Chancen vielleicht doch nicht so schlecht. Der *Stanislawski* lag griffbereit unter ihrer Seite des Ehebettes. Wenn Jim abends eingeschlafen war, hatte sie in manch vergangener Nacht unverfänglich, wie sie meinte, darin geblättert. Es war interessant, mehr über das Erlernen der Schauspielerei zu lesen. Dieser alte Traum von der Bühne war anders als der Wunsch nach einem Kind, denn er betraf nur sie allein. Für dessen Erfüllung benötigte sie keinen Ehemann, nur den eigenen Willen und viel Wissen über das Thema. Vielleicht übte die Schauspielerei deswegen eine so ungebrochene Anziehung auf sie aus.

»Versuch es dir vorzustellen, wir in einer Villa«, drängte Jim, »oder traust du mir einen Riesenerfolg beim Militär nicht zu?« Seine Stirn umwölkte sich.

Norma schloss daraufhin die Augen und versuchte sich ein prunkvolles Haus vorzustellen, in dem Muggsie ihr eigenes Zimmer hätte und wo sie ihre Angeln zum Schutz vor Einbrechern nicht mehr unter den Bohlendielen verstecken mussten. »Ich kann uns in einer Villa sehen, in der unsere Familie und Freunde mitwohnen«, sagte sie, obwohl das Bild nur sehr unscharf war. »Die Villa befindet sich, glaube ich, im Wald unter Bäumen. Und ich kann einen Fluss plätschern hören.« Im nächsten Moment löste sich das verschwommene Bild in ihrer Vorstellung auch schon wieder auf. Sie öffnete die Augen und schaute hinauf zu den Sternen, die sie anfunkelten. Anders als die Villa hatte sie ihren heimlichen Traum von der Schauspielerei stets in gestochen scharfen Bildern gesehen.

15

Februar 1944

Erwartungsvoll schritt Norma neben Jim auf das Casino von Avalon zu. Sie verstand nicht, wie sie dieses außergewöhnliche Gebäude bei ihrer Ankunft im Hafen hatte übersehen können. Das Casino war ein Rundbau im Stil der zwanziger Jahre mit Säulen und vielen Details. Es schien, wie ein Versprechen an alle Ankömmlinge auf der Insel, dass sie hier Schönheit und Vergnügen gleichermaßen finden würden. Anlässlich der Feierlichkeiten zum President's Day wurde das strahlend weiße Gebäude von außen angeleuchtet, so dass es sich eindrucksvoll vor dem schwarzen Nachthimmel abhob. Das Casino war das Wahrzeichen der Insel, auf drei Seiten vom Meer umgeben und doch kein Casino, wie es sie in Los Angeles zuhauf gab. Hier wurden weder Poker noch Roulette gespielt, aber vergnügen konnte man sich trotzdem täglich. Außer dem Ballsaal im Obergeschoss befand sich im Untergeschoss ein Theater, in dem auch Filme gezeigt wurden. Hier war immer etwas los.

»Lass uns kurz anhalten«, bat Norma Jim, der mindestens genauso nervös wie sie selbst war. Herren in den unterschiedlichsten Uniformen drängten an ihnen vorbei. Die meisten Männer der Insel, Seeleute und Marinesoldaten, waren zum Ball eingeladen. Die wenigsten hielten eine Frau am Arm.

»Lass uns uns gegenseitig kneifen, damit wir wissen, dass wir nicht träumen«, sagte Norma und kniff Jim zärtlich in den muskulösen Oberarm unter seiner Seemannsuniform. Nur einen Wimpernschlag lang ließ sie das Casino dafür aus den Augen. Auch Jim kniff sie zärtlich, dann führte er sie vor die Eingangstreppe, auf der wie bei einer Filmpremiere ein roter Teppich für die Ballgäste ausgerollt war.

Norma fühlte sich besonders, als sie in ihren hochhackigen Hochzeitsschuhen Stufe für Stufe nahm. »Halt mich fest, falls ich stolpere«, flüsterte sie. So also fühlte es sich an, über einen roten Teppich zu gehen. Sie versuchte, sich so verführerisch wie Jean Harlow zu bewegen. »Mhhhh«, entglitt es ihr vor Entzückung.

»Du machst das ganz ausgezeichnet, Süße«, raunte Jim ihr zu. »Du siehst ziemlich heiß aus beim Gehen.« Stolz strahlte er über das ganze Gesicht.

Norma erwiderte sein Lächeln, kam aber ins Stolpern, weil sie wegen seines erotischen Geflüsters ihren Fixpunkt an der Eingangstür verlor. Zum Glück fing Jim sie auf. Peinlich berührt schaute sie sich nach allen Seiten um, aber niemand lachte sie aus. An ihrem Gang musste sie auf jeden Fall noch arbeiten, auch wenn sie keine Schauspielerin werden würde.

Im Eingangsbereich des Casinos waren die Wände mit goldenen und silbernen Blättern verziert. Norma wusste gar nicht, was sie als Erstes bestaunen sollte. Ihr Blick blieb an dem Filmposter von *Metro-Goldwyn-Mayer* hängen. Es bewarb den neuen Film mit Robert Taylor, an den sich seine Filmpartnerin kussbereit klammerte. Beim Anblick dieser hingebungsvollen Geste dachte sie, dass sie gerne bald wieder ins Kino gehen würde.

Bevor Jim und sie sich ins Obergeschoss des Casinos begaben, zupfte Norma ihr weißes Kleid noch einmal zurecht. Die Tage vor dem Ball hatte sie versucht, weniger zu essen, damit der Stoff nicht auftrug. Sie spürte den bewundernden Blick eines strohblonden Mannes mit strahlend blauen Augen auf sich, der ihr von irgendwoher bekannt vorkam.

Norma und Jim trafen als einige der letzten Gäste im Ballsaal ein. Stolz wie ein Offizier schritt Jim mit ihr am Arm in den atemberaubenden Raum. Er war ein Traum aus zartrosa Wänden und Tiffany-Kronleuchtern. Nobles Licht fing sich auf goldenen Knöpfen an Offiziersjacketts, der Holzboden glänzte gewienert und war bestimmt spiegelglatt. Die ersten Ballgäste drängten bereits auf die Tanzfläche.

Die *Stan-Kenton-Band* betrat die Bühne und wurde mit einem kräftigen Applaus willkommen geheißen. Die Musiker eröffneten den Abend mit der Nationalhymne. Die Ballgäste legten sich beim Mitsingen die Hand aufs Herz. Norma versuchte sich leise an einer zweiten Stimme. Immer wieder verlor sich ihr Blick dabei in den zauberhaften Details des Ballsaales. Sie spürte, dass dieser Abend etwas ganz Besonderes werden würde.

Während der ersten Tanzlieder begrüßte Jim seine Freunde, klopfte Rekruten väterlich auf die Schultern und führte Norma durch den Saal. Es war nicht leicht, sich während der lauten Musik zu unterhalten. Die Big Band spielte mit gleich fünf Trompetern und fünf Posaunen, die sich so richtig ins Zeug legten.

Normas und Jims Rundgang endete auf dem umlaufenden Balkon mit den Säulenarkaden, der einen wunderschönen Blick auf den Hafen und das Meer freigab. Mit dem Fuß tippte Norma schon den Rhythmus der Musik mit, während sie sich wünschte, dass Bebe und Grace jetzt hier sein könnten, um diesen magischen Abend gemeinsam mit ihr zu erleben. Bebe hätte ihnen die Kleider entwerfen und nähen können, und Grace wäre bestimmt die Unterhaltungskönigin des Abends geworden.

Seit den inzwischen mehr als drei Monaten auf der Insel hatte Grace ihr nur einmal ein paar Zeilen geschrieben, und dies mit krakeliger Schrift, als hätte ihre Hand gezittert. Und auch Bebe wirkte seit Weihnachten verschlossener. Sie schrieb wieder Briefe, anstatt ihrem gemeinsamen Tagebuch ihre geheimsten Gedanken anzuvertrauen. Aber darüber wollte Norma sich heute Abend keine Sorgen machen. Sie wollte tanzen und sich unbeschwert fühlen, ihren Körper und ihre Seele entspannen. Beim Tanzen fühlte sie sich leicht wie eine Feder.

Ihren ersten Tanz absolvierten Norma und Jim zu *Eager Beaver*, einem frechen Jazz-Stück mit beeindruckendem Saxofon-Solo, das sie wie die anderen Tänzer mit einem begeisterten Zwischenapplaus belohnten. Norma wirkte noch etwas unsicher auf den Beinen, was aber nur an ihren hohen Schuhen und der Aufregung lag. Sie und Jim schauten immer wieder zu den tanzenden Paaren um sich herum und hatten bald den Dreh raus. Bald tanzten sie inmitten der Menge, als würden sie das täglich tun.

Noch bevor die letzten Takte des Liedes verklungen waren, trat ein Uniformierter hinter Jim und tippte ihm auf die Schulter. Das Zeichen, um den nächsten Tanz mit seiner Dame zu erbitten.

Jim übergab Norma an jenen jungen Herrn, der sie unten am Eingang schon länger angeschaut hatte. Seine Augen waren so türkisblau wie das Meer.

»Sie erkennen mich nicht wieder, stimmt's?«, wollte ihr Tanzpartner nach wenigen Takten wissen. Zu der Frage musste er mehrmals ansetzen, weil die Stakkato-Einwürfe der Bläser eine Unterhaltung fast unmöglich machten.

Norma zuckte mit den Schultern, während sich ihr Körper zum Swing bewegte. Sie spähte zu Jim, der sich mit Colonel Mustard an der Bar unterhielt. Ihr Ehemann setzte für seine Karriere große Hoffnungen in diesen Abend. Sie hingegen hoffte auf glänzende Unterhaltung und endlich wieder mehr Schwung.

Als sie das nächste Mal zu Jim hinschaute, wurde er gerade Männern mit jeder Menge goldener Streifen auf dem Jackett vorgestellt. Ob er bei ihnen erwirken könnte, für den gesamten Krieg auf Catalina bleiben zu dürfen? Mit ihr?

Normas Tanzpartner kam näher an ihr Ohr heran. »Ich habe Sie damals auf der Fähre vor einem Sturz bewahrt.«

»Das war nett von Ihnen«, sagte sie, obwohl sie nicht wusste, wovon er sprach. Sie brachte wieder einen anständigen Abstand zwischen sich und ihn und schaute nach Jim, aber sah ihn nun nicht mehr.

Ihr Tanzpartner kam ihr erneut näher. »Aber wie es aussieht, sind Sie heute Abend gar nicht so wackelig auf den Beinen.« Sein Blick glitt bewundernd ihren Körper hinab. Beinahe wie weggetreten, meinte er zu ihr, dass sie ein Geschenk Gottes auf Erden sei.

Norma lächelte. So hatte noch nie jemand sie bezeichnet, nicht mal ihre Mom. Auch wenn der junge Mann ihr fremd war, genoss sie seine Aufmerksamkeit. Oder gerade, weil sie sich nie wiedersehen würden? Sie war noch nie mit solch einem verwunschenen Blick bewundert worden. Das machten nur ihr Körper und ihre Bewegungen? Wenn Jim ihr sagte, dass sie heiß sei, war das etwas anderes. Er war ihr Ehemann, und Komplimente gehörten für ihn einfach dazu.

Den dritten und den vierten Tanz tanzte Norma mit einem echten Offizier und ging getragen von dem Gefühl der Bewunderung noch mehr beim Tanzen aus sich heraus. Bei einer improvisierten Bebop-Nummer, die den Tänzern eine flinke Beinarbeit abverlangte, in der Norma alles gab, vergaß sie den Ballsaal um sich herum. Ihre Beine vibrierten, ihre Arme schmiegten sich in einer Sekunde um ihren Körper, in der nächsten bewegten sie sich im zappeligen Rhythmus des Bebop mit, der eine extrem schnelle Variante des Jazz war, weniger melodisch und für viele kaum tanzbar. Ihr Körper fühlte sich wie ein einziger Muskel an, der die Musik wie Atemluft aufsog. Nur noch wenige Tänzer waren auf der Tanzfläche verblieben.

Als Norma nach dem berauschenden Bebop kurz durchatmete, lud Colonel Mustard sie auf ein Root Beer an die Bar ein und machte eine nette Bemerkung über ihr Kleid und ihr tänzerisches Talent. Ungewohnt schmeichelnd klang er dabei. Sein Blick sprang immer wieder in ihr Dekolleté.

Wie einfach Männer durch einen Frauenkörper mit gewissen

Rundungen zu beeindrucken waren. Da wurde der steifste Colonel zu einem sanften Charmeur! Vermutlich wäre er in diesem Zustand sogar bereit, sich mit ihr über Politik zu unterhalten. Aber heute Abend wollte sie viel lieber tanzen.

Erst nach einer Stunde war Jim wieder im Ballsaal zurück. Freudestrahlend schob er sich durch die Masse zu Norma hin. Aber bevor er sie erreichte, bat ein anderer Uniformierter sie um den nächsten Tanz. So konnte sie Jim nur einen sehnsüchtigen Blick schicken.

Beim nächsten Stück hielten sie sich wieder bei den Händen und bewegten sich im Einklang der romantischen Takte des typischen Westküstenjazz. Fortan tat Jim so, als würde er die Herren hinter sich nicht bemerken, die ihm andauernd auf die Schulter tippten, weil sie mit Norma tanzen wollten. Im weiteren Verlauf des Abends wurden es immer mehr. Jim rollte bald mit den Augen und wirkte steifer als noch zu Beginn des Balls. Norma hingegen fühlte sich leichter als eine Feder und beweglich wie eine Schlange. Kein Lied wurde gespielt, zu dem sie sich nicht passend zu bewegen wusste. Und wenn sie doch mal einen falschen Schritt machte, lachte sie darüber und tanzte einfach weiter.

Neugierig schaute sie zu Stan Kenton auf die Bühne, dem Bandleader am Piano. Es hieß, er besäße die längsten Finger des Landes. Der Auftritt schien ihm und seinem Orchester große Freude zu bereiten, denn er strahlte den ganzen Abend und unterhielt sich auch immer wieder locker mit dem Publikum. Er war ein geborener Entertainer. Norma bewunderte ihn für seine Wangen, die vor Aufregung kein bisschen fleckig wurden.

Als die Band gegen zehn Uhr die erste Pause einlegte, wollte Jim schon nach Hause. »Lass uns gehen. Mir reicht's.«

Norma fühlte sich, als riss er sie aus einem schönen Traum. »Aber der Abend hat doch gerade erst begonnen.« Sie zog ihn auf den Balkon, weg von der lauten Musik, um ihn besser zu verstehen. »Ist dein Gespräch mit den hohen Militärs nicht gut gelaufen?«, wollte sie wissen.

»Ich muss morgen arbeiten und möchte nicht müde sein«, antwortete Jim ausweichend und fixierte einen ihrer Tanzpartner aus der Ferne.

»Ich möchte aber noch bleiben«, widersprach sie vehement. Heute Abend ging es doch auch darum, was sie wollte. Er hatte ihr das sexy weiße Kleid gekauft, sie stolz herumgezeigt, sie lange einfach allein gelassen. Auf diesem Ball fühlte sie sich zum ersten Mal nicht als Außenseiterin, als Sonderling, als bemitleidenswerter Wohltätigkeitsfall, als dumme Schulabgängerin, als nicht elegant genug, als arm und irre Nachbarin. Sie fühlte sich begehrt und bewundert wie eine Schauspielerin. Zum ersten Mal war es ihr gelungen, ihre Vergangenheit von sich abzustreifen wie eine Schlange ihre Haut.

Jim griff nach ihrem Handgelenk. »Ich sage ›wir gehen‹!«

Das war nicht mehr der gut gelaunte, zärtliche Jim, der sich zuletzt viel Mühe mit ihr gegeben hatte. Neulich hatte er ihr gestanden, wie sehr ihm die weniger hilflose Version seiner Norma gefiel. Jetzt zählte schlagartig wieder nicht, was sie empfand, was sie wollte? Norma spürte, wie ihre Leichtigkeit und Entspannung nachließen. »Was ist los mit dir?«, verlangte sie zu wissen.

Sie wurden in ihrer Diskussion von einem Mann unterbrochen, mit dem Norma bereits zwei Lieder getanzt hatte. »Darf ich um einen weiteren Tanz mit Ihrer Dame bitten?«

»Nein, dürfen Sie nicht!«, fauchte Jim ihn an.

Der junge Mann schaute noch einmal länger zu Norma, deutete eine Verbeugung vor ihr an und ging dann stolz davon. Jim würdigte er keines Blickes mehr.

Norma verstand nicht, was los war. »Warum bist du denn so unhöflich zu ihm? An diesem besonderen Abend sollten alle nett zueinander sein.«

»Ich, unhöflich?«, schnauzte Jim.

Norma gefror das Herz bei seinem kalten Ton. Er klang wie ihr Stiefvater nach zu vielen Bieren, wenn der die Nase voll vom Leben als verhinderter Schauspieler hatte.

»Ist dir nicht aufgefallen, wie die Typen dich hier anstarren?«, sagte er vorwurfsvoll. »Schon den ganzen Abend lang!«

»Sie freuen sich, dass ich so glücklich bin und unermüdlich tanze«, antwortete sie und machte sich aus seinem Griff los. Es war ein neues, ungekanntes Gefühl, von so vielen Menschen angelächelt zu werden. Noch nie hatte sie so ausgelassen getanzt, sich so leicht gefühlt. Noch nie waren so viele Fremde nett zu ihr gewesen, ohne Vorurteile, ohne ihr das Gefühl zu geben, nicht dazuzugehören. Diesen Moment wollte sie auskosten, solange es ging. Und was war schon dabei, von Männern für ihre Reize bewundert zu werden? Wenn sie wieder auf dem Festland wohnten, war sowieso Schluss damit. Dort waren junge Frauen nicht so rar wie hier auf der Militärinsel. Ein Geschenk Gottes!, hörte sie den jungen Mann mit den türkisblauen Augen in ihrer Erinnerung staunen.

»Dein Glück ist denen doch egal«, warf Jim ihr harsch entgegen, »die schauen doch sowieso alle nur auf deine Titten!«

Zuerst wollte sie ihm erwidern, dass er ihr doch das enge Kleid geschenkt habe, das ihre Brüste so prominent hervorhob. Aber sie entschied sich, die gereizte Situation nicht noch weiter anzuheizen. Lieber fügte sie ihrem vorigen Gedanken noch an: »… so ausgelassen getanzt, weil ich so glücklich *mit dir* bin, Jimmie. Das hier sollte doch *unser* Abend werden, die Krönung unserer Zeit auf der Insel. Am liebsten hätte ich nur mit dir getanzt.«

Jim sah nun ganz verwirrt aus.

»Gut, dann lass uns nach Hause fahren, wenn es dir so wichtig ist«, sagte sie aus Mitleid mit ihm.

Er nickte knapp, dann hielt er auch schon auf die Saaltür zu.

Zurück im Apartment gingen sie sofort ins Bett, aber Norma bekam kein Auge zu. Jim lag mit dem Rücken zu ihr, und sie hätte schwören können, dass auch er keinen Schlaf fand. So heftig gestritten hatten sie sich lange nicht mehr, vor allem nicht in diesem rauen Ton. Es war das erste Mal, dass sie ihn so wütend erlebte.

Am Folgemorgen wachte Norma auf, weil Wintersonnenstrahlen ihr Gesicht wärmten. Jim saß steif auf der anderen Seite des Bettes, als hätte er die Nacht so verbracht. »Guten Morgen.« Er sprach es wie einen militärischen Pflichtgruß aus.

Norma gähnte und kam nicht hoch, weil sie vom Tanzen Muskelkater in den Oberschenkeln hatte. »Guten Morgen«, sagte sie leise.

»Ich wollte es dir gestern Abend nicht gleich sagen«, begann er, während er mit dem Rücken zu ihr saß und auf seine Füße starrte, »aber ich habe einen Auftrag im Südpazifik. Ich werde Mitte April abreisen.«

Ruckartig richtete Norma sich auf. Jims Worte fühlten sich an, als hätte er ihr ein Messer direkt ins Herz gestoßen. Es brannte und war kaum auszuhalten. »In den … Pazifik?«, stotterte sie. Sie hatte gehofft, dass er während des gesamten Krieges hierbleiben könnte. Und nun sollte er schon in drei Wochen abreisen?

Norma spürte Tränen aufsteigen, presste die Zunge aber fest gegen den Gaumen, um sie zurückzuhalten. Dieses Mal wollte sie stark sein und nicht gleich weinen, sosehr sie auch litt. Vielleicht war es einfach ihre Bestimmung, immer wieder verlassen zu werden. Wäre es nicht klüger, fortan damit umzugehen zu lernen? Was allerdings in einer Situation, in der man am Herzen zu verbluten drohte, nicht einfach war. Sie wollte sich einen Schutzpanzer, eine Art zweite Haut, zulegen, damit ihr Jims Entscheidungen nicht immer wieder den Boden unter den Füßen entrissen, damit kein Messer je wieder ihr Herz erreichte. Eine zweite Haut würde auch das Brandzeichen ihrer Vergangenheit überdecken.

»Warst … du deswegen … gestern Abend so seltsam?«, fragte sie mit zitternder Stimme.

Er stand vom Bett auf, ging schwerfällig in die Küche und biss in einen Bagel vom Vortag. Kauend lehnte er sich vor den Backofen und starrte vor sich hin. »Ja, vielleicht.« Er machte nicht den kleinsten Versuch, sie zu trösten. »Der Abend gestern …«, druckste er und hielt sich an seinem Bagel fest.

Sie musste jetzt stark sein, denn nur so wuchs ihr die zweite, festere Hautschicht. Nur so kam sie dieses Mal besser aus der Sache heraus. Nur deswegen ging sie in die Küche und setzte sich auf den Stuhl ihm gegenüber. Ihre Beine zitterten, und ihre Hände fühlten sich eiskalt an. »Lass uns reden«, bat sie, um Ausgleich bemüht.

»Als Ehefrau eines in Übersee stationierten Soldaten darfst du damit auch nicht länger auf der Insel bleiben«, antwortete Jim, ohne sie dabei anzuschauen. »Ich werde nach dem Einsatz im Pazifik nicht mehr hierher zurückkehren.«

Norma schaute auf. »Ich muss auch fort aus Catalina?«

Jim nickte kühl.

»Wo wird unser neues Zuhause dann sein? In Van Nuys?«, fragte sie mit verräterisch dünner Stimme und räusperte sich. »Ich könnte bis zu deiner Rückkehr alles gemütlich einrichten und …« Sie sprach nicht weiter, weil er den Kopf schüttelte.

»Niemand weiß, wie lange ich weg sein werde. Ich möchte nicht, dass du vielleicht Jahre allein in einem Haus wohnst.« Jim ließ seinen Bagel sinken. »Dein Kleid gestern war ein Fehler. Ich möchte nicht, dass du es wieder trägst.«

Jetzt war ihr Kleid an allem schuld? Norma schaute zum Schrank, vor dem das weiße Harlow-Kleid auf dem Bügel hing. Zuerst hatte es wirklich sehr eng gesessen, aber bald hatte sie es kaum noch zwicken gespürt und sich nur noch der Musik hingegeben. Vor dem Hintergrund eines erneuten Umzugs war ihr das Kleid jedoch vollkommen unwichtig. »Wo werde ich wohnen, solange du in Übersee bist?« Sie fragte sich, ob ihre kleine Familie dann überhaupt noch existierte, wenn sie nicht einmal eine gemeinsame Wohnung bewohnten. Seit längerer Zeit dachte sie jetzt wieder an Tante Ana, Graces Tante. Bei ihr könnte sie sich vorstellen zu wohnen. Ana hatte eine liebe, tröstende Art wie kaum eine andere Person aus ihrer Vergangenheit. Sie könnte sich um ihren Haushalt kümmern, dann fiel sie ihr nicht zur Last. Bestimmt könnte Ana auch bei Spaziergängen auf Krücken eine Stütze gebrauchen. Oder saß sie inzwischen im Rollstuhl? Eigentlich wusste Norma nicht mal mehr, ob Ana Lower überhaupt noch lebte.

Jim entschied: »Du wirst bei meinen Eltern wohnen. Dort bist du in Sicherheit. Viele hier halten es genauso mit ihren Ehefrauen.«

Norma schluckte schwer. Jims Mutter war zwar nett, aber gleich zusammenwohnen? Das würde früher oder später Streit geben, vor allem mit Jims mürrischem Vater. Andererseits wäre sie dann nicht mehr allein. »Und Muggsie?«, fragte sie, »was sagen deine Eltern zu ihr? Werden sie sie dulden?«

»Ich denke schon«, sagte Jim. »Wenn nicht, gibst du sie solange ins Tierheim, bis wir wieder eine eigene Bleibe haben.«

»Niemals!«, rief Norma aus, so dass Muggsie ihr von ihrer Ecke auf der Veranda sofort zu Hilfe lief. Sie muss verzweifelt geklungen haben. Muggsie knurrte Jim wie einen Einbrecher an.

»Ich muss mich jetzt zum Dienst fertigmachen«, sagte Jim nur und beachtete den Hund nicht.

Er zog Norma zu sich heran und küsste sie heftig und besitzergreifend, dass es ihr fast wehtat. Dann ging er ins Bad.

Norma meinte zu spüren, dass ihre zweite Haut schon um ihren Körper herum zu wachsen begann.

16
Ende April 1944

North Hollywood lag wie Sherman Oaks und Van Nuys im San Fernando Valley. Im Viertel reihte sich ein Haus dicht gedrängt ans andere. Der Immobilienverkauf auf dem ehemaligen Farmland boomte.

Das eingeschossige Haus der Doughertys duckte sich in den Hinterhof eines etwas größeren Hauses in der Hermitage Street. Früher hatten darin die Knechte eines Farmers gelebt. Norma bezog ein kleines Zimmer ohne Ausblick.

In der ersten Woche verlief das Zusammenleben mit ihren Schwiegereltern unaufgeregt. Sie war die meiste Zeit mit Muggsie allein, weil Edward und Ethel arbeiteten. Ja, Ethel arbeitete immer noch, und Edward hatte nichts dagegen, oder zumindest sagte er es nicht.

Vormittags kümmerte sich Norma um den kleinen Haushalt, nachmittags unternahm sie lange Spaziergänge mit Muggsie bis hin zu den Ufern des Tujunga Wash, der das Viertel von den Bergen kommend streifte. Die langen Spaziergänge, die ihr auf der Insel zum täglichen Ritual geworden waren, wollte sie beibehalten. Muggsie dankte es ihr mit viel Ausgeglichenheit im Haus. Vertraut war die Hündin bis zu Jims Abreise nicht mit ihm geworden. Er hatte sich aber auch nie darum bemüht.

In ihrer neuen Lebenslage – auf unbestimmte Zeit ohne Jim und kinderlos – blieb ihr viel Zeit zum Nachdenken. Oft wanderten ihre Gedanken zu Jim und wie sich ihre Ehe verändert hatte. Nachdem er sie nun zum zweiten Mal verlassen hatte, hatte es sich anders angefühlt als damals im Hafen von Wilmington. »Ich liebe dich«, hatte er zum Abschied betreten gesagt. Jetzt war er auf dem Weg in den Südpazifik, seinen Traum bei der Handelsmarine leben. Norma hatte nicht geweint, als das Schiff auslief.

Sie dachte noch oft an den rauschenden Ball im Casino von Avalon zurück. Zu gerne hätte sie die Nacht durchgetanzt und die Leichtigkeit noch länger genossen. Es waren magische Momente gewesen, einmal im Mittelpunkt zu stehen und nicht immer nur am Rand wie eine Ersatzspielerin des Lebens.

Jim hatte niemals wieder über den Streit an jenem Abend gesprochen, aber Norma war nicht bereit, für den Rest des Lebens zurückzustecken. Sie legte beide Zeigefinger nebeneinander auf das metallene Kopfteil ihres Bettes und begann zu zählen: »Mach ich's, mach ich's nicht …« Dabei wanderten ihre Finger abwechselnd und dicht an dicht auf das andere Ende des Kopfteils zu. Als nur noch ein Fingerbreit übrig war, wäre »Mach ich's« an der Reihe gewesen. Norma schaute die letzte Lücke an, dann ließ sie sich mit einem Seufzer rücklings aufs Bett fallen. Durfte sie es wirklich wagen, ihren Traum von der Schauspielerei doch zu verfolgen? Ethel, ihre Schwiegermutter, tat auch, wozu sie Lust hatte, und fuhr Edward immer öfter über den Mund.

Aber anstatt nach dem *Stanislawski* zu greifen, stieg Norma aus dem Bett, ging auf Zehenspitzen und stellte sich vor, der zottige, kratzige Läufer unter ihren Zehen wäre ein roter Teppich und sie würde mit hochhackigen Schuhen darüberschweben. Wie damals auf dem Ball. Bedacht tat sie Schritt für Schritt auf einer gedachten, absolut geraden Linie auf dem Boden. Im *Hollywood Reporter* hatte mal gestanden, dass vornehme Frauen sich stets an einer geraden Linie beim Gehen orientierten. Das war gar nicht so einfach und gelang nur, indem man die Hüften richtig schwang. Norma ging auf und ab, mit jeder Bahn gelang es ihr besser.

Nur wenige Tage nach ihrem Einzug bei ihren Schwiegereltern traf die erste Post für sie unter ihrer neuen Adresse ein. Ein Brief von Bebe. Sie öffnete den Brief vorfreudig.

Liebste Schwester,
urplötzlich gerät mein Leben aus den Fugen, nichts macht mehr Sinn. Ich werde die Highschool abbrechen. Grace wohnt nicht mehr bei uns, sondern in Chicago. Und meinen Dad haben sie wegen seiner Trinkerei entlassen. Ich fühle mich so unendlich verloren und weiß nicht mehr weiter.
Deine Bebe

Norma ließ den Brief sinken. Bebe hatte ihr einen alarmierenden Schrei um Hilfe geschickt. Ihre Stiefschwester war alles andere als ein weinerliches Mädchen. Wenn sie klagte, dann stand es meist noch schlimmer, als es den Anschein hatte. Was nur war in West Virginia passiert?

Norma stürzte zum Telefon, das Ethel und Edward sich Anfang das Jahres geleistet hatten. Es wurde Besuchern inmitten des Wohnzimmers wie eine Trophäe auf einem geblümten Deckchen präsentiert. Norma kannte die Telefonnummer des Postamtes in Huntington auswendig, sie flehte die Vermittlung an, sie rasch zu verbinden.

Es fühlte sich wie eine Ewigkeit an, bis die Stimme eines Postangestellten zu hören war. Norma bat ihn, nein, in aller Aufregung wies sie ihn beinahe im Ton von Colonel Mustard an, Bebe folgende Nachricht zu übermitteln:

ICH KOMME SO SCHNELL WIE MÖGLICH.

Ihr pochendes Herz wollte sich nicht beruhigen. Sie konnte gar nicht anders, als so schnell wie möglich nach West Virginia zu reisen. Es ging schließlich um ihre Schwester. Für Bebe hatte Norma einst Humphrey Bogart stehen lassen und nicht nach Ingrid Bergman gefragt. Für Bebe war sie bereit, die lange Reise über den halben Kontinent auf sich zu nehmen. Bebe hätte das Gleiche für sie getan.

Ihr Status als Pflegekind erlosch mit ihrem achtzehnten Geburtstag in knapp sechs Wochen. Dann durfte sie den Staat Kalifornien endlich mal verlassen. Auf keinen Fall sollte Bebe die Highschool abbrechen. Davon musste sie ihre Stiefschwester unbedingt abbringen. Es klang, als läge alles in Huntington im Argen.

Ausnahmsweise ging Norma heute auf ihrem Spaziergang nicht zum Tujunga Wash, sondern zum nächsten Bahnhof und erkundigte sich, was ein Zugfahrschein nach West Virginia kostete. Ihr blieb die Luft weg, als sie den Preis hörte. Außerdem sagte man ihr, dass Hunde in Fernzügen verboten seien. Bei dem Gedanken, Muggsie bei den Doughertys lassen zu müssen, wurde ihr schwer ums Herz. Sie war noch nie länger als einen halben Tag von ihrer Hündin getrennt gewesen. Aber dies war ein Notfall! Doch zunächst musste sie irgendwie das Reisegeld auftreiben. Vielleicht halfen ihr Ethel und Edward mit etwas Geld aus?

Um ihre Schwiegereltern gnädig zu stimmen, bereitete Norma das Abendessen besonders aufwendig vor und hängte wie jeden Tag kurz vor Feierabend ein Tuch über das Aktbild ihres Großvaters, das sie gleich nach dem Einzug an der Wand in ihrem Zimmer angebracht hatte. Ethel wollte keine Nackten in ihrem Haus hängen haben, obwohl die Frau auf dem Bild betörend schön war. Norma hatte Edward schon erwischt, wie er heimlich unter das Tuch gelugt hatte. Sie selbst fand das Bild ganz und gar nicht vulgär, im Gegenteil. Die vornübergebeugte Frau strahlte etwas sehr Sinnliches aus, eine starke Kraft, sie wirkte anziehend und unabhängig zugleich. Warum sollte man Erotik stets verbergen? Es war ja nicht so, dass sich die Menschheit durch Knospung fortpflanzte.

Als Edward an diesem Abend nach Hause kam, servierte Norma ihm umgehend ein kühles Bier. Ethel sah erschöpft aus und war froh, keinen Handschlag mehr zur Zubereitung des Essens beitragen zu müssen. Der dominante Geruch ihres Haarfestigers hing im Raum, gemischt mit Fabrikluft aus ihrer Kleidung und Schweiß.

Norma gab sich allergrößte Mühe, es den Schwiegereltern heute Abend recht zu machen.

Edward hatte gerade den ersten Bissen in seinen Cheeseburger mit gebratenen Schinkenstreifen getan, als es aus Norma herausschoss: »Würdet ihr mir achtzig Dollar leihen?«

Edward verschluckte sich und musste husten. Ketchup quoll ihm aus den Mundwinkeln. »Willst du ein Haus kaufen?«, fragte er, nachdem er wieder Luft bekam.

»Ich muss unbedingt nach Huntington!«, sagte sie und berichtete, was Bebe geschrieben hatte.

»Die arme Grace«, kommentierte Ethel den Bericht. Früher war sie eng mit Grace befreundet gewesen. Gemeinsam hatten sie Normas Hochzeit beschlossen. »Warum ist sie denn überhaupt nach Chicago gegangen?«, wollte Ethel wissen.

Norma zuckte mit den Schultern. »Ich weiß es auch nicht. Aber es muss etwas Schreckliches passiert sein.« Noch heute würde sie sich eine Rede zurechtlegen, was sie Ervin alles an den Kopf werfen wollte. Erst hatte er sie, Norma, von der Familie getrennt, und jetzt jagte er auch Grace fort und stürzte seine Tochter ins Unglück. Bis heute war Norma überzeugt davon, dass sie damals – bei der Übertragung ihrer Vormundschaft an Grace – nicht nur sechs, sondern beinahe vierundzwanzig Monate im Waisenhaus verbringen musste, weil ihr Stiefvater darauf gedrungen hatte.

»Das kommt nicht in Frage«, sagte Edward kauend. »Wir borgen dir kein Geld, wir sind ja keine Bank.«

Muggsie jaulte auf.

»Aber ich brauche es dringend!«, beharrte Norma und versuchte, die Hündin mit Streicheleinheiten zu beruhigen.

»Wann bist du nur so störrisch geworden«, antwortete Edward. »Kann mir nicht vorstellen, dass Jim davon begeistert sein wird.«

»Wir haben schon mal etwas Geld verborgt und es bis heute nicht zurückgezahlt bekommen«, erklärte Ethel die harsche Reaktion ihres Mannes.

»Ich denke nicht, dass Jim dir eine Reise allein erlauben wird«, sagte Edward, während er sich Ketchup von den Fingern leckte. Seitdem Norma hier wohnte, war ihr Schwiegervater etwas gesprächiger geworden. Aber selten sagte er etwas Nettes.

»Auch Jimmie würde guten Freunden in der Not beistehen«, war Norma überzeugt.

Ethel nickte bestätigend. »Was wäre denn, wenn du dir das Reisegeld selbst verdienen würdest?«

Norma wusste, wie stolz Jim darauf war, dass seine Ehefrau nicht zu arbeiten brauchte. *Er* wollte ihr gemeinsames Leben finanzieren.

»Also als Köchin solltest du dich nicht vorstellen«, sagte Edward und erhob sich vom Küchentisch.

»Bei mir auf der Arbeit suchen sie ständig Leute«, sagte Ethel.

Mehr, als dass ihre Schwiegermutter auf einer Krankenstation bei einem Rüstungsunternehmen am *Metropolitan Airport* arbeitete, wusste Norma nicht über Ethels Job. Das wenige Interesse war ihr jetzt unangenehm. »Wo soll ich mich vorstellen?«, fragte sie und schob ihre Bedenken darüber beiseite, dass Jim ihr vielleicht gar nicht erlauben würde zu arbeiten. Muggsie schmiegte sich noch enger an sie und legte ihre Vorderpfoten um Normas Beine.

Ethel lächelte stolz. »Sie zahlen immerhin den Mindestlohn. Für sechzig Stunden in der Woche gibt es zwanzig Dollar.«

Jim hatte als Ungelernter bei *Lockheed* fünfzig Dollar für die gleiche Zeit bekommen. Norma rechnete weiter. »Damit hätte ich das

Geld für den Fahrschein nach Huntington nach vier Wochen zusammen. In zwei, maximal drei Monaten könnte ich mir auch das Ticket von Huntington nach Chicago kaufen und zurück nach Los Angeles und etwas Verpflegung für die Reise zusammensparen.«

»Aber mach dir bewusst, dass die Jobs in der Produktion von *Radioplane* hart sind. Das ist nichts für zartbesaitete Ladys!«, betonte Ethel. »Und erscheine da ja nicht in diesen elendig hohen Stöckelschuhen.«

Norma nickte. Die Hochzeitsschuhe hatte sie zuletzt immer mal bei einem Spaziergang mit Muggsie getragen, um sich an die unbeschwerten Tage auf Catalina vor dem Streit zu erinnern.

Nun blieb ihr nur noch zu hoffen, dass Jim nichts davon erfuhr. Er war vor seiner Abreise unleidlich gewesen. Zum ersten Mal war sie froh darüber, dass sie nicht regelmäßig telefonieren konnten. So kam er ihrem Geheimnis nicht so schnell auf die Schliche. Zum Glück war er auf hoher See.

∞

Norma ging am nächsten Tag zu *Radioplane* und erhielt ohne Probleme eine Anstellung. Sie sollte gleich am Folgetag anfangen. Zu ihrer Überraschung waren die meisten Angestellten Frauen. Als Arbeiterin begann ihr neuer Tagesrhythmus morgens um fünf. Bevor sie nämlich mit Ethel in Jims Ford zur Arbeit fuhr, machte sie einen langen Spaziergang mit Muggsie und besorgte einige Dinge im Haushalt. Schon an ihrem ersten Arbeitstag hatte sie ein schrecklich schlechtes Gewissen, ihre Hündin den ganzen Tag im Haus einsperren zu müssen, obwohl das Tier vermutlich viel schlief.

Bei *Radioplane* war Norma den ganzen Tag auf den Beinen. Ihre Aufgabe war es, Lack zur Versteifung auf Tücher zu sprühen, die in den Rumpf ferngesteuerter Miniaturflugzeuge eingesetzt wurden.

Diese Flugzeuge wurden als Zielflugzeuge verwendet, die zu Trainingszwecken verfolgt und abgeschossen wurden. Abends nach der Arbeit konnte sie kaum mehr stehen. Der schönste Moment des Tages wurde nun der, wenn Muggsie sie von der Arbeit zurückerwartete. Von da an wich die Hündin ihr bis zum nächsten Morgen nicht mehr von der Seite. Sogar ins Bad kam sie ihr nach.

Es war ein unglaubliches Gefühl, als Norma am Ende der ersten Arbeitswoche ihre ersten selbst verdienten Dollarscheine in den Händen hielt. Sie kaufte sich ein paar alltagstaugliche, gebrauchte Blusen für die geplante Reise, die zusammen einen Dollar kosteten, und einen neuen Ball für Muggsie.

Es machte ihr wenig aus, dass sie als arbeitende Frau wieder ganz unten in der Gesellschaft angekommen war. Solange Jim nichts davon erfuhr und ihr die Arbeit verbot, vergaß sie sogar, dass der Lack, den sie versprühte, schrecklich stank, sie oft husten musste und ihre Beine vom stundenlangen Stehen nur langsam abschwollen. Ihre Nervosität wegen Jim wuchs, und dass Bebe seit ihrem ersten Hilferuf nicht mehr schrieb, machte es nicht leichter. Was wäre, wenn Ervin seiner Tochter im Suff etwas angetan hatte? Würde er das wagen?

Norma hielt die Ungewissheit nicht länger aus und investierte etwas von ihrem frisch verdienten Geld in ein Telegramm nach Huntington. Zwei Wochen später erhielt sie eine Antwort.

Ich vermisse dich so sehr, liebste Schwester.
Ich kann es kaum erwarten, dass du kommst.
Ich weiß nicht mehr weiter,

war alles, was Bebe ihr schrieb.

∞

Als Norma bereits fünf Wochen bei *Radioplane* arbeitete, blieb ihr an einem Sonntag beinahe das Herz stehen.

»Jim ist am Telefon!«, rief Ethel in Normas Zimmer. »Er möchte erst mit dir reden, bevor ich ihm ein Loch in den Bauch fragen darf.«

Zögerlich nahm Norma den Hörer an sich. Jim meldete sich zum ersten Mal seit seiner Abreise. Die Zeit ohne ihn war schnell vergangen. »Hey, Jimmie.« Sie versuchte, unbeschwert zu klingen.

»Hey, Süße! Endlich kann ich dich anrufen, heute ist Landgang.« Er gratulierte ihr schon mal zum morgigen Geburtstag und beteuerte, dass er sie vermissen würde. Er schien sich auf hoher See beruhigt zu haben und sprach wieder so lieb mit ihr wie vor dem Streit. Manchmal half Distanz, den anderen wieder mehr zu schätzen. Es sah ganz so aus, als täte der Abstand ihnen beiden gut.

Die Seemänner durften ihren Familien eigentlich nicht sagen, wohin sie segelten, aber Jim verquatschte sich. Sein Schiff hielt Kurs auf Australien. »Und was ist bei dir so passiert?«, wollte er wissen, »sind immerhin fünf Wochen vergangen.«

»Muggsie geht es gut«, berichtete Norma, um von sich abzulenken, »sie liebt die langen Spaziergänge. Ansonsten immer das gleiche Einerlei.« Das stimmte, denn ihr Job bei *Radioplane* war nicht gerade abwechslungsreich.

»Und wie geht es dir?«, wollte Jim mit zärtlicher Stimme wissen, die Norma ein schlechtes Gewissen machte.

»Auch gut«, antwortete sie knapp. Hoffentlich kam Ethel nicht gleich auf *Radioplane* zu sprechen. Ihre Schwiegermutter stand ungeduldig neben ihr.

»Du bist so wortkarg. Ist wirklich alles in Ordnung?« Jim klang besorgt.

»Ich mache mir Gedanken um Bebe, es geht ihr nicht so gut«, begann Norma und entschied kurzerhand, Jim doch einzuweihen. »Ich plane …«

»Süße, warte mal kurz. Der erste Offizier gibt mir gerade ein Zeichen«, sagte Jim und fügte schon beim nächsten Atemzug an: »Tut mir leid, aber ich muss zu ihm. Er winkt jetzt heftig nach mir. Bis hoffentlich bald!« Damit legte er auf.

Norma konnte Ethel nur den Hörer mit dem Besetztzeichen hinhalten. »Er musste plötzlich weg.« Insgeheim war sie froh darüber, einer Diskussion entkommen zu sein. Aber sie wusste auch, dass das schwach von ihr war. Sie entschied sich, Jim einzuweihen, sobald die acht Wochen Arbeit vorüber wären und er sich wieder meldete. Dann würde sie ihm darlegen, dass sie sich auf der Reise nie an einsamen Orten aufhalten und schon gar nicht enge Kleider tragen würde, sondern sittsame Blusen in allen Farben außer Rosa. Und wenn er dann noch erfuhr, dass er kein Geld für die Reise beisteuern müsste, standen ihre Chancen, ihn zu überzeugen, nicht schlecht. Und schließlich wusste er ja auch, wie viel Bebe ihr bedeutete. Vielleicht waren die Arbeit und die Reise aber auch einfach okay für ihn, weil er noch ein schlechtes Gewissen wegen der Ballnacht in Avalon hatte. Sie selbst verspürte weniger Sehnsucht nach ihm. Vielleicht lag das an ihrer neuen zweiten Haut.

∞

Als Norma das Reisegeld nach acht Wochen zusammenhatte, wollte ihre Vorarbeiterin sie gar nicht mehr gehen lassen. Sie überreichte ihr ein Zertifikat, welches sie als vorbildliche Mitarbeiterin auswies. Außerdem bot sie ihr an, sie weiter zu beschäftigen, und bedankte sich ausgiebig bei ihr. Der Abteilungsleiter versprach Norma sogar, sie weg von den stinkenden Lacken zur Fallschirmproduktion zu versetzen, wenn sie weiter bei *Radioplane* arbeiten würde. Norma wollte jedoch erst herausfinden, was in West Virginia passiert war, bevor sie entschied, wie es danach für sie weitergehen könnte.

Jim war oft nachsichtig mit ihr, dachte Norma bei den Worten ihrer Vorgesetzten, aber gelobt oder sich gar für ihre Mühen im Haushalt bedankt, das hatte er noch nie. Es war ein unbeschreibliches Gefühl, eigenes Geld zu verdienen und dafür dann auch noch Anerkennung zu erhalten. Vielleicht gelang es ihr in Zukunft sogar, etwas Geld für Schauspielstunden beiseitezulegen?

Mit dem Zertifikat in den Händen betrat Norma nach diesem letzten Arbeitstag das Häuschen in der Hermitage Street. Muggsie wuselte freudig um ihre Beine herum. Ethel sprach draußen noch mit einer Kollegin. Edward empfing Norma mit dem Telefonhörer in der Hand. »Jim ist wieder am Apparat. Ich habe ihm gerade von deiner Arbeit bei *Radioplane* berichtet, als die Haustür aufging.«

Norma rutschte das Herz in die Hose.

»Mach's gut, mein Sohn«, verabschiedete sich Edward und reichte Norma den Hörer.

Ihr Blick war starr auf das geblümte Deckchen gerichtet, als Jim sie ungehalten wissen ließ, dass seine Frau nicht zu arbeiten habe. Noch mehr aber sei er enttäuscht darüber, dass sie ihm nichts davon gesagt habe.

»Es war doch nur für acht Wochen«, rechtfertigte Norma sich kläglich. »Und ich wurde von meinen Vorgesetzten gelobt. Sie haben mir sogar ein Zertifikat überreicht.«

»Nicht einen einzigen Tag soll meine Ehefrau schuften müssen!«, stellte Jim klar, dann war es kurz ruhig. »Was sagst du da? Ein Zertifikat? So gut warst du?«

Norma schöpfte Hoffnung. »Ja, Jim. Mir wurde sogar eine Versetzung in eine bessere Produktionsabteilung in Aussicht gestellt. Aber viel wichtiger ist mir, dass ich Bebe jetzt helfen kann. Würdest du nicht auch zu deinem Bruder fahren, wenn er in Not wäre?«

»Du willst nach West Virginia fahren? Allein?«, fragte Jim fassungslos. »Das auch noch?!«

»Ich fahre zwar allein«, sagte Norma, »aber ich werde immer von Menschen umgeben sein. Ich verspreche dir, dass ich-«

Jim unterbrach sie harsch. »Das lasse ich auf keinen Fall zu!«, hallte es durch das Telefon. »Meine schöne Frau allein unter so vielen Männern …«

Norma glitt das Zertifikat aus den Händen und segelte zu Boden. »Du kennst Bebe doch auch, sie ist deine Schwägerin. Wir dürfen sie nicht im Stich lassen. Sie war immer für mich da.«

Jim schwieg länger, obwohl jede Minute Gesprächszeit ein Vermögen kostete. »Aber du bist mir wichtiger als deine Stiefschwester«, sagte er schließlich. »Eine Frau allein auf einer Reise quer durch die Vereinigten Staaten, das ist lebensgefährlich. Ich möchte nicht, dass du diese Reise antrittst. Ende der Diskussion!«, sagte er und legte auf.

Wütend wollte Norma den Hörer auf die Gabel knallen, legte ihn aber mit Blick zu ihren Schwiegereltern doch sanft auf. Sie war so kurz davor gewesen, Jim zu überzeugen. Doch wieder hatten ihre Bedürfnisse für ihn nicht gezählt. Er hatte einfach über ihren Kopf hinweg für sie entschieden. So durfte es nicht weitergehen! Jim sollte nicht länger so allumfassend über ihr Leben bestimmen dürfen. Sie musste es unbedingt selbst in die Hand nehmen. Bebe jetzt im Stich zu lassen, würde sie sich nie verzeihen. Bebe brauchte sie wie nie zuvor in ihrem Leben.

»Und, was hat Jim noch gesagt?«, fragte Edward vom Sofa aus, als Norma in ihr Zimmer ging.

Sie stoppte, sah Bebes verweintes Gesicht vor ihrem inneren Auge und antwortete mit belegter Stimme: »Er wünscht mir eine gute Reise.«

17
Juli 1944

Norma bestieg den Zug nach Chicago in allerletzter Minute. Erst waren Tom und sie zu spät aus North Hollywood losgekommen, und dann hatte sie sich am Bahngleis nicht von Muggsie trennen können. Sie hatte die Hündin gedrückt und geherzt, während die an ihrer Tasche mit dem Reiseproviant geschnüffelt hatte.

Norma hievte ihren Koffer in den Gang des Zugs, dann steckte sie ihren Kopf aus dem nächsten geöffneten Fenster. Zum wiederholten Mal musste Tom ihr versprechen, sich gut um Muggsie zu kümmern. Er hatte ihr angeboten, das Tier für die Zeit der Reise bei sich zu versorgen. Er sprach stets von *ich* anstatt von *wir*, wenn er auf sein Zuhause und seine Familie kam.

»Wirf ihr immer mal eine paar Apfelschnitze in den Napf, die mag sie genauso gern wie Milch«, rief Norma aus dem Fenster.

»Werde ich nicht vergessen«, versicherte Tom unermüdlich. »Und Futterspiele werde ich auch mit ihr machen. Genauso, wie du es mir gezeigt hast.« Er lächelte, was ihm gut zu Gesicht stand.

»Ich bin bald zurück, Muggsie!«, rief Norma ihrer Hündin zu, die daraufhin den Kopf schief legte und sie mit dem berühmten Hundeblick herzerweichend anschaute. Am liebsten wollte Norma noch einmal aussteigen, aber der Schaffner pfiff schon.

»Zwei Wochen sind eine lange Zeit.« Tom klang nun beinahe sehnsüchtig, das Lächeln hing ihm noch in den Mundwinkeln. »Pass wirklich gut auf dich auf, Norma. Jim bringt mich um, wenn er erfährt, dass ich in deine heimliche Reise eingeweiht war und dir dann auch noch was passiert ist.«

Der Zug fuhr an. »Das würde ich nie zulassen«, rief Norma zurück und winkte Tom zum Abschied, obwohl ihr selbst genauso wenig wohl bei der Heimlichtuerei war.

Norma zog ihren Kopf erst wieder in den Zug zurück, als Tom und Muggsie so weit geschrumpft waren, dass sie sie nicht mehr erkennen konnte.

Jetzt, wo der Abschied einigermaßen komplikationslos über die Bühne gebracht war, wollte sie nur noch nach vorne schauen. Ihre Aufregung vor dem Wiedersehen mit Bebe wuchs. Es war zwei Jahre her, dass sie getrennt worden waren. Sie konnte es noch nicht fassen, dass sie ihre Bebe bald wieder in die Arme nehmen durfte. Hoffentlich kam sie nicht zu spät.

Norma hatte Mühe, ihren Sitzplatz zu finden und lugte auch in die erste Klasse. Die war voll mit stilvollen Sitzen und noblen Couches. Dort saßen Damen und Herren gekleidet wie für eine Festgesellschaft. Ihr Platz befand sich direkt hinter dem Wagen mit dem Postabteil, wo es ordentlich ratterte. Ein Sitz, der sich zu einem Bett zurückklappen ließ, hätte mehr als das Doppelte gekostet, ganz zu schweigen von der Luxusklasse. Ihr wenig komfortabler Sitzplatz fühlte sich trotzdem wie eine Auszeichnung an. Sie hatte sich jeden Reisekilometer hart erarbeitet. Auch auf den billigen Plätzen hatten sich die Reisenden hübsch gemacht. Mit ihrem sonnengelben Rock und der neuen weißen Bluse stach sie nicht heraus.

Bereits nach der ersten Fahrtstunde holte sie sich ihre Strickjacke aus dem Koffer und schob sie sich als Kissen unter den Po. So wurde es etwas bequemer. Zwei Mal würde sie umsteigen müssen, hoffentlich lief alles problemlos.

Als der Zug am Abend den Bundesstaat Kalifornien verließ, glitten ihre Gedanken zu Jim und ihrem letzten Telefonat. Er hatte wie ihr persönlicher Befehlshaber reagiert, obwohl sie so stolz darauf gewesen war, die Arbeit bei *Radioplane* zur größten Zufriedenheit erledigt zu haben. Nicht einmal Bebes Not hatte ihn erweicht, der Reise zuzustimmen. Jim hatte sich nicht verändert. Er sah immer nur noch seine Bedürfnisse. Das tat ihr weh, aber weniger als früher. Ihre Schutzhaut schirmte den Schmerz ganz gut ab.

Norma betete dafür, dass Jim in den nächsten drei Wochen nicht bei seinen Eltern anrufen würde. Früher hatte sie ihren Telefonaten entgegengefiebert. Sie hatte sich verändert und ihre Ehe ebenfalls. Ihre Chancen standen gut, dass er so bald nicht an ein Telefon kam und ein Ehekrach vermieden werden konnte. Bei seiner Abreise hatte er von mehreren Monaten auf See ohne Landgang gesprochen, die ihn im Pazifik erwarteten. Trotzdem wusste Norma auch, dass sie die Reise nicht ewig vor ihm verbergen konnte. Das wäre wie eine Last, die sie jahrelang mit sich herumtragen würde. Außerdem waren da noch Ethel und Edward, die eingeweiht waren. Bei Ethels Mitteilungsbedürfnis wäre es ein Wunder, wenn sie Normas Reise bis an ihr Lebensende nie vor ihrem Sohn erwähnen würde. Da war der wortkarge Edward schon eine andere Nummer.

Norma schaute zurück nach Kalifornien, bis die Sonne unterging. Die schönste Tageszeit in Los Angeles war genau diese. Wenn sich das Licht zurückzog, dann schimmerte und glomm alles, bis die Sterne die Regie über die dunkle Hälfte des Tages übernahmen. Vor Aufregung fand sie in ihrer ersten Reisenacht keinen Schlaf. Es war eine helle Nacht, der Mond voll, und der Zug fuhr durch das südliche Arizona mit seinen einzigartigen Kandelaberkakteen. Danach streiften sie New Mexiko.

Am Folgemorgen versuchte sich Norma ganz auf die Landschaften zu konzentrieren, die an ihrem Fenster vorbeischwebten. Zwischendrin rief sie sich immer wieder Bilder von schönen Erlebnissen mit Bebe vor Augen. Wenn Bebe lachte, war sie wunderschön. Norma hatte dann immer mitlachen müssen. Zuletzt in Van Nuys, als sie sich gemeinsam an einem Geburtstagskuchen für Grace versucht hatten und anstatt Zucker aus Versehen Salz unter den Teig gemischt hatten. Bei dieser Erinnerung musste Norma amüsiert lächeln, und trotzdem wünschte sie sich die alten Zeiten nicht zurück. Ihr gefiel es, erwachsen zu sein und mehr Verantwortung zu tragen. Mit dem Job bei *Radioplane* war sie unabhängiger geworden. Wäre sie doch nur schon in Huntington angekommen und könnte Bebe endlich umarmen!

Am zweiten Reisetag fuhren sie stundenlang durch Texas, bis Norma in Dallas den Zug wechseln musste. Am liebsten wollte sie den Lockführer bitten, noch schneller zu fahren, denn Texas war die Heimat von Ervin Goddard. Hier war Bebe aufgewachsen und durch zahlreiche Pflegefamilien gereicht worden, bis ihr Vater sie zu sich genommen hatte. Norma hatte Ervin von Anfang an nicht gemocht. Ihre Antipathie war durch Bebes Kindheitserzählungen noch weitergewachsen. Es fühlte sich bitter an, dass sie Ervin ihrer Mom zuliebe sogar ein paar Mal »Dad« genannt hatte.

Nach draußen schauen!, ermahnte sie sich, um den Blick für die Schönheit der Reiseroute nicht zu verlieren. Im feucht-heißen Arkansas wurde sie beim Umsteigen von einem Gewittersturm überrascht und beinahe vom Bahnsteig geweht. Rote Blitze leuchteten am Himmel auf. Nicht weniger beeindruckend waren die sanfte Hügellandschaft um Nashville in Tennessee und die romantischen Grasweiden in Kentucky. Die Natur ihres Heimatlandes war atemberaubend schön, und nur allzu gerne hätte sie mehr Zeit dafür. Zwei Wochen waren für eine Reise, die einmal quer durch ein so riesiges Land wie die Vereinigten Staaten von Amerika führte, einfach zu wenig.

Als die Strecke eintöniger wurde, holte Norma ihren *Stanislawski* aus dem Koffer. Sie las im Kapitel DIE HANDLUNG AUF DER BÜHNE und war bald ganz eingesogen in den Text. Es war nämlich so, dass im wahren Leben jeder Schauspieler wusste, wie man isst, geht oder sitzt. Auf der Bühne allerdings sei das anders, schrieb die Schauspielkoryphäe. Weil der Schauspieler verlegen oder schüchtern war und Angst vor dem Publikum hatte, verhielt er sich auf der Bühne anders als im wahren Leben. Er konnte dann eben nicht mehr ungezwungen essen, gehen oder sitzen, aber genau auf dieses »Sich nicht beobachtet fühlen« kam es beim Schauspiel an. Norma war das sofort klar. Wenn sie sich beobachtet fühlte, verhielt sie sich auch anders. Wenn sie auf einer Bühne oder vor einem Filmteam auch nur einen einzigen Satz sagen müsste, würde sie vor Aufregung nur stottern, und ihre Wangen würden mit roten Flecken übersät sein. Wenn sie sich allerdings nicht beobachtet, sondern vor allem bewundert fühlte und Musik im Spiel war, lag die Sache anders. Sie lächelte bei der Erinnerung an die vielen Tänze zu Stücken der *Stan-Kenton-Band*. Sie hatte sich so leicht wie eine Feder gefühlt. Ein wahrhaft magischer Moment.

Auf der weiteren Fahrt wurde Norma so in den *Stanislawski* eingesogen, dass sie alles um sich herum vergaß. Sie schlug das Lehrbuch erst wieder zu, als der Schaffner ankündigte, dass sie in West Virginia einfuhren.

Nach dreieinhalb Tagen mit schmerzenden Gliedern und flinken Wäschen in engen Toilettenräumen kam der Zug dann endlich in Huntington an. Als zweitgrößte Stadt des Bundesstaates zählte Huntington immer noch weniger Einwohner als North Hollywood. Die Stadt lag an jener Stelle am Ohio River, wo West Virginia, Ohio und Kentucky aufeinandertrafen.

Es war ungewohnt kühl für einen Julitag. Norma zog sich ihre Strickjacke noch im Bahnhof an. Bebe hatte ihr in ihren ersten Briefen von wenigen echten Sonnenmonaten und später dann nasskalten Wintern geschrieben. West Virginia lag im bewaldeten Appalachen-Gebirge.

Um keine Minute mehr zu verlieren, nahm Norma ein Taxi zum

Haus der Goddards. Sie war erschöpft und verschwitzt von der Reise, ihre Haare eine Katastrophe und ihr Körper schrie nach einer weichen Unterlage. Wenn Grace sie so gesehen hätte, hätte die sicher die Hände über dem Kopf zusammengeschlagen. Würde sie jedoch vor der Entscheidung stehen, so zerrupft vor ihre Mom zu treten oder ein Wiedersehen noch hinauszuschieben, Norma hätte keinen Moment gezögert, Grace sofort in die Arme zu laufen. In nur wenigen Tagen würde es in Chicago so weit sein.

Norma gefiel, wie grün Huntington war, sogar in den einfacheren Wohnvierteln beschatteten jahrhundertalte, knorzige Bäume die Häuser. Als sie endlich vor dem Haus der Goddards ankam, fühlte es sich unwirklich an. Das Haus war ein zweigeschossiges, altes Holzhaus mit grünem Anstrich und überdachter Veranda hin zur Straße und einer Bank, die an Ketten vom Verandadach hing. Das Haus war so schmal, dass Norma bezweifelte, dass man im Wohnzimmer ein Murphy-Bett ausklappen konnte.

Sie eilte die Eingangstreppe zur Veranda hinauf. Ihr Herz flatterte, ihre Hände wurden feucht. Sie hatte schrecklichen Durst. Mit jedem Schritt, den sie sich der Tür mit dem Fliegengitter näherte, lauschte sie auf Geräusche wie Ervins Rufe nach Bier. Sie hastete, aber jede Sekunde fühlte sich so kurz vor dem Ziel wie eine Minute an. Im Haus blieb es still, nur ein Specht war von dem alten, knorzigen Baum zu hören, dessen Äste sich wie Arme über das Dach der Veranda legten.

Hastig drehte sie den Knauf, öffnete die Tür und betrat das fremde Haus ungeniert. »Jemand da?«, rief sie. Sie hatte Bebe ihre Reisedaten vor zwei Wochen geschrieben. Ihre Stiefschwester wusste also genau, wann sie eintraf. Ihre Züge waren pünktlich gewesen.

»Norma?«, kam es von weiter weg. »Ich bin hier oben.«

Norma nahm sich keine Zeit, sich im Erdgeschoss des Hauses umzusehen. Aber aus dem Augenwinkel fiel ihr auf, dass hier eine ganze Weile nicht aufgeräumt worden war. Das sah Bebe gar nicht ähnlich. Sie stellte ihr Reisegepäck ab und stürmte die schmale Treppe ins Obergeschoss hinauf.

Oben angekommen, wankte Bebe ihr im Nachthemd entgegen, das ihr am Körper klebte. Sie war so blass wie ein Geist und ihre Augen waren gerötet und geschwollen – ein Schatten jenes Mädchens, das Van Nuys verlassen hatte.

»Endlich!« Norma umarmte ihre Stiefschwester so behutsam, als bestünde sie aus hauchdünnem Glas.

»Du bist es wirklich«, schluchzte Bebe.

Norma führte die Kranke an der Hand ins Zimmer zurück. »Das hatte ich dir doch versprochen!«

Unter Stöhnen sank Bebe aufs Bett. »Du bist wirklich gekommen«, wiederholte sie ungläubig. Sie berührte Normas sonnengelben Rock, den sie genäht hatte.

»Er ist mein Lieblingsrock«, sagte Norma, deckte Bebe mütterlich zu und drückte ihr bestärkend die kalte Hand. »Was fehlt dir? Was ist passiert?«

Bebe wollte mit dem Oberkörper wieder hochkommen, aber Norma hielt sie sanft in der Liegeposition.

Minutenlang suchte Bebe mit trockenen, rissigen Lippen nach Worten. »Ich habe es nicht einmal unserem Tagebuch anzuvertrauen gewagt.«

Es war Norma egal, ob sie sich vielleicht mit Bebes Krankheit ansteckte. Sie schob sich unter die Bettdecke und schmiegte sich an die schluchzende Bebe.

»Ich hatte dir doch immer wieder von meiner Liebe zu Gus geschrieben«, begann ihre Stiefschwester nach einer Weile.

»Deinem Mathelehrer«, erinnerte sich Norma. »Ja. Du fandest die eindrucksvollsten Worte für ihn, wie eine Poetin.«

Bebe klammerte sich an Norma. »Vor einigen Tagen hatte ich eine Fehlgeburt«, gestand sie. »Ich lag ein paar Tage im Krankenhaus, nachdem sie mich deswegen notoperieren mussten. Seitdem bin ich bettlägerig.«

»Du warst schwanger?« Kurz flackerte Normas eigener unerfüllter Kinderwunsch auf. Das war noch einer ihrer Wünsche, den Jim hintenangestellt hatte. So hatte sie es mit *seinem* Wunsch, sie möge nicht reisen, nun auch getan. Sie fühlte sich bestärkt darin, die Reise nach Chicago angetreten zu haben.

»Im fünften Monat. Aber Gus wollte mich nicht mehr sehen, als er davon erfuhr«, schluchzte Bebe.

Norma saß im Bett auf. »Wenn ich diesen Gus in die Finger kriege!«

»Was würdest du dann tun?«, fragte Bebe mit zitternder Stimme. »Ihn zu mir zurückbringen?« Ihre eben noch matten Augen leuchteten kurz auf. »Ich kann ohne ihn nicht leben.«

Norma stand vom Bett auf. »Ich würde ihm sagen, dass er so nicht mit der besten Schwester der Welt umgehen darf. Eine Frau zu schwängern und sich dann aus dem Staub zu machen, ist das Letzte!«

»Bitte nicht!«, flehte Bebe, »Ich will nicht, dass ihm jemand wehtut.« Sie schaute beschämt zum Fenster, von dem die Farbe abblätterte. »Dad sagt, es wäre meine Schuld, dass Gus mich hat sitzen lassen.« Sie schloss die Augen.

»Deine Schuld?«, erboste sich Norma. »Ich war zwar nie gut in Mathematik, aber zu einer Schwangerschaft gehören immer noch zwei. Ohne Gus wäre dein Kind nie gezeugt worden.«

»Da hast du ja recht«, sagte Bebe leise, die Augen noch geschlossen, als wolle sie die Welt nicht mehr sehen. »Vielleicht haben wir beide Schuld daran. Ich vermisse ihn trotzdem schrecklich.«

»Das tut mir alles sehr leid«, beteuerte Norma und kniete sich vor das Bett. Ein Mann, der eine Frau erst schwängerte und sie dann sitzen ließ, besaß keinen guten Charakter. »Du wirst doch bestimmt wieder ganz gesund werden, nicht wahr?«

»Im Herzen?« Bebe öffnete ihre Augen und schaute Norma mit totem, starrem Blick an. »Bestimmt nicht. Was meinen Körper angeht, da sind die Ärzte zuversichtlicher.«

»Weißt du, was mir immer gegen Trennungsschmerz geholfen hat?«, fragte Norma sanft. »Eine extra große, heiße Schokolade.«

Das kleine Lächeln stand Bebes blassem, kalkweißem Gesicht gut. Sie drehte sich auf die Seite, hin zu Norma. »Es tut so gut, dass du gekommen bist. Kannst du nicht für immer bleiben?«

Norma lächelte berührt. Es war, als wären sie niemals getrennt gewesen. »Ich wünschte, du hättest die Highschool schon fertig und würdest gleich mit nach Los Angeles zurückkommen. Hier ist es so schrecklich kalt.«

»Die Highschool wollte ich-«, begann Bebe.

»Die willst du auf jeden Fall fertig machen! Mit einem Abschluss hast du viel mehr Möglichkeiten«, unterbrach Norma sie. »Außerdem bist du das stärkste Mädchen, das ich kenne! Du überwindest den Liebeskummer bestimmt. Wenn *du* es nicht schaffst, wer dann?« Bebe war immer die Stärkere von ihnen beiden gewesen. Wenn Norma sich zurückgezogen hatte, hatte Bebe weitergekämpft. Gegen Anfeindungen im Viertel, gegen Sticheleien in der Schule, gegen ihre bösen Gedanken über die Vergangenheit. Bebe war es auch gewesen, die den Bau des Baumhauses in Van Nuys angeschoben hatte.

Bebe legte ein Stück ihrer Decke um Normas Schultern. »Bevor wir nur über mich sprechen, möchte ich auch mal wissen, wie es dir mit Jim geht.«

Norma schmiegte ihren Kopf an die Bettdecke. »Wir können nicht so oft telefonieren, weil er ja auf einem Schiff unterwegs ist, und alle anderen Details erzähle ich dir, wenn es dir wieder besser geht. Einverstanden?« Ob er schon bei seinen Eltern angerufen hatte?

»Du hast dich verändert«, sagte Bebe. »Bist so reif geworden.«

Als Jim sie zuletzt am Telefon zurechtgewiesen hatte, hatte sie sich wieder wie ein kleines Mädchen gefühlt. »Ich mache dir jetzt erst einmal eine heiße Schokolade, damit es dir bald im Herzen besser geht«, bestimmte Norma im Ton ihrer Schwiegermutter, die keinen Widerspruch duldete.

Sie ging hinunter in die Küche, wo sich neben einer Flasche Bourbon Rechnungen auf dem Tisch stapelten. Schnell hatte sie Kakao, Milch und Maissirup zusammengerührt und in einen Topf getan. Als das Ganze zu köcheln begann, stieg ihr ein herrlich schokoladiger Duft in die Nase. Dabei wurde ihr wieder wärmer, sodass sie ihre Strickjacke auszog.

»Ist schon fertig«, rief sie den Schritten entgegen, die sich ihr näherten. »Bebe, das wird dir richtig guttun! Kakao ist ein Wunderelixier für die Seele.«

»Hallo Norma, ich hätte dich beinahe nicht wiedererkannt!«, sagte Ervin und trat in alter Cowboymanier in die Küche. Er stand breitbeinig da und hatte die Daumen hinter seine riesige Gürtelschnalle gesteckt, als wäre die ein Verdienstorden.

Norma hatte gerade den Kakao in eine Tasse gießen wollen, jetzt hielt sie inne und schaute über ihre Schulter. Sie hatte sich verschiedene Sätze für das Wiedersehen mit Ervin zurechtgelegt, aber nun bekam sie kein Wort heraus. Sie spürte, wie ihr Gesicht wegen der roten Flecken heiß wurde. Wenigstens schaffte sie es, sich ihm zuzuwenden. Genau wie Bebe sah er traurig und blass aus. Früher war er stets braungebrannt gewesen. Den coolen Cowboy spielte er heute wenig überzeugend. Stanislawski hätte sein Auftreten mit *naiv, dilettantischer Übertreibung* abgetan.

Ervin sprach nach wie vor mit texanischem Dialekt. »Gut, dass du hier bist. Bebe redet seit Wochen nur noch von deinem Besuch. Wenn sie denn spricht.«

»I-i-ich … ich habe ihr eine heiße Schokolade gemacht«, war alles, was Norma herausbekam. Wenigstens hatte sie nicht den ganzen Satz gestottert. Sie goss die Tasse randvoll und fluchte innerlich, ihrem Stiefvater nicht so mutig entgegenzutreten, wie sie es sich ausgemalt hatte. Warum ließ sie sich noch immer von ihm einschüchtern? Oder war es die alte Wut auf ihn, die sie derart durcheinanderbrachte?

Ervin hielt seine Nase über die Tasse. »Riecht ganz gut. Aus dir ist eine vernünftige Hausfrau geworden«, sagte er und grinste schief. Es war kaum zu glauben, dass er in Van Nuys als der beeindruckendste Kerl der Nachbarschaft gegolten hatte. So nahe bei ihm, roch sie, dass er ungewaschen war, aber keinen Alkohol ausdünstete.

Sie trat einen Schritt von ihm weg. »Und du? Wie läuft es bei dir?«

Ohne eine Antwort ging Ervin aus der Küche ins Wohnzimmer. Überraschenderweise ließ er sich nicht aufs Sofa fallen, sondern trat nachdenklich ans Fenster. »*Adel Precision* hat mich gefeuert, wegen einer Umsatzflaute bei den hydraulischen Bauteilen, die gar nicht auf meine Kappe ging.«

Norma folgte ihm ins Wohnzimmer. Ihr fielen gleich eine ganze Reihe von gerahmten Fotografien auf dem altarähnlichen Kaminsims auf, die allesamt Grace zeigten. Auf jedem Foto strahlte sie wie ein Hollywood-Star.

»Aber mein Nachfolger war eine einzige Katastrophe, und seit einem Monat bin ich wieder eingestellt. Ich habe alles wieder im Griff«, erklärte er, aber für Norma klang es eher wie eine Wunschvorstellung. »Seit ich wieder arbeite, bin ich trocken«, fügte Ervin noch an. Sein Blick sprang zur leeren Bourbonflasche auf dem Küchentisch. »Die Flasche dort soll mich daran erinnern, was ich mit dem Trinken angerichtet habe.«

»Bei Grace?«, fragte Norma, wo sie nun schon mal bei den Katastrophen waren.

Sie konnte sehen, dass Ervins Lider nervös flatterten, als er antwortete: »Sie wollte Abstand von mir.« Nun klang er gar nicht mehr wie John Wayne beim Duell, sondern eher wie ein gebrochener Mann. Vielleicht wie Gil in *Ritt zum Ox-Bow.*

Ervin nahm eines der Bilder vom Kaminsims und lächelte Grace darauf an. »Für sie muss ich trocken bleiben.«

Norma hatte damit gerechnet, dass sie sich mit Ervin streiten, ihm sogar die Meinung sagen würde. Aber dass sie ihn bemitleiden könnte, war ausgeschlossen gewesen. Sie wollte es kaum glauben, dass die Trennung des Ehepaares Goddard von Grace ausgegangen war. Früher war ihre Mom ihm derart verfallen gewesen, dass sie ihm ohne Norma an das andere Ende das Landes gefolgt war.

Gedankenversunken ging Norma zurück in die Küche und goss eine zweite Tasse mit heißer Schokolade voll. Diese stellte sie für Ervin auf den Sofatisch. »Lass es dir schmecken«, sagte sie und ging mit der anderen Tasse ins Obergeschoss.

∞

Mit jeder Stunde, die Norma mit ihrer Stiefschwester verbrachte, ging es Bebe etwas besser. Sie begleitete sie zum Arzt, der sich mit dem Heilungsverlauf zufrieden zeigte, und spendierte das Taxi dorthin. Bebe durfte sich auf keinen Fall überanstrengen. Norma kümmerte sich auch um den Haushalt und kochte für alle. Bebe und sie unterhielten sich viel an diesen Tagen, nur wenn das Thema auf Grace kam, wich ihre Stiefschwester auf andere Themen aus. Norma vermutete, dass sie Grace zu sehr vermisste und deswegen nicht über sie reden wollte.

Nach fünf Tagen fühlte Bebe sich bereit, das Haus für einen Spaziergang zu verlassen, ganz ohne Taxi. Sie fieberte nicht mehr, und langsam bekam sie auch wieder mehr Farbe im Gesicht. Gemeinsam gingen sie durch Huntington, das vom Kohlebergbau und der Stahlindustrie geprägt war. Ein paar Stunden lang meinte es die Sonne sogar gut mit ihnen. Norma reckte ihr Gesicht der Wärme und dem Licht entgegen und wünschte sich Muggsie an ihre Seite. Sie vermisste das warme, helle Los Angeles, wo die Sterne eindrucksvoller als in West Virginia funkelten.

Erst am Tag vor ihrer Weiterreise schafften sie es an den geheimen Ort hoch oben im Geäst der alten, knorrigen Eiche. Genauso wie auf der Fotografie vor dem Baumhaus, die sie Norma einst geschickt hatte, trug Bebe heute den sonnengelben Rock.

Norma hatte Decken ins Baumhaus hinaufgetragen, damit Bebe es weich hatte und auf keinen Fall fror. Erst legte sie den Boden damit aus, dann wickelte sie ihre Stiefschwester darin ein. Obwohl es inzwischen auf Ende Juli zulief, wollte es nicht warm werden.

»Ich fühle mich wie eine alte, gebrechliche Frau, wenn du mich weiter so umsorgst«, protestierte Bebe, aber nicht ohne ein Lächeln.

Norma ignorierte die Worte und schenkte ihrer Stiefschwester Tee ein, der ihrer Genesung zuträglicher als Root Beer oder Limonade war. Erst nachdem Bebe die ersten Schlucke davon genommen hatte, entspannte sich Norma. Das Baumhaus war von so dichten Ästen und Blattwerk umgeben, dass es von unten kaum zu sehen war. Eine Weile saßen sie stumm da und lauschten dem Hämmern der Spechte.

»Weißt du noch, wie wir im Baumhaus in der Odessa Avenue damals Pläne schmiedeten, wie du eine berühmte Hollywood-Schauspielerin werden kannst?«, fragte Bebe. »Schön, dass du diesen

Traum doch nicht aufgegeben hast.« Sie wies auf den *Stanislawski*, den Norma mit ins Baumhaus genommen hatte.

Norma lächelte versunken. Ihre Stiefschwester hatte recht, sie hatte den Traum nicht aufgegeben. Er war zwischenzeitlich nur von etwas anderem verdrängt worden. Sie wusste inzwischen, dass sie ihre Lebensziele am liebsten von niemandem abhängig machen wollte.

»Du solltest dich rechtzeitig damit beschäftigen, wie du mit dem Ruhm umgehen wirst. Es gibt viele Gerüchte über den Lebensstil von berühmten Schauspielerinnen. Angeblich würden sie am Beginn jedes Drehtages Aufputschmittel brauchen und am Ende Schlaftabletten. Davon musst du dich unbedingt fernhalten.«

»Ganz bestimmt.« Norma stieß ihre Stiefschwester liebevoll an. »Aber so weit bin ich ja noch lange nicht. Das Einzige, was ich bisher getan habe, ist, immer mal im Schauspiel-Lehrbuch zu lesen.«

»Wie könnte es denn weitergehen?«, fragte Bebe. »Was wäre der nächste Schritt hin zur Erfüllung deines Traumes? Probeaufnahmen?«

»Ich vermute, dass es hilfreich wäre, ich würde mich mal nach einem Schauspiellehrer umhören«, sinnierte Norma. Ohne ein paar Schauspielstunden hätte sie als brünette Frau bei den Filmstudios vermutlich keine Chance. Um einen Lehrer zu bezahlen, müsste sie wieder bei *Radioplane* arbeiten.

Norma erinnerte sich an die Schülerzeitung der Highschool, für die sie ein paar Mal geschrieben hatte. Im Auftrag der Redaktion hatte sie eine Befragung unter den Schülern durchgeführt, um herauszufinden, welchen Typ Ehefrau Männer bevorzugen würden. Anschließend hatte sie einen vielgelesenen Artikel mit den Ergebnissen verfasst. Die Umfrage hatte ergeben, dass Männer ganz klar Blondinen bevorzugten. Es war im echten Leben wie im Film!

Norma umarmte Bebe und ließ sie lange nicht los. Es tat gut, mit jemandem über die Erfüllung ihres Traumes zu sprechen.

»Was wünschst du dir noch?«, wollte Bebe wissen, ohne sich aus der Umarmung zu lösen.

»Ich hätte gerne Kinder, obwohl ich nicht weiß, ob Jim das noch möchte. Außerdem … ach nein … nur so ein dummer Gedanke, geboren im Überschwang unseres Wiedersehens.«

»Kein Wunsch ist dumm«, sagte Bebe und schob Norma ein Stück von sich. »Na, sag schon.«

Norma lächelte wieder. Bebe war immer noch ihre beste Freundin und unendlich verständnisvoll. Sie senkte ihre Stimme, als würde nun etwas zutiefst Unanständiges folgen. »Es war ein schönes Gefühl, zu arbeiten und nicht ausschließlich auf Jim angewiesen zu sein. Ich habe mit meinem eigenen Geld in der Hand so etwas wie Freiheit verspürt. Auch das Reisen gefällt mir sehr gut. Das würde ich gerne öfters machen.« Sie hatte Bebe längst verraten, dass Jim ihr die Reise verboten hatte.

Bebe blies erst einmal die Luft aus. »Das klingt nach einigen Diskussionen, die du mit deinem Ehemann führen musst«, antwortete sie mit ebenso gesenkter Stimme.

»Und ich möchte häufiger tanzen gehen«, fügte Norma überzeugter an und breitete die Arme aus wie auf einer Bühne. Sie wollte jetzt nicht an Diskussionen und Verbote denken. »Ich würde gerne mal nächtelang im Rhythmus von Blues und Jazz schwelgen.«

»Das klingt schön«, antwortete Bebe versunken. Sie rückten wieder enger zusammen, und endlich holte Norma das Root Beer aus ihrer Tasche, das sie als Überraschung besorgt hatte.

Bebes Augen leuchteten freudig auf. Sie öffneten die Flaschen, so dass das Zischen wie Vögel durch die Baumwipfel flog, und tranken dann genüsslich. Bald stimmte Norma *The Star-Spangled Banner* an und gab Bebe feierlich ihren Zehn-Dollar-Schein mit dem Konterfei von Gründungsvater Hamilton zurück. Einst hatte sie darauf bestanden, das Geld beim Wiedersehen zurückzuzahlen. Aus dem erhofften einen Jahr waren mehr als zwei geworden. Sie einigten sich darauf, dass ihr nächstes Wiedersehen auf keinen Fall wieder so lange auf sich warten lassen dürfe.

Es war längst dunkel, als Bebe das Gespräch auf ihren Vater lenkte. Sie bezweifelte, dass er wirklich vom Alkohol wegkam und beschrieb die Alkoholsucht als eine schlimme Krankheit, die das Gehirn schädigte. Sie wusste viele medizinische Details über den Alkoholismus.

Norma hatte Ervin bisher nicht ein einziges Mal trinken sehen. Wohl aber musste er hart dagegen ankämpfen. Mehr als einmal war ihr aufgefallen, wie er kurz davorstand, zur Flasche zu greifen, sich dann aber mit einer Fotografie, die Grace zeigte, zur Disziplin rief.

Norma erinnerte sich an Berichte im *Hollywood Reporter*, die voll von trinkenden Stars gewesen waren. Von Errol Flynn war behauptet worden, dass er jeden Tag eine Arzttasche mit seiner täglichen Medizin zum Set mitbringen würde, die zur Hälfte aus Wodka bestünde. Norma selbst rührte Alkohol nicht an. Allein schon der Geruch stieß sie ab. »Ich wünsche mir für dich, dass es deinem Vater bald gelingt, von dem Zeug loszukommen«, sagte sie.

»Und Grace auch«, fügte Bebe an. Der Wind fuhr in die Eiche, sodass der Stamm wie altes Gebälk in einem Geisterhaus knarzte.

Norma glaubte, sich verhört zu haben. »Mom auch?«

»Grace hat sogar mehr getrunken als Dad«, sagte Bebe leise.

Das konnte nicht sein! »Sie hat in Van Nuys nie viel getrunken«, protestierte Norma.

Bebe widersprach kaum hörbar und senkte den Blick. »Doch, hat sie.«

Norma stockte. Grace war in Van Nuys keine Trinkerin gewesen, sondern die beste Mom der Welt. Sie kannte sie gut und hätte sicherlich mitbekommen, wenn ihre Mom ein Alkoholproblem gehabt hätte.

Bebe rang mit sich, den nächsten Satz zu sagen: »Grace trank immer viel, du hast es nur nicht bemerkt.« Der Wind trug ihre Worte in den Wald.

Norma starrte auf die ausgewaschenen, blassen Wolldecken. »Ich kann das nicht glauben!« Und sie wollte es auch nicht. Denn es bedeutete, dass sie sich in ihrer Mom getäuscht hatte.

»Weißt du, warum Grace nach Chicago gezogen ist?«, fragte Bebe.

»Weil sie nicht länger bei deinem trinkenden Vater bleiben wollte?«, fragte Norma zurück. Fieberhaft überlegte sie, dass Ervins Beteuerungen über die Alkoholabstinenz auch gelogen sein könnten, obwohl er aufrichtig gewirkt hatte. Aber er war ja Schauspieler!

»Grace hat Dad und mich verlassen, weil sie nicht aufhören wollte zu trinken, obwohl Dad es von ihr verlangte«, flüsterte Bebe und schaute immer noch von Norma weg. »Sie hat uns genauso verlassen, wie sie dich damals verließ.« Langsam hob sie ihren Blick.

Erbost sprang Norma auf und stieß sich den Kopf am Baumhaus. »Es war Ervin, der Grace damals mit nach Huntington genommen hat!«, entgegnete sie heftig. Sie erinnerte sich noch ganz genau daran, wie ihre Mutter ihr die Nachricht von Ervins Jobzusage überbracht hatte. »Mom wäre viel lieber bei mir geblieben!« Graces Zusammenbruch unter Tränen damals hatte es doch gezeigt! Kreidebleich und mit zitternder Stimme hatte sie gestanden, dass Norma als Pflegekind den Bundesstaat Kalifornien nicht verlassen dürfe.

Bebe schüttelte den Kopf. »Es war Grace, die damals vorschlug, wegen des attraktiven Jobangebots nach Huntington zu gehen.«

Norma rückte von Bebe ab. »Du lügst!« Tränen schossen ihr in die Augen. »Mom hätte mich niemals freiwillig zurückgelassen.«

Bebe griff nach Normas Hand, aber die zog sich ihren Arm vor die Brust. Ihre Füße ertasteten schon die erste Leitersprosse.

»Es tut mir leid, Norma. Aber es ist die Wahrheit. Grace ist die selbstsüchtigste Person, die ich kenne.«

Bebes Worte trafen Norma wie ein Fausthieb in die Magengrube, der ihr die Luft raubte. Warum redete Bebe so schlecht über ihre Mom? Grace hatte in Van Nuys nie geschimpft, sie hatte immer aufmunternde Worte auf den Lippen gehabt – auch für Bebe.

Zum ersten Mal wurde Norma bewusst, dass ihre Stiefschwester ihre Mom stets nur »Grace« nannte, nie Mom. Also lagen Bebes miese Behauptungen vielleicht darin begründet, dass sie Grace von Anfang an nicht gemocht hatte? Es gab Kinder, die gaben Stiefmüttern nie eine Chance.

Wütend stieg Norma die Leiter am Baumhaus hinab. Wenn wirklich stimmte, was Bebe behauptete, warum hatte sie diese Geheimnisse nie dem Tagebuch anvertraut? Grace würde sie, Norma, niemals belügen! Plötzlich schien ihr die Freundschaft mit ihrer Stiefschwester wie auf einem Fundament aus Seifenblasen gebaut.

Das Herz schlug Norma bis zum Hals, als sie wie eine Gejagte vom Baumhaus weglief. Schon bald verlor sie die Orientierung. Aber das war ihr egal, sie wollte einfach nur Abstand zu Bebe gewinnen, die sie so bitter enttäuscht hatte. Ja, die größte Enttäuschung war nicht der lügende Ervin, sondern ihre Stiefschwester. Norma liefen Tränen über die Wangen, aber sie wischte sie nicht weg. Mit ihrem Schuh blieb sie an einem Baumstumpf hängen und fiel längs auf den Waldboden. Der gelbe Rock war dreckig und ihr rechtes Knie aufgeschrammt. Unter Schmerzen rappelte sie sich auf. Sie musste fort von hier! Wenn sie Bebe jetzt noch einmal anschauen müsste, würde sie verrückt werden. Sie hörte ihre Stiefschwester noch sagen: *Es war Grace, die damals vorschlug, wegen des attraktiven Jobangebots nach Huntington zu gehen.* Bebe war wegen der unglücklichen Liebe zu ihrem Mathelehrer völlig aus der Bahn geworfen, anders konnte sich Norma das seltsame Verhalten nicht erklären. Sie lief lange im Wald umher, um Bebes Bild und deren Stimme aus ihrem Kopf zu vertreiben. Eng stehende Pinien mischten sich zu den Eichen, es wurde immer dunkler.

Irgendwann, völlig außer Atem, gelangte sie auf eine Straße zurück. An ihren Beinen hing Dreck vom Waldboden, und in ihren Haaren hatten sich Piniennadeln verfangen. Das Blut an ihrem verschrammten Knie war halbwegs getrocknet. Am liebsten wäre sie sofort zum Bahnhof gelaufen und zu Grace gefahren. Grace hatte ihr geschrieben, dass sie mit ihr in eine der berühmten Chicagoer Jazzbars gehen wolle. Sie hatte Pläne geschmiedet, wollte Zeit mit ihr verbringen und gemeinsam etwas Besonderes erleben. So wie früher.

Völlig erschöpft fragte Norma sich zum Haus der Goddards zurück. Es dauerte zwei Stunden, bis sie es fand. Als sie das schmale Haus dann betrat, hörte sie Ervins Schnarchen aus dem Schlafzimmer im Obergeschoss. Sie ging hinauf, sammelte leise ihre Sachen aus Bebes Zimmer zusammen und legte sich auf die Couch im Wohnzimmer. Die Beine schutzsuchend angezogen, schloss sie die Augen und hoffte, dass es bald Morgen werden würde und sie endlich weiterreisen konnte.

Am nächsten Morgen bestand Ervin darauf, Norma zum Bahnhof zu fahren. Er war schon dabei, ihr Reisegepäck im Auto zu verstauen, als sie noch einen letzten Blick hoch zu Bebes Zimmers warf. Als sie ihre Stiefschwester mit verweintem Gesicht am Fenster stehen sah, schaute sie gleich wieder weg und stieg rasch ins Auto.

Auf der Fahrt redeten Ervin und Norma kein Wort miteinander, obwohl sie mehrmals kurz davorstand, ihn auf Graces Fortgang anzusprechen. Aber was sollte der texanische Macho auch antworten? Nie würde Ervin Goddard zugeben, dass er Grace mit seiner Trinkerei vertrieben hatte. Und noch weniger würde er wohl gestehen, dass er auf das Drängen seiner Frau nach West Virginia gezogen war. Das nämlich würde auch bedeuten, dass Ervin nicht aus eigener Überzeugung, sondern wegen Grace seinen Traum von Hollywood aufgegeben hatte. Das hielt Norma für ausgeschlossen. Das taten Ehemänner nicht. An allererster Stelle standen deren Träume. Und außerdem war es sowieso absolut unwahrscheinlich, dass an Bebes Behauptung etwas dran war. Wie konnte sie das nur für einen einzigen Moment in Betracht ziehen? Es fühlte sich wie ein Verrat an ihrer Mom an.

Erst als Norma vor dem Bahnhof ausstieg und Ervin ihr den Koffer vor die Füße stellte, sagte er: »Kannst du bei Grace ein gutes Wort für mich einlegen?«

Norma wusste nicht, wie sie reagieren sollte. Die Bitte kam einem Eingeständnis gleich, dass er auf ihre Fürsprache angewiesen war. Wenn er nicht so ein elendiger Lügner wäre, hätte sie es vielleicht getan.

»Ich liebe sie über alles«, sagte Ervin, nickte knapp und stieg ins Auto. Wieder ließ er Norma in einer Staubwolke zurück.

18

Ende Juli 1944

Am selben Abend fuhr der Zug in Chicago ein. Norma war sehr aufgeregt, was gut war. Dann konnte sie sich ganz auf das Happy End ihrer Reise konzentrieren und musste nicht immer an das Desaster mit Bebe denken. Sie wollte sich nun ganz auf den neuen Ort und das Wiedersehen mit der wichtigsten Person in ihrem Leben einlassen. Chicago war eine atemberaubende Stadt, deren Häuser in den Himmel wuchsen. Es war groß, belebt und bunt.

Noch bevor der Zug zum Stehen kam, entdeckte sie Grace auf dem Bahnsteig. Da stand sie, ihre lang vermisste Mom! Näher als Grace war ihr niemand. Niemandem hatte sie mehr zu verdanken.

Trotz ihrer geringen Körpergröße ragte Grace wie eine Königin aus der Menschenmenge heraus, so elegant, wie sie dastand, das Haar goldblond und im natürlich gelockten Stil von Ingrid Bergman gelegt. Sie trug einen beigen Trenchcoat, der in frechem Kontrast zu ihren hochhackigen Schuhen stand. Sie sah unglaublich attraktiv aus im *Casablanca*-Stil.

Kurz musste Norma an einen Artikel aus dem *Hollywood-Reporter* denken, der über den sturzbetrunkenen Humphrey Bogart berichtet hatte. Sie schüttelte den flüchtigen Gedanken wie Regentropfen von sich ab. Sie wollte nichts mehr von Bebes Lügen wissen. Schluss, aus, vorbei. Jetzt waren Chicago und Grace an der Reihe.

Norma strich sich ihr mintgrünes Kleid am Körper glatt, dann verließ sie den Fernzug. Stürmisch schob sie sich an den anderen Reisenden vorbei, Grace fest im Blick.

Als sie vor ihr ankam, fiel sie ihr wie ein kleines Kind um den Hals. »Endlich!« Eine warme Welle aus Zuneigung und Liebe durchflutete ihren Körper. Es fühlte sich genauso an wie damals, als Grace sie aus dem Waisenhaus abgeholt hatte. Am liebsten wollte sie ihre Mom nie mehr loslassen. Es war ihr egal, dass die Leute auf dem Bahnsteig sie schief anschauten.

»Sweetheart, endlich sehen wir uns wieder.« Grace lächelte und schob Norma zärtlich an den Schultern von sich. Mit wohltuend mütterlichem Blick beschaute sie Norma von oben bis unten. »Gut, dass du als Ehefrau nicht zugenommen hast. Du bist noch hübscher geworden.«

Norma errötete wegen des Kompliments. Grace war auch noch dieselbe zierliche und frische Person wie früher. Sie schien kein bisschen gealtert, obwohl sie im nächsten Jahr fünfzig wurde. »Aber du siehst auch etwas erschöpft von der Reise aus.« Sie streichelte ihr über die Wange. »Du willst dich bestimmt kurz frischmachen, bevor wir in die Bar gehen.«

»Ja, gerne«, bestätigte Norma und schmiegte ihr Gesicht in die warme Hand von Grace.

Ein Mitreisender, ein Herr mittleren Alters, brachte ihren kleinen Reisekoffer an. Norma bemerkte ihn erst gar nicht, so versunken war sie im wohligen Kokon der Mutterliebe. »Der Koffer gehört doch Ihnen, nicht wahr, Mrs.?«, fragte der Herr und schaute Norma erwartungsvoll an.

»Oh, ja, den habe ich vor Aufregung ganz vergessen. Vielen Dank«, sagte Norma, nahm den Koffer an sich und hakte sich bei Grace ein.

»Das ist sehr freundlich von Ihnen, Sir«, antwortete Grace. Sie lächelte ihn an, aber er hatte nur Augen für Norma und rückte sich die Krawatte zurecht.

Norma irritierte das ein wenig. Wenn Grace und sie in Los Angeles unterwegs gewesen waren, war es immer ihre Mom gewesen, die das Interesse fremder Menschen geweckt hatte, sogar von Frauen. Wäre Grace beim Ball in Catalina gewesen, wäre sie bestimmt die am meisten bewunderte Tänzerin des Abends gewesen.

»Eine schöne Zeit in Chicago«, sagte Norma dem Herrn noch, dann wollte sie endlich ungestört mit Grace sein und nicht mehr an Männer denken müssen.

Grace legte den Arm um Norma und wandte dem Herrn den Rücken zu. »Komm, wir fahren kurz in mein Apartment. Und dann gehen wir aus. Du hattest mir doch so begeistert von der *Stan-Kenton-Band* geschrieben. Einer der Posaunisten spielt heute Abend mit einem kleinen Ensemble in der *Trumpet Bar.*«

Normas Aufregung wuchs, endlich wieder Musik. Sie wollte jeden Taktschlag auskosten, damit das Glücksgefühl lange anhielt.

Vor dem Bahnhof rief Grace ihnen ein Taxi. So schlecht konnte es ihr nicht gehen, wenn sie sich ein Taxi leisten konnte, dachte Norma und musste ihre Mutter immer wieder länger anschauen. Eine Alkoholikerin sah nicht so frisch und klar aus wie Grace, eher so grau und blass wie Ervin.

Während der Autofahrt schwärmte Grace vom Leben in Chicago, der Wiege des Blues. Chicago war die Stadt der Cabarets, Jazzclubs und Tanzlokale, und es gab legendäre Untergrundbars, die noch aus den Zeiten der Prohibition stammten. Grace ließ auch nicht unerwähnt, dass der Stummfilmstar Gloria Swanson aus Chicago stammte. »Hier lebt es sich besser als in Huntington.« Sie klang begeistert und schien ihre alte Fröhlichkeit nicht verloren zu haben. Norma kannte niemanden außer Grace, der so oft so gute Laune hatte. Häufig hatte ihre Mutter sie aufgeheitert, wenn sie als junges Mädchen in traurigen Erinnerungen versunken war.

Graces kleines Apartment befand sich in Chicagos South Side gleich hinter einer Großschlachterei. Es war Teil eines langen Flachbaus, wo eine Tür wie die andere aussah und ergraute Gardinen hinter den Fenstern hingen. Das Apartment wirkte wenig gemütlich, eher wie ein ältliches Motel aus einem Kriminalfilm. Graces Kleider und Blusen hingen auf einer nackten Kleiderstange.

Norma ging ins Bad, wusch ihr Gesicht und musste über den riesigen Kosmetikkoffer neben dem Waschbecken schmunzeln. In den würde fast ihre gesamte Reisebekleidung reinpassen. Nach kurzem Zögern öffnete sie ihn wie eine Schatztruhe. Oben aufliegend, funkelte sie eine Lippenstiftsammlung wie eine Klaviatur an. Die Farbpalette reichte von Rosa über Pink bis Dunkelrot, fast Braun.

Grace trat neben sie und klappte den Koffer mit einem liebevollen Lächeln wieder zu. »Ich habe ein Willkommensgeschenk für dich.« Sie zog Norma ins Wohnzimmer zurück, das gleichzeitig auch als Schlafzimmer diente. Dort hielt sie ihr ein rotes Kleid mit gerafftem Oberteil vor den Körper. »Mal etwas Besonderes für meine hübsche Hollywood-Tochter«, sagte sie.

Norma lächelte über die Wortwahl und prüfte unvermittelt, wo ihr Reisekoffer mit dem *Stanislawski* stand. Sie entdeckte ihn neben der Couch. Hoffentlich würde ihre Mutter nicht enttäuscht sein, dass sie keine Szene für sie einstudiert hatte.

Beeindruckt strich Norma über den weißen schmalen Gürtel am Kleid, die weiße Fliege und den ebenfalls weißen Saum an den Ärmeln. Das Kleid erinnerte sie an die Uniform einer Krankenschwester, nur festlicher. Ein Stil, der seit gewisser Zeit auch in Hollywood beliebt war. Sie probierte das Kleid gleich an und stieg in ihre hochhackigen Hochzeitsschuhe. Das Kleid betonte ihre Taille und ihre Brüste und trug sich angenehm weich. Das kräftige Rot war typisch Grace – sehr gewagt. Ihr Körper schien perfekt gemacht für figurbetonte Kleider. Bei vielen Frauen saßen sie an irgendeiner Stelle zu eng und spannten oder warfen unschöne Falten wie Graces Bluse über ihren flachen Brüsten. Norma hingegen passte das enge Kleid wie eine zweite Haut. Noch mehr freute sie sich allerdings darüber, dass Grace genau ihren Geschmack getroffen und ihre Maße noch gewusst hatte. Sie fiel ihr erneut um den Hals. »Danke, dass du mich immer noch so gut kennst.« Erleichtert registrierte sie, dass ihre Mom aus dem Mund kein bisschen nach Alkohol roch.

∞

Der Abend in der Jazzbar entspannte Norma bis in die Zehen hinein. Sie saß mit Grace in der zweiten Reihe an einem kleinen Tisch mit Blick zur Bühne. Der Posaunist der *Stan-Kenton-Band* wurde begleitet von einem Trompeter, einem Klarinettisten, einem Banjospieler und einem Kontrabassisten.

Vom ersten Lied an wippte Normas Fuß im Rhythmus der Musik mit. Die Lieder waren so herrlich beschwingt, dass sie am liebsten getanzt hätte. Aber die Tische standen so eng beieinander und waren vollbesetzt, sodass dafür kein Platz war. Die meisten Gäste hatten Bourbon oder Whiskey auf dem Tisch stehen und bestellten halbstündlich nach. Grace nippte nur an ihrem Glas Wein. Sie kamen auf alte Erinnerungen. »Dieser herrliche Käsetoast, den wir damals in Van Nuys so gerne aßen, und dann erst die netten Nachbarn. Eine unbeschwerte Zeit war das.« Grace lächelte versunken.

»Ja, das war es. Vom Käsetoast habe ich einmal sogar zwei Stück geschafft. Nur Bebe hat noch mehr davon-« Norma verbot sich, weiterzusprechen. »Lass uns nicht über die Goddards reden.«

Grace schaute sie länger nachdenklich an, aber fragte nicht weiter nach. Sie hatte schon immer gewusst, wann sie Norma besser nicht mit einem Thema bedrängte. Für diese feinfühlige Art war Norma ihr sehr dankbar. Früher waren die Tabuthemen alte Geschichten über Pearl gewesen. Sie hatten davon gehandelt, was für verrückte Hühner Grace und Pearl als junge Frauen gewesen waren.

»Die Bar gefällt mir unheimlich gut«, sagte Norma, um sich ganz auf die Gegenwart zu konzentrieren. Durch all die gut gelaunten, amüsiersüchtigen Menschen war eine besondere Stimmung im Raum. Die Musiker stimmten *Cotton Tail* von Duke Ellington an, wofür der Klarinettist sein Instrument gegen ein Saxofon eingetauscht hatte.

Norma summte die Melodie mit und schaute beeindruckt auf die Finger des Saxofonisten, die ungemein flink über die Klappen des von Goldlack überzogenen Instruments sausten. In Gedanken plante sie schon ihre nächste Chicagoreise. Wenn sie wieder bei *Radioplane* arbeiten würde, hätte sie das Reisegeld locker bis zum nächsten Frühjahr zusammen. Und eigentlich würde sie Jim gerne mitnehmen, sie sehnte sich nach Harmonie. Aber dafür musste sie erst einmal das Geständnis ihrer geheimen Reise überleben. Hoffentlich beruhigte er sich danach wieder. Nach dem letzten Streit hatte die Distanz ihnen beiden gutgetan.

Norma erzählte Grace an diesem Abend von ihrer Ehe, von Jim und dem Wunsch zu arbeiten. Grace ermutigte sie darin, die eigenen Bedürfnisse nicht zu vergessen. Sie war überzeugt davon, dass es für alles den richtigen Zeitpunkt gab, der der Anfang von Normas Ehe nicht gewesen war. Aber jetzt, wo Jim sie schätzen und lieben gelernt hatte, dürfe sie ihm gegenüber mutiger werden.

Als die Band *Chinatown, My Chinatown* zu spielen begann, sang Norma ungezwungen mit. Es war so beschwingt und wunderbar mehrstimmig, dass es sich als Begleitmusik beim Putzen anbot. Sie hatte es wieder und wieder auf Catalina vor sich hin gesungen, weswegen sie den Text schon auswendig kannte. Mit dem Lied im Ohr ging das Saubermachen viel schneller von der Hand.

»Chinatown, my Chinatown, where the lights are low«, sang sie und erinnerte sich an ihre ersten Monate in Sherman Oaks. Damals hatte sie langsam begonnen, sich in Jim zu verlieben. Er hatte ihr geholfen, über die Sehnsucht zu ihrer Familie hinwegzukommen. Dafür würde sie ihm immer dankbar sein, das wollte sie nie vergessen, auch wenn sie manchmal stritten und sie sich selbst um ihre Träume kümmern musste.

»Hearts that know no other land, drifting to and …«, sang sie kräftiger, sodass ihre eigentlich zarte Stimme wohl bis zum Nachbartisch drang. Das Ehepaar dort schaute jedenfalls verwundert zu ihr herüber. Grace lachte glockenhell auf.

Plötzlich unterbrachen die Musiker ihr Spiel. Normas hohe Stimme stand noch zwei Takte länger im Raum.

Auf der Bühne ergriff der Posaunist das Mikrofon. »Wir haben heute Abend eine besonders reizende Dame im Publikum«, sagte er und ließ seinen Blick über die versammelte Menge an den Tischen gleiten.

Norma schaute sich auch um, wer damit gemeint sein könnte. Grace richtete sich in ihrem Stuhl auf und schaute vor zur Bühne.

»Anhand ihrer Lippenbewegung habe ich beobachtet, dass sie den Text des Liedes kennt«, sprach der Posaunist weiter, »und das begeistert mich sehr.« Er kam von der Bühne.

Erst hatte Norma noch denken wollen, dass die blonde Dame in der ersten Reihe gemeint war, die den Posaunisten schon den ganzen Abend anhimmelte, aber an deren Tisch ging der Musiker vorbei.

Als er vor ihr stoppte, schoss ihr Puls sofort hoch, und sie winkte mit den Händen ab. Aber der Posaunist ließ sich nicht von seinem Vorhaben abbringen. »Würde die reizende Dame uns die Freude machen, für uns zu singen? Wir begleiten sie natürlich.«

Anstatt zu singen, fiel Norma wohl eher in Ohnmacht. Ihr Herz pumpte Blut in einer Geschwindigkeit durch ihren Körper, als würde sie sprinten. Dabei saß sie stocksteif wie angekettet auf ihrem Stuhl.

»Ihr Name ist Norma«, verriet Grace dem Posaunisten. »Und sie ist eine ausgezeichnete Sängerin.«

Norma wollte widersprechen, aber sie hörte kaum noch etwas, weil ihr Blut so laut in ihren Ohren rauschte. Ihr Herz wummerte wie ein Orchester aus Kesselpauken.

Der Posaunist trat vor sie und sprach vertrauter: »Norma, würden Sie mir die Freude machen, uns mit Ihrer Stimme bei *Chinatown, My Chinatown* zu begleiten? Danach lasse ich Sie in Ruhe, versprochen.« Er lächelte charmant. »Nur ein einziges Lied.«

»Na mach schon, Sweetheart!«, ermunterte Grace sie.

Als die Menschen um sie herum zu klatschen begannen, erhob sich Norma von ihrem Stuhl. Unter den vielen Blicken fühlte sie sich plötzlich ganz wackelig auf den Beinen, aber schaffte es immerhin an der Seite des Posaunisten ohne zu stolpern bis auf die Bühne. Er stellte Norma vor das Mikrofon, setzte seine Lippen an das Mundstück seines Instrumentes und nickte seinen Mitspielern zu.

Norma nickte zurück. Die ersten Worte kamen ihr viel zu leise und zögerlich über ihre Lippen, aber den Zuschauern schien es trotzdem zu gefallen. Unter den zustimmenden und bewundernden Blicken wurde sie langsam mutiger, sang kräftiger und klarer. Noch vor dem Ende der ersten Strophe hatte der Song sie zurückerobert. »Dreamy, dreamy Chinatown, almond eyes of brown …«

Freudig nickte der Posaunist seinen Bandkollegen zu. Sie fühlte sich wie berauscht, und in ihr kribbelte es wie überschäumende Cola. Mit sanften Bewegungen aus der Hüfte ging sie mit der Musik mit. Ihr Körper fühlte sich biegsam und geschmeidig wie eine Gerte an. »Heart seems light and life seems bright, in dreamy Chinatown«, sang sie.

Die Musiker begannen zu improvisieren, so dass Norma die letzte Strophe erneut singen musste. Niemand wollte aufhören.

Als der letzte Takt des Liedes doch verklang, erhob sich das Publikum Beifall klatschend. Im Strudel der Begeisterung drehte Norma sich hinter dem Mikrofon, so dass der Rock ihres roten Kleides luftig um ihre Oberschenkel flog und für einen winzigen Augenblick ihr zerschrammtes Knie unter den halbtransparenten Feinstrümpfen freigab. Der Applaus schwoll noch einmal an.

Der Posaunist trat neben Norma, bedankte sich mit einem Handkuss und verbeugte sich mit ihr vor dem Publikum. Begleitet vom Beifall führte er sie an ihren Tisch zu Grace zurück, als wäre sie der Stargast des Abends.

Norma war so trunken von der einzigartigen Stimmung, dass sie ihre Hüften stärker als beim normalen Gehen geschwungen hatte. Sie hatte sich die gerade Linie auf dem Boden vorgestellt wie einst auf Ethels zottigem Läufer. Wieder kitzelte es in ihrem Magen wie in einer überschäumenden Colaflasche.

Grace empfing sie freudestrahlend und drückte Norma die Hände. »Meine hinreißende Tochter.« Sie war so gerührt, dass ihre Augen feucht wurden. Ihr Weinglas hatte sie immer noch nicht ausgetrunken.

Die Band spielte noch bis lange nach Mitternacht, und Norma wurde nicht müde, ihnen zu lauschen. Sie merkte auch, wie sie immer wieder von neugierigen Blicken gestreift wurde. Jim würde das nicht gefallen, deswegen schaute sie auch nicht zurück. Grace hingegen genoss die Aufmerksamkeit anderer Männer. Im Verlauf des Abends wurde Norma immer überzeugter, dass ihre Mom niemals zu Ervin zurückkehren würde.

Erst in den frühen Morgenstunden verließen Norma und Grace die *Trumpet Bar.* Weil sie kein Taxi mehr bekamen, gingen sie zu Fuß zum Apartment zurück. Sie hakten sich ein und spazierten vorbei an anrüchigen Etablissements, die sogar Jim hätten erröten lassen.

Irgendwann konnte Norma nicht anders, als Grace nach diesem wundervollen Abend ihr Herz auszuschütten. Sie wollte keine Geheimnisse vor ihr haben. »Ich bin so froh, dass es dir so gut geht«, sagte sie im Rausch des Abends und der Vertraulichkeit, die zwischen ihnen sofort wieder da gewesen war. Die Lichter der Bars funkelten verheißungsvoll. Chicago war so viel lebendiger als Huntington.

»Warum sollte es mir auch nicht gut gehen?«, fragte Grace zurück.

Doch plötzlich wagte Norma nicht, Bebes miese Lüge zu erwähnen. »Werdet ihr euch scheiden lassen?«, fragte sie stattdessen. Es war verboten und verpönt zugleich, wenn sich kirchlich getraute Ehepaare scheiden ließen. Ob das allerdings für Eheschließungen in Las Vegas, wo Grace und Ervin geheiratet hatten, galt, wusste Norma nicht. Las Vegas war nicht gerade für seine Frömmigkeit bekannt und lag außerdem in einem anderen Bundesstaat mit anderen Gesetzen und Regeln.

»Ervin sagt, dass er dich sehr liebt«, rutschte es Norma nun doch heraus. Eigentlich hatte sie nicht die Liebesbotin ihres Stiefvaters sein wollen. Vielleicht rührte ihn seine verzweifelte Liebe einfach zu sehr.

»Ich weiß nicht, wie es mit Ervin und mir weitergehen soll«, gestand Grace und zog ihren Schritt an. »Aber zerbrich dir darüber nicht den Kopf, Sweetheart. Alles wird sich irgendwie finden.«

Norma konnte nicht mehr aufhören zu lächeln. Wenn Grace sie »Sweetheart« nannte, fühlte sie sich beschützt und geliebt gleichermaßen. Sie schmiegte sich im Gehen an den Arm ihrer Mutter und betrachtete sie von der Seite. Selbst am Ende dieser berauschenden Nacht war Graces Make-up noch immer perfekt. Sie hatte es in der Bartoilette beinahe stündlich aufgefrischt.

Es begann zu regnen.

»Das Wetter in Chicago ist unberechenbar. Das ist das Einzige, was mich hier stört.« Grace lachte auf und zog Norma unter den Vorstand einer Gemüsehandlung, deren Rollladen heruntergelassen war.

Sie hat alles im Griff, auch den Alkohol, dachte Norma erleichtert. Grace hatte den ganzen Abend lang nur ein Glas Wein getrunken. Bei ihrer neuen Arbeit im Filmlabor konnte sie es sich gar nicht erlauben, verkatert oder betrunken zu erscheinen. Erst recht nicht, weil das Filmlabor deutlich mehr als den Mindestlohn bezahlte, wie Grace ihr stolz während *Lady, Be Good* erzählt hatte.

Der Regerschauer war schnell vorüber, so dass sie ihren nächtlichen Spaziergang fortsetzen konnten. »Wenn du möchtest, zeige ich dir morgen das Geburtshaus von Gloria Swanson«, schlug Grace vor. »Du warst knapp neun Jahre, als wir *Liebesreigen* bei *Grauman's* sahen. Es war Glorias erster Tonfilm und ganz großartig.«

»War das der Film, in dem sie als Operndiva mit einem deutschen Dorfkomponisten durchbrennen wollte?« Norma erinnerte sich nur noch schwach an die Geschichte. Mehr war ihr ihr erstes Eis am Stiel in Erinnerung geblieben, das ihr Grace an diesem Tag spendiert hatte.

Kurz nachdem sie im Apartment zurück waren, schlief Norma vor Erschöpfung im Sitzen auf dem Sofa ein. Grace legte sie vorsichtig hin und bettete eine Decke über sie.

Halb schlafend, halb wach hörte Norma sie noch sagen: »Schlaf gut, mein Hollywood-Sweetheart.«

∞

Der Folgetag wurde zu einer Reise in die Vergangenheit des amerikanischen Films. In der Stadt am Michigan See waren schon vor der Jahrhundertwende erste Kurzfilme gedreht worden. Studiobosse wie Walt Disney starteten hier ihre Karriere. Erst als Los Angeles erschlossen wurde, zog es immer mehr Filmemacher aus Chicago fort und an die Küste. In Kalifornien war das Wetter berechenbarer und vor allem ganztags sonnig. Für den Dreh von Filmen, deren

Großteil aus Außenaufnahmen bestand, war das essenziell. Mit niemand sonst tauchte Norma so gerne in die Welt der bewegten Bilder, der *Motion Picture*, ein, wie mit ihrer Mutter.

Grace zeigte ihr an diesem zweiten Tag ihren Arbeitsplatz im Filmlabor, wo sie als Aufseherin arbeitete, und stellte ihr ihre durchweg netten Kolleginnen vor. Auch im Filmlabor waren die meisten Arbeitskräfte Frauen. So ungewöhnlich, wie Jim immer tat, waren arbeitende Frauen gar nicht. Und mitnichten waren das alles Witwen, die nicht anders konnten, um nicht zu verhungern.

Nach dem Filmlabor gingen sie zum Geburtshaus von Gloria Swanson, und das Gespräch kam unweigerlich auf Normas Bemühungen um die Schauspielerei. Sie erzählte von ihren Plänen, Schauspielunterricht zu nehmen, und davon, dass sie mit einem Lehrer ein Stück einstudieren wolle, um die Filmbosse zu beeindrucken.

»Wie wäre es mit einem klassischen Stück?«, schlug Grace vor. »Damit würdest du bestimmt herausstechen aus der Masse an Bewerberinnen.«

Norma hatte eher an eine Filmszene gedacht. War ein klassisches Stück nicht zu hochgegriffen für eine Schulabbrecherin wie sie?

»Ich würde dir *Antigone* vorschlagen, die Tragödie des antiken griechischen Dichters Sophokles. Ich weiß von früher, dass es sich besonders für Anfänger gut zum Üben eignet. Ich glaube, mal gehört zu haben, dass Judy Garland mit diesem Stück beim Vorsprechen begeistert haben soll.«

»Judy Garland? Wirklich?«, fragte Norma nun Feuer und Flamme zurück. »Ich will es versuchen«, versprach sie und musste bei dem Namen Garland sofort an Dorothy aus dem *Zauberer von Oz* denken. Diese Rolle hatte Judy Garland berühmt gemacht. »Hoffentlich hat Jim nichts dagegen.«

»Ich finde es gut, dass du dich als Ehefrau langsam emanzipierst«, sprach Grace weiter. »Ich glaube, dass Männer, die ihren Frauen das

Arbeiten verbieten, Angst vor deren Unabhängigkeit haben. Schau dir Ethel an, die hat sich auch gegen den müden Edward durchgesetzt.«

»Jim, Angst vor mir?«, fragte Norma irritiert zurück.

»Er könnte Angst davor haben, dass du mit eigenem Geld nicht mehr auf ihn angewiesen bist. Ervin mochte es auch nie, dass ich arbeite – aus genau diesem Grund.«

»Dann muss ich Jim diese Angst nehmen«, beschloss Norma, »ihm zeigen, dass ich ihn nicht weniger liebe, nur weil ich nicht mehr auf das Haushaltsgeld angewiesen bin.«

»So spricht eine emanzipierte Frau.« Grace nickte, und keine Strähne ihrer perfekten Frisur verrutschte dabei. »Richtig so. Auch in einer Ehe darfst du deine Bedürfnisse nie vergessen. Ansonsten bist du irgendwann nur noch eine leere Hülle zu Diensten deines Mannes.«

Norma fragte sich sofort, ob Grace aus eigener Erfahrung sprach. Es war sicher nicht leicht gewesen, mit einem Trinker und Lügner zusammenzuleben. Sie lächelte aufmunternd. »Du hast recht. Wer will schon eine leere Hülle sein.«

Der zweite Tag bei Grace ging so schnell vorüber, dass Norma sich nach viel mehr Zeit mit ihrer Mutter sehnte. Grace erstand noch das Textbuch von *Antigone* für sie, als Motivation, an ihrer Karriere zu arbeiten.

Überwältigt von der zweisamen, inspirierenden Zeit fuhr Norma am späten Nachmittag zum Bahnhof. Sie war fest entschlossen, ihre Rückreise ein paar Tage nach hinten zu verschieben. Der guten alten Zeiten wegen wollte Grace derweil ihren berühmten Käsetoast zum Dinner zubereiten. Es fühlte sich an, als wären sie nie voneinander getrennt gewesen.

Am Ticketschalter erfuhr Norma, dass es für die Züge in Richtung Westküste bis zum Ende der Woche keine freien Plätze mehr gab.

Obendrein würde eine Umbuchung teuer werden. Viel Geld von ihrem Lohn bei *Radioplane* war nicht mehr übrig, ihre Reisekasse war bis auf fünfzehn Dollar geschrumpft. Das reichte noch für Proviant und ein kleines Geschenk für Tom und ihre Schwiegereltern. Ob sie Grace um etwas Geld bitten könnte? Was wären schon dreißig Dollar für eine gemeinsame Woche mehr? Für jemanden, der mehr als den Mindestlohn verdiente?

Als sie im Apartment zurück war, hatte Grace gerade den Käse geschnitten. »Du bist aber schnell zurück. Würdest du schon mal den Tisch decken?«, bat sie Norma und verschwand im Bad.

Norma deckte den Tisch, und als Grace wieder in die Küche kam, berichtete Norma ihr, was sich am Bahnhof ergeben hatte.

Während Grace den Käsetoast in der Pfanne briet, breitete sich der würzige Duft von geschmolzenem Cheddar im Apartment aus. Norma musste lächeln bei der Vorstellung, ihre Mutter würde eine von Ethels vielgeliebten Blumenschürzen beim Kochen tragen. Trotz ihrer Unterschiedlichkeit hatten sich diese beiden Frauen einst angefreundet. Das Einzige, was Ethel und Grace gemein zu haben schienen, war der Umstand, dass sie als verheiratete Frauen ihren eigenen Kopf behalten hatten. Grace hatte es »emanzipiert« genannt.

»Könntest du mir für eine Umbuchung dreißig Dollar leihen?« fragte Norma, als der Käsetoast goldgelb gebraten vor ihr lag. Bevor Grace antwortete, stellte sie Norma eine Limonade hin. Sich selbst gönnte sie ein kleines Bier. »Ich muss nachsehen, ob ich noch so viel dahabe. Der nächste Gehaltscheck kommt erst in drei Tagen.« Sie schaute in ihrer Geldbörse in der schicken Handtasche nach. »Es tut mir leid, nein, es sieht nicht so aus.«

Norma seufzte. »Es wäre auch zu schön gewesen! Dann versuche ich eben, sobald es geht, wiederzukommen.« Hungrig verschlang sie nach diesen Worten ihren Toast, aus dem der geschmolzene Käse an den Seiten herausquoll.

Grace küsste die kauende Norma auf die Stirn. »Du bist mir jederzeit willkommen. Das weißt du doch.«

»Dein Käsetoast schmeckt noch so gut wie eh und je«, lobte Norma und nahm sich noch einen zweiten. Grace hingegen aß immer noch die gleichen Mausportionen wie früher und nippte nur gelegentlich am Bier.

Nach dem Essen wuschen sie gemeinsam das Geschirr ab und landeten danach auf der Couch. Grace gähnte schon, aber Norma wollte ihr unbedingt noch etwas zeigen. Sie holte das Fotoalbum aus ihrem Koffer und schlug es auf jener Seite auf, die Otis Monroe im Jahr 1895 zeigte. »Was weißt du über ihn?« Immerhin war Grace früher eine gute Freundin von Otis' Tochter Pearl gewesen.

»Otis war ein interessanter Mann«, sagte Grace und schlug die Beine übereinander von rechts nach links und kurz darauf wieder von links nach rechts. »Seine Frau Della Mae habe ich nicht oft getroffen. Sie hatte es nicht leicht im Leben, genauso wie Pearl.«

Norma wollte an diesem letzten Abend auf keinen Fall über die Geisteskrankheiten ihrer Familie reden. »Und Otis? Was weißt du über ihn? Hat er Ingenieurwesen studiert, als Erster in unserer Familie?«

»Nicht, dass ich wüsste.« Grace schüttelte den Kopf. »Ich glaube, Della Mae wandte sich von ihm ab, weil er krank wurde. Er steckte sich noch vor dem Ersten Weltkrieg mit Syphilis an, die sein Gehirn zerstörte.«

Norma konnte es kaum glauben. »Er wurde auch verrückt?« Mutter, Großmutter und Großvater, zählte sie in Gedanken auf. Und ihr Vater?

»Aber davor war Otis ein Mann mit großen Träumen. Er hatte diese winzige Dachkammer, wo er in jeder freien Minute erotische Aquarelle malte.«

Norma holt den Zeitungsartikel hinter dem Foto auf der vorletzten Seite hervor und wies auf das abgebildete Dachstudio. »Das hier?«

»Sieht ganz so aus.« Grace nahm Norma in den Arm. »Hast du eigentlich deine leibliche Mutter inzwischen mal besucht?«

Norma senkte kurz betreten den Kopf. »Sie ist in einer Irrenanstalt bei San Francisco. Ganz schön weit weg.« Aber auch im näheren Norwalk hatte sie nicht den Mut aufgebracht, Pearl gegenüberzutreten.

»Die Arme«, sagte Grace. »Wir waren uns einmal sehr nah.«

»Erzähl mir mehr von Großvaters Träumen!«, bat Norma.

»Otis war anders als die meisten Männer«, begann Grace.

Norma strich über die Fotografie ihres Großvaters. »Das habe ich von Anfang an vermutet.«

»Otis verehrte die französischen Maler der Belle Époque, weil sie so mutig bei der Wahl ihrer oft freizügigen Motive waren. Er träumte davon, vom Malen kunstvoller Bilder auf einem Hausboot zu leben.« Grace versuchte mit französisch klingendem Akzent zu sprechen, worüber sie beide herzlich lachen mussten.

»Weißt du, ob Otis das gelang?«, wollte Norma wissen, nachdem sie sich wieder beruhigt hatten. Der Traum ihres Großvaters klang mindestens genauso verrückt wie die Vorstellung, dass sie einmal eine berühmte Schauspielerin sein würde. Ob es beim Malen auch einen *schwindelerregenden Augenblick* gab?

Grace gähnte hinter vorgehaltener Hand. »Ich denke nicht, dass es ihm gelang.«

»Ich stelle es mir traumhaft vor, auf einem Boot zu wohnen«, sagte Norma. »Mann könnte oft schwimmen gehen, und abends funkelt das Wasser im Mondschein.«

Grace erhob sich. »Na dann bin ich mal gespannt, ob du diese Nacht von einem Hausboot träumst.« Sie holte Normas Bettdecke und ein Kissen aus dem Schrank. »Ich bin hundemüde.«

Norma ging schnell noch ins Bad, dann legte sie sich aufs Sofa.

Grace deckte sie mütterlich zu. »Schlaf gut, Sweetheart.«

»Schade, dass ich meinen Fahrschein nicht umtauschen konnte«, betonte Norma noch einmal.

»Ja, das ist sehr schade.« Grace küsste sie mütterlich auf die Stirn und ging dann ins Bad.

Norma fielen die Augen zu, noch bevor Grace sich in ihr Bett am Fenster legte. Sie machte sich keine Mühe, die ergrauten, fadenscheinigen Gardinen zuzuziehen.

Vor ihrem inneren Auge ließ Norma diesen besonderen Tag Revue passieren, dachte auch noch einmal an die *Trumpet Bar* und wie sie auf der Bühne gestanden und das Publikum ihr applaudiert hatte. Mit der Melodie von *Chinatown, My Chinatown* im Ohr schlief sie selig ein. Mit Grace an ihrer Seite fühlten sich so magische Momente wie der Abend auf der Bühne doppelt so gut an.

Irgendwann, es war noch dunkel draußen, wachte Norma auf, weil sie Schritte hörte. Sie blinzelte und sah die Umrisse von Grace im Morgenmantel, die wohl auf die Toilette ging. Aus dem Bad vernahm sie ein Geräusch, das klang, als ob ihre Mutter den Kosmetikkoffer öffnen würde. Hatte sie schlecht geträumt? Norma kam von der Couch hoch und ging zum Bad. Die Tür war nur angelehnt. Sie schob sie auf.

Grace setzte da gerade einen Flachmann an ihre Lippen und trank, als wäre es Cola. Mit jedem Schluck entspannte sich ihr angespannter Körper ein Stück mehr.

Norma lief ein eiskalter Schauer den Rücken hinab. »W- w- was machst du da?«

Grace nahm den Flachmann nur langsam von ihren Lippen. »Nur ein Schlückchen«, sagte sie. »Ich brauche was zur Verdauung, der Käsetoast liegt mir so schwer im Magen.«

»Das sieht nicht wie ein kleiner Schluck aus«, sagte Norma mit erstickter Stimme.

»Es ist alles gut, mach dir keine Sorgen um mich.« Im Ton der fürsorglichen Mutter schlug Grace vor: »Komm, lass uns wieder ins Bett gehen.« Sie stellte den Flachmann aufs Waschbecken und wollte Norma aus dem Türrahmen schieben. Aber Norma rührte sich nicht von der Stelle. »Bebe hat behauptet, dass du trinkst«, sagte sie so leise, so vorsichtig, wie Bebe es ihr damals im Baumhaus gesagt hatte. Nur senkte Norma den Blick nicht so demütig wie ihre Stiefschwester. Sie sah Grace direkt in die Augen.

»Was weiß die kleine Bebe schon!«, entgegnete Grace. Ihre Stimme klang angespannt.

Norma horchte auf. Hatte ihre Stiefschwester doch nicht falschgelegen? Bebe hatte gesagt, dass Alkohol einen Menschen verändern würde. Zum Beispiel machte er reizbarer, so wie Grace es gerade war. Norma wurde nervös.

»Ihr leiblicher Vater steht ihr näher als ich, deswegen wird Bebe nach meinem Auszug viel sagen, um ihn zu schützen«, behauptete Grace, ging an Norma vorbei aus dem Bad und legte sich wieder hin. »Gute Nacht. Ich brauche meinen Schlaf.« Damit drehte sie Norma den Rücken zu.

Norma dachte an den Artikel über Errol Flynn im *Hollywood Reporter*. Darin war beschrieben worden, dass Alkoholikern auf der Jagd nach dem nächsten Schluck oft die Hände zittern würden und sie ständig unruhig wären. Das war ihr beim Blättern im Fotoalbum bei Grace auch aufgefallen, aber sie hatte es auf die Müdigkeit ihrer Mom geschoben. Wenn Bebe mit dem Trinken recht hatte, stimmte womöglich auch ihre zweite, noch grässlichere Behauptung? Jene über den Umzug nach West Virginia? Und Ervins Lügen, was war damit? Panisch lief Norma in die Küche, schaltete das Licht an und griff in Grace teure Handtasche, die über dem Stuhl hing.

Grace sprang wie eine Furie aus dem Bett. »Was tust du da?«

Bevor ihre Mom bei ihr war, bekam Norma einen weiteren Flachmann zu greifen. Kein gesunder Mensch verwahrte Flachmänner in allen möglichen Taschen. Normas Magen begann zu rebellieren. »Bebe hat also doch recht?«, fragte sie atemlos.

Als Antwort lachte Grace gekünstelt auf.

Norma blieb das Herz stehen, als sie sah, dass sie mit dem Flachmann einen Stapel von Zehn-Dollar-Scheinen zu greifen bekommen hatte. Hatte ihre Mom vorhin nicht gesagt, dass sie keine dreißig Dollar mehr habe, um sie ihr zu leihen? Die Scheine in Normas Hand sahen nach viel mehr aus. In ihrer Erinnerung hörte sie Grace sagen: *Du bist mir jederzeit willkommen.* Und da war er wieder, dieser brennende Trennungsschmerz, als würde jemand mit einem Messer in ihren Eingeweiden rühren.

»Jetzt mach nicht so ein Drama daraus!«, war alles, was Grace zu ihrer Verteidigung vorbrachte.

Aber Norma schüttelte den Kopf und ließ die Tasche ihrer Mutter nicht los. Grace hatte sie belogen. Sie wollte gar nicht, dass sie länger blieb, vermutlich damit sie ungestörter trinken konnte. Ihre Mom, die versprochen hatte, immer für sie da zu sein, wollte sie nicht mehr bei sich haben. Nicht jetzt und vielleicht auch damals in Van Nuys nicht mehr. Auch damit lag Bebe anscheinend richtig: Nicht Ervin, sondern Grace hatte unbedingt nach West Virginia umziehen wollen.

Norma wurde übel von dem erdrückenden Gewicht der Lügen. Sie sprang zur Spüle und würgte, Graces Handtasche noch immer fest im Griff. Was war noch alles gelogen? Den bemitleidenswerten Wohltätigkeitsfall konnte man ja veralbern, so hungrig, wie Norma schon immer nach Liebe gewesen war. Sie hasste sich dafür.

»Gib meine Handtasche her!« Grace zerrte das Teil aus Normas Händen. »Hör endlich auf, mich so respektlos zu behandeln. Du machst dich lächerlich!«

In Normas Mundwinkeln hing noch Erbrochenes, als sie entgegnete: »Nein, *du* machst dich lächerlich und mit der Trinkerei alles kaputt!« Dafür bekam sie eine schallende Ohrfeige, die sie ins Taumeln brachte und mit der Stirn gegen die Kante des Küchentischs stürzen ließ.

Norma wurde heiß und kalt zugleich, und sie ertastete Blut an ihrer Stirn. Während sie wankend hochkam, setzte sich Grace gerade wieder einen Flachmann an die Lippen und trank durstig, die Handtasche wie ein Äffchen vor die Brust gepresst. Ihr Gesicht war hässlich verzerrt. Ohne Schminke und im grellen, elektrischen Licht der Küche wirkte sie aufgedunsen und ihre Haut großporig. So sah Errol Flynn inzwischen auch aus.

Norma konnte sie nur entsetzt anstarren, als würde sie ein Monster vor sich haben. Erst nach weiteren, kurzen, schnellen Atemzügen löste sich ihre Erstarrung, und sie weinte.

»Gleich morgen früh bringe ich dich zum Bahnhof. Glaub mir, es ist besser so, Norma Jeane!«, sagte Grace in strengem Ton, nachdem sie den Flachmann endlich abgesetzt hatte.

Norma schmeckte Blut auf ihren Lippen, und an ihrer Schläfe lief es warm hinab. Mit brennendem Herzen wankte sie zu ihrem Koffer und wollte schon beginnen, ihre Sachen zu packen, aber alle Kraft wich aus ihrem Körper. Schluchzend krümmte sie sich und weinte weiter. Es stach so sehr in ihrer Brust, dass sie vor Schmerz laut aufschrie. Niemand tröstete sie. Wieder hatte sie eine Mutter verloren.

TEIL III

»Wenn ich mich an alle Regeln gehalten hätte,
wäre ich nie irgendwo hingekommen.«

Marilyn Monroe

19
Mitte August 1944

Die Rückreise von Chicago nach Los Angeles bekam Norma kaum mit. Wie narkotisiert saß sie im Fernzug und starrte leblos vor sich hin. Später konnte sie sich nicht mehr daran erinnern, wo sie umgestiegen war.

Zurück in der Hermitage Street im Haus ihrer Schwiegereltern, hielt das Leben für sie nur noch ein einziges Gefühl bereit: Schmerz. Der fühlte sich an, als wäre sie nach einer Operation aus einer Narkose aufgewacht und lag nun ohne Schmerzmittel da. Sie wand sich im Bett, weinte unkontrolliert los, verlor die Orientierung, wusste nicht mehr, was sie gerade wo wollte. Sie verkroch sich in ihrem Zimmer und mied die Schwiegereltern wie auch alle anderen Besucher. Die würden nur fragen, was passiert sei, und das wollte sie nicht in Worte fassen müssen. Dann würde sie es wieder und wieder durchleben.

Seitdem sie aus Chicago zurück war, hatte es keinen guten Tag gegeben. Oft blieben ihre Gedanken am Streit in der Küche, an Graces verändertem Verhalten und ihrem Abschied hängen, der keiner gewesen war. Ihre Mom hatte sie gleich am nächsten Morgen samt Gepäck vor die Tür gesetzt. Die Sommerreise, zu der Norma so erwartungsvoll aufgebrochen war, war in einer doppelten Katastrophe geendet. Sie hatte nicht nur Bebe, sondern auch ihre Mom verloren. Ihre Stiefschwester wollte sie bestimmt nie wiedersehen! Norma schämte sich unendlich. Wenn sie an Bebe dachte, befiel sie der gleiche stechende Kopfschmerz wie damals bei dem Unglück mit Inez und Pedro, und sie konnte spüren, wie sich ihr Leib innerlich zusammenzog. Nie wieder würde sie Bebe in die Augen sehen können, ohne sich erbärmlich und verblendet zu fühlen. Zu dem ganzen Debakel kam noch hinzu, dass sie Jim für die Reise belogen und hintergangen hatte. Sie hatte jeden Grund, sich hundeelend zu fühlen.

Auch heute schlug Norma wieder Ethels Angebot aus, für ein Barbecue mit zu den Nachbarn drei Häuser weiter zu kommen. Statt den Duft von gegrillten Rippchen und selbstgemachter rauchiger Soße roch sie verbranntes Holz. Sie hatte neben dem Haus ein kleines Feuer gemacht und sich auf einem umgedrehten Eimer davorgesetzt. Die treue Muggsie saß gleichsam traurig zu ihren Füßen. Gemeinsam starrten sie in die Flammen, gemeinsam weinten sie. Der Rauch brannte in ihren Augen.

Auf Normas Schoß lag ein Stapel alter Briefe von Grace, die ihr vorlogen, wie sehr sie sie angeblich vermissen würde. Unter den Briefen steckte das Textbuch von *Antigone*, das ein Geschenk von Grace war und damit ebenfalls verbrannt gehörte. Schwerfällig erhob sie sich und übergab Brief für Brief den Flammen. Sie verbrannte alles, woran sie jahrelang geglaubt hatte. Ihre eigene Mutter hatte sie zum Narren gehalten, sie an der Nase herumgeführt wie ein dummes, kleines Kind.

Ein Weinkrampf drückte Norma auf die Knie, aber sie hörte nicht auf, die Briefe ins Feuer zu werfen. Sie hätte nie gedacht, dass sie auf diese schreckliche Art von Grace Abschied nehmen würde: im Streit und mit einer blutenden Wunde an der Stirn.

Als alle Briefe verbrannt waren, fühlte Norma sich leergeweint und leer im Kopf. Wie sollte sie jemals wieder aus diesem Loch herauskommen? Zwischen Ascheteilchen, die in der Luft schwebten, schaute sie unstet umher, bis ihr Blick auf dem Textbuch von *Antigone* landete, das auf den Boden gefallen war. Sie griff danach und wollte es ebenfalls dem Feuer übergeben, erst im letzten Moment zögerte sie und schlug das Vorwort auf. Bisher hatten sie die Gedanken an die Schauspielerei stets trösten können. Also las sie doch kurz darin. Im Vorwort hieß es, dass die Tragödie Jammern und Schaudern hervorrufen würde, und genau deswegen sollte das Lesen des Stücks angeblich von diesen Zuständen reinigen. Sie las, um im traurigen Schicksal der Griechin Antigone zu ertrinken. Aus Nächstenliebe hatte die junge Frau sich dem Verbot des Herrschers Kreon widersetzt, die Leiche ihres Bruders zu begraben. Die Sprache war altertümlich und nicht einfach zu verstehen.

Muggsie legte den Kopf auf ihre Vorderpfoten und beobachtete Norma dabei, wie die immer dramatischer vorlas: »O Grabgemach, Brautkammer, ewiglich schließendes Wohnhaus in düstrer Hölle.« Sie legte ihren ganzen Schmerz in diese Worte. »Freundlos, verlassen muss ich Unglückselige lebendig niedersteigen in der Toten Gruft.« Der Text sprach ihr aus der Seele, auch wenn sie es einfacher formuliert hätte. Norma konnte nicht mehr aufhören und trug eine Zeile nach der anderen vor. Die Worte waren wie eine Stütze, wie ein Korsett, das sie davon abhielt, ganz in sich zusammenzustürzen.

Für eine Weile versank sie in Antigones Schicksal, aber dann war er doch wieder da, ihr eigener brennender Schmerz, als rühre jemand mit einem Messer in ihren Eingeweiden und war längst beim Herzen angekommen. Sie warf das Textbuch ins Feuer.

∞

Auch zwei Wochen nach ihrer Rückkunft war Norma noch nicht nach Geselligkeit, und sie blieb die meiste Zeit in ihrem Zimmer. Es interessierte sie auch nicht, ob das Telefon klingelte. Jim hatte sich seit seiner Abreise nicht wieder gemeldet. Ihr Geständnis stand also noch aus. Sie kam sich schäbig vor, dass sie dachte, sie dürfte nicht auch noch ihn verlieren. Sie wollte ihn nicht dafür lieben, dass er der Einzige war, der ihr geblieben war.

»Happy Birthday to you!«, drangen die fröhlichen Rufe der Familie aus dem Wohnzimmer zu ihr. Edward feierte seinen einundsechzigsten Geburtstag. Ethel hatte die Familie, Freunde sowie einige Kolleginnen von *Radioplane* eingeladen. Norma hatte keinen Hunger und sich nach einem schnellen Glückwunsch von der Feier geschlichen.

Aus dem Wohnzimmer drang Gelächter, Gläser stießen aneinander, und Marion lobte das köstliche Dessert. Der Duft des Apfelkuchens wehte bis zu Norma ans Bett. Erst eine Ewigkeit später kehrte wieder Ruhe ins Wohnzimmer ein, und sie konnte hören, wie die Gäste davonfuhren.

Kurz darauf klopfte es an ihrer Zimmertür. »Darf ich reinkommen?«

»Ja«, sagte Norma aus Höflichkeit, die sie ihren Schwiegereltern schuldig war. Eigentlich wollte sie niemanden sehen.

Ethel nahm auf der einzigen Sitzgelegenheit im Raum Platz, auf dem Bett neben Norma. »Seit deiner Rückkunft bist du ein einziges Häufchen Elend und redest mit niemandem. Sogar Edward beginnt, sich Sorgen um dich zu machen.«

Norma antwortete nicht, sondern schaute auf die schlafende Muggsie am Fußende des Bettes. Dass Edward sich sorgte, hielt sie für eine Notlüge, um sie aufzumuntern.

»Bitte sag mir wenigstens, wie es meiner Freundin Grace in Chicago geht«, bat Ethel, streichelte Norma die Wange und fuhr mit dem Finger an ihrer Kopfwunde vorbei. Die war dabei zu verschorfen.

In einem Impuls umarmte Norma ihre Schwiegermutter. Als Dank, dass die sie in den letzten Wochen umsorgt und in Ruhe gelassen hatte. Nach ihrer Rückkunft aus Chicago hatte Ethel den Großteil der Hausarbeit übernommen. Außerdem zwang sie Norma an den Sonntagen weder mit in die Kirche noch an den Frühstückstisch und ließ sie im Bett bleiben.

Das Telefon klingelte, und Norma konnte hören, wie Edward den Hörer abnahm. Das musste der fünfte Geburtstagsanruf heute sein.

Norma setzte sich neben Ethel auf die Bettkante. Bei genauerem Hinsehen wirkte ihre Schwiegermutter grau im Gesicht und erschöpft von der Arbeit bei *Radioplane* und im Haus. Ihr riesiger Busen hob und senkte sich mit jedem Atemzug wie ein gewaltiges Gebirge.

»Richtig gut geht es Grace nicht«, sagte Norma zögerlich und überlegte, was sie preisgeben wollte und durfte. Sie war Ethel dankbar dafür, dass die sie nicht gleich am Tag ihrer Rückkehr aus Chicago bedrängt und ausgequetscht hatte. Vor allem deshalb, weil Geduld eigentlich nicht Ethels Stärke war.

»Grace hat gesundheitliche Schwierigkeiten«, sagte Norma.

Ethel sog scharf die Luft ein. »Etwa ein Krebsgeschwür in der Brust wie bei Florence gegenüber?«

Norma schüttelte den Kopf. Zum Schutz ihrer Mutter ging sie nicht näher darauf ein. Oder was war Grace eigentlich noch für sie?

»Hat Grace erwähnt, womöglich nach Los Angeles zurückzukehren?«, fragte Ethel weiter. »Hier gibt es viele gute Ärzte.«

»Hat sie nicht«, sagte Norma und wusste auch nicht, was sie tun würde, sollte sie Grace so schnell wieder begegnen.

»Da bin ich aber beruhigt, dass es kein Krebs ist«, sagte Ethel, erhob sich vom Bett und ging zur Tür. Dort wandte sie sich noch einmal um. »Falls du noch Appetit auf Apfelkuchen hast …«

Norma schüttelte den Kopf, bevor Ethel zu Ende sprechen konnte.

»Ich werde dir trotzdem ein Stück beiseitestellen«, beendete die Schwiegermutter ihren Satz. »Im Kühlschrank oben links. Er ist köstlich. Vielleicht möchtest du ihn später essen.«

»Vielleicht«, sagte Norma und ließ sich zurück ins Bett fallen.

∞

Seit zehn Wochen war Norma nun schon aus Chicago zurück, aber Jim hatte sich immer noch nicht gemeldet. Inzwischen übernahm sie wieder mehr Aufgaben im Haushalt und schenkte auch dem Klingeln des Telefons mehr Aufmerksamkeit. Langsam machte sie sich Sorgen, ob Jim im Krieg etwas zugestoßen sein könnte. Aus diesem Grund hatte sie ihm vor zwei Wochen einen Brief geschrieben. Darin bat sie ihn, ihr ein Lebenszeichen zu senden. Auch wenn es dauerte, bis ihre Zeilen ihn auf dem Schiff erreichten, mussten sie inzwischen angekommen sein. Hoffentlich lag die Funkstille nur daran, dass er nicht die Möglichkeit bekam, mit einem Militärboot an Land zu fahren und einen Fernsprecher zu suchen.

Norma hatte sich gerade gebückt, um auf dem Fuß des Telefontisches Staub zu wischen, als es klingelte. Sie griff sofort zum Hörer. »Jimmie?«

»Hey Norma, hier ist Tom«, kam es aus der Muschel.

»Tom, ach so. Ja. Hey.« Norma ließ die Schultern hängen und zwang sich zu dem üblichen: »Wie geht's?«

»Das wollte ich gerade von dir wissen. Du hast dich neulich klammheimlich von Dads Geburtstagsfeier geschlichen.«

»Jim hat sich immer noch nicht gemeldet«, murmelte sie in den Hörer.

»Darf ich dich ablenken vom Warten?«, fragte Tom zögerlich. Ihm war anzuhören, dass er sich wohl ein wenig aufdringlich vorkam.

»Wie denn ablenken?«, fragte Norma und wischte dabei Staub auf dem Telefontisch.

»Lass dich überraschen«, antwortete Tom. »Heute Abend sieben Uhr. Okay?«

»Aber ich muss mich um Muggsie kümmern«, schob sie vor. Von Überraschungen hatte sie erst einmal genug. Und Ablenkung fand sie eh keine. Nicht einmal die Ballspiele mit Muggsie brachten sie auf andere Gedanken. Sie war zu einer lausigen Werferin verkümmert.

»Ich dachte, wir nehmen Muggsie einfach mit«, sagte Tom und fügte gleich noch an: »Gib mir eine Chance, dich zum Lächeln zu bringen. Außerdem bist du seit Chicago so blass um die Nase. Etwas frische Luft tut dir bestimmt gut.« Für Tomys Verhältnisse war das ein überaus forscher Versuch für ein Treffen.

Norma schuldete ihm etwas, weil er sich während ihrer Reise rührend um ihre Hündin gekümmert hatte. Muggsies Fell glänzte mehr denn je. Er musste sie regelmäßig gebürstet und gut gefüttert haben. Bei Edwards Geburtstag war Norma – zugegeben – etwas neidisch darauf gewesen, dass Muggsie so oft von Tom hatte gestreichelt werden wollen anstatt von ihr.

»Na gut, sieben Uhr vor dem Haus«, sagte sie, damit sie ihre Schuld abtragen konnte.

Als Norma am Abend mit Muggsie den Bungalow verließ, wartete Tom schon vor dem Gartentor. Sie erwiderte sein Lächeln nur mit Mühe. Muggsie hingegen sprang ihren Schwager schwanzwedelnd an.

»Ich wollte dir beibringen, wie man Auto fährt«, sagte Tom. »Dann müsstest du deine Einkäufe nicht immer zu Fuß nach Hause schleppen. Oder wir fahren in die Berge mit dir am Steuer.« Er lächelte verlegen.

Die Berge kamen ihr unendlich weit weg vor, die schöne Zeit dort wie aus einem anderen Leben. Außerdem fehlte ihr das nötige Geld für Benzin. Auf der Reise nach Chicago hatte sie alles Ersparte ausgegeben. Das monatliche Haushaltsgeld von Jim reichte nur zum Überleben. »Ich weiß nicht«, druckste sie herum.

»Ein Weib am Steuer?« Edward schlurfte zum Gartenzaun. »Das wird sowieso nichts.«

Norma hatte ihn gar nicht kommen gehört.

»Na, komm schon.« Tom stieß Norma freundschaftlich an. »Und

wenn wir es nur deswegen tun, um den alten Stiesel eines Besseren zu belehren.«

Norma war vielmehr danach, sich wieder unter ihrer Bettdecke zu verkriechen oder weit weg auf einem Hausboot zu schippern, wie Großvater Otis es sich erträumt hatte.

Ohne dass sie zugesagt hätte, führte Tom sie zur Beifahrerseite des Fords, den sonst eigentlich nur Ethel und Edward fuhren. Sie waren von Jim einst beauftragt worden, auf sein geliebtes Auto aufzupassen.

»Muggsie, komm«, rief Tom noch, woraufhin Muggsie munter auf den Rücksitz sprang. Vielleicht hoffte die Hündin, dass es in die Berge gehen würde, oder aber es war nur einer ihrer unzähligen Versuche, ihr Frauchen zum Lächeln zu bringen.

Norma nahm wenig begeistert als Beifahrerin Platz.

Tom fuhr ein paar Straßen weiter auf einen Parkplatz vor der North Hollywood Highschool, wo um diese Stunde niemand mehr war. Er erklärte ihr die Handgriffe beim Anlassen des Motors, beim Bremsen und Gasgeben und wie man sich als Führer eines motorisierten Fahrzeugs im öffentlichen Verkehr verhielt.

Norma fühlte sich so lange sicher im Ford, bis Tom sie bat, den Platz mit ihm zu tauschen. Zögerlich setzte sie sich auf die Fahrerseite und schaltete die Scheinwerfer an. Aber bevor sie den feingliedrigen Schlüssel im Zündschloss herumdrehte, hielt sie inne und ließ im nächsten Moment ihren Kopf auf das Lenkrad sacken. »Ich war so blauäugig, Grace immer nur als die gute Fee zu sehen.« Vermutlich trug sie eine Mitschuld daran, dass Grace ihr so lange etwas hatte vormachen können. Denn gehörten dazu nicht immer zwei? Einer, der etwas vormacht und einer, der sich täuschen lässt? Der die Augen vor der Wahrheit verschließt, um nicht verletzt zu werden? »Außerdem hasst mich Bebe ganz sicher, weil ich so eine dumme Ziege war«, sprach Norma verzweifelt weiter. Sie hatte sich brieflich bei ihrer Stiefschwester entschuldigt, aber sich schwer mit den richtigen Worten getan. Die Sätze, die ihr Bedauern passend beschreiben könnten, gab es nicht!

Muggsie bellte wie zum Protest.

»Dich hassen?« Tom streichelte die Hündin, die sich gleich wieder beruhigte. »Das bringt wohl niemand fertig. Du bist das bezauberndste, netteste Mädchen, das ich kenne.«

Norma schaute vom Lenkrad auf. »Das sagst du nur, um mich zu trösten.«

»Das sage ich, weil du ganz sicher ein gutes Herz hast. Außerdem glaube ich nicht, dass du blauäugig gehandelt hast, sondern emotional. Du bist ein sehr gefühlsbetonter Mensch, harmoniebedürftig und gutmütig.«

Das alles dachte er von ihr? Sie hätte sich eher mit »unsicher«, »zu wenig geliebt« und als ein »Elefant im Porzellanladen« beschrieben. Ihre Gedanken sprangen wieder nach Chicago.

»Ich hätte Bebe von Anfang an glauben sollen!«, stieß sie hervor. Sie wusste nicht, ob die Freundschaft zu ihrer Stiefschwester noch zu retten war. Ihr Brief war ein verzweifelter Versuch, damit Bebe sie nicht völlig abschrieb.

»Also erzähl mal, was auf deiner Reise passiert ist«, bat Tom vorsichtig.

Norma holte tief Luft, und dann berichtete sie in allen Einzelheiten von den Eklats. Sie ließ nichts aus, nicht einmal die Vermutung, dass Grace Jahre, vielleicht sogar ein Jahrzehnt vor West Virginia begonnen hatte, nicht ehrlich zu ihr zu sein. Das wäre genauso unfassbar wie die Unendlichkeit des Weltraumes. Grace hatte ihr immer das Gefühl gegeben, ihre Mutterliebe sei unantastbar und würde nie erlöschen. Norma hat dies nie bezweifelt und Jahr für Jahr Kraft daraus geschöpft. Eine Frau »Mom« zu nennen und ihr blind zu vertrauen, war das nicht das Größte, was man neben der Liebe zu geben hatte? Es war ein Geschenk an Grace gewesen, das Norma gern zu geben bereit gewesen war. Aber dass Grace darauf herumtrat wie auf einem Zigarettenstummel, würde sie nie verarbeiten.

Aus Richtung Magnolia Park heulte die Sirene eines Polizeiwagens auf. Normas Blick folgte dem Lichtkegel der Ford-Scheinwerfer bis zur Wand der Highschool mit den Basketballkörben.

»Du warst blind vor Liebe und wolltest einfach nicht sehen, dass deine Mutter nicht so perfekt ist, wie du immer dachtest«, sagte Tom. »Kinder glauben oft, dass ihre Eltern perfekt sind.«

Der Himmel über ihnen verfärbte sich beinahe schwarz, und es wurde kühl. Tom griff vor Norma und stellte auf Parklicht um, aber ohne sie zu berühren.

Es stimmte. Sie hatte Grace immer für perfekt gehalten. »Warum trinkt sie immer weiter?«, fragte sie in verzweifeltem Ton. »Damit macht sie ihrer Familie und sich alles kaputt!«

»Solange sie nicht erkennt, was der Alkohol mit ihr anrichtet, wird sie damit nicht aufhören«, analysierte Tom, den Blick starr auf den Asphalt des Parkplatzes gerichtet. »Anfangs macht Alkohol den Schmerz erträglicher und das Leben leichter. Man ist fröhlicher und fühlt sich frei. Aber in Wirklichkeit nimmt er einen gefangen. Mit jedem Tag ein bisschen mehr.«

Norma schaute Tom an. Er schien über diese Dinge gut Bescheid zu wissen. »Warum …«, fragte sie vorsichtig und dachte gleichzeitig darüber nach, welchen Schmerz ihre Mutter wohl betäuben wollte.

»Warum er einen gefangen nimmt, meinst du?«, fragte Tom zurück und versicherte sich mit einem Blick, dass es Muggsie auf dem Rücksitz gut ging. Die Hündin hatte ihre Augen geschlossen, aber schien ihnen zuzuhören. Ihre Augäpfel bewegten sich unter den Lidern, und ihre Ohren waren aufgestellt.

»Ich meine, warum du getrunken hast«, sagte Norma, ohne von Tom wegzuschauen.

Tom schluckte schwer, als müsse er einen Kloß seine Kehle hinabwürgen. Erst nach einer stillen Weile begann er: »Nach dem überraschenden Tod unseres Sohnes wenige Tage nach seiner Geburt war nichts mehr, wie Mary und ich es uns vorgestellt hatten.« Seine Stimme zitterte, als er sagte: »Donald starb an einem angeborenen Zwerchfellbruch.«

Norma nahm Toms Hand. Ganz sicher gab es Dinge, mit denen man sich ein Leben lang nicht abfinden konnte. Für sich selbst musste sie wohl endlich akzeptieren, für immer die zu sein, die man entweder verließ oder belog. Vielleicht schmerzte es in Zukunft weniger, wenn sie aufhörte, gegen das ihr bestimmte Schicksal anzukämpfen. Sie könnte es einfach hinnehmen und auch sonst nicht viel vom Leben erwarten. Dann würde sie wenigstens nicht immer wieder enttäuscht werden. Vielleicht würde auch eine doppelt dicke, zweite Haut als Schutz vor aller Unbill helfen.

»Mein Beileid«, sagte sie und dachte auch an Toms Ehefrau, die sie beim Ausflug in die Berge einst kennengelernt hatte. Mary hatte genauso schüchtern gewirkt wie Tom. Die Eheleute hatten kaum miteinander gesprochen. Ähnlich distanziert hatten sie sich bei Edwards Geburtstagsfeier verhalten.

»Bald nach Donalds Beerdigung in diesem winzigen Babysarg begann ich zu trinken und vergraulte alle Freunde. Alkohol ist sehr gefährlich, viele gehen an der Sucht zu Grunde«, sprach Tom weiter.

»Wie bist du vom Alkohol weggekommen?«, fragte Norma mit belegter Stimme. Es tat ihr unendlich leid, dass Tom so viel durchgemacht hatte.

»Ich wurde wachgerüttelt, als ich betrunken mit einer Zigarette im Mund einschlief und inmitten von Feuer und Rauch aufwachte.« Er zog sein weites, langärmeliges Hemd hoch und entblößte ein Labyrinth aus sich windenden Narben auf der Haut, die stellenweise wie blank poliert aussahen, wie typische Brandnarben, die Norma aus Western kannte. Sie musste sich zwingen, nicht wegzuschauen, so unschön sahen sie aus.

»Aber zum Glück gab es noch diesen einen Freund, der mir keine Vorhaltungen darüber machte, dass ich mit der Trinkerei alles zerstören würde, auch meine Ehe.«

Norma erinnerte sich daran, dass auch sie Grace Vorwürfe wegen der Trinkerei gemacht hatte.

»Dieser Freund, der mir noch eine Chance gab und mir damit das Leben gerettet hat, hat nicht über mich gerichtet und auch nicht erwartet, dass ein Mann immer stark sein muss. Bei ihm durfte ich schwach sein und über meine Ängste reden. Er war einfach für mich da, was mir genug Kraft gab, gegen die Sucht anzukämpfen.«

Norma erinnerte sich, dass Grace keine Freunde in Chicago erwähnt hatte, nur Kolleginnen. Wer würde ihrer Mutter helfen, wie Tom geholfen worden war? Auch wenn Norma sie nie wieder sehen wollte, wollte sie nicht, dass Grace vor die Hunde ging.

»Wollen wir losfahren?«, fragte Tom.

Norma reagierte nicht. Erst als Tom mit der Hand vor ihrem Gesicht herumwedelte, tat sie ihm den Gefallen. Viel lieber hätte sie noch länger über die unüberwindbaren Dinge im Leben gesprochen. Sie drehte den Zündschlüssel herum und war sofort nervös, als das Lenkrad unter ihren Fingern zu vibrieren begann.

»Beim Gasgeben kommt es aufs Gefühl an«, sagte Tom und lächelte sanft. »Tippe ganz zärtlich auf das rechte Pedal.« Ein wenig errötete er bei diesen Worten.

Norma wollte zurücklächeln, aber es gelang ihr nicht. Vorsichtig gab sie Gas. Langsam rollten sie bis vor die Basketballkörbe. In einem ähnlichen Tempo drehten sie drei Runden über den Parkplatz, danach trat Norma mutiger aufs Gas.

Als sie am Ende dieser ersten Fahrstunde wieder in der Hermitage

Street ankamen, umarmte sie ihn zum Dank für seine Offenheit. In ihren Augen war er mit dem heutigen Tag nicht mehr Tom, der Schüchterne, sondern der Mutige, weil er sich seiner Sucht gestellt und sie besiegt hatte. Beneidenswert geschmeidig parkte er den Ford ein und fuhr dann mit seinem Wagen davon.

Norma und Muggsie schauten ihm lange nach. Norma fragte sich, ob sie jemals so mutig sein würde wie Tom.

Als drinnen im Haus das Telefon klingelte, überlegte Norma gerade, wie ihr erster Schritt hin zu mehr Kraft aussehen könnte. Im nächsten Augenblick stand Ethel in der Haustür. »Norma, komm schnell ans Telefon. Es ist Jim!«

Norma nahm den Hörer von Edward entgegen. »Schön, dich zu hören«, waren ihre ersten Worte. Sie waren völlig ernst gemeint. Sie war unendlich erleichtert.

»Es ging nicht eher, wir waren wochenlang auf hoher See«, erklärte Jim. »Dein Brief klang dringend, und das passte gut. Ich wollte dich auch endlich wieder sprechen. Ich habe nachgedacht.«

»Jimmie, nein, sag jetzt nichts. Ich will dir zuerst etwas gestehen. Es tut mir so leid, dass ich wegen der Arbeit bei *Radioplane* nicht aufrichtig zu dir gewesen bin. Und, und … ich bin zu Bebe und Grace gefahren, aber wohlbehalten zurück. Alles ist gut gegangen, und Bebe wird die Highschool wahrscheinlich nicht abbrechen.«

Am anderen Ende der Leitung war es schlagartig ruhig. Nur Jims Atemzüge rauschten leise.

»Bitte entschuldige«, bat sie, während sie nervös Ethels Blumendeckchen befingerte.

Jetzt hörte sie Jim nicht mal mehr atmen.

»Ich verspreche dir, nie wieder etwas ohne deine Erlaubnis zu tun. Keine Arbeit … keine Reise … –«

»Aha«, sagte Jim, was Norma veranlasste, sich noch ausführlicher zu erklären. »Ich war so darauf fixiert, Bebe zu helfen, dass ich dabei nicht nach links und rechts geschaut habe.« Sie hielt die Luft an in Erwartung eines Donnerwetters.

»Geht es deiner Stiefschwester jetzt besser?«, fragte Jim, »Hat sich das ganze Abenteuer wenigstens gelohnt?«

»Ein bisschen besser schon«, gestand sie kleinlaut, »aber wir haben uns trotzdem schlimm zerstritten. Ach Jim, wenn du wüsstest.«

»Das tut mir leid«, sagte er, klang aber weniger berührt als Tom vorhin. »Diese Arbeit damals, bei der du ausgezeichnet wurdest, wie viel Dollar haben die dir gezahlt?«

»Zwanzig die Woche«, antwortete sie irritiert über das schnelle Ende der Diskussion, die eigentlich keine gewesen war.

»Und sie würden dich von den giftigen Lacken wegversetzen?«, fragte er weiter.

Norma nickte. »Ja, das würden sie.«

»Wie ist *Radioplane* denn so? Gibt es viele Männer dort? Behandeln die Chefs dich gut?«

»Die meisten Angestellten dort sind Frauen«, berichtete Norma, »und wir mussten zum Arbeiten weite Overalls tragen. Helen vom Arbeitsplatz neben mir kannte immer die lustigsten Witze. Mit Wendy habe ich in der Mittagspause Sandwiches gegessen. Ja, Jim, es war gut bei *Radioplane.*« Im Nachhinein schien es ihr noch besser zu gefallen, obwohl die Arbeit eintönig gewesen war. Der Kontakt mit den Kolleginnen hatte gutgetan.

»Es wäre gut, wenn wir bald mehr Geld hätten. Kinder sind teuer«, antwortete Jim, »und ich dachte, dass wir langsam darauf sparen sollten.«

Norma war sprachlos. Es war das erste Mal, dass er die Familienplanung von sich aus ansprach. »Wenn du weiterarbeiten möchtest, habe ich nichts dagegen«, sagte er. »Vorausgesetzt, du bist ab heute offen und ehrlich zu mir.«

»Danke, Jimmie. Ich verspreche es dir.« Norma hatte das Gefühl, dass sie in ihrem dunklen Loch eine starke Hand gereicht bekam. Sie schwor sich, Jim nie wieder zu hintergehen. Auch nicht für jemanden wie Grace. *Erst recht nicht* für jemanden wie Grace, korrigierte sie sich.

»Tom würde mir gerne das Fahren beibringen, sagst du auch dazu ja? Ich wäre dann schneller von der Arbeit zurück und könnte mehr im Haushalt helfen.« Norma sah, wie Ethel bei diesen Worten hellhörig wurde.

»Du verlangst heute viel von mir, aber einverstanden«, sagte er.

Sie lächelte, als sie sagte: »Ich weiß.« Sie war so froh, dass er wieder milder und nachsichtiger mit ihr war.

»Ich liebe dich, Norma«, sagte er und legte auf.

Norma stellte sich da schon vor, wie sie ihre nächsten, unabhängigen Dollars bei *Radioplane* verdienen würde.

20

November 1944

»Ich finde, du machst das ganz wunderbar, Norma«, lobte Ethel, als sie gemeinsam in Jims Ford auf das Fabrikgelände von *Radioplane* rollten. Norma hatte auf dem Weg hierher zweimal wegen Stinktieren scharf bremsen müssen, und einmal wäre sie beinahe in falscher Richtung in eine Einbahnstraße eingebogen. Aber dafür, dass es ihre erste offizielle Fahrt seit dem Bestehen des Führerscheins war, war sie zufrieden mit sich. Edward hatte behauptet, dass sie nur deswegen durchgekommen wäre, weil sie den Prüfer so oft angelächelt hätte. Ethel hatte dem vehement widersprochen und ihren Ehemann gefragt, ob er so etwas damals auch über ihre Fahrprüfung behauptet hätte. Da war Edward still geworden.

Seit Norma wieder bei *Radioplane* arbeitete, kam sie jeden Tag ein kleines Stück weiter aus ihrem Schmerzensloch heraus. Nicht mehr so oft stahlen sich Bilder der trinkenden, keifenden Grace in ihre Gedanken, und die Lügen aus der Vergangenheit verblassten etwas. Nie hätte Norma es für möglich gehalten, für ihre Mutter auch eine Schutzhaut zu brauchen. Es war zwar nicht so, dass sie nichts mehr für Grace empfand. Aber die zweite Haut half ihr dabei, die Erinnerungen nicht mehr so nah an sich heranzulassen. Sie zwang sich, nicht mehr zurückzuschauen. In ihrer Zukunft spielte Grace einfach keine große Rolle mehr.

Schon aus der Ferne fielen Norma auf dem Fabrikgelände Männer in Uniform auf. Sie standen vor dem Büro von Mr. Denny, dem Gründer von *Radioplane*, und hielten Fotokameras in ihren Händen.

»Der Boss führt den Journalisten die neue OQ-2 vor«, wusste Ethel und warf die Beifahrertür zu. Die OQ-2 war die weltweit erste und von *Radioplane* serienmäßig hergestellte Drohne. Das vermochte jeder, der hier arbeitete, mit Stolz vorzutragen. Darauf legte Mr. Denny viel Wert.

Norma verabredete sich mit Ethel für die Rückfahrt am Abend, dann hielt sie auf den Eingang der Nebenhalle zu, wo die Fallschirmproduktion untergebracht war. Seit sechs Wochen bestand ihre Aufgabe darin, Fallschirme zu falten und deren Nähte zu überprüfen.

Es tat gut, wieder mehr unter Menschen zu sein. Es war schnell gegangen, dass sie die Handgriffe aus dem Effeff beherrschte. Deswegen passierte es zuletzt öfters, dass sich ihre Gedanken während der Arbeit auf die Reise machten. Sie flogen auf die *Liberty* zu Jim, während sie mit Fingern und Argusaugen Naht für Naht abfuhr.

Seit ihrem erlösenden Telefonat schrieb Jim ihr wöchentlich einen Brief und erkundigte sich, wie es auf der Arbeit liefe und ob sie ihren Lohn regelmäßig ausgezahlt bekäme. Er konnte inzwischen sicher sagen, dass er am zehnten Dezember für einen ganzen Monat nach Hause durfte. Sie würden Weihnachten zusammen feiern. Ein erster Lichtblick seit Chicago neben der bestandenen Führerscheinprüfung.

»Sie gehören nicht wirklich hierher«, sagte jemand, dessen Stimme sie nicht kannte.

Norma schaute flüchtig auf, als das Klicken eines Fotoapparates zu hören war. Ein Blitz, hell wie die Sonne, beleuchtete ihren Arbeitsplatz, aber sie blinzelte nicht. Ruhig fuhr sie die Naht an der äußersten Bahn nahe der Druckausgleichsöffnung des vor ihr liegenden Fallschirms weiter ab.

»Wo gehöre ich denn Ihrer Meinung nach hin?«, fragte sie zurück.

»Auf die Titelseite eines Magazins!«, antwortete der Mann prompt.

Nun schaute Norma doch länger auf. Zwei Yards von ihr entfernt stand ein Uniformierter, der ungefähr in Jims Alter war.

»Verzeihung, dass ich mich Ihnen noch nicht vorgestellt habe. Ich bin Gefreiter David Conover von der *First Motion Picture Unit* des *U. S. Army Air Corps.*« Ohne das Auge vom Sucher seiner Kamera zu nehmen, streckte er ihr die Hand entgegen. Er war ein riesiger Typ mit breiten Schultern.

»Was bringt einen Gefreiten von der *Army* hierher?«, fragte sie. »Ich dachte, Sie bekommen die neue Drohnengeneration drüben bei Mr. Denny vorgeführt?«

»*Sie* haben mich hierhergebracht!«, antwortete der Gefreite. »Sie wirkten gerade sehr zärtlich, als Sie über den Fallschirm strichen und lächelten. Wunderschön.« Für das letzte Wort kam er sogar mit dem Gesicht hinter seiner Kamera hervor. Er trug eine einfache Drahtbrille.

Sie lächelte wegen seines Komplimentes und der Aufmerksamkeit, die er ihr schenkte.

»Ja, genau so!«, sagte er und drückte gleich mehrmals auf den Auslöser. Ihr Lächeln wurde wie von selbst ausdrucksstärker.

Als Mr. Denny sich ihnen näherte, beugte Norma sich sofort wieder konzentriert über ihre Arbeit. Wenn sie täglich nicht zwei Dutzend Fallschirme prüfte und faltete, bekam sie etwas vom Lohn abgezogen.

»David!«, ermahnte der Firmenchef, »wir hatten uns doch darauf geeinigt, dass wir die jungen Frauen auf jeden Fall mit der OQ-2 fotografieren wollen. Also kommen Sie bitte zur Drohnenproduktion in die Haupthalle mit rüber.«

»Mr. Denny, meinem Auftraggeber, Offizier Ronald Reagan höchstpersönlich, war es ein Anliegen, dass wir junge, hübsche Arbeiterinnen und keine alten erschöpften Vetteln zeigen. Unsere Soldaten sollen sehen, was sie zu Hause Schönes, Frisches erwartet, wenn sie nach getaner Kriegsarbeit heimkehren!«

Aus dem Augenwinkel bekam Norma mit, dass der Gefreite, während er das sagte, mit seiner Kamera immer wieder auf sie wies. Beinahe fiel ihm sein Apparat dabei aus der Hand. »Bei der Drohnenproduktion gibt es keine Schönheit wie sie! Schauen Sie sich nur dieses unschuldige Gesicht an!«, beharrte der Fotograf. »Sie ist die richtige für die *YANK, the Army Weekly.*«

Normas Fingern entglitt der Fallschirmstoff. Er arbeitete für die *YANK?* Jim hatte nie viel gelesen, schon gar keine Bücher, aber die *YANK* mochte er und konnte Stunden auf der Sonnenliege damit verbringen. Die meisten Soldaten waren scharf auf dieses wöchentliche Magazin der *Army*, weil sich aus dessen Mitte ein hübsches Poster, ein Centerfold, von einer berühmten Schauspielerin, Sängerin oder Tänzerin herausnehmen ließ. In der Ausgabe, die Norma in Catalina zu Gesicht bekommen hatte, war Chili Williams in einem gepunkteten Zweiteiler abgebildet gewesen, badend im Ozean. Chili war unter dem Namen »Polka Dot Girl« berühmt geworden, nachdem sie beim Baden zufällig von einem Fotografen entdeckt worden war. Inzwischen stand sie bei einem Filmstudio unter Vertrag.

»Na gut«, sagte Mr. Denny, »dann soll Norma Jeane mit in die Haupthalle kommen. Aber auf einer OQ-2 in ihren Händen muss ich bestehen!«

David Conover trat neben Norma. »Bitte sagen Sie nicht ›nein‹, sich in der Haupthalle noch einmal von mir fotografieren zu lassen, Norma Jeane.«

Norma schaute auf. Wie nett, dass er sie überhaupt fragte. Wie es aussah, war der Firmenchef damit einverstanden, und sie bekam wegen der Verzögerung keinen Lohn abgezogen. Und für Jim hätte sie auch gleich ein Weihnachtsgeschenk.

»Aber mich in so knapper Bademode zeigen wie Chili Williams, das möchte ich nicht«, fügte sie noch leise an. Schließlich war sie eine verheiratete Frau, und Jim war schon eifersüchtig geworden, als sie nur ein figurbetontes Kleid getragen hatte.

Auf dem Weg aus der Halle fragte David Conover sie: »Haben Sie noch etwas Hübscheres zum Anziehen als diesen unförmigen Overall?«

Am liebsten hätte Norma das knallrote Kleid aus Chicago getragen, aber das hing zu Hause im Schrank. »Meine grüne Bluse und mein Rock sind im Spint«, sagte sie. Zum Glück war ihre Wunde am Kopf nicht mehr zu sehen.

»Ziehen Sie beides rasch an. Wir warten vor der Haupthalle auf Sie«, sagte der Gefreite und wandte sich dann wieder Mr. Denny zu.

Norma beeilte sich beim Umziehen und warf einen flüchtigen Blick in den Spiegel ihres Spindes. Sie, in der *YANK?* Wie ein richtiges Fotomodell? Ihr Körper war doch viel zu wenig zierlich, ihr Gesicht zu pausbäckig und ihre Schlupflieder alles andere als elegant genug für ein Fotomodel. Ihr Gesicht wirkte insgesamt noch zu kindlich, da konnte sie so viele Blusen tragen, wie sie wollte.

Aber wer weiß, vielleicht würde sie einen kleinen Lohn bekommen und dürfte häufiger posieren. Dann hätte sie mehr Geld für die eigenen Wünsche. Jim hatte einen guten Teil ihres Verdienstes schon für Kindersachen und Spielzeug verplant. Darüber wollte sie an Weihnachten vorsichtig mit ihm reden. Sie wollte wenigstens mitbestimmen, was mit ihrem Geld geschah.

Als Norma in Alltagskleidung und mit dem Firmenpass am Rockbund vor der Haupthalle ankam, warf der Gefreite ihr einen roten Lippenstift zu. »Der passt perfekt zu Ihnen, Norma Jeane.«

Die Farbe gefiel ihr, denn sie erinnerte sie an reife Himbeeren.

In der folgenden Stunde posierte Norma mit himbeerfarbenen Lippen und etwas unbeholfen mit einer Drohne, während der Firmenchef im Hintergrund die Stärken seiner Entwicklung hervorhob. Anfangs hörte sie ihn noch den Zweizylinder-Zweitakt-Kolbenmotor des unbemannten Kleinflugzeuges loben, aber bald war sie ganz auf die Anweisungen des Gefreiten und das Klicken des Auslösers konzentriert. David Conover war so aufgeregt beim Fotografieren, dass er die Kamera kaum stillhalten konnte.

Während Norma so tat, als montiere sie freudestrahlend den Propeller an der Drohne, machte er Dutzende Fotos und erzählte ihr von dem auflagenstarken *YANK*-Magazin. »Wenn wir Glück haben, schafft es mein Foto von Ihnen in die engere Auswahl für eine der ersten Titelseiten im neuen Jahr.«

Norma hoffte, dass eine Titelseite Jim stolz machen würde. Dann würde nicht nur er ein Held der Nation sein, auch sie leistete wichtige Arbeit für den Krieg.

»Stellen Sie sich vor, dass Ihr Lächeln einem ausgelaugten amerikanischen Soldaten Mut machen soll«, forderte der Fotograf.

Norma fiel bei den Worten *Stell dir vor* sofort ihr *Stanislawski* ein. Dem *Stell dir vor* hatte der Schauspiellehrer viele Seiten in seinem Lehrbuch gewidmet. Dieser Satzanfang war so etwas wie der Zündstoff für ein phantasievolles Spiel. Auf der Suche nach einer exemplarischen Erinnerung für Glück und Lachen wurde ihr bewusst, dass sie lange nicht mehr aus vollem Herzen gelacht hatte. Dann erinnerte sie sich daran, wie sie in der *Trumpet Bar* auf der Bühne gestanden und gesungen hatte, da war sie glücklich gewesen. Leise summte sie *Chinatown, My Chinatown* vor sich hin.

»Sie machen das ganz wunderbar«, lobte David Conover und ging wie selbstverständlich zur vertrauten Ansprache über. »Du willst doch bestimmt eines Tages Schauspielerin werden? Mit diesem Gesicht und diesem Lächeln!«

Norma blickte ihn überrascht an. Woher wusste er das? Kurz zögerte sie, ob sie dem Fremden von ihrem Traum erzählen sollte, nickte aber schließlich. »Das würde ich gerne. Ich überlege auch, mir einen Schauspiellehrer zu suchen.« Nach ihrer Rückkunft aus Chicago hatte sie das Thema vergessen, aber in dieser Sekunde war es wieder auf ihrer Bildfläche zurück. Dank dem Gefreiten.

»Ich wüsste einen noch besseren Weg, wie du einen Vertrag bei einem großen Filmstudio ergattern könntest. Und wenn du erst einmal einen Vertrag hast, bezahlen die Studios den Unterricht. Die haben Dutzende Schauspiellehrer angestellt, die ihre Sternchen in der drehfreien Zeit unterrichten und beim Rollenstudium anleiten.« In diesem Moment kam ein anderer Fotograf mit einer blonden Mitarbeiterin dazu und beanspruchte den Platz an der Vorzeigedrohne.

»Ich erkläre es dir später genauer«, sagte David. »Vorher würde ich gerne noch etwas mehr von dir sehen.« Er führte sie vor die Produktionshalle und drückte ihr eine kleine Kamera in die Hand, mit der sie so tun sollte, als würde sie eine lustige Szene fotografieren.

Norma träumte sich nach Catalina, wo sie ihre bisher schönste Zeit erlebt hatte. Sie stellte sich vor, wie sie am Strand spazieren ging und dabei die Lebendigkeit des Meeres und aufspringende Fische fotografieren würde.

David war begeistert von ihrer Darstellung und bat sie, sich ihr Haar in den Nacken zu werfen.

In diesem Moment vergaß Norma, dass sie nur ihre züchtige grüne Bluse und den grauen, langen Rock trug. Sie stellte sich vor, dass sie nur ihren weißen, engen Zweiteiler anhatte. Es fiel ihr nicht schwer, ihren Kopf so begehrlich wie Jean Harlow in den Nacken zu werfen. Sie wollte diesen Moment am Strand von Catalina erneut durchleben, das hatte Davids Ansporn erreicht. Aber statt des Fotografen sah sie Jim hinter der Kamera. Sie wollte ihn herausfordern, wie in manch hitziger Nacht auf der Insel, weil er ihr dann die meiste Aufmerksamkeit schenkte. Sie wollte ihm zeigen, dass sie nicht mehr das kleine Mädchen war, mit dem er reden musste, als sei es ihm unterstellt.

Während die anderen Fotografen schon mit gepackter Ausrüstung am Fabriktor warteten, wurde David nicht müde, weiter zu fotografieren. Mr. Denny musste den Gefreiten erst daran erinnern, dass seine Mitarbeiterinnen auch noch andere Arbeiten zu erledigen hätten, als zu posieren.

»Ist es möglich, mir Abzüge zu schicken? Das wäre ein schönes Geschenk für meinen Mann«, fragte Norma am Ende. Außerdem wollte sie noch wissen, was es mit dem »besseren Weg« auf sich hatte.

»Wenn du mir deine Adresse gibst, kann ich dir das schönste Bild zusenden.« David hielt ihr einen Block und einen Stift hin. Seine Kollegen riefen schon nach ihm. »Und deine Telefonnummer bitte auch noch.«

Norma zögerte, einem fremden Mann die Telefonnummer der Doughertys zu geben, aber dann tat sie es doch. Schließlich hatte David wertvolle Informationen für sie. »Was ist denn nun der bessere Weg zu einem Studiovertrag?«, fragte sie nervös.

»Ach ja, der bessere Weg. Der Einstieg in die Filmbranche geht gewiss schneller, wenn du vorher modelst. Fotomodelle werden von den Filmstudios als Schauspielerinnen bevorzugt«, erklärte David. »Wenn du erst einmal auf mehreren Titelblättern zu sehen bist, können die Studiobosse gar nicht anders, als dich zu bemerken.«

Das klang plausibel. Aber sie auf mehreren Titelblättern? Das war illusorisch.

»Ich würde dich gerne auch mal in Farbe fotografieren. Meine Kamera liebt dich. Du bist ein echtes Naturtalent!«, schwärmte der Gefreite.

Norma waren seine Komplimente etwas unangenehm, jetzt, wo er die Kamera nicht mehr vorm Gesicht hatte und sie wieder ganz real vor ihm stand. Sie errötete.

»Auf Wiedersehen, Norma Jeane«, sagte David Conover in einem Ton, den sie nicht zu deuten wusste. »Und überleg es dir mit den Farbfotos in meinem Fotostudio. Im Frühjahr würde es losgehen.«

»Ich überlege es mir. Auf Wiedersehen, Gefreiter David.« Norma winkte ihm zaghaft hinterher.

∞

Als sie am Abend nach Schichtende mit Ethel nach Hause fuhr, konnte sie an kaum etwas anderes denken als an diese Sache, die aus heiterem Himmel über sie hereingebrochen war. Während sie vor der Kamera gestanden hatte, hatte sie sich fröhlich wie lange nicht mehr gefühlt. Noch dazu war David so begeistert von ihrem Lächeln gewesen. Er hielt ihre Fähigkeit, beim Blitzen nicht blinzeln zu müssen, für einen großen Vorteil. Andererseits war er ein fremder Mann, den sie so gut wie nicht kannte. Einfach so mit in sein Studio zu gehen, wäre das nicht leichtsinnig?

»Welches Honorar hast du dafür verlangt, dass er dich so lange fotografieren durfte?«, wollte Ethel wissen, als sie das Firmengelände noch keine fünf Minuten verlassen hatten.

Normas Einsatz als Fotomodell hatte sich schnell unter den Kolleginnen herumgesprochen. Ganz sicher hatte Ethel als eine der Ersten von Normas Begegnung mit David Conover erfahren. Die Krankenstation war so etwas wie die Schaltzentrale des Flurfunks von *Radioplane*.

»Es ging mir nicht ums Geld«, erklärte Norma, weil sie tatsächlich keinen einzigen Gedanken an ein Honorar für dieses erste Shooting verschwendet hatte. »Ich habe es als einen Dienst an der Nation gesehen.« Aber vor allem hatte es Spaß gemacht. Durfte man für Spaß überhaupt Geld verlangen?

»Die Jungs im Krieg bekommen auch Geld für ihre Dienste, warum nicht auch eine Frau?!«, meinte Ethel.

»Es ist ja nicht mal sicher, ob eines meiner Bilder es überhaupt in die Auswahl für das Magazin schafft«, beruhigte Norma ihre Schwiegermutter und auch sich selbst. Es würde ihr schon gefallen, erneut in Davids Kamera zu lächeln. Niemand hatte ihr jemals gesagt, dass sie in irgendetwas ein Naturtalent sei. Als Hausfrau war sie Mittelmaß, als Ehefrau ein B, nur als Liebhaberin schaffte sie es vielleicht auf ein A. Aber Letzteres durfte man ja niemandem sagen.

Norma versank in Gedanken an Chili Williams, die auch zufällig von einem Fotografen entdeckt worden war und es über ihre Arbeit als Modell geschafft hatte, einen Vertrag bei einem Filmstudio zu ergattern. Vielleicht sollte sie sich an ihrem nächsten freien Tag den neuesten Film mit Chili im Kino anschauen.

Norma trat kräftig aufs Gas. Wenn ihr Foto auf der Titelseite der *YANK* erscheinen und sie von zwei Millionen Menschen – darunter auch Studiobosse – gesehen würde, das wäre für einen bemitleidenswerten Wohltätigkeitsfall wie ein Hauptgewinn in der Lotterie.

21
10. Dezember 1944

Es war kühl, aber Norma verzichtete auf eine Jacke, damit ihr Kleid ganz zur Geltung kam. Sie trug das Knallrote aus Chicago mit der hübschen weißen Schleife vor dem Hals, dem weißen Gürtel um ihre schmale Taille und den gebügelten weißen Armsäumen. Sie hatte es trotz ihres Unbehagens, das sie beim Tragen wegen Grace empfand, für den heutigen Tag ausgewählt. Es war nämlich das schönste Kleid, das sie besaß.

Sie zog den Schlüssel aus dem Zündschloss des Fords und stieg aus dem Auto. Genießerisch sog sie die kühle Meeresluft ein, während die Fähre im Begriff war, anzulegen. Ihr Haar hatte sie sich wie Chili Williams in ihrem jüngsten Film *Girl Rush* in große Locken gelegt und zur rechten Kopfseite frisiert. Chilis Rolle in *Girl Rush* war unbedeutend gewesen, aber Norma hatte trotzdem in jeder Szene mitgefiebert. Chilis Entwicklung vom Fotomodell zur Schauspielerin ermutigte sie, dass auch ihr Traum eines Tages wahr werden könnte. Schon eine Weile ging sie sonntags anstatt in die Kirche wieder ins Kino.

Sie schaute hinüber zu den Männern, die als Erste von der Fähre gingen. Jim folgte kurz darauf. Als er sie erblickte, wie sie am Ford lehnte, ließ er sofort seinen Seesack fallen und lief auf sie zu. Bei ihr angekommen, umarmte er sie und küsste sie stürmisch. Eine zärtliche Begrüßung wäre ihr lieber gewesen. Noch atemlos spreizte Jim ihre Arme von ihrem Körper ab und betrachtete jeden Inch ihrer Rundungen mit begehrlichem Blick. »Du bist noch schöner geworden, Süße«, staunte er.

Norma fragte sich gleich: Schön genug für die Titelseite der YANK? Eine Woche nachdem sie bei *Radioplane* fotografiert worden war, war ein großformatiger Abzug bei ihr eingetroffen, der sie an der Drohne zeigte. David hatte seinem Schreiben eine Nachricht beigelegt, in dem er erneut ihr Talent vor der Kamera betonte und sie mit Nachdruck im Frühjahr auf ein Fotoshooting in Farbe einlud. Er bot ihr sogar ein Tageshonorar von fünfzig Dollar an. Für diesen Betrag musste sie bei *Radioplane* zwei Wochen lang insgesamt zweihundertachtundachtzig Fallschirme prüfen. Norma war sich sicher, seine Einladung annehmen zu wollen, aber entscheidend war, ob Jim dem zustimmen würde. Bei dieser großen Sache, die es für sie geworden war, durfte sie ihn nicht übergehen.

Am liebsten wollte sie keine Minute länger warten, Jim auf die *YANK* anzusprechen, aber so schnell fand sich keine Gelegenheit. Als Ankunftsüberraschung entführte ihr Ehemann sie nämlich in den *Pacific Ocean Park*, einen Vergnügungspark in Santa Monica. Danach ging er mit ihr reiten. Er redete, ohne Luft zu holen, von fernen Ländern, von seinen Kameraden, die ihm zu Freunden geworden waren, von seinem Schiff, der *Liberty*, und wie sie auf hoher See Thanksgiving gefeiert hatten. Am Ende sprach er über das Kriegsgeschehen in Europa. Er kam auf diesen schrecklichen Hitler zu sprechen, der einfach nicht aufgab und nun dazu übergegangen war, wehrfähige Kinder für den Krieg zu rekrutieren.

Zur Feier des Wiedersehens servierte Ethel Steaks und im Ofen gebackene Kartoffeln. Zuvor war sie ihrem jüngsten Sohn stürmisch um den Hals gefallen. Edward hatte vor Freude zur Begrüßung sogar seine Baseballkappe leicht angehoben. Nur Muggsie hielt sich bei Jim wieder mal zurück.

Umringt von der Familie strahlte Jim über das ganze Gesicht. Und immer wieder sprang sein Blick mit fiebrig leuchtenden Augen zu Norma. Hungrig verschlang er zwei Portionen Fleisch, während

Norma Ethel zuliebe wenigstens ein bisschen von dem Steak aß. Sie war viel zu aufgeregt.

Im Verlauf des Abends stieß Marion mit Familie zu ihnen. Sie brachten ein großes Blech schokoladiger Brownies mit. Auf dem Gebäck war in farbigem, zuckersüßem Fondant die amerikanische Flagge abgebildet. Schade, dass Tom und Mary nicht kommen konnten, fand Norma.

Während die Familie Brownies vertilgte, überlegte Norma, wie wohl jeder Einzelne der Anwesenden darauf reagieren würde, sie auf der Titelseite der *YANK* zu sehen. Sie, die keinen Schulabschluss besaß, keine richtigen Eltern und nur aus der Not heraus verheiratet worden war. Auf jeden Fall wollte sie heute noch mit Jim darüber reden, sonst fand sie einfach keine Ruhe.

Nachdem das Blech mit den Brownies leergeputzt war, hatte Jim es eilig, sich endlich einmal richtig auszuschlafen, wie er es augenzwinkernd vor seinen Eltern nannte. Norma und Jim zogen sich bald in das kleine Zimmer zurück. Das Bett war eigentlich zu schmal für zwei Personen.

Bevor Norma sich versah, zog Jim ihr das rote Kleid aus. Ungeduldig küsste er ihre Brüste, schob sie ins Bett und drängte sich zwischen ihre Beine. Unter dem Aktbild von Großvater Otis stöhnte er und bewegte sein Becken auf ihr vor und zurück. Sie hatte seine intimen Berührungen vermisst.

Nach einer halben Stunde lagen sie schwitzend nebeneinander und schauten die niedrige Decke an. »Es wird Zeit, dass der Krieg endlich vorbei ist und ich wieder jeden Tag bei dir sein kann«, sagte Jim und klang zum ersten Mal seit Langem wieder sehnsüchtig und nicht nur ernst. »Obwohl es ganz danach aussieht, dass es dir hier bei meinen Eltern nicht schlecht ergangen ist.«

»Sie waren immer gut zu mir«, entgegnete Norma. Es war ihr zwar unangenehm gewesen, dass Ethel auch mit Edward besprochen hatte, wie viel Honorar Norma von David hätte verlangen sollen. Aber solche Dinge waren nur Kleinigkeiten. Beide trugen das Herz doch am rechten Fleck.

»Wenn der Krieg vorbei ist, würde ich uns gerne einen größeren Bungalow mieten«, eröffnete ihr Jim. »Vielleicht in Van Nuys oder näher an den Bergen, damit wir es an den Wochenenden zum Angeln nicht so weit haben. Mit mindestens zwei Zimmern für unsere Kinderschar.«

Norma wollte jetzt nicht über die Familienplanung reden. Sie bezweifelte, dass sie wirklich immer noch so schnell schwanger werden wollte. Mit der Aussicht, als Fotomodell arbeiten zu können, wäre es besser, den Kinderwunsch noch etwas aufzuschieben. Es war bekannt, dass der Körper einer Frau unter einer Schwangerschaft und der Geburt auch optisch litt.

»Mit meinem Lohn von *Radioplane* könnten wir uns bestimmt was Größeres leisten«, antwortete sie, ohne sich zu einem Kinderzimmer zu äußern. »Ich finde, dass selbst ein eigenes Schlafzimmer mit einem breiteren Bett schon eine riesige Verbesserung wäre.«

Jim drehte sich auf die Seite, stützte seinen Kopf auf den Arm und schaute sie an. »Die Arbeit scheint dir nicht schlecht zu bekommen. Ich dachte erst, du könntest durch eine Anstellung so wie meine Mom werden. Seitdem sie arbeitet, lässt sie sich nichts mehr von Dad vorschreiben. Also schon jahrzehntelang.« Er seufzte gespielt. »Aber bei dir ist das anders.«

Norma blieb auf dem Rücken liegen und drehte Jim nur den Kopf zu. Sie hatte sich die Bettdecke bis an die Brüste herangezogen und nickte. »Ja, du hast recht. Die Arbeit tut mir gut.« Die bei *Radioplane* und die als Fotomodell.

Während Jim laut vor sich hin rechnete, welche Kreditrate sie für ein größeres Haus mit zwei Kinderzimmern bewältigen könnten, hörte Norma ihren Schwiegervater im Nebenzimmer schnarchen.

Jetzt oder nie! Sie stieg nackt aus dem Bett, ging zum Schrank und holte den Briefumschlag von David hervor. Mit der glänzenden Fotografie hinter dem Rücken bewegte sie sich mit wiegenden Hüften und auf den Zehenspitzen zum Bett. Genauso war sie in der *Trumpet Bar* zu ihrem Tisch zurückgegangen. Wiegend und auf hochhackigen Schuhen. Es war ein Vergnügen gewesen.

Jim konnte den Blick nicht von ihr nehmen, er schien die Luft anzuhalten. Langsam kniete sie vor dem Bett nieder und hielt sich die Fotografie vor die baren Brüste. »Ich habe ein Geschenk für dich.«

»Das bist ja du auf dem Foto«, stellte Jim überrascht fest.

Norma nickte begeistert. Mit jedem Tag mochte sie das Bild mehr, weil es ihr glücklichstes Gesicht zeigte. »Mr. Denny höchstpersönlich hat erlaubt, dass ein Fotograf mich bei *Radioplane* als Patriotin mit der Drohne ablichtet.« In der Hoffnung, dass er ein klein wenig stolz auf sie wäre, betonte sie das Wort »Patriotin« besonders.

»Eine Frau als Patriot?«, wiederholte Jim und klang dabei, als spräche er über etwas so Unglaubliches wie die Landung von Außerirdischen in Ethels Garten.

»Gefällt dir das Foto nicht?«, fragte Norma irritiert.

Jim griff nach dem Bild und schaute es sich genauer an. »Du bist hübsch darauf. Aber ohne dieses Werkzeug in der Hand, vielleicht irgendwo an einem Strand, wärst du attraktiver.« Er lugte über das Foto, und sein Blick kam zuerst auf ihre Brüste zurück. »Danke trotzdem für das Foto, und jetzt komm wieder ins Bett.« Jim wollte sie zu sich ziehen, aber sie wehrte sich zärtlich.

»Das Foto könnte in der *YANK* erscheinen«, sagte sie endlich.

Jim griff vom Bett aus in seinen Seesack und zog die letzte Ausgabe heraus. »Hier drin?«, frage er ungläubig.

Norma nahm das Magazin an sich und blätterte durch die Seiten, weil auf dem Titelblatt nur Soldaten abgebildet waren. Schließlich fand sie das Foto einer Dame namens Selene Mahri, so blond wie

Chili Williams. Selene sah betörend aus, auch ohne viel nackte Haut zu zeigen.

Jim rieb sich das Kinn. »Meine Frau in der *YANK?* Das wäre schon eine Wucht!« Er schaute sich Selene Mahri sehr genau an. »Meinen Kameraden würden die Augen rausfallen.«

»Nicht wahr?« Sie stieg ins Bett zurück und schmiegte sich an ihn. »Es ist nämlich so, dass der Fotograf, der Gefreite David, mir fünfzig Dollar bezahlen würde, wenn er mich noch einmal fotografieren darf.«

»Fünfzig Dollar für ein paar Fotos? Meine Fresse, das ist viel Kohle für so ein bisschen Lächeln«, staunte Jim. »Ist dieser Gefreite David attraktiv?«

Seine Eifersucht schien nicht weniger geworden zu sein. In seinem letzten Brief vor dem Heimaturlaub hatte er sie gefragt, ob es nette Männer in der Nachbarschaft geben würde, ihr sogar ein Foto von sich geschickt, das sie im Fotoalbum von Großvater Otis aufbewahrte. Hätte sie es besser neben dem Bett aufstellen sollen?

»*Du* bist attraktiv, Jim«, betonte sie. Sie strich über seine muskulösen Oberarme und schaute ihn mit verführerischem Blick an, die Augenlider nur halb geöffnet, den Kopf etwas gesenkt wie Jean Harlow. »Bitte erlaube es«, bat sie flüsternd und gab ihm kleine Küsse auf den Hals.

Jim stöhnte erregt auf. »Na gut«, brachte er gerade noch hervor, bevor er zu abgelenkt für klare Gedanken war. »Lass dich nochmal fotografieren, aber nur für fünfzig Dollar.«

Norma hätte am liebsten losgejubelt, aber um Jim nicht zu erschrecken, setzte sie ihre Liebkosungen fort. Mit jeder neuen Berührung und jedem Kuss entfernte sie sich in Gedanken jedoch von ihm und bewegte sich auf David zu. Die Vorstellung, dass sie vielleicht bald von zwei Millionen *YANK*-Lesern so bewundert werden würde wie von dem Fotografen, war unvorstellbar. Und sollte nur ein einziger Studioboss unter ihnen sein, könnte ihr Kindheitstraum wirklich wahr werden. Sie hätte es dann ganz allein geschafft. Ja, sie wollte unbedingt wieder für den Gefreiten David Modell stehen.

22
Januar 1945

Jims Heimaturlaub verging schnell, und Anfang Januar stand seine Abreise auch schon wieder an. Sie hatten behagliche, traditionelle Weihnachten mit Tannenbaum, Bescherung und langen Mahlzeiten gefeiert. Über den Jahreswechsel waren sie für eine Wanderung in die Berge gefahren. Jim war kaum von Normas Seite gewichen, während sie immer nervöser auf eine Meldung von David gewartet hatte. Auch jetzt auf dem Weg zum Fähranleger war sie mit ihren Gedanken vor allem bei ihren Zukunftsträumen als Fotomodell.

Beim Abschied wollte Jim sich kaum von ihr lösen, als würde er sie zum letzten Mal sehen. Er kam sogar noch einmal zurück, um sie erneut zu küssen. »Im Juni werde ich wieder bei dir sein, Süße.«

Anders als bei den Abschieden davor hatte Norma dieses Mal keine Angst vor der Zeit ohne Jim. Dabei lagen viele Monate ohne ihn vor ihr. Sie hatten sich darauf geeinigt, dass sie das Geld, das sie verdiente, erst einmal beiseitelegte und sie gemeinsam über deren Verwendung entschieden. Außerdem hatte Jim ihr die Gewalt über seinen Ford übertragen, bis er endgültig aus dem Krieg zurückkam. Sie sah dies als großzügigen Vertrauensvorschuss.

Norma fuhr nach North Hollywood zurück, und der Alltag begann wieder. Die Hoffnung auf das Cover der *YANK* half ihr über die Langeweile hinweg. Sie sah ihr Gesicht von einem Titelblatt zum nächsten wandern. Dabei musste sie immer wieder lachen. Es kitzelte in ihrem Bauch, wie der Flügelschlag eines Vogels. Mehr als einmal steckte Ethel verwundert den Kopf zur Tür herein. Einmal erwischte ihre Schwiegermutter sie sogar dabei, wie sie geradlinig zu gehen übte und war sichtlich befremdet von Normas schwungvollem Gang. Ethel ging im Vergleich dazu wie ein Pinguin, aber sie schlug Normas Angebot für eine Lehrstunde in weiblicher Bewegung aus.

Manche Stunde nach der Arbeit verbrachte Norma neuerdings in der kommunalen Bibliothek, um sich über das Fotografieren zu informieren. Sofern es mit der *YANK* klappte und sie womöglich weitere Anfragen als Fotomodell erhielt, wollte sie verstehen, was für ein gutes Bild wichtig war. Sie war überrascht, wie viel mehr das Fotografieren war als nur das Betätigen des Auslösers. Es war ein kunstvolles Spiel mit Licht und Schatten, bei dem die abgebildete Person zweitrangig war. Und jede noch so hübsche Frau wirkte wenig ansprechend, wenn der Fotograf sein Handwerk nicht verstand und ihre Vorzüge beschattete, anstatt sie mittels Licht zu betonen. Eine Fotografie konnte einem Aquarell gleich ein echtes Kunstwerk sein. In gewisser Weise war ein Fotograf auch ein Maler, ähnlich wie Großvater Otis. Oft durchdachte Norma das Gelesene auf Spaziergängen mit Muggsie.

Das Warten auf Davids Rückmeldung wurde langsam unerträglich. Vielleicht hatte er nur vergessen, ihr Bescheid zu geben und ihr Gesicht zierte längst eine der Titelseiten? Bald lief Norma jede Woche ins Postamt von North Hollywood, wo die *YANK* verkauft wurde. Weil das Magazin nur für Mitglieder der *Army* erschien, war es nicht bei den üblichen Zeitungshändlern zu haben. Die aktuelle Ausgabe in der Hand beschaute sie das Titelblatt sehr genau und blätterte mit zitternden Fingern durch das Magazin, bis zum Centerfold in der Heftmitte. Aber ihre Bilder fand sie nicht.

Mit jeder weiteren Woche hoffte sie halbherziger, schließlich hatte der Gefreite David von »Anfang des Jahres« gesprochen, als es um das Erscheinen der Bilder gegangen war.

Erst eine Postsendung brachte Norma schlagartig vom Warten auf die nächste *YANK* ab. Ihr blieb die Luft weg, als sie den Absender las:

Grace Goddard. Lieber hätte sie Post von Bebe bekommen. Norma nahm den Brief mit in ihr Zimmer und sackte wie betäubt aufs Bett. Beim Anblick der Buchstaben auf dem Umschlag stieg die gleiche Enttäuschung und Ohnmacht in ihr auf wie nach dem Rauswurf in Chicago. Gleich wurde ihr bestimmt übel. Dort, wo früher ihre Stirnwunde gewesen war, zog es.

Als sie den Umschlag öffnete, meinte sie, ihr Herz überschlage sich vor Aufregung.

Liebe Norma,
es tut mir unendlich leid, dass wir uns in Chicago im Streit voneinander getrennt haben. Mir geht es inzwischen wieder besser. Allerdings kann ich gerade nicht mehr so viele Stunden arbeiten gehen, denn ich will mich darauf konzentrieren, trocken zu werden. Es ist nicht leicht und kostet mich eine Menge Kraft. Ich habe auch mit einem Doktor, der auf Alkoholismus spezialisiert ist, über mein Problem gesprochen. Er sagt, dass ich es mit meinem festen Willen bestimmt schaffen kann, vom Alkohol loszukommen, für immer.

Norma übergab sich nicht. Grace klang zuversichtlich und obendrein nicht mehr wie das Monster, das sie angefaucht und gegen den Küchentisch gestoßen hatte.

Doktor Kingston ist eine große Hilfe für mich, aber er ist sehr teuer. Du hattest mir in Chicago von deinem Wiedereinstieg bei Radioplane erzählt. Würdest du mir etwas Geld schicken, damit ich ihn regelmäßig besuchen und die Arztrechnungen bezahlen kann? Vielleicht einhundert Dollar? Das wäre sehr lieb von dir.

Norma ließ den Brief sinken und musste an den Artikel über die trinkenden Schauspieler denken, der aufgezeigt hatte, wie trickreich Alkoholiker vorgingen, um ihre Sucht zu befriedigen. Lügen und unter einem Vorwand um Geld zu bitten, um neuen Alkohol kaufen zu können, war da noch das Geringste. Nach dem Vorfall in Chicago traute sie Grace solch einen Hinterhalt durchaus zu, auch wenn es wehtat. Norma las weiter:

Ich weiß, dass ich es schaffen werde, vom Alkohol wegzukommen. Wenn ich richtig gesund bin, möchte ich wieder nach Los Angeles ziehen. Das steht heute schon fest.
Pass auf dich auf, Sweetheart.
Deine dich liebende Mom

Mom? Diese drei Buchstaben standen für Liebe, Zuneigung und vor allem Vertrauen. Es fühlte sich falsch an, Grace mit diesem Wort wieder in Verbindung zu bringen. Im nächsten Moment bekam Norma ein schlechtes Gewissen. Was war, wenn es stimmte, was Grace behauptete? Sie klang zuversichtlich, und war das nicht das Wichtigste auf dem Weg heraus aus der Sucht? Dass man es selbst unbedingt wollte? So ähnlich hatte Tom es formuliert. Durfte sie jetzt zögern und Grace ihre Unterstützung versagen?

Norma fiel Antigones Motto ein: *Nicht mitzuhassen, mitzulieben bin ich da*, und die Unterstützung durch den Arzt schien die einzige Chance, um von dem Teufelszeug loszukommen. Würde Grace diese Chance nicht nutzen können, weil sie ihr kein Geld sandte, würde sie sich ewig Vorwürfe machen. Genauso lange, wie sie sich wegen ihres Verhaltens gegenüber Bebe in Huntington zum Kuckuck wünschte.

Norma ging zum Schrank mit ihrem Reisekoffer, in dem sie ihr Erspartes in Bebes Brustbeutel neben dem Fotoalbum aufbewahrte. Sie zählte nach, wie viel Geld sie seit ihrer Rückkunft angespart hatte. Einen Teil ihres Lohnes gab sie Ethel als Kostgeld zusätzlich zu dem, was Jim seiner Mutter für das Zimmer zahlte.

Sie zählte zweihundertzehn Dollar und dreißig Cent. Also sollten einhundert Dollar kein Problem sein. Sie würde es morgen vor Arbeitsbeginn telegraphisch anweisen. Hoffentlich half sie Grace damit. Auch wenn die ihr Schreckliches angetan hatte, konnte sie nicht mitansehen, wie sie vor die Hunde ging.

∞

Am Sonntag vor dem President's Day kommentierte Ethel die Ankunft eines Gastes mit den Worten: »Da stapft ein Riese mit einer Drahtbrille auf unseren Bungalow zu.« Ethel und Edward waren gerade vom sonntäglichen Kirchgang zurück und Norma aus der Frühvorstellung im Kino. Sie wollte sich bis zur Oscar-Verleihung im März die als Favoriten gehandelten Filme anschauen.

Nach Ethels Worten sprang sie sofort ans Fenster. »Das ist der Gefreite David!«

»Der Fotograf, der bei uns im Werk war?«, erinnerte sich Ethel und ihr zuvor noch verwunderter Ton schlug ins Abfällige um. »Der Gefreite, der seine Modelle nicht bezahlt?« Ihr vorwurfsvoller Blick galt Norma, weil sie ihrer Meinung nach auf eine Bezahlung hätte drängen müssen. Sogar nachträglich.

Nur der Anstand der verheirateten Frau hielt Norma davon ab, dem Gefreiten sofort entgegenzustürzen. Sie gab sich größte Mühe, unaufgeregt zu wirken. Mit einem »Ich begrüße ihn draußen«, ließ sie ihre Schwiegermutter stehen und ging in den Garten. Muggsie folgte ihr wie eine Leibwächterin und positionierte sich am klapprigen Gartentor.

Am liebsten wäre Norma mit David ein paar Schritte die Straße hinabgegangen, um sich ungestört zu unterhalten, aber das würde

Ethel ihr übelnehmen. Seit Jims Abreise schien ihre Schwiegermutter sich noch mehr als früher für sie verantwortlich zu fühlen. Eigentlich ein schönes Gefühl. In dem Wort »Schwiegermutter« steckte schließlich auch das Wort »Mutter«. Aber dieses Mal wollte sie nichts überstürzen, alles mit Bedacht und ohne den kindlich übersteigerten Mutterhunger angehen.

»Norma Jeane, du siehst wieder sehr hübsch aus«, begrüßte David sie.

Obwohl sie sich mehrere Wochen nicht gesehen hatten, fühlte sich sein vertrauter Ton nicht aufdringlich an. Norma trug jenes mintgrüne, inzwischen abgetragene Kleid, das ihr Jim einst geschenkt hatte, darüber ihre alte Strickjacke. Sie war kaum zurechtgemacht, weil es im Kinosaal die meiste Zeit dunkel war. Nur den himbeerfarbenen Lippenstift hatte sie aufgetragen, wie die letzten Sonntage auch schon.

Davids Blick blieb auch sogleich an ihrem Mund hängen, und er lächelte. »Ich sehe schon, du magst die Farbe genauso sehr wie ich.«

»Hast du Neuigkeiten von der *YANK?*«, platzte es aus Norma heraus. Sie holte Muggsie an ihre Seite zurück und wies sie an, sich hinzulegen und zu entspannen.

David nickte vielversprechend, wie sie fand. »Über die *YANK* würde ich lieber in Ruhe beim Lunch mit dir reden, nicht hier zwischen Tür und Angel. Darf ich dich spontan einladen?«

Ohne Uniform wirkte David noch sympathischer. Er trug nur ein weißes Shirt unter seiner Anzugjacke und eine helle Hose. Die Wolken und der blaue Himmel spiegelten sich in den Gläsern seiner Drahtbrille.

»Es gibt da diese nette irische Taverne am Wilshire Boulevard. Die machen ausgezeichnete Sandwiches«, schlug er vor.

Der Wilshire Boulevard gehörte zu den besseren Straßen von Los Angeles. Ein Lunch dort klang wundervoll, um ihr erstes Titelblatt zu feiern. Ihre Aufregung wuchs. »Ja, gerne«, sagte sie, obwohl sie der Besuch eines feinen Lokals auch einschüchterte. Damals hatten Grace und Ervin in besseren Restaurants das komplette Monatsbudget ausgegeben, um Produzenten für Ervins ersehnte Rolle als Westernheld aufzulauern. Über das *Millennium Biltmore Hotel*, das *Metro-Goldwyn-Mayer*-Mogul Louis B. Mayer so gerne besuchte, wusste Norma, dass eine Cola einen ganzen Dollar kostete. Nach solchen luxuriösen Ausflügen hatte die Familie tagelang nur Maisbrei gegessen.

»Bitte gib mir ein paar Minuten, um mich ein bisschen zurechtzumachen«, bat sie. Für den feierlichen Anlass kam nur ihr bestes, das knallrote Kleid in Frage, egal, ob sie sich darin unwohl fühlte.

Norma wandte sich schon zum Haus zurück, aber David verstellte ihr den Weg. »Bleib bitte genau so, wie du bist, und steig einfach ein.« Er wies zu seinem Wagen, einem schwarzen Chevrolet Cabriolet mit beigem Verdeck.

Muggsie knurrte leise.

Norma zögerte. Zum Wilshire Boulevard in einer abgetragenen Strickjacke?

»Die Taverne ist kein piekfeiner Laden. Alle dort sind entspannt«, erklärte David.

»Also gut, wenn du meinst. Lass mich nur noch kurz meiner Schwiegermutter Bescheid geben.« Sie ging zurück ins Haus, Muggsie schwänzelte um ihre Füße. »Ethel?«, rief sie.

Niemand antwortete, aber das Klappern von Geschirr verriet ihr, dass Ethel in der Küche hantierte.

»Ich bin in einer Stunde zurück«, sagte Norma.

Ihre Schwiegermutter war entsetzt. »Du traust diesem ungehobelten Riesen?«

»Bisher hat sich der Gefreite David mir gegenüber wie ein Gentleman benommen, und die Arbeit mit ihm hat mir Spaß gemacht.«

»Wie er dich nur ansieht.« Ethel schüttelte den Kopf. »Der führt nichts Gutes im Schilde, wenn du mich fragst.«

»Er ist Fotograf, und es ist sein Job, genau hinzusehen«, verteidigte ihn Norma. »Wie soll er mich ins rechte Licht rücken, wenn er meine Vorzüge nicht kennt?«

Ethel knurrte nur und konzentrierte sich nun wieder auf das dreckige Geschirr.

»Ich kann gut auf mich aufpassen«, verabschiedete Norma sich. »Ich bin nicht mehr das blauäugige, kleine Mädchen, das Jim einst geheiratet hat.«

Ethel schaute sie länger nachdenklich an, dann sagte sie: »Sei aber in zwei Stunden zurück. Ich brauche deine Hilfe beim Wäschefalten.«

Norma stimmte zu und übergab Muggsie noch in die Obhut ihres Schwiegervaters. Edward hatte sich zuletzt mit der Hündin angefreundet. Er war ein überraschend guter Werfer, und Muggsie liebte Ballspiele über alles.

Unter Davids Blick versuchte Norma, den schwarzen Chevrolet so elegant wie möglich zu erreichen. Er hielt ihr die Beifahrertür auf und beobachtete sehr genau, wie sie unter das geschlossene Verdeck auf den Sitz glitt. Derweil zog Ethel die Küchengardine mit harscher Geste zu.

David sprang leichthin auf den Fahrersitz. »Kann's losgehen?«

Norma nickte aufgeregt. Auf in ihre vielversprechendere Zukunft. Im Vergleich zu Jims Ford hatte sie auf der Fahrt zum Wilshire Boulevard das Gefühl zu fliegen, so leicht glitt der Chevrolet dahin. David war ein ausgezeichneter Fahrer.

Norma entspannte sich von der ersten Minute an und ließ sich den kühlen Fahrtwind ins Gesicht pusten. Genießerisch schloss sie die Augen und spürte, dass Davids Blick immer wieder vom Verkehr auf sie kam. Ja, sie konnte Blicke spüren und genoss es, wenn sie so bewundernd wie Davids waren. Hoffentlich bemerkte er ihre Gänsehaut auf den Armen nicht.

The Old Horseshoe Tavern mutete anders an, als es seine gute Lage am Wilshire Boulevard vermuten ließ. Die Taverne war eine urgemütliche Kneipe mit steinernen Wänden, dunklen Holzmöbeln und karierten Vorhängen. Und dennoch bestaunte Norma den Gastraum wie einen Kinopalast, während David der Bedienung ein vertrautes Zeichen gab und Norma zu einem der letzten freien Tische führte.

Sie konnte ihren Blick nicht von den Wänden und der Decke lösen, denn daran hingen übergroße Kleeblätter, auf denen handschriftlich Namen geschrieben waren. Über ihrem Tisch stand auf einem der Kleeblätter der Name Bing Crosby geschrieben. Der beste Tänzer Hollywoods war hier Stammgast?

Ehrfürchtig nahm Norma auf einem einfachen Holzstuhl Platz, David setzte sich ihr gegenüber. Das Publikum des *Old Horseshoe* wirkte unaufgeregt, aber doch gepflegt. Norma dachte, dass sie ein altes Hufeisen, wie sich das Lokal nannte, gerade gut als Glücksbringer gebrauchen könnte. Ihr Gesicht auf dem Cover der *YANK* wäre das Größte!

»Zwei Black Ale, bitte«, bestellte David, aber Norma widersprach in bestimmtem Ton: »Für mich bitte nur Ginger-Ale. Ich trinke keinen Alkohol.« Er schmeckte ihr nicht und machte obendrein aus warmherzigen Moms keifende Frauen, die nur noch ein Schatten ihrer selbst waren. Hoffentlich halfen Grace die Besuche bei Doktor Kingston.

»Oh, natürlich«, sagte David und korrigierte die Bestellung.

Schnell zog sich Norma ihre alte Strickjacke aus, in der sie sich wie ein graues Mäuschen fühlte. Sie suchte sich ein Sandwich mit Tomate, Gurke und Salat von der Karte aus. David bestellte sich eines mit gebratenen Würsten und dunkler, fettiger Soße.

Nachdem sie ihre Getränke serviert bekommen hatten, erhob

David umgehend sein Bierglas. »Die Redakteure der *YANK* haben dieses Mal lange gebraucht, um die Bilder aller Fotografen zu sichten«, begann er.

Norma war froh, dass er endlich auf ihr Thema zu sprechen kam. Ihre Aufregung stieg, das merkte sie an ihren feuchten Händen.

»Ronnie Reagan … ich meine natürlich Offizier Reagan höchstpersönlich hat sich in die Entscheidung eingebracht.«

Norma schickte ein Stoßgebet zum Himmel, dass Offizier Reagan nicht nur auf blonde Frauen stand. Sie nickte vorfreudig und hob feierlich ihr Glas mit dem Ginger-Ale.

»Leider haben es meine Fotos von dir nicht auf ein Titelblatt geschafft«, eröffnete David. Er stieß sein Glas gut gelaunt gegen das ihre, als gäbe es noch einen Grund zu feiern.

Enttäuscht ließ Norma ihren Ginger-Ale sinken. Sie hatte es nicht geschafft? Wie benommen schaute sie zu, wie durstig David trank, während sie gegen Tränen ankämpfte. Also war sie doch nicht die Schönheit, für die er sie hielt. Und ihr Lächeln einfach nicht gut genug für die *YANK*. Sie hatte sich für besser gehalten, als sie es war. Wie hatte Tante Ana früher mal gesagt: Enttäuschung tritt nur dort ein, wo vorher getäuscht wurde. Norma hatte sich selbst mit der Illusion getäuscht, dass sie mit ihrem rundlichen Gesicht und den Schlupflidern Fotomodell werden könnte. Sie verspürte Ärger und Trauer gleichzeitig, eine wirre Gefühlsmischung, die sie ganz schlapp machte und sich schwer fühlen ließ. Jetzt nur nicht losweinen! Besser, sie beendete das Ganze hier wenigstens haltungsvoll.

Norma erhob sich. »Es tut mir leid, dass ich deine Zeit verschwendet habe, David.« Sie wollte jetzt nur noch weg hier. Sie schämte sich für sich selbst. Wie naiv sie wieder gewesen war, also doch nicht die erfahrene Frau, wie sie vor Ethel betont hatte! Kein Wunder, dass sich sogar David über sie lustig machte und auf ihren Misserfolg anstieß. Die Absage hätte er ihr auch am Gartentor überbringen können.

Gerade kam die Bedienung mit ihren Sandwiches, als David mit zärtlicher Geste Normas Handgelenk umschloss und sagte: »Aber das ist doch kein Grund, enttäuscht zu sein. Bleib hier.«

Normas Augen glitzerten verräterisch feucht. »Ist es doch!«, widersprach sie in einem Anflug kindlicher Bockigkeit.

»Ganz im Gegenteil. Jetzt will ich diesen altmodischen Typen von Offizieren erst recht beweisen, dass du der Knaller bist!« David ließ ihr Handgelenk wieder los. »Ich bin überzeugt davon, dass du einzigartig bist. Bitte setz dich wieder, Norma Jeane.« Er legte die Innenseiten seiner Handflächen flehend aneinander. »Ein einziges verlorenes Titelblatt hat doch nichts zu bedeuten!«

Norma wusste nicht, was sie denken sollte. War das ein weiterer nutzloser Versuch, ihr ein Kompliment zu machen? Damit hörte er besser sofort auf, sonst glaubte sie bald niemandem mehr. Es fühlte sich verdammt unangenehm an, wenn ein Wunsch wie eine Seifenblase zerplatzte. Sie ging zur Tür.

David kam ihr nach. »Deine Augen leuchten magisch, wenn du in die Kamera lächelst. Das habe ich noch bei keiner Frau vorher so gesehen. Bitte gib nicht gleich auf! Für eine Karriere braucht es mehr Biss und Durchhaltevermögen. Das ist wie im wahren Leben. Oder willst du mir sagen, du wurdest im Leben bisher noch nie enttäuscht?«

Norma schüttelte den Kopf und schaute ihn eindringlich und ehrlich aus geröteten Augen an.

»Vertrau mir, Norma Jeane«, verlangte David in zärtlichem Ton. »Mit dir kann ich einen neuen Trend schaffen, den des frischen, jüngeren Mädchens, dessen Natürlichkeit im Vordergrund steht.«

Norma war hin- und hergerissen. Sie hatte David schon einmal vertraut, und er hatte ihr Vertrauen nicht missbraucht. Vielleicht sollte sie der Sache noch eine Chance geben.

Nach einigem Zögern ging sie mit ihm wieder zum Tisch zurück, wo ihre Sandwiches unangerührt standen. David strahlte über das ganze Gesicht und war dann kaum noch zu halten. Sobald sie wieder saßen, berichtete er ihr von der Pin-Up- und Mode-Fotografie, die mit ihrem Trend zur Kunstfigur der Mittzwanziger-Frau mit möglichst ausgefallenen Hüten und schwerem Make-up ihren Zenit längst überschritten hätte. Er gab sich große Mühe, ihr die Niederlage als Erfolg zu verkaufen, dass sie sich beim Essen ihres Sandwiches nicht mehr ganz so schlapp und enttäuscht fühlte.

»Aber der neue Trend zur Natürlichkeit hat in meinen Augen kaum eine Chance«, entgegnete sie. Niemand schaute eine ungeschminkte Frau länger als eine zurechtgemachte an. Die Menschen wollten übernatürliche Schönheit sehen. Das Natürliche kannten sie zuhauf von zu Hause, dazu brauchten sie kein Magazin. Norma überlegte schon, wie sie Ethel ihren Misserfolg beichten könnte, ohne von ihrer Schwiegermutter zu hören, dass sie es ja schon vorher gewusst habe.

»Gib mir und meiner Kamera, sagen wir, zwei Stunden. Wenn du dann immer noch nicht an meine Vision glaubst, belästige ich dich und deine Schwiegermutter«, er schmunzelte kurz, »nie wieder!« Er hob die Hände als Unschuldsgeste. »Versprochen.«

So ähnlich hatte es der Posaunist in der *Trumpet Bar* auch versucht. Nur dieses eine Lied! Aber Norma zögerte heute, vielleicht, weil sie anders als an dem Abend in Chicago keine Verstärkung bei sich hatte.

David holte unter der Speisekarte eines der übergroßen Kleeblätter hervor, das noch unbeschriftet war. »Wenn du eines Tages dort oben neben Bing kleben willst«, er zeigte zur Decke, »dann darfst du nicht nach dem ersten Stolpern aufgeben. Auf die Gefahr hin, dass ich mich jetzt wiederhole, aber so funktioniert dieses Geschäft nicht.«

Norma nickte nur, damit er endlich aufhörte, sie überzeugen zu wollen.

»Und jetzt komm, Norma Jeane! Zwei Stunden sind nicht viel Zeit für ein Fotoshooting.«

Sobald sie nickte, sprang er auf, nahm sie an der Hand und führte sie aus dem *Old Horseshoe* hinaus. Im Türrahmen blieb Normas Blick an jenem Tisch hängen, über dem auf einem Kleeblatt der Name Cary Grant prangte.

David fuhr in seinem Chevrolet zurück Richtung Norden. Bald waren sie auf der 101 zu Füßen der Hollywood Hills. Er nahm die Ausfahrt auf Höhe Sherman Oaks, bog aber nach Osten ab. Billboards kündigten die *Universal Studios* und die *Warner Bros.* an. Irgendwo hinter den *Warner Bros.* parkte David vor einer zweigeschossigen Ladenreihe, wie sie typisch für Los Angeles war. Von der Geschäftigkeit auf dem Studiogelände war hier nichts mehr zu spüren.

Zögerlichen Schrittes folgte Norma ihm in seinen dunklen Laden. Ihr mulmiges Gefühl verschwand in dem Moment, als er das Licht anschaltete. Vor ihr schälte sich ein Fotostudio aus der Dunkelheit. Ein Raum vollgestellt mit Lampen, Rückwänden und Requisiten und einer offenen Garderobe wie in einem Theater.

David bat sie, sich vor die weiße Leinwand zu stellen, und verschwand. Kurz darauf kam er mit einer Kamera aus einem der oberen Zimmer zurück. Er war hochkonzentriert, während er zwei Lampen beinahe frontal vor ihr positionierte. Der erste Blitz leuchtete auf, als Norma sich immer noch im Studio umschaute. Ihre Gedanken glitten zu Großvater Otis. Die Erinnerung daran, dass auch er einen Traum gehabt hatte, den er bestimmt nicht vorschnell aufgegeben hatte, machte ihr in diesem Moment Mut. Sie spürte, dass ihre Enttäuschung über die Absage Neugier Platz machte. Ein bisschen fühlte sie sich hier in dem Fotostudio wie Otis einst in seinem Dachatelier.

»Ja, dieser Blick gefällt mir. Als Fotomodell solltest du die Kamera stets als deinen Freund sehen, nicht als Eindringling in deine Privatsphäre«, erklärte David und drückte auf den Auslöser.

Norma nickte wie selbstverständlich. David brachte sie dazu, fröhlich zu lächeln, selbst bei einer unbequemen Haltung.

»Ein interessantes Gesicht ist wirkungsvoller als ein makelloses, aber leeres. In deinem Gesicht sehe ich vor allem Unschuld, Frische und Neugier, aber auch etwas …«

»Ja … etwas?«, fragte sie und hielt ganz still.

»Eine verletzte Seele.« Der Satz war kaum ausgesprochen, da drückte David erneut auf den Auslöser. Wieder war das typische Zischen der Blitzanlage zu hören.

Unvermittelt schaute Norma zu Boden. Ihre Verletzlichkeit war ihr unangenehm. Schon die Bolenders hatten sie deswegen fortgeschickt.

Wieder drückte David auf den Auslöser.

Normas Gedanken sprangen zu Grace. Je öfter sie darüber nachdachte, desto mehr bezweifelte sie, dass Grace die einhundert Dollar wirklich zu Doktor Kingston trug.

David drückte noch ein letztes Mal auf den Auslöser, dann ließ er seine Kamera sinken. »Hast du schon mal gesehen, wie ein Film entwickelt wird?«

Er imponierte ihr mit seiner Hartnäckigkeit, seiner Leidenschaft für die Sache und seiner einzigartigen Gestalt. Er war beinahe zwei Köpfe größer als sie in ihren flachen Schuhen und doppelt so breit, aber schlank. Ihn schien so schnell nichts umzuwerfen, nicht einmal eine Absage für eine Titelseite, auf die er sich große Hoffnungen gemacht hatte.

Norma hatte schon etwas über die Chemikalien gelesen, die notwendig waren, um einen Film zu entwickeln, aber praktisch hatte sie keine Ahnung. Eigentlich müsste sie auch längst zurück in North Hollywood sein. Ethel wartete sicher schon vor dem Stapel Bettwäsche auf sie, aber etwas ließ sie sagen: »Ja, ich würde gerne mehr darüber wissen.« Mit leuchtenden Augen schaute sie zu ihm auf.

David führte sie in ein Zimmer im Obergeschoss des Ladens, wo allerhand Messbecher, Chemikalien sowie Boxen herumstanden und eine Leine über eine Abtropfwanne gespannt war. Seine Hände in völliger Dunkelheit in einem Sack spulte er den Film aus seiner Kamera in eine Entwicklerdose. Norma übertrug er die Aufgabe, exakt temperiertes Wasser in eine der größeren Boxen zu füllen und danach die Entwicklerdose sowie die Flaschen mit den verschiedenen Farbchemikalien hinzustellen, um diese auf die gleiche lauwarme Temperatur zu bringen. Sie legte auch ein Thermometer in jede Box.

Gebannt verfolgte sie, wie er nacheinander und mit zeitlich genau festgelegten Handgriffen die Farbchemikalien in die Entwicklerdose goss, diese dann abwechselnd bewegte und wieder ruhen ließ. Er vollführte jeden Handgriff wie ein heiliges Ritual.

Norma musste dabei an Jim denken, der seine Arbeit ähnlich leidenschaftlich verrichtete. An Weihnachten hatte er fortwährend von der *Liberty* geschwärmt und von der Verantwortung, die er trug. Er wurde des Drills nicht müde. Jims Hände waren etwas kleiner und rauer als Davids. Bei dem Gedanken, was Jim in der letzten Nacht vor seiner Abreise damit bei ihr angestellt hatte, lief ein wohliger Schauer durch ihren Körper. Vorhin, als David sie am Handgelenk festgehalten hatte, hatten sich seine Hände weich angefühlt. Rasch schob sie diesen unerlaubten Gedanken fort.

Bei den weiteren Entwicklungsschritten war David anzusehen, wie ungeduldig er den Fotos entgegenfieberte. Immer wieder nahm er seine Drahtbrille ab, biss auf deren Bügel und setzte sie sich schließlich wieder auf, aber ohne mit Norma zu reden. Auch bei der Begutachtung der entwickelten, getrockneten Filmstreifen schwieg er. Er inspizierte sie auf einer beleuchteten Tischplatte mit einer Negativlupe, ähnlich einem Monokel.

Norma dachte schon, er hätte sie vergessen, da reichte er ihr die Negativlupe. Ihre Finger berührten sich kurz, als sie danach griff.

Sie sah sich durch die ungewöhnliche Lupe genauso, wie er ihr den neuen Trend in der Taverne beschrieben hatte. Das Negativ zeigte sie bis auf Reste des Lippenstifts auf der Oberlippe ungeschminkt, aber mit einem nachdenklichen Blick. Ein andermal sah sie neugierig aus und überrascht, ihr Haar noch wirr vom Fahrtwind. Davids Fotografien ähnelten den Hollywood-Porträts nicht im Geringsten. Diese Art der Porträts, die in den Kinos verkauft und auf Premieren verschenkt wurden, wirkten durch ihre düstere Stimmung, als bargen sie ein Geheimnis. Bei solch einer Gelegenheit musste ihre leibliche Mutter auch das Porträt von Clark Gable erstanden haben, den Norma als Kind für ihren Vater gehalten hatte.

Sie fand, dass David sie für die Fotos wie bei *Radioplane* hätte zum Lächeln animieren sollen, glücklich gefiel sie sich deutlich besser als enttäuscht und nachdenklich. Nichtsdestotrotz verschlugen ihr die Bilder die Sprache. Sie wirkten authentisch und zeigten sie unverblümt. Das wahre Leben, ohne Lügen und Schönfärberei.

David deutete von einem Negativ zum nächsten. »Verstehst du jetzt, was ich vorhin im *Old Horseshoe* meinte?«

Sie presste sich die Negativlupe fester vor das Auge und schaute sich jedes Foto noch einmal ganz genau an. »Ich sehe nicht wie ein Fotomodell aus, sondern eher wie die ganz normale Norma Jeane.«

»Wie eine junge, unschuldige und zugleich unwiderstehliche Norma Jeane«, korrigierte er, ohne den Blick von den Negativen zu nehmen. »Ein Foto ist gelungener als das andere. Und das, obwohl ich dir noch nicht gezeigt habe, wie du dich professioneller vor der Kamera bewegst. Eine Frau hübsch zu schminken und vorteilhaft auszuleuchten, das ist nicht allzu schwer. Aber eine spontane Fotoserie ohne ein einziges verpatztes Bild hinzulegen, das ist absolut beachtlich, sogar für ein erfahrenes Fotomodell.«

Norma verschlug sein Urteil die Sprache.

»Wenn du erst die richtigen Bewegungen beherrschst und dadurch deine Natürlichkeit auch auf Zuruf herstellen kannst, wenn du alle Kniffe vor der Kamera kennst und wir einen guten Maskenbildner dazunehmen, der nur mit einem Hauch Make-up deine Vorzüge betont, dann ist alles möglich für dich … für uns. Die Magazine werden sich um dich reißen.«

Norma nahm sich die Negativlupe vom Auge. Sie spürte den zarten Flügelschlag eines Vögelchens in ihrem Bauch kitzeln, aber presste sich ihre Hände davor. Sie wollte nicht wieder enttäuscht werden. Andererseits hatte David ihr auch gesagt, dass sie nicht so schnell aufgeben durfte, wenn sie weiterkommen wollte.

Norma trat an das Ladenfenster des Fotostudios. Es wurde gerade dunkel draußen, und der beleuchtete Schriftzug der *Warner Bros.*, die Abkürzung WB inmitten eines Schildes, leuchtete zitternd wie ein unruhig pochendes Herz auf einem Dach des Studiogeländes auf.

Durfte sie es wagen, ein zweites Mal zu hoffen? Ihr Herz schlug schneller, das Vögelchen in ihrem Magen flatterte heftig auf und ab. Sie war schon so oft enttäuscht worden und danach doch immer wieder aus ihrem dunklen Loch herausgekommen. Sie hatte viel Biss, wenn sie es sich recht überlegte. Warum zögerte sie dann noch, die neue Herausforderung anzunehmen?

23

16. März 1945

Darryl nahm einen langen Zug von seiner Zigarre. Dabei glitt sein Blick durch die verdunkelte Fensterscheibe der Limousine nach draußen und blieb am Logo der *Warner Bros.* auf einem Dach des Studiogeländes hängen. Wehmütig erinnerte er sich an die Zeit, bevor er bei *Twentieth Century-Fox* gearbeitet hatte. Bei den *Warner Bros.* war ihm der Sprung vom Drehbuchautor zum Produzenten gelungen. Anfangs war das Studio ein kleines, ums Überleben kämpfendes Familiengeschäft mit zu vielen Warner-Brüdern im gleichen Business gewesen. Auf Darryls Drängen hatten sie es riskiert, finanziell ganz auf die damals neueste Entwicklung, den Tonfilm, zu setzen. Das hatte die Firma aus den Miesen rausgeholt.

Darryls *Warner*-Zeit umfasste aber vor allem jene glücklichen Jahre, in denen seine drei Kinder, seine Augensterne, das Licht der Welt erblickt hatten und Virginia noch heftig in ihn verliebt gewesen war. Richard, sein Jüngster, hatte vorhin todtraurig am Fenster gestanden, als Darryl rasend vor Eifersucht aus dem Haus und in die Limousine gestürmt war.

Am liebsten würde er die Oscar-Verleihung heute Abend sausen lassen, sich irgendwo anständig einen hinter die Binde kippen, wo ihn niemand kannte, und ein halbes Dutzend dicke Kubanische rauchen. Aber die Verleihung der Academy Awards war nun mal der Termin im Jahr, den niemand aus der Branche verpassen durfte. Heute würde sich zeigen, ob sich seine Arbeit der letzten Jahre – die Auswahl der Stoffe, die Überwachung der Dreharbeiten und des Schnitts – auszahlte.

Die jährliche Oscar-Preisverleihung machte die Filmindustrie noch reicher, unsterblicher und unendlich glamourös. Das Spektakel wurde landesweit im Radio übertragen. Die Wertschätzung künstlerischer Arbeit stand im Hintergrund.

Darryl öffnete die Bar hinter dem Sitz des Chauffeurs, die mit hochwertigen Alkoholika bestückt war. »Wollen Sie auch einen?«, fragte er Alfred neben sich und stellte schon zwei Gläser bereit.

Alfred nickte knapp, begleitet von einem Brummen, welches Darryl nach wie vor nicht zu deuten wusste.

Anstelle des übergewichtigen Regisseurs, dessen Atmung rasselte wie bei einem Tuberkulösen, hätte eigentlich Virginia ihn in ihrem hinreißend schulterfreien Kleid begleiten sollen. Wenn da nur nicht dieses verdammte Feinrippunterhemd gewesen wäre! Natürlich war nicht das Unterhemd schuld an ihrem Streit, sondern seine Ehefrau, die es von ihrem letzten Wochenende in Palm Springs in ihrem Koffer mitgebracht hatte. Virginia hatte es tatsächlich gewagt, ihm Hörner aufzusetzen! Es fühlte sich schrecklich an, wie ein ganz mieser Film.

Darryl zog mehrmals hintereinander heftig an seiner Zigarre, sodass er husten musste. Erst als die Qualmwolken ihn ganz einhüllten, goss er sich und dem sturen Briten neben sich einen ordentlichen Scotch ein – einen, der fünfzig Jahre in einem Eichenholzfass gereift war. Er und Alfred waren so ziemlich die übelste Notgemeinschaft, die er sich für die Oscar-Verleihung vorstellen konnte. Bei dem Dreh von *Das Rettungsboot* hatten sie sich ständig gezankt, weil Alfred den Film nicht action-geladen genug inszeniert hatte. Wenigstens war *Das Rettungsboot* heute Abend dreifach nominiert. Darryl schätzte die Chancen des Filmes auf einen Oscar gut ein, der Name Alfred Hitchcock machte sicherlich Eindruck auf die Academy-Mitglieder. Sofern *Das Rettungsboot* heute Abend wenigstens einen Oscar holen würde, wären alle Auseinandersetzungen mit Alfred vergessen. Mehr Oscars als *Metro-Goldwyn-Mayer*, darauf hatte Darryl hingearbeitet, seitdem er aus dem Krieg zurück war. Bei den Nominierungen lag das größte der Filmstudios nur knapp vorne. Alles war also möglich heute Abend.

Während Darryl abwechselnd trank und rauchte und es ihm brennend die Kehle hinablief, ging er seine Pfründe für den Abend durch. Sein Zugpferd war *Wilson*, sein Biografiefilm über den amerikanischen Präsidenten Woodrow Wilson. Sein Film *Laura* wies fünf Nominierungen auf und Alfreds *Rettungsboot* wie gesagt drei.

Als sie zwei Blocks entfernt von *Grauman's* ankamen, stoppte die Limousine, und der Fahrer öffnete ihnen die Türen.

Darryl ließ Alfred den Vortritt auf dem roten Teppich. Der lange Gang, den zu beiden Seiten Tribünen mit kreischenden Filmfans säumten, war vor allem bei Schauspielern, die schon länger im Geschäft waren, wenig beliebt, weil es ein Höllenlärm war. Die Fans riefen die Namen ihrer Lieblingsschauspieler, quiekten vor Begeisterung, und immer wieder schossen Blitze auf oder heulte eine Sirene los. Die gesamte Polizei von Los Angeles schien an diesem Abend auf dem Hollywood Boulevard unterwegs zu sein. Wie hieß es doch gleich: Erst wenn jemand einen Oscar gewonnen hatte, würde er absehbar genug Geld verdienen, um für den jährlichen Krawall bei der Oscars-Verleihung entschädigt zu werden.

Darryl versuchte, sich nichts von seiner Wut auf seine Ehefrau anmerken zu lassen und zog nun bedachter an seiner Zigarre, nicht mehr wie ein Anfänger. Er winkte den Fans zu und ließ Alfred auch bei den Interviews den Vortritt, während die Sonne über Downtown Los Angeles unterging.

Punkt Viertel vor sechs wurden die Türen von *Grauman's* für die mehr als tausend Gäste geschlossen. Anstatt Blumengestecke schmückten die amerikanische Fahne und die der Alliierten die Eingangshalle. Neben der Tür zum großen Kinosaal war zum

Gedenken der im Krieg gefallenen Filmleute eine riesige Fahne aufgehängt, mit den eingestickten Identifikationsnummern der Toten. Darryl drücke seine Zigarre aus und salutierte.

Darryl und Alfred hielten sich noch etwas mit Smalltalk auf, unter anderem mit dem Produzenten David Selznick, der immer noch nach einem neuen *Vom Winde verweht* suchte. Dann begrüßte er die bezaubernde Gene Tierney, seine Hauptdarstellerin aus *Laura*, deren schulterfreies Kleid ihn sofort an Virginia erinnerte. Er hatte den Pool Boy in Palm Springs in Verdacht, aber es war auch nicht auszuschließen, dass seine Ehefrau mit jemandem aus dem Ort oder gar aus der Filmbranche angebandelt hatte. Sie hatte sich nicht genauer dazu geäußert. Vielleicht, weil sie bei seiner Aufregung gar nicht zu Wort gekommen war. Nichts schien ihm gerade unmöglich. Seine Welt stand kopf, von der er immer gemeint hatte, dass er sie im Griff hätte. Er fühlte sich jämmerlich, verletzt und erniedrigt. Verdammte Scheiße, war das demütigend!

Darryl und Alfred nahmen ihre Plätze in der zweiten Reihe des beeindruckenden Kinosaals ein. Überall sah er weiße Fliegen, dunkle Fracks, Seidenanzüge und teure Roben. Die Kleider der Frauen waren wieder bunter und extravaganter, reichten jedoch noch nicht wieder an die glitzernden Roben von vor dem Krieg heran.

Die Verleihung in diesem Jahr war auch ein Fest, das das absehbare Ende des irren Postkartenmalers Sticklgruber und seiner Nazibande feierte. Im Umgang miteinander und bei den Moderationen war wieder mehr Leichtigkeit zu spüren. In diesem Jahr würden die Oscar-Statuetten – der Ritter mit dem zweischneidigen Schwert auf der Filmrolle – nicht mehr wie zuletzt aus Gips sein, sondern wieder wie früher aus Metall handgegossen, teuer legiert und unter anderem mit vierundzwanzig-karätigem Gold beschichtet.

Punkt sechs Uhr begannen die Moderatoren Bob Hope und John Cromwell die Verleihung. Es war eine Mischung aus Varietéshow und Preisvergaben in dreiundzwanzig Kategorien. Die Königsdisziplin war der beste Film, in dem Darryls *Wilson* als auch *Metro-Goldwyn-Mayers Das Haus der Lady Alquist* mit Ingrid Bergman nominiert waren.

Die Gäste um Darryl herum schauten gebannt zur Bühne mit dem glitzernden Vorhang. Welche Gewinnerkarte würde gleich verlesen werden? Innerlich flehte er: Bitte *Wilson!*, weil dieser Film bedeutend war. Davon brauchte die Industrie mehr.

Zum ersten Mal erklang an diesem Abend die berühmte Aufforderung: »Den Umschlag, bitte!«, auf die hin der Juror den Umschlag mit der Siegerkarte erhielt und diesen öffnete. »Der Oscar in der Kategorie *Bester Film* geht an …«, eine Pause entstand, in der man eine Stecknadel fallen hören konnte, *»Der Weg zum Glück* von *Paramount Pictures.«*

Darryl atmete erleichtert auf, weil wenigstens nicht *Metro-Goldwyn-Mayer* gewonnen hatte. Während Regisseur Leo McCarey den Preis auf der Bühne entgegennahm und eine der üblichen Dankesreden hielt, vermisste Darryl zum ersten Mal den Bankettcharakter der früheren Verleihungen. Da waren wenigstens Drinks während der Show serviert worden. Er könnte nämlich noch einen doppelten Scotch gebrauchen. Auf der Bühne nahm Bing Crosby seinen Oscar für den *Besten Hauptdarsteller* entgegen.

Bing Crosby bedankte sich professionell charmant mit einem Witz, den das Publikum brav belachte. Darryl schmunzelte höflich mit und dachte doch wieder an Palm Springs. Sicherheitshalber würde er den Pool Boy feuern und sich nur noch alte, bucklige Typen zur Reinigung des Schwimmbeckens ins Haus holen.

Eine um die andere Kategorie wurde abgehandelt, und künstlerische und musikalische Einlagen lockerten die Stimmung auf, während Darryl immer länger in Gedanken fortblieb. Den ersten Oscar für die *Fox* bekam er erst mit, als Alfred ihn anstieß. *Wilson* wurde für das beste Original-Drehbuch ausgezeichnet. Lamar Trotti holte sich seinen Golden Boy ab, und Darryl nickte ihm anerkennend zu. *Metro-Goldwyn-Mayer* hatte noch keine Trophäe abgeräumt.

Darryl zwang sich dazu, sich endlich zu konzentrieren. Dies könnte einer der bedeutendsten Abende in seiner Karriere werden! Bis zu *Beste Kamera bei einem Schwarz-Weiß-Film* schaffte er das auch, weil seine *Laura* gewann. Gene Tierney, die Hauptdarstellerin und Joseph LaShelle, sein bester Kameramann für Schwarz-Weiß-Filme, begaben sich zusammen auf die Bühne. Die dunkelhaarige Gene war im Gegensatz zu vielen Sternchen bei der *Metro-Goldwyn-Mayer* auch ohne viel Schminke hübsch. Kurz musste Darryl wieder mal an die junge Frau mit der Angel in den Bergen denken, die eine ebensolche natürliche Schönheit ausgestrahlt hatte, ohne sich dessen bewusst zu sein. Das erste entspannte Lächeln huschte an diesem Abend über sein Gesicht.

Er schaute wieder vor zur Bühne. Gene war in ihrer Abendgarderobe ein Anblick für Götter. Das konnte er immerhin noch beurteilen, den Verstand hatte er also noch nicht ganz verloren. Nie zuvor hatte er etwas Ähnliches empfunden wie nach dem heutigen Streit mit Virginia. Er wusste von keiner anderen Frau eines Filmmoguls, die es wagte fremdzugehen.

Gene und Joseph erhielten tosenden Applaus, besonders von Darryl. Statt der Schauspielerin sah er Virginia auf der Bühne vor dem Glitzervorhang stehen und lächeln. Er konnte nicht aufhören, an sie zu denken, sie zu lieben. Sie hatte ihn inspiriert, Filme mit stärkeren Frauen wie *Laura* zu machen. Aber musste sie sich unbedingt das gleiche Recht wie er herausnehmen?

Zum ersten Mal fragte Darryl sich, wie Virginia sich gefühlt hatte, wenn einer seiner Seitensprünge ans Licht gekommen war. Auch so erniedrigt und wertlos? Das wäre … das täte ihm wirklich leid.

Die weitere Verleihung rauschte nur so an Darryl vorbei, begleitet von Alfreds Rasselatmung in seinem linken Ohr. Eher nebenbei zählte er die Oscar-Gewinne für die *Fox*-Studios und *Metro-Goldwyn-Mayer* mit.

Als die dreiundzwanzigste Statuette verliehen war und nur noch die Ehren-Oscars vergeben wurden, stand es sieben zu vier für ihn, für die *Twentieth Century-Fox!* Sie hatten *Metro-Goldwyn-Mayer* also bei den Oscars geschlagen! Es war ihm gelungen. Was für ein überwältigendes Ergebnis. Darryl sollte jetzt jubeln, sich mit Champagner begießen und später glückselig durch den Saal tanzen, aber er saß wie festgeklebt in seinem Kinosessel und schluckte bitter. Er war beschämt, weil er ein schrecklicher Egoist war. Er hielt es keine Minute länger hier aus.

Darryl wollte sich gerade unter einem Vorwand rausschleichen, als sein Name aufgerufen wurde. Alfred gab ihm einen kräftigen Schlag auf den Rücken, vermutlich, damit er heute Abend überhaupt mal zu sich kam. Darryl wurde auf die Bühne zu Norma Shearer, der Laudatorin, gebeten. Norma war die Witwe des legendären Produzenten Irvin Thalberg und früher ein selbstbewusster Filmstar bei *Metro-Goldwyn-Mayer* gewesen, der sich vor der Kamera das Schielen abgewöhnt hatte.

»Herzlichen Glückwunsch, Mr. Zanuck, zum *Irving G. Thalberg Memorial Award.*« Norma Shearer überreichte ihm die Büste Thalbergs mit dem Marmorsockel, mit der Darryl vor einigen Jahren schon einmal für sein Schaffen als herausragend kreativer Produzent, der gleichbleibend hoch qualitative Filme produzierte, geehrt worden war. Damals im *Millenium Biltmore Hotel* war Virginia fest an seiner Seite gewesen und hatte am lautesten von allen geklatscht und ihn geküsst, als er an seinen Platz am Bankettisch von der Bühne zurückgekehrt war. Der öffentliche Kuss hatte einen Aufschrei in Hollywoods Boulevard-Presse ausgelöst, den Darryl sehr genossen hatte.

Dieses Jahr war er nicht auf seine Ehrung vorbereitet, sein privates Problem hatte alles andere in den Hintergrund treten lassen. Hoffentlich hatte Virginia sich nicht in den Mann mit dem Feinrippheml verliebt.

Darryl führte seinen Mund zum Mikrofon, überlegte, trat wieder zurück und schaute nach rechts zur Bühne, wo Norma Shearer ihn anlächelte. Die Thalberg-Witwe hatte ihren ersten Oscar für ihre Hauptrolle in *Die Scheidung* gewonnen, in der sie eine geschiedene Frau mit zahlreichen Affären gespielt hatte. Darryl wurde bei ihrem Anblick mulmig zu Mute. Das Publikum schaute gebannt zu ihm auf.

Bob Hope, der Moderator, trat neben ihn. »Darryl Zanuck sprachlos?«, frotzelte der ins Mikrofon, »wenn das nicht das Highlight der diesjährigen Oscars ist.« Das Publikum lachte schallend auf, und Darryl lachte kläglich mit.

Er trat wieder ans Mikrofon heran. »In diesem Jahr möchte ich vor allem meiner Frau Virginia danken. Sie ist meine wichtigste Inspirationsquelle. Ich liebe dich!« Das war's. Er ging von der Bühne und unter begeistertem Jubel aus dem Kinosaal.

Draußen drängte Darryl sich an der Traube von Journalisten vorbei und winkte sich ein Taxi heran. Er wollte jetzt endlich seinen Sohn trösten. Zudem liebte Dicky es, wenn er morgens aufwachte und sein Vater im Bett neben ihm lag. Vielleicht war es aber auch so, dass sein Sohn ihn trösten musste. Und was könnte er nach all den bösen Worten am Nachmittag zu Virginia sagen? Es sah ganz so aus, als läge sein Herz in ihrer Hand.

24

Juli 1945

Norma hörte zwar, wie sich Davids Blitz mit einem ansteigenden Pfeifen auflud, aber versank dennoch tief in Gedanken. Sie war froh gewesen, als Jim nach seinem jüngsten Heimaturlaub im Juni wieder abgereist war. Die meiste Zeit hatte er nur von Kindern gesprochen, die er mit ihr haben wollte, und sie dafür anfangs jede Nacht wachgehalten. Unter diesem Druck hatte sie kaum noch Spaß am Sex gehabt. Jim war ungeduldiger geworden. Früher hatte er sie stundenlang nur liebkosen, ihren Körper Inch für Inch erkunden und sich an ihren stoßweisen Seufzern und lustvollen Schreien berauschen können. Ihren Intimitäten war über seinen Wunsch, sie endlich zu schwängern, das Lustvolle verloren gegangen.

Norma hatte versucht, ihn daran zu erinnern, dass sie mit dem Kinderkriegen doch warten wollten, bis er von der Handelsmarine dauerhaft nach Hause geschickt wurde. Aber Jim pfiff auf seine Worte von früher. Deswegen erfand Norma immer neue Ausreden, warum sie gerade keine Lust auf Sex hatte. Eigentlich war sie süchtig nach Berührungen und Zärtlichkeiten, nach Wärme und Nähe, die sie wochenlang entbehren musste.

Ihre Ehe hatte sich verändert. Früher hatte Jim sie auch mal nur liebevoll in den Arm genommen. Sie hatte die Wärme seines muskulösen Körpers gespürt, im Alltag hatten sie viel miteinander gelacht. Inzwischen war ihnen die Leichtigkeit im Umgang miteinander abhandengekommen. Außerdem wollte Jim nicht verstehen, warum sie weiter eigenes Geld verdienen wollte. Wenn der Krieg vorbei und er wieder dauerhaft in Los Angeles war, sollte sie wieder zu Hause bleiben, so wie früher. Sobald sie gemeinsam ein Haus bezögen, herrschten wieder die alten Regeln. Niemand sollte behaupten, dass ein Jim Dougherty seine Frau nicht ernähren könne. Solange er jedoch weg war, hörte er nicht, wie die Leute sich das Maul zerrissen, deswegen ließ er sie jetzt noch Geld verdienen. Von seinem Verdienst allein konnten sie sich kein Vier-Zimmer-Haus leisten.

Jim glaubte nicht daran, dass Norma als Fotomodell Erfolg haben könnte. Schön genug war sie, hatte er gesagt, aber dem Konkurrenzdruck der Branche standhalten, dafür sei sie nicht gemacht. Sie sei zu zart und empfindsam. Er hatte sich einen halben Pancake in den Mund gestopft und kauend erzählt, dass ein Kamerad, dessen Tochter als Fotomodell arbeite, von handgreiflichen Streitereien unter den Modellen erzählt hatte, um sich gegenseitig die Aufträge wegzuschnappen.

Norma traf es hart, dass Jim ihr so wenig zutraute. Deswegen behielt sie ihren großen Traum von der Schauspielerei weiter für sich. Den ließ sie sich von ihrem Ehemann nicht zerreden.

David hingegen traute ihr alles zu. Allein der Gedanke an die neuen Möglichkeiten beschwor ein warmes Gefühl in ihr herauf, das sie unvermittelt lächeln ließ.

»Norma Jeane, konzentrier dich bitte wieder«, bat David.

Der Fotograf und sie waren ins Death Valley gereist, das sich im östlichen Kalifornien an der Grenze zum Bundesstaat Nevada befand. Die Landschaft war wie geschaffen als Hintergrund für besondere Fotos. Am Ende der eintägigen Exkursion würde Norma eine Fotomappe zusammenhaben, die sie den Top-Hollywood Fotografen zeigen konnte.

»Und jetzt möchte ich dein schönstes Lächeln sehen«, forderte David.

Augenblicklich spannte Norma ihren Körper wieder an und verbannte Jim aus ihren Gedanken. Ein, zwei Atemzüge brauchte sie, um sich zu sammeln und ihr schönstes Lächeln hinzubekommen. Sie stellte sich vor, sie wäre im Hinterland von Catalina und hörte Schafe blöken. Sie lächelte noch mehr, als sie an die Möglichkeiten dachte, die sich ihr nach der Shootingexkursion auftun würden. Wenn sie erst von einer Titelseite lächelte, würden die Filmstudios sie hoffentlich bemerken. David wollte die neuen Bilder vielen verschiedenen Magazinen anbieten.

Gleich nach der Exkursion schickte die *Army* David nach Übersee zurück in den Krieg. Weil er so bald fortmusste, betrachtete Norma die Reise in die Wüste als ihre letzte Chance auf eine Karriere. Nur deswegen hatte sie das ungewöhnliche Angebot von David angenommen, sie um vier Uhr früh abzuholen und für einen ganzen Tag ins Death Valley zu fahren.

Ethel hatte nur mit dem Kopf geschüttelt, als sie davon erfahren hatte. Wäre das Shooting für länger als einen einzigen Tag geplant gewesen, hätte ihre Schwiegermutter sie vermutlich im Haus eingeschlossen, war Norma überzeugt. Sie hatte versprochen, vor Mitternacht zurück zu sein.

»Das machst du ganz wunderbar, Norma Jeane, und jetzt komm auf die Kamera zu«, bat David.

Er hatte sie heute bereits gelehrt, wie Posen tief und lebendig wirkten und dass sie es unbedingt vermeiden sollte, direkt in die Kamera zu schauen. »Spiking« war verpönt auf Porträts, weil es zu gestellt wirkte. Besser war es, das Modell schaute knapp am Objektiv vorbei. Dies vermittelte den Eindruck, der Fotografierte wäre sich der Kamera nicht bewusst. Humphrey Bogart hatte den Blick an der Linse vorbei perfektioniert. Norma fiel er auch nicht schwer. Ebenso schnell beherrschte sie den Schulterblick, dabei war es gar nicht so einfach, derart über die Schulter zurück zur Kamera zu schauen, dass kein Gesichtsschatten störte und ihr Blick nicht verdreht aussah mit zu viel Augenweiß.

David versicherte ihr, dass die Posen, die Norma viel Körperspannung abverlangten, äußerst natürlich wirkten. Posieren war harte Arbeit, erst recht bei großer Hitze in der Wüste, die naturgemäß kaum Schatten bot. Sie trug einen einfachen gestreiften Pulli und kurze Shorts. In dem Augenblick, in dem sie sich Davids Kamera zuwandte, lächelte sie verträumt. Sie hatte ans Fischen gedacht und wie unbekümmert sie und Jim in den Bergen stets gewesen waren. Das kam ihr heute unendlich lange her vor.

»Norma Jeane, das ist ganz wunderbar!«, rief David begeistert und drückte auf den Auslöser, während sie sich ihm mit wiegenden Hüften näherte. Der Boden war so trocken und aufgerissen, dass sie aufpassen musste, nicht zu stolpern.

Während des Shootings machte David nur wenige Pausen, in denen sie etwas trinken konnte, so konzentriert war er wieder einmal bei der Arbeit. Sie übten auch Profilposen, die die Kurven jedes Modells besonders betonten und die deswegen als Herausforderung galten.

Am frühen Nachmittag entdeckten sie eine Ansammlung von lila leuchtenden Wildblumen, inmitten derer Norma posierte. Ihre Fotomappe würde eine abwechslungsreiche Mischung mit unterschiedlichen Posen und verschiedenen Hintergründen füllen.

Als der letzte Film voll war, trank Norma gleich eine ganze Flasche Wasser aus und begoss sich mit einer zweiten. David packte derweil seine Kameraausrüstung zusammen und schielte dabei zu ihr herüber. »Wir stoppen auf dem Rückweg noch in Lone Pine. Das ist meine Abschiedsüberraschung für dich.«

Norma wischte sich gerade ein paar Wasserperlen von ihrem Pulli zwischen den Brüsten. Sie hatte noch nie von Lone Pine gehört, aber sie liebte Überraschungen. Sie schaute auf ihre Uhr und sagte erst zu, nachdem sie hochgerechnet hatte, dass sie es bis Mitternacht zurück nach North Hollywood schaffen würden.

David fuhr gemächlich Richtung Norden. Sie bat ihn, doch etwas schneller zu fahren. Wenn er weiter so langsam fuhr, dann würde er noch ein Knöllchen dafür bekommen, dass er mitten auf der Straße parkte.

»In Lone Pine beginnt die Forellensaison sehr früh, weswegen der Ort viele leidenschaftliche Angler anzieht«, erklärte David ihr und gab endlich Gas. Seine riesigen Hände waren eigentlich viel zu groß für den zierlichen Schalthebel. »Das Owens Valley und die Golden Trout Wilderness sind berauschend schön«, schwärmte er, den Blick abwechselnd auf der Fahrbahn, in der Ferne und bei ihr.

»Oh ja, wir gehen angeln! Das ist eine großartige Überraschung«, freute sich Norma und dachte, dass die Dreiviertelpose beim Fliegenfischen auf einem Foto bestimmt gut aussehen würde. »Hast du etwa Angelrouten im Kofferraum?«

»Ich habe etwas anderes mit dir vor, Norma Jeane.« David schaute ihr tief in die Augen, die Straße ging kilometerweit geradeaus, »und Wasser spielt dabei keine Rolle.« Leise murmelte er noch: »Leider.«

Norma knetete aufgeregt ihre Hände und fragte sich, wann Jim sie eigentlich das letzte Mal überrascht hatte.

Lone Pine war eine winzige Stadt, eingebettet in eine gewaltige Berglandschaft. Und eigentlich gab es nur eine Hauptstraße, die durch den Ort führte und sich dann in Serpentinen die Berghänge hinter der Stadt hinaufwand.

David bog bald von der Hauptstraße ab und fuhr auf einem holprigen Seitenweg weiter, der seinem Chevrolet ziemlich zusetzte. Das Auto federte quietschend, und der Motor heulte mehrmals laut auf, wenn David Gas gab, um aus den Senken herauszukommen. Vor einer kleinen Häuseransammlung bremste er vorsichtig, um ja keinen Staub aufzuwirbeln.

»Kennst du den Film *Treck nach Utah?*«, fragte er, holte dabei unter der Rückbank einen alten Cowboyhut hervor und setzte ihn Norma auf.

»Du meinst die Geschichte des Mormonenführers Brigham Young?«, fragte Norma zurück und ruckte sich den Hut mit einem Lächeln zurecht. »Diese Filmbiografie?«

David nickte. »Genau. Brigham Young war der Mann, der sein vertriebenes Volk in einer harten Reise über die Rocky Mountains an einen neuen Ort zum Leben führte.«

Norma glitt das Lächeln aus dem Gesicht, obwohl ihr der Film gefallen hatte. In *Treck nach Utah* wurde eine Minderheit, in diesem Fall die Mormonen, gemeuchelt und vertrieben. Sie fragte sich, wie es Inez und Pedro ging. Seine Haft dürfte er inzwischen abgebüßt haben. Sie beschloss, wieder Kontakt mit ihnen aufzunehmen. Sie könnte im Tierheim von Los Angeles nachfragen, ob sie wüssten, wo die Gonzáles inzwischen lebten. Gut möglich, dass sie sich wieder ausgesetzter Hunde annahmen.

»*Treck nach Utah* wurde vor ein paar Jahren hier an diesem Ort gedreht.« David stieg aus dem Auto aus und öffnete Norma die Beifahrertür. »Du schaust nachdenklich. Geht es dir gut?«

Norma straffte sich wie für eine neue Pose vor der Kamera. »Es geht mir gut.« Die Wahrheit war, dass es ihr lange nicht mehr so gut gegangen war. Und daran war David nicht unschuldig. Durch ihn hatte sie ihren Traum nicht aufgegeben, und das war ein wunderbares Gefühl. Dafür lohnte es sich, sich immer wieder aus Löchern herauszukämpfen, sich durchs Leben zu beißen.

»Hast du schon mal einen echten Drehort betreten?«

Norma schüttelte den Kopf, der Cowboyhut saß noch locker.

»Wenn es dein Traum ist, Schauspielerin zu werden, solltest du das schon mal getan haben. Meinst du nicht?« Er grinste frech und schob sich seine Drahtbrille die Nase hoch.

»Ganz sicher«, hauchte Norma und hatte nun nur noch Augen für den kleinen Westernort, der sich ihnen präsentierte.

Sie lief voran auf die breite Straße, die links und rechts von Läden und Häusern aus längst vergangener Zeit, alles hölzerne Bruchbuden, gesäumt war. Es gab sogar einen Saloon.

Norma band sich den Cowboyhut unter dem Kinn enger und ging die breite Straße in der Vorstellung entlang, sie wäre einer der Pioniere, die im letzten Jahrhundert hier eingetroffen waren. Sie meinte, ihren Waffengürtel mit der Pistole um die Hüften zu spüren, und schob sich mit der Fingerspitze den Hut ein Stück die Stirn hinauf. Sie schaute sich um, als müsse sie den Ort erst für die Menschen ihres Trecks erkunden. Im wilden Westen lauerten Gefahren hinter jeder Ecke.

»Als Cowboy solltest du steifer und breitbeiniger gehen und darfst nicht so auffällig mit dem Hintern wackeln«, rief David amüsiert.

Norma wandte sich mit jenem strengen Blick mit zusammengepressten Augen zu David um, den Ervin Goddard früher in alter Wayne-Manier so gerne aufgelegt hatte. Sie hatte ihn sich heimlich abgeschaut. Sie fixierte David vom Kopf bis zu den Sohlen und blieb dann an seinen Augen hinter den Brillengläsern hängen. Der Gefreite hatte sie gelehrt, dass die Augen das wichtigste Gesichtselement waren und wie sie allein mit ihnen zum Betrachter sprechen konnte. Zum ersten Mal seit Langem schaute sie David direkt in die Augen und spürte ein Prickeln in ihrer Magengegend. Seine Iris war leuchtend grau. »Was hast du gesagt, du elender Schurke?«, frage sie mit verstellter, tiefer Stimme, »willst du mich etwa herausfordern?«

David hob in einer Unschuldsgeste seine riesigen Hände, als würde sie die Waffe auf ihn richten. Er spielte ihr Spiel glaubhaft mit. Dann vermochte Norma ihr Lachen nicht mehr zurückzuhalten, und David lachte mit. Sie schaukelten sich gegenseitig hoch, umarmten sich, um sich zu stützen. Sie als Cowboy oder als ein Mann, noch dazu als einer wie Brigham, zu dem ein ganzes Volk aufschaute, das war einfach zu lustig.

»Ich sollte doch besser die Rolle von Linda Darnell übernehmen«, befand Norma, nachdem sie wieder Luft bekam und sich von David gelöst hatte. Linda Darnell war die weibliche Hauptdarstellerin aus *Treck nach Utah*, die die selbstbewusste Zina spielte. Zina war im Film eine Waise und Außenseiterin – eine Rolle, die Norma wie auf den Leib geschneidert war.

Wenn sie mit David über die Filmbranche sprach, klang es nicht mehr so unrealistisch, einen Vertrag bei einem der großen Studios zu ergattern. Trotzdem graute ihr vor dem Tag, an dem ihre Probeaufnahmen stattfinden könnten. Wie viele Chancen bekam eine Schauspielerin eigentlich zugestanden?

»Du bist auf jeden Fall ein ähnlicher Typ wie Linda Darnell. Die Rolle der Zina würde gut zu dir passen. Allerdings wärst du zur Drehzeit noch zu jung gewesen«, befand David. »Ich schätze vierzehn oder fünfzehn, damals im Jahr 1939?«

»Dreizehn«, gab Norma zurück. Mit dreizehn hatte sie noch geglaubt, Grace würde für immer ihre Mutter bleiben. Inzwischen war der Wegzug der Goddards drei Jahre her und bis auf die Scham, die sie Bebe gegenüber empfand, konnte Norma gut damit leben. Sie würde Grace gerade nicht in ihrer Nähe haben wollen. Und Bebe? Die hatte leider noch nicht auf ihren Entschuldigungsbrief reagiert.

David zeigte zum heruntergekommenen Saloon, dessen Fensterscheiben eingeworfen waren. »Komm, lass uns einen ordentlichen Whiskey trinken gehen.« Er tat so, als würde er seinen Colt in die Halterung am Gürtel stecken.

Norma lief die Stufen auf die Veranda des Saloons hinauf. Vor ihrem inneren Auge konnte sie Henry Fonda neben der Tür auf einem Schaukelstuhl sitzen und unter seinem Cowboyhut die Geschehnisse auf der Straße beobachten sehen. Es hieß, dass Henry allein durch die Schauspielerei seine Schüchternheit überwunden hätte.

Schwungvoll schob sie die knarzende Doppeltür auf und erstarrte. Anstatt auf Stühle, Tische und vielleicht ein altes Klavier oder wenigstens einen Tresen schaute sie lediglich auf eine Steinwüste und linker Hand die beeindruckenden Berge. »Wie, wa-, warum …«

David konnte gar nicht so schnell antworten, wie sie wieder aus dem Saloon hinaus und zum nächsten Haus in der Straße und zum übernächsten lief. Sie öffnete alle Türen und lief hinter die Häuser und konnte es kaum fassen.

»Alle Gebäude hier besitzen nur Fronten und Seitenwände«, stellte sie verzweifelt fest.

»Ich hoffe, ich habe dich jetzt nicht desillusioniert«, sagte David, als sie heftig atmend zurück vorm Saloon war. Er konnte den Blick kaum von ihr nehmen. Schon von der ersten Reiseminute an setzte er beinahe ausschließlich aufs Spiking. Er hatte diesen besonders tiefen Blick, wenn er sie anschaute, als würde er sie dabei ergründen.

»In *Treck nach Utah* sah es so verdammt echt aus!«, staunte Norma.

»So ist das eben beim Film, er schafft Illusionen!«, gab David zurück und zuckte mit den Schultern. »Das ist dem guten alten Darryl Zanuck mal wieder bestens gelungen.«

»Darryl Zanuck, sollte ich den kennen?«, fragte Norma.

»Das ist der Studioboss von *Twentieth Century-Fox*. Du hast noch nichts von ihm gehört? Nicht mal von seinen Affären, die in den Hollywood-Magazinen breitgetreten werden?«

»Die arme Ehefrau«, dachte Norma laut, dann sprangen ihre Gedanken zurück zum Filmset. »Aber wie hat *Twentieth Century-Fox* dann die Innenszenen gedreht?« Insgeheim hoffte Norma, dass *Metro-Goldwyn-Mayer* seine Zuschauer nicht auf die gleiche Weise veräppelte. Sie mochte *Metro-Goldwyn-Mayer* lieber als das Studio von Darryl Zanuck. Es gefiel ihr, dass Mr. Mayer, der Chef von *Metro-Goldwyn-Mayer*, seine ersten Dollars mit Lumpensammeln verdient hatte und inzwischen angeblich in einem Büro saß, dessen Wände mit weißem Leder bezogen waren. Er lebte den amerikanischen Traum, den sie nicht aufzugeben bereit war. An dem sie hart arbeiten konnte, wenn Jim weit weg war. Es wurde langsam dunkel in Lone Pine.

»Die Innenszenen wurden im Studio gedreht«, erklärte David. »Vor die Fenster, die einen Blick nach draußen bieten, wurden Rücksetzer gestellt. Das sind schiebbare Wände mit dem täuschend echten Bild einer Straße oder einer Landschaft.«

»Warte mal!« Norma war verwirrt. »Sie spielen die Außenszenen mit einer Illusion der Innenräume. Und die Innenszenen mit einer Illusion der Landschaft drum herum. Das ist schon seltsam. Warum nicht gleich alles in einem?«

»Das ist eine Frage des Aufwands und der Kosten. Alle Innenmotive in der Wüste nachzubauen, wäre viel zu teuer. Hier draußen kommt auch noch die sengende Hitze dazu, die die Arbeit besonders anstrengend und damit langwieriger macht«, wusste David.

»Und mit dem Strom, um die Lampen zum Leuchten zu bringen, ist es im Studio auch leichter«, schlussfolgerte Norma und war sich sicher, dass es sehr viel gab, das sie noch nicht über das Drehen von Filmen wusste. Jede neue Information war wie ein Teil, das sie an ihr Puzzle mit dem Namen »Mein Traum« anlegte. Sie war David dankbar dafür, dass er sie dabei anleitete.

»Die Studios schauen stets auf die Produktionkosten. Schließlich wollen die Produzenten mit ihren Filmen anständig Geld verdienen«, sagte er noch.

Norma band sich den Cowboyhut ab. »Ich dachte immer, dass es vor allem darum geht, einen besonderen Film zu machen.« *Ritt zum Ox-Bow* war so ein besonderer Film gewesen. Hatte ihr Schwager

Tom damals auf dem Weg ins *Magnolia Theatre* nicht auch diesen Darryl Zanuck als Produzenten des *Ox-Bow* erwähnt? Am liebsten würde sie Mr. Zanuck sagen, dass er viel mehr solche Filme machen muss. Aber warum sollte sich jemand wie er mit jemandem wie ihr überhaupt unterhalten?

David schaute sie länger an, aber Norma blickte plötzlich panisch auf ihre Uhr. »Schon so spät? Wir müssen zurückfahren, David. Sonst-« Dass sie Ärger mit ihrer Schwiegermutter bekommen würde, wollte sie nicht sagen. Dann kam sie sich wie ein Kind und nicht wie die starke Frau vor, die er hoffentlich in ihr sah.

»Sonst?«, fragte David mit einem zärtlichen Lächeln.

Gerade als Norma ansetzen wollte, zumindest ihren eifersüchtigen Ehemann ins Spiel zu bringen, legte David ihr seinen Zeigefinger auf die Lippen. »Sag nichts«, sprach er leise in das Zirpen des abendlichen Grillenkonzerts hinein.

Sein Finger fühlte sich warm an, ganz weich. Sie versank in der Vorstellung, wie es wäre, wenn er nicht nur ihre Lippen berühren würde. Sie schloss die Augen und hob ihr Kinn etwas an, während ihr die Worte »Liebe« und »Glück« durch den Kopf geisterten.

Gerade als sie seinen heißen Atem schon auf ihren Lippen spürte, wandte sie ihren Kopf doch noch ab. Sie durfte seiner Anziehung nicht nachgeben! Sie wollte Jim nicht betrügen. Auch wenn sie nach Zärtlichkeit hungerte und David unendlich dankbar für seine Unterstützung, seinen Einsatz und seine respektvolle Art war, sagte sie schweren Herzens: »Lass uns bitte heimfahren.« Ihr war schrecklich heiß, und sie sehnte einen Pool mit kaltem Wasser herbei.

David schaute wie überfahren, nickte aber. Wie ein Gentleman führte er sie zum Auto zurück.

Auf der Fahrt zurück nach Los Angeles schwiegen sie. Nach der Hälfte der Strecke machte David das Autoradio an. Als ein Bericht über die Testzündung der ersten Atombombe in New Mexiko die seichte Musik unterbrach, horchten sie beide auf. Die amerikanischen Wissenschaftler gaben der mit Plutonium gefüllten Bombe den Namen Gadget, was so viel wie technische Spielerei bedeutete und die Antwort auf mögliche deutsche Nuklearwaffen sein sollte.

Wieder sprangen Normas Gedanken zu Jim, wie so oft, wenn sie etwas über den Krieg hörte. Ob er auch nein sagen würde, wenn ihm eine Frau Avancen machte, so weit weg von seiner Ehefrau? Sie konnte es nicht sagen, wusste aber, dass sein Hunger nach Sex groß und er ungeduldig sein konnte. Genauso hungrig und ungeduldig wie sie. Vorgestern hatte sie sich selbst gestreichelt, auch wenn es hieß, dass Masturbation das Blut vergiften würde und schädlich sei. Sie machte immer mehr Dinge mit sich selbst und nicht mit Jim. Ihre Antwortbriefe an ihn handelten eher von belanglosen Dingen aus dem Alltag. Sie wollte Jim weiter lieben und begehren, aber das war nicht mehr so einfach. Machte jede Ehe auch solche Phasen durch?

Zurück in Los Angeles parkte David seinen Chevrolet am Mulholland Drive. Erst da fand Norma ihre Stimme wieder. »Danke«, sagte sie etwas verlegen, weil der Abschied gekommen war.

Vom Parkplatz aus bot sich ihnen ein atemberaubender Blick über das mitternächtlich glitzernde Los Angeles. David hob seine Hand, als wolle er ihr durchs Haar fahren, aber stoppte auf halber Höhe und ließ sie wieder sinken. »Von nun an musst du deinen Weg allein weitergehen.«

Norma lehnte sich im Auto zurück und senkte ihren Blick auf die Glitzerwelt vor ihnen. »Ich glaube, ich kann es wirklich schaffen«, flüsterte sie mit zarter Stimme. Die Lichter auf den Dächern von Los Angeles sahen aus wie abgestürzte, verwundete Sterne.

»Ob du es schaffen wirst, hängt von dem Ziel ab, das du dir setzt. Aber das Wichtigste ist, dass du nie aufhören darfst, an dich zu glauben. Versprichst du mir das?«

Norma nickte. Sie kannte ihr Ziel, seitdem sie acht Jahre alt war und Jean Harlow das erste Mal in *Millionäre bevorzugt* auf der Leinwand gesehen hatte. Daran sollte es nicht scheitern, aber sie musste noch üben, mehr an sich selbst zu glauben. Das war nicht leicht, wenn die Familie es nicht tat.

Um an etwas in seiner Fototasche im Fußraum zu kommen, musste David sich näher an Norma heranbeugen. Sie konnte sehen, dass er Mühe hatte, sie erneut nicht zu berühren. Aber anstatt eines Kusses sagte er: »Das hier soll dich an unsere gemeinsame Zeit erinnern.«

Sie erkannte das Geschenk sofort wieder. »Ein Kleeblatt aus dem *Old Horseshoe!*« David hatte ihren Namen darauf geschrieben. Dazu überreichte er ihr eine Visitenkarte.

Ms. Emmeline Snively, Blue Book Modeling Agency,
Ambassador Hotel, 3400 Wilshire Boulevard

»Von ihr kannst du viel für deinen weiteren Weg lernen, rufe sie so bald wie möglich an«, sagte David. »Sie gibt das *Blaue Buch* heraus, einen Katalog, in dem sie ihre Modelle zum Mieten anpreist. Wer es da hineinschafft, hat gute Chancen auf das große Los!« David lächelte halb traurig, halb glücklich, startete den Motor und fuhr zur Hermitage Street weiter.

Norma schaute ihn gerührt an, eine Träne war in ihr Auge gekrochen. »Ich werde dich nie vergessen, David.« Es war lange nach Mitternacht.

∞

Noch in Gedanken bei David und der Kraft, die ihr seine Worte gaben, betrat Norma das Haus ihrer Schwiegereltern. Hoffentlich schliefen Ethel und Edward schon. Sie zog ihre Schuhe aus, damit sie keinen Lärm machte und wollte gerade auf Zehenspitzen in ihr Zimmer tippeln, als das Licht anging.

Ethel saß auf der Couch im Wohnzimmer. Vorwurfsvoll sprang ihr Blick zwischen Norma und der Küchenuhr hin und her, aber sie sagte nichts. Sie schien dort schon eine Weile zu sitzen.

Norma trat an die Couch. »Entschuldige meine Verspätung, aber ich konnte nicht absagen, als David mir in Lone Pine noch eine Überraschung zeigen wollte.«

»David? Zuletzt war er noch der ›Gefreite David‹. Und eine Überraschung hatte er auch für dich?«

»Ist der Riese ihr an die Wäsche gegangen?«, brummte Edward aus dem Schlafzimmer. Die Tür stand offen.

Norma rief sofort: »Nein! Was denkt ihr von mir?« in Edwards Richtung.

»Zunächst einmal denke ich etwas über diesen Mr. Conover. Dass er einer verheirateten Frau nachstellt, ist nicht in Ordnung.«

»Er stellt mir nicht nach«, sagte Norma. Wenn, dann hatte er sie ganz zärtlich küssen wollen, wie Jim es nicht mehr tat. David hatte es nach ihrer Zurückweisung kein zweites Mal versucht, das rechnete sie ihm hoch an.

»Ich denke, dass dein Platz zu Hause ist. Hier bei uns«, sprach Ethel weiter. »Nicht bei einem fremden Fotografen irgendwo in der Wüste.«

»Jim ist auch irgendwo in der Ferne«, entgegnete Norma.

Ethel überging ihre Rechtfertigung. »Die Arbeit bei *Radioplane* ist ehrenhaft verdientes Geld. Ich werde Mr. Denny gleich morgen bitten, dich wieder einzustellen.«

Norma schüttelte den Kopf. »Die Arbeit eines Fotomodells ist nicht unehrenhaft!«

Ethel seufzte. »Ach Norma, du bist noch zu unerfahren, um das zu beurteilen. Jeder weiß doch, wie es in dieser Branche zugeht.«

Es machte Norma traurig, dass die Frau, die sie inzwischen gut kannte, ihr nicht mehr als das Falten von Fallschirmen zutraute und sie immer noch für unreif hielt. Ethel war ihr nach dem Streit mit Grace so fürsorglich und verständnisvoll, wie eine zweite Mutter, begegnet, und jetzt das! Sie verstand auch nicht, woher Ethel wissen wollte, wie es in der Modellbranche zuging. Es stimmte bestimmt nicht alles, was in den Klatschzeitungen darüber berichtet wurde.

Ethel griff nach Normas Hand und zog sie versöhnlich auf die Couch. »Ich sage dir das, weil ich dich vor einer Enttäuschung bewahren möchte. Dein Wohl liegt mir am Herzen.«

»Hast du keine Träume, für deren Erfüllung du über dich hinauswachsen willst?«, fragte Norma leise und setzte sich neben ihre Schwiegermutter. »Und auch mal die Zeit vergisst?«

Ethel hielte inne. Nur noch das Summen einer Fliege war zu hören. Schließlich antwortete sie leiser: »In meinem Alter ist es viel zu spät dafür.« Ein Seufzer folgte. »Und früher … na ja … da hat die Familie meine ganze Aufmerksamkeit gebraucht. Träume sind Luxus, die wir Doughertys uns nie leisten konnten.« Ein wehmütiger Zug breitete sich auf Ethels Gesicht aus. »Wenn du erst einmal selbst Mutter bist, wirst du verstehen, warum ich verhindern will, dass mein Sohn von dir verletzt wird.«

»Das möchte ich doch auch nicht!«, versicherte Norma. Es musste doch einen Weg geben, mit dem es allen Beteiligten gut ging und niemand verletzt wurde. Es brauchte vielleicht nur etwas mehr Verständnis für den anderen, fern der eingefahrenen Bahnen und dessen, was die Nachbarn vielleicht munkeln könnten.

Norma konnte aus Ethels Gesicht nicht ablesen, ob die ihr glaubte. Ihre Schwiegermutter schwieg, was selten war.

»Gute Nacht«, sagte Norma, stand von der Couch auf und ging in ihr Zimmer.

Es tat ihr leid, dass Ethel nie Träume gehabt hatte. Vielleicht hätte sie ihrer Schwiegermutter sagen sollen, wie wunderbar es war, sich einen Traum zu erfüllen. Dass es mit einer Regung im Magen begann, die sich zuerst anfühlte wie der aufgeregte Flügelschlag eines Vogels und dann in ein magisches Kribbeln überging, wie schäumende Cola, die im ganzen Körper überquoll.

Norma zog sich aus, schlüpfte in ihr Nachthemd und legte sich ins Bett. Sie verschränkte ihre Hände unter dem Kopf, schloss die Augen und konnte eine Vorahnung auf ihr Glück spüren. Die Kulisse vom *Treck nach Utah* war einzigartig gewesen und sicher hatte Linda Darnell, die Zina im Film verkörperte, hart für die Rolle üben müssen.

Stanislawski schrieb in seinem Lehrbuch, dass Schauspielerei tägliches Proben bedeute, der schöpferische Prozess stets und ständig im Schauspieler arbeite, Tag und Nacht, egal, was er sonst tat. Er nannte es »Glück und Qual des Schaffens«. Umso mehr sie über Filmdrehs erfuhr, desto faszinierter war sie. Sie war überzeugt davon, dass die Schauspielerei sie Tag und Nacht ausfüllen könnte. Vielleicht erst in einem solchen Zustand wäre sie überhaupt fähig, den *schwindelerregenden Augenblick* zu erleben.

Es war vier Jahre her, dass sie den *Treck nach Utah* im Kino gesehen hatte, aber die Dialoge waren eingängig gewesen. Ihre Lieblingsszene des Filmes spielte am Abend, als Zina einschläft, während der Mormone Jonathan ihr einen Heiratsantrag macht.

Obwohl es ein ernster Film war, hatte sie an dieser Stelle herzlich lachen müssen. Der Gedanke, bei einem Liebesgeständnis vor Müdigkeit einzuschlafen, war wirklich lustig. Frauen mussten nicht immer dahinschmelzen und sehnlichst auf einen Antrag warten. Männern durfte es ruhig einmal genauso ergehen. Einmal mehr hörte sie Davids Stimme, »Ja, genau so! Wunderschön!«, und das Klicken des Auslösers.

Norma stellte sich vor, wie Zina in ihrer Lieblingsszene auf einem provisorischen Lager auf dem Boden in einem Planwagen lag, Kopf an Kopf mit Jonathan und nur durch einen Vorhang voneinander getrennt. Die Geigenmusik, die das Gespräch im Hintergrund begleitete, war zum Dahinschmelzen. Die Kamera fing die bildschöne Zina mit ihren großen Augen und den hübsch geformten Lippen untersichtig ein. Sie sah aus wie eine Göttin mit ähnlich leuchtenden Augen wie Norma auf ihren Fotos. Jonathan begann seine Annäherung mit: »Zina, weißt du, was ich mir gerade vorstelle?«

Norma in der Rolle als Zina wurde jedoch müde, legte sich auf den Rücken und zog sich die Bettdecke noch etwas höher. Sie liebte die Stelle, an der Jonathan den Antrag aus Verlegenheit hinausschob, weil er nicht merkte, dass Zina bereits einschlief.

Norma stellte sich vor, wie sie jeden einzelnen Finger von David, ähm Jonathan, geküsst bekam, nachdem der bemerkt hatte, dass Zina ihm gar nicht mehr zuhörte. Sie genoss die Zärtlichkeit und dachte, bevor sie im nächsten Moment erschöpft einschlief, dass sie es allen Zweiflern schon zeigen würde. Gleich morgen würde sie Ms. Snively von der *Blue Book Modeling Agency* kontaktieren und um einen Vorstellungstermin bitten.

25
August 1945

Norma konnte sich nicht satt sehen an den vielen italienischen und orientalischen Details, mit denen sich das *Ambassador Hotel* schmückte. Es gehörte zu der Art von luxuriösen Herbergen, in dem ein Orchester spielte, während die Gäste ihren Lunch einnahmen.

In ihren neuen, weißen Wildlederschuhen und dem weißen engen Kleid schritt Norma etwas verloren durch die riesige Lobby mit dem überdimensionalen italienischen Kamin. Der Prunk, die schweren Vorhänge, der Kristallkronleuchter und die orientalischen Teppiche wirkten wie aus einem teuren Film entliehen.

Es lag mehr als drei Jahre zurück, dass sie schon einmal im *Ambassador* gewesen war, oder genauer gesagt im *Cocoanut Grove*, das neben tausend Zimmern, Pools, Bungalows, Gärten und Golfplätzen ebenfalls zum großzügigen Anwesen des Hotels gehörte. Das *Cocoanut Grove* war der bevorzugte Nachtclub des Studiobosses Louis B. Mayer, dem Grace und Ervin mehrfach aufgelauert hatten. Einmal hatte Norma sie bei solch einer Verzweiflungstat begleiten dürfen, aber Mr. Mayer war nicht aufgetaucht.

Heute war Norma nicht auf dem Weg in den Nachtclub, sondern fuhr mit dem Fahrstuhl in die Casino-Etage des Hotels, wo sich neben Bekleidungsgeschäften, einem Friseur und italienischen Läden das Büro der *Blue Book Modeling Agency* befand.

Ihr zitterten die Knie, als der Fahrstuhl klingelte, die Türen sich viel zu schnell aufschoben und Norma das Firmenschild der Agentur ins Auge stach. Die *Blue Book Modeling Agency* war auf die Ausbildung und Vermietung von Foto- und Modemodellen und die

Anbahnung von Filmkarrieren spezialisiert. Norma klammerte sich an ihre Fotomappe und wünschte sich David an ihre Seite.

Zögerlich betrat sie den Empfangsbereich der Agentur. An einem modernen weißen Schreibtisch saß die Sekretärin. Sie trug eine weiße Rose im dunkelbraunen Haar und sah bezaubernd aus – sogar, wenn sie wie gerade konzentriert telefonierte und sich dabei Notizen machte.

Normas Blick fiel auf die Wand neben der Tür, wo dicht nebeneinander Hochglanzfotos von Modellen prangten. Das waren die hübschesten Frauen, die sie je gesehen hatte. Sie fand sie allesamt schöner als sich selbst. Sie betrachtete jede Fotografie aufmerksam, die Posen hätten unterschiedlicher und brillanter nicht ausgeführt sein können.

»Sie müssen Norma Jeane Dougherty sein.« Die Sekretärin hatte eben das Telefonat beendet und trat nun neben Norma. »Ich bin Joyce, herzlich willkommen bei *Blue Book*.« Sie lächelte warm und herzlich, was Norma etwas von ihrer Aufregung nahm.

»Ich freue mich sehr, hier sein zu dürfen. Guten Tag«, sagte sie, ohne zu stottern.

»Bevor Ms. Snively Sie in ihrem Büro empfängt, werden wir Ihre Maße nehmen«, erklärte die Sekretärin. »Bitte folgen Sie mir. Darf ich Norma zu Ihnen sagen?«

»Natürlich.« Vorbei an weiteren beeindruckenden Hochglanzfotografien folgte Norma der Sekretärin in einen Nebenraum mit Ganzkörperspiegeln und Garderobenstangen voller glitzernder Kleider und Bademoden. Joyce erklärte alles, was sie maß, und notierte sämtliche Ergebnisse auf einer Registrierkarte. Außerdem schaute sie in Normas Mund und wog sie.

»Das war es dann auch schon.« Die Sekretärin lächelte zuversichtlich, obwohl Norma anders aussah als die Frauen auf den Hochglanzfotos im Flur. Diese waren groß, wirkten kultiviert und schmalbrüstig. Vielleicht hätte sie doch ein Kleid anziehen sollen, das ihre Brüste weniger betonte?

»Und nun bringe ich Sie zu Ms. Snively«, sagte Joyce und führte Norma über den Flur in ein Büro mit flauschigem Teppich und still vollen Möbeln. Die Sekretärin legte noch die Registrierkarte ab, flüsterte Norma ein »Toi, toi, toi« zu und verließ den Raum dann wieder. Ihr Gang war beeindruckend.

Mit klopfendem Herzen trat Norma vor die Wand neben dem riesigen Schreibtisch, auf der jede Menge Titelseiten hingen. Sollten die Frauen darauf allesamt *Blue Book*-Modelle sein? Sie war hier am richtigen Ort, das spürte sie.

Als sich Stimmen näherten, ging sie schnell wieder zurück zur Eingangstür. Die Stimmen entfernten sich aber kurz darauf wieder.

Als Ms. Snively nach einer halben Stunde immer noch nicht da war, wandte Norma sich zum Fenster und lugte durch die Jalousie auf die Poollandschaft des Hotels, über der Papageien flogen. Es war schrecklich heiß heute, sie hätte auch Lust zu baden. Die Hitze war noch eine Sache, die gegen ihr enges Kleid sprach. Langsam begann sie zu schwitzen.

Plötzlich wurde die Tür geöffnet und Emmeline Snively kam in ihr Büro gerauscht. Erschrocken zuckte Norma zusammen.

»Guten Tag, Norma, schön, dass Sie den Weg in meine Agentur gefunden haben«, sagte die kleine, zierliche Agenturchefin mit britischem Akzent. Mit kerzengrader Haltung und auf Absätzen mit dem Durchmesser von Zahnstochern ging sie vehementen Schrittes um den Schreibtisch herum. Sie wirkte wie eine der feinen, älteren Engländerinnen, die zum Urlaub aus Europa nach Hollywood kamen.

Norma wollte schon gegenüber der Agenturchefin Platz nehmen, aber die scheuchte sie mit nasaler Stimme wieder auf: »Bevor wir zum gemütlichen Teil unseres Treffens kommen, bitte gehen Sie doch erst einmal ein paar Schritte im Büro auf und ab.«

Norma ging mit wiegenden Hüften vor dem Schreibtisch hin und her, ihre Fotomappe als einzigen Halt vor die Brust gepresst. Es gelang ihr gut, auf einer akkuraten geraden Linie zu gehen und ihre Hüften dabei sinnlich zu schwingen – genauso, wie sie sich nach ihrem Auftritt in der *Trumpet Bar* bewegt hatte.

»Es sieht ganz so aus, als seien Sie in den Knien doppelgelenkig«, analysierte Ms. Snively. Ihre Augen funkelten hell wie Aquamarine. »Sie können nicht steifbeinig dastehen, weil ihre Knie mit den Doppelgelenken blockieren würden. Dieses Problem gleichen sie mit dem Schwingen ihrer Hüften aus, wodurch ihr Hintern viel zu sehr wackelt. Sie haben einen schrecklichen Wackelgang, Norma!«

Norma schluckte und schaute verunsichert an sich hinab. Sie hatte noch nie etwas von doppelgelenkigen Knien und einem Wackelgang gehört. Jim und auch David hatten ihr so gerne beim Gehen hinterhergeschaut. »Sie meinen, ich bin krank?«, fragte sie verwundert zurück. Eigentlich fühlte sie sich kerngesund.

»Krank würde ich nicht gleich sagen, aber auf keinen Fall perfekt«, sagte Emmeline Snively.

Dass sie nicht perfekt ist, war Norma nicht neu, aber perfekt war nicht ihr Anspruch, dachte sie etwas verunsichert. David war ihre Natürlichkeit wichtiger gewesen.

Emmeline Snively lehnte sich in ihren drehbaren Ledersessel zurück. »Bitte setzen Sie sich jetzt.«

Norma war beim Sitzen um Haltung bemüht. Von den Fotoshootings mit David wusste sie, dass Sitzposen selten vorteilhaft aussahen und das Modell sich deswegen besser etwas vor- oder zurückbeugte. Norma neigte sich also leicht vor, aber fühlte, dass sie ihren Körper vor Aufregung nicht mehr so genau kontrollieren konnte. Ihr nervöser Blick fiel auf die Statue von Nofretete auf dem Schreibtisch.

Ohne Vorwarnung griff die Agenturchefin Norma ins gelockte Haar, rieb einige Spitzen wie Sand zwischen ihren Fingern und spreizte eine Strähne von ihrer Kopfhaut ab. Dabei schaute sie so missbilligend, als wäre Norma ungekämmt vor ihr erschienen, obwohl sie zwei Stunden im Bad verbracht hatte.

»Ihr Haar ist kraus und widerspenstig«, befand Ms. Snively und griff nach einem ihrer korrekt gespitzten Bleistifte. »Damit werden Sie niemals als Modell für Hüte gemietet werden.« Sie wies zur Wand mit der Sammlung der Titelseiten, auf denen mehrere Modelle Hüte trugen.

Norma verfolgte mit Entsetzen, wie die Agenturchefin auf der Registerkarte notierte: *Entfärbung und Dauerwelle empfohlen, um das Haar zu glätten. Dann wirkt das Gesicht nicht mehr so kindlich rund.* Gab es nichts Nettes zu sagen?

»Ich möchte nicht blond werden«, sagte Norma vorsichtig. Und abgesehen davon könnte sie es sich auch gar nicht leisten, eine Frisur zu unterhalten, die regelmäßig von einem Friseur nachbehandelt werden musste. Beides wäre bei geglättetem und gebleichtem Haar der Fall.

»Nicht viele Modelle haben Naturlocken. Das ist doch etwas Besonderes«, sagte sie und versuchte dabei, selbstsicher zu klingen und das Lächeln nicht zu vergessen.

»Was Sie auf Ihrem Kopf haben, das sind keine Naturlocken, Norma, das ist borstige Krause. In der Modewelt macht das einen großen Unterschied.« Ms. Snively zog sich Normas Fotomappe heran und blätterte durch Davids Arbeiten.

Wenn sie jetzt auch noch die Fotografien kritisierte, würde Norma aufstehen, sich höflich verabschieden und es woanders versuchen. Auch die Agentur von Mary Webb Davis besaß einen ausgezeichneten Ruf, wie sie inzwischen wusste.

»Wenn wir Ihr Haar glätten würden«, näselte Ms. Snively unbeeindruckt weiter, »dann würden wir vielleicht auch das Problem mit Ihrem Lächeln in den Griff bekommen.«

Norma entglitten die Gesichtszüge. »Ein Problem mit meinem Lächeln?«, wiederholte sie wie vor den Kopf geschlagen. »Was stimmt denn damit nicht? David meinte …«

Die Agenturchefin hielt ihr eines von ihren Fotos vor die Nase. Es zeigte Norma mit Schulterblick in einem roten Pullover. »Wenn Sie auf Ihre Art lächeln, wirkt Ihre Nase zu lang, und es entstehen hässliche Linien um Ihre Nase herum. Sie lächeln zu hoch. Sie müssen Ihr Lächeln nach unten bringen!«

Ihre Knie waren krank, ihr Haar glich borstiger Krause, und sie sollte ihr Lächeln nach unten bringen? David hatte ihr Lächeln geliebt. Am besten, sie machte sich bereit für die nächste Bruchlandung in ihrem Leben. Ihre Vorfreude schlug in Enttäuschung um.

»Sind Sie Single?« Ms. Snively schob Norma das Kleeblatt aus dem *Old Horseshoe* kommentarlos aus der Mappe bis an die Tischkante.

»Verheiratet«, antwortete Norma wie ein Soldat und ärgerte sich darüber, dass sie den Glücksbringer mit ihrem Namen vergessen hatte, am Empfang aus der Mappe zu nehmen. Sie faltete es zusammen und steckte es in ihre Tasche zurück. Sie hatte es vermasselt. So einfach und bitter war das.

»Seit wann sind Sie verheiratet?«, wollte die Agenturchefin wissen.

»Seit ich sechzehn bin«, sagte Norma, während die alte Enttäuschung in ihr aufstieg, die sie zuletzt bei der Absage der *YANK* verspürt hatte. Diese bittere Mischung aus Trauer und Ärger. Heute versuchte sie es mit Fassung zu tragen, was eine Mammutaufgabe war, wenn man nicht dem verständnisvollen David Conover, sondern einer Emmeline Snively gegenübersaß.

»Also sind Sie eine Teenager Housewife, der langweilig geworden ist und die deswegen ein paar Fotos machen will«, sagte Ms. Snively provozierend.

»Nein!« Normas Lippen bebten. »Ich bin eine Frau, die einen Traum hat, den sie wahr machen will, auch wenn es schwer werden wird, auch wenn ihre Schwiegereltern den Weg dorthin als frivoles Abenteuer abtun.« Ethels Vorhaltungen verletzten Norma. Sie war froh gewesen, heute früh aus dem Haus zu kommen und erst am Abend zurück zu sein. Sie hatte gehofft, ihre Erfolgsaussichten würden Ethel besänftigen, aber dem war nicht so.

Ms. Snively fixierte Norma nach diesen Worten länger. »Na gut«, sagte sie. »Dann ist Ihnen also nicht langweilig.«

Vorbei an der Büste der Nofretete fixierte Norma zwei Fotos aus ihrer Mappe. Eines mit einem breiten Lächeln, das andere etwas weniger fröhlich. Sie gab sich alle Mühe, beide absolut nüchtern zu betrachten, ohne Enttäuschung oder berauscht vom Zauber des Tages, an dem die Bilder entstanden waren. Vielleicht wirkte ihre Nase tatsächlich länger, wenn sie aus vollem Herzen lachte, alle Zähne zeigte und ihre Oberlippe sich direkt unter die Nase schob.

Sie fasste sich. Das hier war die größte Chance ihres Lebens. »Ich würde gerne lernen, wie ich es besser machen kann«, sagte sie vorsichtig.

Ms. Snively gab ihr die Fotomappe zurück. »Ich habe schon jeden Typ Mädchen gesehen, der Chancen als Modell haben könnte. Und Sie, Norma, haben leider nichts Außergewöhnliches an sich.«

Die Direktheit der Agenturchefin traf Norma wie ein Schlag. Ihr entglitten nun endgültig die Gesichtszüge. In ihren Ohren rauschte es. Es war zu Ende, bevor es richtig angefangen hatte. Sie wollte nicht zu *Radioplane* zurück, sondern vor die Kamera, um magische Momente zu erleben.

Emmeline Snively erhob sich hinter ihrem Schreibtisch und brachte Norma zur Tür. Jetzt war alles vorbei! In der nächsten Minute war sie wieder in ihrem alten Leben zurück.

»Aber Ihre Natürlichkeit gefällt mir«, sagte die Agenturchefin, bei der Tür angekommen.

Hatte sie gerade richtig gehört? Norma hielt in der Bewegung inne.

Ms. Snively hatte etwas Nettes zu sagen? Die Nachricht brauchte eine Weile, bis sie sie ganz begriff. *Aber Ihre Natürlichkeit gefällt mir.* Ihre Natürlichkeit war ihre Chance, die sie nutzen musste. Am liebsten wollte sie in die Luft springen, aber das konnte sie der piekfeinen Ms. Snively nicht antun. Ihr zuliebe beschränkte sie sich darauf, in sich hineinzujubeln und das erneute Kitzeln in ihrem Bauch zu genießen.

Ms. Snively blieb ernst. »Wenn wir Sie als Agentur vertreten sollen, verpflichten Sie sich, unseren drei monatigen Kurs zu besuchen. Darin bringen wir unseren Mädchen Charme, Haltung, Figurkontrolle, Make-up, den Aufbau der Garderobe und persönliche Entwicklung bei. Die Aufnahme in mein *Blaues Buch* mit einem ganzseitigen Foto und der Kurs kosten zusammen einhundertfünfundzwanzig Dollar.«

»Ich habe keine einhundertfünfundzwanzig Dollar«, antwortete Norma prompt. Die besaß sie nicht mehr, seitdem sie Grace weitere einhundert Dollar zur Begleichung von neuerlichen Arztrechnungen geschickt hatte. Die hatte in einem herzerweichenden Brief darum gebettelt und versprochen, es bis auf den Cent zurückzuzahlen.

Normas allerletzte Dollar waren für das neue weiße Kleid und die Wildlederschuhe draufgegangen. Beides hatte sie extra für das Vorstellungsgespräch gekauft. Sie hatte kaum Geld und war dringend auf neue Einkünfte angewiesen. Aber daran durfte ihre Karriere auf keinen Fall scheitern. »Können wir die Gebühr mit den ersten Einnahmen verrechnen, die ich bei Ihnen verdiene?«, bat sie und versuchte dabei, nicht allzu verzweifelt zu klingen.

Emmeline Snively sagte, die Türklinke schon in der Hand: »Wenn Sie hart an sich arbeiten und meine Ratschläge befolgen, könnten wir vielleicht ein paar Aufträge für Sie an Land ziehen und die Kosten damit begleichen. Ja, das wäre möglich.«

»Vielen, vielen Dank, Ms. Snively«, beeilte sich Norma zu sagen. So also fühlte es sich an, wenn man auf seinem Traum-Puzzle endlich das Motiv erkennen konnte.

Ms. Snively war schon halb im Gehen, als sie noch sagte: »Bitte erledigen Sie bei meiner Sekretärin noch das Vertragliche. Die neuen Kurse starten am Montag. Seien Sie pünktlich! Ach ja, und Sie wissen sicherlich, dass Ihr Vormund den Agenturvertrag unterschreiben muss, weil Sie noch keine einundzwanzig sind?«

Norma erstarrte. Daran hatte sie gar nicht gedacht! Wieder brauchte sie Jims Erlaubnis? Das war ungerecht! Sie wollte ihre Entscheidungen allein treffen, schließlich kämpfte sie auch allein dafür. In Jims Abwesenheit fühlte sie sich frei und unabhängig. Seine Unterschrift auf dem Papier reduzierte sie wieder zu seiner Ehefrau, über die er bestimmen konnte. An Jim, den ihre Träume nicht interessierten, durfte es nicht scheitern. Ohne ihn war sie immerhin bis in das vornehme *Ambassador Hotel* zu der renommiertesten Modell-Agentur aus Los Angeles gekommen.

Sie musste sich räuspern, bevor sie mit gespielter Überzeugung herausbekam: »Mein Ehemann ist monatelang auf hoher See. Er wird unterschreiben, sobald er zurück ist.«

Ms. Snively nickte kaum merklich. »Dann ist ja alles besprochen.«

»Ich werde auf jeden Fall hart arbeiten und versuchen, mein Haar glatter zu föhnen«, versicherte Norma noch, aber da hatte sich die Agenturchefin schon von ihr ab- und einem anderen Mädchen im Flur zugewandt.

Das wäre geschafft! Als Norma sich unbeobachtet wähnte, sprang sie vor Freude und Erleichterung nun doch in die Luft.

∞

Normas erster Kurstag verlief anders, als von Ms. Snively geplant. Anstatt über Make-up und Garderobe zu reden, stand die Agenturchefin makellos gestylt als Kleinste zwischen ihren Schülerinnen um ein Radio auf dem Empfangsschreibtisch versammelt. Die Sender liefen heiß in der Berichterstattung über jene Maßnahme, die nach Ansicht des neuen amerikanischen Präsidenten Harry S. Truman den Weltkrieg endlich beenden würde: der Abwurf der Atombombe über Hiroshima. Man erhoffte sich davon eine rasche Kapitulation Japans, nachdem die Nazis in Deutschland bereits im Mai aufgegeben hatten, der Weltkrieg also zumindest in Europa zu einem Ende gekommen war. Die Meinung der Radiomoderatoren war weniger gespalten als die der Mädchen und Mitarbeiter der Modell-Agentur. Eine Hälfte war stolz auf den Erfolg. Phyllis Young, eine blonde, nordische Schönheit mit hohen Wangenknochen, die von ihrer Mutter begleitet wurde, kreischte vor Begeisterung, als erwähnt wurde, dass auf der Bombe ein Bild von Rita Hayworth geklebt habe, ihrer Lieblingsschauspielerin.

Norma und die meisten anderen waren jedoch entsetzt über die unvorstellbar vielen Toten. Jim hatte bei ihrem letzten Telefonat vor zwei Wochen sehr begeistert von der Testzündung der *technischen Spielerei* in New Mexiko gesprochen. Ihr hingegen gefielen die Kriegsgebaren immer weniger. Und Jim hielt es obendrein davon ab, heimzukehren und auf ihren Agenturvertrag die notwendige Unterschrift zu setzen. Dieses Mal würde sie bei ihm eine besonders erfolgversprechende Strategie einsetzen, die vor allem auf ihrer körperlichen Überzeugungskraft basierte. Bereits zweimal hatte Ms. Snively nach der Unterschrift gefragt. Nicht, dass die Agenturchefin sie deswegen doch wieder fortschickte. Bisher hatte sie sich eher misstrauisch Norma gegenüber verhalten.

An diesem ersten Kurstag unterrichtete Ms. Snively wegen der Verzögerung durch die Radioberichte bis in den späten Abend hinein. Neben Norma nahmen zwanzig weitere Mädchen an den Kursen teil, oft mit ihren Müttern. Die meisten Modell-Schülerinnen träumten von einer Karriere als Filmstar, weil Fotomodelle deutlich schlechter bezahlt wurden.

Am Abend dieses ersten Tages wusste Norma zumindest schon, wie man einen Raum so elegant wie ein Filmstar betrat. Sie übte diese gewisse Ruhe und Eleganz gleich am Folgetag zu Hause, nachdem ihre Schwiegereltern zur Arbeit gefahren waren. Es ging vor allem darum, nicht zu flüchten, sondern jede Bewegung auszukosten, als wäre eine Kamera auf sie gerichtet. Außerdem sollte man stets einen ansprechenden Ausdruck im Gesicht haben.

Norma sog die Kursinhalte über Make-up und Schönheitspflege, Mode, Stimmbildung und Posieren wie Atemluft ein. Besonders interessant fand sie, was die Agenturchefin »Koordination« nannte. Dabei ging es darum, wie man sich in der Öffentlichkeit als Star verkaufte, nicht nur als Sternschnuppe.

Jeden Freitagabend wurden Fotos gemacht, die Ms. Snively in der Folgewoche auswertete. Sie ließ sie am Pool und in den Gärten des Hotels in Bademode posieren, mit Schwimmringen, in Gruppen und allein. Sie kannte die Regeln der Branche und wusste, wonach die Klienten suchten, und das waren keine vollständig angezogenen Mädchen. Etwas nackte Haut war der Karriere förderlich.

Norma überlegte erst gar nicht, ihren eifersüchtigen Jim um Erlaubnis zu fragen. Die Fotos in Badebekleidung waren Übungsfotos und landeten im besten Fall in ihrer Mappe. Jim würde sie gar nicht zu Gesicht bekommen.

Norma genoss es, sich in erotischer Pose fotografieren zu lassen. Dabei hatte sie das Gefühl, dass Großvater Otis sie aus dem Himmel in den schönsten Aquarellfarben malte. Mit seinem Bild der nackten Frau hatte er sie einst inspiriert, die Schönheit des nackten Körpers zu erkennen.

Die meisten Mädchen der Agentur nahmen an Schönheitswettbewerben zur Miss Sommer, Miss Frühling oder Miss August teil, die Emmeline Snively nicht müde wurde, als karriereförderlich anzupreisen. Als Verheiratete waren Norma solcherlei Wettbewerbe jedoch verboten. Als Ehefrau ziemte es sich nicht, sich wenig bekleidet vor einem echten Publikum zu präsentieren. Norma wollte dies mit hervorragenden Leistungen in den Kursen unbedingt wettmachen. Tage- und nächtelang büffelte sie den Lehrstoff. Statt zu Wettbewerben wurde sie zur Begutachtung zu Redakteuren von Modezeitungen und zu Werbeagenturen geschickt.

Ihr erster Auftrag ließ einige Wochen auf sich warten, obwohl sie hart an ihrem Lächeln arbeitete und ihr Haar mit dem Fön schon weniger kraus hinbekam. Die anderen Mädchen hatten allesamt Aufträge neben den Kursen. Ja, die meisten anderen Schülerinnen waren größer, alleinstehend, reicher und hatten eine Mutter, die sie zu den Kursen begleitete, oder wenigstens einen Vater, der sie zum *Ambassador* fuhr. Aber das alles bremste Norma nicht aus. Sie war entschlossen und hungrig auf eine Karriere, allen Widerständen zum Trotz.

∞

Im September war es dann endlich so weit. Norma wurde als Hostess im *Pan Pacific Auditorium* für eine Industriemesse gemietet. Es war üblich, Fotomodelle als Vorführerinnen, Couponiererinnen und Probenehmerinnen zu verwenden. Endlich war ihre erste Chance da, und sie wollte alles dafür geben, auch wenn es kein Fototermin für eine Werbeanzeige oder eine Titelseite war.

Die Sonne war gerade aufgegangen, als Norma aufgeregt aus dem Badezimmer trat. Sie horchte in Richtung des Schlafzimmers ihrer Schwiegereltern, wo es vollkommen ruhig war. Auf Zehenspitzen ging sie zur kleinen Kommode im Wohnzimmer. Mit zitternden Fingern, wie eine Diebin, zog sie leise und langsam die oberste Schublade auf. Es fühlte sich wie eine Ewigkeit an, bis sie das gesuchte Dokument fand. Schnell verschwand sie damit in ihrem Zimmer. Zehn

Minuten blieben ihr nur noch, bis sie zum *Pan Pacific Auditorium* losmusste. Zu ihrem allerersten Auftrag durfte sie auf keinen Fall zu spät sein. Sie würde eine Stunde brauchen, um von North Hollywood zur Messe zu kommen, sofern der Verkehr ungünstig war, auch zwei Stunden. Spätestens sechs Uhr musste sie losfahren. Den Spaziergang mit Muggsie hatte sie auf den Abend verlegt.

Norma setzte sich auf ihr Bett, wo auf einem *YANK*-Magazin als Schreibunterlage schon ein Stift und ihr aufgeschlagener Agenturvertrag bereitlagen. Daneben legte sie den eben ergaunerten Ausbildungsvertrag von Jim. Stolz bewahrte Ethel das Dokument neben den offiziellen Familienurkunden auf.

Norma beschaute Jims Unterschrift sehr genau. Dann nahm sie den Stift auf und setzte im Unterschriftenfeld mit dem Buchstaben »D« an. Bis sie beim letzten Buchstaben von Dougherty angelangt war, sprang ihr Blick immer wieder zwischen dem Ausbildungs- und dem Agenturvertrag hin und her.

Am Ende befand sie, dass ihre Imitation einigermaßen als Jims Handschrift durchgehen konnte. Wohl war ihr dabei nicht, aber sie wollte die ungeduldige Ms. Snively nicht länger warten lassen. Sie griff sich ihre Handtasche, die Dokumente und zog ihre weißen Wildlederschuhe an.

Auf dem Weg aus dem Haus wollte sie Jims Ausbildungsvertrag in die Kommode zurücklegen. Als sie die Schublade aufzog, stand Edward plötzlich hinter ihr.

»Jimmies Ausbildungsvertrag?«, brummte er verschlafen. Er hatte sich so lautlos angeschlichen wie ein Indianer.

Norma stand vor Schreck wie erfroren da. In der einen Hand hielt sie den Ausbildungsvertrag, in der anderen das Dokument für die Agenturchefin.

»Agenturvertrag?«, las Edward die fette Überschrift auf der Blattsammlung in Normas linker Hand. »Was für eine Agentur?«

Norma gefror das Blut in den Adern, als Edward nach dem Vertrag griff und ihn durchblätterte. Sie hatten ihren Schwiegereltern nichts davon erzählt.

»S-s-sie helfen mir, Aufträge als Fotomodell zu bekommen, damit ich Geld verdienen kann«, erklärte sie stotternd. »Und Jimmies Vertrag …« Ihr fiel keine überzeugende Erklärung ein.

»Mein Sohn ist ein Held«, sagte Edward beim Anblick des Schriftzugs der *United States Maritime Services.*

Norma nickte, aber fühlte sich grässlich dabei, einer weiteren Person die Wahrheit vorzuenthalten. Auch wenn es nur ihr griesgrämiger Schwiegervater war.

Entschlossen legte sie den Ausbildungsvertrag in die Kommode zurück und steckte den Agenturvertrag in ihre Handtasche. Hoffentlich vergaß Edward die Sache bald wieder. Und hoffentlich waren seine Augen noch müde genug, dass er die Unterschrift auf der letzten Seite des Agenturvertrags nicht scharf genug gesehen hatte.

»Ich muss jetzt los«, sagte Norma und beeilte sich, das Haus zu verlassen.

Als sie die Tür hinter sich zuzog, lag Edwards Blick ungewohnt eindringlich auf ihr.

∞

Das *Pan Pacific Auditorium* befand sich in Fairfax. Zehn Tage lang sollte Norma für eine Stahlfirma Flugblätter verteilen, mit den Besuchern sprechen und die Produktpräsentation eines Aktenschranks aus Stahl lächelnd begleiten.

Am ersten Abend übergab sie Ms. Snively den unterschriebenen Agenturvertrag, danach war sie erst um Mitternacht zu Hause. An den folgenden neun Tagen schaffte sie es selten vor zehn zurück nach North Hollywood. Tagsüber wechselte sie mehrmals von ihrem weißen, engen Kleid in ein schwarzes, schulterfreies Abendkleid, das Ms. Snively ihr geborgt hatte. Wenn sie dann völlig erschöpft zu Hause eintraf, fand sie Muggsie schlafend zu Edwards Füßen vor und wurde ein klein wenig eifersüchtig auf ihren Schwiegervater.

Der Job als Hostess war nicht ihr Traum, aber sie lernte, die Zähne zusammenzubeißen, und bekam genug Gelegenheiten, vor den über tausend Besuchern ihr neues Lächeln zu proben. Perfekt lief es auch an den letzten Messetagen noch nicht. Ihre Unterlippe fing oft zu zittern an, wenn sie versuchte, ihr Lächeln nach unten zu bringen.

Am letzten Arbeitstag auf der Industriemesse musste Norma noch den Barverdienst bei Ms. Snively in der Agentur abgeben.

Wieder nahm sie vor dem Schreibtisch mit der Nofretete-Büste Platz, beugte sich der Agenturchefin leicht entgegen und war bemüht, Haltung zu bewahren. Eigentlich war sie fix und fertig. Sie zählte Ms. Snively Schein für Schein die mit dem Klienten vereinbarte Gage in Höhe von neunzig Dollar vor. Dann wartete sie, was ihr Gegenüber heute an ihr zu kritisieren hatte.

»Unser Auftraggeber war sehr zufrieden mit Ihrem Auftritt auf der Messe«, sagte die Agenturchefin wider Erwarten. »Aber das ist noch lange kein Grund, sich zurückzulehnen!«

Norma nickte, sofort zog es in ihrem Nacken. Es schien wohl kein Körperteil an ihr zu geben, das nicht verspannt war.

Zur Sicherheit zählte Ms. Snively das Geld selbst noch einmal nach und schaute am Ende irritiert auf, was sie eigentlich nie tat. Emmeline Snively wusste immer ganz genau, wie die Dinge sich verhielten. Norma kannte keine Frau, die so messerscharfe, klare Gedanken hatte und so zielstrebig war.

»Sie haben sich von dem Honorar nichts für Essen oder für Fahrkosten genommen?«, fragte Ms. Snively mit ihrer näselnden

Stimme, ganz die noble Engländerin. Sie zog ihre rechte Augenbraue hoch.

»Sollte ich denn?«, fragte Norma und merkte, wie ihr langsam das letzte bisschen Kraft aus dem Körper wich. Auf dem bequem gepolsterten Stuhl brach sich ihre Erschöpfung jeden Moment Bahn.

»Nein, sollten Sie nicht. Aber die meisten Mädchen tun dies einfach. Sie sind ehrlich, Norma. Das gefällt mir.«

»Danke, Ms. Snively«, entgegnete Norma müde und konnte ihr Gähnen nur im letzten Moment verbergen.

»Aber unsere Haltung wollen wir dennoch nicht verlieren«, ermahnte die Agenturchefin und wedelte ein paar Mal mit der Handfläche, damit Norma sich wieder aufrichtete und nicht so zusammengesackt dasaß. Dann zog sie aus ihrer Krokodilledertasche einen Papierstapel hervor. »Sind Sie sich sicher, dass die *Blue Book* nicht zu anstrengend für Sie ist?«

»Nein, auf keinen Fall!«, entgegnete Norma sofort wieder hellwach. »Ich würde fünf weitere Messen machen, wenn das der Weg zu meiner ersten Titelseite ist.«

»Das freut mich zu hören«, sagte Emmeline Snively und legte einen Vertrag vor Norma hin.

Norma überflog ihn mit verschwommenem Blick. Welche Messe würde als Nächstes anstehen? Wie weit müsste sie dafür jeden Tag fahren? »I-i-ist das …?«, bekam sie gerade noch vor Aufregung heraus. Ihr Puls schoss hoch. Sie sah schlagartig klarer. Der Auftraggeber war *Arnolds of Hollywood*, ein Bekleidungsgeschäft am Hollywood Boulevard, für das sie in einem Wollkostüm fotografiert werden sollte. Die Werbeanzeige würde in vielen Zeitungen geschaltet werden.

»Ja, das ist er. Ihr erster Vertrag für Werbefotos«, betonte Emmeline Snively. Ihre Mundwinkel zuckten, aber zu einem Lächeln reichte es nicht. »Herzlichen Glückwunsch!«

Norma wollte die Agenturchefin am liebsten über den Schreibtisch hinweg umarmen, und dieses Mal tat sie es auch.

Ms. Snively ließ sie zwei Sekunden gewähren, dann drückte sie Norma entschieden von sich fort. »Und nun machen Sie, dass Sie endlich ins Bett kommen. Sie sehen schrecklich müde aus. Ich lasse Ihnen ein Taxi rufen, Ihr Auto lassen Sie hier stehen. In diesem erschöpften Zustand lasse ich Sie nicht mehr selber fahren.«

Auf dem Weg nach Hause nickte Norma mehrmals weg und kam erst wieder richtig zu sich, als der Fahrer am Ziel kräftig bremste.

Als Norma erledigt, aber glücklich das Haus ihrer Schwiegereltern betrat, saß Ethel am Küchentisch und füllte gerade einen Lotterieschein aus. Edward lag mit offenem Mund auf der Couch und schnarchte. Muggsie ruhte an seine Füße geschmiegt.

Überwältigt lief Norma zu ihrer Schwiegermutter, sie musste die wunderbaren Neuigkeiten unbedingt mit jemandem teilen. »Stell dir vor, ich habe einen Auftrag für mein erstes Werbefoto«, berichtete sie begeistert.

Sie hätte es auch in einen leeren Raum sagen können. Ethel hob nicht mal den Kopf vom Lotterieschein.

»Jim wird sich bestimmt über das zusätzliche Geld freuen«, fügte sie noch an. Sie hatte gehofft, wenn Ethel sah, dass sie erfolgreich war, würde sie ihre Skepsis ablegen.

»Ach ja?« Ethel nahm ihr Los an sich und ging ins Schlafzimmer.

Enttäuscht über die Halsstarrigkeit ihrer Schwiegermutter, band Norma Muggsie Halsband und Leine um. Heute wollte sie endlich wieder länger mit ihr im Garten spielen, auch wenn es draußen längst dunkel war. Träge erhob sich Muggsie von Edwards Füßen und trottete hinter Norma her aus der Haustür.

Während Norma der Hündin im Garten von ihrem Tag und dem Gespräch mit Emmeline Snively erzählte, hatte Muggsie wenig Lust, einen Ball zu apportieren. Norma knuddelte sie und drückte sie, aber die Hündin wand sich aus ihrer Umarmung und schaute immer wieder zur Haustür.

Norma hätte keinen einzigen Schritt mehr tun können, als sie an diesem Abend in ihr Bett sackte. Aber ihre Gedanken wollten nicht zur Ruhe kommen. Sie lag auf dem Rücken im Bett und sah ihre Zukunft wie einen Film an der Zimmerdecke in den schönsten Farben ablaufen. Sie würde endlich ein neuer Mensch werden, ein erfolgreiches Fotomodell, als das sie es auch wagen würde, Bebe wieder zu schreiben. Und dieses Mal brachte sie mehr als nur eine armselig formulierte Entschuldigung zustande. Die neue Norma war eine viel bessere Schwester, vor allem nicht mehr so blauäugig. Solch eine bizarre Situation wie die im Baumhaus in Huntington würde sie nie wieder zulassen.

Als ihre Augenlider schwer wurden, verwendete Norma ihren letzten Blick für das Aquarell von Großvater Otis. Vielleicht gelang es ihr fortzusetzen, was ihr Großvater sich erträumt hatte: ein Leben, das glücklich machte und sich frei anfühlte.

TEIL IV

*»Ich entschied mich schließlich,
dass ich Schauspielerin werden wollte,
und ich wollte nicht zulassen, dass mein Mangel
an Selbstvertrauen meine Chancen ruiniert.«*

Marilyn Monroe

26
Dezember 1945

Norma parkte den Ford am Straßenrand und lief mit kurzen, schnellen Schritten auf Tom und Marys Bungalow zu. Noch bevor sie klingeln konnte, öffnete ihr Schwager ihr die Tür.

»Seid ihr bereit?«, fragte sie aufgeregt. Zum ersten Mal sah sie Tom nicht in weiten Schlabberhemden, sondern in einem schicken, schwarzen Anzug, mit Fliege und weißem Hemd. Sein Haar hatte er kurz schneiden lassen und es zu einem gepflegten Seitenscheitel gekämmt.

»Du siehst aus wie ein echter Gentleman«, lobte Norma ihn. Und das war auch gut so, denn der Gentleman-Look war der Zutrittscode für das *Cocoanut Grove*. Ms. Snively hatte ihre Modelle, deren Eltern und die Agentur-Mitarbeiter für die Jahresendfeier in den Nachtclub des *Ambassador Hotels* eingeladen. Da Norma fand, dass ihrem Schwager und ihrer Schwägerin ein Tapetenwechsel guttun würde, hatte sie beide überredet, sie zu begleiten. Wenigstens ein einziges Mal tauchte sie nicht allein bei einem Termin der Agentur auf.

Eigentlich gingen Tom und Mary nicht aus, und Mary hatte sich immer von Norma ferngehalten und Gespräche gemieden. Aber Norma wollte so gerne helfen. Zuletzt war ihr Tom immer einsamer und trauriger vorgekommen. Das Gleiche galt für seine Ehefrau.

Tom brachte vor Norma kein Wort heraus, sondern schaute ihr nur auf ihre feuerroten, perfekt geschminkten Lippen. Sie trug ihr weißes, enges Kleid und die Wildlederschuhe vom Vorstellungsgespräch dazu. Ihr Haar hatte sie erst mit dem Föhn geglättet und dann ganz im aktuellen Hollywood-Stil in weiche Wellen gelegt. Mit dieser

Frisur hoffte sie, dem Bleichen doch noch entgehen zu können. Erst letzte Woche hatte Ms. Snively sie wieder darauf angesprochen.

»Ich fürchte, es gibt ein Problem«, sagte Tom. »Mary will doch nicht mitkommen.« Mit lascher Geste wies er zur Badtür. »Ich habe geahnt, dass es so kommen wird. Sie findet sich zu hässlich.« Sein verträumter Blick hing an Norma, während er das sagte.

»Aber warum denn? Mary hat die schönsten grünen Augen, die ich je gesehen habe«, sagte Norma und lief zurück zum Wagen. Sie war sich nicht sicher, ob Tom noch leise sagte: »Neben *dir* fühlt sie sich hässlich.«

Norma griff ihren neuen Kosmetikkoffer vom Rücksitz des Fords. Das Stück war die erste Anschaffung von ihrem Lohn als Modell, nachdem sie die einhundertfünfundzwanzig Dollar bei Ms. Snively abgestottert hatte. Seitdem die Anzeigenkampagne von *Arnolds of Hollywood* mit ihr als Kostümmodell erfolgreich lief, war sie für weitere Anzeigenfotos gemietet worden und hatte sich von einem ungarischen Fotografen ein paar Mal fotografieren lassen. Es lief gut, wenn man die Modenschauen ausnahm. Ihre erste Schau war im Desaster geendet, weil sie sich mit ihrem Wackelgang nicht in den Taktschritt der anderen Modelle hatten einfügen können. Sowieso wurde sie bei Modejobs meistens abgelehnt, weil sie nicht perfekt in die Modellgröße zwölf passte. Wenn sie Kleider in zwölf trug, spannten die über der Brust, obwohl sie sonst gut passten. Laufstegmode wurde vor allem für flachbrüstige Trägerinnen entworfen.

Zurück im Haus klopfte Norma leise an die Badtür. »Mary, ich bin es, Norma. Ich würde mich wirklich freuen, wenn du mit ins *Cocoanut Grove* kommst. Bestimmt wird es ein netter Abend werden. Vielleicht sind sogar einige Hollywood-Stars anwesend.«

Das *Ambassador* war vor allem für Geschäftsleute gebaut worden, aber seit ein paar Jahren mischten sich in rauschenden Ballnächten und Spendengalas für die Finanzierung des Kriegs neben ranghöheren Militärs immer mehr berühmte Persönlichkeiten unter die Gäste. Einige von Normas Agentur-Kolleginnen trafen sich regelmäßig mit männlichen Hotelgästen in der Bar, was sie jedoch strikt ablehnte, weil sie verheiratet war. Obwohl … ein bisschen fühlte es sich an, als wäre sie gar nicht mehr verheiratet. In den letzten Monaten hatte Jim öfter mit seiner Mutter als mit ihr telefoniert, weil sie wegen der Aufträge als Fotomodell und den Kursen viel unterwegs war. Norma wusste nicht einmal, wann genau ihr Ehemann über die diesjährigen Weihnachtsfeiertage nach Hause kommen würde.

Norma lauschte auf das Schniefen im Bad. Es musste ihr einfach gelingen, der ewig traurigen Mary für einen Abend ein Lächeln ins Gesicht zu zaubern. Sie kannte ihre verschlossene, unauffällige Schwägerin kaum. Ethel hatte ihr vor Längerem erzählt, dass Tom und Mary sich vor dem Tod ihres Babys innig geliebt hätten und unzertrennlich gewesen wären.

»Was hältst du davon, wenn wir dir zusammen einen passenden Lippenstift aussuchen?«, fragte sie mit zurückgenommener Stimme, um Mary nicht zu bedrängen. »Vielleicht einen, der etwas orangefarben schimmert? Das würde gut zu deinem rotblonden Haar passen.«

Die Badtür wurde geöffnet, und Mary lugte durch den Türspalt. Ihre Augen waren gerötet, und die Lockenwickler hingen ihr wild vom Kopf, als hätte sie sie mit Gewalt herauszuzerren versucht.

»Darf ich dir helfen?«, fragte Norma. Eigentlich blieb ihnen keine Zeit mehr dafür. Ms. Snively hatte zu acht Uhr eingeladen, und Norma war noch zu keinem der Agenturtermine unpünktlich erschienen. Zudem bestand die Gefahr, dass der Ford mitten auf der Straße bockte. Ausgerechnet, seitdem sie das Auto fuhr, hatte er Motorprobleme. Oder war es der Auspuff?

Als Antwort auf Normas Hilfsangebot öffnete Mary die Tür etwas weiter. Norma trat ins Bad und stellte ihren Kosmetikkoffer auf das

Waschbecken. Wortlos begann sie, Mary die Lockenwickler aus dem Haar zu drehen und das Durcheinander auf dem Kopf ihrer Schwägerin in Ordnung zu bringen. Bald fielen Mary weiche Wellen über die Schultern. Norma erklärte ihr, dass man für besondere Anlässe eine Make-up-Basis aufträgt, wodurch erst ein Gesicht zu einer reinen Leinwand würde, die man dann »bemalte«, um Schwerpunkte zu setzen und Vorzüge zu betonen. Als Schwerpunkt wurden meistens die Lippen gewählt.

Norma trug die Make-up-Basis vor Shootings bei sich gerne doppelt so dick auf, damit ihre roten Flecken im Gesicht nicht zum Vorschein kamen. Bei Vorgesprächen war sie immer noch sehr aufgeregt. Erst wenn die Kamera hinzukam, verlor sie ihre Angst und Zurückhaltung und bewegte sich schambefreit.

»Ich bin schrecklich blass«, beklagte sich Mary, während Norma ihr die Wimpern tuschte. Mary sprach genauso zurückhaltend und leise wie Tom, als wäre ihnen in der Ehe die Stimme abhandengekommen. Mary war kein bisschen gebräunt, anders als die meisten Kalifornier. Als hätte sie ihr Haus lange nicht verlassen. Sie war schön, ihre Blässe einzigartig.

»Du bist nicht schrecklich blass, sondern vornehm blass«, korrigierte Norma mit einem aufmunternden Lächeln, während sie ihrer Schwägerin pfirsich-farbenen Puderrouge erst auf die Wangen und dann über den Augenbrauen auftrug. So hatte sie es im Schminkkurs bei *Blue Book* gelernt. Es ließ eine Dame frischer wirken.

»Um deine feine Haut und die Blässe beneide ich dich. Ich denke, dass die Zeit bald kommen wird, in der eine so helle Grundierung, wie ich sie bei dir verwendet habe, das wichtigste Accessoire in jeder Damenhandtasche sein wird.« Marys helle Haut war so feinporig wie Porzellan.

Mary schaute irritiert zu Norma, vermutlich hatte sie jahrelang kein Kompliment mehr bekommen. Mit Normas Hilfe entschied sie sich für einen Lippenstift in der Farbe von reifen Pfirsichen, der perfekt mit ihrem Rouge harmonierte.

Norma nahm Marys Kleid vom Toilettendeckel hoch und hielt es vor deren Körper. Unter dem dünnen Unterkleid war ihre Schwägerin schmalbrüstig. Ihre Schwangerschaft hatte Spuren an ihrem Körper hinterlassen. Ihre kleinen Brüste hingen etwas, und ihr Bauch war nicht mehr ganz so flach.

»Ich habe es mir geborgt. Ist es vornehm genug?«, fragte Mary unsicher. Es war die erste Frage, die sie Norma stellte. Das erste Angebot auf einen Austausch.

Norma musste lächeln. »Es ist genau die richtige Farbe für dich, hellgrün. Du hast einen Blick für so etwas.« Nur die flachen Schuhe wirken wenig graziös, aber unter dem langen Kleid würde das niemand bemerken.

»Und jetzt müssen wir uns etwas beeilen«, sagte Norma und packte die Schminkutensilien in ihren Koffer zurück. Sie legte ihr noch eine widerspenstige rotblonde Welle zurecht, dann ging sie ins Wohnzimmer.

Als Mary aus dem Bad trat, klappte Tom die Kinnlade runter. Er starrte seine Frau an, als wäre sie eine Heiligenerscheinung, mit rotblonden Wellen über der rechten Schulter, ganz im angesagten Stil.

Mary hatte noch Mühe aufzuschauen. Sie war es nicht gewohnt, sich zu präsentieren. Immer wieder senkte sie ihren Blick auf den Boden und ließ ihre Schultern hängen. Eigentlich war sie einen Kopf größer als Norma, wirkte aber noch nicht so.

Bevor Norma zum Auto voranging, buffte sie Tom in die Seite und flüsterte: »Nimm deine Frau an den Arm und führe sie zum Wagen.« Er verhielt sich wie ein unerfahrener Teenager.

Sie trafen mit einer halben Stunde Verspätung im *Cocoanut Grove* ein. Norma hatte gebetet, dass der Ford wenigstens heute Abend keine Probleme machte, und sie war erhört worden. Mit Mary neben sich und Tom hinter ihr ging sie die Plüschtreppe des beeindruckendsten Nachtclubs von ganz Los Angeles hinab. Sie genoss die Aufmerksamkeit. Mehrere Gäste drehten sich zu ihnen hin.

Norma konzentrierte sich beim Gehen auf alles, was sie über das Betreten und Verlassen eines Raumes gelernt hatte: Es ging darum, jede Bewegung, jeden Schritt auszukosten, niemals auf der Flucht zu sein und stets einen ansprechenden Ausdruck im Gesicht zu tragen. Jede Stufe, die sie nahm, fühlte sich wie ein kurzer, magischer Moment an, der von einem kribbelnden Cola-Gefühl getoppt wurde. Anders als auf dem Ball in Catalina brauchte sie sich heute Abend an niemanden mehr zu klammern. Immer mehr Blicke blieben an ihr hängen. Das Kribbeln strömte aus ihrem Bauch in jede Faser ihres Körpers. Sie stellte sich vor, dass sie sich auf ihrer eigenen Filmpremiere befand, ihr Journalisten und Fans zujubelten. Sie spürte, dass sie vor Aufregung rote Flecken im Gesicht bekam, gut, dass sie ihr Make-up dick aufgetragen hatte. An den Gesichtern der anderen Gäste konnte sie sehen, dass ihr Auftritt ein voller Erfolg war und ihr auffälliger Gang für Aufregung und Getuschel sorgte. Und das an einem Ort wie dem *Cocoanut Grove?*

Mit seinen karminroten Vorhängen, den mit Blattgold überzogenen Säulen und den hochragenden Kokosnusspalmen aus Pappmaché mutete der Nachtclub wie ein vornehmer marokkanischer Saal an. An den Ästen der Palmen hingen ausgestopfte Affen, deren funkelnde Bernsteinaugen den Eindruck erweckten, sie würden den Gästen zuzwinkern. Wohin Norma auch schaute, überall glitzerte es an Hälsen, Handgelenken und Ohren der Frauen. Am blauen Deckenhimmel funkelten Lichtspots wie Sterne. Besonders beeindruckt war sie von den großformatigen Bildern an der Wand neben der Treppe. Die zeigten die verrücktesten Fantasielandschaften, wie der Nachtclub selbst eine war. Rote Gebirgsformationen, silberne

Flüsse und die ungewöhnlichsten Blumen in stechendem Pink, Lila und Knallgelb leuchteten ihr entgegen. Mit dieser Strahlkraft standen die Bilder in starkem Kontrast zu den gedämpften Farben auf Großvater Otis' Aquarellen.

Die Farbgebung erinnerte sie an Inez' Bilder. Kurz dachte sie an die Nachbarin, die sie über das Tierheim nicht hatte ausfindig machen können. Niemand dort hatte gewusst, was aus den Gonzáles nach Pedros' Gefängnisaufenthalt geworden war.

Ms. Snively kam Norma und ihren Begleitern mit feinen, kleinen Schritten entgegen. Sie trug ein Kostüm in gewagter Leopardenoptik. Eine schwarze Handtasche mit einem Griff voller Perlen hing in ihrer Armbeuge. »Da sind Sie ja endlich, Norma. Ich dachte schon, Ihnen wäre im rauen Verkehr von Los Angeles etwas zugestoßen.«

Norma lächelte in sich hinein, weil es ihr gefiel, dass die kühle Agenturchefin sich inzwischen um sie sorgte. Sie stellte ihrer Vorgesetzten Tom und Mary vor. Dann ließen sie sich von Ms. Snively zu den Tischen führen. Mit jedem weiteren Schritt merkte Norma, wie sie unter den »Bann der Palmen« geriet, wie sie es hatte sagen hören, wenn die Anziehung des *Cocoanut Grove* seine Wirkung entfaltete.

Die Agenturchefin hatte die Tische auf der Bühne reserviert und diese zu einer Gala-ähnlichen Tafel zusammenstellen lassen. Das Orchester saß am Rande der Tanzfläche. Norma nahm neben Tom und Mary gleich ums Eck bei Ms. Snively Platz, die am Kopfende der Tafel thronte wie das Oberhaupt einer Familie. Norma gegenüber saß die Sekretärin Joyce, die heute eine Hibiskusblüte im Haar trug. Soweit Norma es überblicken konnte, waren sämtliche Mädchen der Agentur gekommen. Mit Eltern, Geschwistern und den Mitarbeitern der Agentur waren sie eine kaum überschaubare Menge. Ginger-Ale und Champagner wurden serviert.

Ms. Snively eröffnete den Abend mit einer Rede. Sie lobte die Erfolge, zählte die Titelseiten auf, auf die es ihre Mädchen aus dem *Blauen Buch* geschafft hatten und bedankte sich bei ihren Mitarbeitern und Modellen für die zurückliegenden Anstrengungen. Als sie anstießen und es wunderbar klirrte, sah Norma aus dem Augenwinkel, wie ein Herr, der Charlie Chaplin verdammt ähnlichsah, zu ihnen heraufschaute. Der Schauspieler war in den Gazetten von Hollywood als frivoler Giftzwerg verschrien, weil er am liebsten unter jeden Rock in Los Angeles schauen wollte – die Vororte mit einbegriffen – und bei Dreharbeiten sehr hysterisch und gemein werden konnte. War er es wirklich? Norma stieß Mary an, die ihrem Blick folgte und ihr beeindruckt zunickte.

Im Folgenden konnte Norma sich kaum auf das Essen konzentrieren, weil sie zu sehr damit beschäftigt war, die besondere Atmosphäre des Nachtclubs in sich aufzusaugen. Dabei gab es Langusten.

Tom kam bald mit den Eltern von Pat Frazee, einem der langjährigen Modelle der Agentur, über die ersehnte Kapitulation Japans ins Gespräch. Endlich war der Krieg vorbei, sämtliche Gegner der Alliierten besiegt.

Norma freute sich, dass Mary dabei vorsichtig, wie eine erste Berührung, ihren Blick über ihren Ehemann gleiten ließ. Kurz darauf jedoch wurde sie vom verwitweten Vater von Helga Tryggva, der ihr am Tisch gegenübersaß, zum Tanzen aufgefordert. Mary und auch Tom wussten erst gar nicht, wie ihnen geschah, aber Norma ermutigte ihre Schwägerin, indem sie ihr mit ihrem Ginger-Ale zuprostete. Das Orchester spielte einen flotten Titel von George Gershwin.

»Norma, ich habe noch eine … nein, eigentlich zwei Überraschungen für Sie«, sagte Ms. Snively, während Norma gebannt mitverfolgte, wie Tom seiner tanzenden Ehefrau vom Tisch aus zuschaute, und darüber das Kriegsende vergaß. »Beim nächsten Mal musst du schneller sein«, flüsterte Norma ihm zu.

»Ich bin ein schlechter Tänzer«, murmelte Tom verlegen.

»Das ist doch egal!«, sagte sie entschlossen, dann wandte sie sich wieder Ms. Snively zu. Auch die Sekretärin lauschte gebannt.

»Der Chefredakteur des *Family Circle* hat mich eben noch angerufen«, sagte Ms. Snively. »Sie wollen eines der Bilder, das André De Dienes von Ihnen gemacht hat, aufs Titelblatt nehmen. Das, auf dem Sie mit dem Lamm spielen.«

Norma stockte der Atem, ihr Herz begann aufgeregt zu stolpern, und ihr stieg Hitze in die Wangen. »Ich habe wirklich meine erste Titelseite?«, fragte sie, nur um es noch einmal zu hören. Kurz sprang ihr Blick zur Clubdecke mit den Lichtsternen. Durfte man sich eigentlich selbst die Sterne vom Himmel holen?

Emmeline Snively antwortete auf ihre Art. Erst bedeutete sie Norma, trotz der Freude ihre Haltung nicht zu vernachlässigen, schließlich waren einige Filmsternchen im *Cocoanut Grove* entdeckt worden. »Anfangs dachte ich, dass nichts Außergewöhnliches an Ihnen ist, Norma. Aber unsere Klienten haben mir bewiesen, dass ich mich geirrt habe. Ich gratuliere Ihnen zu diesem Erfolg und hoffe auf viele weitere Titelseiten.«

Norma umarmte Ms. Snively herzlich, sie wollte ihr Glück mit beiden Händen festhalten. Es fühlte sich an, als begann sie in diesem Moment zu schweben.

»Ja, ja, ist ja schon gut. Nicht hier in der Öffentlichkeit«, sagte Ms. Snively, aber schob Norma trotzdem nicht von sich weg. Norma meinte sogar, Emmelines Hände auf ihrem Rücken zu spüren.

Als Mary vom Tanzen zurückkam, strahlte Norma über das ganze Gesicht. Auch ihrer Schwägerin schien der Abend zu gefallen. Tom rückte seiner Ehefrau den Stuhl zurecht.

Dieser Tag hatte Aussicht, der schönste in ihrem Leben zu werden. Norma war sich nie zuvor so sicher gewesen, als Fotomodell in ihrem Element zu sein. Früher hatte sie geahnt, wohin sie gehörte, inzwischen aber war sie felsenfest überzeugt. Sie gehörte vor die Kamera.

»Wollen Sie die zweite Neuigkeit gar nicht hören, Norma?«, fragte Ms. Snively etwas düpiert.

Norma war so sehr in den Anblick von Tom versunken und wie er Mary verträumt beobachtete, dass sie für einen Moment alles andere um sich herum vergessen hatte. Nur mit halbem Ohr hatte sie die Frage gehört und ebenso das aufgeregte Gemurmel einer Mutter, die einen der Studiobosse im Nachtclub gesichtet haben wollte.

Erst Joyces kleine Ermahnung mit dem Fuß unter dem Tisch lenkte Normas Aufmerksamkeit zurück zur Agenturchefin. »Verzeihen Sie, Ms. Snively«, bat sie freudestrahlend. Mit einem feinen, nicht zu hohen Lächeln konzentrierte sie sich nun ganz auf ihre Chefin.

»Ich hätte da noch eine zweite Sache, die ausgezeichnet bezahlt wird«, fuhr Ms. Snively fort. »Der berühmte Fotograf Raphael Wolff sucht ein Mädchen für eine Shampoo-Werbung. Er hat dein Bild im *Blauen Buch* gesehen und will dich unbedingt als Modell haben. Er würde dir zweihundert Dollar bezahlen.«

»Zweihundert …« Das war Toms Stimme, die so überrascht klang, als hätte Ms. Snively von Norma verlangt, sich für einen Fotografen splitternackt auszuziehen.

»Wow«, stieß Norma hervor. »Die Shampoo-Werbung möchte ich auf jeden Fall machen. Der Ford braucht demnächst einen neuen Motor.« Sie überlegte, dass der ein Geschenk für Jim sein könnte, wenn er heimkam. Sein Wagen war sein wichtigster Besitz. Vielleicht würde ihn der neue Motor milde stimmen, wenn sie ihm ihre Modellaufträge und die Fälschung seiner Unterschrift auf dem Agenturvertrag beichtete.

»Er stellt nur eine einzige Bedingung«, sagte Ms. Snively und ließ ihren Blick über die Mädchen an der Tafel gleiten. Sie sprach erst weiter, nachdem sie durch Gesten sichergestellt hatte, dass jedes Mädchen korrekt saß und nicht vergaß, vornehm und ausdauernd zu lächeln.

»Ach ja, diese winzige Bedingung«, nahm sie das Gespräch wieder auf. »Raphael Wolff will dich unbedingt haben, aber nur mit blonden Haaren. Er würde sogar die Kosten für den Friseur übernehmen. Wenigstens goldblond will er dich sehen.«

»Wenigstens goldblond«, wiederholte Norma und drehte unsicher den Dessertlöffel in der Hand.

»Ich persönlich glaube jedoch, dass dir Hellblond noch besser stehen würde«, war Ms. Snively überzeugt, und Joyce nickte heftig.

»So würde mich Jim vielleicht nicht wiedererkennen«, fiel Norma als Erstes ein. Allerdings fand er Blondinen sehr sexy, was ihre Mission für seine Zustimmung andererseits erleichtern könnte. Bisher wusste er noch rein gar nichts von ihrem Agenturvertrag und ihrem Erfolg als Fotomodell.

»Darf ich darüber schlafen, Ms. Snively?«, fragte Norma. Wenn ein Fotograf so viel Geld für ein Shooting bezahlte, besaßen seine Fotoarbeiten Gewicht in der Branche. Norma glaubte, in Zusammenhang mit klassischen Porträts von Hollywood-Starlets schon mal von Mr. Wolff gehört zu haben. Im nächsten Moment dachte sie an David, mit dem ihr Weg in ihr neues Leben einst begonnen hatte. Schade, dass er diesen besonderen Abend nicht miterleben konnte. Sie hoffte, sie würden sich eines Tages wiedersehen.

»Entschuldigen Sie mich«, bat Mary die anwesenden Herrschaften, »ich müsste mal ins Bad.«

»Ich auch«, sagte Norma. Sie brauchte frische Luft bei all den sensationellen Neuigkeiten. »Ich zeige dir, wo es langgeht.«

Auf dem Weg ins Bad schienen die Affen an den Bäumen ihren Gang mit ihren funkelnden Augen zu beobachten.

»Überstürze nichts, Norma«, riet Mary ihr vor dem Waschbecken.

Norma schaute sich im Spiegel an und dachte, dass sie den feinen rötlichen Schimmer im hellbraunen Haar von ihrem Großvater hatte. »Ich mag meine Natürlichkeit«, gestand sie ihrer Schwägerin. »Und meinen Wackelgang mag ich auch.«

»Dann behalte wenigstens eines von beiden, wenn es nicht anders geht«, sagte Mary und schaute erst Norma und dann sich selbst im Badspiegel an.

Norma trat neben sie und richtete ihr die Wellen über der rechten Schulter. Ein kleines Lächeln stahl sich in Marys Gesicht.

Im nächsten Moment ging eine Tür der Badkabinen auf, und eine mittelblonde Dame trat neben sie ans Waschbecken.

Mary erkannte sie zuerst. Sie starrte die Frau in dem eher gedeckten Kleid an, als wäre sie eine Erscheinung.

Norma schielte an Mary vorbei. Dann fielen auch ihr beinahe die Augen heraus. Das war Ingrid Bergman! Eine der elegantesten und begabtesten Schauspielerinnen in Hollywood, und ihr und Bebes absoluter Liebling.

»Ich denke«, sagte Ingrid Bergman ganz entspannt, als würde sie sich in ihrem häuslichen Bad befinden, und doch wusch sie sich ihre Hände voller Anmut und Ruhe, »dass Ihre Freundin recht hat, Norma.«

Norma spürte, wie die roten Flecken sich ihren Platz unter ihrer Make-up-Grundierung suchten. Sie fühlte sich plötzlich wieder wie das junge Mädchen, das am Zaun des *Metropolitan Airport* auf ein Autogramm hoffen durfte. »Wa, wa- … was mei-, meinen Sie, Mrs. Bergman?«

Ingrid Bergman trocknete sich die Hände an dem karminroten Handtuch ab. »Als Hollywood mich für die Rolle der Ilsa Lund in *Casablanca* in die Vereinigten Staaten holen wollte, fand Mr. Mayer, dass mein Haar nicht blond genug, meine Augenbrauen zu breit … und auch noch einiges mehr nicht stimmen würde.«

»Sie reden von Louis B. Mayer, dem Boss von *Metro-Goldwyn-Mayer*?«, rutschte es Norma heraus. Eigentlich wollte sie nicht so wunderlich und wie eine verzweifelte Schauspielerin auf der Suche nach einem Studiovertrag klingen. *Metro-Goldwyn-Mayer* war ihr bevorzugtes Studio.

Ingrid Bergman legte das Handtuch in den Wäschekorb neben dem Waschbecken. »Ich sagte Mr. Mayer daraufhin, dass sie mich für *Casablanca* nur so bekommen, wie ich bin. Und so ist es dann auch geschehen.«

»Danke für Ihren Rat«, flüsterte Norma und fühlte sich, als würde sie auf Wolken schweben. »Darf ich Sie noch um ein Autogramm für meine Schwester Bebe bitten?« Das einzige Papier, das sie in der kleinen Handtasche bei sich hatte, war ihr Glücksbringer aus dem *Old Horseshoe* mit ihrem Namen darauf. Sie drehte das Kleeblatt auf die leere Rückseite und hielt es Ingrid Bergman zusammen mit einem Stift hin.

Die Schauspielerin unterschrieb geduldig und mit einem Lächeln, dann ging sie zur Tür. Dort drehte sie sich noch einmal um und schaute Mary an. »Übrigens: Das hellgrüne Kleid steht Ihnen hervorragend.« Dann verließ sie das Bad.

Mary kullerte vor Überwältigung eine Träne die Wange hinab.

Norma hatte sich Hollywood-Stars viel distanzierter vorgestellt. Wie einen Schatz verstaute sie das Kleeblatt in ihrer Handtasche und schaute sich nachdenklich im Spiegel an.

»Ich gehe schon mal zu Tom zurück, ihm von Ingrid erzählen«, sagte Mary und ging daraufhin weniger schwerfällig als noch bei ihrer Ankunft im Nachtclub.

Norma wollte noch einen Augenblick für sich sein. Sie wusste, dass sie Hollywood etwas als Gegenleistung für ihre Karriere anbieten musste, aber das, was ihr besonders an ihr gefiel, nicht herunterreden lassen durfte. Der Fotograf für die Shampoo-Werbung war nicht der Erste, der anregte, sie zu blondieren. Sie würde es tun, beschloss sie in diesem Moment, aber ihren Wackelgang, den würde sie niemals aufgeben. So viel Aufmerksamkeit, wie der ihr bescherte, könnte er sogar ihr Markenzeichen werden.

Vielleicht gelang es ihr mit einer neuen Haarfarbe, die alte Norma Jeane, das immer wieder enttäuschte Mädchen, endlich hinter sich zu lassen und nur die guten Dinge an ihr mit in ihr neues Leben zu nehmen.

In Gedanken an ihr erstes Titelblatt versunken, verließ Norma das Bad. Im nächsten Moment rumste es, und sie riss die Augen auf. Sie war mit dem Herrn zusammengestoßen, den sie wegen seiner Hasenzähne und der zierlichen Statur sofort wiedererkannte.

»Sie hier?«, fragte sie überrascht.

»Sie sind ja auch nicht in den Bergen«, antwortete er schmunzelnd.

Sie musste lächeln. »Ich hatte in den letzten Wochen so viel zu arbeiten, dass für die Berge keine Zeit war. Und was machen Sie hier?« Sie hatte ihn damals für einen Künstler oder Schauspieler gehalten, so verrückt, wie er in seiner Cowboyhose und mit dem Tropenhut gewirkt hatte. In dem braven Smoking heute sah er noch mehr wie ein Schauspieler auf Rollensuche aus.

»Ich schaue mich einfach ein bisschen um«, sagte er.

Norma wusste, was diese Aussage von Schauspielern bedeutete. Ervin hatte ähnlich geredet, wenn er auf Rollenmission die Hollywood-Bars nach den Studiobossen abgeklappert hatte.

»Sie haben sich verändert«, bemerkte er, und da war sie wieder, diese seltsame Vertrautheit zwischen ihnen, die sie in den Bergen schon dazu gebracht hatte, sich über den *Ritt zum Ox-Bow* zu unterhalten, über Mitläufertum und seine Ehe.

»Damals war ich nur Hausfrau, heute bin ich Fotomodell«, sagte sie ihm. »Ich kann endlich etwas tun, das mir Spaß macht.«

»Hausfrau zu sein, ist nichts Schlechtes«, erwiderte er.

Sie traten ein paar Schritte zur Seite, damit sie nicht im Weg standen. Das Orchester spielte die *Moonlight Serenade*.

»Das stimmt. Aber das allein macht mich nicht glücklich, und ich habe beschlossen, dass ich auch glücklich sein darf«, erklärte Norma entschieden.

Er schaute sie nachdenklich an. »Dieser Satz könnte aus *Laura* stammen.«

Sie lächelte, und ihr Blick glitt über das Wandbild neben ihnen, auf dem ein Vollmond eine Landschaft und einen plätschernden Wasserfall beleuchtete. »Geht es mit Ihrer Ehe wieder besser?«, fragte sie vorsichtig, weil er damals Sorgen in dieser Richtung angedeutet hatte.

Betreten schüttelte er den Kopf. »Ich versuche meiner Frau jeden Wunsch zu erfüllen, aber sie bleibt distanziert und vielleicht geht sie sogar wieder …« Er machte eine Pause und murmelte noch etwas von einem »Pool Boy« vor sich hin.

Norma verstand ihn erst wieder, als er noch sagte, dass er wegen seiner Ehekrise kaum noch Spaß bei der Arbeit hätte.

»Fragen Sie Ihre Frau doch mal, was ihr wichtig ist und wie es ihr wirklich geht. Zeigen Sie Gefühle und reden offen mit ihr auch über Ihre Gefühle«, riet Norma. Jim hatte das lange nicht mehr getan. Kein Wunder, dass sie sich bei den vergangenen Fotoshootings nicht mehr ihren Ehemann hinter der Kamera vorgestellt hatte, sondern viele ihr unbekannte Menschen, die sie mochten und bewunderten, weil sie ihre Vergangenheit und Unzulänglichkeiten nicht kannten.

»Hmmm«, erwiderte er nachdenklich.

»Ich muss jetzt wieder zurück zur Bühne«, sagte Norma. Es klang gut: sie auf der Bühne. »Ich drücke Ihnen die Daumen.«

»Nett, Sie wiedergesehen zu haben. Und vergessen Sie nicht, Ihren Überschulterwurf hin und wieder zu üben, sonst verlieren Sie den Schwung dabei.«

Sie wandte sich zum Gehen und sagte noch, in der Hoffnung, ihm etwas Gutes zu tun: »Es heißt, dass Louis B. Mayer heute Abend anwesend ist. Vielleicht haben Sie Glück bei ihm.« Sie würde es ihm wünschen, obwohl er als kleiner, zierlicher Mann nicht für die großen romantischen Hauptrollen in Frage kam. Aber er könnte als Außenseiter oder Spaßmacher besetzt werden.

Am Tisch zurück neben Mary erfuhr Norma bald, dass nicht Louis B. Mayer, sondern der Studioboss von *Twentieth Century-Fox*, Darryl Zanuck, den Nachtclub heute Abend beehrte. Und sogleich wussten einige Mädchen das Neueste aus der Gerüchteküche über den Mogul. Dass er jahrelang immer wieder fremdgegangen sei, aber die Ehefrau den Spieß nun umgedreht hätte.

Eigentlich war Norma froh, dass der Chef von *Metro-Goldwyn-Mayer* nicht da war, weil sie sich noch nicht bereit fühlte, vor ihn zu treten. Erst wollte sie ihre Sache als Fotomodell gut machen, bevor sie zu neuen Ufern aufbrach. Sie fühlte sich verpflichtet, Ms. Snively für ihre Mühen etwas zurückzugeben, also mindestens ein Dutzend Aufträge, an denen die Agenturchefin eine saftige Provision verdienen konnte.

Norma nahm gerade die Gratulation zweier Kolleginnen für ihr erstes Titelblatt entgegen, als sich vorne neben der Plüschtreppe aufgeregte Stimmen erhoben. Das Orchester pausierte, deswegen waren sie so gut zu hören. Die anderen am Tisch kümmerten sich nicht darum.

Norma hörte: »¡Usted es un racista!« und erhob sich unvermittelt. Sie sprach zwar kein Spanisch, aber das Wort »racista« war in ihrer Sprache ähnlich. Es war jener Begriff, den man in Hollywood und in der Modebranche nicht gerne aussprach, genauso wie Homosexualität, Masturbation und Kommunismus.

Norma entschuldigte sich bei Ms. Snively und hielt auf die Wand neben der Treppe mit dem Hochflorteppich zu. »Ist das etwa …?« Sie traute ihren Augen nicht und beschleunigte ihren Wackelgang. Als sie bei der Treppe angekommen war, war sie sich sicher, sich nicht verguckt zu haben. Ein großer Herr in Frack mit der Aura eines Anführers stand neben einer stolzen Frau, für die er nur verachtende Blicke übrighatte.

»¿Qué importa un nombre?«, wollte Inez von ihm wissen. *Welchen Unterschied macht schon ein Name?*

Sie war es wirklich! Norma starrte die frühere Nachbarin wie vorhin noch Ingrid Bergman an. Inez sah deutlich älter aus als damals in Sherman Oaks. Feine Silbersträhnen in der Farbe der Flüsse auf den Bildern zogen sich durch ihr glänzendes, schwarzes Haar. Wenn sie hier im Nachtclub war, lebte sie anscheinend doch noch in Los Angeles.

»Sie haben mir Ihre Bilder unter falschem Namen vermietet, *Señora*«, entgegnete der Herr ungehalten, in dem Norma den Manager des *Cocoanut Grove* wiedererkannte, Mr. Walker.

Inez verlegte sich aufs Englische. »Isadora Montgommery ist mein Künstlername«, bemühte sie sich um Schlichtung.

»Wenn ich gewusst hätte, dass Isadora Montgommery eine Mexikanerin ist … nehmen Sie Ihre Panscherei bloß wieder mit!« Mr. Walker deutete auf die Bilder neben der Treppe, die Norma eben noch bestaunt hatte. Dann scheuchte er Inez fort wie ein lästiges Insekt.

Doch Inez blieb. »Sie schulden mir die Bildermiete in Höhe von neunzig Dollar. Laut Vertrag, den wir schriftlich geschlossen haben, ist die Miete längst fällig.«

Norma hielt es nicht länger aus und trat neben Inez. Die schaute völlig überrascht. »Norma? Bist du es wirklich?« Einen Herzschlag lang lächelte sie, bevor ihr Blick sich wieder verdüsterte.

»Inez' Kunst ist bewundernswert! Wo sie geboren ist, spielt doch keine Rolle«, mischte Norma sich empört ein. Dass der Künstlername nicht das Problem war, war ihr sofort klar. Immer mehr Gäste wurden auf sie aufmerksam und näherten sich ihnen.

Mr. Walker verschränkte die Arme vor der Brust. »Das sehe ich anders!«

Norma wurde nervös, weil auch Ms. Snively und einige Agenturleute sich mit verständnislosem Gesichtsausdruck näherten. Sogar ihr Bekannter, der zierliche Schauspieler auf Rollensuche, trat zu ihnen. Jetzt fehlten nur noch die Polizeisirenen, durchfuhr es Norma. Trotzdem nahm sie ihren Mut zusammen und sagte: »Eure und meine Vorväter kamen aus einem einzigen Grund in dieses Land. Um ein *freies* Land aufzubauen.« Brigham Young hatte diese Worte im *Treck nach Utah* gesagt, als er vor Gericht für Religionsfreiheit geworben hatte. Auch die folgenden Worte stammten aus dem Film: »Und in einem freien Land hat jedermann die gleichen Rechte, und jedermann darf träumen.« Norma fühlte sich wie Brigham damals vor Gericht.

»Norma, komm bitte wieder an unseren Tisch zurück!«, raunte Ms. Snively ihr von der Seite zu.

Trotz des wachsenden Kloßes in ihrem Hals ging Norma nicht auf die Bitte ein. Mit pochendem Herzen trat sie vor die Wand mit Inez' einzigartigen Bildern. Ihr schlotterten die Knie vor Aufregung, und es kam schon einem Wunder gleich, dass sie noch nicht ins Stottern verfallen war. Vor solch einer großen Menschenmenge hatte sie noch nie gesprochen. Sie holte tief Luft und sagte: »Passen diese Bilder nicht perfekt in diese einzigartigen Räumlichkeiten?«

Mr. Walker verschränkte die Arme gebieterisch vor der Brust.

Norma erkannte die alte Angst und Verzweiflung in Inez' Augen wieder. Vielleicht hörte sie in diesem Moment in der Erinnerung auch die Polizeisirenen heulen und Nunchakus durch die Luft peitschen.

Ms. Snively zog Norma zu sich zurück. »Was Sie hier gerade tun, ist nicht gut, Norma«, sagte sie.

Norma schaute verunsichert zu ihrer Chefin, hinter der sich die anderen Modelle mit ihren Begleitungen versammelt hatten. Sie winkten sie zurück und gaben ihr mit geflüsterten Worten zu verstehen, den Vorfall auf sich beruhen zu lassen. Nur Tom und Mary nickten Norma bestärkend zu.

Norma machte sich aus Ms. Snivelys Griff frei. Ihr Herz schlug ihr bis zum Hals, als sie unter den erstaunten Blicken der Anwesenden ganz nah vor den Nachtclubmanager trat. Im *Ambassador* ging das Gerücht um, dass Mr. Walker jungen, attraktiven Frauen kaum etwas ausschlagen konnte. Norma stellte sich in aufreizender Pose wie bei einem Fotoshooting vor ihn hin und schürzte ihre feuerroten Lippen verführerisch. Mit inhaltlichen Argumenten kam sie bei dem Mann nicht weiter, so viel hatte sie längst verstanden. Also drückte sie ihre Brüste heraus und neigte sich ihm bis auf eine Handbreit Abstand entgegen. Gleich mehrfach hörte sie, wie Gäste empört die Luft einsogen und abfällig murmelten. Die meisten konnten ihren pikierten Blick dennoch nicht von ihr nehmen.

Mr. Walker sog ihren Anblick förmlich ein, strich mit seinem Blick um ihren schlanken Hals und weiter ihr Dekolleté hinab. Irritiert lockerte er seine Seidenfliege. »Ich habe Ihren Namen vergessen. Wie heißen Sie nochmal?«, fragte er in ganz anderem Ton, als er eben noch mit Inez gesprochen hatte.

Mit zarter, hoher Stimme entgegnete sie: »Ich bin Norma Jeane Dougherty. Und das dort ist die begabte Malerin Inez Gonzáles.« Mr. Walker verzog nicht mal das Gesicht bei dem mexikanischen Namen, so sehr war er damit beschäftigt, Normas Kurven zu studieren. Man hätte eine Stecknadel im Raum fallen hören können, so still war es geworden.

»Inez hat diese einzigartigen Bilder gemalt, die so wunderbar ins *Cocoanut Groove* passen«, hauchte Norma und blickte ihn mit einem sanften »Mhhhh« von unten herauf an.

Der Manager nickte kaum merklich und löste seinen Blick auch dann nicht von ihr, als Ingrid Bergman neben ihnen auftauchte.

»Wenn Sie die Bilder hängen lassen und die Künstlerin bezahlen«, sagte Ingrid, »könnte ich mir vorstellen, Ihren Club fortan häufiger zu besuchen.«

Inez schaute überrascht zu der Schauspielerin.

Norma nickte dem Manager mit halb geschlossenen Augen ermutigend zu. Ingrid Bergmans Besuche würden noch mehr Presse anlocken und Inez' Bildern mehr Aufmerksamkeit verschaffen.

Mr. Walker bekam erst einmal kein Wort heraus. Nach und nach schien ihm bewusst zu werden, was ihm entging, wenn er die Bilder abhängen würde. »Na gut«, sagte er schließlich nach einem umständlichen Räuspern und zog sich seine Seidenfliege vor dem Hals wieder straffer. »Die Bilder bleiben.«

Inez schien ein Stein vom Herzen zu fallen. Mit einem erleichterten Lächeln schaute sie zu Norma, die sich mit einer unauffälligen Bewegung von Mr. Walker löste.

»Und die Miete?«, fasste Ingrid Bergman nach.

Der Nachtclubmanager machte einem der Bediensteten ein Zeichen, der kurz darauf mit einem Bündel Geldscheinen ankam. Mit Norma und Ingrid an ihrer Seite, zählte Inez Schein für Schein nach.

Allmählich löste sich die Menge wieder auf. Ms. Snively und die Mädchen gingen zurück zur Bühne. Das Orchester spielte einen flotten Swing.

»Schön, dich wiederzusehen«, sagte Inez. Tränen der Rührung schimmerten auf ihren Wangen. »Und vielen Dank für deinen Einsatz.«

»Der war längst überfällig«, entgegnete Norma und kurz erschienen ihr die Bilder aus jener schrecklichen Nacht in Sherman Oaks vor Augen. Schon damals war sie anders als die Nachbarn gewesen, aber nicht selbstbewusst genug, ihre Meinung gegen Widerstände zu vertreten. Sie war froh, Abigail und Co. nicht wieder begegnet zu sein. Über das Wiedersehen mit Inez freute sie sich hingegen riesig. Sie umarmte sie überschwänglich.

Ingrid Bergman reichte Inez eine Visitenkarte: »Wenn Sie noch mehr Bilder haben, ich würde die gerne mal sehen. Rufen Sie meine Sekretärin an, dann vereinbaren wir einen Termin.«

»Gracias, das werde ich tun, Mrs. Bergman«, sagte Inez erfreut und schaute der Schauspielerin nach. Sie konnte ihr Glück kaum fassen »Träume ich gerade oder …?«

Norma konnte nur lachen, alle Anspannung wich aus ihr. Dann ließ sie sich von Inez auf einem Dollarschein die Telefonnummer aufschreiben. »Ich würde euch beide gerne wiedersehen. Bei einer ruhigeren Gelegenheit.« Sie wollte wissen, wie es ihr und Pedro ergangen war.

Inez nickte und erzählte kurz, dass sie nach Chatsworth, am Rand von Los Angeles, gezogen waren. Pedro und sie wohnten dort bei Freunden. Dann versicherte sie sich bei Norma, dass es ihrer Hündin gut ging, die sie damals auf der Veranda angebunden hatte.

»Ich habe sie Muggsie getauft«, berichtete Norma angetan, »weil sie so herrlich muggy ist.«

Inez lächelte warm. »Ein schöner Name, und danke, dass du dich um sie kümmerst. Jetzt muss ich aber los. Sonst macht sich Pedro noch Sorgen.«

Die Frauen verabschiedeten sich mit einer erneuten Umarmung, bevor Inez über die Plüschtreppe auf den Ausgang des Nachtclubs zustrebte.

Auf der Heimfahrt vom *Cocoanut Grove* saßen Tom und Mary auf dem Rücksitz im Ford, während Norma sich auf den Verkehr konzentrierte. An einer großen Kreuzung auf dem Wilshire Boulevard machte der Ford seltsame Geräusche, aber sie kamen trotzdem ohne Verzögerung ans Ziel.

Als sie vor dem Haus von Tom und Mary anhielt, wurde es schon hell. Tom führte seine Frau wie die Königin des Abschlussballs zum Bungalow. Norma hupte ausgelassen und vor Erleichterung darüber, dass ihrem guten Freund hoffentlich ein Neuanfang in seiner Ehe gelingen würde.

Auch für Norma war der Abend ein voller Erfolg gewesen. Ihr erstes Titelblatt war ein Meilenstein, und sie war vielen wundervollen Menschen begegnet. In ihrem Bauch kribbelte es vor freudiger Erwartung. Blieb nur noch zu hoffen, dass Ms. Snively ihr ihren Auftritt nicht übel nahm. Wäre dem so, würde sie die Zusammenarbeit mit der Agentur beenden, Titelblatt hin oder her. Den Fehler, sich auf die falsche Seite zu schlagen, durfte sie nicht wiederholen. Aber erst einmal war sie vor Glück und Wiedersehensfreude so erschöpft, dass sie nur noch ins Bett fallen wollte. Norma gab kräftig Gas bis zur Hermitage Street.

Leise schloss sie die Haustür auf, zog ihre Schuhe aus und hängte sich ihre Handtasche über die Armbeuge. Sie erstarrte mit dem Fuß in der Luft, als sie gerade das Wohnzimmer betreten wollte.

Jim saß in seiner Matrosenuniform auf der Couch mit dem Seesack zu seinen Füßen. Er sah müde und erschöpft aus.

»Guten Abend«, sagte sie erst einmal, weil ihr nichts Besseres einfiel.

Er kam von der Couch hoch, trat vor sie und blickte auf sie herab. »Wo treibst du dich mitten in der Nacht herum?« Sein Ton war frostig.

»Ich treibe mich nicht herum!« Vor Schreck glitten ihr die weißen Wildlederschuhe aus der Hand.

»Wo warst du so lange?«, bohrte er nach. »Nicht mal meine Mutter wusste Bescheid.«

Sie gab sich alle Mühe, ruhig zu bleiben. »Ethel wusste es nicht, weil sie sich nicht mehr für mein Leben interessiert. Stell dir vor, ich habe heute mein erstes Titelblatt.«

Er unterbrach sie harsch. »Warst du bei einem anderen Mann? In diesem engen Fummel? Solche Kleider hatte ich dir doch verboten! Wie lange geht das schon so?«

»Ich war auf der jährlichen Firmenfeier von Ms. Snively im *Cocoanut Grove*. Emmeline Snively ist die Chefin der *Blue Book Modeling Agency*, die mir Jobs vermittelt. Sie hat in der Branche einen ausgezeichneten Ruf.«

»Ist sie verheiratet?«, fragte Jim zurück.

Norma schüttelte den Kopf. Was sollte diese Frage?

»Dann kann sie gar keinen ausgezeichneten Ruf haben«, sagte Jim und schüttelte den Kopf mit solch zusammengekniffenem Gesichtsausdruck, als spräche sie kompletten Unsinn.

»Das ist absurd!«, widersprach Norma. Unter den Mädchen der Agentur hieß es, dass die Chefin nicht verheiratet war, weil sie sich durch eine Ehe keine Grenzen setzen lassen wollte für ihre Karriere im Geschäft mit der Schönheit. Das war kein bisschen absurd. »Ms. Snively weiß genau, wie ich meine Karriere voranbringen und Geld für uns, für dich und mich, verdienen kann, Jim. Du wolltest doch mehr Geld für ein größeres Haus haben.« Er hatte sogar von einem Haus wie der Wrigley-Villa zu träumen gewagt.

»Deine Karriere?«, wiederholte er angewidert und lief rot an. »Du bist meine Ehefrau! Das ist deine Karriere. Ehefrau, Hausfrau und bald Mutter!«

»Bei der Frage, was ich alles bin, möchte ich zukünftig ein Wort mitreden«, sagte sie in selbstbewusstem Ton. Sein rotes Gesicht machte ihr Angst. Er sah aus, als würde er jeden Moment die Kontrolle über sich verlieren.

»Du sprichst, als hättest du dich im *Cocoanut Grove* betrunken«, sagte er abfällig. »Was sollen die Leute nur über uns sagen? Ethel meint, sie zerreißen sich jetzt schon das Maul über dich.«

Jims Worte nahmen ihr die Luft zum Atmen. Warum verletzte

ausgerechnet derjenige sie, der sie eigentlich beschützen sollte? Norma hatte gehofft, Jim wäre begeistert von dem vielen Geld, das sie verdiente, von ihrem Glück. Wenn man jemanden liebt, will man dann nicht, dass er glücklich ist? Und wenn einem Partner das nicht wichtig ist, liebt er dann überhaupt?

»Du wirst dich von heute an nie wieder fotografieren lassen!«, donnerte Jim im nächsten Moment. »Diese Branche hat dir ja komplett den Kopf verdreht!«

Norma erstarrte, sie glaubte, ihr Herz bliebe stehen. Er durfte ihr das Modeln nicht verbieten! Damit würde er ihr alles nehmen, was ihrem Leben einen Sinn gab. Sie hatte nicht umsonst so hart für das kleine bisschen Glück und Erfolg geschuftet. Jims liebloser, herablassender Ton schnürte ihr die Kehle zu. Er sprach mit ihr ohne jeden Respekt. Sie atmete schnell und flach. »Ich bin dir«, ihre Atmung zerfetzte ihren Satz, »immer treu gewesen und … habe mir nichts vorzuwerfen«, beteuerte sie. »Aber du …«

»Jetzt bin ich schuld?«, brüllte Jim so aufgebracht, dass es die Nachbarn hören konnten.

Norma stützte sich an der Wand ab und rang nach Luft. Es fiel ihr schwer, regelmäßig ein- und auszuatmen. Dann fixierte sie Jim und sagte ihm mit erzwungener Ruhe in der Stimme: »Ich hätte es begrüßt, wenn du mich einmal in unserer Ehe gefragt hättest, was ich mir wünsche und was mein Traum ist. Verstehst du das nicht?« Ihr stiegen die Tränen in die Augen. Es war so ein wundervoller Abend gewesen. Im *Cocoanut Groove* war sie ihrem Traum von der Schauspielerei einen großen Schritt näher gekommen. Und bis sie Jim auf der Couch erblickt hatte, hatte sie sich gefühlt, als wäre sie in Sternenstaub gehüllt, als würde sie schweben. Doch jetzt war sie mit einem Schlag unglücklich und verzweifelt.

Jim verschränkte die Arme vor der Brust und versuchte, möglichst unbeteiligt zu wirken, aber er zitterte am ganzen Körper, als er ihr an den Kopf warf: »Dann ist es also dein Traum, vor fremden, geilen Männern zu posieren, die sich Fotografen nennen?«

Während Jim immer lauter wurde, wurde Norma leiser. »Du bist blind vor Eifersucht«, flüsterte sie.

Jim überging ihre Antwort, sein Gesicht war noch röter geworden. »Nach dem Gesetz des Staates Kalifornien muss ein Ehemann jeder Beschäftigung seiner Frau zustimmen, was ich hiermit offiziell nicht tue. Als meine Ehefrau bist du meinem Willen unterstellt. Du hast keine Wahl, gottverdammte Scheiße, als dich mir zu fügen!«

Norma schüttelte so heftig den Kopf, dass sie den Halt verlor. Wieder musste sie sich gegen die Wand stützen. Sie begriff in dem Moment, als Jim ihre Wildlederschuhe nach ihr warf, dass sie nicht bereit war, ihren Traum für ihn aufzugeben.

Sie hob ihren Blick und schaute Jim in die früher so warmen Dougherty-Augen, die nur noch Wut und Unverständnis ausdrückten. »Auch ich habe ein Recht, glücklich zu sein. Das lasse ich mir nicht nehmen. Von keinem, auch nicht von dir, meinem Ehemann.« Am Ende des Satzes versagte ihr beinahe die Stimme.

Jim starrte sie sprachlos an. Das hätte er wohl nie für möglich gehalten.

Sie lief in ihr Zimmer, zerrte ihren kleinen Reisekoffer unter dem Bett hervor und begann zu packen. Viel besessen hatte sie nie, das half ihr nun. Den *Stanislawski* nahm sie mit, den Ratgeber für *Die perfekte Ehefrau* ignorierte sie. Es blieb still im Wohnzimmer nebenan.

Norma rief nach Muggsie, aber die kam nicht. Leise öffnete sie die Tür zum Zimmer ihrer Schwiegereltern. Ethel schlief auf der Seite mit dem Gesicht zum Fenster, ihre enge Dauerwelle war plattgelegen. Edward schnarchte auf dem Rücken. Am Halsband zog Norma die Hündin von seinen Füßen. Er hatte sie damals nach der Fälschung von Jims Unterschrift nicht verraten.

Als sie das Schlafzimmer mit Muggsie verließ, sagte Ethel, ohne sich zu Norma umzudrehen: »Wenn du unseren Sohn jetzt verlässt, brauchst du nicht wiederzukommen.«

Norma war Ethel dankbar für die frühere Fürsorge, und Edward hatte sich rührend um Muggsie gekümmert. Aber sie hielt es keine Minute länger mit Jim im Haus seiner Eltern aus. »Nicht ich bin es, die uns auseinandergetrieben hat«, sagte sie und ging aus dem Schlafzimmer. Zum ersten Mal wurde nicht sie verlassen. Es fühlte sich trotzdem grauenvoll an.

Mit dem Koffer und Muggsies Leine in der einen Hand und dem zusammengerollten Aquarell von Großvater Otis unter dem anderen Arm ging sie an Jim vorbei, der ihr ungläubig und mit hängenden Schultern hinterherschaute. Er wirkte kraftlos im Angesicht ihrer Entschlossenheit.

Es zerriss ihr das Herz, ihn so zu sehen. Mit Tränen in den Augen verließ sie die Menschen, die für mehr als drei Jahre ihre Familie gewesen waren. »Ich brauche etwas Abstand«, sagte sie zum Abschied, zog sich ihre Wildlederschuhe wieder an und ging aus dem Haus. Es sah nicht danach aus, dass Jim etwas dagegen hatte, dass sie den Ford weiter nutzte. Jedenfalls hielt er sie nicht davon ab, ihre Sachen in das Auto zu packen. Sie weinte, während sie Muggsie auf den Rücksitz führte. Sie durfte jetzt nicht zurückschauen, ansonsten knickte sie doch noch ein.

Sie drehte den Zündschlüssel um und gab Gas. Sie wusste nicht, wohin sie fahren sollte und wie es nun weitergehen würde. Dem Baumhaus war sie längst entwachsen.

27

Mitte April 1946

Norma hätte nie geglaubt, dass es ihr einmal guttun würde, mit Muggsie in einem Apartment allein zu leben. Seit vier Monaten tat sie es und verstieß dabei nicht einmal gegen geltendes Recht. Für den Staat Kalifornien wäre ihr Auszug nämlich nur dann eine Straftat, wenn Norma gegen den Willen ihres Ehemanns gegangen wäre und sie ihm gleichzeitig keinerlei seelische Grausamkeit hätte nachweisen können. Das mit dem Nachweis der Grausamkeit war zwar so eine Sache, aber Jim hatte ja nicht einmal versucht, sie aufzuhalten. Seit ihrem Streit hatte er sich nicht wieder bei ihr gemeldet. Gegen seinen Willen war ihr Auszug also bestimmt nicht geschehen.

Am Morgen ihres schrecklichen Streits war sie erst kreuz und quer durch Los Angeles gefahren. Ms. Snively oder ihre Kolleginnen bei der Agentur hatte sie mit ihren privaten Problemen nicht belästigen wollen. Sie war so verzweifelt gewesen, dass sie notgedrungen sogar bei den Bolenders gestoppt hatte, um nach einem freien Zimmer zu fragen. Es lag nahe, dass Ida und Albert das Zimmer, das früher die Pflegekinder bewohnt hatten, inzwischen vermieteten, so knapp, wie sie stets bei Kasse gewesen waren. Weil die Bolenders aber nicht zu Hause gewesen waren, war Norma noch Stunden am Strand in Venice herumgelaufen, bis ihr am Abend Ana Lower eingefallen war, mit der sie zuletzt auf ihrer Hochzeit gesprochen hatte. Damals war Ana auf Krücken gegangen und Norma war auch an dem Abend nicht sicher gewesen, ob sie der Tante von Grace wegen ihrer körperlichen Gebrechen zur Last fallen durfte. Aber Ana war ihre letzte Rettung!

Ana Lower wohnte in Sawtelle, in West Los Angeles, in einem großen, zweistöckigen Haus mit zwei kleinen Apartments im Erdgeschoss, die sie vermietete. Von Sawtelle aus waren die weißen Sandstrände von Santa Monica nicht weit entfernt und ein Ausflug ans Meer unkompliziert. Sawtelle war dennoch nur der Fußabtreter für Beverly Hills und Bel Air und wurde vorwiegend von Familien bewohnt, deren Kinder in der Schule für ihre Herkunft gehänselt wurden. Schon mehrfach hatte Norma bei Ana gewohnt und diese Hänseleien am eigenen Leib erfahren.

Die überraschte Ana hatte Norma nicht vergessen und sie mit den Worten: »Mein kostbares Mädchen« in Sawtelle empfangen. Tante Ana war eine weißhaarige, untersetzte Frau mit rundem Rücken und liebenswert wie eine Oma aus dem Bilderbuch. Sie war beinahe zehn Jahre älter als Ethel Dougherty und deutlich gesetzter. Sie hatte mit Rheuma und Wasser in den Beinen zu kämpfen, aber es schien ihr wieder deutlich besser zu gehen. Sie ging nicht mehr auf Krücken.

Norma bestand darauf, für das kleine Apartment im Erdgeschoss eine anständige Miete zu bezahlen und Ana im Haushalt zu entlasten. Und auch Ana stellte eine Bedingung, unter der Norma so lange bleiben durfte, wie sie wollte: Sie verlangte, die magere junge Dame vernünftig mit Essen versorgen zu dürfen. Ana hatte schon als Köchin gearbeitet und eine Vorliebe für deftige Bohnengerichte. Außerdem verbat Ana sich, wie eine kranke Frau behandelt zu werden. Wenn sie Hilfe im Haushalt bräuchte, würde sie Norma schon fragen.

Norma versprach, bei den gemeinsamen Mahlzeiten ordentlich zuzulangen, während sie im Kopf die Stunden zählte, die sie sich dafür mehr bewegen musste. Unlängst hatte sie sich Hanteln zugelegt, mit denen sie sich fit halten und ihren Körper weiter formen wollte. Es gab Mädchen in der Agentur, die statt auf Sport auf Appetitzügler setzten. Die Tabletten, die die Schauspielerin Judy Garland vor Dreharbeiten schluckte, standen hoch im Kurs.

An den ersten Abenden saßen Norma und Tante Ana lange zusammen und sprachen über den Streit mit Jim. Immer wieder krampfte ihr Herz, wenn sie daran dachte, wie traurig sie ihn in North Hollywood zurückgelassen hatte. Jim war einer der wichtigsten Menschen in ihrem Leben. Sie wollte nicht, dass er ihretwegen litt, obwohl ihr nach wie vor wehtat, was er ihr alles Verletzendes an den Kopf geworfen hatte.

Tante Ana wiegte sie in ihren Armen: »Das Beste ist, du hörst auf dein Herz, Kindchen.«

Ihr Herz sagte ihr, dass es Zeit war, an sich zu denken, sonst ging sie vor die Hunde.

»Damals bei meiner Scheidung von William Lower habe ich einzig auf mein Herz gehört und es bis heute nicht bereut«, sagte Tante Ana. »In der Ehe mit ihm fühlte ich mich wie in einem Gefängnis, obwohl William so viel Geld hatte, dass es uns nie an etwas fehlte.«

Bei diesem Gespräch wurde Norma bewusst, wie viele geschiedene Frauen sie kannte: ihre leibliche Mutter, dann Grace und Tante Ana. Jean Harlow hatte sich sogar dreimal scheiden lassen, und das schien für berühmte Frauen eher Durchschnitt zu sein. Und Emmeline Snively war es sogar gelungen, sich gar nicht erst zu verheiraten. Kannte sie überhaupt Frauen, die mit ihren Ehemännern lange glücklich geblieben waren?

Norma war erleichtert gewesen, dass sich in einem Gespräch mit der Agenturchefin, nur wenige Tage nach ihrem Auszug, herausgestellt hatte, dass Emmeline sie nur aus Angst um ihren Ruf im *Cocoanut Grove* von einem Streit mit dem Manager zurückgehalten, aber ihren Mut bewundert hatte. Ms. Snively hatte ihr feines, britisches Lächeln in dem Gespräch erst wiedergefunden, als Norma ihr versprochen hatte, sich goldblond zu bleichen. Ansonsten gingen die anderen Modelle der Agentur eher auf Distanz zu Norma.

Die Mutter von Pat Frazee hatte das Gerücht in die Welt gesetzt, dass Norma ein leichtes Mädchen wäre und nicht einmal vor einem so ehrenwerten Mann wie dem Nachtclubmanager haltmachen würde.

Bei Tante Ana fühlte Norma sich vom ersten Tag an wohl. Aber wegen ihrer vielen Aufträge von der Agentur dauerte es Wochen, bis sie sich mit ihren wenigen Sachen in den zwei Zimmern im Erdgeschoss eingerichtet hatte.

Noch am Tag ihres Einzugs wollte sie mit Muggsie zusammen im Bett schlafen und hob die Hündin dafür sogar eigenhändig auf ihre Bettdecke. Als Norma morgens aufwachte, lag Muggsie jedoch auf dem Boden neben der Zimmertür. Ebenfalls gleich in der ersten Woche schickte sie Bebe das Autogramm von Ingrid Bergman nach West Virginia. Der prominenten Unterschrift legte sie nur einen kleinen Zettel mit der Telefonnummer von Tante Ana bei und wünschte Bebe fröhliche Weihnachten.

∞

An Sylvester hängte Norma Großvater Otis' Aquarell wieder über ihrem Bett auf und legte sich den *Stanislawski* griffbereit auf den Nachttisch. Wenn ihr abends nicht die Augen zufielen, las sie. Sie kam seltener als früher dazu, weil sie zu erschöpft war von der Arbeit vor der Kamera und den Streitigkeiten, die Kollegen von der Agentur neuerdings mit ihr anfingen und dabei abwertend auf ihre körperbetonten Kleider schauten.

Seit der Friseur ihr Haar im gleichen Ton wie Ingrid Bergman gefärbt hatte, verkaufte Ms. Snively sie noch häufiger. Norma versank in der Erinnerung an diesen unglaublichen Friseurbesuch. Die stinkende Tortur des Entfärbens ihres hellbraunen Haares war ihr kein bisschen unangenehm gewesen. Lange hatte sie die Augen geschlossen gehalten, wie eine verpuppte Raupe, die im nächsten Moment wie ein Schmetterling befreit mit den Flügeln schlagen durfte. Als sie ihr blondiertes Haar im Salon das erste Mal im Spiegel sah, hatte sie es kaum glauben können, wie sehr die neue Haarfarbe ihre Erscheinung veränderte. Sie war ganz nah vor den Spiegel getreten, um sich zu versichern, wie wenig von der alten Norma noch zu sehen war. Sie strahlte eine ihr unbekannte Helligkeit aus, und ihr wurde erst in diesem Moment bewusst, wie düster sie als Brünette ausgesehen hatte. Auch wirkte ihr Gesicht größer, wenn es von blondem Haar gerahmt wurde. Sie hatte sich im Spiegel angelächelt, sich davor gedreht und von allen Seiten Inch für Inch betrachtet. Ihre bedrückende Vergangenheit hatte sich wie aus einem anderen Leben angefühlt.

Leider befeuerte ihre neue Haarfarbe den Neid der anderen Mädchen noch mehr. Beinahe täglich trafen in der Agentur Anfragen für sie ein. Berühmte Fotografen wie Earl Moran, Joseph Jasgur und der Schotte Bill Burnside wollten sie für ein Shooting mieten. Moran fotografierte sie für einen Kunstkalender, wie er es nannte, halb ausgezogen. Während des Shootings stellte sie sich das Leben in der Belle Époque vor, die Freizügigkeit und Sinnlichkeit, die ihren Großvater so fasziniert hatten und die auf sie übergegangen waren. In den nächsten Monaten würden weitere Titelblätter mit ihr in Magazinen wie *Peek*, *See* oder *U. S. Kamera* erscheinen.

Ihr erstes Titelblatt auf der Aprilausgabe des *Family Circle*, auf dem das Lamm ihr eigentlich die Show stahl, war vor zwei Wochen erschienen. Tante Ana hatte sich das Bild an die Wohnzimmerwand gehängt und zeigte es jedem Besucher, egal ob der es sehen wollte. Sie drückte ihren Stolz auf Norma nicht nur mit Worten, sondern mit Gesten und Handlungen aus. Lediglich wenn Norma drohte, ihren Teller nicht aufzuessen, wurde Ana Lower ernster und verlor den liebevollen, großmütterlichen Blick. Jeden Morgen schmierte sie Norma ein Erdnussbutter-Marmeladen-Sandwich.

Sosehr Norma versuchte, bei der Arbeit nicht an Jim zu denken, und sich mit professioneller Ernsthaftigkeit den Shootings widmete, dachte sie doch immer wieder an ihre Ehe und was daraus werden sollte. Von Tom und Mary wusste sie, dass Jim verfrüht wieder abgereist war. Obwohl der Krieg vorbei war, musste er erneut in den Pazifik zurück, um die militärische Ausrüstung für den Rücktransport in die Staaten vorzubereiten und zu begleiten.

In wehmütigen Momenten sah sie Jim lächelnd, tanzend und im Meer mit seinem Speer nach dem Dinner tauchen. Viele schöne Erinnerungen hatten sie gemeinsam geboren. Norma hatte gerne in seinen Armen gelegen und sich von niemandem jemals so beschützt gefühlt. Nun war sie der Welt ohne einen Beschützer ausgeliefert. An manchen Tagen vermisste sie ihn, an anderen erinnerte sie sich an ihren Streit und sah ihre Wildlederschuhe durch die Luft fliegen. Dann war sie froh, getrennt von Jim zu leben. Ihr Hunger nach Zärtlichkeit und Berührungen blieb. Seitdem sie allein wohnte, kannte sie die meisten Spielarten der Masturbation. Sich selbst zu verwöhnen, half ihr, sich selbst mehr zu lieben. Bestimmt wollte sie nicht ewig allein leben, aber gewiss nie wieder die Gefangene eines anderen sein.

Seitdem es mit den Titelfotos so gut lief, dachte sie immer öfter an Probeaufnahmen. Ms. Snively bat sie an jenem Tag zu sich ins Büro, an dem Charlie Chaplin Norma vor der Agentur in ein Gespräch zu verwickeln versuchte. Er hatte sie zum Dinner einladen wollen, aber sie hatte höflich abgelehnt.

Ms. Snively führte Norma vor die gerahmten Titelblätter an der Wand neben ihrem Schreibtisch. Ihr zielstrebiger Blick sprang von Cover zu Cover, während sie sagte: »Es ist an der Zeit, dass wir Ihre Filmkarriere in Angriff nehmen.«

Norma war überwältigt, dass Ms. Snively ihr das schon zutraute. Die meisten Mädchen der Agentur modelten mindestens zwei Jahre, bevor sie diese Chance bekamen.

»Mein großer Traum ist ein Studiovertrag bei *Metro-Goldwyn-Mayer*«, gestand sie in vertrautem Ton.

Ms. Snively schaute Norma unverwandt an. »Gleich das größte und erfolgreichste Studio, in dem die Konkurrenz unter den Schauspielerinnen besonders hart ist?«, näselte sie.

»Warum nicht?«, entgegnete Norma. »Von einer Anstellung bei *Metro-Goldwyn-Mayer* habe ich schon als Kind geträumt. Und sich Kinderträume zu verwirklichen, ist doch etwas sehr Besonderes. Meinen Sie nicht?«

Ms. Snivelys kühler Gesichtsausdruck wurde weicher, sie lächelte sogar kurz. »Gut, dann werde ich alles daransetzen, Ihnen einen Termin bei *MGM* zu verschaffen.«

Norma jubelte innerlich.

»Für Mai plane ich ein Treffen mit einer einflussreichen Freundin aus der Filmbranche, die beste Kontakte zu *Metro-Goldwyn-Mayers* Talentscouts pflegt. Ihr werde ich einige Ihrer Titelseiten zeigen. Das könnte uns ersparen, dass Sie sich einen Termin mit einem Dutzend anderer Mädchen teilen müssen.«

»Das klingt großartig!«, bestätigte Norma. Mit dieser Möglichkeit hatte sie gar nicht gerechnet. Ein Einzeltermin wäre die größte Chance ihres Lebens, das gesamte Kameralicht einzig sie bescheinen. Wenn sie allein auf der Bühne war, waren ihre Minderwertigkeitskomplexe geringer. Dann sah sie nicht, was sie alles nicht ausstrahlte. Ihr Herz schlug plötzlich so schnell wie einst, als sie sich in Jim verliebt hatte.

∞

Seitdem Norma von dem geplanten Treffen im Mai wusste, nutzte sie ihre freien Sonntage dafür, sich darauf vorzubereiten. Die Idee mit dem klassischen Bühnenstück hatte sie aufgegeben. Stattdessen probte sie ihre Lieblingsszene aus *Treck nach Utah* bis zur Erschöpfung. Am Ende wagte sie sich sogar an den Einstiegsmonolog von Brigham Young, in dem er vor Gericht ein Plädoyer für Religionsfreiheit hält. Einige Zeilen daraus hatte sie im *Cocoanut Groove* bereits zitiert, aber es glaubhaft zu spielen, war eine andere Sache. Sie spielte noch viel zu ausladend und aufgesetzt, wie Stanislawski es oft an Sterbeszenen kritisierte. Aber sie gab nicht auf und glaubte an ihr Talent. Sie hatte es David doch versprochen!

Beim Gedanken an den zärtlichen Riesen, der sie so behutsam in die Welt der Fotografie eingeführt hatte und seinen Vorgesetzten Offizier auch mal nur Ronnie Reagan nannte, musste sie lächeln. David war überzeugt davon gewesen, dass der heimliche Spitzname es ihm erleichtern würde, nicht vor Ehrfurcht vor dem Schauspieler Reagan auf die Knie zu sinken. Vielleicht sollte Norma sich Mr. Mayer von *Metro-Goldwyn-Mayer* auch eher als den guten, alten Louis, den Lumpensammler, vorstellen. Norma kicherte und wollte gerade Muggsie streicheln, als es an ihrer Wohnungstür klingelte.

War Jim zurück? Sofort spannte sich jede Faser ihres Körpers an, und sie versteckte ihre Wildlederschuhe unter der Couch. Was sollte sie ihm sagen, wie ihm gegenübertreten?

Muggsie sprang so neugierig wie schon lange nicht mehr zur Tür und wedelte vorfreudig mit dem Schwanz. Sie besaß ein untrügliches Gespür für Menschen. Jim war sie nie fröhlich entgegengelaufen.

Norma öffnete. Zuerst erblickte sie die Titelseite des *Family Circle*, dann sank das Magazin und ein ungepflegter Kopf erschien.

Ihr Puls schoss sofort hoch. Nur mit Mühe widerstand sie dem Drang, die Tür zuzuknallen.

»Du warst schon als Baby wunderschön«, sagte ihre leibliche Mutter. Sie bewegte nur ihren Mund beim Sprechen, ansonsten war ihr Gesicht wie eine Tonmaske.

»P-, P-, Pearl …«, stotterte Norma voller Unsicherheit darüber, was sie sagen und empfinden sollte. Als Erstes dachte sie beim Anblick ihrer Mutter an vererbbare Geisteskrankheiten, die sie beinahe vergessen hatte.

Um Pearls ausgemergelten Leib schlotterte ein einfaches graues Kleid mit losem Saum. Sie war gänzlich ungeschminkt und hatte sich das krause, hellbraune Haar nur flüchtig am Hinterkopf zusammengesteckt. Durch das fehlende Make-up trat das Schmale, Flache ihres Gesichts mit den hängenden Augenwinkeln deutlich hervor. In Norwalk hatte Pearl nicht so verwahrlost ausgesehen. Norma konnte nicht leugnen, dass das Leben ihre Mutter schlimm gezeichnet hatte. Pearl war vierzehn gewesen, als sie das erste Mal schwanger und kurz darauf verheiratet wurde. Die zu früh geschlossene Ehe kannten sie also beide.

»Kann ich bei dir wohnen?«, fragte Pearl mit monotoner Stimme, als ginge es um so etwas Belangloses wie das Wetter, wo sowieso jeden Tag die Sonne schien.

Norma wich vor ihrer Mutter zurück in die Wohnung. Das kam völlig überraschend. Wie sollte das gehen? Sie hatten nie eine Verbindung zueinander gehabt, sich ein- oder zweimal im Jahr gesehen – als sie noch klein gewesen war. Es würde nicht gut gehen, zwei fremde Frauen in dem kleinen Apartment von Tante Ana.

Muggsie schnupperte neugierig an Pearl, aber die schien es nicht mal zu bemerken.

»Was ist mit deinem Ehemann?«, fragte Norma. »Wo ist er?«

Pearl schüttelte nur den Kopf, der Rest ihres Körpers blieb weiter starr wie bei einer Schaufensterpuppe. In ihrer rechten Hand hielt sie eine papierne Einkaufstüte.

»Bist du aus der Klinik ausgerissen? Wissen sie dort, dass du hier bist?«, fragte Norma, um Zeit zu schinden. Sie überlegte, was sie tun musste, sollte Pearl im nächsten Moment einen Anfall erleiden. Sie würde nach Ana rufen, die oben im Begriff war, eines ihrer würzigen Bohnengerichte aufzuwärmen.

»Mir ist nicht mehr zu helfen«, sagte Pearl. Aus schmalen Augenschlitzen, die die Außenwelt vermutlich nicht mehr gerne betrachteten, schaute sie an Norma vorbei in die Wohnung. »Hier möchte ich bleiben«, murmelte sie.

Nein, du kannst nicht bei mir bleiben!, wollte Norma entgegnen, aber stattdessen bat sie das Häufchen Elend vor ihrer Tür aus Höflichkeit herein. Sie war schon immer vor allem höflich gewesen, wenn es um ihre Erzeugerin ging. Das hatten die Bolenders ihr beigebracht. Für eine Nacht wollte sie Pearl beherbergen, damit die nicht obdachlos durch Los Angeles irren musste, aber morgen galt es, eine andere Lösung zu finden. Sie und ihre Mutter unter einem Dach wie eine Familie? Wie sollte das funktionieren? Außerdem war sie im Umgang mit Kranken gänzlich unerfahren. Was, wenn sie etwas tat oder sagte und damit alte Wunden aufriss?

Mit sicherem Abstand führte Norma ihre Mutter ins Wohnzimmer. Muggsie folgte ihnen und ließ den Gast dabei nicht aus den Augen. Pearl blieb vor der Couch stehen und stellte ihre Einkaufstüte neben sich ab. Die war alles, was sie bei sich trug, abgesehen von dem *Family Circle*, den sie sich mit steifen Fingern vor die Brust presste.

»Es könnte etwas eng werden«, merkte Norma an, »aber für die eine Nacht wird es schon irgendwie gehen.«

Pearl stand wie elektrisiert vor der Couch. Vermutlich war das eine Nebenwirkung ihrer Krankheit. Ihr graues, schmuckloses Kleid erinnerte Norma an das Waisenhaus. Dort waren kaputte Kleider auch nicht immer gleich geflickt worden. Jede Waise hatte zwei hellblaue Kleider und zwei weiße Blusen zugeteilt bekommen.

»Möchtest du etwas trinken?«, fragte sie, damit sie sich kurz in die Küche flüchten konnte. In dem kleinen Wohnzimmer breitete sich eine unangenehme Atmosphäre aus. Jedes Schweigen, aber auch jedes Wort waren anstrengend.

Pearl antwortete nicht und starrte nur ihre Tüte an. Norma floh trotzdem und ließ sich Zeit, zwei Flaschen Cola aus dem Kühlschrank zu nehmen. Sie hatte keine Ahnung, was ihre Mutter gerne trank. Als sie ins Wohnzimmer zurückkam, war Pearl nicht mehr da. Muggsie saß ruhig in ihrer Ecke.

Norma fand ihre Mutter im Schlafzimmer vor dem Aquarell von Großvater Otis wieder. »Dein Großvater wollte immer Kunst in Europa studieren«, sagte sie, ohne eine Miene zu verziehen. Es war, als spielten sich ihre Emotionen vor allem in ihrem Inneren ab.

Mit zwei Flaschen in der Hand trat Norma neben ihre Mutter.

Möglichst unauffällig glitt ihr Blick auf Pearl. Die Dinge mit ihr blieben immer diametral. Sie würden sich niemals ähnlich sein. Nur ein Beispiel waren ihre Haare. Jetzt, wo Norma ihr Haar bleichen ließ, färbte die früher stets gefärbte Pearl nicht mehr. Ihre Mutter wollte anscheinend nicht mehr schön und schick für das Leben und für sich selbst sein.

Ob es Grace inzwischen auch so ging? Oder ob sie mit Hilfe der vielen Arztsitzungen ihre Sucht besiegt hatte? Inzwischen hatte Norma ihr insgesamt fünfhundert Dollar geschickt, weswegen der Ford weiter auf seine Reparatur warten musste. Grace hatte immer gewusst, wie man mit der kranken Pearl umgehen musste. Zum ersten Mal seit Chicago wünschte sich Norma für diese eine Nacht Grace als Hilfe an ihre Seite.

»Ich fand meinen Vater immer sonderbar«, sagte Pearl mit monotoner Stimme, und Norma wollte Otis Monroe schon verteidigen, als ihre Mutter noch hinzufügte: »So sonderbar, wie du mich findest.«

Ertappt senkte Norma den Blick. Sie empfand Mitleid, aber keine Liebe für die Freu neben sich. Sie hatte nichts mit ihr durchlitten, kaum gemeinsame Erinnerungen.

»Ich war noch sehr klein damals, aber ich weiß noch, dass er mit jedem Tag vergesslicher wurde«, sagte ihre Mutter. »Er bekam schreckliche Kopfschmerzen.«

Wenn sie ihre Mutter beim Sprechen nicht anschaute, klang sie fast ein bisschen normal. Ihr Schwiegervater Edward hatte ähnlich unaufgeregt gesprochen. Pearls Erinnerungen und ihre Einschätzung über Normas Gefühle zeugten auf jeden Fall davon, dass ihr Geist noch zu klaren Momenten fähig war.

»Ein Jahr vor seinem Tod traf ihn der Schlag. Er war ab dann rechtsseitig gelähmt und konnte nicht mehr malen«, sprach Pearl weiter.

»Vielleicht ist Großvater deswegen gestorben, weil er nicht mehr das tun konnte, was ihn glücklich machte«, entgegnete Norma, »und sein Traum vom Malen und Leben auf einem Hausboot mit der Lähmung ausgeträumt war.«

Norma führte ihre Mutter ins Wohnzimmer zurück, jedoch ohne sie zu berühren. Vor der Couch reichte sie ihr eine Flasche Cola.

Ihre Mutter setzte sich und nahm das Getränk mit steifen Fingern entgegen. Bevor sie trank, griff sie mit der freien Hand in ihre Kleidertasche und zerrte Pillen daraus hervor. Ein paar davon stopfte sie sich in den Mund und spülte sie mit Cola runter. Muggsie setzte sich zu ihr ans andere Ende der Couch.

Wenige Minuten später fielen Pearl die Augen zu, und sie schlief halb im Sitzen, das Kinn auf der Brust, ein. Sie wirkte wie eine Tote.

Norma wurde panisch. Was wäre, wenn ihre Mutter gerade zu viele Tabletten genommen hatte? Sie hatte sie kaum abgezählt.

Aufgeregt lief sie zu Tante Ana hoch. Tante Ana fragte zweimal nach, ob es wirklich Pearl sei, was Norma mit Nachdruck bejahte. Tante Ana beruhigte sich und Norma erst einmal mit einem großen Teller Weiße-Bohnen-Eintopf. Gemeinsam riefen sie dann im Hospital in Santa Clara an und erfuhren, dass Pearl schon vor längerer

Zeit auf eigenen Wunsch entlassen worden war, ihre Angehörigen jedoch ein Auge auf die regelmäßige Einnahme ihrer Beruhigungstabletten haben sollten.

Tante Ana kam mit ins Erdgeschoss und half, es Pearl auf der Couch bequemer zu machen. Norma flehte Tante Ana flüsternd an, sie nicht mit ihrer Mutter allein zu lassen.

Als Pearl später wieder aufwachte, führte Norma ihre Mutter hoch in Anas Wohnung, wo sie zu dritt dasaßen und am Abend gemeinsam aßen.

Zum ersten Mal konnte Norma ihr Versprechen an Tante Ana nicht halten. Sie bekam keinen Bissen herunter, sosehr sie sich auch anstrengte. Die Situation war zu unberechenbar. Wie sollte sie nur die Nacht allein mit ihrer Mutter durchstehen?

Am Ende der gemeinsamen Mahlzeit bot Pearl an, beim nächsten Kochen zu helfen. Sie berichtete, dass sie in Norwalk im Garten oft das Gemüse geerntet und geputzt habe.

Beim nächsten Kochen? Norma blieb die Spucke weg. Ihr wurde angst und bange bei der Vorstellung, und sie wollte schon widersprechen, als sie plötzlich Tante Anas warme, beruhigende Hand auf ihrer spürte.

War das womöglich die allerletzte Chance, dass sich ihre leibliche Mutter und sie einander annäherten? Sie fürchtete sich vor einem erneuten Versuch. Aber noch größere Angst hatte sie davor, dass es in einem Desaster enden könnte. Pearl und sie hatten sich rein gar nichts zu erzählen und nichts gemein, weder die Gegenwart noch die Vergangenheit.

Die erste Nacht verlief wider Erwarten ruhig. Außer fürs Gemüseschälen oben bei Ana wollte Pearl an den Folgetagen das Apartment nicht mehr verlassen. Nicht einmal zu einem kurzen Spaziergang, um etwas frische Luft zu schnappen, war sie zu bewegen.

Im weiteren Zusammenleben mit Pearl erfuhr Norma nach einer ruhigen ersten Woche, was es hieß, wenn jemand an Stimmungsschwankungen litt. Es folgten Abende, da wollte ihre Mutter sich über die Vergangenheit unterhalten und fragte sie zu ihren Zukunftsplänen aus. An anderen Abenden wiederum redete Pearl kein Sterbenswort, aber lief in der Nacht verwirrt auf die Straße und murmelte etwas in einer Sprache, die Norma nicht verstand.

Die Arbeitstage nach diesen Nächten waren die Hölle, Norma war unausgeschlafen und unkonzentriert. So konnte es nicht weitergehen. So würde sie alles, wofür sie so hart gearbeitet hatte, aufs Spiel setzen.

28

Ende April 1946

Norma winkte Inez und Pedro noch vom Balkon aus Anas Wohnung nach, als die beiden ins Auto stiegen und losfuhren. Die Gonzáles hatten auf dem Rückweg von San Diego, wo Inez' Schwester wohnte, in Sawtelle haltgemacht. Es war ein Wiedersehen in entspannter Atmosphäre gewesen, das sie auf jeden Fall wiederholen wollten.

Inez hatte Ana gezeigt, wie man Bohnentöpfe so richtig würzte: mit ordentlich Cayennepfeffer und Chili. Dann hatte sie Muggsie gekrault, die, das war auch Inez aufgefallen, abgemagert war. Sie aß kaum noch.

Als Norma ins Esszimmer zu Tante Ana zurückging, klingelte das Telefon. »Wer spricht da?«, fragte Ana in den Hörer. »Ms. wer?« Sie hielt ihre Hand auf die Sprechmuschel und flüsterte Norma amüsiert zu: »Die Dame am anderen Ende der Leitung näselt so schlimm, dass ich sie kaum verstehe. Ich glaube, sie tut das, um uns weiszumachen, sie wäre eine vornehme Engländerin. Aber ich höre noch Dialektschnipsel aus dem mittleren Westen, aus Ohio oder Indiana, heraus.«

Norma lächelte über Anas feines Gehör. Ihr selbst waren die Akzentschnipsel nie aufgefallen. Niemand näselte so einzigartig wie Ms. Snively. Im nächsten Moment war Norma jedoch irritiert, dass die Agenturchefin sie an einem Sonntag anrief. So unkonzentriert, wie sie zuletzt bei der Arbeit gewesen war, könnte es sein, dass Emmeline Snively sie verwarnen oder sogar entlassen wollte? Normas Augenringe waren nicht zu übersehen, und bei den Shootings wirkte ihr Lächeln zuletzt verkrampft, weil sie unentwegt an ihre Mutter dachte. Das würde dem Ruf der Agentur schaden, hörte sie Ms. Snively schon sagen.

Tante Ana winkte Norma ans Telefon. »Die Dame klingt ziemlich ungeduldig.«

Bevor Norma den Hörer entgegennahm, goss sie der apathischen Pearl Cola nach, damit die endlich ihre Tabletten nahm. Norma hatte die Packung mit den Pillen am Morgen beim Aufräumen hinter dem Bett gefunden.

Tante Ana drückte sich den Hörer ihres hellblauen Blechtelefons wieder ans Ohr und antwortete: »Ja, Norma Dougherty ist hier. Ich reiche Sie an sie weiter.«

Norma übernahm den Hörer und sagte etwas unsicher: »Ms. Snively, guten Tag.« Sie malte sich schon aus, wie sie gleich zu hören bekäme, dass ihr bestbezahltes Shooting für nächste Woche abgesagt worden war.

»Was ist denn mit Ihrer Stimme? Sitzt Ihnen eine Kröte im Hals?«, fragte Emmeline Snively brüskiert.

Norma räusperte sich. »Nein, es ist alles in Ordnung«, sagte sie und fügte rasch noch an: »… mit meiner Stimme.«

»Ich hatte Ihnen doch von meiner Freundin mit den engen Kontakten zu den Talentscouts von *Metro-Goldwyn-Mayer* erzählt«, sprach Ms. Snively weiter.

»Haben sie abgesagt?«, fragte Norma ängstlich.

»Im Gegenteil! *Metro-Goldwyn-Mayer* lädt Sie am vierten August zu Probeaufnahmen ein!«, rief Ms. Snively so begeistert in den Hörer, dass sich ihre Stimme beinahe überschlug. »Sie wollen das goldblonde Mädchen aus der Shampoo-Anzeige unbedingt persönlich kennenlernen.«

So unprofessionell, wie sie sich in den letzten Tagen gegeben hatte, hatte sie mit Probeaufnahmen als Allerletztes gerechnet. »M-m-mich???«

»Sie bitten Sie, Norma, aus *Vom Winde verweht* jene Szene einzustudieren, in der Scarlet schwört, nie mehr Hunger zu leiden«, berichtete Ms. Snively.

Noch einen Tanz und mein guter Ruf ist für immer dahin, hörte Norma die kokette Scarlett in einer anderen Szene zu Rhett Butler sagen, der daraufhin antwortete: *Wenn Sie Mut haben, kommen Sie auch ohne guten Ruf aus.* Der Film war ein wahrer Fundus an hochkarätigen, frechen Dialogen und starken Monologen wie der über Scarletts Kampf wider den Hunger. Norma hatte den Film vermutlich schon ein Dutzend Mal gesehen. Um den Dreh rankten sich heute bereits Mythen.

Mit einem Mal schien ihr sogar das Leben mit Pearl wieder leichter. Norma legte den Hörer kurz beiseite und drehte sich wie eine Ballerina auf den Zehenspitzen, sodass ihr Rock luftig aufflog. Ihr Herzschlag flatterte freudig. Endlich war es so weit! Von Probeaufnahmen träumte sie schon eine Ewigkeit. Ihr Puzzle bekam sein letztes Teil hinzugefügt. Das Bild ihrer Zukunft zeichnete sich scharf vor ihrem inneren Auge ab.

Norma nahm den Hörer wieder auf. »Ich darf bei dem größten Filmstudio von Hollywood vorsprechen? Das ist das Beste, was mir je passiert ist. Und dann trauen sie mir auch die Scarlett O'Hara zu?« Sie stieß einen Freudenschrei aus, der einzig Pearl nicht zu erreichen schien.

Tante Ana drückte sie von der Seite. »Mein kostbares Mädchen«, sagte sie mit Freudentränen auf den Wangen.

Aus dem Augenwinkel bekam Norma mit, wie Pearl ihre Pillen anstatt im Mund unter dem Tisch verschwinden ließ. Sie wischte sie nebenbei wie Krümel von der Decke.

»Diese Nachricht konnte ich bis Montag einfach nicht für mich behalten«, sagte die Agenturchefin noch.

»Danke, Ms. Snively. Ich wünsche Ihnen noch einen schönen

Sonntag«, sagte Norma und legte den Hörer auf die Gabel zurück.

Tante Ana führte Norma feierlich vor das gerahmte Titelblatt des *Family Circle* im Wohnzimmer und wischte sich die Tränen von den faltigen Wangen. Norma schritt graziös neben ihr her wie einst auf der Plüschtreppe des *Cocoanut Grove*. Sie genoss jeden Schritt und setzte ein Lächeln auf, als wäre eine Kamera auf sie gerichtet.

»Ich wüsste niemanden, der es mehr verdient hat als du, Kindchen«, schluchzte Ana und strich zärtlich über den Bilderrahmen mit dem Titelblatt. Sie wischte täglich Staub darauf, auch wenn ihr der rheumatische Rücken dabei wehtat.

Norma schmiegte sich an Tante Ana. Eigentlich hatte sie zurückhaltender mit ihren Gefühlen gegenüber fürsorglichen Frauen sein wollen. Nicht nur von Grace, sondern auch von Ethel war sie am Ende enttäuscht worden. Trotzdem konnte sie in diesem Moment nicht anders. Sie war es müde, sich für alle Personen, die ihr etwas bedeuteten, eine zweite Haut anzulegen. Sie sehnte sich nach Nähe, wollte lieben und geliebt werden, Gefühle, die tief unter die Haut gingen, anstatt daran abzuprallen. Beziehungen ohne Schutzpanzer. »Du bist einfach die Beste, Tante Ana. Ich mag dich so sehr.«

Ana gab sich keine Mühe, einen neuerlichen Tränenschwall zurückzuhalten. Norma hörte darüber nur noch die Einkaufstüte ihrer Mutter am Esstisch rascheln und schaute vorsichtshalber zu ihr. Aber Pearl saß nur da und fingerte verloren in der leeren Tüte herum.

Norma umarmte Ana ganz fest. »Ich werde gleich heute mit dem Einstudieren der Hunger-Szene anfangen.«

»Ich übe den Text mit dir, wenn du ab morgen wieder mehr isst, einverstanden?«, fragte Ana gespielt ernst, zeigte aber doch schnell wieder ein liebevolles Lächeln und wiegte Norma in ihren weichen Armen.

Norma nickte begeistert. Es war ein schönes Gefühl, nicht mehr allein an ihrem Traum zu arbeiten.

Ana richtete sich zu ungewohnt stolzer Pose auf und trug theatralisch vor: *»Und müsst ich auch stehlen, lügen und sogar töten. Ich schwöre bei Gott. Ich will nie wieder Hunger leiden!.«*

»Du hast den Film auch schon so oft gesehen wie ich?«, fragte Norma lachend. So viel Textsicherheit und Drama hätte sie Tante Ana gar nicht zugetraut.

»Bestimmt zwei Dutzend Mal«, versicherte Ana. »Sich in Rhett Butler zu verlieben, das kann man auch noch im hohen Alter.« Sie lächelte spitzbübisch. »Und nun geh schon, deine Mom und ich, wir kommen schon zurecht.«

Norma überlegte kurz, Tante Ana wegen »deine Mom« zu korrigieren. Pearl war nur ihre leibliche Mutter, keine echte Mom. Aber beim Anblick der traurigen Frau am Esstisch, die immer noch nichts anderes als ihr graues Kleid und die zerschlissenen Sandalen trug, brachte sie das nicht übers Herz. Sie wollte Pearl nicht noch trauriger machen.

»Ich helfe noch beim Abräumen«, sagte Norma und überlegte schon, wo sie sich das Textbuch von *Vom Winde verweht* besorgen könnte. Sie ging in die Küche zurück und sammelte heute nicht zum ersten Mal die Pillen ihrer Mutter vom Fußboden auf. Sie hatte längst keinen Überblick mehr darüber, ob ihre Mutter überhaupt noch eine einzige nahm.

∞

Mit jedem weiteren Tag versank Pearl tiefer in ihrer Traurigkeit. Mit jedem weiteren Tag wurde Norma überzeugter, dass es das Beste wäre, sie wieder in einem Hospital ärztlich versorgen zu lassen. Es passierte immer öfter, dass sie die stumme, verwirrte Pearl von der

Straße holen musste. Ihre Mutter irrte durch Sawtelle, lief zwischen Autos hin und her und murmelte etwas, das niemand verstand. Norma schlief nicht mehr durch, letzte Nacht wäre ihr fast das Herz stehen geblieben. Sie hatte Schreie von der Straße gehört, das Quietschen von Reifen und Bremsen. Nur in einem dünnen Nachthemd war sie rausgelaufen und hatte Pearl wie versteinert vor einem Buick stehen sehen, dessen Insassen sie anschrien und selbst ganz verwirrt wirkten. Ihre Papiertüte vor die Brust gepresst, stand ihre Mutter ohne Anzeichen von Angst da, das Auto war nur eine Handbreit vor ihr zum Stehen gekommen. Norma hatte schon gedacht, dass Pearl verletzt wäre, aber die hatte nicht mal einen Kratzer abbekommen.

Norma entschuldigte sich bei den aufgeregten Männern für den Schreck, legte den zittrigen Arm um ihre Mutter und geleitete sie ins Haus zurück. »Komm, ich decke dich auf der Couch zu«, sagte sie, ohne sich noch einmal umzudrehen.

Pearl ließ sich anstandslos führen und umklammerte Normas Hand so fest wie früher bei dem Spaziergang in Venice.

Norma blieb am Bett ihrer Mutter und hielt ihr die Hand, bis es hell wurde.

Am Vormittag nach der schlimmen Nacht traf unerwarteter Besuch in der Nebraska Avenue ein. Es klingelte und klopfte gleichzeitig an der Haustür. Tante Ana, Pearl und Norma hatten gerade in Ruhe gefrühstückt.

»Liebe Tante Ana, bist du da?«, kam es von draußen. Das war Ervins Stimme.

Norma erstarrte auf ihrem Stuhl und sah ihrer Mutter mit der steifen Haltung nun sehr ähnlich. Was wollte ihr Stiefvater hier? Hatte Grace ihm endgültig den Laufpass gegeben? Womöglich hatte er mitbekommen, dass sie Grace mit Geld unterstützte, und nun wollte er sich in die Schlange der Empfänger einreihen?

Das Klingeln wurde ungeduldiger. Ana öffnete die Haustür. Sie kam gar nicht so schnell dazu, eine Begrüßung auszusprechen, wie Ervin eintrat.

Normas Herz schlug schneller, als sie Grace im Türrahmen entdeckte. Ihre Härchen stellten sich an ihren Armen auf. Es fühlte sich an, als würde sich eine Eisschicht um ihre Arme legen. Sie stand vom Esstisch auf. Plötzlich sah sie sich wieder mit blutender Stirn auf dem Küchenboden in Chicago liegen, dann hörte sie den lauten Knall der Tür am Folgemorgen. Beim Anblick von Grace zog es ihr im Herzen, obwohl sie zuletzt geglaubt hatte, über sie hinweg zu sein. Jetzt, wo sie sich wieder gegenüberstanden, fühlte es sich an, als wäre sie erst vergangene Woche in Chicago gewesen.

Grace grüßte Tante Ana, hatte aber vor allem Augen für Norma. Wie magisch angezogen, kam sie vor sie. »Norma, Sweetheart. Deine Mom ist endlich zurück. Nun wird alles gut«, sagte sie.

Norma rieb sich die eiskalten Arme. Meinte Grace mit »Alles wird gut«, dass sie ihre Lügen von früher wiedergutmachen wollte oder hielt sie sich für so unersetzlich, dass das Leben ihrer Pflegetochter nur mit ihr in der Nähe überhaupt erst gut werden konnte? Oder wollte sie einfach nur gute Laune verbreiten und ihre Tochter zur Versöhnung endlich wieder in den Arm nehmen? Von heute an alles nachholen, was sie in den letzten Jahren versäumt hatten?

Norma war hin- und hergerissen, was sie davon halten sollte. Sie hatte Grace mit den Geldsendungen nichts Vertrautes mehr geschrieben, schon gar nichts über den Zustand ihrer Ehe. Vermutlich wegen ihres Absenders wusste Grace überhaupt, dass sie umgezogen war. Lange hatte sie überhaupt keine Mutter gehabt, und jetzt buhlten gleich zwei Frauen um diesen Status? Nervös schaute sie zwischen Pearl und Grace hin und her. Dann sprang ihr Blick auf Tante Ana, die ihr eigentlich am nächsten war. Bei ihr fühlte sie sich warm aufgehoben.

Als Erstes reagierte Pearl. Sie stand vom Esstisch auf und schlurfte, ihre Einkaufstüte vor die Brust gepresst, ins Apartment im Erdgeschoss zurück. Leise schimpfte sie vor sich hin.

Während Ervin Tante Ana umarmte, streckte Grace die Arme nach Norma aus. »Ich bin so froh, endlich wieder in Los Angeles zu sein.« Mit ihrem warmherzigen Lächeln und ihrer gut gelaunten Art wirkte sie wie die Grace von früher, die sich großherzig eines verarmten, liebebedürftigen Waisenkindes annahm.

Vier Jahre lag ihr Abschied im Staub von Van Nuys inzwischen zurück. Vier Jahre, die ursprünglich als ein, maximal zwei Jahre angekündigt worden waren. Vielleicht hatte Norma diese Verzögerung voraussehen müssen, sie war typisch für Grace. Aus den angekündigten sechs Monaten damals im Waisenhaus waren auch zwei unendlich lange Jahre geworden. Das hatte sie überwunden, Chicago noch nicht, wie es schien. Seitdem David ihr Mut für eine Karriere als Fotomodell und später Filmschauspielerin gemacht hatte, war sie bemüht, nur nach vorne zu schauen, und ihre Vergangenheit hinter sich zu lassen. Das durfte sie nicht vergessen!

»Schön, dich so munter zu sehen«, sagte Norma erst einmal.

Grace sah blendend aus, mit all dem Make-up, der aufwendigen – wieder platinblonden – Steckfrisur und den hochhackigen Peep Toes aus Echtleder. Das waren teure Schuhe von der Sorte, die Norma sich für Fotoshootings aus dem Agenturfundus nur ausborgen durfte.

Grace zog Normas Hände zu sich und drückte diese wie zur Entschuldigung.

Es war ein merkwürdiges Gefühl, ihre Mom wieder zu berühren. Ihre eigenen Hände fühlten sich kalt an, Graces hingegen waren warm. Norma berührte sie kaum. Etwas in ihr mahnte sie zur Vorsicht, etwas anderes formulierte langsam, Buchstabe für Buchstabe, das Wort »Neuanfang«. War es an der Zeit zu verzeihen? Langsam wurde ihr etwas wärmer, aber sie durfte nichts überstürzen.

»Ervin und ich, wir haben uns wieder zusammengerauft«, verkündete Grace stolz. »Wir lieben uns mehr denn je, das gibt uns Kraft.«

Norma roch nicht diesen typisch scharfen Geruch, den Alkoholiker ausdünsten, und Graces modische Handtasche war so klein, dass darein nicht mal ein Flachmann passte. Offensichtlich hatte Grace die fünfhundert Dollar für Arztrechnungen verwendet. Das war eine gute Nachricht. Sollte sie der gesunden Grace jetzt um den Hals fallen, ihr gratulieren und sich mit ihr freuen?

Noch bevor sie sich über ihr Gefühlschaos klarwerden konnte, nahm Grace sie in die Arme und flüsterte ihr dabei vertraut ins Ohr: »Ich dachte, dass meine Tochter, jetzt, wo sie landesweit von Titelblättern lächelt, die Unterstützung ihrer Mom gebrauchen könnte.«

Norma ließ die Umarmung zu. *Bevor* sie landesweit von Titelblättern gelächelt hatte, da hätte sie Unterstützung gebrauchen können. Zum Beispiel als sie in Sherman Oaks wegen Jim schrecklichen Liebeskummer oder ein schlechtes Gewissen wegen der Gonzáles gehabt hatte. Und sie könnte diese Aufzählung noch ein paar Stunden so fortführen. Aber wie gesagt, sie musste nach vorne schauen. Sie war dabei, sich in eine neue Norma zu verwandeln. Die bemitleidenswerte Norma könnte bald Geschichte sein.

Sie machte sich aus der Umarmung frei und schaute zur Haustür, die immer noch offen stand. »Wo ist Bebe?«, fragte sie zum ersten Mal bei diesem Wiedersehen in hoffnungsvollem Ton. Ihre Stiefschwester müsste das Autogramm von Ingrid Bergman längst bekommen haben. Über Bebes Anwesenheit oder wenigstens ein paar Grüße hätte sie sich mehr als über Grace und Ervin gefreut. Sie vermisste ihre Stiefschwester und brannte auf eine Chance, ihr Verhalten wiedergutzumachen. Als Erstes würde sie ihr einen Wildblumenstrauß auf das Kopfkissen legen, für süße Träume, wie Bebe es damals für sie getan hatte. Der Gedanke, ihrer Schwester endlich wieder vertraut den Arm um die Schulter zu legen, zauberte ein Lächeln auf Normas Gesicht.

Ervin trat vor das gerahmte Titelblatt an der Wand und nickte anerkennend. Sein beiger Cowboyhut mit der breiten Krempe und dem doppelt gepaspelten Lederband um die Krone sah verdächtig nach John Wayne aus. Er musste in West Virginia zuletzt gutes Geld verdient haben.

»Bebe will erst ihren Highschool-Abschluss in Huntington machen«, erklärte er, während sein Blick zwischen Norma und ihrem Abbild auf dem *Family Circle* hin- und hersprang. »Echt süß … das Lamm.« Dann legte er seinen Arm um Graces schmale Taille und zog sie zu sich heran.

»Es ist gut, dass wenigstens Bebe ihren Abschluss macht«, betonte Norma, sie schickte Grace einen kurzen, vorwurfsvollen Blick. Ihre Agenturkolleginnen hatten allesamt einen Abschluss.

Grace verstand es wohl und lächelte Norma um Verzeihung bittend zu. Aber Norma ging nicht darauf ein. »Gut zu hören, dass ihr euch doch nicht scheiden lasst«, sagte sie stattdessen, bevor eine unangenehme Stille zwischen ihnen aufkam. Bestand also doch noch Hoffnung, dass selbst die entfremdetsten Ehepaare wieder zueinanderfanden? Unvermittelt musste sie an Jim denken und an sein trauriges Gesicht, als sie gegangen war. Es war nichts mehr von seiner fröhlichen Ausstrahlung übriggeblieben, in die sie sich einst verliebt hatte. Seine Augen hatten noch tiefer als sonst in ihren Höhlen gelegen, die hohe Dougherty-Stirn hatten Zornesfalten zerfurcht, aber vor allem hatte er erschüttert wie nie zuvor gewirkt. Norma konnte nicht sagen, was sie noch für ihn empfand. Ihre Gefühle waren in den letzten Wochen ordentlich durcheinandergeraten. Sie wusste nicht mehr, wen sie lieben und wen sie nicht lieben sollte. Vielleicht hätte sie sich ihm gegenüber nie eine Schutzhaut zulegen dürfen. So hatte sie zwar schmerzhafte Gefühle von sich ferngehalten, aber auch erfüllende. Sie war nicht unschuldig an ihrem Ehedilemma.

»Und du, Norma?«, fragte Grace vorsichtig. »Ethel erzählte mir am Telefon, dass sie Jim vom Schiff aus dem Pazifik geholt haben, um dich zur Vernunft zu bringen.«

Jetzt wurde Norma einiges klar. Es war also kein Zufall gewesen, dass Jim in der Nacht vom *Cocoanut Grove* plötzlich aufgetaucht war. Ethel hatte ihren Sohn zurück nach Hause gerufen, um seine Frau zu zähmen, weil es ihr selbst nicht gelungen war.

»Hast du schon einen Scheidungsanwalt beauftragt?«, wollte Grace wissen. »Ich kenne da jemanden, der das Ganze für dich kurz und schmerzlos durchzieht.«

»Ich dachte, du magst Jim«, entgegnete Norma irritiert von Graces Zielstrebigkeit. An Scheidung hatte sie noch gar nicht gedacht, eher an eine Aussprache.

»Aber, wenn er dir nicht guttut und du vor ihm davonlaufen musst, wäre eine Scheidung wohl besser«, erklärte Grace und legte mitfühlend den Arm um Norma. »Außerdem wäre es förderlicher für deine Karriere.«

Norma entwand sich Graces Arm. War es nicht ihre Mom gewesen, die damals beim Umzug behauptet hatte, Norma könne auch als verheiratete Frau immer noch Karriere in Hollywood machen?

»Ich hole die Koffer rein«, sagte Ervin und küsste Grace auf den Hals. »Klärst du das mit deiner Tante, Darling?«

Norma atmete tief durch, sie wollten bleiben? Plötzlich wurde ihr alles zu viel. Sie fühlte sich wie in einem Raum, dessen Wände sich auf sie zubewegten und sie zu erdrücken drohten. Die alten Magenkrämpfe kündigten sich an.

Grace wandte sich an Ana. »Liebste Tante, wärst du einverstanden, wenn wir ein paar Tage in das zweite Apartment einziehen, bis wir eine neue Bleibe gefunden haben? Von außen sah es unvermietet aus, oder irre ich mich?«

Ana zögerte mit Blick zu Norma, die sich die Hände an den Bauch presste. Sie war ganz blass.

»Dann wäre die Familie wieder zusammen wie früher«, setzte Grace nach. »Ervin und ich, wir können uns um dich kümmern.« Sie klang besorgt. »Wie geht es deinem Rheuma?«

Norma kannte den Ton. Es gab keine bessere Schauspielerin als Grace, und eigentlich konnte sie sich keine bessere Lehrerin für die Probeaufnahmen vorstellen. Aber wenn ihr Magen sich bei jeder Stunde mit Grace verdrehen würde und sie sich so schrecklich bedrängt wie in diesem Moment vorkäme ... das wäre eine einzige Quälerei.

»Das Rheuma und ich, wir haben uns aneinander gewöhnt«, sagte Tante Ana.

»Schau, liebe Tante, in der Nähe der Familie wird es mir leichter fallen, nicht wieder zu trinken«, sagte Grace mit gesenkter Stimme. »Wenn ich in eure Gesichter schaue, weiß ich, was ich mit dem Alkohol wieder aufs Spiel setzten würde. Und dir geht es doch ähnlich, nicht wahr Ervin?« Ervin trug gerade die Koffer durch die Tür und nickte nun kräftig.

Norma spürte den mitfühlenden Blick Anas auf sich. Wieder wurde ihr eiskalt, sie war hin- und hergerissen. Natürlich wollte sie nicht, dass Grace und Ervin wieder zu trinken anfingen. Aber auch nüchtern fühlte sie sich noch nicht wieder ganz wohl in ihrer Nähe. Es brauchte mehr Zeit.

»Wir zahlen auch für das Apartment«, versprach Grace und trat zu Norma. »Bitte gib mir diese Chance, die Sache aus Chicago wiedergutzumachen.«

Normas Lippen formten Buchstabe für Buchstabe das Wort »Neuanfang«. Stumm nickte sie.

Ana schniefte vor Rührung und nickte nun ebenfalls. »Also gut, ich bin einverstanden«, sagte sie schließlich.

Grace atmete vor Erleichterung hörbar aus, ihre Augen wurden feucht. Sie konnte ihren Blick nicht von Norma lösen.

»Was haltet ihr davon«, schlug Ervin vor, »wenn wir euch beide als Dankeschön für die Aufnahme in eurer Wohngemeinschaft heute Abend zum Essen einladen?«

»Und Pearl?«, fragte Norma. Sie wollte sie nach der schweren Nacht nicht allein lassen.

»Schade, dass sie vorhin so schnell verschwunden ist«, meinte Grace.

Norma war sich nicht sicher, aber Pearl hatte etwas gemurmelt, das wie das Wort »Diebin« klang.

»Pearl wohnt seit Mitte April hier und verlässt das Haus nur selten«, erklärte Tante Ana.

»Pearl braucht mich gerade«, sagte Norma. »Außerdem muss ich mich auch für die Probeaufnahmen vorbereiten. Das Essen holen wir nach, wenn Anfang August alles überstanden ist. Ja?«

»Du hast einen Termin für Probeaufnahmen? Das ist ja wunderbar!«, jubelte Grace. Als hätte sie jahrelang mit ihr darauf hingearbeitet.

Ervin fielen beinahe die Augen raus. »Bei welchem Studio?«

»Bei *Metro-Goldwyn-Mayer*«, gab Norma nicht ohne Stolz zurück. Sie ließ den Namen des Filmstudios eine Weile nachwirken, bevor sie sagte: »Tante Ana hilft mir bereits bei der Vorbereitung.«

»Wirklich bei *Metro-Goldwyn-Mayer?*« Ervin setzte die Koffer ab und kam zu Norma. »Vielleicht könntest du bei der Gelegenheit meinen Namen bei Louis B. Mayer erwähnen?«

»Tante Ana hilft dir?«, fragte Grace mit erstickter Stimme. Das Lächeln glitt ihr aus dem Gesicht, und ihr war deutlich anzusehen, dass sie diese Aufgabe für sich beanspruchte.

Tante Ana legte den Arm um Norma. »Erst einmal muss Norma sich anständig vorbereiten, und dafür braucht unsere angehende Schauspielerin Ruhe und Konzentration.«

Seitdem Pearl mit in der Nebraska Avenue wohnte, konnte Norma das Wort »Ruhe« kaum mehr buchstabieren. Vergangene Woche war sie jeden Tag in der Mittagszeit nach Hause gekommen, um nach ihrer Mutter zu sehen. Sie wollte Ana nicht die Hauptlast mit der Kranken aufbürden, auch wenn die nur zu gerne half.

»Bei *Martin's Books*, vorne an der Kreuzung Sawtelle Boulevard und Olympic Boulevard, verkaufen sie Textbücher. Vielleicht wirst du dort fündig, Kindchen«, sagte Ana. »Die haben auch sonntags geöffnet.«

Norma nickte dankbar für die Möglichkeit, den Gästen für eine Stunde zu entkommen. Als sie die Treppe ins Erdgeschoss hinabging, konnte sie den nachdenklichen Blick von Grace auf ihrem Rücken spüren.

Als Norma in ihrem Wohnzimmer zurück war, saß Pearl mit Muggsie auf der Couch. Die Hündin hatte sich zusammengerollt an Pearls Oberschenkel gelehnt. Pearl war wieder eingeschlafen, ihre Arme umschlossen die Einkaufstüte auf ihrem Schoß.

Norma wollte Muggsie nicht aufwecken, deswegen ging sie allein zu *Martin's Books*. Es war ein altmodischer Laden noch aus dem vorigen Jahrhundert, dessen Fugen zwischen den Ziegelsteinen längst löchrig waren. Das hölzerne Firmenschild war über die Jahrzehnte von der kalifornischen Sonne ausgeblichen. Aber das Schaufenster, das mit Büchern vollgepackt war, zog Norma sofort in seinen Bann. Sie zögerte nicht, den Buchladen zu betreten und sich erst ausgiebig in dem kleinen gemütlichen Laden umzuschauen, bevor sie nach dem Textbuch für den Probedreh fragte.

Bald wollte sie gar nicht wieder nach Hause gehen, weil es in dem Buchladen so angenehm ruhig und unaufgeregt war. Sie war die einzige Kundin, und das Sofa mit den geschwungenen Armlehnen und dem schweren, dunkelroten Samtstoff – wie der Belle Époque entnommen – lud zum Lesen und zur Flucht aus der Realität ein. Mal abgesehen von Graces Rückkehr, die sie völlig überrumpelt hatte, wusste sie langsam mit ihrer leiblichen Mutter nicht mehr weiter. Sobald sie erwähnte, für Pearl ein neues Hospital zu suchen, versteinerte die und presste die Lippen aufeinander.

Norma setzte sich auf das ausladende Lesesofa und blätterte durch das Textbuch. Sie versuchte sich in Scarletts Welt aus Reichtum, Verlust, Liebe und Krieg hineinzudenken, aber kam doch immer wieder auf die Goddards zurück. Ob sie für immer zurück in Los Angeles waren, und was erwarteten sie von ihr? Wie würde sich ihre Beziehung entwickeln?

Erst kurz vor Ladenschluss widmete sich Norma dem herzergreifendsten Bürgerkriegsepos aller Zeiten. Das Textbuch von *Vom Winde verweht* war ein einschüchternd dicker Schinken, was jedoch kein Wunder bei einem Film mit vier Stunden Laufzeit war. Sie nahm sich vor, nächsten Sonntag wieder herzukommen. Vielleicht war das hübsche Sofa gerade der einzige Ort in Sawtelle, an dem sie Ruhe fand.

Widerstrebend und mit einem Umweg ging sie zum Apartment zurück. Als sie ihr Wohnzimmer betrat, hörte sie Grace und Ervin nebenan reden. Die Wände waren dünn wie Papier. »Ich werde Mr. Smith bitten, die Scheidungspapiere für Norma vorzubereiten«, hörte sie Grace' Stimme. »Sollte sie sich zu diesem Schritt entscheiden, wäre schon alles fertig. Als gefragtes Fotomodell hat sie etwas Besseres als Ethels Sohn verdient.«

Norma war entsetzt. Wie konnte Grace so herablassend über Jim reden? Er war ein zärtlicher Beschützer in jener Zeit gewesen, in der sie es unbedingt gebraucht hatte. Auch hatte er hart für seine Familie gearbeitet. Er war ein guter Mann.

»Sie ist keine sechzehn mehr, Darling, vergiss das nicht«, antwortete Ervin in beruhigendem Ton.

»Aber ich möchte sie so gerne unterstützen«, war Grace überzeugt. »Seitdem ich sie das erste Mal sah, damals als Kind, wusste ich, dass sie das Potenzial für Hollywood hat.«

»Lass sie das Ding allein durchziehen. Auf ihre Art«, fand Ervin. »Außerdem fällst du deiner guten Freundin Ethel in den Rücken, wenn du die Scheidung vorantreibst.«

Norma wollte endlich Ruhe vor den Goddards. Ihr Blick glitt über Muggsie, die mit dem Kopf zwischen den Couchkissen schlief. Ihre Mutter saß stumm daneben, mit feucht-glänzenden Wangen. Sie blinzelte nicht einmal, so lange Norma sie auch anschaute.

Sie sah Pearl das erste Mal in ihrem Leben weinen. Es berührte sie, aber sie wusste nicht, wie sie damit umgehen sollte. Sie hockte sich vor die Couch, um Pearl nicht von oben herab anzuschauen. »Was ist los?«, fragte sie vorsichtig, nur nicht zu laut.

Aber Pearl saß weiter nur stocksteif da. Erst nach einer Weile bewegten sich ihre Lippen mehrere Atemzüge lang tonlos, bevor sie herausbrachte: »Sie war schneller als ich.«

»Schneller? Worin war Grace schneller?«, fragte Norma leise zurück. Sie folgte Pearls Blick auf Muggsie.

Norma wollte die Hündin streicheln, aber spürte schnell, dass etwas mit ihr nicht stimmte. Sie drehte Muggsie auf den Rücken. Der Brustkorb der Hündin hob und senkte sich nicht mehr.

»Das kann nicht sein!«, stieß sie entsetzt aus. Sie schmiegte sich an das Tier und drückte es, aber Muggsie rührte sich nicht.

Norma erinnerte sich an den Moment, als sie die Hündin in der Nacht vor ihrer Verandatür gefunden hatte. Mit Muggsies Einzug hatten sich zwei Ausgestoßene gefunden. Die Hündin hatte sie beschützt und ihr in den traurigen Momenten immer einen Grund zu lächeln gegeben. Sie brauchte und liebte Muggsie! Sie war ihre engste Vertraute. Wenn sie jemals eine Familie gehabt hatte, dann bestand die aus Muggsie und ihr!

Norma wandte sich ihrer Mutter zu. »Was ist passiert? Hast du ihr welche von deinen Pillen gegeben?«

Pearl schüttelte ruckartig, wie unter Stromstößen, den Kopf.

Norma packte ihre Mutter an den Schultern. »Sag mir endlich, was passiert ist! Warum ist sie tot?«

Pearl sagte es so leise, dass Norma sie kaum verstand: »Als ich aufgewacht bin, war sie schon tot.«

Norma wurde noch enger ums Herz. Hatte Muggsie einen Herzanfall erlitten? Oder war es eine andere Erkrankung, die sie vor längerer Zeit befallen und nun zum Tod geführt hatte? Hoffentlich hatte die Hündin keine Schmerzen erlitten!

Im nächsten Moment wurde sie wütend auf sich selbst, weil sie nichts bemerkt hatte. Zwar waren Hunde Meister darin, Schmerzen zu verbergen, aber einem aufmerksamen Frauchen durfte so etwas nicht entgehen.

»Der arme Hund«, flüsterte Pearl, wiederholte es wieder und wieder.

Norma liefen Tränen die Wangen hinab. Warum hatte sie in den vergangenen Monaten nicht genauer hingeschaut? Wäre sie aufmerksamer gewesen und hätte nicht nur das nächste Fotoshooting im Kopf gehabt, hätte sie es vielleicht rechtzeitig bemerkt. Sie schmiegte sich an die tote Muggsie. Es tat so weh, als würde ihr Herz zerreißen. Sie wollte sie nicht hergeben. Es war nicht das erste Mal, dass sie nicht für ihren Hund da gewesen war. Die Erinnerungsbilder von damals, als sie noch bei den Bolenders gewohnt hatte, erschienen ihr. Tippy war ein ihr zugelaufener Mischlingsrüde gewesen, um den sie sich aufopferungsvoll gekümmert hatte. Tippy wurde ihr bester und treuester Freund, der ihr jeden Morgen bis zum Schultor nachkam. Bis zu jenem Tag, an dem er vor dem Haus der Bolenders zu laut bellte, der Nachbar seine Schrotflinte zückte und Tippy erschoss. Norma hatte an diesem schrecklichen Tag nachsitzen müssen, weil sie in Mathe nicht hinterherkam. Hätte sie doch nur besser rechnen gekonnt, wäre sie früher zu Hause gewesen und hätte Tippy vor dem schießwütigen Nachbarn beschützen können. Sie hatte sich nie verziehen, damals nicht an Tippys Seite gewesen zu sein. Sie war schuld daran, dass er gestorben war.

Norma schluchzte und weinte hemmungslos in Muggsies Fell. Sie hatte egoistisch und karrieresüchtig gehandelt, während ihre treueste Freundin vor die Hunde ging. Ihr war schon aufgefallen, dass Muggsie immer ruhiger, weniger agil geworden war und kaum noch gefressen hatte. Inez hatte es ja auch bemerkt. Wäre sie wenigstens mit ihr zum Arzt gegangen! Sie hätte dafür nur eines der vier oder fünf wöchentlichen Shootings absagen müssen.

Norma streichelte Muggsie den blauschwarzen Fellkranz am Hals, der etwas verfilzt war, weil sie sie länger nicht gekämmt hatte. Sie fühlte sich gleich noch schlechter. Sie war völlig ungeeignet als Beschützerin, verantwortungslos und egoistisch. Von ihrem ersten Gehalt bei *Radioplane* hatte sie Muggsie ein Spielzeug gekauft. Ihre ersten Dollars als Modell hatte sie in einen Kosmetikkoffer investiert und überhaupt nicht an Muggsie gedacht.

Tränenüberströmt kramte sie ihr Textbuch aus dem Schrank und schleppte sich zu Tante Ana hoch. Auf dem Weg zum Telefon lief sie beinahe gegen Ervin, der ihr besorgt die Hand als Stütze anbot. Aber Norma wich ihm aus.

Mit zitternden Händen wählte sie die Nummer von Ms. Snively in der Agentur. Das Zittern ging von ihren doppelgelenkigen Knien auf ihre Oberschenkel über. Sie war so verdammt egoistisch in den letzten Monaten gewesen! Während es klingelte, feuerte sie das Textbuch von *Vom Winde verweht* in den Mülleimer auf Reste des letzten Bohneneintopfs.

Als Emmeline Snively abhob, ließ Norma die Agenturchefin nicht mal ihren Namen nennen. Sie sprach gleich darauf los: »Bitte sagen Sie *Metro-Goldwyn-Mayer* ab. Außerdem kündige ich den Agenturvertrag!« Er war vermutlich sowieso nicht rechtskräftig, weil Jim ihn nie unterschrieben hatte.

Ohne eine Antwort abzuwarten, legte Norma auf und lief dann zu ihrer toten besten Freundin zurück, um wenigstens jetzt für sie da zu sein.

∞

Die Sonne ging gerade unter, als Norma die Schaufel beiseitelegte. Auf dem kleinen Grünstreifen am Haus klaffte nun ein Loch, drei Fuß tief. An ihren Fingern klebte Erde, sie spürte Schweißperlen ihren Rücken hinablaufen. Apathisch schaute sie in den kleinen Abgrund zu ihren Füßen. Eigentlich hätte sie es verdient, heute begraben zu werden. Seit Muggsies Tod weinte sie stundenlang. Ihre Augen brannten, und ihr Gesicht war hässlich geschwollen.

Pearl half ihr, Muggsie auf eine Decke zu betten. Beim Anblick des toten Tieres schluchzte Norma laut auf und schüttelte den Kopf. Sie wollte nicht wahrhaben, dass es wirklich so weit gekommen war.

»Ich kann es nicht glauben«, schniefte auch Tante Ana und legte noch einen Leckerbissen neben das tote Tier. Sie packte Muggsie in die Decke ein.

Mit Hilfe von Pearl ließ Norma den toten Hund an Riemen langsam ins Grab sinken. Sie drohte, jeden Moment zusammenzubrechen. Ana stützte sie von rechts, Pearl war an ihrer Linken.

In Gedanken stimmte sie eines der traurigsten Lieder der letzten Jahre an, gesungen von der Jazzsängerin Billie Holiday.

I'll be seeing you
In all the old familiar places

Norma klammerte sich fester an Anas Arm. Sie schniefte und schnäuzte sich die Nase mit einem von Jims karierten, großen Männertaschentüchern, das sie aus Versehen bei ihrem Auszug mitgenommen hatte.

That this heart of mine embraces
All day and through

Das Lied war langsam und schmerzvoll. Es handelte von zwei Liebenden, die getrennt worden waren. Obwohl das Wort »Tod« in keiner Textzeile fiel, sah Norma dabei stets eine Frau am Grab ihres Liebsten stehen und in traurig-schönen Erinnerungen schwelgen.

Pearl legte ihren Kopf an Normas Schulter.

In that small cafe
The park across the way
The children's carousel
The chestnut trees
The wishing well

Norma drückte die Hand von Tante Ana, während Pearl sich daran machte, Erde in das Loch zu schaufeln. Mit jeder Schippe verschwand die Hündin mehr. Es war noch völlig unvorstellbar für Norma, dass sie nie wieder mit Muggsie spielen, sich an sie kuscheln und ihr beim Schlafen zusehen konnte.

Norma sackte vor dem Erdloch auf die Knie und legte Muggsies liebsten gelben Ball mit ins Grab. An einer Ecke sah sie ihr hübsches, langes Fell aus der Decke hinausschauen. Ein neuerlicher Weinanfall schüttelte ihren Körper. Sie wollte nach ihrer Hündin greifen, sie keine Minute mehr allein lassen. Es war nur Tante Anas beherztem Zugreifen zu verdanken, dass Norma nicht vornüber ins Grab fiel.

I'll be seeing you
In every lovely summer's day
In everything that's light and gay
I'll always think of you that way

Norma zitterte am ganzen Leib und bekam kaum mehr Luft, als Tante Ana und Pearl sie ins Haus führten.

Grace und Ervin standen am Hintereingang und hielten betreten die Köpfe gesenkt, soweit Norma das durch ihren Tränenschleier erkennen konnte. Sie waren Einkaufen gewesen und so übersteigert gut gelaunt, als hätten sie wieder getrunken.

»Diebin!«, hörte Norma ihre leibliche Mutter in Richtung Grace zischen. Was auch immer es bedeuten mochte, es war Norma egal. Sie dachte nur an Muggsie und daran, dass sie ihren Tod hätte verhindern können. Tante Ana half ihr ins Bett und deckte sie zu. Pearl machte ihr einen Beruhigungstee.

29

Mai 1946

Norma stand vor dem Haus der Doughertys in der Hermitage Street von North Hollywood. Sie trug eine schwarze Sonnenbrille, damit man ihre geröteten Augen nicht sah. Ihr ungeschminktes Gesicht war fahl und grau, ihr Körper abgemagert. Sie versicherte sich, dass ihre Mutter noch im Auto saß – sie waren auf dem Weg nach Nordkalifornien.

Jede Bewegung fiel Norma schwer, sie fand kaum noch Kraft für die einfachsten Dinge, wie an einer Haustür zu klingeln. Es war sieben Uhr und damit eigentlich zu früh für einen Besuch, noch dazu für einen unangekündigten.

Es dauerte eine Weile, bis sie Schritte hörte. Edward trug eine löchrige Hose und ein Shirt mit dem Schriftzug der Footballmannschaft *Los Angeles Rams.* Seine Baseballkappe saß locker auf seinem Kopf. Er musterte Norma, dann grunzte er: »Suchst du wieder den Ausbildungsvertrag?«

Norma zuckte zusammen. Bis heute hatte niemand davon erfahren, dass sie die Unterschrift ihres Ehemanns auf dem Agenturvertrag gefälscht hatte. Edward hatte sie offensichtlich nie verraten. »Danke«, rutschte es ihr heraus. »Aber deswegen bin ich nicht hier.«

Edward nickte knapp und schlurfte in Richtung Schlafzimmer. »Ethel? Hier ist Besuch!«

Norma schob sich ihre Sonnenbrille in die Haare, als ihre Schwiegermutter im Nachthemd das Wohnzimmer betrat und mit ihr die gewohnte Geruchswelle ihres Haarfestigers den Raum erfüllte. Ethel trug noch Lockenwickler mit einem netzartigen Tuch darum, das alles beisammenhielt.

Norma hatte Ethel verziehen, dass sie Jim damals nach Hause beordert hatte, um sie in ihre ehelichen Schranken zu weisen. Blut war einfach dicker als Wasser.

»Ich wollte nur kurz fragen, wann Jim wieder hier sein wird«, sagte Norma und trat in den Flur.

»Du siehst nicht gesund aus«, sagte Ethel. Sie versuchte kühl zu klingen, aber Norma konnte auch Sorge aus ihrer Stimme heraushören. »Wir erwarten Jim in einer Woche für ein paar Tage zurück.« Ethel spähte an Norma vorbei zum Auto, aber fragte nicht, wer die Frau war, die ebenfalls eine Sonnenbrille trug.

»Ich würde gerne mit Jim reden«, sagte Norma und versuchte sich an einem flüchtigen Lächeln. Wenn Jim und sie noch einmal ganz von vorne anfangen würden, würde es ihnen beiden vielleicht bald wieder besser gehen. Das war ihr in den letzten Trauertagen bewusst geworden. Seit Muggsies Tod war sie durch nichts aufzumuntern gewesen. Tom und Mary hatten es mehrfach versucht, indem sie sie zu Pokernachmittagen eingeladen hatten. Aber Norma sehnte sich in große, starke Arme, die sie hielten und vor der Unbill der Welt beschützten, so wie Jim es einst mit ihr im Baumhaus getan hatte.

»Ich werde Jim ausrichten, dass du mit ihm reden willst, wenn er heimkommt«, sagte Ethel zu.

Hoffentlich würde Jim in ein Gespräch einwilligen. »Das ist sehr nett. Danke, Ethel.« Norma setzte sich die Brille wieder auf die Nase und wandte sich zum Gehen, da meldete sich Edward noch einmal zu Wort: »Wie geht es Muggsie?«

Bevor Norma bei den Doughertys ausgezogen war, war ihr Schwiegervater so eng mit Muggsie geworden, dass die Hündin sogar auf seinen Füßen im Bett geschlafen hatte. Vermutlich schon damals hatte Muggsie sich von Norma vernachlässigt gefühlt und in Edward einen aufmerksameren Freund gefunden.

Norma versteifte. »Muggsie ist vor einigen Tagen gestorben«, sagte sie leise. Es klang immer noch unwirklich. Sie hatte es noch nicht übers Herz gebracht, ihren Futternapf und ihre Decke wegzuräumen.

»Das tut mir leid«, sagte Edward und wandte sich ab. Für Norma sah es so aus, als würde er sich unter dem Schirm seiner speckigen Baseballkappe die feuchten Augen wischen. »Wo ist Muggsies Grab?«, fragte er mit belegter Stimme, ohne sie dabei anzuschauen.

Bevor Norma antworten konnte, sagte Ethel: »Der Hund ist vermutlich an gebrochenem Herzen gestorben.«

Norma hielt inne und musste Tränen zurückhalten. Mit zitternder Stimme sagte sie Edward: »Muggsie liegt in Sawtelle bei Ana Lower auf dem Grünstreifen neben dem Haus begraben.« Nach diesen Worten wandte sie sich zum Gehen.

»Pass gut auf dich auf. Ruhm und Geld haben schon viele Menschen zum Schlechten verändert«, sagte Ethel noch.

Vermutlich war diese Überzeugung auch der Grund dafür, dass der fröhliche Marion, Ethels Zweitgeborener, den Kontakt mit ihr mied, dachte Norma, bevor sie entschlossen sagte: »Ich habe der Agentur schon gekündigt. Es ist aus und vorbei mit den Aufträgen als Fotomodell und der Karriere beim Film!« Ihre Selbstsucht hatte ein Leben gekostet. Das würde sie sich nie verzeihen.

∞

Die Fahrt aus Los Angeles raus war sonntagmorgens kein Problem, aber ab Santa Barbara zog sich die Strecke in den Norden. Zum Glück war es Norma noch gelungen, den Motor des Fords rechtzeitig reparieren zu lassen.

Die meiste Zeit saß ihre Mutter stumm neben ihr, die Einkaufstüte auf den Schoß gepresst. Seit die Goddards neben ihnen wohnten, hatte Pearl sich noch mehr in sich zurückgezogen. Zuletzt hatte sie sogar die gemeinsamen Mahlzeiten gemieden und stattdessen verängstigt in der Wohnzimmerecke gehockt.

Jüngst hatte Norma sie mitten auf dem Santa Monica Boulevard, einer viel befahrenen Straße, gefunden, nachdem sie mal wieder von zu Hause weggelaufen war. Pearl war unberechenbar geworden, und die Polizei hatte sich schon zwei Mal bei Tante Ana gemeldet, weil die Nachbarn Ängste wegen der verwirrten Mitbewohnerin geäußert hatten. Sie fühlten sich bedroht, wenn Pearl vor sich hin schimpfend durch das Viertel irrte.

Schließlich war es Pearls Entscheidung gewesen, Norma nicht länger zur Last zu fallen, und sich erneut medizinisch betreuen zu lassen. Norma vermutete, dass ihre Mutter vor allem das enge Zusammenleben mit den Goddards nicht länger ertrug.

Auch nach einer Stunde Fahrt hatte Norma keinen Blick für das Meer und den einzigartigen felsigen Küstenstreifen, den die Route 101 immer wieder streifte. Trotzdem tat es gut, etwas Abstand zwischen sich und Los Angeles zu bringen, auch wenn es nur für kurze Zeit war. Norma wusste schon nicht mehr, was sie vor Ms. Snively zu ihrer Entschuldigung vorbringen sollte. Da half es, einfach mal weiter fort zu sein. Ms. Snively weigerte sich, den Agenturvertrag aufzulösen, und war untröstlich. Aber wenigstens hatte die Agenturchefin den Termin für die Probeaufnahmen bei *Metro-Goldwyn-Mayer* abgesagt.

Es dämmerte, als Norma und ihre Mutter vor jenem Sanatorium eintrafen, das Norma nur aus dem Prospekt kannte. Im Vergleich zur Einrichtung in Santa Clara und dem Norwalk State Hospital war das Sanatorium auf deutlich längere Aufenthalte ihrer Patienten eingestellt. Es war mehr ein betreutes Wohnheim denn ein Krankenhaus. Es lag dicht am Meer und hob sich schon allein mit seiner historischen Fassade, die an ein Hotel erinnerte, von den üblichen Pflegeanstalten für Geisteskranke in Kalifornien ab.

Norma holte ihren Reisekoffer aus dem Wagen. Sie hatte ihn für ihre Mutter mit neuer Wäsche und ein paar Büchern bestückt, die sie bei *Martin's Books* gefunden hatte. Darunter war auch die Romanvorlage für *Casablanca*. Der Koffer sollte Pearl fortan begleiten. Norma brauchte ihn nicht mehr, ihre Reise war beendet.

Pearl stieg behäbig aus dem Auto.

»Ich komme noch mit rein«, sagte Norma. »Ich möchte sehen, dass du es guthast.«

Pearl lächelte das erste Mal, zwar steif, aber ihre Mundwinkel hoben sich sichtlich an. »Bitte nicht«, bat sie und nahm den kleinen Koffer an sich. »Behalte mich frei in Erinnerung.« Es klang, als würde sie sich für immer von ihrer Tochter trennen. Als wolle sie ihr nie mehr zur Last fallen. In bemüht aufrechtem Gang ging sie zum Eingang des Sanatoriums.

Norma ersparte sich, die Vorzüge dieses Ortes aufzuzählen, der vergleichsweise viel Freiheit bot. Gemeinsam hatten sie das Sanatorium aus einer Vielzahl von Prospekten ausgewählt. Es kostete ein Vermögen, von dem Norma noch nicht wusste, wie sie es aufbringen sollte – jetzt, wo sie nichts mehr verdiente.

»Pearl, warte!« Norma rannte ihr nach und umarmte sie unvermittelt. Die gemeinsame Zeit in dem kleinen Apartment war verrückt, anstrengend und voller Sorgen gewesen. Aber sie hatte ihre Mutter besser kennengelernt. Obwohl sie keine Mutter im eigentlichen Sinn hatte sein können, war Pearl im Herzen eine gute Frau, mit der es das Leben einfach nicht gut gemeint hatte. Eigentlich sollte sie zufrieden vor einem Bungalow sitzen oder fröhlich ins Kino gehen, um ihr Leben zu genießen. Stattdessen trug sie an ihrer Vergangenheit wie an einem Mehlsack.

Pearl löste sich aus der Umarmung und streichelte Norma mit steifen Fingern die Wange. »Du wirst deinen Weg gehen. Du bist ein starkes Mädchen.«

Norma schmiegte sich an die Hand ihrer Mutter. Pearls Finger fühlten sich heute warm an. Sie wünschte, dieser Moment hielte länger an, aber Pearl zog ihre Hand gleich wieder zurück. Ohne ein weiteres Wort betrat sie das Sanatorium und schaute sich um.

Gedankenversunken ging Norma zum Wagen zurück. Sie wusste nicht, wie es weitergehen sollte. Sie fühlte sich wie aus Papier, das jeder Windstoß in eine andere Richtung wirbeln konnte. Sollte sie wieder bei *Radioplane* arbeiten, um die monatlichen Kosten für das Sanatorium zu bezahlen?

Norma setzte sich ins Auto, aber verspürte keine Lust, nach Los Angeles zurückzufahren, wo sie allabendlich die Stimmen von Grace und Ervin durch die dünnen Wände hörte.

Als sie den Autoschlüssel ins Zündschloss steckte, fiel ihr die Einkaufstüte ihrer Mutter auf der Sitzbank neben sich auf. Die war Pearl heilig gewesen! Sie nahm die Tüte an sich und lief noch einmal zum Sanatorium zurück. Ihre Mutter stand im Foyer und wirkte so verloren wie ein kleines Kind.

Ein »Mom« entglitt Norma, ohne dass sie es zurückhalten konnte.

Pearl wandte sich noch einmal zu ihr um, aber gab ihr mit einer Geste zu verstehen, dass Norma ihr nicht nachkommen solle.

Norma hielt die Einkaufstüte hoch, aber Pearl schüttelte den Kopf und ging zum Anmeldetresen.

Norma hatte sich nicht vorstellen können, dass ihr der Abschied von ihrer Mutter derart wehtun würde. Die Einrichtung war gut, ohne Zweifel, aber in den letzten Wochen hatte sie den Wunsch nach ein bisschen Familie aus jeder Geste ihrer Mutter herausgelesen – trotz der Krankheit.

Als sie vom Parkplatz losfuhr, schaute sie noch mehrmals in den

Rückspiegel, in dem das Sanatorium immer kleiner und schließlich ganz von der Dunkelheit verschluckt wurde.

Norma war hellwach, sodass sie eigentlich auch die Nacht durchfahren könnte. Was wäre, wenn sie jetzt einfach nach Norden weiterfuhr? Erst kam Oregon und dann der Bundesstaat Washington.

Norma hielt an einer Tankstelle und ließ volltanken. Ihr Blick fiel auf die Einkaufstüte neben sich. Sie hatte sich schon öfters gewundert, warum ihre Mutter eine leere Tüte mit sich herumtrug.

Sie schaute in die Tüte, die gar nicht leer war. Sie holte einen an den Kanten abgestoßenen Umschlag heraus, der an das Wohlfahrtsamt des Staates Kalifornien adressiert war. Das Kuvert war nicht zugeklebt, die Verschlusslasche nur eingesteckt wie bei einer Geburtstagskarte. Norma zog einen Papierbogen aus dem Umschlag, ein altes, vergilbtes Formular, wie sich herausstellte. Es war überschrieben mit:

Antrag auf Rückübertragung der Vormundschaft

Sie konnte nicht glauben, was sie las. Es sah ganz so aus, als ob Pearl einst versucht hatte, die Vormundschaft über sie zurückzuerlangen. Norma fand das Datum des Antrags auf der Rückseite neben der Unterschrift. Den Antrag, der anscheinend nie beim Wohlfahrtsamt eingegangen war, hatte Pearl im Juni 1934 unterschrieben. Damals hatte die Vormundschaft noch bei den Bolenders gelegen, obwohl Norma nicht mehr bei ihnen gewohnt hatte. Nur wenige Wochen darauf war Grace mit Norma erstmals zu *Grauman's* ins Kino gegangen war.

Norma erinnerte sich noch sehr genau an diesen Tag, weil Grace ihr nach dem Kino auch erklärt hatte, dass sie nun bald ihre neue Mom werden würde. Sie hatte die Vormundschaft für sie beantragen und sie für immer zu sich holen wollen. Als damals Achtjährige hatte

Norma sich ein buntes, glitzerndes Leben mit Grace vorgestellt, anstatt Einsamkeit in Schwarz-Weiß. Grace hatte für die Übernahme der Vormundschaft beweisen müssen, dass Pearl unzurechnungsfähig war. Hatten die ehemals besten Freundinnen einen Kampf um sie ausgefochten, aus dem Grace als Siegerin hervorgegangen war? War ihre Freundschaft deshalb zerbrochen? Pearl hatte den Antrag nie abgeschickt. Norma konnte sich sehr gut vorstellen, wie die gerissene Grace der ihr geistig unterlegenen Pearl einredete, dass es das Beste sei, ihre Tochter einer gesunden Mutter anzuvertrauen. Nur zum Wohle des Kindes natürlich. Pearl muss es später vorgekommen sein, als hätte Grace ihr das Kind gestohlen.

Wie hatte Grace ihrer Freundin nur so etwas antun können? Norma ließ die Hand mit dem Formular sinken. Sie war gleich doppelt enttäuscht. Der Gedanke, dass sie am Vorabend einen Korken im Apartment der Goddards hatten knallen hören, ließ sie noch düsterer in die Zukunft schauen. Ein Neuanfang mit Grace war offensichtlich kaum mehr möglich.

30

Mai 1946

Jim war erst einen Tag wieder im Land und hatte Norma gleich angerufen. Für ihr Treffen, das sie daraufhin vereinbart hatten, hatte er sich so richtig in Schale geschmissen. Er trug sein Sakko von der Hochzeit und das Haar mit Pomade zurückgelegt. Es wirkte wie ein Versuch, etwas flotter, glamouröser auszusehen, wozu auch reichlich Rasierwasser gehörte. Ein Jahr lang hatte sie ihn nicht mehr ohne seine Seemannsuniform gesehen.

Jim stand vor der Tür seines Elternhauses und suchte nach den richtigen Begrüßungsworten. Mit den Händen in den Hosentaschen räusperte er sich unschlüssig, als müsste er in einem Stadion voller Menschen reden. So unsicher kannte sie ihn gar nicht.

Seine Verlegenheit rührte sie, so dass sie auch erstmal kein Wort herausbekam. Eigentlich hatte sie ihren Vorschlag eines Neubeginns wie eine Rolle einstudiert, mit: *Es tut mir leid, dass ich zuletzt nur noch an mich gedacht habe*, begann ihr Monolog. Aber jetzt, wo Jim vor ihr stand, war doch alles anders. Seine Verlegenheit zeigte ihr, wie viel sie ihm noch bedeutete, wie wichtig auch ihm ihre Ehe war. Sie wäre ihm am liebsten sofort in die Arme gefallen. Viel zu lange hatte sie allein in ihrem kalten Bett gelegen.

Nervös tippte sie mit der Spitze ihres Wildlederschuhs auf den Boden. Ihr Blick blieb an Jims muskulösen Oberarmen hängen, weil sein Sakko darüber spannte. Sie fühlte sich so unendlich einsam und sehnte sich nach Geborgenheit.

»Es ist schön, dich wiederzusehen«, brachte Jim endlich heraus, »und das helle Haar steht dir wirklich gut.«

»Es ist schön, dich zu sehen«, antwortete Norma und griff sich mit einer Verlegenheitsgeste ins Haar, anstatt sich in ihre Rolle hineinzufinden. Sie war zu sehr damit beschäftigt, jede Regung von Jim zu verfolgen und zu interpretieren.

Wieder herrschte Stille, wie bei einer ungeschickten ersten Verabredung zweier Teenager. Durch das Küchenfenster drangen die Schlaggeräusche von Ethels Schneebesen in der Rührschüssel.

»Sie macht Teig für Pancakes«, kommentierte Jim.

»Mit Blaubeeren?«, fragte Norma zurück und hätte sich am liebsten für diese unwichtige Nachfrage gekniffen. Vermutlich kommentierte sie als Nächstes noch den Weg von Ethels Staubtuch über die Möbel im Haus, während die Pancakes in der Pfanne brieten.

»Vielleicht gehen wir woanders hin?«, schlug Jim mit Blick zum hochgeschobenen Küchenfenster vor.

»In den Bergen konnten wir immer stundenlang reden und haben uns ganz unbefangen dabei gefühlt«, erinnerte Norma sich mit einem sehnsüchtigen Lächeln.

Kurz darauf saßen sie im Ford, und Jim fuhr Richtung Norden. »Der Wagen schnurrt wie ein Kätzchen«, war das Erste, was er nach einer halben Stunde Fahrt sagte. Woher das Geld für die Reparatur stammte, wollte er nicht wissen.

Norma war erleichtert, als die Silhouette des Angeles National Forest vor ihnen auftauchte. Auf der Little Tujunga Canyon Road gab Jim richtig Gas, obwohl die Straßen bald enger wurden. Es war ein bedeckter Tag, einer der wenigen im Jahr ohne Sonne.

Normas Blick glitt zum Limerock Peak, dessen Gestalt ihr heute wie der Verlauf eines Lebens vorkam. Auch das Leben begann mit einem sanften Anstieg und wurde, je weiter es voranschritt, steiler und gefährlicher. Einige Menschen schafften es nie, den höchsten Punkt mit der schönsten Aussicht zu erreichen. Dort oben war die Luft sehr dünn, sodass mancher nicht mehr atmen konnte und schon vorher wieder hinabstieg. Andere stürzten ab, ohne Vorwarnung, wie sie!

Norma seufzte still. Sie vermisste Muggsie jeden Tag ein bisschen mehr. Dennoch schlich sie seit einer Woche immer wieder vor *Martin's Books* wegen eines neuen Textbuches herum. Vielleicht, weil es die einzige Ablenkung von ihrer Trauer war, die die Kraft hatte, sie länger auf andere Gedanken zu bringen. Alles war anders, seitdem Muggsie und Pearl fort waren, obwohl die Ärzte im Sanatorium in Nordkalifornien ihr telefonisch versichert hatten, dass es ihrer Mutter gut gehen würde.

Jim bog von der Hauptstraße ab und fuhr nun über jene unwegsamen Pfade, die Norma längst vertraut waren. Tief sog sie die frische Luft ein. An ihrer altbekannten Stelle stoppte er und half ihr aus dem Wagen. Dunst hing im Wald. Sie gingen zum Bach, und erst jetzt öffnete sie ihr Jäckchen etwas, unter dem sie ein schickes Kleid mit gerader Silhouette trug. Er wollte enge Kleider an ihr ja nicht mehr sehen.

»Während der letzten Wochen hatte ich viel Zeit zum Nachdenken«, begann Jim mit Blick auf das Wasser zu ihren Füßen, »über das, was mir wichtig ist, über meine Träume von der Zukunft.«

Norma war das Träumen seit Muggsies Tod vergangen, und sie rechnete auch nicht damit, dass sich das irgendwann wieder ändern könnte. Zwar drückte es dumpf hinter ihrer Brust, wenn sie an die vergebene Chance bei *Metro-Goldwyn-Mayer* dachte, aber sie ignorierte es mit aller Macht. Das würde mit der Zeit schon vergehen. Vermutlich ließ es nach wie Heimweh, wenn man sich nur gut genug in die neue Situation eingewöhnte.

Sie weigerte sich einzugestehen, dass sie dieses kribbelnde Gefühl, das sie vor der Kamera empfand, genauso wie Berührungen vermisste. Schließlich hatte dies dazu geführt, dass sie das Lebewesen, das ihr die ganze Zeit treu gewesen war, verloren hatte.

»Zuletzt habe ich zwei Kameraden erwischt, die ein Titelblatt mit dir an ihrer Kojenwand hängen hatten, und das sah ganz schön betatscht aus«, sprach Jim weiter. »Das war echt ein mieses Gefühl.«

»Oh«, entkam es ihr. Was sollte sie dazu auch anderes sagen, denn damit war ja Schluss. Dennoch schaute sie in diesem Moment leicht an Jim vorbei, als würde sich zwischen ihnen eine Kamera befinden. Es fiel ihr noch schwer, sich sämtliche Bewegungen, die sie sich während der letzten Monate hart antrainiert hatte, wieder abzugewöhnen. Eben war sie noch wie ein Fotomodell auf dem Weg zu einem Pressetermin aus dem Wagen gestiegen, mit langsamen Bewegungen und dem Licht zugewandt. Und jetzt war sie die in Trennung lebende Ehefrau.

Je weniger Norma sagte, desto mehr redete Jim. »Ich habe es nicht ertragen, dich in ihren wilden Phantasien zu sehen, und als sie dann noch sagten, dass sie von dir träumen, da bin ich ausgeflippt und habe die Bilder von ihren Wänden gerissen. Wenn ich mir vorstelle, wie viele Menschen dich erst anhimmeln werden, wenn du mit deinen Kurven die Leinwand eroberst –«, er brach ab und schüttelte den Kopf.

Norma war überrascht davon, dass er ihr die Leinwand doch zutraute. Zuletzt war er noch überzeugt davon gewesen, dass sie nicht für die Branche gemacht sei. In einem Punkt hatte Jim recht: Wenn sie erstmal auf der Leinwand erscheinen würde, würden noch mehr Menschen auf sie aufmerksam. Hollywood-Stars wurden mehr verehrt als die besten Wissenschaftler, als der Präsident oder religiöse Führer. Vermutlich, weil Filme näher und nachvollziehbarer waren als wissenschaftliche Entdeckungen oder hohe Politik. Vivien Leigh war mit *Vom Winde verweht* zum Superstar geworden und konnte keinen Schnitt mehr in der Öffentlichkeit tun, ohne erkannt und fotografiert zu werden.

»Ich habe meinen Traum von der Schauspielerei aufgegeben«, entgegnete sie tonlos. Die Worte schmeckten bitter. »Du brauchst dir darum keine Sorgen mehr zu machen. Keine Fotos und keine Filme mehr! Hat dir Ethel das nicht schon gesagt?«

Ich will nie wieder Hunger leiden, hörte sie Scarlett in Gedanken schwören. Da war es wieder, dieses dumpfe Drücken hinter ihrer Brust, so bitter wie Heimweh.

»Doch, das hat sie, aber ich konnte es nicht glauben. Also ist es wirklich wahr, Norma?«, fragte Jim mit leuchtenden Augen.

Sie nickte. Ihr Blick fuhr sein Gesicht ab, seine tief liegenden Augen, die nun wieder erwartungsvoller schauten. Sie strich ihm mit der Hand versöhnlich über den gebräunten Hals.

»Ich möchte nichts sehnlicher, als meine süße Norma nur für mich zu haben und endlich mit dir Kinder zu bekommen«, sagte Jim. Seine Lippen berührten ihre Nasenspitze beim Sprechen, so nah war er jetzt bei ihr.

Norma schaute auf. »Kinder?«

»Ja, du hast dir doch immer eine Familie gewünscht«, sagte er.

Sie stoppte Jims Hände, die plötzlich überall hinwollten. Irgendwo im Wald hämmerte ein Specht.

»Muggsies Tod hat mir gezeigt, dass ich vorerst nicht die Verantwortung für ein anderes Lebewesen übernehmen sollte«, sagte sie leise. Ihr Blick sprang über den Bach, dann die Bäume hinauf und bis zum Himmel, wo Muggsie jetzt war. Das war genau der Moment, in dem Jim sie tröstend in die Arme nehmen sollte.

»Übertreibst du nicht etwas?«, fragte er aber nur. »Muggsie war doch nur ein Hund.«

»Nur ein Hund?« Norma machte sich von ihm frei. Ahnte er überhaupt, wie wichtig ihr Muggsie in all den einsamen Wochen gewesen war, in denen sie niemanden an ihrer Seite gehabt hatte? War ihm eine Sekunde bewusst, warum sie die Schauspielerei aufgegeben hatte? Wie sehr es sie quälte, dass Muggsie gestorben war? Gott hatte das Leben eines Tieres in ihre Hände gelegt, und sie hatte es versaut!

»Norma, Süße! Lass uns nicht wegen einem Hund streiten.« Jim wollte nach ihr greifen, aber sie wich ihm aus.

Warum weigerte er sich, sie zu verstehen, sich einmal in ihre Haut hineinzuversetzen und zu fühlen, was sie fühlte? Da war sie mit einem Mal wieder, ihre alte Rage, die bis eben von Trauer und dem Wunsch nach Zweisamkeit überdeckt worden war.

Er hielt sie fest. »Hast du nicht vielleicht doch etwas viel Zeit mit deiner Mutter verbracht?«

Seine Frage traf sie tief. Er wusste, dass ihre frühere Angst vor einer vererbbaren Geisteskrankheit einer ihrer wunden Punkte war. Wie konnte er ihr nur diese Frage stellen?

»Bestimmt nicht!«, zischte sie. Dass ihre Mutter ihr verständnisvoll bei Muggsies Tod beigestanden hatte, würde ihre schönste Erinnerung an Pearl bleiben. Damit hatte sie etwas getan, das Jim vermutlich nie tun würde: mit ihr gemeinsam um ein Tier trauern. Ein Wesen, das viel zu oft dem Willen anderer unterworfen ist.

Bockig verschränkte Jim seine Arme vor der Brust. »Ich will auf jeden Fall Kinder!« Er klang verletzt, obwohl er versuchte, seiner Stimme etwas Männliches, Bestimmtes zu geben.

Norma kniff die Lippen zusammen. Wieder einmal überging er ihre Gefühle. Nur ein kleiner Schritt auf sie zu hätte Wunder gewirkt. Ein Funken Verständnis dafür, dass sie als Ehefrau selbstbestimmter als früher leben wollte. Was kostete es ihn schon, wenigstens mal über einen Kompromiss aus ihren verschiedenen Zukunftsvorstellungen zu reden. Aber nicht einmal das kam für ihn in Frage.

»Dann passt es leider nicht mit uns!«, platzte es aus ihr heraus, noch bevor sie den Satz ganz zu Ende gedacht hatte. Sie ertrug es immer noch nicht, wie einseitig Jim ihre Ehe sah. Dem war sie längst entwachsen, auch wenn sie sich gerade in einer Tiefphase ihres Lebens befand und Geldprobleme hatte.

»Also schön, dann also nicht!« Jim ließ sie los und stapfte an ihr vorbei. »Bist sowieso zu etepetete für mich geworden! Damit kann ich nichts anfangen.« Seine Verletzung stand ihm ins düstere Gesicht geschrieben. Er war es nicht gewohnt, von seiner Frau zurückgewiesen zu werden.

Ohne ihr die Beifahrertür zu öffnen, setzte er sich hinters Steuer, und kaum, dass sie eingestiegen war, trat er aufs Gas, so dass sie hart gegen die Rückenlehne gedrückt wurde.

Während der Rückfahrt redeten sie kein Wort miteinander. Normas Gedanken rasten. Mit dem heutigen Tag verlor sie den letzten Menschen aus einer ganzen Reihe vertrauter Personen. Es sah ganz so aus, als würde sie bis an ihr Lebensende einsam bleiben. Das war bitter, aber noch mehr ließ sie die Vorstellung verzweifeln, sich von einem altmodischen Egoisten auf Ehefrau, Hausfrau und Mutter reduzieren zu lassen. Sie wollte nicht irgendeinen Mann, keinen faulen Kompromiss, nur um nicht einsam zu sein. Sie sehnte sich nach einem Mann, der sie verstand, den sie mit Haut und Haar begehrte und der ihre Werte teilte. Vielleicht konnte das nur jemand sein, der eine Vergangenheit ähnlich der ihren besaß.

Mit einer Vollbremsung stoppte Jim in der Hermitage Street, sprang wütend aus dem Auto und sagte schon halb auf dem Bürgersteig: »Du kannst den Ford ganz behalten. Da saßen mir inzwischen zu viele andere Männer drin.«

Norma machte keine Anstalten, ihn wegen der »vielen Männer« zu korrigieren. Vermutlich hätte sie das ein Leben lang tun müssen, wenn sie sich wieder zusammengerauft hätten.

»Hollywood verdirbt doch jeden!«, schnauzte Jim und trat wütend einen Blumenkübel um, den Ethel neu aufgestellt haben musste.

Norma versuchte sich zum Abschied an einem freundlichen Lächeln, aber ihr Gesicht war steif wie eine Totenmaske. Selbst als sie sich eine Kamera als Mittler zwischen ihnen vorstellte, bekam sie keinen freundlichen Gesichtsausdruck hin. Die Enttäuschung saß zu tief.

Sie wechselte auf den Fahrersitz, startete den Motor und fuhr los, ohne noch einmal zum Haus der Doughertys zurückzuschauen. Auf keinen Fall wollte sie dieses Gespräch ungeschehen machen. Es hatte ihr die Augen darüber geöffnet, dass Jim nie bereit sein würde, von seinen Ansichten abzurücken.

An einer roten Ampel zog Norma ihr Jäckchen aus, weil es zu sehr nach Jims Rasierwasser roch und legte es auf den Rücksitz.

Wo jetzt ausgeschlossen war, dass sie das Leben als Ehefrau an seiner Seite wieder aufnahm, fragte sie sich, wie es sonst mit ihr weitergehen könnte. Sie brauchte unbedingt Geld für Pearls Sanatorium und die Miete für Tante Ana. Vielleicht sollte sie doch wieder ein Fotoshooting machen? Nur ein einziges pro Woche? Mit nur einem Shooting wäre sie nicht der Gefahr ausgeliefert, alles andere um sich herum zu vergessen. Als Fotomodell verdiente sie zwanzig Mal mehr, als sie es bei *Radioplane* tun würde. Ein Wiedereinstieg als Fallschirmfalterin wäre die zweite Alternative. Sie musste sich bald entscheiden! Jetzt, wo Jim keine Rolle mehr in ihrem Leben spielte, brauchte sie die Öffentlichkeit nicht mehr zu scheuen. Oder verhielt sie sich gerade wie eine Süchtige, die die kleinste Dosis der ersehnten Droge verharmloste? Sie musste unbedingt mit Tante Ana darüber sprechen, aber erst wollte sie eine Reise in die Vergangenheit antreten. Vielleicht sah sie danach schon klarer.

Norma fuhr durch North Hollywood und dann weiter westlich durch Van Nuys, wo sie mit den Goddards gelebt hatte. Vor dem Haus in der Odessa Avenue spielten Kinder. Sie beobachtete, wie eine Frau Sitzkissen in den Garten brachte. Hoch oben aus dem

Baumhaus lugte der Kopf eines kleinen Jungen heraus. Er winkte der Frau zu, vermutlich seine Mutter.

In ihrer Vorstellung sah sie Bebe und sich dort oben hocken und Root Beer trinken und sich ihre Geheimnisse anvertrauen. Ach, Bebe! Ich würde dich so gerne wiedersehen. Antworte doch endlich auf meinen Brief und sag mir, dass du mir vergibst. Ihre Stiefschwester wüsste bestimmt, wie Norma sich am besten verhalten sollte. *Radioplane* oder einige, wenige Fotoshootings?

Sie lenkte den Wagen Richtung Süden nach Sherman Oaks. Es fühlte sich an, als liefe der Film ihres Lebens vor ihrem Autofenster ab. Unweigerlich kam sie an dem Ein-Zimmer-Bungalow vorbei, in dem ihre Ehe mit Jim begonnen hatte.

Norma stellte den Motor ab und öffnete die Tür einen Spalt, um frische Luft ins Auto zu lassen.

Ihr früherer Vorgarten war perfekt gepflegt, nicht eine einzige Distel war zu sehen. Sie fragte sich, ob das Murphy-Klappbett noch im Haus stand. Auch wenn Jim und sie nie wieder ein Paar sein würden, hatten sie hier schöne Stunden miteinander verbracht. Jim hatte ihr beigebracht, zügelloses Verlangen auszuleben, anstatt sich peinlich berührt und noch halb bekleidet nur im Dunkeln zu lieben. Er hatte eine gute Ehefrau verdient, davon war sie überzeugt. Eine, die unbedingt Kinder wollte und deren magische Momente vielleicht darin bestanden, ihren Mann an einen Sessel drapiert mit einem Glas Whiskey in der Hand von der Arbeit zu empfangen. Das war vollkommen in Ordnung, nur nicht ihr Weg.

Ein letztes Mal blickte Norma zu ihrer früheren Wohnstätte zurück, da ertönte eine glockenhelle Stimme von der anderen Straßenseite. »Norma, bist du es wirklich? Norma Jeane Dougherty?«

Norma zuckte zusammen. Darauf war sie nicht vorbereitet. Sie musste sofort an Muggsies blutendes Maul denken. Nur knapp war ihre Hündin damals dem Tod entronnen. In ihrer Erinnerung hörte sie das Heulen der Polizeisirene aus der Gewaltnacht, in der die Gonzáles gelitten hatten. Kurz war sie versucht, Gas in Richtung Sawtelle zu geben, ihre Hand ging schon zum Zündschlüssel. Dann hielt sie doch inne. Was wäre, wenn sich die Nachbarinnen geändert hätten? Wenn sie ihr Verhalten bereuten? Sie durfte sie nicht vorschnell verurteilen, dann würde sie dieselben Fehler begehen wie sie. Also schaute sie nun doch zu Abigail hinüber.

Mit wiegenden Hüften kam die auf sie zu. Sie ging so elegant wie früher, aber hielt ihr Gesicht zu wenig der Sonne entgegen, damit es gleichmäßig ausgeleuchtet werden konnte. So warf ihre Nase einen Schatten auf die linke Wange, fiel Norma auf. Hinter ihr stand die englische Kletterrose in voller Blütenpracht.

Als Abigail am Ford angekommen war, sagte sie: »Schön, dich endlich wieder zu sehen.« Sie winkte in Richtung von Betty Lancasters Haus, und im nächsten Augenblick schien sich auch die Gardine bei den Millers zu bewegen.

»Guten Tag, Abigail«, grüßte Norma unschlüssig und stieg aus dem Auto, damit Abigail nicht mehr auf sie herabschauen musste.

Abigails Blick glitt ehrfürchtig über Normas goldblondes Haar und ihr elegantes, schickes Kleid. »Ich hätte mich vor deinem Umzug gerne nochmal mit dir ausgesprochen«, beteuerte sie und legte sich ihr kupferrot leuchtendes Haar auf die Schultern zurück.

Wollte sie sich etwa bei ihr entschuldigen? Selbst wenn, könnte sie ihnen dann so einfach verzeihen?

»Wo wohnst du denn jetzt?«, fragte Abigail.

»Ich lebe unweit vom Meer«, erklärte Norma. Das traf auf Sawtelle zu.

»Oh, bestimmt in einem edlen Strandhaus«, mutmaßte Abigail, »jetzt, wo du berühmt bist.«

Diese Vermutung richtigzustellen, dazu kam Norma nicht mehr, weil Betty mit einem Teller Muffins und die Millers zu ihnen stießen.

Und wie es aussah, war das dort am Ende der Straße Violet mit zwei ihrer Kinder. Betty stolzierte in jenem Kostüm heran, das Norma als Modell für *Arnolds of Hollywood* beworben hatte.

Betty drehte sich darin wie Norma sonst, wenn sie vor Glück zu schweben schien, aber Bettys Rock flog kein bisschen auf. Das Kostüm saß zu eng und schlug unschöne Falten am Rücken und über den Oberschenkeln.

»Du sahst hinreißend in der Anzeige aus«, beteuerte Betty. »Und erst das Foto mit dem Lamm auf dem *Family Circle!*« Sie hielt Norma den Teller mit den Blaubeermuffins wie ein Versöhnungsangebot hin. Die anderen Frauen beäugten Normas gepflegte Frisur, ihre Schuhe und ihre Haltung, in der sie am Ford lehnte. Unbewusst hatte sie sich fotoreif positioniert. Die Haltung war ihr Schutzschild, der die alte, unsichere Norma vor der Außenwelt verbarg und eine weltmännische Dame zeigte. Sie fühlte sich nicht wohl, immer dichter umringt von den früheren Nachbarinnen, von denen sie nicht wusste, ob sie immer noch Rassistinnen waren.

»Unsere Nachbarschaft war nie schöner als heute«, verkündete Betty. »Und alle verstehen sich blendend. Gut, dass wir damals ordentlich aufgeräumt haben.« Sie wies zu den einheitlichen Bungalows mit den gepflegten Vorgärten. »Jetzt passt hier alles und ist hübsch hell. Die Kriminalität ist seitdem kontinuierlich gesunken in unserer Straße.« Sie strahlte über das ganze Gesicht, während die anderen Frauen sich an den Muffins mit den rosa farbenen Zuckerperlen zu schaffen machten.

Das »ordentlich aufgeräumt« nahm Norma schlagartig jede Illusion darüber, dass sich in den Köpfen der ehemaligen Nachbarinnen etwas geändert hatte. Sie wollte gerade ansetzen, ihnen ihre Meinung zu sagen, als Abigail in liebevollem Ton das Wort an sich nahm: »Ich würde gerne wissen, wie es dir und deinem Mann geht? Hat Jim der Krieg auch so gut gefallen wie meinem Bernie?«

Norma brauchte ein paar Atemzüge, um die Situation zu begreifen. Die Frauen um sie herum waren sich ihres bösartigen Verhaltens noch immer nicht im Mindesten bewusst. Ob sie genauso nett zu ihr wären, wenn sie kein gefragtes Fotomodell wäre, das landesweit von Titelseiten lächelte? Sehnsüchtig sprangen ihre Gedanken zu ihrem letzten Shooting. Sie vermisste die Arbeit vor der Kamera, sie hatte sie wie keine andere jemals zuvor erfüllt. Aber darum ging es hier jetzt nicht. Erst wollte sie den Nachbarinnen ihre Verbohrtheit vor Augen führen.

»Erinnert ihr euch an die Hollywood-Party, die ich damals geben wollte?« Die Party war ein Vorwand gewesen, um die Nachbarinnen zu mehr Empathie und Toleranz zu bewegen. Sie war nie gefeiert worden, weil Abigail und Betty sie in ihren Bemühungen um Versöhnung herablassend behandelt und fortgeschickt hatten.

»Ich finde, die Feier sollten wir nachholen«, verkündete Norma in ähnlich liebevollem Ton wie Abigail eben noch.

»Oh, ja!« Abigail klang hocherfreut. Sie lächelte ihr süßestes Lächeln. Genauso hatte sie damals geschaut, als sie Norma mit einem Ginger-Ale in der Hand auf ihrer Veranda Geheimnisse anvertraut hatte.

Betty nickte, den Mund voll mit Gebäck. Sie war kaum zu verstehen. »Dann könntest du uns von den Stars erzählen, die du schon getroffen hast!«

»Im *Ambassador Hotel* habe ich mich schon mit Ingrid Bergman unterhalten. Sie ist eine tolle Persönlichkeit«, schwärmte Norma. Mrs. Bergman hatte inzwischen mehrere Bilder von Inez gekauft.

Violet klatschte begeistert in die Hände. »Wow! Sogar mit einer Oscar-Gewinnerin verkehrst du? Das ist unglaublich!« Sie stieß einen spitzen Jubelschrei aus.

Norma spürte den Blick von Mr. Miller auf ihrem Busen wie Ahornsirup an einem Pancake kleben. Sie ließ ihn an sich abperlen.

»Meinst du«, fragte Abigail ein bisschen zu devot, »du könntest uns ein Autogramm von Mrs. Bergman besorgen?«

»Oder sie sogar zu der Hollywood-Party einladen?«, traute sich Mildred zu fragen, die Finger nervös an einer neuen Plastikperlenkette.

»Ich könnte sie fragen, ja«, gab Norma leichthin zurück. Ihr Plan ging also auf.

»Und ich könnte Muffins für die Party backen«, bot Betty an. »Ich habe einen Teig entwickelt, der gar nicht dick macht! Was für eine Ehre, wenn Ingrid Bergman meine Muffins essen würde!«, hauchte Betty ergeben.

»Ich könnte Lynn und Alison, meine nächsten Nachbarinnen mitbringen, sie besitzen eine unglaubliche Plattensammlung. Dann hätten wir gleich die passende Musik«, schlug Violet euphorisch vor.

»Und Bernie kommt bestimmt auch gerne«, versicherte Abigail. »Meine kleine Donna hat oft nach dir gefragt, Norma. Sie würde sich auch freuen, dich wiederzusehen. Wie wäre es, wenn wir die Party in unserem Haus veranstalten? Es wäre mir eine Ehre, die Gastgeberin zu sein.«

»Ich würde meine Freunde dann auch mitbringen, das könnte eine illustre Runde werden«, bestätigte Norma und konnte nur mit Mühe ein Schmunzeln verbergen.

»Deine Freunde sind auch unsere Freunde«, verkündete Abigail großmütig, auch im Namen der anderen Frauen, die einstimmig nickten.

»Sehr gut.« Norma lächelte. »Tante Ana ist zwar schon etwas älter und hat Probleme mit Wasser in den Beinen, aber sie schwingt bestimmt gerne mal das Tanzbein. Und Tom und Mary würde ich ebenfalls einladen. Mary hat Mrs. Bergman auch schon kennengelernt«, sprach sie leichthin weiter.

Die Frauen nickten abermals begeistert.

»Und dann wären da auch noch«, zählte Norma weiter auf, »Inez und Pedro Gonzáles.«

Augenblicklich erstarrten die Nachbarinnen.

Norma konnte sehen, wie einer nach der anderen der vorfreudige Ausdruck aus dem Gesicht glitt. Einzig Mr. Miller grinste weiter anzüglich, ohne Norma ins Gesicht zu schauen.

Eine Weile sagte niemand etwas. Die Nachbarinnen schauten sich verunsichert an. Ein paar Sekunden gab Norma ihnen noch, dann fragte sie mit ironischem Unterton: »Ich dachte, meine Freunde sind auch eure Freunde?«

Violet knetete sich verzweifelt die Hände und schien innerlich so heftig mit sich zu ringen, dass ihr Schweißperlen auf die Stirn traten. »Vielleicht reicht doch ein Autogramm und keine Party«, brachte Abigail zögerlich hervor.

Betty stand fassungslos der Mund offen, sie hatte noch nicht ganz aufgekaut. Sie schien Normas Finte als Erste zu begreifen.

»Ein Autogramm von Mrs. Bergman wäre trotzdem schön«, murmelte Mildred kleinlaut. Violet nickte.

Norma schaute die Nachbarinnen nacheinander an. Sie wirkten erschrocken und fasziniert zugleich. Das Leuchten in ihren Augen, in der Hoffnung, Hollywood näher zu kommen, war noch nicht ganz erloschen. »Tut mir leid, aber solange Familien wie die Gonzáles für euch Menschen zweiter Klasse sind, möchte ich mit euch nichts zu tun haben«, sagte Norma und setzte sich in filmreifer Pose ins Auto zurück.

Auch als sie den Zündschlüssel ins Schloss steckte, war es ganz ruhig auf der Straße. Sie fuhr los, ohne sich noch einmal umzudrehen.

Als sie schon am Ende der Straße war, schaute sie doch noch einmal in den Rückspiegel. Die Frauen standen immer noch wie versteinert und sprachlos da und schauten ihr hinterher. Sie taten ihr ehrlich leid.

Als sie Sherman Oaks verließ, dachte sie wieder an ihre Zukunft. Das Wiedersehen mit den Nachbarinnen hatte ihr gezeigt, welches Leben sie nie wieder führen wollte. Das der biederen Hausfrau, die sich der Meinung der Familie und der Nachbarschaft anzuschließen hatte. Diese Zwänge waren wie ein Gefängnis für den Kopf. Sie brauchte einen gutbezahlten Job, der ihr Spielraum bot, den sie gerne tat und der ihr auf jeden Fall genug Zeit für ihre Lieben ließ. Das hatte ihr Muggsies Tod klar vor Augen geführt. Die, die ihr nahstanden, durfte sie nie mehr vernachlässigen. Sie entschied sich in diesem Moment, noch heute Ms. Snively anzurufen und sie zu fragen, ob es möglich wäre, nur sporadisch zu modeln. Nur so oft, wie es gerade für die Bezahlung ihrer Rechnungen nötig wäre. Außerdem spürte sie die Anziehungskraft der Kamera wieder stärker. Vielleicht könnte sie als bekanntes Fotomodell mehr engstirnigen Menschen einen Spiegel vorhalten.

∞

Als Norma wieder im Haus von Tante Ana zurück war, saß Grace am Esstisch und sprach zu Ervin über Scheidungspapiere, die sie vor sich liegen hatte. »Und, wie lief es mit Jim?«, wollte sie dann wissen.

»Jim und ich werden getrennte Wege gehen«, erkläre Norma und nahm gegenüber von Grace am Tisch Platz. Ervin nickte ihr wohlwollend zu und verließ das Zimmer.

Grace schob ihr die Papiere über den Tisch. »Ich habe dich in diese Ehe hineingetrieben, jetzt möchte ich dir helfen, da wieder rauszukommen.«

Ein bisschen kannte Grace sie doch noch, musste Norma zugeben. Sie hatte die Scheidungspapiere auf Verdacht anfertigen lassen. Norma überflog das Dokument, dann unterschrieb sie es, ohne zu zögern. Damit war die Trennung von Jim besiegelt.

»Danke«, sagte sie zu Grace und überlegte gleichzeitig, dass sie besser wartete, bis sie ungestört mit Ms. Snively telefonieren konnte. Sie wollte es so schnell wie möglich hinter sich bringen.

»Da ist noch etwas anderes«, sprach Grace weiter. »Könntest du Ervin und mir etwas Geld borgen?« Sie lächelte gekünstelt, die Bitte war ihr sichtlich unangenehm.

»Ihr braucht Geld?« Die beiden waren gutgekleidet in Los Angeles angekommen. »Was ist passiert?«

»Unsere Ersparnisse sind doch schneller aufgebraucht, und mit Ervins neuem Job hier in Los Angeles dauert es noch etwas. Das Geld wäre nur für den Übergang, bis Ervin wieder arbeitet.«

»Ich bin gerade auch knapp bei Kasse«, entgegnete Norma, »aber selbst wenn ich mehr Geld hätte, möchte ich nicht mehr weiter eure Geldleiherin sein. Vielleicht überlegt ihr euch, wie ihr euch in eurem Lebensstil einschränkt.« Mit keinem einzigen Wort hatte Grace seit ihrer Rückkunft eine Rückzahlung jener Dollar angeboten, die Norma ihr für die Arztrechnungen geschickt hatte. Lieber hatte sie sich teure Kleidung gekauft.

Als Norma fertig gesprochen hatte, zeigte Grace ein ähnlich verdutztes Gesicht wie die Frauen vorhin in Sherman Oaks. Norma las eine Mischung aus Erschrockenheit und Unverständnis aus ihren Zügen. »Und da ist noch etwas.« Norma hatte schon ein paar Tage lang überlegt, Grace mit Pearls *Antrag auf Rückübertragung der Vormundschaft* zu konfrontieren. »Du hast verhindert, dass meine Mutter sich damals nach den Bolenders wieder um mich kümmern konnte. Pearl hat mir den Antrag gezeigt.«

»Pearl hätte damals niemals für dich sorgen können«, ereiferte sich Grace. »Sie hätte eine Gefahr für dich sein können.«

»Und diese Entscheidung über ihre Gesundheit zu fällen, oblag dir?«, fragte Norma ungehalten.

»Ich wollte nur *dein* Bestes! Versteh das doch«, beteuerte Grace.

»Du wolltest *dein* Bestes«, korrigierte Norma. Hätte Grace sie wirklich wie eine echte Tochter geliebt, hätte sie sie nicht zwei Jahre im verhassten Waisenhaus warten lassen. Dann wäre sie nie nach Huntington gegangen. Mutter war man nicht zeitweise oder nur, wenn es einem in den Kram passte, sondern ein Leben lang, egal was geschah.

»Es tut mir leid«, sagte Grace betreten. »Glaub mir doch, bitte.«

Damit war Norma vorsichtig geworden.

Tante Ana trat schwer schnaufend, in jeder Hand eine Einkaufstüte, in die Küche. Damit war das Gespräch mit Grace für Norma beendet. Sie half Ana beim Wegräumen der Einkäufe und berichtete ihr auch kurz, wie das Treffen mit Jim verlaufen war. Die ganze Zeit lag Graces enttäuschter Blick auf ihr.

Ana war wenig überrascht davon, dass Norma und Jim sich nicht wieder vertragen hatten. Sie fragte auch nicht weiter nach. »Die näselnde Ms. Snively war vorhin wieder hier«, sagte sie stattdessen, während sie Milchkanister in den Kühlschrank stellte.

Norma rutschte beinahe das Glas Erdnussbutter aus der Hand. »Sie war hier?« Schnell stellte sie es zu den anderen Frühstückszutaten.

»Ms. Snively sagt«, berichtete Ana weiter, »dass du mit deiner entschlossenen Art und dem Hunger auf die Fotojobs aus ihren Mädchen deutlich heraussstichst. Sie ist überzeugt davon, dass dir eine große Karriere bevorsteht. Und ich auch.«

Norma mochte das Wort »Karriere« nicht mehr. Ihr »Weg« gefiel ihr besser. Dass Ms. Snively in solch hohen Tönen von ihr sprach, tat unendlich gut, nachdem Jim behauptet hatte, Hollywood hätte sie verdorben. Anas unermüdlicher Glaube an sie war wie ein Pflaster für ihre wunde Seele.

»*Metro-Goldwyn-Mayer* habe ich gehörig vergrault«, sagte Norma gedankenversunken und lehnte sich gegen den Küchentresen. »Auch wenn ich jetzt vielleicht wüsste, wie ich die Sache besser angehen würde, ohne dass jemand darunter leidet«, schob sie murmelnd hinterher. »Ich würde gerne wieder ein paar Fotojobs machen.« Es fühlte sich erstaunlich gut an, diesen Wunsch laut vor anderen auszusprechen. Und da war es auch wieder, dieses Heimweh-Gefühl, diese brennende Sehnsucht nach der Erfüllung eines Traumes, der zum Greifen nah erscheint. Dies weiter zu ignorieren, käme einer Bankrotterklärung an ein erfülltes Leben gleich. Zu viel hatte sie schon in die Erfüllung ihrer Wünsche investiert.

»Ich finde, du solltest dich ruhig wieder fotografieren lassen«, befand Ana und sackte erschöpft auf einen Stuhl.

»Ms. Snively sagt übrigens auch, dass es seit gestern ein zweites Filmstudio gibt, dass Interesse an dir angemeldet hat.«

Norma war sofort bei ihr. »Du scherzt!?«

Ana lächelte liebevoll. »Die Herren von *Twentieth Century-Fox* würden dich gerne kennenlernen. Sie laden dich am neunzehnten Juli auf ihr Studiogelände für Probeaufnahmen ein.«

So schnell und solch ein großes Studio? Der kleine Vogel in ihrem Magen begann, wie wild umherzuflattern, sodass sie beinahe Schnappatmung bekam. »Bis dahin schaffe ich es niemals, mich gut vorzubereiten.«

Ana hielt ihr das befleckte Textbuch von *Vom Winde verweht* hin, das noch etwas nach Bohneneintopf und Mülleimer roch. »Was vergibst du dir, wenn du es wagst?«

Das flatternde Vögelchen ließ Norma nach dem Buch greifen.

»Bereite dich ganz in Ruhe vor, Kindchen. Wir werden dich nicht dabei stören, es sei denn, du brauchst uns, um die Rolle vorzubereiten.« Bei diesen Worten sandte Ana Grace einen auffordernden Blick, der sie nicken ließ.

»Du bist so warmherzig, klug und kannst hart arbeiten, Norma. Du schaffst das«, war Ana überzeugt.

»Wer wird bei diesem Termin dabei sein, wusste Ms. Snively das?«, fragte Norma nach.

»Der Talentscout von *Twentieth Century-Fox*. Ein gewisser Ben Lyon, den ich, wenn ich mich recht erinnere, schon mal im Kino gesehen habe. Ein ausgesprochen gutaussehender Mann.« Sie lächelte spitzbübisch.

Normas Puls schoss sofort hoch. »Ben Lyon hat schon an der Seite von Jean Harlow gedreht. Ihr gemeinsamer Film *Hell's Angel's* war ihr Durchbruch. Er galt als Jeans Entdecker, weil er sie für die Rolle der Helen in dem Film vorgeschlagen hatte.«

Grace benickte jeden Satz, den Norma sagte.

»Und ein gewisser Darryl Zanuck wird auch dabei sein«, ergänzte Tante Ana noch. »Der Chef von dem ganzen Laden am Pico Boulevard.«

Darryl Zanuck? Von dem Weiberhelden hatte Norma bisher nichts Gutes gehört und gelesen. Einzig seine Filme beeindruckten sie. Vielleicht nutzte sie die Probeaufnahmen auch dazu, diesem unangenehmen Mann mal zu zeigen, was Blondinen so alles draufhatten. Es hieß nämlich, dass Mr. Zanuck brünette Frauen eindeutig bevorzugen würde.

31
19. Juli 1946

Legt man eine Katze in den Sand, lässt sie dort eine Weile liegen und hebt sie dann vorsichtig wieder hoch, sieht man im Sand den Abdruck ihres gesamten Körpers. Beim Menschen würde man nur den Abdruck des Kreuzes und der Schulterblätter erkennen, weil alle anderen Körperteile gewohnheitsmäßig angespannt sind. Für einen Schauspieler ist es essenziell, war der große Stanislawski überzeugt, diese Verspannungen aufzuspüren und zu entkrampfen, denn sie hindern den Künstler daran, sich ganz in seine Rolle hineinzudenken.

Genau aus diesem Grund lag Norma auf dem Boden in der Garderobe der *Twentieth Century-Fox* und versuchte, ihren Körper zu entspannen. Das war gar nicht so einfach, wenn man vor Aufregung zitterte und die Gedanken sich seit Wochen nur um eine einzige Person drehten, um Scarlett O'Hara. *Und müsst ich auch stehlen, lügen und sogar töten. Ich schwöre bei Gott. Ich will nie wieder Hunger leiden!*

Norma schnurrte ein paar Mal hintereinander, rollte sich wie eine Katze zusammen und atmete tief ein und aus, aber ihr Körper wollte sich nicht lockern. Es war ihr schon peinlich genug gewesen, ziemlich unelegant hinter der Sekretärin von Ben Lyon in eine der Garderoben in der Produktionshalle zu stöckeln. Für diesen wichtigen Tag hatte Ms. Snively ihr aus dem Agenturfundus ein paar schwarze, hohe Pumps geborgt, die Norma schon bei einigen Shootings getragen hatte. Heute behinderten sie sie, weil ihr sogar die Oberschenkel zitterten. Derart verkrampft wollte sie auf keinen Fall auf die Bühne treten.

Halb elf war sie am Firmentor am Pico Boulevard in West Los Angeles erschienen, inzwischen musste es kurz vor elf sein. Tante Ana und die Goddards hatten sie im Ford hergefahren und warteten vor dem Studiogelände auf sie. Sie hatten eine Flasche mit Traubensaft dabei, der mit Kohlensäure versetzt und verkorkt war, der beim Öffnen herrlich ploppte. Grace und Ervin hatten so manchen Korken dieses in der Prohibition beliebten Ersatzgetränkes auch schon bei Tante Ana im Haus knallen lassen. Sie tranken doch nicht wieder. So verkrampft, wie Norma sich heute fühlte, würde die Flasche Traubensaft sicher unberührt bleiben.

In den letzten Wochen hatte sie sich die Hunger-Szene Wort für Wort erarbeitet. Ihr war, als hätte sie dabei einen Schatz gehoben. Und ihr war klar geworden, wie elementar ein emotionales Gedächtnis für die Schauspielerei war. Es war ihr Sammelsurium an Gefühlen, die sie als Norma bereits durchlebt hatte. Hass auf diskriminierendes Verhalten wie bei Inez und Pedro, Leid beim Tod von Muggsie, Liebe, die sie für Jim früher empfunden hatte, Enttäuschung über Bebes ausbleibende Antwort und Hoffnung darauf, endlich ihre traurige Vergangenheit abzulegen und Schauspielerin zu werden – um nur einige zu nennen. Damit besaß sie einen unglaublich reichen Schatz an Empfindungen, die sie für die unterschiedlichsten Rollen würde abrufen können, um sie ausdrucksstark und authentisch zu verkörpern. In Scarletts Wunsch, nie mehr Hunger leiden zu müssen, hatte sie all ihre Verzweiflung und Entschlossenheit aus jener Zeit eingebracht, in der sie nie mehr ein Waisenhaus von innen sehen wollte. Ihre Vergangenheit half ihr für die Zukunft. Sie war wichtig für ein wahrhaftiges Spiel vor der Filmkamera! Das hätte sie nie für möglich gehalten und gab ihr gleichzeitig ein Gefühl von Stärke.

Norma wollte sich gerade auf die Seite drehen, als es an der Garderobentür klopfte. »Ms. Dougherty, sind Sie bereit für Ihre

Probeaufnahmen?« Das war Ben Lyon, der Talentscout von *Twentieth Century-Fox*.

Norma rappelte sich auf. Der wichtigste Moment ihres Lebens begann genau jetzt! Ihr Herz schlug schneller, sie schwitzte zwischen den Brüsten, und ihre Beine zitterten. Es war ungewohnt, mit »Miss« angesprochen zu werden. Es war ein langer Weg bis hierher gewesen, der ihr das Äußerste abverlangt hatte. Beinahe wäre sie durch ihre Selbstsucht daran gescheitert.

»Einen kleinen Moment bitte noch!«, rief sie und zog ihre Bluse und den gelben Rock aus, den Tante Ana ihr am Bund etwas enger gemacht hatte. Es dauerte eine Ewigkeit, bis sie erst den Reifrock, das mit dünnen Metallstäben gespickte Korsett und darüber das Krinolinenkleid mit dem mit Volants verzierten Überrock anhatte. Sie brauchte schon eine Ewigkeit, bis sie die zwei Dutzend Ösen des Korsetts eingehakt hatte. Die Schnürung darüber mit den hübschen Samtbändern bekam sie nur liederlich hin. Wenigstens fielen ihre steifen Beine unter der ausladenden Kleidung nicht auf.

Als Letztes schlüpfte Norma noch in ihre hochhackigen, schwarzen Pumps. »Ich bin bereit«, rief sie zur Tür, was eine glatte Lüge war. Sie könnte noch gut eine Stunde gebrauchen, oder einen Tag. Oder noch besser, sie würde in einer Woche wiederkommen? Ob das möglich wäre?

Ben Lyon betrat die Garderobe. »Sie haben das Kostüm schon angezogen, sehr gut. Herzlich willkommen bei den *Fox*-Filmstudios. Ich hoffe, Sie fühlen sich wohl bei uns.«

Norma lächelte gekünstelt, obwohl der Talentscout nett wirkte und sich wie ein Gentleman verhielt. Er trug einen Anzug mit Weste und Krawatte und ein Einstecktuch im Jackett. Aber vor allem waren es seine vornehme Stimme und seine Haltung, die diesen angenehmen Eindruck erweckten. Ben Lyon stand aufrecht, ohne überheblich zu wirken. Bei seinem Anblick straffte sich Norma automatisch.

Er schüttelte ihre vor Aufregung feuchte Hand. »Ich freue mich sehr, Sie endlich kennenzulernen, Ms. Dougherty.«

Als er kurz zur Seite schaute, wischte sie ihren Handschweiß am Überrock ab. »Ich freue mich auch«, piepste sie. Vermutlich hielt er sie jetzt schon für ungeeignet.

»Bevor Sie vor die Kamera treten, wird Allan Snyder noch Ihre Haare und Ihr Make-up machen«, erklärte Ben Lyon. »Kommen Sie, Ms. Dougherty.«

Er führte sie in einen Raum, in dem vor einem riesigen Spiegel Kosmetikprodukte im Wert von mehreren Hundert Dollar standen. Allein der Berg Lippenstifte hätte Tante Anas Esstisch unter sich begraben können.

»Whitey, in einer halben Stunde soll Ms. Dougherty fertig geschminkt am Set sein«, sagte Ben Lyon an den Maskenbildner gewandt, dann verabschiedete er sich mit einem vornehmen Kopfnicken bei Norma und verließ die Maske.

»Bitte tragen Sie eine besonders dicke Grundierung auf«, bat Norma den Maskenbildner, damit man ihre roten Flecken auf den Wangen nicht länger sah.

Allan Snyder war erst etwas zögerlich damit, aber er tat ihr den Gefallen. Er war ein scheuer Mann und plauderte nicht munter drauflos, wie Norma es von Maskenbildnern und Friseuren bei Fotoshootings gewohnt war. Mit angenehmer Stille konzentrierte er sich auf seine Arbeit, sie verfolgte es fasziniert. Er betonte ihre Augen mehr, als sie es bisher getan hatte. Für ihre Lippen wählte er ein Amarena-Rot aus und umrahmte sie zuerst mit einem Konturenstift. Damit wirkte ihr Mund deutlich schärfer gezeichnet. Es gefiel ihr, wie vorsichtig er mit ihr umging und wie wenig er sie beim Zurechtmachen berührte. Das hatte sie oft anders erlebt, aber ihre Aufregung sank dadurch nicht.

Sie erinnerte sich an die schwierigen Situationen in ihrer jüngsten Vergangenheit, die sie trotz größter Aufregung dennoch gemeistert hatte. Ihre Hochzeit, ihre Hochzeitsnacht, das Bewerbungsgespräch mit Ms. Snively in der Agentur, viele Fotoshootings mit immer neuen Fotografen, ihr Disput mit dem Manager des *Cocoanut Grove* … Sie nickte sich im Spiegel aufmunternd zu, während Allan ihr das Haar zu einer Steckfrisur aus dem neunzehnten Jahrhundert arrangierte.

Als das geschafft war, führte der Maskenbildner sie durch einen Irrgarten aus Gängen, Bauten und Räumen. Norma war froh, dass er bei ihr war, dann könnte er sie jeden Moment auffangen, sollten ihre wachsweichen Beine wegknicken. Vermutlich konnte man sogar durch das Korsett das Wummern ihres Herzens sehen. »Hochzeit, Hochzeitsnacht, Bewerbungsgespräch bei *Blue Book* …«, sprach sie leise vor sich hin.

Erst als Allan ihr sagte: »Ihre Probeaufnahmen sind etwas ganz Besonderes, Ms. Dougherty«, kam Norma aus ihrer Gedankenwelt wieder zurück in die Realität. Für sie waren die Probeaufnahmen das Aufregendste und Angsteinflößendste, das sie jemals erlebt hatte.

»Mr. Lyon hat nämlich den besten und Oscar-prämierten Kameramann der *Fox*, Leon Shamroy, hinzugebeten«, sprach Allan weiter. »Normalerweise werden Probeaufnahmen nur von Kameraassistenten durchgeführt.«

Eine vorsichtige Freude auf diesen Bilderzauberer mischte sich in Normas Aufregung. Zu Fotografen hatte sie immer einen guten Draht gehabt, zu Kameramännern zukünftig hoffentlich auch. *Hochzeit, Hochzeitsnacht …*

Als sie sich kurz darauf in der Kulisse eines Wohnzimmers wiederfanden, begann sie schon, Scarletts Text aufzusagen. Da wedelte plötzlich ein Mann wild mit den Armen und lief aufgeregt auf sie zu.

»Was hat sie denn da im Gesicht, Whitey?«, blaffte der den Maskenbildner an und deutete auf Norma, die gar nicht wusste, wie ihr geschah. »Ihr Make-up ist viel zu dick aufgetragen!«

Norma rutschte das Herz in den Unterrock und sie erstarrte. Sie brauchte das dicke Make-up, damit man ihre peinlichen, roten Flecken nicht sah. Sie würde im Boden versinken, wenn die vergrößert auf einem Kamerabildschirm zu sehen wären. Dann würden sie gleich erkennen, dass sie nicht makellos war. Sie versuchte sich zu bewegen, wenigstens höflich zu lächeln, aber ihr ganzer Körper fühlte sich wie versteinert an. Wie sollte sie in dieser Verfassung vorspielen? Verzweifelt rang sie nach Luft, wenigstens kurz und flach zu atmen, gelang ihr noch. Am liebsten wollte sie im Boden versinken.

Ben Lyon kam zur Gruppe dazu. »Beruhige dich bitte«, bat er.

Norma schluckte und presste die Zunge gegen den Gaumen. Das war der schlechteste Start in den wichtigsten Tag ihres Lebens, den man sich vorstellen konnte. Hoffentlich gelang es ihr wenigstens, die Tränen zurückzuhalten. Sie war immer noch stocksteif und versuchte verzweifelt, ihren linken Fuß unter dem Krinolinenkleid zu bewegen.

Der Angesprochene kam nun jedoch erst richtig in Rage und lief dunkelrot im Gesicht an. Seine Haut war großporig und glühte, während er sich ereiferte: »Wir sind hier beim Film, nicht auf einem Fotoshooting! Und solange ich Kamera mache, kommt mir sowas nicht vor die Linse!«

Dieses Ungeheuer war der Kameramann Leon Shamroy? Kalter Schweiß trat Norma auf die Stirn, und sie konnte spüren, wie sich die dicke Grundierung auf ihrem Gesicht langsam verflüssigte, weil sie schrecklich schwitzte. Bereits vor der ersten Aufnahme hatte sie es sich mit dem Oscar-prämierten Kameramann des Filmstudios verscherzt? Schlechter konnte es kaum laufen, außer, ihr rutschte gleich noch das Kleid vom Körper. »Da-, da-, das dicke Make-up war mei-, mein Wunsch«, brachte sie zur Verteidigung des netten Maskenbildners hervor.

Wenn Ben Lyon ihr Stottern überraschte, ließ er es sich nicht anmerken. Unaufgeregt erklärte er ihr: »Beim Film müssen wir jede kleine Regung in Ihrem Gesicht erkennen können, Ms. Dougherty, deswegen tragen wir das Make-up nur dünn auf. Und das wird Whitey jetzt bei Ihnen auch tun, einverstanden?«

»Du fragst sie, ob sie einverstanden ist?«, keifte der Kameramann mit hochrotem Kopf, ganz offensichtlich ein Choleriker der übelsten Sorte. »Das hier ist doch kein Wunschkonzert!«

Norma nickte verzweifelt. Die Sache war ihr schrecklich unangenehm, ihr wurde speiübel. Konnte sie diesen Fehler irgendwie wiedergutmachen? Sie war keine ausgebildete Schauspielerin, eine Glanzleistung, die alle vom Hocker riss, würde sie bestimmt nicht zu Stande bringen. Verzweifelt biss sie auf ihre Lippen, während Allan sie durch den Irrgarten an Gängen in die Maske zurückführte. Sie hatte längst die Orientierung verloren. Es machte alles keinen Sinn mehr. Sie durfte die knappe Zeit der hohen Filmleute nicht länger vergeuden.

»Sie brauchen mich nicht neu zu schminken, Whitey«, sagte sie, als sie wieder besser Luft bekam. Der Motor des Fords musste noch warm sein. Besser, sie ersparte allen Anwesenden weitere Peinlichkeiten. In ihrer Vorstellung zerbarst das Puzzle einer besseren Zukunft in tausend Teile. Nun lief auch sie puterrot an. Sie war nicht wütend auf den cholerischen Kameramann, sondern auf sich selbst. Sie hatte es gründlich vermasselt! Einzig sie war schuld an dem Debakel. Sie hätte sich vorher erkundigen sollen, wie Schauspieler geschminkt wurden, anstatt, von sich selbst überzeugt, ihren eigenen Stil durchzusetzen. Was hatte sie dabei nur geritten? Die alte Selbstsucht oder unangemessenes Selbstbewusstsein?

»Bleiben Sie bitte ganz ruhig«, sprach Allan. »Atmen Sie ein und aus. Ein und aus.« Er hob und senkte seine Arme dabei. »Leon ist aufbrausend, aber er macht die besten Kamerabilder. Bitte geben Sie nicht vorschnell auf. Schon manch erfolgreiche Schauspielerin hatte es nicht leicht beim Probedreh. Das ist normal.«

Norma atmete langsam wieder normaler. Etwas Ähnliches hatte ihr David Conover auch ans Herz gelegt. Er hatte auf die Kleeblätter in dem irischen Lokal gezeigt und gesagt: *Wenn du eines Tages dort oben neben Bing Crosby kleben willst, dann darfst du nicht nach dem ersten Stolpern aufgeben. So funktioniert dieses Geschäft nicht.*

Wenn sie jetzt wirklich ging, würde sie David nie wieder unter die Augen treten können, Tante Ana würde aus Enttäuschung vielleicht weinen, und sie selbst würde weiter unglücklich und abgebrannt bleiben. Außerdem vergab sie sich damit ihre einzige Chance, diesem Darryl Zanuck zu beweisen, was Blondinen draufhatten. Wenn sie daran dachte, den *Stanislawski* für immer aus ihrem Leben zu verbannen, wollte sie keine Minute länger in die Zukunft schauen. Also nickte sie schließlich, obwohl es sich in ihrem Magen anfühlte, als hätte sich das Vögelchen die Flügel gebrochen.

Allan begann daraufhin, ihr die Samtbänder des Krinolinenkleides korrekt zu binden, aber ohne sie zu berühren. Dann bat er sie auf den Stuhl vor den großen Spiegel und machte sich an das neue Make-up.

Als sie fertig und zurück in der Kulisse waren, vermied Norma es, in Richtung der Kamera zu schauen. Mit pochendem Herzen gab sie Ben Lyon zu verstehen, dass sie bereit für die Probeaufnahmen war.

Zu ihrer Überraschung überreichte er ihr das Textbuch von *Laura*. »Ich bin gespannt auf ihre Darstellung«, sagte er und lächelte verwegen.

»Laura?«, brachte sie irritiert hervor. Nur die Scarlett beherrschte sie aus dem Effeff, die war der Klassiker für anspruchsvolle Probeaufnahmen. Das hatte ihr Ms. Snively mehrfach versichert. In so vielen mühsamen Stunden hatte sie gelernt, voller Verzweiflung verrottetes Radieschen zu essen, und dann mit bebendem Körper auf dem Boden liegend zu weinen. Das alles war umsonst gewesen? Aber was blieb ihr übrig? Sie musste sich unbedingt an *Laura* erinnern. Es war ein spannender Krimi, in den der Aufstieg einer starken Frau verwoben war. Die Hauptfiguren waren die kluge wie wohlhabende Laura, die es bis in den Vorstand einer Werbeagentur geschafft hatte, Waldo, ein zynischer Radiokolumnist Ende fünfzig und zugleich Lauras Mentor, und der Kriminalbeamte Mark McPherson, in den sich Laura verliebt hatte.

»In unserer Szene versucht Waldo, Laura klarzumachen, dass sie sich nicht in den Kriminalbeamten verlieben soll, weil Waldo Laura für sich haben will«, erklärte Ben Lyon. »Sie erinnern sich an diese Szene in Lauras Wohnung kurz vor dem Ende des Films?«

»Ja«, antwortete Norma verunsichert. Die Szene lebte vom ruhigen Auftritt Lauras einerseits und dem nervösen Waldo andererseits, der langsam die Kontrolle zu verlieren begann. Norma fand sie meisterhaft gespielt. Bestimmt hatte Gene Tierney wochenlang für die weibliche Hauptrolle geübt. Und sie selbst sollte es mal eben so schnell auf die Bühne bringen? Das konnte ihr gar nicht gelingen!

»Wir machen eine Textprobe, mit Ihnen als Laura und mir als Waldo«, sagte Ben Lyon. »Erst danach nehmen wir die Kamera dazu.«

Norma erstarrte vor Ehrfrucht. Sich mit Ben Lyon zu unterhalten war eine Sache, gemeinsam mit ihm auf der Bühne zu stehen, nochmal eine ganz andere. Er hatte schon mit Jean Harlow gespielt! Diesen Moment würde sie nie vergessen, auch wenn sie völlig versagte. »Aber warum dann das Krinolinenkleid?«, fragte sie.

Ben Lyon lächelte und steckte sich dabei eine weiße Blütenattrappe ans Revers, wie Waldo sie in der Szene trug. »Das ist eine kleine Übung, um zu schauen, ob Sie außergewöhnlichen Situationen gewachsen sind, wie sie beim Film häufig vorkommen.«

Norma nickte, aber war in Gedanken schon beim Vorspielen. Sie setzte sich an den Tisch, wo Laura in der Szene saß und war etwas irritiert davon, wie einfach das Möbelstück war. Im Film war Lauras Apartment edel eingerichtet. Ausladende Blumensträuße, wohin man nur schaute, teure Lüster an den Wänden, Doppelflügeltüren und schwere Stoffe vor den großen Fenstern. Vielleicht auch deswegen hatte sie Probleme, sich in die Rolle hineinzufinden. Oder lag es an ihrer Scarlett-Frisur, die gar nicht zu Lauras Zeit passte?

Norma griff nach der Kaffeetasse vor sich. So stand es in den Regieanweisungen des Textbuchs. Mechanisch sprach sie die ersten Zeilen der Szene vor sich hin, während Ben Lyon neben ihr kamerareif als Waldo glänzte. Entschlossen ging er vor dem Kaffeetisch auf und ab, die Hände in den Jacketttaschen. »Er ist völlig unfähig zu einer warmen, normalen menschlichen Beziehung«, sprach er als Waldo über den Kriminalbeamten. »Als du unerreichbar warst, als er dich für tot hielt, hat er dich am meisten begehrt.«

Norma schaute nicht von ihrem Textbuch auf, als sie erwiderte: »Aber er war froh, als ich wieder da war. Als hätte er immer auf mich gewartet.« Sie versuchte sich an Lauras besonnenem Lächeln, aber es misslang ihr, weil sie bei dem Wort »tot« die reglose Muggsie vor sich liegen sah, ihre Schnauze zwischen den Kissen auf der Couch. Ihr emotionales Gedächtnis war riesig, aber noch unsortiert.

Ben Lyon kam hinter sie. »Kennst du seine Bezeichnung für Frauen? Bienen! Einer Biene in Washington Heights hat er einen Fuchspelz spendiert – seine eigenen Worte.«

»Das hat nichts zu sagen«, erwiderte Norma bemüht selbstsicher. Die Lampen am Set blendeten sie, sodass sie sich vom Tisch und von Waldo abwandte, obwohl sie ihn hätte anschauen sollen.

»Das lohnt sich nicht mit ihr!«, meldete sich Leon Shamroy von hinter seiner Kamera zu Wort. »Für sie einen teuren Technicolor-Film einzulegen, ist reine Verschwendung!«

Norma dachte erneut an Davids Worte aus der Taverne. Sie durfte nicht aufgeben, an sich zu glauben. Das hatte sie ihm und damit auch sich selbst versprochen. Sie brauchte ein dickeres Fell als angehende Schauspielerin. Sie war viel zu empfindlich. Sie sollte sich lieber ihre Chancen vor Augen halten, anstatt ständig ihre Schwächen zu bedauern. *Hochzeit, Hochzeitsnacht*, begann sie in Gedanken aufzuzählen und blieb in der Kulisse. Es war eine herausragende, einzigartige Chance, mit Ben Lyon spielen zu dürfen. Sie wollte alles geben, nur um bleiben und von ihm lernen zu dürfen.

Ben Lyon spielte, unbeirrt von den Worten des Kameramanns, weiter, sein Waldo war auf eine subtil-bedrohliche Art genial. »Laura, du hast leider eine tragische Schwäche. Für dich ist ein schlanker, kräftiger Körper das Maß für einen Mann. Und du wirst dabei immer verletzt.«

Allan lächelte Norma aufmunternd zu. Die nächsten Worte sprach sie deswegen schon überzeugter und trat von ihrem Rollenpartner weg. »Nie wieder wird mich ein Mann verletzen, keiner, nicht einmal du!«, sagte sie mit dem Rücken zu Waldo. Sie erinnerte sich an das Gespräch mit Jim oben in den Bergen und wie mutig sie für ihre Vorstellung von der Zukunft und dem Mann an ihrer Seite eingetreten war. Da war sie Laura ähnlich gewesen.

Ben Lyon griff nach ihr und drehte sie mit einer dominanten Geste zu sich herum. Für eine Sekunde fiel sie aus ihrer Rolle und schaute fasziniert auf seine Hände, die schon Jean Harlow berührt hatten. Sie konnte sich kaum in dieser Pose halten, ihr Fuß drohte umzuknicken, und in einer Hand musste sie ja immer noch das Textbuch halten.

»Ich? Dich verletzen?«, fragte er, seine Stimme war nun gefühlvoller.

Norma versank in Bens dunklen Augen und war gefesselt von der Leidenschaft in seiner Stimme. Nur einen Augenblick später wich ihr die Kraft aus dem Körper, und sie fiel zu Boden. Verzweifelt rappelte sie sich wieder auf, um neu anzusetzen, aber Leon Shamroy winkte ab und drehte sich mit der Hand vor dem Gesicht weg.

Norma war klar, dass sie gerade alles andere als die überzeugende Vorstellung einer starken Frau wie Laura abgeliefert hatte. Wie schlimm es wirklich war, war den Umstehenden deutlich anzusehen. Peinlich berührt schauten sie sich in der Kulisse um. Niemand wagte es, Norma direkt anzublicken.

Ben Lyon rieb sich nachdenklich das Kinn. Anscheinend dachte er darüber nach, wie er die Absage mit den Worten eines Gentlemans formulieren könnte.

Fieberhaft überlegte Norma, ihm die Hunger-Szene aus *Vom Winde verweht* anzubieten, obwohl sie sich noch nicht wieder stark genug fühlte, was für die Rolle der Scarlett aber notwendig war. Ihre Hände zitterten und ihr Puls überschlug sich. Sie hatte die Hunger-Szene täglich mit Ana geprobt, sich sogar das Gesicht und die Hände beschmutzt und Scarletts Mittelscheitel gezogen. Sie fasste schon nach ihrer Steckfrisur und löste die Klemmen daraus, denn Scarlett trug das Haar in der Szene offen. Auch mit halber Kraft wollte sie es versuchen, nur nicht aufgeben.

»Schick sie endlich nach Hause!«, verlangte der Kameramann.

Aber Ben Lyon schüttelte den Kopf und ging zu ihm. »Wir sollten es anders angehen. Lasst uns eine kurze Pause machen und überlegen.«

Norma blieb zusammengesunken in der Wohnzimmerkulisse zurück. Sie hatte verloren, aber hart gekämpft. Wenigstens das konnte sie sich später, wenn sie wieder bei *Radioplane* Fallschirme faltete, nicht vorwerfen. Nach anfänglichem Holpern hatte sie alles gegeben, und es würde eine schöne Erinnerung vom Spiel mit Ben Lyon bleiben. Eine Träne lief ihre Wange hinab, aber sie wischte sie nicht weg. Sie durfte traurig sein, es machte ihr nichts aus, dass man sie so sah.

Als sie aus tränenfeuchten Augen aufschaute, betrat ein freundlicher Herr mit einer Zigarre in der Hand die Halle. Sie erkannte ihn wegen seiner zierlichen, kleinen Gestalt und den Hasenzähnen sofort wieder. Es war der Schauspieler auf Rollensuche, den sie in den Bergen kennengelernt und im *Cocoanut Grove* wiedergesehen hatte. Sie winkte ihm zu, wenigstens ein vertrautes Gesicht am peinlichsten Tag ihres Lebens.

Er kam zu ihr in die Kulisse. »Sie sind blond geworden«, sagte er erstaunt, auch ein wenig enttäuscht.

»Wider Erwarten gefällt es mir sehr gut«, entgegnete Norma. In Vorbereitung auf die Probeaufnahmen hatte sie sich das Haar sogar noch einen Ton heller färben lassen. Sie war nicht mehr gold-, sondern hellblond. Sie musterte den Schauspieler genauer und fand, dass er weniger deprimiert als bei ihrer letzten Begegnung aussah.

»Konnten Ihre Frau und Sie sich wieder versöhnen?«, fragte sie vorsichtig.

Er zog an seiner Zigarre und nickte. »Als sie mich betrog, verstand ich erst, wie verletzend solch ein Verhalten ist und wie sehr ich sie damit verletzt habe. Wir haben uns eine ganz Nacht darüber unterhalten, das war heilsam. Ich habe ihre Gefühle von früher selbst durchlebt. Am Ende hat sie mir sogar gestanden, dass sie nie fremdgegangen ist, mir lediglich eine Lektion erteilen und mich etwas schmoren lassen wollte.«

»Das klingt nach einer selbstsicheren Frau mit eigenen Wünschen«, bemerkte Norma und lächelte angetan.

»Ich weiß«, sagte er, »und ich arbeite hart daran, ihr ihren Wunsch zu erfüllen. Als Neuanfang habe ich sie zu einem romantischen Essen eingeladen, warte aber noch auf ihre Antwort.«

»Sind Sie nach mir dran mit Probeaufnahmen?«, fragte Norma. »Ich wünsche Ihnen auf jeden Fall mehr Glück als mir.« Sie beugte sich zu ihm und verriet: »Ich habe mich gerade angestellt, als wäre ich eher zufällig hier hineingeraten.« Jetzt, wo es ausgesprochen war, war sie irgendwie erleichtert.

»Die haben ausgerechnet *Sie* in diesem steifen Rock auftreten lassen?«, fragte er und wandte sich zu den Herren bei der Kamera um, die sich immer noch berieten. »Warten Sie mal!«

Norma erwiderte gerade: »Aber eine Schauspielerin sollte auch in historischen Kostümen eine gute Figur abgeben«, als sie sah, wie ihr Bekannter zielstrebig auf Leon Shamroy zuging. Der Kameramann war einen ganzen Kopf größer als er.

Was tat er da? Wenn er Leon Shamroy jetzt ansprach, würde der mit Sicherheit vor Wut explodieren, sie musste ihn unbedingt davon abhalten. Das könnte ihn seine Karriere kosten. »Bitte, tun Sie das nicht. Sie könnten sich Ihre Chance auch ver-«

Doch Shamroys Stimme unterbrach sie: »Endlich bist du da!«

Norma blieb abrupt stehen. Was war denn mit dem Kameramann passiert? Warum war er plötzlich so freundlich?

»Wir kommen hier nicht weiter, Darryl!«, erklärte der jetzt.

Darryl? Das konnte nicht sein. Norma versteinerte erneut. Wie hatte ihr das nur passieren können? »Sind Sie nach mir dran mit Probeaufnahmen?«, hörte sie sich wieder fragen.

Ben Lyon winkte Norma neben sich. »Darryl, das ist Ms. Dougherty.«

Sie wäre am liebsten im Boden versunken, aber mit dem ausladenden Kleid war das nicht so einfach möglich. Mit zaghaften Schritten trat sie zu dem Studioboss. Es war unglaublich, dass sie den Chef der *Fox* so lange schon gekannt und sich mit ihm vertraut unterhalten hatte. Sie wollte um Verzeihung bitten, aber Darryl sagte vor ihr an Ben Lyon gewandt: »Wir kennen uns schon« und zwinkerte ihr zu. »Sie hat den besten Überschulterwurf, den ich jemals gesehen habe.«

Die Situation war so absurd, dass Normas Anspannung sich in

einem Lachen entlud. Natürlich behielt sie für sich, dass er damals nur Gründler geangelt hatte.

»Wenn Sie lächeln, gefallen Sie mir schon viel besser«, bemerkte Ben Lyon. Leon Shamroy beäugte sie weiter kritisch.

»Ich will sie auf jeden Fall natürlich sehen«, erklärte Darryl der Runde, die Zigarre im Mundwinkel. »Für sie kämen andere Rollen als die der *Laura* in Frage. Ich will sie ganz ohne Make-up, die Haare offen und in der Kleidung sehen, in der sie hergekommen ist«, gab er Anweisung.

Kurz darauf stand Norma abgeschminkt und unscheinbar in dem gelben Rock, den Bebe ihr genäht hatte, in der Nachbarkulisse des Wohnzimmers. Es war der Innenbereich des Saloons, in dem einige Szenen aus *Ritt zum Ox-Bow* gedreht worden waren.

»Wir machen das Ganze ohne Probe«, wies Darryl das Team an. Die Lichter wurden gedämpft und ohne Diskussion ein Technicolor-Film in die Kamera eingelegt.

»Stellen Sie sich vor«, sagte Darryl zu Norma in entspanntem Ton, als säßen sie angelnd am Ufer eines Bachs irgendwo in den Bergen, »Sie betreten diesen Raum hier und wollen die Aufmerksamkeit aller Anwesenden auf sich ziehen, aber ohne Worte zu benutzen.«

Allan kam angelaufen und puderte Norma nur hauchdünn ab, damit nichts von ihrer Natürlichkeit verloren ging, wie er sagte. Im nächsten Moment wurde auch schon eine Klappe geschlagen, und Ben Lyon rief »Und: Action!«

Sie fühlte sich nun gar nicht mehr wie eine Schauspielerin, sondern wie Norma Jeane Dougherty, die ihren Weg allein ging.

Erst schlug ihr das Herz noch bis zum Hals, als sie das leise Rattern der Kamera hörte. Unsicher schaute sie sich im Saloon um, um die Kulisse zu erfassen. Ganz am Rande, am Ende des Tresens, stand Darryl, um alles aus der Nähe zu verfolgen.

Die Kamera schwenkte mit, als Norma etwas ungelenk vor Darryl trat. Sie wollte auf ihre eigene Art kühn sein, wie es ihr einst im *Cocoanut Grove* gelungen war. Dort, wo sich ein schmaler Gegenstand in Darryls Sakkotasche abzeichnete, griff sie hin und holte ein Feuerzeug hervor. Sie verzog keine Miene, als würde sie ihm jeden Tag so nah kommen. Dabei ließ sie ihn nicht aus den Augen.

Er rauchte weiter, aber ohne den Blick von ihr zu nehmen. Als er nach ihr greifen wollte, ließ sie ihn stehen und ging in ihren hohen Schuhen zur Mitte des Tresens, wo ein Päckchen Zigaretten lag. Sie hatte ihren Wackelgang nicht verlernt, das ermutigte sie. Sie kostete jeden Schritt aus und schwang ihre Hüften noch betonter. Sie setzte sich auf einen Stuhl am Tresen und zündete sich die erste Zigarette ihres Lebens an. Langsam und genüsslich blies sie den Rauch aus und schlug ihre Beine übereinander. Im Sitzen entblößte der Rock ihre Unterschenkel.

Leon Shamroy nahm fasziniert das Auge vom Sucher seiner Kamera und schaute zu ihr. Als wolle er alles mit eigenen Augen sehen, weil die Kamera ihm etwas vormachen könnte.

Normas Nervosität war verschwunden, nicht mal ihre Finger zitterten noch. Dabei kratzte ihr der Zigarettenrauch schrecklich im Hals. Sie versank in ihrem Spiel. Es gab nur sie und die leise ratternde Kamera, keine Regisseure, Kameramänner oder Maskenbildner, nur Licht. Man sah sie, man bewunderte sie, man vergaß sie nicht so schnell.

Sie bekam kaum mit, dass die Männer hinter der Kamera anfingen, aufgeregt zu flüstern. Ihr Lächeln verstärkte sich und bald zeigte sie ein strahlendes, hinreißendes Lächeln, das Leon Shamroy unvermittelt applaudieren ließ. Als der Tonmeister ihm zu verstehen gab, ruhig zu sein, verstummte er sofort wieder.

Norma fühlte sich unendlich lebendig, leicht und beschwingt und verlor sich ganz in dem Augenblick. Sie konnte jede Faser ihres Körpers, jede Pore ihrer Haut spüren. In ihrem Magen begann es wie überschäumende Cola zu kribbeln, und ihr wurde krisselig im Kopf, aber ohne dass sie den Halt auf dem Barhocker verlor. Sie war überglücklich in der Rolle der Frau, die von niemandem übersehen, geschweige denn fortgeschickt wurde. Es war ihr *schwindelerregender Augenblick*.

Als Norma wieder zu sich kam, standen Leon Shamroy, Allan Snyder, Ben Lyon und Darryl Zanuck und noch einige andere Herren neben der Kamera und starrten sie fassungslos an.

Der vorhin noch rotgesichtige Kameramann sah nun ganz blass aus. »So, so … etwas habe ich seit Jean nicht mehr ge-, gesehen«, druckste er beeindruckt.

Ben Lyon sagte in Waldos leidenschaftlichem Tonfall: »Sie wirkt rein optisch, sie braucht gar keinen Text. Eine bezaubernde Mischung aus Minderwertigkeitskomplex und Sinnlichkeit.«

Für Norma klangen die Stimmen immer noch weit weg, aber sie wusste jetzt, wie sich der *schwindelerregende Augenblick* anfühlte. Und sie wollte ihn wieder und wieder erleben. Nur langsam nahm sie die versammelten Filmleute wieder wahr.

Darryl stieß Zigarrenrauch in Kringeln aus, während er ihr anerkennend zunickte. »Es gibt nur noch ein Problem. Und das sollten wir außerhalb der Kulissen besprechen. Ben und Ms. Dougherty, kommen Sie bitte mit in mein Büro.«

Ein Problem? Noch eines? Sollte ihr Traum doch noch scheitern? Hatte sie es übertrieben mit ihrer Weiblichkeit? Dabei hatte sie nicht mal Jean Harlows verführerischen Summlaut eingeflochten, so weit war sie gar nicht gekommen, die Herren waren eigentlich schon viel zu früh begeistert gewesen. Sie konnte den *schwindelerregenden Augenblick* noch bis in ihre Zehenspitzen spüren. Dieses Gefühl konnte ihr niemand mehr nehmen, ganz egal, was morgen sein würde.

Als Norma dem Studioboss und Ben Lyon berauscht und verwirrt zugleich zum Ausgang der Produktionshalle folgte, winkte ihr Allan mit der Puderquaste in der Hand ermutigend hinterher.

Sie gingen über das Studiogelände zum Bürohaus der *Twentieth Century-Fox*. Eine junge Frau kam ihnen aufgeregt entgegen. »Mr. Zanuck, Ihre Frau hat endlich für das Dinner zugesagt.«

Darryl antwortete sichtlich erleichtert: »Sagen Sie ihr, dass ich es kaum erwarten kann, Molly.« Er ging gleich beschwingter und nahm zwei Treppenstufen mit einem Mal.

Darryl und Ben führten Norma in ein Büro in der ersten Etage. Darryl nahm hinter seinem Schreibtisch Platz, ein Möbel, das Norma aus irgendeinem Film kannte. Sie blieb lieber stehen, um das Kribbeln des *schwindelerregenden Augenblicks* bis zur letzten Sekunde auszukosten.

»Wir würden Ihnen gerne einen Vertrag als Schauspielerin bei uns anbieten«, eröffnete Darryl. »Mit fünfundsiebzig Dollar Wochenlohn und den üblichen Bedingungen, von denen Sie sicher schon gehört haben.«

Norma konnte ihr Glück kaum fassen. Ihr langersehnter Traum wurde endlich wahr. Das kleine ungeliebte Waisenmädchen durfte wirklich eine Hollywood-Schauspielerin werden mit einem festen Studiovertrag. Das war vor nicht allzu langer Zeit nur ein flüchtiger Tagtraum gewesen, ein Puzzle mit unendlich vielen Teilen, noch eingepackt in einer Box. Ihr bisheriger Lebensweg reihte sich vor ihrem inneren Auge wie Perlen an einer Kette auf. Der Pflegefamilie Bolender war sie zu schwierig gewesen, Grace hatte sie nur so lange als Tochter geliebt, wie ihr eigener Lebensweg nicht davon eingeschränkt wurde. Als Kind hatte sie sich oft verlassen, als Ehefrau enttäuscht gefühlt, als Freundin zu blauäugig. Als die neue Norma, als Schauspielerin, wollte sie dies endlich hinter sich lassen, wenn auch nie, niemals vergessen. Es war als Teil von ihr und für immer in ihr Gedächtnis eingebrannt. Es half ihr, sich tief in die unterschiedlichsten Rollen hineinzudenken. Ja, heute war sie auch ein klein wenig stolz auf das, was sie alles durchgemacht hatte, um so weit zu kommen. Die fernsten Träume konnten wahr werden, wenn man nur fest genug an sich glaubte und auch seinen eigenen Kopf behielt. Das wollte sie zukünftig noch mehr tun, aber stets darauf bedacht sein, nicht selbstsüchtig zu werden und die Meinungen anderer gelten zu lassen. Es fühlte sich an, als hätte der Film ihres Lebens gerade erst begonnen. Eine größere Kraft und Liebe für die Welt hatte sie nie zuvor empfunden.

»Unbedingt!«, entgegnete sie freudig und dankte in Gedanken allen, die sie auf ihrem Weg unterstützt hatten. »Ich bin sehr froh über diese große Chance.« Ihr war bewusst, dass sie als Schauspielerin noch sehr viel zu lernen hatte. Sie hatte nicht einmal einen Dialog in historischer Kostümierung auf dem Niveau einer Highschool-Darstellerin hinbekommen.

Ben Lyon hielt ihr den Vertrag hin. Sie sah noch immer den genialen Waldo in ihm. »Haben Sie Ihren Vormund mitgebracht, Ms. Dougherty?«, wollte er wissen.

Daran hatte Norma gar nicht gedacht! Als bald geschiedene Frau war sie, bis sie in knapp einem Jahr einundzwanzig wurde, nun wieder ihrer Pflegemutter unterstellt. »Also brauche ich Grace doch wieder«, sprach sie vor sich hin und trat zum Bürofenster. Sie konnte sehen, wie Grace mit Ervin und Tante Ana aufgeregt vor dem Studiotor auf- und abgingen.

Ben Lyon stellte sich neben Norma. »Soll ich Ihre Mutter hochholen lassen?«

»Sie ist nicht meine Mutter«, entgegnete Norma höflich. »Aber danke, ja.«

Als Grace das Büro betrat, wollte sie Norma begeistert umarmen, aber Norma trat von ihr zurück. Sie hatte ihr noch nicht verziehen, dass sie Pearl bei der Vormundschaft übergangen hatte. Inzwischen war sie sich nicht einmal sicher, ob Grace und Ervin überhaupt nach Los Angeles zurückgekommen wären, wenn sie als Fotomodell nicht so erfolgreich geworden wäre. Zu ihrem Geburtstag vor sieben Wochen hatte sogar Ervin sie um Geld angepumpt. Nachdem sie die Scheidungspapiere unterschrieben hatte, hatte sie sich geschworen, ihren Weg fortan ohne die Goddards zu gehen. Vielleicht fanden sie eines Tages auf einem anderen Weg wieder zueinander, wenn Geld keine Rolle spielte.

Grace zeigte sich irritiert und ließ ihre Arme sinken, aber schon beim nächsten Atemzug straffte sie sich auch wieder auf der Bühne des Lebens, dessen beste Schauspielerin sie war. Elegant beugte sie sich über den Vertrag und unterschrieb mit kunstvoller Handschrift, dann brachte die Sekretärin sie wieder hinaus.

»So, und jetzt zu Ihrem Problem«, sagte Darryl und holte Norma aus ihren Gedanken zurück. Ob sie Pearl von ihrem Erfolg schreiben sollte?

»Das Problem ist Ihr Name.« Ben Lyon schmunzelte. »Norma Jeane ist deutlich zu lang.«

Norma atmete erleichtert auf. »Ich könnte mich auch nur Jeane nennen. Das ist kürzer«, schlug sie vor.

»Jeane, Jeane«, wiederholte Ben Lyon. »Ich weiß nicht so recht.«

»Wie wäre es mit Dora oder Eve?«, warf Darryl ein.

Norma sah, wie zärtlich er über das Foto mit den drei Kindern strich.

»Mich erinnern Sie an die Schauspielerin Marilyn Miller«, sagte Ben Lyon. »Wie wäre es also mit Marilyn?«

»Klingt das nicht etwas zu künstlich? Und eigentlich sind es doch auch wieder zwei Namen. Mary und Lynn.«

»Ich fände Marilyn großartig!«, bestätigte Darryl und sog gleich mehrmals hintereinander an seiner Zigarre.

»Marilyn Dougherty«, sprach Norma vor sich hin. Das klang nicht sehr melodiös, aber mehrere Wiederholungen ihres neuen Namens schaffte sie gar nicht, weil Darryl weitersprach: »Dougherty müssen wir auch ändern. Viele wissen nicht, wie man diesen Nachnamen überhaupt ausspricht. Wie lautet Ihr Mädchenname, Norma Jeane?«

»Baker«, antwortete sie, aber fügte noch im selben Atemzug an: »aber diesen Namen möchte ich nicht berühmt machen.« Das Gleiche galt für Mortenson. »Ich wüsste schon einen Namen, an dem mir gelegen ist: Monroe – in Erinnerung an meinen Großvater Otis.« Und in Gedanken sprach sie nur für sich weiter: Ich verspreche dir, Großpapa, dass ich deinen Traum von einem selbstbestimmten Leben Realität werden lasse.

»Also sind wir uns einig!«, rief Ben Lyon begeistert.

Norma antwortete nicht. Stattdessen erhob sie sich unter den fragenden Blicken der Männer und spreizte ihren Rock mit den Händen etwas vom Körper ab.

Ben Lyon und Darryl Zanuck beobachten sie nun wieder genauso aufmerksam wie vorhin, als sie sich in der Saloonkulisse ihre erste Zigarette angezündet hatte. »Dann bin ich ab heute also Marilyn Monroe«, hauchte sie und drehte sich auf den Fußspitzen vor Freude um ihre eigene Achse, so dass ihr gelber Rock aufflog. »Marilyn Monroe, Marilyn Monroe«, wiederholte sie noch mehrmals, bis ihr fast schwindelig wurde. Der neue Name kam ihr leicht über die Lippen, er kitzelte im Mund. Er passte perfekt zu ihrem neuen, aufregenden Leben. Als sie wieder stillstand, lächelte sie ihr strahlendes Lächeln. Das Kribbeln erfasste sie in einer Welle und fuhr durch ihren gesamten Körper, sogar in ihren Ohrläppchen konnte sie ein warmes Kitzeln spüren. Sie hatte sich in der Rolle ihres Lebens gefunden.

∞

Als Norma mit dem Vertrag in den Händen vor das Firmentor trat, erwartete Tante Ana sie mit einem Sektglas voll Traubensaft. Grace und Ervin waren bereits auf dem Weg zu Emmeline Snively, um ihr die frohe Botschaft vom Vertragsabschluss zu überbringen. Ana sagte es mit lustig näselndem Tonfall, aber ließ auch nicht unerwähnt, dass Grace das Studiogelände sehr nachdenklich verlassen hätte und die Goddards mit dem Bus nach Sawtelle zurückfahren würden.

Sie prosteten auf den Erfolg, dann fiel Norma Tante Ana erschöpft um den Hals. »Ich bin nun eine Schauspielerin bei *Twentieth Century-Fox.*« Sie brauchte eine Weile, um zu begreifen, was in den letzten Stunden alles geschehen war. »Heute ist der Geburtstag von Marilyn Monroe.«

»Mein kostbares Mädchen«, sagte Ana schniefend, aber schon im nächsten Augenblick straffte sie sich. »Ich wusste, dass du es schaffen würdest. Komm!« Sie öffnete Norma die Beifahrertür und konnte es nun kaum erwarten, loszufahren.

»Aber wo willst du denn so eilig hin?«, fragte Norma.

Ana lächelte schelmisch und gab so wild Gas wie ein Teenager. Norma hatte nicht mal gewusst, dass Tante Ana überhaupt Auto fahren konnte.

Während der Fahrt ließ Norma die Bilder der Stadt gedankenversunken an sich vorüberziehen. Der Tag fühlte sich immer noch surreal an, aber hier war sie zu Hause. Sie spürte, dass das Leben noch viel für sie bereithielt.

Ana stoppte am Mulholland Drive, wo Norma einst mit David einen atemberaubenden Ausblick über Los Angeles genossen hatte. Der Aussichtspunkt war sehr beliebt. An einem sonnigen Tag wie heute standen ein Dutzend Autos nebeneinandergereiht da.

Ana breitete eine Picknickdecke vor dem Ford aus. Obwohl ihr oft der Rücken vom Rheuma wehtat, bückte sie sich heute, ohne sich ihre Schmerzen anmerken zu lassen. »Ich dachte, dass wir deinen Erfolg ganz bodenständig feiern. Mit ein paar Sandwiches und Root Beer«, sagte sie.

Norma war begeistert. Bodenständig, ja, das gefiel ihr. »Was für eine schöne Idee.«

Ana brach aus dem nahen Gebüsch einen Stechpalmenzweig und bohrte ihn neben der Picknickdecke in den Boden. Norma hatte keine Ahnung, wozu das gut war, aber sie war gerührt von den Mühen. Sie zog ihre hochhackigen Schuhe aus und wackelte mit den Zehen. »Aber woher weißt du eigentlich, dass ich Root Beer so gerne mag? Ich habe es ewig nicht mehr getrunken.«

Ana öffnete zischend zwei Flaschen und richtete sich wieder gemütlich auf der Decke ein. Sie machte keine Anstalten zu antworten.

»Sie weiß es von mir«, sagte eine Stimme hinter dem rostigen Dodge, der linker Hand von ihnen parkte.

Norma musste zweimal hinschauen. »Du?« Sie rieb sich die Augen, aber ihre Stiefschwester verschwand nicht. Es war also kein Traum. Ihr dringendster Wunsch ging heute in Erfüllung. Ihr neues Leben erbebte unter einem zweiten Paukenschlag. Es war kaum auszuhalten. Sie ließ ihren Freudentränen freien Lauf. Einen schöneren Ausgang dieses intensiven Tages konnte sie sich nicht vorstellen.

»Grace hat mich über dein Vorsprechen informiert«, sagte Bebe mit ebenfalls feuchten Augen. »Und die Chance, dir danach zu gratulieren, wollte ich mir nicht entgehen lassen. Ich wusste, dass du es schaffen würdest.«

Normas Augen sprühten Funken der Freude. Bebe hatte schon immer an sie geglaubt, ihr alles zugetraut. Sie war ihre beste Freundin, sie wollte sie nie wieder hergeben.

Unter Normas ungläubigem Blick hängte Bebe an die Spitze des Stechpalmenzweiges Normas Kleeblatt mit ihrem Namen und dem

Autogramm von Ingrid Bergman darauf, so dass es nicht über ihnen, sondern auf Augenhöhe hing. Dann setzte sie sich auf die Decke neben Ana, nahm eine Flasche und prostete Norma mit einem liebevollen Lächeln zu. »Auf dich, Norma, meine beste Freundin.«

Anstatt zu trinken, fiel Norma ihrer Stiefschwester um den Hals. »Du hast mir sehr gefehlt, und ich habe mich so für mein Verhalten damals geschämt. Es tut mir so unendlich leid.«

»Ist schon gut.« Bebe strich verlegen eine Falte in Normas gelbem Rock glatt. Sie trug den gleichen. »Wir waren wohl beide etwas durch den Wind damals.« Sie fuhr Norma durch das blonde Haar und lächelte. »Es passt gut zu dir.«

»Norma, Herzlichen Glückwünsch.« Tom und Mary kamen händchenhaltend zu ihnen, setzten sich auf die Decke und stellten noch einen Sechserpack Root Beer in die Runde.

Norma lächelte immer breiter, als dann auch noch Inez und Pedro auftauchten. »Herzlichen Glückwunsch unserer Nachwuchsschauspielerin«, sagte Pedro.

»Du warst von Anfang an anders als die anderen«, fügte Inez hinzu und stellte einen bunten Korb voll mit Sandwiches in die Runde.

Norma begrüßte die Gonzáles ebenfalls mit einer Umarmung.

Sie saßen da, schauten auf Los Angeles und tranken Root Beer, bis es dunkel wurde. Dann stiegen Glühwürmer um sie herum auf. Norma schaute zum funkelnden Firmament und dachte, dass sie sich heute den ersten Stern selbst vom Himmel geholt hatte. Und umringt von so vielen lieben Menschen, wagte sie sogar davon zu träumen, dass es bald noch viel mehr Sterne werden würden.

THE END

AND A NEW BEGINNING

NACHWORT

Trotz des Studiovertrags bei *Twentieth Century-Fox* musste die nun selbstbestimmter agierende Norma länger auf ihren ersten Einsatz vor der Filmkamera warten. Zu ihrer Zeit schlossen Schauspieler nicht Einzelverträge pro Film mit der Produktionsfirma ab (wie es heute üblich ist), sondern mit dem jeweiligen Studio für einen Zeitraum von sieben Jahren. Das Studio setzte die Schauspieler dann nach Belieben für seine Filme ein, oder eben auch nicht.

Ihren ersten Auftritt hatte Norma in *Scudda-Hoo! Scudda-Hay!*, in dem sie eine ganze Sekunde lang zu sehen und zu hören ist.

In ihren ersten Jahren als angestellte Schauspielerin **saß sie vor allem auf der Ersatzbank**. Als zielstrebige Frau, die sie geworden war, ließ sie diese Zeit jedoch nicht ungenutzt verstreichen. Sie vertiefte sich in die Schauspielerei und knüpfte Kontakte zu wichtigen Leuten in der Branche und bei der Presse. Bei Ms. Snively hatte sie gelernt, wie man Journalisten für sich gewinnt. Darin war Norma Spitzenklasse! Sie hatte die Presse ein Leben lang auf ihrer Seite.

Ihre Kollegen zu dieser Zeit beschrieben sie als schüchtern und mit Minderwertigkeitskomplexen ausgestattet – sofern sie nicht vor der Kamera stand. Wir sind zu der Einschätzung gelangt, dass die sexy **Marilyn Monroe in den hauchdünnen Kleidern** eine Rolle war, die Norma spielte, um Bestätigung und Anerkennung zu erhalten und um aus der Menge an aufstrebenden Sternchen herauszustechen. Die private Norma war nicht identisch mit Marilyn Monroe.

Ihren ersten beachtenswerten Auftritt hatte sie dann 1948 in dem zweitklassigen Streifen *Die Damen vom Ballett*, in dem ihre einzigartige Mischung aus kindlicher Unschuld und Sinnlichkeit nun auch filmisch sichtbar wurde und ihre Gesangsstimme Anklang fand. Norma musste für jeden Karriereschritt hart arbeiten, durfte nie den Glauben an sich verlieren (wie ihr David Conover tatsächlich riet) und hatte immer wieder Rückschläge zu verkraften. Um trotz ihrer schleppenden Karriere sichtbar zu bleiben, ließ sie sich in dieser Zeit öfters **in erotischen Posen mit viel nackter Haut** fotografieren, was die Phantasie der Amerikaner anheizte und Norma in dieser prüden Zeit viel Aufmerksamkeit einbrachte. »Verbotenes« war von jeher reizvoll.

In den 40er Jahren galten Mädchen, die sich vergnügen wollten, als moralisch verdorben, und oraler Sex zwischen Ehepartnern war per Gesetz untersagt. In Hollywoods Selbstzensurrichtlinien war Nacktbaden im Film streng verboten, und Gangster mussten immer sterben, damit der Zuschauer erlebte, dass Kriminalität nie gut endete.

Der **schauspielerische Durchbruch** gelang Norma mit *Asphalt-Dschungel* (1950), ihrer fünften Filmrolle, in der sie optisch der späteren, platinblonden Marilyn, die die meisten aus *Manche mögen's heiß* (1959) kennen, sehr nah kam. Fortan wurde sie öfters besetzt und entwickelte auch ihre komödiantische Begabung. Diese Mischung war eine der vielen Parallelen zu Jean Harlow, die ebenfalls sinnlich und komisch brillierte. Jean Harlow war nachweislich Normas Vorbild – von Kindheit an. Das Kino bot ihr vor allem in jungen Jahren eine Fluchtmöglichkeit aus dem einsamen, armen Alltag.

In den 30er bis Anfang der 50er Jahre, die als die **»goldene Ära« von Hollywood** gelten, wurden Filmstars sehr verehrt und waren Vorbilder für viele Amerikaner. Ab Mitte der Fünfziger wurde das Kino jedoch zunehmend von der Verbreitung des Fernsehens verdrängt, und die großen Studios verloren an Macht, weil ihnen das faktische Monopol über Vertrieb und Vorführung genommen wurde. Die meisten Kinos gehörten bis dahin den Studios, die damit bestimmten, welche Filme gezeigt wurden. Kleinere Studios ohne eigene Kinos hatten kaum eine Chance, ihre Filme auf den Markt zu bringen.

Hollywood zu Normas Zeit, das war die Verkörperung des amerikanischen Traums. Die meisten Filmmogule waren arme Einwanderer; viele Schauspielerinnen ohne Bühnenerfahrung. Alles schien möglich in diesen goldenen Zeiten der Filmindustrie. Die besten Beispiele liefern Norma selbst und Darryl F. Zanuck.

Darryl fing wie Norma klein an und **arbeitete sich als Wunderknabe bis ganz nach oben**. Wegen seiner anhaltenden Affären ging seine Ehe in den fünfziger Jahren in die Brüche. Die Zanucks ließen sich aber nie scheiden.

Wie im Roman beschrieben, war Darryl nicht groß gewachsen wie ein Großteil der Studiobosse aus dieser Ära. Der britische Filmkritiker Philipp French beschrieb in seinem Buch *The Movie Moguls* die Studiobosse im goldenen Zeitalter mit folgenden Worten:

> *Bei einem Treffen der Filmmogule hätte man etwa anderthalb Meter über dem Boden eine Sense schwingen können, ohne ein Leben in Gefahr zu bringen; einige von ihnen hätten es nicht einmal pfeifen gehört.*

Norma war **ein Leben lang auf der Suche nach einer Familie**, die sie auch in ihrer zweiten und dritten Ehe nicht fand. Sie erlitt mehrere Fehlgeburten und blieb kinderlos. Gleichzeitig emanzipierte sie sich von ihrem ersten Ehemann, von ihrer Rolle als kindliche Ehefrau, vom prüden Amerika und von all jenen, die glaubten, für eine Karriere brauche man Geld oder wenigstens eine Familie, die einem den Rücken stärkt.

Ab Mitte der Fünfziger drehte Norma Filmklassiker wie *Niagara* (1953), *Blondinen bevorzugt* (1953), *Fluss ohne Wiederkehr* (1954) und *Das verflixte 7. Jahr* (1955) – um nur einige zu nennen. Hollywood sog sie immer mehr ein. Der Leistungsdruck stieg, während sie im Privatleben keinen Ausgleich, weder Ruhe noch Liebe fand. Insgesamt spielte sie in dreißig Filmen mit.

Norma nahm Schauspielunterricht bei einem Kollegen von **Stanislawski** und später auch bei Lee Strasberg, dessen *Method Acting* (heute eine der anerkanntesten Theorien darüber, wie man schauspielert) vor allem auf den Ideen von Stanislawski fußt. Lee war ein Schüler des berühmten russischen Schauspiellehrers und entwickelte dessen Theorien weiter.

Über Normas Tod wird bis heute viel spekuliert. Sie starb im Alter von nur sechsunddreißig Jahren in der Nacht vom vierten auf den fünften August 1962 in ihrem Haus in Los Angeles an einer Überdosis Schlaftabletten. Nicht belegt ist, ob es Mord, Selbstmord oder unglückliche Umstände waren, die zu ihrem Tod führten. Kollegen und Vertraute meinten, dass sie in ihrem Todesjahr an einem Punkt in ihrer Karriere angekommen sei, in dem sie endlich **als ernsthafte Schauspielerin wahrgenommen werden wollte** und beabsichtigen würde, ihr erotisches Image stark zu reduzieren. Bis dahin war es dem ehemaligen Waisenmädchen, das lange niemand haben wollte, gelungen, die bis heute bekannteste weibliche Persönlichkeit Hollywoods zu werden. Und eines ihrer Markenzeichen ist der im Buch beschriebene Wackelgang.

Gladys **Pearl** Baker Mortenson Eley, Normas leibliche Mutter, überlebte ihre Tochter um zwanzig Jahre. An welcher Krankheit sie wirklich litt, ist unklar, weil die psychologischen Wissenschaften zu Pearls Zeiten noch nicht den heutigen Wissensstand aufwiesen. Normas Biograf Donald Spoto vermutet u. a. eine biochemische Störung, einen krankhaften Schuldkomplex und emotionale Verkümmerung. Letztere könnte mit den längeren, wiederkehrenden Aufenthalten in verschiedensten Psychiatrien zusammenhängen.

Nachdem Norma ihren Studiovertrag unterschrieben hatte, hatte sie immer weniger Kontakt mit Grace, die bald wieder trank. 1953 fand man Grace Goddard tot in ihrem kleinen Bungalow in Van Nuys. Sie war an einer Überdosis Barbituraten gestorben, nachdem sie Jahre heftiger Alkoholsucht durchgemacht hatte. Sie gilt als die **Schöpferin von Marilyn Monroe**. Ihr Ervin starb zwanzig Jahre nach ihr.

Über einen eventuellen Fortgang der Freundschaft zwischen Norma und ihrer Stiefschwester Eleanor Goddard (alias Bebe) ist nichts überliefert. Bebe kehrte wahrscheinlich erst 1955 nach Los Angeles zurück. Sie starb vierundsiebzigjährig im Jahr 2000.

Jim Dougherty bekam nach der Trennung von Norma das, was er sich so sehr gewünscht hatte: eine treusorgende Ehefrau und drei Kinder. Jim heiratete nach Norma noch zwei Mal und verstarb vierundachtzigjährig in Kalifornien. Ach ja, **Tippy und Muggsie** wollen wir nicht vergessen. Die Hunde sind Fakt, nicht Fiktion. Norma war eine Hundenärrin. Allan »Whitey« Snyder wurde Normas Maskenbildner auf Lebenszeit. Sie verfügte, dass er ihr Make-up auf dem Totenbett übernehmen sollte, was er dann auch tat. David Conover begegnete sie in den 50er Jahren wieder.

Beim Schreiben des Romans haben wir uns eng an die überlieferten Fakten gehalten. Die Herausforderung war, die vielen unterschiedlichen inhaltlichen und zeitlichen Angaben und Meinungen zu Normas Lebensabschnitten, wo es ging, in Einklang zu bringen, zu hinterfragen und die verschiedenen Darstellungen abzuwägen. Nur an wenigen Stellen, wo Überlieferungen fehlten, haben wir frei interpretiert und vereinfacht.

Norma hat oft bedauert, dass niemand sich die Mühe machte, herauszufinden, wer sie wirklich ist. Wir haben es getan und dabei eine **großherzige, liebesbedürftige junge Frau** kennengelernt, die an das Gute in jedem Menschen glaubte und sich für Außenseiter einsetzte, weil sie lange Zeit selbst eine Außenseiterin gewesen war.

WICHTIGE QUELLEN

Donald Spoto: *Marilyn Monroe – Die Biographie*, Wilhelm Heyne Verlag GmbH & Co. KG, München, 1983.

Jim Dougherty: *To Norma Jeane with Love, Jimmie*, BeachHouse Books, 2001.

David Conover: *Finding Marilyn – A Romance*, Grosset & Dunlap, New York, 1981.

Astrid Franse, Michelle Morgan: *Before Marilyn: The Blue Book Modelling Years*, Thomas Dunne Books, New York, 2015.

Otto Friedrich: *Markt der schönen Lügen – Die Geschichte Hollywoods in seiner großen Zeit,* Kiepenheuer & Witsch, Köln, 1988.

Mel Gussow: *Darryl F. Zanuck: Don't say yes until I finish talking,* Da Capo Press Inc., New York, 1971.

Anthony Holden: *The Secret History of the Academy Awards*, Simon & Schuster, *New York*, 1993.

Normas Gedanken über Stanislawski entstammen sinngemäß: Konstantin S. Stanislawski: *Die Arbeit des Schauspielers an sich selbst – Tagebuch eines Schülers, Teil 1: Die Arbeit eines Schauspielers im schöpferischen Prozess des Erlebens*, Henschelverlag, Berlin, 1961.

Das Lied, das Norma zu Muggsies Beerdigung singt *(I'll Be Seeing You)*, stammt von Sammy Fain (Musik) und Irving Kahal (Text) und wurde u.a. von Billie Holiday im Jahr 1944 sehr berührend eingesungen.

LESEPROBE

MARI ROTH
NICO
Die Sängerin der Nacht
Sie ist Warhols Muse, aber erst
in der Liebe zu Jim Morrison
findet sie ihre Stimme
Roman
atb

1. Kapitel

Sie hörte die Züge, Tag und Nacht schienen sie hinter dem Haus in Richtung Horizont zu rumpeln.

»Christa«, hatte ihre Großmutter ihr gesagt, nachdem sie aus Berlin nach Lübbenau gekommen war, und sie hatte, als wollte sie ihre Worte unterstreichen, die kleine Hand ihrer Enkelin genommen, »du darfst nicht über die Schienen laufen, niemals. Jeden Moment kann ein Zug kommen.« Dann, als Christa nickte, um zu zeigen, dass sie längst begriffen hatte, dass Züge gefährlich waren, fuhr sie fort: »Dein Opi ist ein wichtiger Mann. Er stellt die Weichen, er sorgt dafür, dass alle Züge an ihr Ziel kommen. Deshalb dürfen wir in diesem schönen großen Haus wohnen.«

Trotzdem legte Christa am nächsten Tag ihren Kopf auf die Schienen, spürte das kalte Eisen und lauschte.

Ulli, ihr Cousin, der auch sechs Jahre alt war, lachte sie aus. »Was tust du da?«

Sie rührte sich nicht. Konnte sie einen Zug hören? Vibrierte das Eisen an ihrem Ohr deshalb?

Ulli warf einen Stein auf die Schienen, knapp an ihrem Kopf vorbei.

»Ich höre den Zügen nach«, sagte sie leise.

Auf dem ersten Zug, den sie sah und der ganz langsam an ihrem Haus vorbeirollte, stand ein dunkelgrünes Ungetüm mit einem langen Rohr – wie ein schlafendes Tier aus Metall wirkte es, interessant und auch ein wenig furchterregend.

Sie lief ein Stück mit, um das Ungetüm genauer betrachten zu können, doch wieder sprang Ulli an ihre Seite. Er war immer neugierig, fragte sie ständig, was sie dachte, als hätte er keine eigenen Gedanken im Kopf.

Sie streckte ihre Hand aus, um das Eisending zu streicheln, und er stellte ihr ein Bein, so dass sie hinfiel und sich ihre weiße Strumpfhose aufschlug. Blut sickerte durch das Loch aus ihrem Knie, der Anblick des durchlöcherten Stoffs war schlimmer als der Schmerz.

Später, als sie ihrer Mutter gestehen musste, was passiert war, lachte Ulli noch immer. »Christa hat einen Panzer gestreichelt, dabei ist sie hingefallen und hat ihre Strumpfhose kaputt gemacht.«

Der zweite Zug jagte ihr noch mehr Angst ein. Er blieb knirschend und dampfend stehen, und da waren Menschen, nein, es waren nur dunkle Menschenaugen, die sie durch Gitter anstarrten, die Blicke starr und traurig. Christa war wie gelähmt. Wieso waren Menschen in einem Zug eingesperrt? Der Zug, mit dem sie aus Berlin gekommen war, hatte Sitze und Fenster gehabt, durch die sie die Landschaft sehen konnte, Wiesen und einmal sogar einen breiten Fluss, auf dem ein Schiff trieb. Einzig das Fenster zu öffnen und sich hinauszulehnen, das hatte ihre Mutter ihr verboten.

Aus einem der Gitter ragte sogar eine Hand hervor, sie war klein und schmutzig; die Fingernägel waren abgebrochen und ein wenig blutig. Die Finger eines Kindes oder einer sehr jungen Frau. Die Lokomotive stieß einen schrillen Pfiff aus, der Christa zusammenzucken ließ. Unwillkürlich griff sie in die Tasche ihrer Jacke und holte einen Apfel heraus. Als der Zug mit lautem Knirschen wieder anfuhr, legte sie den Apfel in die Hand hinein; sofort schlossen sich die kleinen schmutzigen Finger um die Frucht und verschwanden im Innern des Zuges.

Plötzlich war ihre Großmutter neben ihr und riss sie zurück, als hätte sie Angst, dass Christa unter den Zug geraten könnte.

»Kind, was tust du?«, stieß sie beinahe panisch hervor.

Christa sah der Stelle nach, wo eben die Hand gewesen war. Sie war verschwunden und tauchte nicht mehr auf. »Was ist das für ein Zug?«, fragte sie, während ihre Großmutter sie ungewöhnlich energisch von dem Bahnsteig schob. »Warum gibt es da kein Fenster?«

»Es sind arme Menschen«, sagte ihre Großmutter leise. »Juden, die man in ein Lager bringt, aber nun müssen wir ins Haus und das Abendbrot machen, deine Mutter und dein Großvater kommen gleich.«

Für die Gutenachtgeschichte war jeden Abend, wenn er denn zu Hause war, ihr Großvater zuständig. Er kannte fast alle Märchen auswendig. »Frau Holle«, »Hänsel und Gretel« und ihre Lieblingsgeschichte »Aschenputtel«. Als Christa ihn am Abend fragte, ob er auch eine Geschichte mit Juden erzählen könne, schob ihr Großvater seine Brille nach oben, wie er es manchmal tat, wenn ihn etwas überraschte.

»Wie kommst du denn darauf?«

»Ich habe eine kleine Hand gesehen – an einem Zug«, erklärte sie ihm. »Das waren Juden im Zug.«

»Über Juden gibt es keine Geschichten«, sagte ihr Großvater darauf, der immer nach Tabak und Kaffee roch, den er den ganzen Tag trank. »Die Juden sind im Zug, weil sie in ein fernes Land gebracht werden, wo sie in einem eigenen Tal leben können. Aber du solltest nicht mehr so nah an die Züge herangehen«, sprach er mit seiner sonoren Stimme weiter, »weil …« Dann verstummte er abrupt.

»Weil – warum?«, fragte sie, um ihm zu helfen.

»Weil es nicht gut ist«, sagte er und schob ihr die Bettdecke bis zur Nasenspitze. »Und jetzt erzähle ich die Geschichte von einem verwunschenen Frosch. Du weißt, dass es hier viele Frösche im Spreewald gibt. Im Sommer hört man sie ständig quaken. Du musst sehr aufpassen, es könnte ein sehr verzauberter dabei sein, der vielleicht ein Prinz ist und dich auf den Mund küssen will.«

Ein Zug hielt danach nie mehr hinter ihrem Haus, fast als würde ihr Großvater darauf achten, dass keiner stehen bliebe, um seine Enkelin zu erschrecken. Die meisten Züge waren nun auch nachts unterwegs. Christa hörte im Schlaf das Rumpeln und Rauschen; es zerschnitt ihre Träume und sorgte dafür, dass sie oft Angst davor hatte einzuschlafen.

Doch das lauteste Geräusch ihrer Kindheit – eine Art Schreckensmusik – war ein Grollen, das in der Nacht aus der Luft kam. Ein Flugzeug schien über das Haus hinwegzuschießen, dann erschütterte eine Explosion die Grundmauern, und ihre Mutter im Nebenzimmer schrie auf und stürzte auf die Straße. »Bomben!«, rief sie. »Das ist ja wie in Berlin.«

Auch Christa rannte hinaus, sie legte ihre Hand in die Hand

der Mutter, um sie zu beruhigen. Der Großvater sprach mit sanfter Stimme auf sie ein.

»Ich glaube, das war ein Flugzeug von uns – es hat eine Bombe verloren. Mehr ist nicht passiert.«

Am nächsten Tag konnte sie mit Ulli ein tiefes Loch im Wald erkunden. Entwurzelte Bäume lagen da, und die Erde war aufgerissen, als hätte ein Riese versucht, etwas auszugraben.

Ulli fand ein paar Vogelfedern und legte sie ihr in die Hand.

»Warum hast du eigentlich keinen Vater?«, fragte er. »Jeder hat einen Vater, auch wenn er im Krieg ist. Nur du nicht.«

Sie war kurz davor, wütend zu werden und mit den Füßen aufzustampfen, doch dann würden ihre schwarzen Lackschuhe schmutzig werden.

»Mein Vater ist ein Spion«, sagte sie. »Deshalb lebt er nicht mehr. Er war in der Türkei ein Spion.« Sie wusste nicht mehr genau, woher sie diese Erklärung hatte, doch sie gefiel ihr. Sie hatte auch keine Ahnung, was die Worte bedeuteten. Später, als sie ins erste Schuljahr kam, überlegte sie sich noch mehr Erklärungen, warum sie keinen Vater hatte, nicht mal einen, der Soldat war. Mein Vater ist mit einem Fallschirm weggeflogen; mein Vater ist mit einem Schiff untergegangen.

In Wahrheit aber wusste sie, dass ihr Vater in Köln gelebt hatte, wo sie auch geboren war, und sie und ihre Mutter nicht hatte sehen wollen; deshalb und weil ihm jemand in den Kopf geschossen hatte, als er schon schwer verwundet war, weinte ihre Mutter manchmal leise. Grete meinte, dass Christa es nicht mitbekäme, aber sie hörte es genau; sie hörte auch, wenn ihre Mutter sich bei ihrer Tante Helma beklagte. »Die Päffgens sind mit ihrem Bier stinkreich geworden, aber sie schicken uns nichts, keine müde Mark. Selbst die Hochzeit musste Wilhelm annullieren.«

»Dabei sind sie doch katholisch und rennen jeden Sonntag in die Kirche. Und was ist mit Christa?«, meinte Tante Helma. »Sie müssen doch stolz auf eine so hübsche Enkeltochter sein.«

»Christa interessiert sie nicht«, entgegnete Grete.

Christa interessiert sie nicht. Diesen Satz wollte Christa sich merken, aber eigentlich merkte sie sich viel lieber, dass Tante Helma sie »hübsch« genannt hatte.

Selbst ihrer Lehrerin Frau Karsunke gefiel ihr schönes blondes Haar. »Es ist gefällig, wie schön du dein Haar immer geflochten hast«, sagte sie oft im Unterricht. »Das würde auch der Führer mögen.«

Christa machte dann einen leichten Knicks, doch insgeheim lachte sie über Frau Karsunke und deren Sprache – »gefällig« und »Führer«.

Ihr Großvater sprach das Wort »Führer« neuerdings anders aus; dunkler, zischender. Abends, als er glaubte, Ulli und sie seien schon ins Bett gegangen, holte er im Wohnzimmer aus einer Holzkiste einen Apparat hervor, mit dem man Musik und Nachrichten hören konnte. Die Worte wurden sehr genau und ernst ausgesprochen. Von Soldaten war die Rede, von Verlusten, von Flugzeugen und dem Führer, der krank geworden sei, hörte Christa, wenn sie noch einmal zur Tür schlich und sie leise öffnete. Ulli interessierte sich nicht für die Geheimnisse der Erwachsenen, doch sie dafür umso mehr. Je älter ein Erwachsener war, desto mehr Geheimnisse schien er zu haben. Nein, das stimmte nicht ganz; ihre Großmutter Bertha hatte weniger Geheimnisse als ihre Mutter Grete. Die meisten Geheimnisse aber hatte eindeutig ihr Opi: Er begann, Lebensmittel zu verstecken; Dosen verbarg er in einer Kiste im Schuppen, und er las in einem dicken Buch und sprach dann fremdländische Worte vor sich hin. Als Christa ihn dabei entdeckte, lächelte er und meinte: »Man muss immer vorbereitet sein, liebes Fräuleinchen. Ich muss meine Kenntnisse auffrischen. Wenn die Russen kommen, kann ich sie in ihrer Sprache anreden. Dann tun sie uns nichts.«

Die Großmutter wollte nicht, dass Opi abends seine Kiste herausholte und den Stimmen zuhörte, die daraus drangen. »Das ist gefährlich«, sagte sie. »Du bringst uns in Teufels Küche, und außerdem hat der Führer eine Wunderwaffe – wirst sehen!«

»Wunderwaffe!« Der Großvater schnaufte, wie er es oft tat, wenn ihm irgendetwas nicht gefiel. »Das ist alles Wahnsinn, Bertha, glaub mir. Ich bin froh, wenn der Spuk endlich vorbei ist.«

Die Züge am Abend oder nachts wurden weniger. Bald fuhr nur hin und wieder einer, stattdessen nahm Christa in der Dunkelheit manchmal ganz nah laute Motoren wahr, oder zumindest bildete sie es sich ein. Jedenfalls wurden die Erwachsenen immer stiller und unglücklicher; so war ihre Mutter gewesen, bevor sie beide aus Berlin nach Lübbenau gekommen waren. »In Lübbenau gibt es immer etwas zu essen«, hatte sie gesagt, »Und es gibt keine Bomben und keine Russen.«

Einzig Ulli wurde nicht stiller, im Gegenteil, er schnappte ständig Dinge von Panzern und Flugzeugen auf, wie schnell sie waren, wie gut sie schießen konnten, solche Sachen, die er unbedingt an sie weitergeben wollte. Er fragte sie danach, nur um klüger als sie dazustehen. Oder er wollte wissen, wenn sie in dem Bombenkrater saßen, was sie einmal werden wolle, wenn der Krieg vorbei sei. Diese Formulierung hatte er von den Erwachsenen übernommen. »Grete, was tun wir, wenn der Krieg vorbei ist?«

Ihre Mutter hatte keine Antwort darauf, aber Christa hatte eine Antwort. »Ich will Ballerina werden«, sagte sie zu Ulli. Das Wort »Ballerina« hatte ihre Mutter einmal gesagt, es war ein schönes, rundes Wort, das gut auf der Zunge lag und das jeden überraschte, der es zu hören bekam.

Einen Ort jedoch gab es, zu dem er ihr nie hinterherlief. Dahin zog sie sich oft zurück: den Friedhof. Es gab keinen ruhigeren Ort; hier konnte sie alles tun, was ihr gefiel: sich auf eine Bank setzen und ihr Haar kämmen, lesen üben, indem sie die Namen auf dem Grabstein vor sich hin buchstabierte, oder sie schaute einfach in die Bäume und stellte sich Dinge vor – wie sie sang und wie sie dabei ihre Hände ausbreitete und ihr langes blondes Haar fliegen ließ. Manchmal kam auch ein anderes Mädchen dazu – die stille Frieda, die Tochter des Totengräbers, die alle Grabsteine kannte und mit der sie im Winter auf den zugefrorenen Fließen Schlittschuh laufen ging.

Im April, als die Tage wieder länger wurden und sie endlich nicht mehr ihre dickste Strumpfhose anziehen musste, geschah dann etwas Besonderes. Die Erwachsenen waren immer schweigsamer geworden, und plötzlich fuhr so ein Ungetüm, wie sie es auf dem Zug gesehen hatte und fast gestreichelt hätte, dröhnend in den Ort.

»Die Russen sind da«, sagte der Großvater. Er zog sich eine Mütze auf, seufzte laut und sah dann alle der Reihe nach an; erst Bertha, seine Frau, dann seine Töchter Grete und Helma und ganz zuletzt Ulli und sie. Ihr zwinkerte er sogar zu und zwang sich zu einem Lächeln. Schließlich ging er hinaus, genau auf das grüne Ungetüm zu, das sich mit seinem riesigen Rohr einmal um sich selbst gedreht hatte und nun den Großvater ins Visier nahm.

Der Großvater zögerte nur kurz, dann zog er sich in einer hektischen Bewegung die Mütze vom Kopf, winkte und rief etwas in der fremden Sprache, die er mit dem dicken Buch geübt hatte.

»Bald ist er aus – der Krieg«, flüsterte Omi Bertha, ohne ihren Mann aus den Augen zu lassen, doch Christa beobachtete genau, wie ihr, während sie das sagte, zwei große gläserne Tränen über die Wange rollten.

2. Kapitel

Christa war ein Name, der ihr nicht gefiel – auch Päffgen nicht. In der Schule sagte einmal ein Lehrer zu ihr, der sie nicht mochte: »Päffgen heißt kleiner Pfaffe – ein Pfaffe ist ein Priester. Bist du so ein Kind?«

Sie dachte sich gern andere Namen aus, um sich davonzuträumen; und überhaupt begann sie oft und mit Vorliebe die Augen zu schließen. Denn manche Dinge hätte sie lieber nicht gesehen. In einem kalten rumpelnden Zug, der keine Fenster hatte und sie nach Berlin zurückbringen sollte, sah sie ihren ersten Toten. Der Zug holperte langsam, als müsse er sich seinen Weg erst suchen, und da lag dieser Mann in einer grünen Uniform auf einem Feldweg mitten in einer Pfütze. Seine Beine waren verdreht, sein Gesicht ins Wasser getaucht, als hätte er trinken wollen.

Christa bemerkte, wie sie erschrak; sie hatte das Gefühl, ein Stromstoß würde durch ihren Körper zucken, und dann schloss sie die Augen. Doch das Bild brannte nach, bevor es in die Dunkelheit kippte und verschwand.

So ähnlich hätte sie es am liebsten auch mit den Ruinen in Berlin gemacht, doch es waren zu viele, eigentlich gab es nur Ruinen, und sie konnte nicht den ganzen Tag die Augen schließen.

Es roch nach Feuer, als sie in Berlin durch die Straßen liefen. Fast kein Haus stand mehr. Ihre Mutter hielt ihre Hand, umklammerte sie förmlich. Mitunter meinte Christa, ein leises Schluchzen von ihr zu hören.

»Mein Gott«, stammelte ihre Mutter. »Großer Gott – es ist ja alles kaputt!«

Doch es gab auch Wunder – kleine Wunder inmitten all der Trümmer. Ihr Haus in der Nürnberger Straße stand noch; sie konnten eineinhalb Zimmer beziehen, mit einem Bett und einem Tisch, sogar kochen konnte Grete auf ihrem alten Herd. Die Toilette war auf dem Gang. »Aber wir haben ein Dach über dem Kopf«, sagte ihre Mutter.

Am ersten Abend zündeten sie eine Kerze an; der Strom war abgeschaltet; jedenfalls funktionierte er nicht.

»Christa«, sagte ihre Mutter; sie lächelte über der Kerze, ihr Schatten flackerte an der Wand, »du bist das Schönste in meinem Leben. Und um Schönheit geht es, Schönheit und Musik. Solche Dinge …« Sie machte eine wedelnde Handbewegung, als wollte sie eine Fliege verscheuchen, und die Kerze geriet ins Flackern und malte andere Schatten an die Wand. »Und solange wir aufeinander aufpassen, kann uns nichts passieren, nicht wahr?«

Christa nickte. Es gefiel ihr, wenn die Mutter so ernst und feierlich mit ihr redete.

Am nächsten Tag gingen sie beide auf den Schwarzmarkt. Zwischen den Ruinen standen Leute zusammen, sie rauchten, oder sie hatten kleine Handwagen bei sich, auf denen sie Dinge parat hielten, Geschirr, Flaschen, Kleidung.

»Zigaretten«, sagte ihre Mutter. »Zigaretten sind das Wichtigste. Wer Zigaretten hat, überlebt. Zwanzig Zigaretten sind ein Vermögen.« Sie lächelte dabei und zeigte ein Etui, das voller Zigaretten war; weiß und stolz lagen sie beieinander.

An der Hand ging Christa mit, an Männern in langen Mänteln vorbei, die sie dunkel anschauten, manchmal lächelten sie auch, allerdings ohne Freude auszustrahlen. Die Mutter wusste mit diesen Männern umzugehen, abends hatte sie eine Nähmaschine besorgt, ein schwarzes glänzendes Ding.

»Damit«, sagte Grete mit wirklichem Enthusiasmus in der Stimme, »beginnt unser Geschäft – unsere Schneiderei.«

Die Nähmaschine war jedoch so schwer, dass sie immer wieder haltmachen mussten. Sie gingen an Trümmern vorbei, die sich zu Bergen auftürmten; man konnte Rohre sehen, kaputte Fliesen, grobe rissige Steine, und mitunter stank es auch; ein Gestank, der in die Nase stach und so schlimm war, dass Christa glaubte, ihr Essen hervorwürgen zu müssen. Dann zog ihre Mutter sie schnell weiter. »Hier sind zu viele Menschen gestorben«, stieß sie hervor und zerrte Christa hastig weiter.

Als sie die Nürnberger Straße beinahe erreicht hatten, hielt ein grünes Auto neben ihnen; ein Mann sprang heraus, er war groß, trug eine grüne Uniform, und er war Schwarz, ja, er hatte eine schwarze glänzende Haut, wie Christa sie noch nie gesehen hatte. Der Mann kam auf sie zu, und selbst ihre Mutter neben ihr zuckte zusammen und ließ für einen Moment ihre Hand los. Er sagte etwas zu ihr, in einer anderen samtenen Sprache, die Worte rollten ihm über die Lippen, er schob ein Lächeln nach, das weiße Zähne entblößte, als er begriff, dass sie ihn nicht verstand.

Christa nickte, sie wollte freundlich sein, und so richtig Angst hatte sie gar nicht.

Dann griff der Mann in seine Tasche und hielt ihr etwas hin, ein Stück Papier, nein, darin war etwas verpackt. Sie konnte schon ein wenig lesen, aber das Wort ergab keinen Sinn, wie sie es sich zusammensetzte: *Hershey's*.

Der Mann lächelte noch breiter und bewegte das Papier, so dass es zu rascheln begann.

»Schokolade«, sagte ihre Mutter atemlos. »Dieser Ami schenkt dir Schokolade, weil du so hübsch bist, Christa.«